朝内
766
人文文库

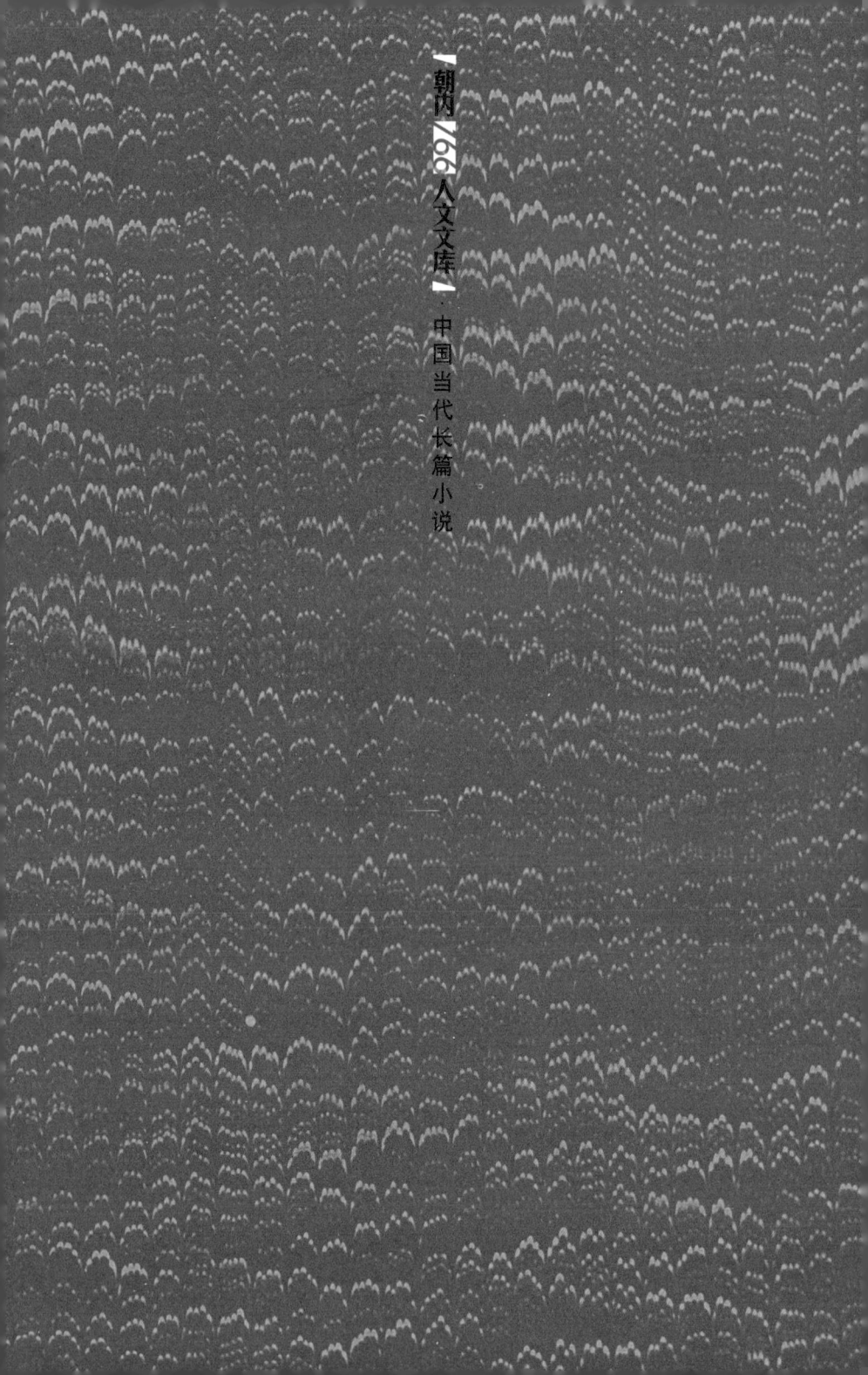

朝内166人文文库·中国当代长篇小说

逐鹿中原

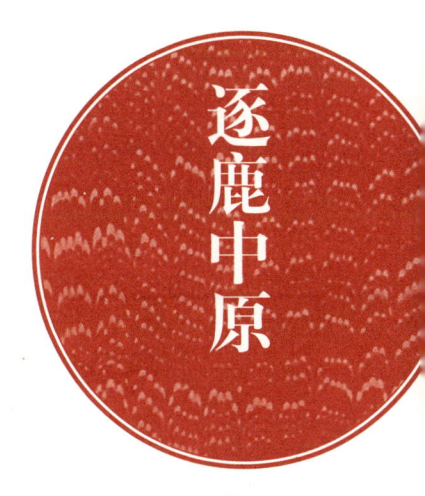

柯 岗 = 著

人民文学出版社

图书在版编目(CIP)数据

逐鹿中原/柯岗著.—北京:人民文学出版社,2012
(朝内166人文文库.中国当代长篇小说)
ISBN 978-7-02-009376-2

Ⅰ.①逐… Ⅱ.①柯… Ⅲ.①长篇小说—中国—当代 Ⅳ.①I247.5

中国版本图书馆 CIP 数据核字(2012)第 171761 号

责任编辑　杨　柳
装帧设计　刘　静
责任印制　王景林

出版发行　人民文学出版社
社　　址　北京市朝内大街166号
邮政编码　100705
网　　址　http://www.rw-cn.com

印　　刷　保定市中画美凯印刷有限公司
经　　销　全国新华书店等

字　　数　400千字
开　　本　880×1230毫米　1/32
印　　张　15.75　插页3
印　　数　1—10000
版　　次　1962年2月北京第1版
印　　次　2013年1月第1次印刷

书　　号　978-7-02-009376-2
定　　价　30.00元

如有印装质量问题,请与本社图书销售中心调换。电话:01065233595

出 版 说 明

以"文库"形式荟萃本社历年出版物之精华，是国际知名品牌出版企业的惯例和通行做法。作为新中国建社最早、规模最大、读者知名度最高的国家级专业文学出版机构，人民文学出版社在自己六十余年的历程中，已累计出版了古今中外文学读物凡一万三千余种，沉淀下了丰富的精神资源，出版我们自己的"文库"不仅生逢其时，更是为了满足广大读者精品阅读的需求。

有必要对"朝内166人文文库"这样的命名予以简要说明："朝内166"是我们赖以栖身半个多世纪的所在地，从这里走出了一位位大师，沁透着一股股书香，这里是我们的精神家园与灵魂地标；"人文文库"似已毋须赘言；而随后还将对文库该辑所集纳之图书某一门类予以描述，我们的描述将是客观的、平实的，诸如"经典"、"大全"、"宝典"一类的炫丽均不是我们的选择。

"文库"将分门别类推出，版本精良、品质上乘是我们的追求，至于门类的划分则未必拘于一格，装帧也不强求一致。总之，我们将通过几年的努力，为广大读者奉上一套精心编就的、开放的文库。恳请广大读者不吝赐教。

人民文学出版社编辑部
二〇一二年五月

第 一 章

一

党的小组会结束之后,全体党员高兴得不得了。他们蹦跳着,跑回班上,和大家一起哼唱着,说笑着,到村外山坡上去捡干柴,向老乡们借锅,淘米,紧急动作起来。他们非常明白,胜利是在战前准备的。大家按照上级的指示,今天做好干粮和一切长途行军的准备工作,晚上饱饱睡他一个好觉,拂晓就上路。

只有三班新战士肖红军和大家不一样。他一散会就像遭了雷打的小树那样,一头栽倒铺上,拿被子蒙住了脑袋。班长走到他的铺跟前站了站,伸出手去,想扯他的被子,但又缩回手来,一言未发,转身跨出屋外,坐在屋门口的阳光里。

"这才真是丈二高的和尚,叫人摸不着头脑呵!"

三班长叫张海全,是个挺有性子的特等射击手。除掉日本鬼子不算数,仅仅解放战争以来,他已经亲手射倒大大小小二十七名敌人的军官了。这人是个好心肠,直筒筒,一向见不得邪魔歪道,这阵,却叫肖红军给拿住了。他刚才真想像平时那样,一把掀掉被子,立地问出个所以然。但是,转念一想:这回全排单独出发,到军部来完成任务,营连首长曾经再三吩咐,小部队单独行动,一定要格外加强政治思想工作,反对简单生硬的作风。只有这样才能保证高度的战斗士气。为此,还由总支批准,排里成立了支分部。由李排长兼任书记,自己也兼上了支分部的委员和小组长。想到这里,他那双打算扯被子的手,不自主地软下来。

现在,张海全把双肘放在膝盖上,两手紧紧地抱住了自己的脑袋。他企图锻炼一下自己这个只会琢磨射击、投弹和拼刺的脑筋,是不是也能琢磨战士的思想。

他静静地坐着。阳光透过屋后毛竹林子的尖端洒下来。竹叶的影子落到他坐着的石阶上。一个个的"个"字,层层叠叠的出现着,移动着,好像鸡群走过雪地时留下的脚印。这时候,他的脑筋简直像个侦察兵似的,激剧、周密地转动着,搜索着。他想到了他们这批新战士的参军过程,也想到了他们的出身和成分。特别是想到了这批战士的带头人肖红军参军前后的一切表现,简直像朵花,没说的。可是,这一切都无济于事,一点也不能说明目前的问题在哪里。越想越乱,脑子里一下子像开水似的沸腾起来了,像许多小火苗似的跳跃起来了!耳边重又响起了首长们常常说的那句话:理论要是不能结合实际,那就什么问题也不能解决。他想:大概就是这个问题来了吧?可是,立即他又否定了这些,觉得这个问题套不上去。这不是理论,都是实际呀!怎么办呢?

张海全站了起来,回头瞟了一眼蒙头大睡的肖红军。肖红军也从被盖缝里看了看班长。然后,张海全三步并作两步地找排长去了。

二

一排长叫李康,是个有勇有谋小个子的山东人,全军出名的英雄。原先他在营部当通讯班长,去年部队跃进大别山之前,才调来七连一排当排长。这是七连首长们再三争取的结果。这个人一到连里来,不要说一排,就是全连战士都像得到了一本教科书。人人都拿崇敬的眼光去看他,人人都能把报上登过的关于他的英雄故事,像背书一样,从头至尾背出来。特别是一排有些战士,似乎有点得天独厚的样子,总拿排长当荣誉。他们面前背后,老是情不自禁地向新战士或其他连排的战士,用夸耀的神情摆谈他们的李排长。在他们的感觉中,好像有了李排长就有了一切;就可以战无不胜,攻无不克了。这情形虽然李康多次批评过,战士们表面上已不像半年前那样,着迷似的喋喋不休地谈论了,可是,心里还是没有多大改变。他们几乎是很习惯的,一碰到问题,就想到了排长。一想到排长,就背出了排长那段神话般的战斗故事。一想到这故事,就觉得不会有什么事情能够难住排长。他是可以解决一切问题的,因为他是一个很好的共产党员。

张海全一面到处找排长,一面压制不住地,心里默默念起排长那段故事来——

一九四六年,七月的战争,正在鲁西南定陶县里进行着。这一天,人民解放军的战士们早就预定好要歼灭的敌军之一,蒋匪主力整编第三师,作为进犯军的突击部队,逼近了大、小杨湖和小李庄一带。第三营的全体指战员们宣誓,他们要坚决消灭小李庄的七百多个蒋匪军。

战斗在黄昏以后开始了。

七连二排作为全营的一把尖刀,担任了第一梯队的主攻任务。战士们由于不可遏止的仇恨和强烈的歼敌信心,时间一到,他们就随着冲锋的号声,随着排长的指挥红旗,冒着敌人的火力封锁,像箭一样,冲过了敌人层层的鹿砦、外壕,射进了小李庄的纵深。

可是,第二梯队没有来得及跟上去。敌人在这一刹那的空隙里,重新组织了反冲锋的火力,把二梯队反扑下来了;把楔进村里去的第二排,包围在几座家屋里,企图消灭他们。

村子里展开了白刃格斗。敌人用强大的炮火向村外疯狂射击着,竭力使二梯队和二排完全失去联系和进攻的机会。二排扯进村里的电话线,被切断了。

半夜的时候,村外和村里的枪声,比较稀疏了。在离村不远的掩蔽部里,第三营营长马林万分焦灼。教导员已经分配在后面指挥所里,负责后勤工作去了。这种紧急情况下,只有他一个人,并且,情况要求他立刻果断、机智地提出挽回危局的办法。他坐在潮湿的地上。挂在角落里的小马灯,映照着他那消瘦的脸,眉头紧紧地皱着。他觉得作为一个人民战士的指挥员,现在,他犯了严重的过错。他面前跳动着比平时更可爱的二排全体同志们的脸。他听到小李庄村里,偶尔传出的机枪声,仿佛每颗子弹都穿透了自己的心。他探身走出掩蔽部,站在交通沟里,透过昏暗的夜色,向小李庄投去关怀的目光。

营部通讯班的战士们,每个人的心里,都和营长一样焦灼、紧张和不安。大家都想在这个千钧一发的时候,能够帮助营长做点什么。班长李康,这位刚刚二十岁的青年,一刻不离地守候在掩蔽部的门口,静静地等候着营长随时给他命令。但是,经过很长的时间,营长进出了好几次,一个字也没有吩咐他。他自从参军以来,就在这个营里,跟着营长打仗。他心里完全明白,马营长是个智勇双全、爱护战士的指挥员,他决不会让二排白白牺牲在村里,不会让小李庄的敌人逃脱,只是时间过得太快呀!早决定一秒钟,就会早有一秒钟的胜利。

正在这时,营长叫他了:

"通讯班长!"

"有。"小个子的李康,应声从黑影里跳出来,笔直站在营长的面前。

"你去给二排送个信。"

"是!"

营长拿着一个折叠好的字条递过去:

"给,拿上去吧!"

不知怎么弄的,当李康伸过手去接信的时候,营长的眉头一动,又把拿信的那只手缩回去了。他说:

"莫忙。叫我再想一想。"

子弹尖叫着,从掩蔽部的顶上飞过去。李康站着不说话。营长凑近了小马灯,打开了写好的字条,看了又看。现在与其说他是又一次地考虑着信的内容,不如说是在考虑着送信的任务。

刚才当李康伸出手去接信的瞬间,营长想起了一个十分现实的问题。他知道现在要交给这个青年战士的任务,实在太艰巨了。他要通过敌人三层纵深配备的工事,把信交给二排的同志们,肯定地说,随时都有被俘和牺牲的可能……于是,他的眼光,很自然的,从字条上转到笔直站着等待任务的李康身上去。他把李康从头到脚,再一次地打量又打量。突然,他从这矮小而又透出钢铁意志的青年身上得到了信心。他相信这个度过小长工生活的穷孩子的阶级意识、智慧、勇敢以及他对于革命事业的忠诚,会给他完成任务的才能。

马营长重新把信叠好,第二次叫着李康的名字:

"去吧!无论如何把信送给二排。信上是要他们一定坚持到拂晓,那时候,咱们全营发动总攻,里应外合,共同歼灭敌人。不管怎样,人民战士是不能当俘虏的!你要记着这句话,并且,告诉他们。给,把信拿好,你是共产党员,你知道!"

李康接过信,很认真地把信的内容向营长背诵了一遍。然后,又把心爱的红色五角帽徽摘下来,留在班上。脖子上用绳吊着,挂了两颗手榴弹,肩上挂起了他顶喜爱的三八式马步枪,向营长敬了礼,而后走了。可是,他并没有走出掩蔽部,却又转过身来说:

"营长,我把这枪留下吧,有炸弹就行。这支枪听说还是咱营在抗日战争马坊战斗中,同志们流血从日本鬼子手里夺来的,要是……"

营长没让他把话说完,严厉地制止了他:

"要是什么?你不应该胡思乱想,枪是可以打死敌人的,一定要带上!"

营长这句话,叫李康心里一阵发烧。他想到自己是个共产党员,又是班长,在这种情况下,想到失败,想到死是可耻的!他立刻把枪膛里推上了顶门火,发誓似的说:

"营长放心,我一定完成任务,回来见你。"说着,他把枪仍旧挂在右肩上,大步走出了掩蔽部。

马营长的心里比镜子还要明亮。他懂得这任务、这时刻对于李康的意义。再加上他的上级给他命令的时候,曾经几次说出了"无论如何"的字眼,这字眼在战斗中给予一个战士的重量有多大!

李康刚刚走了三十来米远近,忽然听到马营长在他背后低声命令着:

"李康,站住!"

"李康,等一等!等一等!"

最初李康以为是自己的耳朵在嗡响,只顾朝前走,等他清楚知道是营长在喊他的时候,才在交通沟里,原地转回身来。

天很黑,营长已经到了脸前,他还看不清营长的表情,只听见说:

"小李,你可一定要记着,不能当俘虏。把信装在衣袋里,敌人向你射击的时候,你就想法隐蔽下来,停一会儿,再前进……去吧!"

营长的话显然没说完。"进"字的尾音拖得很长,最后,突然说个"去吧"!

"是!"李康在黑暗中继续前进了。

李康已经是三年军龄的人民战士了。他曾经接受过马营长无数次的命令。但,他从来没见过像这一次,营长嘱咐又嘱咐,最后,还特地赶上来,叫他把信装到衣袋里。他完全可以体会到情况的

6

严重性,也明白营长没有说完的那些话。他想,我知道,信还是不能放在衣袋里,一定要拿在手里才行。要是万一遇上了不能脱逃的危险,我可以立即把它吃到肚里去,宁死也不给敌人留下半点痕迹。他心里悄悄地说着:

"营长,你放心吧!李康明白你的心!"

我们的阵地上,有几挺重机枪,在向敌人射击,沉浊而又有力的弹啸,使人感到每颗子弹,都击中了敌人的脑壳。这声音好像一个人在李康的耳边说:

"勇敢永远是胜利,胜利永远是光荣和幸福!死亡永远是属于敌人的!我们是为了千万个母亲们的好日月,为了人民大解放,要永远从胜利到胜利……"

李康弯着身子,摸索着,朝小李庄前进。子弹从他身边吱吱叫着飞过去。他知道这是敌人盲目的射击。他仍然不停地前进。

要通过敌人第一道工事了。他机警地选择了两个单人掩体的间隙,正要跑过去,敌人问:

"哪一个?"

"传令兵!"他很自然地应声着,一闪就过去了。

越朝前走,子弹越稠密。快到村边的时候,机枪扫射起来。他觉得敌人发现了他。虽然是夜里,敌人看不清,但是,一片开阔地,隐蔽却也十分困难。这时,他发现前面有一丛黑糊糊的小树。他伸手一摸,树条又细又软,原来是冀鲁豫老乡们用来编制背篓的金丝柳。这家伙要想挡子弹是没有可能的,为了消灭敌人的目标,他还是打算拉住柳条蜷伏下来。可是,他实在没想到,当他刚刚靠近柳丛,一种突然的、爆炸似的声音,从柳丛里迸了出来:

"站住!什么人?"

李康知道,这下糟了,碰到敌人的工事上来了。但,他还是没有把左手里的信立即送到嘴里吃下去,仍然很镇静地回答说:

"营部传令兵!"

更叫李康措手不及的,是他回话的时候,柳丛伪装着的工事里,敌人已经跳出来,站在他的面前了。一只大手狠狠地拍着他的光脑壳,半信半疑地说:

"哈哈!连帽子也跑掉啦!传令兵?是八路军的吧?"

李康两手垂直地站着。敌人几乎像要和他亲嘴似的,挨上他的鼻子瞅着,想把他的脸盘看清楚。情况万分紧急了。现在李康想把他手里的信吃掉,也不可能了。敌人已经切断了他的手和嘴的联系!

这时,李康一面用手吃力地握着信,心想用手心里的冷汗把它浸碎;一面想到了挂在肩上的马步枪,想到了营长的话:"枪是可以打死敌人的!"于是,说时迟,那时快,他用右手把枪托朝后一挑,枪在自己的肩上架起来,枪口正对着比自己高出半截的敌人的脑袋,他扣了火。

这个敌人应声倒下了。在他临死之前,他并没有弄清李康到底是谁。

信还在李康的手里紧握着。为了怕枪声引起敌人的注意,他立即向前冲过去。可是,仅仅跑了十几步,冷不防又跌进了敌人最后的一道交通沟里。他踩上了一个正在休息着的机枪兵的胸膛。

"谁呀!谁呀?不长眼!妈的!"

"是我,是我,对不起,营部传令兵!"

李康这样回答着。这位机枪兵没有疑惑。他一面爬起来,一面去扶李康。这时,李康隐约看到,交通沟的边上,架着一挺轻机枪。他急忙把机枪抓到手里,这才发现,原来是一挺装满子弹的日式歪把子。于是,他熟练地抱起机枪,顺着壕沟打起来。

敌人乱了。李康抱着机枪跳上壕沟,直往村里跑。一面跑,一面大声嚷叫着:

"敌人后续部队进来了!敌人进来了!"

敌人听到叫喊,越发慌乱起来。成群的敌人吼叫着,乱打着枪,朝村外跑去。村里被包围着的二排同志们,趁机也用集束手榴弹,朝敌人堆里甩起来。村里火光映得一片红。在火光里,二排四班长看见了李康,喊起来。

二排全体同志们,这时候看见了李康,就像看见了马营长一样。虽然他带的信,字迹已经模糊了,他却一字不漏地向二排长背诵了出来。这命令给大家带来了信心和希望。大家更顽强地战斗着,等待着拂晓的胜利。

李康为了让营长早点知道,任务已经顺利完成,准备好拂晓的总攻。他没有久停,就从敌人的尸体上脱下了一套军装,穿在自己身上。跳出二排固守的家屋,在黑暗中从另一个方向,闯出了小李庄,回到营部来。

拂晓,小李庄的七百多敌人,全部被歼灭了。李康成了全军出色的通讯英雄。

三

李康正在一班住的老乡屋子里,脸朝里,背朝外地蹲着,淘米做干粮。张海全一看到排长的脊背,好像问题已经有了办法,心里也不像刚才那样烦乱了。他没有走到跟前,就喜笑颜开地大声叫着:

"排长！排长！"

"啥事?"李康仅仅转过头来问。

"我有事向排长汇报。"

"讲吧！啥事?"李康仍旧在淘米。张海全朝一班战士们瞅了瞅,声音低了一点说:

"排长,请你到这边谈谈好不好？挺重要的。"

李康甩了甩手,站起来,跨到屋外去。他的眼珠朝张海全看一下,心里说:"嘿!他倒果真有点进步了。担负了党的工作,居然跟甩手班长不一样了。要是从前,他离你八丈远,就迸出来了。这阵他好像也懂得了影响,懂得了什么话该在什么地方说了。"

他们俩肩并肩地走出了一班住的天井,到大门口站下来。张海全一口气,把党小组会散会以后肖红军的表现,以及他为这件事所做的努力说了一遍。最后,他十分肯定地说:

"没法子,排长,我是实在找不到一点原因呀!首长们常说,解决思想问题,一定要找到发生问题的根源才成。可是,我就碰上了个没有根源的问题。你说该怎办呢?"张海全焦灼地盯着排长,好像排长就是灵丹妙药似的。

李康皱了一下眉头,仰起脸来,把他那本来就嫌小了点的眼睛,紧紧眯缝了一阵,说:

"在会上他说了些什么?你碰了他吗?"

"没有。"

"对待战士的思想问题,可不像在阵地上打冷枪哟!"

"没有。我明白。在会上我传达了上级的命令,大家都很高兴,没有怎么讨论,都要求抓紧时间,快去做干粮,就散会了。肖红军从头到尾没发言,大家觉得奇怪,可谁也没说什么。我也感到有点不对劲儿,散会后就赶紧去找他⋯⋯"

李康在听着张海全这些话的时候,眉头越聚越紧,几乎两条眉毛快要连在一起了。张海全一言不发,定睛瞅着。住会,李康说:

"你去做干粮吧,别管他,等会儿,我找他谈谈。"

张海全应诺之后,转身去了。

李康仍旧车转身,和一班战士们一起做干粮。可是,他心里确实也有点沉重了。他感到这决不是个等闲的问题。一个下级指挥员,如果不能时时刻刻摸清自己战士的思想,那是非常危险的。然而,现在这却是个谜。他不自觉地集中自己的全部思想,围绕着肖红军这个不到二十岁的新战士转起来。

其实,这青年的真名,并不是叫肖红军。在花名册上,至如今还是肖洪举。只是他来到连上之后,当大家零零碎碎知道了一些他的身世,再加上他本人又生得精明、利洒,工作积极热情,处处表现着连队就是他的家,和一般新战士的规律有点不一样。因而,很快他就成了大家喜爱的人物,在整个连队首长和战士们的心目中,简直像朵春天里的花苞似的,充满着朝气,散发着芳香。这样天长日久,大家混熟了,有些战士完全出于歌颂和爱慕的心情,很自然地把他的名字叫成了肖红军。他自己也很明白同志们这叫法是好心,所以他也不吭声地接受下来了。

肖红军的军龄,到现在为止,才不过三个来月。按理还是个新战士。新战士能在这样短短的时间里,既没有立过战功,也没有什么特殊表现,就成为这个连队的中心人物之一,确也不是毫无根据的。又何况这个连队一向是攻得开、守得住、载有许多光辉战绩、全团公认的钢铁连队呢!

在人民战士的行列里,一个人要想取得那些身经百战、千百次用生命夺取了胜利、战胜了死亡的战友们的足够信任和爱慕,仅仅凭着自己的举止言谈是没有可能的。这也决不只因为肖红军是这次参军新战士的带队人,县委工作队的介绍信,是由他亲手交给首长们的,并且,其中还有他本人是中共候补党员的组织关系等等。更主要的,还是工作队转来了肖红军在被党吸收的时候,地方党组织整理的一份关于他的比较详细的材料。这材料是首长们和李康他们几个支部委员统统看过的。只是,现在那材料不在手头,李康所能记起的,除掉他们几个红军家属大同小异的历史遭遇之外,特别引起注意的,还是肖红军在参军以前所特有的行为。

肖红军是在去年八月,部队刚一进入大别山,土改工作队还没有到他村的时候,就带头组织了农民积极分子,工作队一到他就参加了民兵的。九月里,有一天,工作队的陈队长又到他村来筹粮,把粮筹好之后,陈大姐写了一封很简单的信,派他送到县委去。大姐和工作队的同志们,在村里等他带回信来。要他无论如何,多加小心,连夜返回来,不然,大姐就要转移了。

那阵,地主、小保队(地主武装)闹腾得正凶,土地改革也搞得正紧。整个大别山重又沸腾起来,广大农民同地主、恶霸展开了真刀真枪面对面的斗争。我们的野战军和敌人的正规部队,整天周旋着,寻找着歼灭敌人的机会。在这种情况下,肖红军知道这个任务是不简单的。到县委去虽然路不太远,可是,沿途并没有自己的队伍。他思忖着,仗着路熟,接过信去,说了声"大姐放心",一出村,就岔上了大山小道。

他暗自合计了一下,就是这番主意。这条路一来是近,二来也偏僻,没人走。免得半路碰上敌人的队伍。于是,他把信往贴身衣袋里一塞,放开脚步走去。

约莫个把钟头的光景,脚下已经扯过了十多里路了。沿途一个人影也没碰到。他心里正在庆幸着主意打对了的时候,不知不觉业已爬上了老山背,钻进了一座黑压压的大松林。他知道这林子足有五六里方圆,遮天盖日,全是高大的马尾松。这里因为地势高,太张风,整年累月松涛总像瀑布似的呼呼响。在平时的热天里,是放牛娃儿们歇凉的好去处。可是,这时候,他一走进去,不知道是心里有事呢,还是怎么的,反倒觉得分外阴森可怕了。于是,他格外警惕起来,不自觉地瞪大了眼睛,朝四外轮扫着,脚步随即加大了。

忽然,他感到简直像梦一样,林子静得一点声息也没有了。虽然他听到自己的脚步刷刷响,可是身子仿佛一点也没动。他急得胸脯像风箱似的喘着粗气,仍然不能按照他所想的那样,一步跨出林子去。突然地,他的头发根子猛一奓,眼睛在路边的一棵大松树上,碰到了一个不大的字条。现在,他又想起了已经去世两年的陈四合大叔,亏得他在放牛的时候,用树枝画着,教他学了几个字。这阵,他能清楚地看到,那字条上明明写着"活捉陈队长,杀绝工作队"几个大字。这些字在他看来,就是地主们重又来到了眼前。他脊椎骨上一阵发烧,心一横,伸手扯下那张标语来,随即撕得粉碎。然后,他又跳起来,从树上折了一根足有鸡蛋那么粗的松桠子,紧紧握在手里,照旧迈着大步往前走。心想:"反正已经走到这里了,再返回去也来不及了。真碰上你们再说,车到山前必有路。"

说来有点凑巧。也许是冤家路窄。果然当他快要走出林子的时候,路旁跳出了五个小保队,大喝一声,把他挡住了。

"站住!干什么的?"三个拿步枪的,一齐瞄住了他。一个手提马刀的朝他走近来。另一个拿手枪的,站着没有动。

还好,肖红军打眼一瞅,没有一个面熟的人。看样子他们并不是这一带的地主王八蛋。他的心倒反静了点。

"到县上去的。"

"哪个湾子的?"

"王家畈。"他故意编造了这么个地名。敌人仍然没发觉。

"到县上干什么?"

肖红军没有来得及回话,那个提马刀的家伙,已经从他衣袋里把大姐的信抄出来了。这下,他的脑袋轰一下子大起来。什么话也说不出来了。那个拿手枪的敌人看了看大姐的信,双脚跳着说:

"这就是陈队长的信,快说,她在什么地方?不说,马上砍了你!"

这家伙虽然凶神恶煞地跳着,肖红军却是更加镇定了。他知道大姐的信上并没有写地点。他心里有了底。于是,他故意装做十分胆怯而又羞愧的样子,低声说:

"王家畈……"

"王家畈!王家畈在什么地方?离这有多远?"那人怒眉怒眼地瞪着他。

"二十多里。在北边,要爬大山!"

"走!走!带我们去。今天非要活捉这个臭婆娘不行……"那人气汹汹地朝大家看了看。拿马刀的小子,朝肖红军推了一把。

肖红军转过身来,耷拉着脑袋,带着匪徒朝回走。

这阵,肖红军的脑袋完全冷静下来了。他想:这回算完了。不带他们马上就得死,带他们,到底能把这群土匪带到哪里去呢?我上哪里去给他找到王家畈呢?难道我肖洪举果真能把他们带到彭家瓦屋去,叫他们活活捉住陈大姐吗?不成!这念头一泛上来,就好像自己的五脏六腑都要爆炸了似的。自己的亲娘和许多叔叔大娘们,叫彭家地主和保安队拉到石河岸上,深更半夜里,用大刀砍掉了脑袋的情景,爹在红军队伍里打金家寨牺牲的情景,以及许许多多和自己同样的姐妹兄弟们,多年以来,在地主手下像牛马似的活出来的情景,一切全都展现在眼前了。他感到仇恨像火一样烧着自己的心。他坚决不想这些。他觉得要是带着土匪去捉陈大姐,还不如把自己的头割掉痛快些。那样做,怎能对得起死去的爹娘和乡亲们呢!怎么办?要是胡乱带他们到个村里去,他们捉不到陈大姐,不仅把老百姓糟蹋一顿,而且自己还得死。想到这里,计上心来:反正拼着一条命,成就成,不成就是死,也得像个工农红军的儿子,只断不弯的穷弟兄!

匪徒们不停地用脚踢着他,用手推着他,用嘴骂着他,恨不得一步迈到王家畈,伸手抓住陈队长。正在这时,他却转过身来,连连打躬哈腰,求告说:

"老总……我……我……真是不愿……"

"娘卖……不愿什么?不愿去,就地结果了你!"

拿刀那小子,用刀背朝他腿弯上狠狠砸了一下。肖红军啊哟一声栽倒了。然后,他又用手吃力地撑起身子,定睛瞅着拿手枪的那个人:

"官长!求你……救救我!我是怕……咱们去了要吃亏!"

"什么?吃什么亏?"

肖红军看到这话引起了那人的注意,随即慢慢站起来,很肯定地说下去：

"我不敢哄官长,说实话,今天陈队长他们正在王家畈,检阅十几个湾子的民兵,足有二三百人。还有他们县大队的队伍,弄来了不少的钢枪和炸弹,说是发给民兵的。我看,咱们人少,去了要……"

"这是真的吗？"

"我不敢胡说。"

"我马上派人去侦察,要不是这样,休想保住你的命！"那人狠狠盯了肖红军一眼,转过身去对着其他匪徒。肖红军顺势进前一步,更诚恳地说：

"我情愿跟官长一块回去,要是官长不去,看样子他们今天是不会走的。我拿不到县上的回信,我也不敢回去了。"

"走！"那人朝肖红军轻蔑地瞟了一眼,又对匪徒们使了个眼色。然后,他们就押着肖红军往回走了一两里路,岔下山梁,到一个非常隐蔽的山窝棚里去。

这窝棚坐落在山腰,正面是三四丈深的断崖,只有一条不能两人并膀行走的小路,像根带子似的,顺着山势朝南飘去,在看不见的地方,慢慢斜下山沟里。出门朝东,上山梁,进入林子去,本来是没有路的,只是他们新近趁着天然的石坎坎,添了一些脚窝,人们拉住树枝、草根勉强可以上下。他们刚才就是这样上来的。

这窝棚,其实是个较大一点的茅草庵。架子整个是竹的,上面搭着厚厚的茅草。里面又编了一个小墙,把庵子分成了两半。外间是炉塘、柴斧、扁担之类。里间没有床铺,只是靠近小窗户,就地堆了一堆松枝和茅草。看样子,这并不是真正窝棚户的住处,只是砍柴人临时避风雨、歇夜的地方。肖红军一进屋,就被赶进里间去。拿刀那小子坐在隔墙门口死盯着,其他的匪徒,马上坐在外间悄声嘀咕起来。拿刀那小子也不断扭过身去凑几句,只是一点听不清,根本不知道他们说的是什么。

足有个把钟头过后,肖红军听到他们在外间烧起火来了。不知道是烧水还是煮饭。直到太阳偏西,才听到那个拿手枪的家伙,很有把握地大声说道:

"记着,一定要他们傍黑出发,赶半夜到这里就行。隐蔽点!"

而后,有人走了。不知是一个还是两个。

肖红军一直被指定在离开小窗户最远的角落里坐着,一声不响,一动不动。只是当他刚一坐下来,拿背脊朝后一靠,觉得软乎乎的,吱吱响,这时候,他才下定了逃脱的决心。他明白了这茅庵的四壁,虽然看来糊着一层黄泥巴,好像墙似的,其实只是薄薄的一层,里面全是稀拉拉的篾条。因而,他便规规矩矩地坐着,把两手放在背后,用指甲一点点地把泥皮往下撕。然后,趁着匪徒们在外间说话、烧火的各种动静,迅速地一根根折断着篾条。就这样,他一直艰苦地工作了几个钟头之后,天才慢慢黑下来。

可是,现在外间的匪徒们,还在和里间这个拿着马刀的小子,不停嘴地说着一些杀人放火、抢东西、搞女人一类的禽兽话。看样子,他们似乎精神都很好,这一夜根本不打算睡觉了。肖红军身上一阵阵地出冷汗。他的心实在说不上是什么滋味了。他感到时间过得太快,好像再过一分钟,大队土匪们就会来到,那时候,他就是生着翅膀怕也难以逃脱了。他希望匪徒们不断地动作、说话,不要静下来,他好趁机把篾条条多扯断几根。可是,又希望他们赶紧睡熟,他好一下子从他折断篾条的窟窿里钻出去。

黑夜终于带来了疲困。外面那人好像是在干草堆上躺着,咯吱吱地翻了个身说:

"喂!你注意哟!我们蒙眬一下,一会儿,就换你。"

"放心,你们歪吧,我不困。"

里间这个拿刀的小子,说着,顺手擦燃了火柴,吸起烟来。肖红军顺着火光看过去,那小子虽然坐在门口,可是和他面对面。并且一边吸燃纸烟,一面拿眼珠死死盯着他。这眼珠叫肖红军感到简直像根绳子一样,紧紧拴住了他的手脚。他一点也不敢动了。他故意把头低下。直到火光熄灭,小屋重又黑下来,他才长长出了一口气。

又过了一阵,肖红军的工作已经做好了。他知道他所挖开的窟窿,已经完全可以钻出自己的肩膀了。他的心更加紧张了。漆黑的屋里,什么也看不见,然而,总觉得门口那小子的两只眼,在死盯着他。

外面起了大风。山上的松涛,沟里开始枯黄的败叶,茅庵近边的小虫,这一切秋天的声息,混成了一团。肖红军的眼前一阵阵地冒火星,手心一阵阵地出汗……

忽然,外间发出了鼾声。肖红军的心更紧张地跳起来。他想已经是时候了,再也不能耽误了!他刚刚一伸腿,门口那个拿刀的小子,却又少气无力地突然说:

"老……实点!听到……没有?"

这句话叫肖红军的手脚全麻了。他觉得机密已经被识破了。那小子好像不仅看到了他的心,而且也看到了他背后的窟窿,只要几秒钟的工夫,马刀的刀口就会砍到他的脖子上来!怎么办呢?就这样等死吗?他立即站了起来。可是,那小子并没有动静。这才发现,原来那鼾声并不是外间传进来的。那小子刚才说的是梦话。

现在,肖红军仿佛听到有人对他说:"肖洪举,快逃!快逃!"于是他一缩身子,用尽全身的力气,从他挖好的窟窿里朝外猛一钻。

也许是因为窟窿小了点,或者他的心太急,用力过猛,虽然身子钻出去了,整个茅庵却像地震似的晃了一家伙。匪徒们醒来了。肖红军只听得他们连声吼叫:"跑啦!跑啦!"他没有等匪徒们跑出屋来,就一个箭步,跳到屋边的崖下去了。

不知道是匪徒们没有带手电筒呢,还是害怕暴露目标?他们跑出屋来,站在崖边,听了听,没有用电筒照,朝着崖下砰砰打了两

17

枪,子弹在石崖上迸出几点火星。他们没敢跳崖去追赶。肖红军是从小在大山老林里长大的。他知道跳崖一定要把身子贴在崖上往下滑。他觉得直直朝下滑了足有三丈来深,山势多少斜了点,可是,身子仍然控制不住朝下滚。这阵,他听到崖上扑通扑通响了两声,接着就有两块大青石,碰击着崖子,跳跃着,迸着火星,一前一后地从他身边滚下沟底去。往后,听到匪徒们在崖上站着说:

"活不了!让他是铁打的,就是跌不死,这两家伙也送他回老家了!"

山谷重又静下来,仿佛什么事情也没发生过。风摇着小树和荒草,小虫凄厉地叫着。

肖红军没有滚到沟底,就站起身来,从山腰的草丛里一直朝北跑。虽然,他知道沟底有条小路,但是,生怕路上再碰到麻烦。至于他自己身上到底有几处碰伤了,哪些地方在出血,他根本没有考虑到。只觉得胳膊腿都还很灵便,浑身都是力气,恨不得一步跑到大姐身边去。

然而,他并没有跑多远,一脚下去,好像踩住了个大包袱,心里猛一惊,只觉得脚下那物件软软地滚动了一下,自己也劈脸栽倒了。肖红军拿手一摸,原来是个人。这人肚子还热乎乎的,一声也不响。他伸手去摸那人的头,刚刚摸到肩膀,就是一手血!他断定这不是坏人,想把他的脑袋抱起来,仔细看看他是谁。想不到这一抱,才发现那人的左膀子上叫谁砍了一刀,锁子骨被砍断了。那人实在忍受不住,这才从牙缝里挤出了哼声。

"你是谁?"肖红军小声问着,把脸凑近去。那人睁开了无力的双眼,一手抓住他的胳膊说:

"洪举哥!救救我……"

"啊!文礼!是你呀!"肖红军已经认清了,原来是四合叔的儿子陈文礼。

"天明……我……我赶到……这……沟里……砍柴……碰

上……五个……小保队……他……他……们要我带着……去找工作队……我不去……他……他们……砍我……一刀……说叫你……知道点厉害……"

肖红军没有让他说下去,自己也没再说一句话,扯下自己的衣裳,把陈文礼的膀子捆起来,背起他就朝家里跑。半夜里,他们看到了陈大姐。

就这样,不久,肖红军就被村支部吸收为候补党员了。

四

阳光照耀着。李康紧锁着眉头,思忖着,脸朝里,背朝外地坐在门槛上,只顾不停地淘米。一班的战士们,看到排长这神气,估计准是三班长给他送来了难题。排长不言语,他们谁也不吱声。忽然有个长长的身影,被阳光悄悄地推进屋来。李康还没有转身,就听到有人哑着嗓子说:

"报告!"

李康一回头,肖红军已经在他背后立正站着了。李康迅速打量着他。胸脯依然挺得高高的,宽阔的双肩仍然平正正的,两手直直贴在裤缝上,看上去,和平时完全一样,真像一棵摇晃不动的小松树,一位不可抵御的战士。可是脸上的神色有点不对头,略嫌突出的唇边没有了忍耐不住的笑意,长长的腮帮,铁块似的紧绷着,两条浓浓的眉毛,虽然竭力伸展着,可是,睫毛上挂着细小的露珠,角膜显然有点发红了。

"呵!肖洪,稍息!"李康用他自己对于肖红军的爱称命令着,迈出门来,走近他。

"排长,我……"他的话还没有说出来,李康就接上了:

"是呀!我正要找你谈谈的。走,咱们到村外晒晒太阳去。"

李康用右手扳住了肖红军的左肩,让他原地来了个向后转,然后,他们穿过竹林,来到村边田埂背后,一个背风向阳的去处坐下来。

"怎么样?肖洪同志,你要谈些什么呢?"李康亲切地看着他。肖红军不知怎么弄的,好像被什么东西塞住了喉管,满肚子要说的话,一个字也说不出来了。他把自己的视线躲开排长,把脸调过去,眼珠死死盯着远山。久久地,久久地,不声不响。微风轻轻摆动着近处小杉树的嫩尖儿,背后的竹林响起了细碎的沙沙声。田埂外面正在翻耕冬水田的大水牛,呼呼地喘着粗气,沉重的蹄子,哗哗地激响着泥水。听着不断发出的吆喝声,可以判定耕者是个年轻人。只是,田埂高高地拦阻了视线,他们根本看不见。

"早啊!你倒耕起冬水田啦!"突然的一个声音从田埂后边传过来。

"还早呢,映山红都要崩嘴啦!"另一个声音回答着。

"对呀,歪好插几根,总比没头没尾等着强。"

"等?你等谁呀?"

"等谁?你还装糊涂呀!等咱队伍在大别山扎下根儿呗,还能等谁?说实在,只有他们说他们再也不走了的时候,稻田才给咱们自己长米呀!"

"我可弄不清,咱两个谁糊涂?莫非如今他们还没有扎下根子吗?怕是你那颗心,是青石板做的,根子扎不下吧!"

"我这颗心就不用讲了。未必你还没看见,他们又在做炒米干粮,又要走了吗?我的天,想必又要走很远,要不,还做干粮?"

"你想把他们拴在自己的裤带上,是不是?那办不到!"

"不要这么说,说话是不要本钱的。你到底想过他们走了怎么办没有?要是你那颗心,还没有叫狗吃掉,你也总该还记得民国十八年,他们走了之后,是怎么样的天转地翻,刮黑风呀!二十六年,他们又回来啦,什么都好啦!可是,前年又走啦!咱们又是怎么过的哩?就说大别山是块铁,也给磨平啦!一根稻草能经几次火烧?难道你就没想过?"

他们的对话,突然中止了。好像耕田那个人要想考虑一下,才能回答这人的论断。可是,这段话却叫肖红军听得一清二白。他不自主地转过脸来,朝排长瞅了瞅,心里说:"还没听到吗?我的好排长!这就是我要说的呀!"李康并没有看到肖红军的眼色,只顾哑摸着这两个农民的对话。住会,那个正在耕作的人说:

"不怕,我就不怕队伍走,牛羊头上生着角,鸡还长着两只爪呢!自古以来,谁也没见过哪个朝代,队伍把田分给你,还得给你守住田土不动弹!啥叫队伍?队伍总是要南征北战的嘛!"

这么一说,那人不再回话了。李康长长吁了一口气,很自然地站起来,伸着脖子朝田埂外面望了望。虽然他的个子矮了点,什么也看不见,可是心里却在称赞着:"对,你说得很对!"

当李康重新坐下的时候,肖红军忍不住地开了腔:"排长!你听到了没有?他们很怕咱们走!"他不知如何是好地低下了头。

"听见了。你也怕吗?"李康的视线朝肖红军扫过去。肖红军急忙躲开来。他心里慌乱得不行,翻腾得厉害。他很想说:"是的,我也怕!"但又觉得这样说,确也不是自己的真心,何况自己又是个野战军的战士呢。要是说:"不!我不怕!"心里倒实在有个疙瘩解不开。他迟疑了很久,才从牙缝里挤出了这么半句话来:

"不,我不怕,只是奶奶……"他的眼眶又红了。又有一层水莹莹的薄雾蒙住了瞳孔。透过这薄雾,他仿佛比任何时候都更清楚地看到,奶奶告诉他们的一九二九年,爹在红军队伍上,打金家寨时牺牲的情景;看到了红军撤走后,白匪军和地主怎样在村里疯狂地杀人,农会、妇会和赤卫队的干部们,正太叔、正太婶他们一群十几个,还有自己的亲娘,怎样没逃脱,叫彭家带着保安队,把他们一齐拉到石河岸上,在一个月黑头的夜里,一个个地砍掉了脑袋,踢到石河里。这以后,村上多年没人敢在半夜过石河,他们说在更深

21

人静的时刻,常听到河边有人齐呼乱叫地喊着:"共产党万岁!打倒土豪劣绅!平分土地……"五十多岁的老奶奶就在这样阴风惨惨的日子里,怎样带着他和正太叔留下的独生女晓云在彭家帮工受苦。那时候,晓云比他小一点,两人都不过一岁多,全靠奶奶一个人,在彭家死去活来地劳动,抓挠点残汤剩水过日子。就这样,把他们拉扯到七八岁上,有一天,忽然谣传红军又要回来了,这下地主们全都吓掉了魂。那天傍黑,奶奶把洗好的衣裳,折叠好,按照旧规,往彭家老掌柜婆的上房送,不料他们全家,不知啥时候,悄悄密密在老太婆的大红顶子床下挖了个地窖,正把一包一包的银元往里埋哩。这一来,奶奶可算闯了大祸了。全家齐声骂起来,比看见了他们家的闺女偷人还生气。连那平时手不离杖,弱不禁风的老太婆,也把两只小脚跳起八丈高,跑到奶奶的脸前,先是狠狠两耳光,又用手指头捣住奶奶的太阳穴,咬牙切齿地骂着:

"你这老不死的,这阵谁叫你进来啦?天生的穷骨贱命,整天睁着两只贼眼,东瞅西看的,像个奸细样!我知道早晚要坏事,果不其然,正好这会儿你又钻进来啦!好呵!只要你想看,俺今天就给你看个够!"说着,她就从她的发髻上抽下了一只银钗子,紧紧捏在手里,狠狠地朝奶奶的眼睛珠上戳起来。奶奶呵哟一声昏倒在地上,血和泪一齐顺着眼角往外流。他们这才七手八脚,把奶奶拖到当院里。从此以后,奶奶成了双眼瞎,再也看不见他们那些不能见人的事情了。可是,彭家还是不肯罢休,一定要把奶奶折磨到死地。于是,他们就把奶奶赶到磨房里,像牛马一样,一年到头在磨道里转着,替他们推磨。奶奶为着要活下去,要报仇,要把他和晓云拉扯大,保住红军这条根,眼泪流进肚里去,忍气吞声,不管春夏秋冬,一年四季,把身子捆在彭家磨杆上转着圈。等到他和晓云长到十岁上,彭家看他俩已经可以使唤了,他们就又无条件地成了彭家的长工。他开头是放猪,后来又放牛。晓云一直在家里浆浆洗洗,端茶送水,成了名副其实的小丫头。就在这样刀山似的日子里,他们俩一天天地大起来,奶奶一天天地老下去。每当他们挨打受气之后,一肚子的冤愤没处说的时候,就悄悄跑到磨房去找奶奶诉苦。可是,他们往往一进磨房,看到奶奶少气无力地推着磨,眼泪顺着脸上的皱纹往下淌,就一句话也说不出了,不声不响,帮着奶奶推起磨来。他们三个人,推着有如泰山一样沉的大石磨,谁也不说一句话。只听到阴沉的磨声呼呼响着,好像一点点地磨碎着自己爹娘儿女的骨肉!直到他们的心,疼得实在不能忍耐的时候,奶奶才压低嗓子,没头没脑,一遍又一遍地对他们讲说着,红军怎样闹革命,怎样分田地。红军走后,白匪和彭家又怎样杀人。以及他们的爹娘,如何,如何,在何年何月,什么地方被砍死……

这些血淋淋的史实,悲痛仇恨的教科书,刹那间又在肖红军的眼前展开来。他终于控制不住,心脏一阵阵地收缩着,鼻梁一阵阵地发酸,眼珠上的薄雾,无可奈何地聚成了泪珠,一滴滴地落下来。

"怎么啦?奶奶不是很好吗?有啥事啦?"李康紧急地问着。肖红军突然仰了仰头:

"我不明白,咱们为啥又不要大别山啦?这地方青山绿水的,有啥不好呢?"

"你听谁说咱们不要大别山啦?"李康笑着说。

"班长不是说要走啦吗?"他惊疑地盯着排长,以为事情会有变化的。

"啊!原来就为这呀!是的,咱们是要走的,非走不可!"肖红军又把脑袋低下去了。李康继续说:

"可能张班长没有说清楚。咱们要走,不是不要大别山,正是要大别山,你知道吗?野战军就是要到处打仗,消灭敌人。只有把敌人消灭完了,大别山不就更好了吗?"

"咱们走了,这里的地主还不是要杀人……"

"地主?哎呀呀!你这个小鬼,真是十年前叫蛇咬一口,十年后见了一条绳子还害怕。你以为咱们这回走了,也和从前红军走了是一样吗？错了，同志，你想错了！革命是一天天地发展着，不会原封不动地重复。从前是咱们力量小，叫敌人把咱们赶走了。现在是咱们力量大了，敌人从进攻，变成了防御，咱们要去赶敌人，明白吗？旧年的黄历，已经不中用了。世上什么都在变，你爹当红军的时候，手里拿的是矛子枪，这阵，你看你手里拿的是什么呀！告诉你，咱们是要去找敌人的主力，把它全消灭，咱们不是逃跑，大别山是咱们的家啦！还有很多队伍留在这里，还有大别山的这么多群众，你怕啥？放心吧，奶奶万无一失。不过，虽是这样，我倒要想问问你，你参加野战军，参加共产党，到底是为了啥？难道就只是为了保住你的奶奶吗？"李康最后这句话，带着很严肃的批评口气。

"不，排长，我不是光为自己，是怕队伍走了，奶奶她们就……"肖红军急忙回答着。李康插嘴说：

"她就怎么样？就活不成是不是？"肖红军勉强动了动嘴唇，没有说出什么，默默地把头调到一边去，李康随即站起来，很坚定地自己回答着自己的问话说：

"当然啦，要是解放军的战士，共产党员，都只是为了他自己的家，自己的奶奶，那就可以肯定地说，他是保不住他的家和奶奶的。只要他一转身，他的家和奶奶就会叫敌人给毁掉。可是，咱们人民解放军、中国共产党根本不是这样的，咱们是为着一切劳动人民、穷苦兄弟们大翻身，解放他们自己和他们的家，他们的奶奶，所以咱们才到处打胜仗。"说到这里，李康又坐下来，瞅住了肖红军：

"你想过没有，现在中国还有多少人的奶奶，也和你们从前一样，正在地主家里受苦。要是你想过，那就好办了。反正，一句话说到底，问题就看你信不信，咱们要走是为了消灭更多的敌人，解放大家的家，大家的奶奶。因而，大家也会像我们自己一样，去保卫我们的家和我们的奶奶。"

李康把话说到这里。肖红军觉得排长讲得太好了，太有道理了。可就是没能说透自己的本心,末后,还像小刀似的,把自己的喉管割了一下子。他明白他要求参加共产党,参加野战军,确实不是光为着给自己家里报仇。但是,不知为什么,一听说队伍要走,要过淮河去,从前队伍走后的情形,就像一团乱麻似的,缠住了他的心。他立刻转过脸来,直直盯住排长说:

"排长,不,我不是光想着自己……我是不明……"

肖红军没有把话说到底,喉管就又淤住了。他把视线顺着田埂上那条光生生的小路望过去。突然有个女同志转过了山脚,朝着他们走近来。这人在肖红军的眼里,最初只是模模糊糊地看到,她穿着一身略嫌长了点的蓝布棉制服,头发短短的,走动起来,两只胳膊甩得挺快。慢慢看到那人不过三十上下年纪,细高的身材,腰里还挂着一支小手枪,背后两个通讯员,一个肩着卡宾枪,一个带着驳壳枪。再后面是高个子的饲养员,拉着一匹白蹄脖的黑骡子。这瞬间,那骡子引起了他的注意,他不自觉地站起来,聚精会神朝那来人看过去。李康正要喊他坐下来,那人已经来到了跟前。肖红军仿佛完全忘记了排长正在和他谈话,一耸身子跳上了小路,孩子似的伸出胳膊,拦住那人的去路,大声说:

"啊哟!陈大姐,果然是你呀!"

"肖洪举,你怎么在这里?"陈大姐站下来,上下打量着肖红军。

"我们队伍……"肖红军激动地涨红着脸,不知从什么地方说起。转脸看到已经跳上田埂来的李排长,于是,改嘴说:

"这是我们李排长!"

陈大姐伸过手去和李康握手:

"啊!这不是咱们军的英雄李康同志吗?认识,认识!"然后,她又斜过脸来,对着肖红军,很真挚地祝贺说:

"原来你在这个排里呀!这可是英雄带英雄啦!"

"认识,认识!军部陈科长。在鲁西南的时候,到连上来过的。"李康很不好意思地说着。

"不,不是科长,是咱们的县长啦!"肖红军生怕李康不知道她的底细,赶忙纠正着。

"你不知道,你还是新兵。他是我的老战友了。我原先是在军组织部组织科工作的。他说的对。队伍到了这里,才去搞土改。"

"是呀!常听他们提起工作队陈大姐,没想到就是科长!"

"是呀!你们怎么还在这儿哩?队伍还没行动吗?"

肖红军想说什么,却被李康抢去了:

"是这样的,科长,我们排前天押送几个主要俘虏,到军部来。本来首长打算要我们休息几天再回去。昨晚军首长告诉我们,队伍有了新任务,要我们今天做好准备工作,明早出发,后天晚上赶到淮河渡口归还建制。我们部队早已经行动了。这个任务,上级叫我们在党内首先动员一下,没想到一动员,全排党员战士都很高兴,只有……喏,这位共产党员发生了问题。"说到最后,李康向肖红军努了努嘴。肖红军像被人说破了心事的姑娘那样,羞涩地低下了头。

"怎么啦?肖洪举!舍不得家是不是?"陈大姐亲切地靠近了肖红军。肖红军没有抬头,也没说话,轻轻摇了摇脑袋。

"不是家,是舍不得奶奶。光怕队伍走了,地主回来杀人。"李康替他回答着。

陈大姐微笑着,看了看李康,意思显然是说:是这样的,这是他们这批新战士,甚至某些群众不可避免的思想顾虑。然后,她很温存地对着肖红军说:

"对呀!洪举,你这想法很自然。从前咱们队伍,在这里来来去去,群众吃过亏。可是,这阵和从前不一样啦,情况变了。国民党的军队叫咱们消灭了一百五十多万,他就是再去招兵买马,拉壮丁,也来不及了。一个人生出来,到能替他们扛枪打仗,还要二十年才行。现在,敌人小啦,我们大啦,他们不敢再向咱们大举进攻了,只好分兵把守他们的缺口,这样,他们成了死的了。可是,我们却非要攻他不行,不攻他就不能彻底垮台呀!所以咱们有些野战军要到淮河那边的平原地上,去攻敌人。懂不懂?况且,你们走了,这里还有很多队伍不走。就拿我说吧,你知道,敌人不是到处贴标语,要捉拿我吗?可是,我还不走呢!我非要当这县长不成。他们想捉我,我还想捉他们哩。当然我说我,并不是我自己,是咱们还有队伍,还有千千万万的群众。我们都是不走的,我们在这里扎下了根。你奶奶还有什么可怕呢?我说这话,你信不信?"

"信,我信大姐。"肖红军抬起头来,像在母亲面前的儿童那样,朝大姐迈进了一步。

"对啦,那就不该再有什么思想顾虑了,好好跟着大家去打仗吧!你们消灭的敌人越多,大别山越太平。你是光荣的野战军战士啦,就是要天天寻敌人打才成,哪能在一个地方呆着不动弹呢?再说,你也入了党,党员可不能光想自己呀!这种念头不光是太丑,还是危险的!你知道,你们军长的家也在大别山,他家里也有一个受尽苦难的老娘。现在他带上你们走了,他却不怕地主敢去杀他娘。我要留在这里工作,他也不怕地主来杀我。革命嘛,哪能光想自己哩!"

肖红军早就知道,陈大姐是他们军长的爱人。并且知道,她的孩子还留在远远的华北。可是,现在大姐却清清楚楚对他说,她是不走的,她已经在这里扎下了根。再加上她说的道理好像比排长说的更明白。于是,他心头那块惜别的乌云,也就慢慢散开来。

"大姐,你见过军长了吗?"

"当然啦,我就是特意来给他送行的。放心吧,你奶奶我替你看着,要有什么差错,你回来找我。"

肖红军不出声地笑起来。陈大姐看了看李康说:

"好了。我该走啦。你们赶紧回去准备吧!"

大姐向他们一一握手。当她握肖红军的手时,又说:

"当然啦,你想回家去告个别,要是顺路的话,我想也可以。彭家瓦屋离这不过一天多点路。也许正是你们的行军路线也难说？李排长,你说怎么样？"

"对呀！科长说的对,是我们的顺路。"

他们一齐向陈大姐行了军礼。陈大姐照旧很快地甩着胳膊,朝前走去。肖红军跟着大姐,朝前走了好几步,突然说：

"大姐,我记住了你的话。"

"好呵,我等着你的报功单来,我亲手送给你奶奶。"

大姐哈哈笑着,一步步地走远了。田里正在耕作的农民,仍旧大声吆喝着水牛。阳光在田里的水面上,闪动着鱼鳞样的光芒。肖红军几乎像在操场做动作似的,非常准确地来了一个半转身,对着李康,高高地挺起胸膛,两眼射出明亮的光辉,立正说：

"排长,咱们回去吧,我的干粮还没做哩。"

"班上已经替你做好啦。"李康微笑着。

第 二 章

一

在大别山的万山丛中,有一条怪诞无稽的小石河。这条河,千百年来,从山区的豫皖边境奔腾着,叫啸着,跳跃过去。它背负着两岸人民一代又一代的苦难、愤怨、血泪和抗争。它迂回曲折、坚毅勇敢地通过悬崖绝壁和险峻的峡谷,投进了澎湃的淮河,汇入了大海。

从这条小河注入淮河的地方出发,沿着河身进山去,只有一天的路程,大山从河的北岸,伸出了两条臂膀似的小山。这小山把河身朝南推出了一个大弓背,北岸留出了一个大湾子。

湾子里,傍着山脚,稀稀稠稠,散布着横宽足有两三里地面的家屋。在这些家屋中间,除掉老远就能看到的彭家那座崭新的砖瓦院落和院子里黑灰色的炮楼之外,其余全是茅棚、竹屋、土石混合结构的小庵子。屋后,从山脚到山顶,是一带茂密无边的马尾松。屋前是一溜修整的竹林。竹林以外,直到河边,满满一湾肥美的稻田。行路人乍一看上去,总以为是由于这湾良田而形成的若干村落,或者是个小小的乡镇,可是,谁也想不到,这一大片家屋竟是一个村子,村名叫做彭家瓦屋。原因是这里的田土、草木、山水、鸟兽全姓彭。

提起彭家,倒也多少有点来历。肖红军从小听他奶奶说过。这彭家原先不过是个小地主。自从一九二九年红军撤走之后,国民党白匪开来了一个团,团部就扎到了彭家。这一下,他们抱上了反动派的老粗腿。白匪军成了彭家的窝子狗。从此,他家不管男女老少,连三岁孩子的手指头都成了杀人刀。他们指到哪里,白匪杀到哪里。指住谁,谁就没命。只杀得全村鸡飞狗走,家家门前一摊血!就这样,足足杀了两个来月。直到白匪临走的时候,谁也不知道谁是三媒六证,说是彭家那个从来不出三门四户的独生女水仙,怀上了身子,悄悄嫁给了住在他家的白匪李团副做了偏房。她大哥彭昌祖也当上了团部的军需。这一来,转眼间彭家暴发了。钱财好像河水似的直往他家流!势力谁也说不上有多大。没有几年工夫,全村不管张王李赵全都成了彭家的奴隶。

彭家暴发起来的这条血线,群众看得清。他们十分清楚地知道,彭家是怎样仗着国民党、白匪军的威势,对他们敲骨榨髓地剥削和抢劫。怎样像毒蛇似的吸尽了他们的血汗。因而,他们也更知道怎样在痛苦中,把血海深仇深深地埋藏在心里。

去年八月,部队解放了县城。陈大姐带领的工作队,来到彭家瓦屋的前几天,村里的十几个小伙们,就以肖洪举为首,自动组织起来了。那时候,他们真是恨不得一把火烧掉彭家这座沾满了人民鲜血的瓦屋。然后,再把全家老小一齐砍成碎片。但是,因为工作队还没有到,他们生怕出错,只好眼巴巴地忍耐着,等待着,监视着彭家的动静,不知怎样下手才好。

这天傍黑,晚饭过后,肖洪举照例来到牛栏里。他把牛一个个地拴好,又把草放到它们的嘴边,拍了拍它们的脑门,摸了摸它们的长角。畜生们睁着圆溜溜的大眼瞅着他,伸出长长的舌头,舔他的手。这时刻,肖洪举的心里突然涌起了一阵说不出的快乐。他感觉到这群多年相处的哑巴朋友们,好像也看到了明天。于是,他就不自觉地站下来,对它们出神地望着。心里说:"好朋友,吃吧,吃饱了,今晚上好好睡觉,明天工作队一到,你就解放了。那时候,虽然你还要耕田,可是,你的主人一定不会是吃人的地主了呀!要是你能分给我,你相信,我是决计不会打你的。我们一定好好商量着,耕我们自己的田,吃我们自己田里生长的稻米,那有多好呵……"

肖洪举长久地静静地站着,看着老牛用舌尖把草叶一绺绺地卷到嘴里去。小牛用它还没有生出角来的脑袋,狠狠地撞碰着妈妈的乳房。最后,他好像突然想起了什么似的,转身跑出了牛栏,随即消失在黑暗里。

原来他们今天上午已经约好,晚黑要在村东头黄庆家里商量事情哩。差点没叫他给耽误了。等他跑到的时候,大家都在等着他了。

现在,他们商量的中心问题,是怎样才能想法找到彭昌宗。因为,自从彭昌祖当上了白匪的军需,跟上队伍开走后,第二年,他爹就断了气。家里正管事的,就是他兄弟彭昌宗了。这人的生性比蝎子还毒,比豹子还狠,方圆几十里内,无人不知,无人敢沾。多年以来,全村丧在他手里的男女人命不下几十条。群众恨之入骨。可是,也不知道他的消息怎么那样灵通,半月以前,解放军还没摸上大别山的边边,他就不见了。最初都以为他是在家里躲着哩,后来才知道,根本不在家,可是,到底他上哪儿去了呢?就连晓云和肖洪举也没听到他家大小人等,露出过半点口风。前几天,肖洪举曾叫晓云想法到彭昌宗的三房口里去探听,仍然没结果。想不到那老三,居然流着眼泪说:"你想想,看我过的啥日子!还不是跟你一样吗?他怎么能会拿我当人看哩!我还不想早点逃出这火坑?"大家咂摸着,这人说的也是理。自从前年她跟爹妈逃荒到这里,叫彭昌宗拿五升老陈谷把她买下之后,打发走了她爹妈,她也就变成了牛马。整天像个木鱼样你敲过来,他打过去,日子也不好过。要是她能听到点消息,想来不会嘴那么紧。

已经半夜了。谁也想不出办法来。大家心里都感到,就是全中国都解放了,要是彭家瓦屋的群众拿不住彭昌宗,仇恨总是难消的。况且,这又不光是仇恨,还是一个活生生的死对头。这物件一天活在世上,彭家瓦屋的群众就一天心里不干净。

他们对看着,仇恨和焦灼纠缠着他们。很久,谁也不说一句话。突然,有人无可奈何地拍着自己的膝盖说:

"算他是个兔子,也该有个蹄爪印印呀!"

"就不是兔子,要是兔子倒好办。"另一个人接着。

沉默,又一次的沉默……

忽然,听到外面有人很快地跑着。脚步越来越近了。大家正在侧耳细听的时候,晓云把嘴贴在门缝上,用她又低又尖的嗓子,紧急地喊着:

"洪举哥!洪举哥!"

大家知道晓云今晚的任务,是在彭家看动静。人们随即紧张起来,开了门。晓云一进屋,胸脯不停地起伏着,脸涨得通红,比着手势说:

"快……快,彭昌宗回来了!"

"在哪儿?"

"在家,在家!他正要全家大小从后门往后山跑呢!"

"从哪儿回来的?"

"不知道。"

"管他从哪里来哟!"

人们的视线全都集中到肖洪举的脸上来。肖洪举眯缝了一下眼睛,看了看大家。好像大家的眼睛都在说:"怎办吧!这可该你打主意了!"于是,他站在大家中间,举了一下拳头说:

"走!分两起,一起堵后门,一起堵前门。把他们抓回来,一个也不让逃!"

他们一齐举着松明,朝彭家跑去。肖洪举这批堵前门的,刚到牛栏边,就听到牛在栏里没命地叫着。有的已经撞断了牛栏,吹着鼻孔,翘着尾巴,像有什么野兽追赶似的,向四外乱跑去了。肖洪举急忙大声吆喝着,让它们站住。可是,这些牛连它们最熟悉的声音也不认识了,还是一个劲地乱冲。肖洪举断定栏里钻进了野东西,要大家一齐举起松明朝栏里照一照。谁知那栏里并没有钻进野兽,却是钻进了一个比野兽更加狠毒的彭昌宗。这畜生已经横了心,知道这牛他是要不成了,正拿着一根明晃晃的长矛,朝着每头牛的肚子上,吃力戳去。有的已经戳倒躺在地上嗷嗷叫着乱弹挣。有的还没戳倒,流着血,挣断了缰绳,闯出牛栏往外逃。大家一见这情景,谁也顾不上说什么,一个箭步,跳进牛栏,一齐扑上去捉彭昌宗。不料,这家伙戳进牛肚子去的长矛,还没有拉出来,又从腰里掏出了二十响。朝着大家顺手来了一梭子。人们朝后一闪,彭昌宗已经跳出牛栏,钻进黑影里,跑上后山老林不见了。

这晚上,全村正在梦中的群众,全都起来了。只是,他们谁也不近前,只在旁边悄悄地看着,暗暗地叫好。他们心里很明白:肖洪举这般人做得对。要是果真明天工作队能够到村里,并且永远不再走的话,就是叫他们把彭昌宗的黑心挖出来,他们也会下手的。不过,这阵未免急了点。因而,全村轰轰烈烈闹腾了一夜,实际上亲自动手的,还是他们几个人。他们终于把彭家老小从后门截了回来,围困在家里。又把惊逃出去的牛群收拢来,然后,忙着给牛弄伤口。只有那个三房太太,因为坚决不肯走,叫彭昌宗把她活活扼死在屋里了!

情况虽然是这样,第二天陈大姐他们来到彭家瓦屋发动群众,进行土地改革,却没有遇到什么困难。原因是他们早就了解,像昨晚暗地喝彩的那般人的心事。他们一开始就采取了一系列的具体措施,去打消群众的顾虑。加上肖洪举他们这批积极分子的带头作用,彭家瓦屋的群众,真像火上添油那样,迅速发动起来了,斗争随即展开了,土地浮财也分了。各种组织也很顺利地建立了。

然而,不仅一般群众,就连肖洪举这些积极分子也在内,他们都感到工作美中不足的,还是没能活活抓住彭昌祖和彭昌宗。大家嘴里不说,心里总觉得,这两个祸害不除,早晚是个祸根子。就好像彭家这块压在农民头上的大石板,还没彻底掀掉似的。斗争会虽然激烈,人人都在会上倒尽了苦水。可是,对象只是那个戳瞎了肖洪举奶奶双眼的彭家老妖婆和几个女人。况且,在会上肖洪举的奶奶,流着泪诉完了苦处之后,还又让大家搀她走到彭家那个老妖怪的跟前,拿手摸了摸那老东西的双眼,却并没有再用同样的物件戳瞎她的眼珠子。这样大家已经觉得宽大过分了,谁知她老人家还又告诉大家说:

"算了吧!咱们总算到了今天。留着她这两只狗眼,叫她看看咱们的世道吧!咱们的世道不怕看!"

总之,大家总觉得好像还有满腔冤气,没能痛痛快快泄出来。有劲没处使……

二

再说他们那天送走了陈大姐。肖红军分外觍觍地跟在排长背后,朝村里走去。李康微笑着,回过头来,说:

"怎么样?不怕了吧?"

"不怕啦!"他仅仅说了这么三个字,就觉得脸上一阵发烧,舌头也有点不听使唤了。觉得自己好像是个犯了过失的孩子,又被大人原谅了似的,心头有种说不出的歉意。李排长和陈大姐刚才那些话,像阵紧急的钟声,在耳边嗡响着。

"要记着,农民参了军,穿上了军装,就不再是农民了。战士入了党,也就不是普通战士。我们是要革命的,革命的领导就是共产党。明白吗?"李康没有回头,一边走,一边说。

肖红军的耳朵正在嗡嗡响。排长这句话却像钉子似的,一字一字钉进了他的脑子里。尽管他知道自己还不能说出其中的原由,仍旧挺着胸膛,干干脆脆回答说:

"明白!"

李康回过头来看了看,肖红军那副微微泛红、多少有点不自然的脸,正要打算对他再做点解释的时候,三班不知哪个战士,放声喊着:

"肖红军!肖红军!快来装干粮哪……"

肖红军一面应声着,一面向排长敬了礼,转身跑了。

肖红军回到班里,班长正和大家一起,往干粮袋里装炒米。班长一抬头,肖红军反而急忙把头低下来。他从眼缝里看到班长忍不住地想笑。他拼命咬着牙,竭力控制着自己,一动也不动,好像新姑娘第一次见婆婆那样地站着。一时,屋里非常静,他觉得大家都在盯着他。好像自己变成了妖怪,根本不像个战士了。手脚似乎也是多余的了,实在没处安放了。心像擂鼓似的咚咚跳,脑袋涨得比地球还要大。刹那间,他对班长有了意见。他想,一定是班长把事情告诉了大家,要不然怎么会这样呢?大家为什么老拿眼珠子瞅我呢?当班长的总该给自己的战士遮个丑嘛,哪能这样办事?没见过!

由于肖红军的窘态,大家业已看出了破绽。他们互相投递着眼色,班长很严肃地命令说:

"肖红军,你的干粮袋子在哪儿呢?快拿来装吧!"

肖红军应声转身,到自己的铺边,从挂包里拿出了干粮袋子。大家争先恐后地替他装干粮。这期间,他偷眼看了看大家,大家的脸色没有一点两样。这阵,他才有点不好意思地说:

"少给我装点吧!我也没有做……"

"嘿!你把你我分得这么清呀!哈哈……"大家嬉笑着,各自散去了。

无意中屋里只剩下了肖红军和班长两个人。肖红军立刻又不自然了。他觉得他必须马上告诉班长说,他心里已经没有问题了。可是,又怕班长批评他,不知话该怎么说。正在这时,张海全从自己挂包里取出了一根早就搓好的小麻绳,朝他走近来说:

"来,把你新领那双鞋子拿来,要穿个带子才行。"

这下肖红军反倒愣住了。他奇怪班长怎么一下变成了"妈妈"了呢?当班长是管战士们打仗的,哪能还替战士穿鞋带子哩?自己的亲娘也还没有来得及给自己穿鞋带啊!他心头激动得不知如何是好,因而,故意推辞说:

"不用了班长,我穿草鞋惯了,穿这种布鞋不能走路。"

"不对。快拿来吧。这会儿你是野战军的战士了,不是在家里替地主放牛。牛吃不饱要挨打,脚打破了没人问。"

肖红军再也说不出什么了。眼睛湿漉漉的,把新近发给他的那双黑布鞋递给了班长。张海全接过鞋子,坐在铺边,从衣袋里掏出了一把小锥子,顺手在鞋后跟上,相离二指宽的间隙,穿了两个小洞。然后,一面把绳子穿进去,一面说:

"看,一定要在这儿穿窟窿。窟窿太大了,还不成。知道吗,当战士一切都要想着打胜仗,要是打起仗来,只有敌人才希望你的鞋带子穿不好哩,一步一掉,他们才满意。"

肖红军站在班长身边,聚精会神地看着。这时候,他很希望班长能够问他一下,刚才为什么蒙头大睡,闹情绪。可是,班长始终不提这一章,好像他并不知道肖红军发生过什么事情。直到他把两只鞋带全穿好,重又递给肖红军的时候,肖红军接过鞋子,才又没头没脑地说:

"班长,刚才我想错了。"

"知道想错了,就是进步。你看咱排长怎样,在他手里没有解不开的疙瘩,是不是?"

"是,还有陈大姐。"

"陈大姐?"

"是呀,她回县里去,在村边碰上的……"接着,他一口气把自己刚才的思想,和陈大姐、李排长的谈话,统统讲了出来。这才六神归位,心里平下来。

夜晚,熄灯过后,三班的屋里一点声息也没有了,同志们均匀平静地呼吸着,间或有人发出不太粗大的鼾声。月亮透过屋顶上几块小小的亮瓦,静悄悄地看守着他们。可是,肖红军却翻来覆去睡不着。在他脑子里,李排长、陈大姐、张班长、奶奶、晓云,还有彭家地主等等,全在同他说着话。说着,说着,最后变成了三个大字:"家"和"革命"。

这是肖红军有生以来第一次碰到的新问题,这问题叫他不自禁地质问起自己来:难道你要参加野战军,就光是为着报私仇吗?难道千百万解放军战士,都是叫彭家地主杀了亲娘才来参军的吗?难道你在入党宣誓时,说的话全是假的吗?到这里,他又急忙回答着自己:不是,亿万个不是。要是那样,我也不能参加共产党。那么,你是叫鬼迷住了心窍,一听说队伍要走就闹情绪吗?他感到浑身发烧,羞得无处躲藏了。连忙把头紧紧缩到被筒里,好像生怕有人看见他。然而,这样还不行,仿佛有人轻轻拉开他的被筒,用嘴亲上他的耳门说:"对呀!你想的这些都很对。可是,我还要问你,一个党员战士,到底什么才是你的家?你的家在哪里呢?"于是,他在心里硬朗朗地回答说:"党就是我的家,队伍就是我的家。哪里有党,有队伍,哪里就有家。"

这时候,肖红军的心,真像湖水里投进了一颗小石块那样,涟漪缓缓地朝远处荡去,渐渐平息了。不知什么时候开始,他也发出了低微的鼾声。奶奶在喊他:

"洪!你过来。"

"啥事,奶奶!"他应声着,走到奶奶跟前。奶奶伸出两只干巴巴的手,从他头顶摸到脚跟,用力拉了拉他的衣襟:

"这是晓云新给做的那件袄吗？"

"是呀，奶奶！就是分来那点布，尽材料剪的，嫌短了。"正在帮他收拾东西的晓云，抢先接着对他笑了笑。那意思好像向他夸耀自己的本事。

"不短，要不是咱队伍回来啦，怕你今生也难穿上这件袄呵！"奶奶拉住他的手，又说：

"就要走了吗？收拾好了没有？"

"晓云正在收拾哩，就要走啦，奶奶！"

奶奶迟疑了一会儿，说：

"去吧！这是咱自己的队伍。你爹从前也是这队伍。没有这队伍，咱都活不成……"老人好像又被往事袭击了。她那失明的双眼，又滚出了几滴泪珠。他和晓云都没吭声。

"听说那个陈大姐当了咱的县长啦？是不是？"

"是呀，奶奶！就是她写信送我们去的呀！"

"好，好，那就好！有她来做父母官，啥都不怕……去吧！家里不要结记，分这些田，有晓云在家，大家都会帮助。也许你到队伍上，还能碰到正太叔也说不定。我不是对你们说过多回啦，那年深更半夜，地主在石河边行凶，河水涨得漂天大，第二天，乡亲们下河把你娘和正太婶他们的尸首全都捞上来啦，可就是没有找到你正太叔和你正太婶的头呀！只在他们行凶的地方，捡到了一块头皮，大家悄悄埋了它。当时，有人说，河水太大，大概是冲远啦。过些天又有人说，在下边二里多远的去处，看到对岸有血迹，想必是他们没把他砍死，他又浮水跑啦。你们都不知道，正太叔是咱村有名的好水性呵，要是他没死，想必追赶红军去，要不然，他能上哪儿去呢？谢天谢地，要是他还在世上，你能看着他……"

"奶奶，看你说的吧，就是当时他没死，头上叫砍一大块，又在水里泡着也难活！十几年啦，要是他还在，这回他还不跟队伍来家呀！"晓云不以为然地接着。

"那也难说。如今红军队伍多得很,晓得他在哪一部分,在哪里打仗呢!"

"是呀!洪说的是理。晓云,你过来!"

晓云走过来,拉住了奶奶的另一只手。这时候,老人真想看一看,自己亲手从血泪中扶养成人的两个苦孩子,看看他们成熟的体态,解放的面容。然而,无论如何也办不到。她对着他们,竭力眨动着自己的眼睛,终于,她那塌陷的眼眶里,重又滚动着泪珠,自言自语地说:

"我老了,你们也长大了。咱们总算从彭家的刀尖上熬出来了。纵然晓云是刘家的藤藤,洪是肖家的独根,可都是我一手拉扯大的孩子。这话也不该我说,可我又怕再过几年,我也不会说话啦。叫我看,儿大当娶,女大当嫁,你们俩就成个家吧!就是我眼看不见,心里也高兴……"

老人的话还没完,晓云一甩手,挣脱了奶奶,狠狠盯了肖洪举一眼,抿嘴笑着,两腮泛起了红晕,不好意思地跺着脚说:

"奶奶!你看你……"

"怎么啦?从小两人一替一口,喝着一个碗里的残汤剩饭,如今长大啦,还不一心呀!"

"不,不,奶奶!你看你说的……"晓云双脚蹦着,浑身抖动着,不断拿眼瞟着肖洪举,好像求援似的,希望他也能开开腔,把奶奶的话题岔开。可是,肖洪举的舌头硬了,不能转弯了,他一时怎么也说不出一个字来。正在这时,二班有人来叫班长换哨,肖红军猛一惊,醒了。

拂晓。队伍在村边竹林外面集合了。像往常一样,还铺草、送门板、打扫院子的战士们,和纪律检查组最后入列,值星班长发出了立正的口令。然后,他又转过身去,向排长敬了礼,开始报告人数。直到排长还了礼,他才转过身来,对着队伍说:

"稍息。"

李排长朝队伍跟前跨了两步,右手摸了摸斜挂在自己身上的驳壳枪,说:

"同志们,稍息听着。"大家的脚后跟迅速靠拢了一下,随即稍息了。

"咱们部队有任务。他们已经行动几天了。军首长命令我们,现在出发,要在两天之后赶上大部队,归还建制。路很紧,大家要做好思想准备。今天要多走一点,到彭家瓦屋宿营。免得明天黑更半夜找队伍。明白吗?"

"明白!"几十个人一个声。肖红军心里像吃蜂蜜似的那样甜,却又不自觉地伸了伸舌头。他知道这到彭家瓦屋,就是走小路,最少也有一百里开外呵!

"另外,各人的武器、弹药检查了没有?"排长继续问。

"检查啦!"

"鞋袜都弄好了没有?"

"弄好啦!"

"先把话说清。咱们没有什么战斗任务。任务就是赶部队。但是,因为在这里,敌人和我们近来都在不断行动着,地主、小保队也还没有彻底消灭。我们又是小部队,为了警惕起见,步枪一律摘下枪帽来,机枪脱下枪衣,上梭子。要懂得,只有警惕,才有安全。另外,各班抽出一名战士作斥候兵,随时和本队保持一定的距离。完了。"

各班长下达了命令。一班赵忠林,二班王小秀,三班肖红军,作为斥候兵站出列来。他们到李排长跟前接受了任务,立即出发了。又过一刻钟,排长带着队伍离开了村子。

由于肖红军代替了今天的向导,所以他在斥候兵的三角队形中走在最前面。他埋着头,一声不响地走着。一离村子,走不到五七里路,就把大家带上了山,按照他所知道的小路,朝彭家瓦屋大踏步地走去。

这情形,很自然地引起了赵忠林和王小秀的注意。可是他们两个所想的,却又完全不相同。赵忠林是华北老解放区的翻身农民,参军也有两年了,但是参军之后,有大半年的时间,他是在营部当饲养员。后来由于他自己再三要求,才下连里来。在连里经过了几次战斗考验,虽也算得上能攻能守的战士,然而,在行军中作斥候兵,今天还是第一遭。因而,他所想到的,只是肖红军为什么今天一下变成了哑巴。不仅山歌不唱了,连句话也没有了,只顾埋头走,未必他有了什么心事不成?王小秀虽是去年春天才从国民党军队里解放过来的,却是一个老兵。他所想到的不是肖红军为什么今天行军不说笑,不唱歌,而是首先感觉到他不像一个斥候兵,只像一个急于赶路的老百姓。终于他们不约而同地,斜过脸来对看了一下。王小秀立马开了腔:

"肖红军!肖红军!"

肖红军停住脚步一回头,他们已经赶上来。

"怎么?嫌快啦?"肖红军很骄傲地肩着枪,带着满脸愉快,放慢了步子,依然朝前走。

"快!让你长上翅膀,老王也不在乎。怕的是你忘记了你是谁?"

虽然他们都知道王小秀这家伙,一向说话很尖俏。这话确实叫他琢磨不到是啥意思。肖红军又一次地转过头来说:

"三班战士肖洪举。不认识了吗?你贵姓?"

赵忠林不自禁地笑起来。王小秀猛然朝前跨了个大步,更肯定地回答说:

"叫我看,你是彭家瓦屋那个翻身农民肖洪举,不是三班战士。"

其实,王小秀这话全然是好意,只是说得尖了点。因而,在他们两人的心里引起了不同的反应。赵忠林感觉到"翻身农民"这几

个字,叫他这么一说,反而有点刺激人,随即插嘴说:

"翻身农民有啥不光彩吗?有人想翻还翻不了呢!革命嘛,就是要翻身的!"

王小秀看了看赵忠林,知道他误会了自己的意思,没理他。心想:"你这小子,停会我才收拾你哩!"可是,肖红军却被王小秀这话勾起了李排长前天说过的——"农民穿上了军装,就不再是农民了"。因而,忽然心虚起来,嘴也有点软地说:

"王小秀,有啥意见直说好不好?咱是个新兵,你还不知道?"

这一来,王小秀重又靠近了他,心平气和,像个教官似的,背着他所学过的操典、条令说起来:

"知道吗?你现在是全排的斥候兵。斥候兵在行军中是个什么东西呢?就是全排的触角。他的任务,不光是走路,还要及时发现前进路上的敌情,迅速报告本队。可是,斥候兵还是个人,他又靠什么及时发现敌情呢?难道要敌人碰上他的鼻子,或者让子弹穿过他的胸膛,才去报告本队吗?不成,那就晚了!所以斥候兵也得要触角,他的触角就是自己的耳朵和眼睛。像你这样,只顾耷拉着脑袋,一个劲地走,还能像个斥候兵吗?"说到这里,他有意地看了一下赵忠林。赵忠林没做声。肖红军反倒替他把话说出来了。他转过身来,拿拳头抵了一下王小秀的肩窝。

"老王,你可真行,真有两下。往后再执行任务的时候,我就拜你做老师,好不好?"

"不敢,不敢!俺还没翻身呢!"王小秀笑眯眯地斜过眼珠,看看赵忠林。赵忠林自然知道这家伙冲他来了,赶忙解释说:

"我也没说你呀,我说是有人。"

"全当你没说我,可我也得跟你讲讲我是怎么翻身的。"

王小秀其实不"小"也不"秀",是个大高个宽肩膀的汉子,一口河南普通话,为人挺正直。自从解放过来之后,阶级觉悟迅速得到了提高,工作、战斗都积极,就是心上有着这块病,生怕人家说他没翻身。因而,尽管小赵做了解释,等到他们坐下休息时,他还是挺了挺胸膛,两眼向前尽量扩大着视界,好像要向全世界讲话似的,声音很低地说起来。

住会儿,队伍继续前进着。他们谁也不吱声了,一味睁大眼睛轮扫着,张开耳朵静听着。山林静悄悄的,偶尔从看不见的地方,传来几声不知名的鸟叫,反而显得更静了。伴着他们的,只有他们自己的脚步声。

可是,在肖红军的心里,却又不自禁地默默唱起他在入党之后,跟工作队同志们学的那支歌来了:

> 起来,饥寒交迫的奴隶,
> 起来,全世界受苦的人!
> 满腔的热血已经沸腾,
> 要为真理而斗争!
> …………

三

队伍在中午大休息时,耽误了时间。这阵,天已经完全黑下来了,他们才在一个无名的小山村里停下来。机枪组有人脚上打了泡。大家也都有点累了。就连肖红军,也很希望能在这里宿营。排长和班长们商量了一下,宣布说:

"这到彭家瓦屋,还有二十多里路,要翻山。现在休息、煮饭。不准吃干粮。吃过饭,按计划到彭家瓦屋宿营。明天路就松了。上半夜有月亮,还由肖红军带路。"

值星班长把哨位指定之后,炊事员开始寻找着锅灶,挑水、淘米去了。战士们各自散开休息着。

四

今天,彭家瓦屋比过新年还高兴。原因是自打去年他们斗争了地主,分了田地和浮财之后,干部们一直忙着支援部队作战,直到今天,才算经过多次开会研究,最后调整了房屋。

肖洪举和另外十几家积极分子,赤贫的革命家属,被群众给分配到彭家院里住下来,大家忙着搬了一天家。吃过晚饭,天一黑,民兵们照例把村后、小山包上的路口放上哨,家家户户也就熄灭了灯火,舒舒坦坦地躺下来。

为了便于控制,群众要彭家那个地主老妖婆和她们的几个女人孩子,同肖洪举的奶奶和晓云对调了房子。肖洪举的奶奶和晓云搬到彭家老妖婆原先住的三间上房去。彭家老妖婆等人,搬进彭家后院,猪圈围墙外面,肖洪举他们住了十几年的那座簸屋里。在群众的心目中,这分法,一来是让那些地主女人们靠近点,好随时看管她们,不能乱说乱动。二来是肖洪举的奶奶多年都在那座上房里出出进进,路也摸熟了,如今没有了眼睛,也好自己动弹动弹。

晓云手脚不停地,整整劳碌了一天。又是打整房子,又是搬家。虽然东西并不多,可啥都要她一个人。直到晚饭过后,上灯时分,才算把一切都弄停当,从那座苦难的小竹屋里,搀扶着奶奶,往彭家原先的上房来。一路上,她心里冲动着按捺不住的喜悦,不停嘴地跟奶奶絮叨着:

"奶奶!你把脚步抬高点,这可是往天上走的呀!"

"是呀!奶奶就是上了天,也没几天活头哪!常言说:七十三,八十四,阎王不叫自己去!奶奶已经七十出头啦,往后好日子,都是你们的哪……"

"奶奶!看你说的,老辈子的话,不可信。啥都要变的,要不,咱怎么能来住这瓦屋呢?改朝换代啦,往后花都要一年开几回,庄稼还要一年收几季哩。奶奶,你会长生不老的。"

奶奶扑哧一声笑起来:

"晓云,你可真会说呀,翻了身,你这张小嘴也变成'八哥'啦!"

晓云不出声地甜笑着,水灵灵的大眼珠子滚动着:

"是真的呀,奶奶!从前人家不是说:要想红军回到家,除非铁树开了花!这回不是应验啦!"

"是呀,要不是红军回来,不要说铁树,就是啥花也不会开啦!咱再一辈子也休想住人家这正房。要记着,吃水不能忘记掏井人,不是共产党和红军,咱就得死。"

"知道,奶奶,我到死也忘不了。"

说说道道,她们从后院的石榴树和夹竹桃的枝阴下走过来,穿过右墙根的夹道,进入了上房。晓云把奶奶安置在屋门里的一张红漆椅子上。随着她又夸功似的,对奶奶叙说着她今天的功绩。房子怎样打扫的,家具怎么摆布的,哪些东西放在哪里。奶奶连连点着头,一面表示她做的对,一面说明东西放的地方,奶奶都能摸得到,记得起。最后,晓云说:

"奶奶,他们那张顶子床,我真挪动不了,还在原处,你就去歇上吧,我都打扫干净了。"

这一说,奶奶忽然想起似的,很急躁地向她说:

"晓云,我记得,那老不死的床后边,墙上有个小搁窑,里边敬着她那老头子的牌位,你把它扔出去了没有?"

"我不知道呀,奶奶,叫我摸摸去。"说着,晓云连忙跑到床后去:

"奶奶,真的,还有呀!"

"快给我甩出去,要么劈了它,烧火!有这死东西,我不睡那床!"晓云应承着,拿起劈柴斧,就在屋地上,把个黑漆红字的牌位,砍得稀碎,甩到柴堆里去了。然后,她和奶奶又说一阵闲话。月亮已经朝西边滑落,院子慢慢暗下来。她们准备睡了。不料,奶奶坐到床边,用手一摸,却又发现了问题:

"晓云,你怎么又把分给咱的这床新被盖给我盖呀?不是说过多回,要留着给你和洪举办喜事的吗?我可不盖这,快拿那床旧的给我。"

"奶奶,你怎又说这呀!往后啥都有,你快歇吧!旧的我盖啦,不给你啦。"晓云跺着脚,噘着嘴,微笑着。

"这么说,你是存心不跟我睡啦,晓云?"

"不啦,奶奶,我把分来那张小床,放在你脚头。我也这么大啦,又有了被盖,叫奶奶好好歇息歇息吧!"

"是呀!你也大啦……"

奶奶没有把话说完,她们就吹熄了灯,睡下去了。

可是,静静的彭家瓦屋,刚刚踏上了甜美梦境的边沿,"魔鬼"就来了。

陈四合的儿子,陈文礼,自从上次在山坡上,叫肖红军给他背回家来之后,陈大姐连夜派人把他送到军医院里去。由于受伤过后,在野外耽误了时间,伤口沾染了细菌。虽然经过了医生各种各样的急救,终于保全了性命,可是那只左胳膊始终没保住。然而,谁也不明白陈文礼心里是怎么想的。出院之后,他随即要求,参加了民兵队,而且积极得不得了。办事负责认真,有办法,样样争先带头。今晚上,本来并不该他去放哨,只是因为该放哨的人,临时有了点事情,他就坚决要求去替他。大家认为反正是轮换的,早放晚不放,所以也就让他去了。

陈文礼右手提着一把锋利的、从前叔叔闹红军留下的齐头马刀,身穿一件褪了色的蓝布小袄,青色的腰巾,扎得紧紧的,左袖筒空荡荡地摇摆着。他威武地站立在村后小山包上一棵弯腰的老松树下,好像一个英雄的雕像似的机警而又豪迈地俯瞰着他们熟睡了的村庄。松涛号角般地响着。突兀的群峰,队伍似的,在他周围远远近近排列着。他感觉到他这时简直像是宇宙的主宰,正在检阅着自己的山河。山河也像争功似的在他面前闪耀着光彩。一片片的淡云从那弯弯的眉月的面前飘过去。月光时昏时亮地晃着,仿佛松林、群山和村舍,一切都在缓慢地爬行。于是,他也不自觉地沉进了这个幽美幻动的夜色里。他想到了过去,想到了未来。特别是他想到了,自从去年八月,队伍重新回到了大别山之后,近半年来山区的变化,真是像梦景突然变成了现实一样。他觉得他得到了一切,得到了整个世界。他的胳膊也并不像少了一只,而像又添上了几千几万只;他的力气不是更小了,而是更大了。这只手,从今以后,不只要跟着共产党好好种田,还要去改造世界,谁也不能挡。

他在树下不停地转动着。为了村舍、乡亲们的平安,他的两眼像探照灯似的,不断探索着四外的一切。特别是背后那条通往深山老林的小路。每当他转动一次,眼睛总要盯它好半天。他心里认定了,这是一条危险的来路!然而,一切都在静静地睡着。连个猫头鹰的叫唤也没有。月亮迅速从松林顶端滑过去,爬在西山峰峦的隙缝里,像只瞌睡了的眼睛那样,最后闪出了一丝无力的光辉,闭住了。黑幕立刻落下来。

从远远的石河对岸,传来了几声隐约的犬吠。接着又没有了动静。松涛依然在响着。他伏下身去,把耳朵贴在小路上,仔细听了听,远远近近并没有任何东西触动地面。于是,他就靠着树身坐下来。

但是,他没有想到,近半年来敌人业已变成了鬼!他们已经再也不敢像去年那样,大摇大摆,在光天化日之下,出现在他的面前,为了威胁,仅仅砍掉他的一只膀子。而现在,他们却像奸细似的,利用着一切他们所能利用的东西,让你在亿万个警惕中的一个不警惕的时候,悄悄夺去你的生命。

就是这样,地主彭昌宗,采用了长途奔袭的手段,从百里之外,伙同几个同样的匪徒,在天黑之后,潜入了这个小山包后面的密林里。陈文礼刚一坐下来,就听到扑通一声,好像有块石头从他前面几十步远的那棵大松树上掉下来。他急忙站了起来,吃力地瞅着那棵树,眼睛并没有看到一点东西。谁知这正是敌人声东击西的诡计。当他只顾注意前面的时候,忽然从他背后伸出了两只手,一下卡住他的脖子,把他按到地上去。彭昌宗提着二十响,大步跑上来,夺过陈文礼的刀,切断了陈文礼的脖子。

彭家瓦屋仍然沉睡着。彭昌宗带着四个匪徒,像狼似的扑下山去。

可是,他们是有特别打算的。进村之后,他们并没有先到农会或民兵队上去。却是一直跑到了彭家的后门口。彭昌宗指挥三个匪徒到前门和左右两边去看风。另一个,提着刀,一脚踢开了猪圈围墙外边肖红军奶奶和晓云原先住的那座小篾屋。那人一声不响,也不照亮,像切西瓜似的,摸着屋里的人头,一个个地切下来。直到这个凶手杀死了彭昌宗的老娘过后,才发现了屋里并不是只有两个人。他忽然跳出屋来,打算问一问彭昌宗的时候,彭昌宗已经翻墙跳进院里去。于是那凶手才又下定了斩草除根的决心,重新返回屋里,摸着把彭昌宗的一房二房,还有他哥的儿子全杀了。

彭昌宗翻过墙去,首先跳进猪圈,使力掀翻了猪食槽,用手挖开了泥土,去取他自己埋藏的地契盒子。然而,这阵,村东头的狗咬起来。他心里一惊,头上出了一把冷汗,反而越发挖不出那个盒子来了。但他坚持着,一定要把这物件拿走。他心里说:"就是出了事,我宁可不到屋里去叫娘,也得把这东西带走。要不,我彭家就彻底完了。日后队伍回来,还有啥凭据呢!"终于他把小盒子挖出来了。这时,狗也不咬了。村里重又静下来。他把地契盒子往怀里一塞,提着枪,大踏步走进他娘的上房去。

彭昌宗推开屋门,蹑脚蹑手,摸到他娘的床边,声音很低地叫着:

"娘!我是昌宗,快起来跟我走……"

肖红军的奶奶,朦胧听到有人喊,还没有来得及答话,大门外啪的响了一枪。彭昌宗撤转身子朝外跑,不想正在夹道里和肖红军撞了个满怀。

"谁?"肖红军急忙问了一声。彭昌宗的二十响一举连着响了三四声。可惜他心慌意乱,枪口对的高了点。肖红军的长枪不便近击,轮起枪托,劈头打下去,不料正好打在彭昌宗的右膀子上。驳壳枪哗啦一声甩出多远,不知落到什么地方去了。彭昌宗急于逃命,猛扑上来,两人厮打成一团。外面枪声更紧了。等到班上的同志们赶来时,肖红军还在瞎摸漆黑地厮打着,他也不知道怎么把彭昌宗的眼珠挖掉了一只。地上流了一片血。

彭家瓦屋全都醒来了。另外四个匪徒,一个也没有跑掉。

第 三 章

一

原来,昨晚肖红军带着部队来到彭家瓦屋的时候,已是月亮西下,更深人静了。当时,大家正要叫门找房子宿营,却被李排长坚决制止下来。为了不惊动群众,他命令大家,继续保持肃静,让肖红军带着,直奔彭家院里去。他知道彭家房子宽,如今又没有什么人,只用把她们那几个臭娘儿们集中到一个屋里关起来,大家就可以完全住下了。不料队伍还没走到彭家大门口,彭昌宗布置在东边看风的那个家伙,开了一枪,撒腿就跑。这时候,肖红军已经进到了彭家。

一场不预期的小遭遇战,只用了几分钟的工夫就结束了。五个敌人除掉彭昌宗和另一个腿部负重伤的匪徒被活捉之外,其余三个全被打死了。整个彭家瓦屋的群众又一次地沸腾起来。他们感觉到这场小小的战斗,虽然只消灭了五个敌人,却比消灭了五万白匪军,更加痛快些。真像从他们的喉管里拔掉了一根刺,全村男女老少的激动和快乐,简直没法说了。

天明,太阳早早地爬上了东山。阳光混凝着浓重的岚雾,把彭家瓦屋披上了一层淡粉似的轻纱。人们在彭家后院墙外的打谷场上集合了。孩子们叫骂着,大人们议论着、控诉着,愤怒夹杂着欢快,织成无休止的声响。在人们面对山坡,自然围成的马蹄形半圆圈子的中间,三个匪徒的尸体,直挺挺地躺着,一个腿部受伤的匪徒,蜷卧在死尸的旁边,不断发出像蚊子似的哼哼声。彭昌宗像个黄表纸糊成的纸人,又被暴风雨捶打了一样,背绑着手,直直地站着。衣衫歪三扭四的,脖子已经直不起来了。他全身的血液似乎已经从肖红军挖掉的那只眼窟窿里流干了。本来早被鸦片烟熏黄了的手脸,如今显得分外惨白了。那些曾经被他伤天害理残害过的人们,怒不可遏地争先朝他扑过去。

李排长和村支部书记、农会主席黄庆,还有其他一些干部们,竭力劝阻着人们。人们终于稳定下来了。黄庆站在一块大石头上,用双手做成喇叭,大声叫着,让大家静下来之后,他说:

"乡亲们,咱们首先要感谢咱们李排长和一排全体同志们,这回他们可真正给咱们除了一大害,要不然,昨晚说不定会闹成什么样子哩!"人群立刻吼起来:

"感谢解放军!感谢共产党!"

"打倒恶霸地主!实行土地改革!"

"吃水不忘掏井人!"

"翻身不忘共产党!"……

群众的吼声像巨浪似的震撼着整个村舍和山林。黄庆急得用双手拼命向大家表示着,希望大家暂时停一停,让他把话讲完。然而,人们一直在怒吼。李康看到这情形,一纵身跳上了黄庆站着的大石头。这一来,不知是他那短小精悍的身材引起了人们的注意,还是他那两条浓眉下边放射着智慧和勇敢光辉的眼睛说服了大家。他站上去,用眼睛朝人们一轮扫,仅仅举起了一只右手,向大家摆了摆,人们随即静下来。黄庆才又接着说下去:

"乡亲们,这会儿不多说了。只看大家的意见,彭昌宗和这个没有死的土匪怎么办?"

"枪毙他!"

人们重又吼成了一片,有些人重又拼命朝彭昌宗跟前扑去。黄庆的话又讲不下去了。李康为了不耽误更多的时间,耐不住地开了腔:

"老乡们,同志们!大家不要这么吼,长话短说,咱们是共产党领导的革命群众,咱们不能随便枪毙人,现在已经不是打仗啦!是他们叫咱们捉住了。要是昨晚上打仗的时候,子弹打死了他,那就算完了。现在战斗已经结束,我们应该把他们送到县政府去。大家请放心,政府是咱们自己的政府,是领导咱们翻身的政府,他们会按照咱们大家的意见,按照法律给他们问罪的!咱们大家要懂得,不管是军队或者老百姓,都要听政府的话,按法律办事,明白不明白?"

"明白!明白!"多数人声音不整齐地回答着。

"他们能杀我们,我们为啥不能杀他……"不知是谁这么说了一句。

"明白就好了。现在我们还有任务,马上就要出发了。我提议,由民兵队的同志们,把彭昌宗和那个受伤的家伙,一齐送到县上去。那些死了的,把他们埋掉就算了。这回我们缴获他们的五支枪,连同全部的子弹,统统交给民兵队使用。以后,你们一定要记着,咱们老辈说的俗话:'年年防旱,夜夜防贼!'因为咱们要革命,反动地主和一切反革命分子却死不甘心,他们会不断和我们捣乱。大家只要记着,永远跟着共产党,遇到反革命就拿起刀枪跟他们干,胜利一定是咱们的。我希望以后再到这里的时候,你们能有更大的胜利!"

李康讲完之后,掌声像是一阵突然的暴风袭进了秋日的白杨林子似的,哗啦哗啦响起来。特别是民兵队的小伙子们,一面拍手一面双脚跳。

黄庆马上接着说:

"我完全同意李排长的意见。现在除掉民兵队的同志们,大家都可以回家了。我担保彭昌宗这号人是活不成的,大家放心。"

人们议论着,缓慢地散开去。

民兵队的几个小伙子,几乎是跳跃着,朝肖红军围过来。从他们的神情上完全可以看出,他们这时候已经不是来为肖红军祝贺战绩,而是被那即将来临的别离所牵引。可是他们围上来却也没能说出一句话,值星班长就命令集合了。肖红军背上了背包,正要入列,晓云搀扶着奶奶,拨开人群挤上来。

"洪哥……"晓云竭力镇静着,拼命用他们童年相处的心境,排除她此刻的心头烦乱,脸上堆起了一脸没有笑意的笑容,并不高吭地喊着。然而,这叫声,不知怎的,现在对于肖红军来说,确又实在不像童年时代那样无邪和纯真,他感到反而成了纷乱的人声中的最强音。他没有回头,仿佛看到了晓云的脸和晓云的心似的。因而,当他转过身来之后,并没有答应晓云的喊叫,仅仅在任何人也没有注意的时候,从眼角里看了一下晓云,走上前去,突然叫了声:

"奶奶,你回吧!……"

奶奶同样没有应承他,只用自己的双手,从肖红军的双肩摸下来,最后握住他的两只手。好像过去的年月里,每当风雨来临的时刻,他要出门时,奶奶向他叮咛什么的神情是一样。只是,这回奶奶要说的却和从前不同了。

"又要走了吗?"

"走啦,奶奶!你别结记我,我大啦……"

"好,好,走了好,多打死些白匪、地主们!……可……可……你啥时回来呀!洪,晓云她……她……"

"奶奶,你看你又说啥呀!我要参加民兵队,洪哥,你说行不行?"晓云不等奶奶把话说完,狠狠扯了一下奶奶的胳膊,奶奶愣怔了一下,她便趁势岔开了奶奶的话,提出了她要参加民兵队。肖红军一听这句话,忽地瞟了她一眼,还没说出什么来,奶奶拍打着自己的双手,急忙接着说:

"看看,看看,正经话不叫说,又想出点子来啦,只要你洪哥愿意,看谁家大闺女当过民兵……"

这一来,站在身边的民兵们反倒憋不住地笑着,嚷嚷起来:

"欢迎!欢迎!欢迎晓云参加民兵队……"

人们的视线把晓云的脸上逼出了微红。她眼睛瞅着肖红军,那神气好像是说:"只要你答应,谁也挡不了!你快说话呀!"

肖红军心里明白了她的意思,凑近了奶奶大声说:

"奶奶,可以呀,如今革命啦,啥都是咱们自家的,叫她参加吧,民兵队又不是野战军,整天南征北战,她当了民兵,还是在家偎着你呀!奶奶!"

"对呀,对呀,往后咱们民兵队多扩大些女兵。"民兵七嘴八舌地说着。

晓云不出声地笑了,奶奶无可奈何地眨了眨自己的眼睛,有点赌气地说:

"好吧,反正早晚都得依着你,我也不能跟你们一辈子,随你们上天也行……"

晓云这时候,好像并没有听见奶奶说些啥。她忽然看见肖红军的风纪扣敞开着,脖子上昨晚打仗时候被彭昌宗抓破的一条紫印印完全露了出来。她的心里猛一痛,不自主地压低嗓子说:

"你看你那脖子……"

肖红军拿手摸了摸伤处,急忙扣起风纪扣说:

"不要紧,风纪扣忘记扣了。"

值星班长发出了立正口令。肖红军跑步入列了。

二

岚雾业已散去,阳光更加艳红,山村更加明媚了。

队伍被干部和村民簇拥着,穿过了漫长的村舍,到达村东的尽头,靠近河岸的一个小山包上,才被李康再三拦阻下来。肖红军在队伍里,回头看了看,晓云仍然站在人们的最前列。她的身材并不十分高大,如今却显得分外突出了。她的头发被风揉搓得乱蓬蓬的,月白色的衣襟不停地随风飘动着。然而她的眼睛却是直直地盯着前方,一动也不动。等到肖红军再一次地回过头来时,站在小山包上的乡亲们,好像变成了一幅被水浸渍过的彩墨画,大家的面貌已经模糊了。晓云的刘海和鬓角渐渐连结在一起,只剩下她的眼睛和声音仍旧留在肖红军的身边。

已经是一九四八年春暖花开的时节。冬天留给大别山的最后一场大雪,早被阳光融化得无影无踪了。队伍顺着石河岸上的小路,朝北走去。路边盛开着茜紫色的野丁香,好像被花工们修饰过了似的,把小路镶嵌得整整齐齐。睡卧在细嫩的花蕊深处的露珠,被太阳的金箭拨开了眼睛,闪动着成串的光辉。野杜鹃早已茁壮了蓓蕾,在葱绿的崖畔上,泛起了薄薄的微红。铁树欢笑似的怒放着肥胖的白花,河水细语般地潺潺流淌,战士们的脚步,有节拍地响着。一时谁也没有说什么。

肖红军最后一次回过头去的时候,家屋已经远了。美丽的群山遮住了他的视线。这时,他很自然地把晓云、奶奶和整个彭家瓦屋的乡亲们,悄悄地安排进一个幸福的意境里,思想随即沉浸到另一个新的想象中。他竭力想象着生活在淮河那边的人们。他想着,也许那里的人们正在哭泣,正在反抗,或者正在被屠杀。像解放军还没到来时的大别山那样,地主和白匪逼得他们眼前连四指宽的路也没有了。这些他都想得很具体。可是他却无论如何也想象不到他们的生活风貌。就把过去他所听说的情形全都搜拢来,心里仍旧空荡荡的。正在这时,一只大手突然落到他的肩上来。他一回头,原来是小赵。

"来,把背包给我。"赵忠林笑着,拉住了他的背包。

"用不着。还没走路呢,我的背包也不重。"肖红军闪了一下身子。

"给他吧,我看你的脚脖子有点软啦。这叫互助嘛,他也不要你的。"不知是谁这么插嘴说。

"不行。肖红军不敢让小赵背他的背包,因为那里边有金子。"说这话的是张同。这人论年岁要比肖红军他们大一点。也是连上有名的积极分子。心肠挺好,打仗从不含糊。可就有一样,说话总是弯弯曲曲的,叫人一时摸不清。肖红军一听他这话,忽地转回身来,对住张同,使力晃了晃背上的背包,不以为然地说:

"哼!金子!你来摸摸看,咱们肖家祖宗三代,还没见过金子是黑的还是白的呢!"

大家看到肖红军这样认真,不觉哄笑起来。张同很坦然地接着说:

"不用摸。也许不是金子,是比金子更贵重的物件。反正,里边总得有东西。"

这一来,肖红军更加莫名其妙了。他一面丢下背包,一面不服气地说:

"来,非要你们看看不行!看这里边有什么好东西?照你这么说,我倒成了地主啦!出门打仗还背着金子!"

张班长早就明白了张同的意思,一直咬着牙关没有笑出声。这时,他憋不住地转过身来,笑着制止肖红军说:

"走吧,走吧!半路打开背包干什么?"

"班长,他说我这背包里有金子,你看这是什么话?"肖红军仍然很认真。

"没有。我知道没有。你好好走你的路吧!"班长虽然这么说,却也笑得捱不住嘴。在肖红军的心目中,班长总是上级,不管怎么说,自己总得服从。于是,他一声不响地入了列。谁知张同却又开了腔:

"没有金子,有一颗心!"

肖红军气冲冲地重又转过头来:

"你说什么,张同?"这一问,张同反而一针见血,硬朗朗地说出了谜底:

"我说你的背包里不是金子,是比金子还要贵重点的东西,是一颗大姑娘的心!所以越背越沉,把你的脚脖子都压软啦!你说是不是?"

"对呀!我可是亲眼看见的,刚才送咱们的时候,身穿月白布衫,扶着肖红军奶奶那个大姑娘的心已经不在啦!可能就是肖红军给带走了吧!"另外一个多嘴的人随声接着。

这下却把肖红军说醒了。他心里虽然像个泄了气的皮球似的,再也蹦不起来了。可是,表面还故意装得很镇静,脸上泛着微红,一本正经地朝着张同警告说:

"老张,你是老大哥,我很敬重你,可不兴乱说呵!那是我妹妹!"

大家看到肖红军的表情和腔调,都从心眼里埋怨起张同来了。感觉到他开玩笑实在太不讲分寸,明明是人家的妹妹,怎么能胡说八道哩!谁家没姐妹?谁知张同却像抓住了什么把柄,更肯定地笑着说:

"是呀!自然是妹妹,难道谁会娶个姐姐?"这一来,肖红军的脸膛红成了猪肝。然而,他还是不认账地硬着嘴说:

"老张,你胡说。未必你家就没有姐妹?"

"肖红军!你要再嘴硬,我可要揭你的底啦呀!这可不怨我,是你逼我说的!"

"你说,随你怎么说!"

"好,你听着,大家都听着……"张同终于放开嗓门,做着表情说起来。

在这点上,肖红军确实还是个孩子。他还不懂得世上的事情

"要想人不知,除非己不为"。绝对永久的秘密是没有的。到现在他还以为他和晓云的事,除掉奶奶和他们两人以外谁也不知道。其实,这是自己骗自己。首先是由于他们俩的亲事,成了他奶奶的一块心病,老人家因为没有看到过他们俩的行动,也没有听到他们痛痛快快答应过。因而,曾经在肖红军参军走后背着晓云同黄庆和另外几个干部们说过,希望他们大家劝劝他们。大家也都很高兴地答应了老人的心愿。只是还没找到劝说他们的好机会。谁知大家都是多余的担心,红花哪有不配绿叶的道理呢?原来,事情居然这么巧,昨晚那场小小的战斗结束之后,为了天明继续行军,排长命令大家随即抓紧时间休息了。肖红军得到了排长的允许回家去住了。天晓得怎么弄的,天明以前的最后一班游动哨,正好轮上了张同。天刚灰灰明的时候,张同游动到彭家大院的后门口,这时候,他忽然听到有人在小声说话,只是听不清也看不到是谁。于是,他就蹑脚蹑手朝前又走了几步,然后把脸贴在地下朝上看,这一来,他倒发现了目标。原来是肖红军和他妹妹两个正靠着彭家后门的门框,脸对脸地站着,身子挨得挺近,不知说什么。他又朝前走了走,蹲在离开他们二十来步远的一棵松树后,这阵他才听到晓云说:

"一会儿,你可先对奶奶说!"

"我不,你先说,我点头就对啦!"肖红军接着。

"点头她也看不见。要不咱们一齐说。"

"一齐说她又听不清。"

"你看你!"晓云朝肖红军的胸脯上轻轻打了一拳。

"好吧!好吧!一齐说。"

"你在队伍上跟人家说过没有?"

"我?不到成亲那一天,沤烂我心里也不会说!"

"要是你说过,天明我可不去送你们!"

"放心。我又不是疯子!"

"那双新鞋我给你包在背包里啦,要是穿坏了,带信来,我再做……"

"给奶奶做吧,队伍上会发鞋的!"

……

到这里,张同憋不住地想笑,又怕惊动了他们,只好悄悄密密地走开去。可是,张同的心里,这时候除掉那种通常的羡慕和同情之外,还又立刻生出了一个谜:他无论如何想不到肖红军这人还有这一手!更猜不到那个姑娘究竟是什么人?因为,自打肖红军参军以来,不仅他自己从来没说过,就是和他一齐参军的小伙子们在说笑中也没有露过半点口风。所以谁也不曾在他身上想过这些事。几乎完全是一种好奇心理的支使,张同在天明换哨之后,故意不露声色地,直奔民兵队部去,在那里他终于摸透了底细。

大家一听张同这段有声有色的描述,乐得哈哈笑起来。几乎全排都向肖红军投出了羡慕的眼光。肖红军立即变成了一个软绵绵的小哑巴。

就这样,他们又说又笑地走着。为了赶早到渡口,他们中午仅仅吃了点干粮,没有大休息。

太阳离开西山的顶端还有很高的时候,李康带着全排战士,已经到达了大别山的边沿,下山还有二十来里就到渡口了。这时,队伍原地休息下来。

大家都在预期着,再过一阵就要归还建制,和全连同志们相见。天明就可以行走在阔别半年的平原上。人们的心里有种说不出的兴奋在滋长。李康把各班长叫到自己跟前,把几张五万分之一地图摊开在地上,指点着,互相议论着。

这时候,全排只有王小秀没有坐下来。他好像一点也不需要休息似的,仅仅放下了背包,随即把枪大背起来,开始整起自己的军风纪来了。这是一个老战士的习惯。在他觉得,要是自己和别离的战友或首长们相见的时候,如果不把自己的风纪整理好,实在是一种非常不礼貌的事情。他站立着,不声不响地,打去了身上的尘土,把每个口袋的扣子都扣好,又顺手伸下去拉住衣边,吃力朝下扯着,仔细地低下头去端详着。他觉得上衣有点短了,顶多不过二尺四,无论如何是没有二尺五的。心里不仅有些懊恼,明明是个兵,身上却穿的不是二尺半,这能像啥呢?可是他又很希望自己的感觉是错误的,于是,不自觉地朝着大家说:

"怎么样?我这上衣短了吧?"

"差不多,短也短不了一尺。"张同毫不介意地接着。

"去你的,没话说就闭上嘴。'衣不加寸,鞋不加分。'你没听你妈说过吗?世上还有短一尺的衣裳?"

张同没理他,只顾吸着自己的旱烟。另外有人说:

"衣裳倒差不离。不过,你老兄的领子倒是有点大。要不是肩膀宽了点,怕会滑下来的。"

这话却是说到了王小秀的痛处。因为去年冬天他在完成自己做棉衣的任务中也是积极分子,当他看到《人民战士报》上,野战军司令员教大家用饭碗扣在领子上,先比着碗口划成圆圈,然后再剪领子的办法时,他自己早已把领子挖大了。谁都知道,衣领挖小了,倒是容易放大的,挖大了,却就有些难办。因而,这衣领子到如今还是他的一块心病。现在,别人这么一说,他又不自禁地用手拉住衣领,并把里面围着的一条毛巾弄了弄。然后,跺了一下脚,自己埋怨自己说:

"嘿!真窝囊!"

"你要接媳妇啦,还是怎么的?真能穷讲究呵!"张同一面磕掉烟灰,一面冲着王小秀。

"媳妇倒不想接,就怕一会儿见了首长太难看!"王小秀这才坐在背包上,无可奈何地接着说。

"哼!多余!难道首长还没见过你?首长还不知道今年咱们的棉衣是自己做的?"不知是谁用鼻子朝王小秀打了这么一家伙。

另外，又有人接着说：

"就是娶媳妇，这套衣服也够美的呀。新郎官是个人民战士，是向敌人后方跃进了一千多里、无后方的作战、消灭了敌人、建立了根据地的战士。这种战士，一手拿枪打仗，一手拿针线缝棉衣，难道这种棉衣还不漂亮吗？我看世上少有新郎官能穿这样漂亮的衣裳哩！说实在，我的这套衣裳永远也不愿丢掉它，就等着将来娶媳妇的时候才穿呢！那时候，我要首先对我老婆说：'你呀，你可别瞧不起这身棉袄呵！别看你是个姑娘家，你可做不成这玩意儿。要不是它呀，别说你能嫁给我这样的战士，就是你想翻身也不容易呵！'"

这段话逗得大家全乐了。王小秀也咧嘴笑着说：

"对，这可真是新观点。照你这么一说，这套四不像的衣裳反倒成了宝啦！"

"是呀！当然是宝呀！反正你拿钱买不到。世界上没有听说过哪个国家的野战军还会做棉衣，你说不是宝是什么呀？"

大家只顾你一言我一语地说着笑着，谁也没有注意到只有肖红军一个人，始终一言不发，脸上一点笑意也没有。他坐在自己的背包上，贪婪地瞪大眼珠，直定定地瞅着远远近近的群山、河谷、树林、花草、稻田和家屋，两手不停地搓捏着地上的泥土。他的心不知在想着什么。

正在这时，一群啄食松子的山鸡，噗啦啦从他们身后的松林里飞了起来。他们不约而同地，朝着松林望过去。最初是一个人。这人浑身都是泥，包头的帕子也不见了，满头大汗顺脸往下淌。竭力张着大嘴呼吸着，看样子好像有什么紧急的事情，已经不停脚地跑了很远了。接着，又是一个……

大家都还没有判断出这人的来历，而且，这人也还没有看到队伍的时候，突然，李康很果断地紧急命令说："准备战斗，一班跟我来。三班马上隐蔽前进，占领右山包待命射击。二班原地散开隐蔽!"

队伍十分迅速地进入了阵地。跑进小松林里的人们,却越来越多了。这阵,已经六七个了。然而,奇怪的是他们这些人,不知道是被什么东西吓掉了魂呢,还是果真素不相识?他们谁也不和谁说话,一味慌慌张张在林子里寻找着各自藏身之所。这时候,李康心里已经有数了。他断定是有了情况。假若不是敌人的正规军抓伕子,就一定是土匪小保队又在屠杀老百姓。他一声不响地急忙抬起头来,再一次观察了他们依托的地形,迅速下定了决心,心里说:"虽然老子今天没有作战的任务,可是人民军队永远也不能眼看着群众受屠杀!要是小保队,那就干脆全部地消灭你!要是敌人正规军,也要叫你尝尝老子的子弹头呢!"但是,想到这里,他的心不自主地突然怀疑起来了。他觉得他对情况的判断可能有错误。他想到,既然上级指定他们,要在这里和主力会合,那么这地方,这时候怎么会有敌人呢?难道上级掌握情况还能有这么大的出入?不会,肯定的不会!可是,这些老百姓又为什么逃到这里来了呢?……

李康正在判断不清面前的情况时,接二连三又从山下钻进林子两个人。接着,嘣的一声枪响,子弹打断了几根细小的松枝,带着啸声飞远了。可是,那两个刚刚钻进林子的老乡却又应声倒下了。这情景叫李康更加怀疑起来。他看得清清楚楚,子弹根本不会伤着他们的毫毛,然而,这两人又为什么忽然栽倒了呢?莫非真是吓破了胆了吗?他还正在思忖的时候,一个歪戴大檐帽,满身大汗,头上直冒热气的敌兵,提着笨重的美式步枪,上气不接下气地爬上山坡,追进林子来。

"操你祖奶奶!我叫你跑……"

这敌人一边骂着,一边朝那栽倒的老乡扑过去。两个老乡简直就像是软瘫了似的,只见手脚乱弹挣,始终站不起来。这时候,特等射击手三班长张海全,已经完全瞄准了这个敌人的胸膛,几次停止呼吸准备射击了,可是,李排长始终不下射击的命令。他急得浑身出汗,右食指久久地停在扳机上,就是不敢用力气。阵地上静得一丝声音也没有。肖红军急得忍不住,把腮帮轻轻离开了枪托,用一种非常急躁的语气,拼命压低声音说:

"班长,班长!你怎么不打呀?快嘛!快……"张海全闭着气,歪过头来狠狠瞪了他一眼。那意思显然是说:"纪律!纪律!排长还没有命令呢!"可是,肖红军却一点也没有理会,反而更不耐烦地说:

"你不打,我打啦!"

"不准!服从命令!"张海全无可奈何地这样说。肖红军呆了,他不明白为什么看到敌人在眼前,还不准打。心里憋得受不住,正想马上跳起来,跑去请示李排长。情况变了。

就在这么一瞬间,他们大家都看到,那个提着美式步枪的敌人,喘着粗气,走到那两个栽倒地上的老乡跟前,正要举起枪托朝他们劈头打下去的时候,真像变戏法似的,那两个老乡不知怎么一抖动身子,就地坐起来,两人手里马上生出了两支张着嘴的驳壳枪,对住了敌人。那敌兵真像触了电似的,刚刚举起来的美式步枪,不自主地从他手中滑落到地上,好像膝盖又酸又软,无论如何也支持不住他的身子,慢慢、慢慢跪下来。

"不准动!"一个老乡大声命令着,走过去拿了那支美式步枪,可是,这老乡确也完全没想到,他刚刚一站起来,倒叫李康他们的心里开了花。戏法全被看穿了。肖红军憋不住地喊起来:

"二排长!二排长……"

那老乡还没听出是谁在叫,第二个敌人又像笨牛似的,爬进林子来。于是,他一个箭步跳过去,拿枪对住这个家伙的胸膛。这时候,李康下达了命令,三班开始冲上去。第三个敌人仅仅一露头,就又转身没命地向后跑起来。可惜,他的脚不管怎样也没有张海全的子弹快,他刚刚跑出五十来米远近,就被撂倒了。

三

原来作为全军前卫部队的李康所在的七团,在昨天下午十七时四十五分,已经到达了渡口西南五十里的地方住下来。按照原计划,是在今晚十八时开始渡河的。可是,当他们昨天到达宿营地后,电台刚刚架起线来,军部已经在急切地叫喊着他们。马林团长走进四股长给他指定的屋子里,警卫员把洗脸水已经弄好,毛巾也已放进盆里去。他卷起了袖子,仅仅洗了一把脸,译电员就在门口喊了声:

"报告!"马团长的毛巾正在脸上擦着,还没有来得及应声,门外接着又喊一个"报告"。于是,他把毛巾撂到盆里去,有点奇怪地说:

"进来!什么事,这么急?"

译电员没有回话,跨进门去,敬了礼,随即把一份电报递过去。马林甩着手上的水,说:

"打开!打开!我手上有水。"

译电员急忙在他眼前用两只手扯开了抄报纸。这一来马团长却忘记了他的手是湿的了,伸手就把电报抓过来,像个上千度的近视眼似的,挨着鼻子,仔细地看了又看。然后,很果断地对着译电员:

"军部要回报吗?"

"等着呢!"

于是他顺手从衣袋里取出了钢笔,就在自己的小日记本上写了这样几个字:"坚决执行,查清情况,即报。"然后撕下这片纸递给译电员:

"去,去,马上发。"

译电员接过这片纸,转身走了。马团长随即放开老大的嗓门喊起了警卫员。其实,警卫员正在里间替他伸铺呢。突然听到团长这么大声的喊叫,立即应了一声跳出来。弄得马林也笑了。

　　"我还以为你在外边哩。去,去请政委和副团长来一下,有急事!"

　　"是!"警卫员撂下铺盖,一个箭步跳出去。不料差点和杨政委撞个满怀。警卫员没开口,他就迈进了马团长的屋里,屋子顿时显得低矮了几分。

　　杨政委叫杨克辛,是个细高个,近视眼。日本鬼子在一九三七年大规模进攻的时候,他还在胶东某县立中学念书。现在也才不过二十多岁。由于他一参军就在连里工作,所以,多年来他所有的战斗、工作知识,大都是来自他的亲身经验,很少是从下级的工作报告中获得。因而,他的工作作风很实际。同时,他又是个很爱学习的人。这不仅表现在他对待工作和同志们的态度虚心谦逊、负责、认真和关怀,更重要的是他能在多年以来,每天都坚持着学习,竭力做到手不释卷。这中间自然不仅是马克思列宁主义的书本,而且很多时间是研究工作经验,学习上级的各种指示和命令。当然有时候也读一些有关战斗的小说。他的这种学习精神和习惯,是全军出名的。部队首长在每次干部会上,只要一谈到学习问题,很少漏掉他的名字。这时他趁着他的房子还没弄好,便顺手从衣袋里掏出了一本小说,一面看着,一面很习惯地朝马团长屋里走来。打算看一看团长的房子是否合适。

　　"喂,书呆子!先读这个吧,把你那书停一下!"马林把军部的电报递过去,顺手燃起一支烟,自言自语地继续说:"哼!狗东西!想同咱们抢时间啦!多亏这份电报来得及时,要不然,明天咱们就会碰到他的屁股哩!"

　　副团长兼参谋长赵国珍,原是本团第一营营长新近提升起来的。因而,他走进屋来,很习惯地把自己的两只脚跟轻轻靠拢了一下,然后,谁也没注意就自动稍息了。杨政委把电报靠上自己的鼻尖看了看,然后递给了赵国珍。可是,他没有说什么,仿佛他连马团长刚才的自言自语也没听到。并且慢慢地皱了一下眉头,眼睛盯住窗外。身子好像被钉住了似的,一动也不动。突然,赵国珍很坚决地说:

"先下手为强。把狗日的尾巴吃掉再说!"

马林没接腔,脸上泛起了淡淡的笑意,心里说:"别忙吧,伙计,咱们是要抢时间走路的,不要吃坏了胃口。"杨政委好像从眼镜框子的外面,瞅了瞅他们两个的表情,然后很平静地说:

"不要光想吃人家的尾巴,还要想到自己的指头。弄不好,吃不成尾巴,会把指头丢掉的。李康他们怎办?咱们想一想。"

现在,七团除掉政治处主任严方同志,因高山铺战斗负伤,留在大别山鄂豫军区医院里,没有跟部队转来之外,团首长实际上就是他们三人了。杨政委这么说过之后,大家没做声。

马林脸上的笑意不见了。思想一下子又返回前年七月的小李庄战斗中去。他的心按捺不住地一阵紧张,急忙接着说:

"对,政委说得对,赶快派人去摸敌人的情况,同时,想尽一切办法拦住李康他们,别让他们闷着脑袋瓜子闯上去。那就真是吃不到尾巴,还要丢指头啦!政委你说呢?"

"当然,不过光团部侦察员去还不行,得有他们连上的干部才成!万一李康他们不认得团部那些人,不是还要麻烦吗?"杨克辛很细致地考虑着。

"要七连派几个人,同侦察员们共同编成几个小组,化装去吧!"赵国珍用试探性的口气说。

"就这么干吧?政委!"马林看了一下杨克辛。政委表示完全同意这个办法之后,马林正式下达了命令:

"老赵,就这么执行吧!首先通知部队做好战斗准备,待命。但是一定要隐蔽。一律吃干粮,不烧火。马匹统统拴到屋里去!

然后,你带上侦察员到三营去,同李营长一块给七连干部把情况讲一下,要他们立即行动。"赵国珍随即转身走了。马林还想谈点什么的时候,杨克辛又把小说拿到自己的手里来。

七连二排长他们和团部侦察连的同志们,在营部接受了赵副团长和李营长给他们的任务,仔细研究了地形和道路,化好装,胡乱吃了点干粮,天已漆黑了。这才分别出发,到渡口去,到李康他们从军部出发,向渡口前进的各个道路上去。

二排长姓范,叫范苏,是个膀宽腰圆的汉子。素以胆大心细出名,特别是前年小李庄战斗过后,同志们只要提到他在战斗中的沉着顽强,是人都伸大拇指。这阵他和团部侦察员王新学编成了一组。他们接受了任务,换上了便衣,各自从老百姓家里借了一条挑柴的担子,一副捆柴绳,连夜奔向淮河渡口去了。

他们一面在漆黑的夜里摸索着前进,一面心里核计着。拂晓以前,他们在离开渡口三里多路的一个小村子,借了老乡两担干柴,然后各自挑起软溜溜的扁担朝渡口走去。这时,天还不很亮,他们正走着,突然河边传来了几声枪响,于是,他们放下担子,打算判断一下情况的时候,接着又有机枪点射了几发。现在,他们已经看到河岸上有一大片黑压压的东西,直朝他们冲过来。他们很习惯地迅速卧倒了。

"是什么?"王新学瞪眼瞅着前方,低声问。

"跑呵,跑呵!快点,快点……"范苏还没有回答王新学,从那黑压压的人群中隐约传来了这样的吼声。

"民伕……民伕……"范苏这样回答的时候,他们已经看得清有三四十个民伕,没命地朝着他们跑过来。可是,敌人仍在后面不停地向天空打着冷枪。

"老范,怎办?"王新学看到这情况,显然打破了他们原先的计划。

"跑!跟上跑!只要有民伕也就有情况……"范苏急促而又坚

定地回答着。民伕已经来到了他们的跟前。于是,他们站起来,弯着身子混进民伕里,大声吼着朝山上跑去。

"散开呀!散开呀!"范苏叫着。

"不要走一条路!跑呀!他们追不上……"王新学叫着。

他们的叫声,很自然地使民伕得到了指挥。民伕们好像忽然醒悟了似的,哗的一声,人群散开了,人们朝着四面八方乱跑起来,这下敌人瞪眼了,于是他们也不得不被迫地分散开来,三人一组地穷追。范苏带领着十几个民伕直朝山里奔。他们一面跑,一面讲说着渡口的情况。可是范苏他们已经下定了活捉后面追来这敌人的决心。

在小松林里,张海全一枪撂倒了那个企图逃跑的敌人之后,李康抱住了范苏。范苏也像做梦似的几乎笑起来。躲藏的民伕,一看到李康他们这些解放军,就像小孩见到了妈妈那样,一个个惊喜交加地走上前来,争先叙说着渡口上敌人的情形。当他们听范苏说到从这里横插过去,只需翻一个山,仅仅十多里路就能见到团、营首长的时候,他们马上带着刚刚捉到的"舌头",立即归还建制了。

已经是黄昏时候,李康、范苏带着两个俘虏在团部参谋处的屋里和团首长们会见了。其实,这时候,俘虏兵的"舌头"作用已经不太大了。范苏他们从民伕嘴里所听的和他们亲眼看到的情形,业已基本上弄清了敌人的底细。可是,两个俘虏兵反而争先恐后讲起来。他们说,他们的主力部队昨天已经全部过河了。渡口上只剩下他们一个辎重连,任务是押运弹药和被服。这些东西本来昨天晚上就要过河的,因为民伕死活不肯走,一直把东西堆在河岸上,弄得连长一点办法也没有,末后他又请来一个什么副官。这位副官火气很大,当场枪毙了两个民伕,然后,给他们讲话说:"妈的,老子叫你们送到徐州府,不是叫你们送到河边就完啦!懂不懂?"

民伕们谁也不吭声,他又对着连长说:"今晚上好好看着他们,叫他们在河边歇一夜。明天一早过河。哪个不走就毙了他!你们过河之后,立即拆浮桥……解放军就在屁股后边哩!"这以后,副官骑马走了。谁知天不亮这些民伕全炸啦,连长骂着,高声命令说:"追!给我分头追!追到天边也得抓回来!我不信他们还能长翅膀……"

他们说到这里,杨政委微笑着挥了一下手说:

"好吧,你们俩先去吃点饭吧,以后再谈。"

俘虏一出门,马团长随即把拳头朝桌上一打,用着斩钉截铁的语气说:

"这才是吃尾巴的时候了!"

"对,快发报,同时向师部和军部请示,提出我们的意见。"杨政委接着说。

"这么肥的尾巴,不吃才是傻瓜,弄得好咱们前卫团的搭浮桥任务也完成啦!"赵副团长顺口说着,跑去发电报去了。

屋里暂时静了几秒钟。李康很严肃地朝着马团长和杨政委说:

"趁这点空,我给首长汇报一下吧?"

"回头再说吧!"马林很快地接着,把脸掉向窗外去。

"李康同志,这阵没时间啦!以后你等通知好啦。反正你们的任务完成了,军部早有电报来。"杨政委很温和地说着。范苏看得很明白,团首长们的心事全部集中到吃掉敌人的尾巴上面去了,感到李康这话说得有点不是时候,他瞟了一下李康,插嘴说:

"报告首长,明天'吃尾巴'的任务交给我们吧!"

"是呀!情况我们很了解!"李康也这样帮腔说。

"明天……"马林突然转过身来,很惊奇地微笑着,但是,他的话没有说下去,杨政委接上了:

"你们?你们是谁呀?就是你们俩吗?"

"不，我们排呀！"范苏连忙回答说。

"就你们两个排就能吃掉这个尾巴啦？你们想过没有？要是你们做了团长，就能这样直接把任务交给两个排吗？"范苏有点窘了，感觉到自己发表这意见也同样不是时候，不敢再说什么。杨政委接下去说：

"不对，同志，我们军队的力量之一，就是高度的组织性。这样做，把你们的连、营首长放在什么地方呢？要求任务是好的，但，要有组织。现在，你们可以回去了。有意见请你们营、连首长转上来就对了。"

"是！"范苏和李康很无趣地，敬了礼，跨出门去。

他们俩出去之后，杨克辛和马林对看了一下，无声地笑着：

"真危险！你听到没有？他说'明天'？"马林盯着杨克辛。

"是呀！他们总喜欢这样。老把敌人当死猪，仿佛在他们的脑子里，打仗和在靶场打靶一样，今天过去了，明天靶子还在一百五十米的前方站着等他呢！"

"什么时候，才能让我们的战士们都确切懂得世界上的一切都在运动着，懂得时间对于战机的作用呢？"马林很感慨地在屋里走动着。

"要学习辩证法……"

杨克辛没有把话说到底，赵副团长转来了。他喜形于色地把抄报纸递给了马林，马林立即凑过去同杨克辛一齐念着师首长的命令：

"立即行动，歼灭渡口之敌，夺取辎重，保护浮桥。部队跟进。"

"走，到三营去。"杨克辛和赵国珍都没有再说什么。

天已完全黑下来。警卫员从老百姓的屋子里拉出了他们的马。团长在上马的时候，回头对警卫员们吩咐说："不准打电筒！"马蹄嗒嗒地敲击着河谷的石子，消失在黑暗里。

赵副团长带着团的前卫第三营，接受任务开始前进了。约莫在二十二点左右,他们已经十分肃静而又隐蔽地包围了渡口的敌人和物资。可是,敌人一直没有发觉。夜,黑得伸手不见五指。

全部着了便衣的七连一排战士们,由两个俘虏带领着,从合围圈的边沿走出来,队形散乱得活像老百姓一样,并且吱吱呱呱说着一些别人根本听不清楚的话,大摇大摆地朝敌人的连部走去。他们每个人的手里,都像拿扁担那样,提着他们上了刺刀的步枪,枪膛推上了子弹。想不到,快要接近敌人的时候,那两个俘虏有点软了,犹豫着不肯前进。李康用手里的驳壳枪口,朝他们的脊背上顶一下,小声命令说:

"走呀!你磨蹭什么?"

"有哨兵……"一个俘虏说。

"晓得有哨兵,没有哨兵要你干啥?"张海全很急躁地说。

"废话!快走!"不知是谁说。

"有哨兵怕什么!你照计划办就行了嘛!"李康说。

"不是一个呀!官长……"

"管他几个呢!冲他走去就是!"李康又顶了他们一家伙,心里也有点着急。他知道这时候要是动作迟疑是很不利的。不知道谁推了俘虏一下,咬着牙说:

"不老实,我拿刺刀挑了你!走!"

俘虏没敢再说什么,壮着骨气朝哨兵走去。

"哪一个?"敌人哨兵拉响了枪栓。

"是我!……八班刘景。"一个俘虏回答着,仍旧朝前走。

"啊呀!是你呀!抓到多少?连长以为你开小差了呢!"哨兵听到了俘虏的口音,并不戒备地说。

"追了几十里,抓回了三十多个!"俘虏回答着。

"好呵!这下你可立功啦!快带到连部去吧,连长正在教训他们哩……"另一个哨兵的话没说完,他们已经来到了跟前。王小秀一步跳上去,正说话的那个家伙,嗯了一声,脖子已经被王小秀掐住,按在地上去。另一个家伙没有顾得喊叫,刚一托起枪来,就被两把刺刀同时插进了胸膛。李康用力抓住俘虏兵的手脖子,这家伙也像触电似的浑身抖起来。

敌人连长的屋里,正发出没命的惨叫。战士们迅速冲了进去。肖红军一进门,就朝正在用烧红的铁条烙打民伕的勤务兵的背上戳了一刺刀。那小子没来得及回头看,哎呀一声就栽倒了。敌连长坐在一把破旧的太师椅上,软瘫了。他像傻子一样,一动也不动了。李康用枪指住他的脑门命令说:

"你们被包围了,赶快集合,放下武器!"

"要不,就挑了你!"肖红军说。

"是!是!是!号兵,快吹……集合号……"那连长好像得了软骨病一样,东倒西歪地站不起来,给他的号兵下了最后的命令。

年纪不过十五六岁的小号兵,就在连部住的院子里,吹响了紧急集合号。这时候,第三营的八连已经完全控制了浮桥。九连夺取了堆积如山的物资。

没有枪声的渡口歼灭战,在零点以前就结束了。

第 四 章

一

仿佛有人说过："新战士的刺刀,只要染上了敌人的鲜血,勇敢就从他的心灵深处赶走了恐惧。"这话似乎也有道理。肖红军就是这样的。自从那晚上他在淮河渡口刺穿了敌人勤务兵的背心之后,几天以来,简直像只长硬了翅膀的小鹰似的。每天行军他总是不停嘴地唱唱说说,从来不知道什么是疲劳。在路上他不仅自己不掉队,还能自觉地展开行军互助,替别人背东西。到了宿营地,不管是黄昏还是黑夜,他总主动把全班的洗脚水统统烧好,然后催促大家去洗脚。由于他的行为,班上很自然地展开了全面大互助。近几天来,他们全班的同志们,除掉吃饭、睡觉之外,不论大小事,人人都在时刻注意着,抓紧机会,想尽办法帮助别人。在他们看来,要是谁在一天之内,没能帮助别的同志做点事,就像自己丢掉了什么东西似的。这一来,却把班长张海全弄得没事可干了。他觉得战士们简直成了他的脑筋,只要他所想到的,或者他还没有想到的,不等他开口,大家就已做好了。昨天宿营过后,指导员召集各班长汇报行军中发生的问题,弄得张海全反而无话可说。最后,指导员指定叫他发言的时候,他才不好意思地、吞吞吐吐把班上的情况讲说了一遍。末了,指导员很有趣地问他说:

"三班长,你很担心你要失业是不是?"

张海全笑了笑,没有说什么。指导员接着说:

"我看这样失业还不错。战士们能够自觉地展开全面互助,当然干部是会省掉很多事情的。我们的许多工作都是在战士们的自觉的基础上才能做好!哪个班长想学习张海全同志这样的'失业',不妨派个'留学生'到三班去住一住。我可不怕失业,我希望咱们全连都能像三班这样,我们的行军任务就顺利完成了。"

班长们全都哄笑起来。他们争先恐后地要求派"留学生"到三班去。最后还是指导员决定,先由一排做起,一、二班先派。

大约在十七点左右,三班全体战士们,照例地争着送还了铺板,打扫了院子,还给老乡们挑满了水缸,一切都已做停当,整装待发了。不知为什么,集合的号声始终不响。营部通讯员也没到连上来。连部也没有宣布今天行动的消息。战士们三番五次地摸弄着自己的背包、挂包、鞋子和枪支弹药等等,想法占用时间,然而时间仍是富余的。一种难耐的沉寂,充塞着战士们的心。

肖红军几次把背包背起,重又放在地下坐上去,两眼滴溜溜地转动着,朝全班同志们的脸上扫来扫去。末后,他突然说:

"谁知道,这是怎么回事?"

"天知道!要是往常,这阵早走出十里开外了。"张同不照面地胡乱接着。

"天知道个屁,天是人管的。排长呢?咱去问问他不行吗?老坐这儿等个什么劲儿?"肖红军好像还没有咽下上次张同在路上耍笑他的那口气,话头有点冲。

"排长不知上哪儿去啦,我刚才就没找到他。"赵忠林表示很同意肖红军的意见。

"小赵,你真找过排长了吗?"王小秀很惊奇地反问着。

"是呀!就是没找到。"

"幸亏没找到,要是找到了,你那脑门子上至少也得碰个大包!"王小秀把两只手合拢起来,比画着,又摸了摸赵忠林的脑袋,笑了。

"有什么高见,不妨说出来嘛!"赵忠林不服气地还击着。

"高见倒没有,低见是这样,你看……"王小秀磕去了烟锅里的烟灰,把小烟袋塞进裤袋里,从自己坐着的背包上站起,像演员似的,一面表演一面说:

"报告排长!"他用立正的姿势说。然后又转过身来,装着排长的口音说:

"啥事?"于是,他又急忙站到这边来,学着赵忠林的嗓子说:

"请问排长,为什么这阵还不出发?"

"这阵,你们猜,排长怎么说啦?"王小秀拿眼扫了一下大家,大家都在瞅着他,他又接着提高嗓门说:

"滚蛋!滚蛋!是你当排长,还是我当排长?军人以服从命令为天职!有什么好问的!就这样,你那脑门上就得鼓起个大包!"

大家哄的一声笑起来。冷不防,肖红军很严肃地提出了抗议:

"老王,你这表演我可不赞成!让我看,要是李排长看了你的表演,大包准得长在你头上。你信不信?"这一说,不止王小秀,而且大家都有点愣了。一时只顾乐和着,谁也不明白肖红军为什么替赵忠林抱这么大的不平。就连张同那种四面透亮的人物,也有点摸不着头脑了。可是有名的老实头赵忠林却立即开了腔:

"对,对,肖红军这下可真说中啦!我得先说明,我并不是说我去找排长问情况是对的。叫我看,就是找到了排长,排长也不会那么说。像你比画的排长呀,我看根本不是李排长!你别糟蹋人好不好?"

赵忠林这句话,倒使大家清醒了许多。这才明白肖红军的抗议,主要还是因为王小秀歪曲了李排长。可是,王小秀还是不示弱地反击着:

"那你说,排长会怎么说呢?难道他会向你立正说'报告赵战士,因为情况是如何如何'吗？你说我学的不像,你也不妨学个像的叫大家瞅瞅呀！"

"我没有你那份天才,学不来。我只知道你学的不是李排长。"

"不是李排长,你说是谁？"

"谁也不是,是军阀残余。"

"是国民党军队的排长！你想嘛,咱们队伍上的排长,什么时候会是那种说法呢！什么'滚、滚',什么'服从命令为天职'……要是咱们的排长呀,就是说也不是这种说法。"张同不等王小秀再说什么,就替赵忠林抱不平地噼里啪啦接下去。这才使王小秀有些软了,自己也觉得那样比画李排长委实有点不像。然而他还没有想到怎样对付他们的时候,大家都又插了嘴：

"是呀！咱们排长怎能那么说呢？顶多他说：'不要问了,同志！服从命令听指挥就对了。等着吧！'"

"也许排长还能把情况告诉他呢,有什么了不起呀,咱们队伍是民主的嘛！"另外有人说。

王小秀看势不对,赶紧趁台阶下马说：

"好吧！就算我表演的不是李排长,反正你去找上级问军情总是不对！"

"那可不一定……"

肖红军还没把话说到头,一架敌人的红头小飞机精疲力竭地嗡嗡着,像只没了脑袋的苍蝇似的,擦着树梢飞过去。大家随即静下来,视线不约而同地盯住了敌机。他们的脑袋不自主地转了一个半圆圈。敌机冲西飞去,很快就在天地相连的地方变成了一个小黑点,从人们的眼缝里溜走了。

"狗日的！天到这般时候,还转游个屌！"不知是谁这样说。

"兜风来啦！不转游他们靠什么捏造情报拿奖金呢！"王小秀好像很懂得敌人空军的内幕似的冷冷地接着。

"不,他是有任务的。前边就是平汉线。"原先他们在淮河渡口捉到的那个"舌头"说。

"废话！我家就在铁路边，未必我还不知道那叫平汉线！他们这般家伙可不管你什么线，反正天一亮就照例出来嗡嗡，随便朝老百姓的屋脊上扫射几下，拿到法币，夜里就去赌博，搞女人……"王小秀好像有点迁怒似的这么说着。那俘虏没再说什么，别人也没再接腔。

夕阳业已坠落到远处柳林的背后。广漠的田野上，"汪汪狗"① 样营养不良的小麦摇摆着，放射着金碧交织的羽毛似的光辉。三三两两的归鸦，不知从什么地方吃饱了肚子，嘎嘎地叫着，缓慢地扇动着翅膀，在村边老榆树的梢头栖下来。很快又被升腾起来的袅袅炊烟裹住了。

已经是人影散乱的时分。战士们仍然在等待着出发的号令。谁也不再说话了，仿佛他们都已感觉到，今天的情况是会有点变化的。

正在这时，八、九连的集合号音响了。然而，他们自己连里的司号员仍然不吹号。大家急得不行。肖红军跑去拉住司号员：

"你怎么弄的呀？伙计！你没听到别人都集合了吗？"小司号员随即把号嘴子按到自己的嘴上，竭力鼓起了腮帮。肖红军一看他要吹，转身就往班上跑。可是司号员一点声音也没有吹出来。等到肖红军转过身来看他时，他又笑着拿开了号嘴说：

"没有命令，知道吗？你怕我还不想吹呀！别担心，三营不会丢下七连的。"

说话间，从左右两边的村子，拉出了两支队伍，朝着他们村子走过来。最初，他们只看到八、九连的连长们带着队伍在前面走。接着，等到八连穿过一座小树林，跨过渠沟的时候，他们在八连的队伍后面，发现了李营长和团首长们。这时，肖红军才突然伸了一

---

① "汪汪狗"是一种像谷子似的草。

下舌头,转身跑了。

全营在七连驻村的打谷场上集合起来。场上没有布置讲台,连一张小条桌也没有。战士们听到口令,迅速地枪靠右肩,各自坐在了背包上。

人们的注意力很自然地集中到马团长的脸上去。大家都在心里暗暗猜想着:发生了什么事情呢?是不是有人在行军中违犯了群众纪律?要不,就是兄弟部队又有了重大的胜利?反正总得有点事,不然,天到这般时候,还把全营集合起来干吗呢?

队伍静静地坐成了一个方块队形。明亮的刺刀像座很整齐的树林似的放着光。李营长、朱教导员和马团长、杨政委站在一起,不断地小声说着些什么。马团长仿佛没有开口,只是不停地点头,微笑。这情景,有些老战士已经心中有数了。他们根据多次的经验,判断着八成又是有了敌情。因为,事实曾经不知多少次地证明着,马团长只有在战斗即将来临的时候,才会对着战士们微笑的。这已经成了他的习惯和性格。

他们果然没猜错。片刻的寂静过后,马团长开始讲话了。他的神情完全和往常做战斗动员的时候一模一样。他站在队伍前面,首先是收起了脸上的笑意,接着就用他炯炯发光的眼睛,朝每一个战士的脸上反复扫视着。这情景往往继续一两分钟的时间,他一言不发。直到他的眼睛把全体战士们的思想完全吸引住了之后,战士们的神经全部集中起来,千万人的呼吸汇成一个节拍,一种战前的肃穆和沉寂达到了最高限度的时候,他才不自主地把双手从裤袋里抽出,然后背剪起来,开始他那简短、明确、像命令一样的讲话。

他说:

"同志们!现在敌人又来考我们了!我们今天晚上的前进道路,已经被敌人给截断了!他们在前面四十里的平汉线上,确山和驻马店之间,堵住了我们,想把我们歼灭在铁路线上。怎么办?大家想一想。……"

这时,战士们全身的血液已经沸腾起来,再也不能忍耐了,谁也顾不得考虑团长的话是不是讲到了一定的句口,突然间几百人真像炸雷似的爆发出了一个巨大的声音:

"打过去!"

马林接着说:

"对呀,同志们!'打过去!'这才真是人民战士的话哩!我们大家一定要记着,牛长角是为了同老虎决斗。战士们手里的刺刀,是为了刺穿敌人的胸膛!要是牛不敢同老虎决斗,那就不是牛,是绵羊!战士手里的刺刀不敢戳进敌人的胸膛,那他就不是战士!今天晚上就是考战士的时候了。人民战士的主要任务是按照人民的意志,服从上级的指挥,把挡在前进道路上的敌人,用刺刀挑开!明白吗?"

"明白!"战士们又一个短促的巨吼。接着,有人站起来,举着枪大声喊道:"坚决打过去!""彻底消灭敌人!"大家很自然地跟着喊起来。马团长随即用手势制止了他们的口号,继续说下去:

"我们为什么不能另换一条道路前进呢?同志们!谁有这念头就是危险的。敌人不许我们这么想。知道吗?今天晚上我们要从这条铁路线上跨过去的部队,并不只是咱们这个团,这个师,这个军,而是许许多多兄弟部队都要同时跨过去。这也就是说,我们是面的前进,不是一支长蛇阵!每条路上都正走着我们的队伍。也就因为这样,所以敌人才利用了这条铁路线来堵我们。他们在各个车站上都增加了兵力,在车站和车站的中间,挖好了工事。这样我们怎么还能设想另外调换一条路呢?我们能不能去和兄弟部队商量,说:'我们害怕敌人,让我们跟在你们屁股后面过去吧!你们打头阵!'据我想,我们全体指战员同志们的舌头,在任何时候,也说不出这样的话来!况且,今天晚上我们各个部队,都并不只是过路,而且还有破路任务哩!我们还要踢破敌人的铁门槛!明白吗？"

"明白!"

"明白了,我们就能考及格。要相信我们面前的敌人,并不是什么三头六臂的妖怪,都是我们手下的败兵。只要你把刺刀逼上他的胸膛,自然他就会跪下来。这一点你们是有经验的。即使他们已经在铁路上做好工事,我们也要决心用刺刀,像挑核桃仁那样,把他们一个个从工事里挑出来!这一点,大家办得到办不到?"

"办得到!"战士们激动地回答着。接着,"坚决完成任务,彻底消灭敌人"的口号声又吼起来。

杨政委没有多讲,他仅仅以暂时兼任政治处主任的身份,对火线政治工作提了一些原则性的要求。朱教导员召集各连指导员把工作详细布置下去了。李营长什么多余的话也没有。他向马团长、杨政委行了个军礼,就转过身来很严肃地说:

"现在出发了。到野雉岗原地休息,准备战斗。前进序列还是七、八、九连和营部。大家马上弄好自己的一切东西。绝对保持夜间行动的纪律,肃静,不准任何人吸烟、打电筒或发出别的火光。不准任何人或马匹高声叫喊。全连炊事员同志们,一定要把箩锅捆好,要是再像平时那样丁丁冬冬的乱响,我可要找你们负责。"

足有十分钟的工夫,再也听不到有谁说话了。会场好像没有了一个人。王小秀一听野雉岗三个字,心里猛然紧了一家伙,眼前像张图画似的一闪:地主开销了他,娘被饿得躺在地上呻吟的情景重又出现了。他心里有种说不出的滋味。他坐着,不动声色地朝肖红军和赵忠林他们瞟了一眼,什么也没说。所有的饲养员们,急忙把鞍具重新检查一遍,有的紧着马肚带,有的把扣在马褡子上的洗脸盆竭力绑好,并且拼命用手摇晃它几下,直到不会撞碰任何东西,一点声音也不会发出为止。最后,他们又用小铁链子紧紧地拴住了马舌头。

昏暗的暮霭,渐渐低压下来。天地缝合了,无边际的麦田,有如黄昏后的大海,营养不良的小麦由碧绿变成了湛蓝和暗灰。夕阳熹微的余晖,好像淡淡的波纹似的,揉抚着麦秆的顶端,轻轻地荡漾到远处。

虽然村外的田间大道上,业已没有了行人,只剩下寂寞的车辙混杂着重重叠叠的牲口蹄印。可是,队伍一出村就走上了田埂小路。

田野静悄悄的,远远近近的村舍,开始出现着一两盏如豆的小灯,怯生生地闪烁着。偶尔不知从什么地方隐约传来几声孩子们的啼哭,但又迅速消失了。

"往后传,跟上!"

"往后传,跟上!"

声音很低而又非常急促,明确的口令,一个接着一个从前面传过来。战士们的心情更加紧张了。有人恨不得一步迈到铁路边,然而,不是自己的鼻子碰上了前面人的背包,就是踩掉了前边人的鞋跟。大家心里很明白,这是他们黄连长的口令。这口令虽然经过了几十个人的嘴,传到他们耳边的时候,他们还能感到连长那种急性子的口吻。

"朝前传,告诉连长,没有掉队的!"董指导员从后面传来了口令。这口令刚刚传过去,前面又传来了:"向后传,跑步!"于是大家立即用右手拉紧了枪背带,左手按住了小水囊。队伍像离弦的箭,射向前去。风好像紧起来了,人们的耳边响着低微的呼呼声。

半夜,队伍在野雉岗村外的灌木丛中停下来。天很黑,星星显得分外亮。大家刚一坐下来,连长就把李康叫走了。接着二、三排随即带开。顶多不过两分钟的工夫,李康却又带着王小秀站在一排的面前。肖红军伸手过去,拉了一下王小秀的衣裳,小声说:

"老王,是你呀!"

肖红军还没有再说第二句话,李康就压低了嗓子命令说:

"三班派两个战士,由王小秀带领,到村里去找向导。全排战斗准备。"

在战士们紧急上刺刀和装子弹的嘎嘎声中,三班长张海全指派了肖红军和鲁万福跟王小秀去了。可是,张海全心里有点不明白,为什么要王小秀带着他们去找向导呢?难道排长觉得我们三班连个向导也找不来吗?不会吧!三班在一排,虽不敢自封主力,至少也不是草包呀!他很想问一问李排长,其中必有原因。可是,立刻他又觉得这种想法是错误的。他知道,现在,只有对上级的命令无条件的坚决执行,才是真正的战士。

野雉岗并不是一个大村子,总共不过二十来户人家,其中除掉一家姓李的是个小地主(王小秀曾在他家做过长工)之外,其余全是邻近大村的佃户。村子坐落在一条长满荆条、刺蓬和小柳丛的黄土岗子的南边半坡上。这阵一排已经占领了岗脊的丛林。在林子里可以朦胧看到村里黑糊糊一团一团的屋子。只是一点声息也没有,简直像座荒冢似的寂静,不仅没有鸡狗的动静,就连一只流萤也看不见。

王小秀接受了任务,对肖红军和鲁万福说:

"走,下边就是村子,看到了吗?"

"看是看到了,路在哪儿呢?"肖红军说。

"这么黑,他妈的!"鲁万福接着。

王小秀好像没有听见他们说些什么,只见他手里提着的步枪一动,刺刀闪亮了一下,说了声:"放心。跟我来!"转身就从刺蓬窝里踏上了一条看不见的小道,迈开大步下岗来。肖红军他们随后紧跟着,再也不说一句话。可是,越走他们俩反倒越发疑惑起来了。因为王小秀带着他们走的实在不是路,而是顺着一些坎坷一阶一阶地朝下跳。眼看已经来到了村边,肖红军忍不住地站下来问道:

"老王!慢点。这恐怕不是路吧?"

"谁说不是路?放心吧!这就是大路!"王小秀没回头,正准备

再跳一个坎子。鲁万福突然拉住了他的子弹带:

"大路?是松鼠的大路吧?伙计!少开玩笑,这么黑咕隆咚地不走路,凭瞎跳成吗?还是完成任务要紧,万一把谁的腿跌断了,就抓瞎!"

王小秀不仅没接腔,并且,不以为然地甩了一下鲁万福的胳膊仍旧朝下跳。肖红军看势不对,急忙伸过手去拉住了王小秀:

"怎么搞的,老王?咱们的任务是找向导,又不是去摸敌人,怎么放着路不走呢?"

这一来,王小秀感到确实有向他们说明道理的必要了。可是,他的心情有些烦乱,只好直截了当地转过脸去小声说:

"同志!你们也想一想嘛,敌人就在铁路边,离这里不过十来里路。这么深更半夜的,我们进村去,老乡们也没长夜眼,他们怎能知道咱们是解放军呢!何况他们明明知道铁路线全叫敌人封锁了,怎么还会有解放军故意要朝敌人头上碰呢!据我想这阵咱们进村去,老乡们做梦也不会想到是我们,准会把咱们当成敌人。要是咱们摇摇摆摆顺着大路走,还像平时大白天请向导那样,先到村上去找负责人,然后再说明来意,保你连个鬼也见不到。走吧,放心跟我往下跳,保你没有三尺以上的坎坎,跌断你的腿我赔。老实讲,这条路我闭起眼睛也能走,要不,排长为啥叫我来,未必李排长还是个傻瓜!"

其实,王小秀这阵的心情,要比他所讲出来的不知复杂多少倍,只是他觉得别的话现在实在没有说的必要了。事实会叫他们明白的。肖红军和鲁万福一听王小秀的这番话,觉得确也是理,心里反倒信任起他来,不自禁地撒了手。王小秀一纵身子跳下去,他们俩也就跟着跳下去,坎坎果然很浅,还生着一些小树丛。肖红军一面朝前走,一面拉了一下王小秀的衣裳,小声说:

"老王,你从前来过这地方吗?"

"嗯!来过。"

王小秀只顾用手拨开树枝朝前迈着大步,不介意地顺口应承着。村子越来越近,王小秀的心也越来越紧张了。连他自己也不明白这是什么道理,明明村落正在沉睡着,一点动静也没有,说明至少是村里没有敌人,并且一刻就会见到自己的朋友的。然而为什么自己的心里倒像是要和敌人发生遭遇那样地忐忑不安?他拼命镇静着,自己说服着自己:"何必呢,这又不是办错了什么事,一会儿就和许多熟人相见了。就是见了姓李的,那不更好吗?要他看看,我王小秀现在手里拿的是啥东西!并且还要对他说:'此处不留爷,自有留爷处!'他的日子并不久长了!这一次不是他开销我王小秀,是我王小秀要掀他的石板了!"可是,这道理不管怎样在他心里翻腾,却始终压不住心头的不安。虽然他知道这并不是恐惧,而是不折不扣的仇恨,但是,心头总在一阵阵地紧缩着,说不出是个什么味!

到了。他们从村西头的一座土围墙后面,走进了村子。阔别了五年的小村,刹那间激起了王小秀的无限回忆。虽是黑洞洞的深夜,然而他那熟悉的记忆,叫他清楚地感觉到村舍在败落,在凋零,好像一只破了底的船,正在迅速地沉没。他从心眼里暗暗念叨着:"五年!五年!这是多么长久的岁月啊!在这漫长的日子里,野雉岗这个可怜的小村,为什么又比从前更可怜了?就说你是一条牛,难道五个春天从你眼前过去了,你就没能吃上一口青草吗?为什么你更干更瘦了?"他看到整个村子里除掉李家那座血淋淋的院落之外,不仅没有增添一座小草屋,反而许多院墙和屋脊都已倒塌了。村里和村外不仅没有增加一棵树,反而原有的树木也都拦腰斩断了!特别叫他感到难过的,还是他们进村之后,除掉李家拴在院子里的大狗汪汪叫了两声,居然再也没有碰到别家还有一只狗。整个村庄真像垂危的病人似的,死亡正紧急地叩打着它心灵的窗户!这情景好像敌人的刺刀刺进了他的胸膛。他知道自古以来的俗话:"儿不嫌母丑,狗不嫌家贫。"难道野雉岗这二十几家穷庄户,全叫他们给治死完了吗?

王小秀一声不响地走到一座掩着荆条门的小院门口。这是王小秀当初在李家当长工时,一个拜把子的穷兄弟谢水生的家。这人也和他一样,生的膀宽腰圆,直性子,粗细活路都是利索手。就是生来头上没有一片瓦,脚下没有半分田,自幼爹就下世了,只剩他和老娘卖力气过日子。这阵,王小秀首先来到他门口,一来是想找个可靠的人做向导,另外,还有个小小的心事,希望能从他这里打听到一点自己老娘的消息。他们一到门口站定,肖红军急忙把脸贴上柴门,朝院里一瞅,影影绰绰看到里边有一座倒塌了的小房子,院地上毛茸茸的,好像是长满了青草。他急忙直起身来,悄悄说:

"老王,这院没有人吧!院里都长草了。你看是不是?"

其实,王小秀这阵已经从那把生了铁锈的门锁上,摸到了一手蜘蛛网。他的心早像擂鼓似的咚咚跳起来。可是他却故意把脸仰到天上去,强作镇静说:

"是,好像没有人了!"这话仿佛具有强大的压力,使他这钢铁般的、高个宽肩的汉子,从眼眶里憋不住地流出了几滴士兵的眼泪。这眼泪除掉天上的星星之外,人间谁也没看到。

鲁万福发现东边一所院落里,灯火亮了一下,马上又熄了。他立即跑过去叫门。

"老乡!老乡!"他叫着,慢慢地打了几下门环。院里比死还静。他又继续叫下去。这时恍惚听到什么东西扑通——扑通轻轻地响了两下。鲁万福心里暗自高兴起来,他估计是已经睡熟了的老乡,开始起床了。

"老乡!老乡!快开门!"鲁万福赶快提高了嗓子,急促地喊着。院里仍然没有人应声。他有点奇怪了。为什么刚才有动静,这会儿反倒没人理了呢?他想停一停,仔细听听院里的动静,免得叫急了老乡们害怕。正在这时,有两个身强力壮的小伙子,像阵风似的,身子那么一闪,从他背后的黑影里嗖一下子跳出来,连枪带手,把他拦腰抱住了。鲁万福根本没有防备这一手,啊哟一声,已经被那人抱离地面,浑身使不上一点劲,立即就被摔倒在地上。抱腰那人很着急地说:

"手巾呢?塞住嘴,塞住嘴!快点!快……"

鲁万福竭力甩着脑袋,不让另外那人往他嘴里塞手巾。那人拼命往里塞。鲁万福一下狠狠咬住了那人的手指。那人忍受不住,突然叫起来。正在这时,王小秀和肖红军的刺刀已经指住了那两个人的胸脯:

"不准动!"

两人急忙撒了手,好像两根木桩似的站着不会动弹了。鲁万福拉出了嘴里的破手巾,二话没说,端起刺刀就朝那人身上戳过去。

"慢点!你们是干什么的?"王小秀问着。

鲁万福的刺刀没有戳上去。刚才抱他那人吞吞吐吐地说:

"老……老百……姓……"

"老百姓为什么要害解放军?跟我走!"王小秀一面说着,一面捏亮了电筒,朝那两人的脸上照了一下,那人一眨眼,王小秀反倒猛然朝他扑过去,一把抓住他的肩膀说:

"啊!二丑,是你呀?"

大家全愣了。那人也像做梦似的不知怎么办好了。半天没人吱声。末后,那人犹犹豫豫地反问说:

"老总……你……是谁呀?"

"我是小秀呀!二丑,你怎么还在家,还干这……"王小秀也激动得不知道该从哪里说起了。

"啊!秀哥!"那人一听是王小秀,猛然朝王小秀的怀里倒了一下,却又退回来,连声悔恨说:

"哎呀!看这!看这多不好!连秀哥的声气也听不出来……"

这人直甩手,好像刚才的事情把他的手玷污了,想拼命甩掉它。接着他又说:

"走吧,秀哥,到家坐坐吧。水生和他娘都已没了!不管怎样,你既回来了,总得住几天,给他娘儿俩扫个墓呀!"

王小秀拍了一下二丑的肩膀,轻轻叹了一口气,然后很快地说:

"兄弟,这些都不说了吧,队伍还在岗上等着哩,今晚要过路西去。我如今是在人民解放军。走吧,你就给我们带个路吧!听说铁路上有敌人堵我们,一会儿就打上了!刚才我也到水生家门口摸了摸,啥都知道啦!他们既然下世去了,我也心静了。走吧,不要多耽误!"到这里,王小秀又转过脸来对着肖红军和鲁万福说:

"我就是在这村当长工的,刚才那个长草的院子,就是我朋友的家……不说了,以后慢慢说。"

肖红军和鲁万福简直像在鼓里装着似的,他们还没说出什么来,二丑就又接上说:

"秀哥,别说了。只要说是解放军,你叫我死也行。叫我回家对娘说一声,咱们立马就走。"二丑一转身,拉住了刚才叫鲁万福咬破手指的人说:

"秀哥,你看我也忘了,这是我表弟虎成。他前几天叫'国军'抓去当伕子,刚才跑回来的,他说'国军'傍黑全都缩回确山县城里去了。现下铁路上光剩下了空空的工事。是不是也叫他去送送咱队伍?他知道路上哪点有鹿砦,哪点有壕沟。"

"好呵!只要表弟愿意去。"王小秀说。

"那太好啦!"肖红军也插嘴说。

"怎能不愿意?听说解放军是咱穷人的队伍,他们到哪里,哪里穷人就翻身。"

"是呀,是呀!表弟愿意,咱就走吧!你说这些都是真的,只是三天三夜也说不完……"王小秀很急躁地催促着。鲁万福突然说:

"那老乡的手……"

"不要紧！不要紧！"虎成甩了甩被鲁万福咬破的手指,血还在流着。

"不怕,到连上叫卫生员给他上点药包住。"王小秀这么说着,二丑、虎成转身跑回家去了。

二

参星已经偏西,夜像墨一样的浓黑。人民的千军万马在二丑、虎成和王小秀的向导下,默默地向铁道挺进。队伍好像潮水似的,要在确山和驻马店之间、横宽几十里的地面上,同时迈过平汉路。千万人的步伐,由近及远地汇成了有如无数小溪低语似的沙沙声。没有火光,没有马嘶,甚至连炮车也没有发出撞碰的声响。

作为全军尖兵的第七连,从野雉岗开始,基本上是以三角队形前进的。三排在前,一、二排作为两翼微微靠后一点。由于二丑、虎成的带领,他们完全避开了敌人上午还在急急构筑着的战壕、单人掩体、机枪巢和堆积如山的障碍物,迅速踏上了铁路。一路上连只狗也没有惊动。这时候,除掉敌人由于恐惧,从远远的南北两面,驻马店和确山据点里,不断放射着五光十色的照明弹而外,原野依然寂静地睡着。

黄连长传来了口令：

"继续前进,破路任务由后卫部队执行！"

三排跨过了铁路,顺着一条插向西北的大道迈开了脚步。

几个钟头过后,人们的眼睫毛上仿佛忽然沾上了什么东西。大家竭力眨着眼,希望那东西能够自动掉下来。有人索性用手揉揉眼睛,可是,全然不济事。不知是谁十分幽默地说：

"呵！原来你是伏牛山,我还以为是根小棍沾在眼上来了呢！

差点没把眼珠给揉烂!"

　　人们这才定睛瞅了瞅。夜色业已悄悄淡下来。天和地在遥远的伏牛山巅开始了缓缓的分裂。山下远远近近的村庄,好像一团团的浓烟凝聚着。鸡声从那团团浓烟的深处,此起彼伏地传过来。突然间,一种震撼原野的爆炸声,从他们背后的远处连续轰响了。大家不自觉地回头朝着铁路望过去,什么也没有看到,东方泛起了鱼肚白。

　　七连黄连长听到了背后的巨响,随即抬起手来,看了看手脖上的夜光表,接着神情多少有点松弛地自言自语说:"好了,任务完成。"然后,他又转脸吩咐身边的通讯员说:

　　"往前传,原地休息。"

　　口令像电流似的迅速传过去。战士们立刻停止了脚步,用双膝夹着手中的步枪,从肩上摘下了越来越嫌沉重的背包,轻轻把它放在路边那些正在开着红色花朵的蜜蜜罐和黄色小花的毛毛眼上,然后枪靠右肩坐下来。有人开始抽烟,有人拾掇着自己的鞋子。太阳放出了淡淡的微红。夜间笼罩在麦穗尖端的薄雾,开始向高处升腾,好像一张张的轻纱从人群的头顶渐渐揭开去。战士们无意中坐成了一条笔直笔直的长线,他们的刺刀很整齐地排列着,好像一排长长的玻璃棒那样闪耀着光芒。不知是百灵还是画眉,三五成群地啁啾着,有如燕尾剪波似的,忽高忽低从麦浪上飞越过去。村里的炊烟,仿佛淡蓝色的喷泉,在浓绿的树林梢头变成了低云。

　　"这是搞的啥鬼哟?既然敌人早就做好了工事,打算堵咱们,可又为啥连个鬼影也没见到呢?"肖红军有点不解地这么说。

　　"他怕了呗!这有什么奇怪?"王小秀接着。

　　"怕就是这么个怕法呀!开玩笑!既然怕就投降,何必躲躲闪闪哩?没见过!"又有一些人你一句我一句地议论着。

　　"你们说他不是怕,是什么呀?未必敌人和我们做游戏不成!同志,这是革命,不是闹着玩。要是他不怕,他还愿意放你过来呀!他也不是华容道上的关云长,咱们也不是曹操。谁也没有给他说什么,难道他们不懂得刺刀穿进胸脯就得死?"张同这么不以为然地反驳着。

"对。张同这回说的有学问!"王小秀接着。

"是呀,你以为他们不怕死呀?"张海全刚刚说了这句话,黄连长就在原地坐着喊起来:

"三班长,告诉你们排长,野雉岗那两位向导可以回去了。"张海全急忙答应说:"是!"

实际上,不仅是张海全的应声,就是连长的话,大家也都听得清清楚楚了。没有等到李康走近二丑和虎成的身边,二丑已经很不高兴地挨近王小秀的身子,嘟嘟哝哝地说:

"秀哥,你给连长说一下,我不想回去啦!"

王小秀一听这句没头没脑的话,吃惊地鼓起大眼瞪着二丑,还没说出话来,虎成也朝他跟前靠了靠,直定定地瞅着他说:

"我也不回去了!"

王小秀拿眼珠子,朝他俩的脸上扫了扫:

"怎么啦!你们俩在说梦话是不是?"

"不,他们半夜三更,从被窝里爬起来,陪着咱们走了几十里路,连眼皮都没有眨一眨,哪里能说梦话呢,是不是?"李康已经走到了他们跟前,突然插嘴说。王小秀急忙站了起来,瞅着排长,不明白排长这话的意思。

"是呀,秀哥,是真的,不是打哈哈,我们不走了!"二丑看了一下李排长,进一步向王小秀表白着。

王小秀不知如何是好,两手拉住二丑和虎成的臂膀朝排长脸前轻轻推了一把:

"好,好,我没见过这。你们自己给排长说吧,这是队伍,是要上火线打仗的,又不是下地种庄稼,你说干就干,那么轻巧!"

"是呀,我知道队伍是要打仗的,秀哥,昨晚只顾走路,我还没有给你说,自从那年你叫保长抓走后,去年俺村保长也把我给抓走啦！后来我就又从他们队伍上开了小差跑回家里来。这一夜,啥我全懂了,说起话长啦！秀哥,你给排长说说,把我们留下吧！不论干啥,我是不回去了！"二丑重又转过身去,报告似的对着王小秀。王小秀一听这派话,心里有点动了。张海全和另外几个战士也都凑拢来。可是,谁也没开腔。

"啊！你也叫他们抓去当了壮丁……"王小秀有些同情地说。

"是呀,你已经尝过了当兵的滋味,人家拿绳子捆你去,你还开小差哩！这阵何必再来哩,还是回去吧！"李康接着说。

"排长,你不知道。我一定要在这里干,反正我是不回了,只要你能把我留下来,我就跟你慢慢说。"

"你怕他们知道你给解放军带了路,回去保长又要收拾你是不是？"肖红军突然说。

"说真的,不光是为这,就是今晚上没有给咱们队伍带路,我们也是无法呆在家里啊！这几年,像我们这样的年轻人,哪个不是整年累月的东躲西藏。谁敢大天白日见过人,谁能好好睡一个安稳觉。要是排长不肯收留我们,一定要我们回去,我们也出不了三天,就得又叫他们给抓去。排长,叫我们在这里吧！我们给大家背背东西也成。"二丑说到这里,眼眶有点红了。他最后看了一下李康,好像无处安身的流浪者似的,茫然低下了头来。李康皱拢着眉头,看了一下王小秀、肖红军他们：

"你们昨晚同他们谈了些什么？"

"啥也没顾上说,只顾走路了。"王小秀很快地回答着。李康没吭声,转身朝黄连长跑去。

黄连长、董指导员和李康蹲在路边,低低地议论了一会。然后,连长又对通讯员吩咐了一下,接着,大声命令队伍前进了。

二丑和虎成,心里慌乱成一团。他们呆呆地站着,不知如何是好。二丑求救似的叫了一声："秀哥！"王小秀仅仅用眼瞟了他一下,随即背起了自己的背包。正在这时,李康返回他们身边说：

"向导同志！你们两位要是真心想参军，就请你们暂时停止前进，在原地歇一会儿。连部有通讯员在这儿陪你们。等团部过来的时候，他会把你们交到团部去。你们有什么要求，最好是和团部谈一谈。怎么样？"

"好呵！"虎成说。

"那好呵！"二丑说。他们两人的脸色忽然神采焕发，不知下边该说什么了。

"二丑，要是团上答应了，可别忘记来找我拉拉啊！"王小秀走出了几步远，重又转过头来这么说。他的脸上堆起了一脸笑意。

"好，好！秀哥，我要跟你说的还多着哩！"二丑这么说的时候，连部留下的通讯员已经来到了他们跟前。

三

事实上，下一步棋将要怎么走？目前不只是肖红军这班新战士，就是王小秀这样的老兵，也有些茫然。甚至，连他们的营、团首长全在内，说得确切点，也只是在按照上级的命令办事，知其然而不知其所以然地进行着工作。至于敌人，那就根本不在话下了。

队伍匆匆地离开了大别山，到伏牛山的东麓扎下来。傍着山脚从南到北足有百十里路的地面，所有大小村镇转眼间全都驻满了。并且，谁也没有想到，队伍连续走了好几百里的路程，一停下来，不仅没有好好休息几天，就连洗洗衣服的工夫，上级也没给，全军又像旋风似的，立即卷进了新式练兵运动的热潮中。战士们除掉通过诉苦迅速提高阶级觉悟之外，还连明彻夜地演习着登城、渡河、排除障碍、射击、投弹和拼刺。一天到晚，漫山遍野都是队伍，冲锋号音混杂着杀声，整天不断。各个村庄的大小打麦场上，都设置着拒马、壕沟、短墙、屋舍和各种各样的草人。战士们从早到晚手脚不停地奔腾、跳跃、射击和拼刺着。可是,真正的敌人到底在哪里呢?谁也说不清。这情景在一些上了年纪的老乡们看来,似乎时局将要大变化:不是天下太平,就是大战眼看就要来。可是,另一方面,事实又叫他们不敢过分相信自己的判断,因为,他们亲眼看见,前不久仅仅来了一团解放军,就把这一带方圆几百里之内的,什么国民党保安队呀,正规军呀,全都扫清了!就是剩下三两个散兵游勇、土匪、蟊贼之类,"割鸡焉用牛刀"呢?像这样雄赳赳,气昂昂,遍山遍野的解放军,不要说散兵、土匪之流,就是蒋介石的金銮宝殿,也经不起他们每人捣他一指头呀!这样想,大概天下从此太平了。咱们有了这样的军队,就是天塌也不怕。但是,他们一看到队伍这样热火朝天的练兵,心里就又嘀咕起来,又觉得大概还有一场大恶战!要不然他们为什么这样马不停蹄地演习呀!然而,最后他们还是在一丝风声都听不到的情况下,自己向自己解释着:"可能没事,反正自古以来,千日练兵一日用。队伍嘛,总是要操演的,要不他们干什么?"

战士毕竟是战士。他们的想法却和老百姓有很大的距离。虽然,他们也在向往着"天下太平",可是,他们却丝毫也不怀疑,真正的太平,是只能在决定性的胜利、彻底歼灭了敌人之后才能得到。中国革命的史实,已经血淋淋地告诉了他们。他们的敌人是不折不扣的帝国主义洋鬼子和中国封建地主的杂种儿,他们的骨子里具有狐狸一样的无耻和奸险,豺狼虎豹似的凶残和野蛮。这种东西,在人民没有彻底打碎他们的脊椎骨的时候,太平是不存在的。因而,他们对于他们自己目前行动的理解,却并不包括是"战"还是"和"的问题。他们感到迷惑的只是战斗的对象究竟在哪里呢?哪天才能打上去?说实在,老是这样一个劲地练,眼看着大好中原的小麦已经从碧绿变成了焦黄。"光棍背锄"[①] 已经在催促着人们

[①] 麦收时候,有一种鸟的叫声好像"光棍背锄"。

从屋梁上取下弯弯的镰刀,收割的季节已经来临了。可是,他们自己还像李逵似的,高高地举着板斧,却不知斧刃要落在哪个的脖子上,心头未免有些说不出的焦躁和烦闷。

夕阳离雄伟的伏牛山顶还剩有一竿多高的时候,战士们已经三三两两地在驻地近边游散起来。看样子,似乎是由于近来练兵运动的紧张,他们越发感到晚饭后这点游戏时间的可贵了。这阵,除掉哨兵还在固定的位置上认真执行着任务之外,几乎没有什么人还在进行什么工作,或者坐在屋里。司号员们聚集在晚霞映红了的村林深处,懒散地拨着号音,一阵阵机械、枯燥而又突然的音响,从他们那些带着红色号穗子的黄色号管里迸发出来,惊动起已经归了巢的雀鸟,噗啦啦展开翅膀,在林梢缓缓地翱翔。炮兵驭手们,亲昵地拉着他们那些肥壮而又高大的哑巴伙伴,漫步在车辙狼藉的田间大道上。马匹不断地伸长脖子发着舒畅的啸叫,尾巴紧急甩动着,驱除接近它们身子的蚊蝇。在它们的背后,荡起了低微的烟尘。

肖红军和王小秀互相攀着肩膀,从村子里走出来,朝打麦场上走去。他们虽然这样亲密地依傍着,可是并没有说笑。其实,全连谁也看得见。自从离开大别山,经过野雉岗到现在,他们俩简直像是一根树上生长出来的两根枝桠,形影不离地贴在一起了。然而,他们自己倒觉得,只不过是心头埋藏了共同的仇恨和愿望。他们深切地感到全中国千千万万像他们一样的人们,到今天才算真正认清了仇敌和亲人。国民党反动派一手把他们推进了苦难的海洋,狠毒地打碎了生活的船只,让他们用自己细小的发丝把生命悬挂在死亡的边沿!而中国共产党的巨掌却又把他们拉上了光明大道!这一个简单的事实,在他们心头时刻燃烧着熊熊烈火,这烈火给他们无穷的力量,去杀敌人,去爱亲人。他们的灵魂里正凝聚着无畏的战斗信念,激荡着幸福、明媚的生活渴望。

原来王小秀就是野雉岗北边王家店的人。家里祖宗三代没有过一分土地。辈辈吃糠咽菜,东奔西跑,给人家卖短工,打长工。那年他带着一身脓疱疥,被野雉岗那家姓李的地主开销回家来。一进门,他娘饿得倒在床上,上气不接下气。老人家还没给他说上三句话,保甲长就拿着绳子拦住了屋门,一下把他拴住,送到国民党队伍上顶了新兵。最初,他还以为自己怎么这样倒运,偏偏一进门就叫他们给抓住了。后来,日子长了,他向弟兄们一打听,才知道大家都一样。他又看了看,在他们队伍所走过的地方,像他家那样没饭吃的人还多得很。这下他的心里亮堂了,他想着:穷人要想有饭吃,就非改朝换代不行,这不是谁走运不走运的问题。

去年三月。那早晨,太阳已经上了房脊。杞县城里全被解放了。只剩下他们八十一旅的一个营,被围在南关。他们想缴枪,可是不敢。营长说过:叫解放军抓住就活埋。谁也不知道真假。连长命令他们立刻进攻魁星楼上的解放军,谁不去,砍头!那阵,他想反正都是死,还不如干脆缴枪。既然他们要打解放军,想必解放军和他们不一样。万一解放军不活埋,还能逃个活命。谁知道,大家跟他想的一样。说话间,解放军冲过去,他们全营都交了枪。

他天天等着活埋。过了三天,军部来了个女兵,姓陈。听说是什么组织科长,可是大家都管她叫陈大姐。她要集合解放战士来讲话。他心里说:管你大姐二姐哩!要活埋就早点带咱们自己去挖坑,何必讲话呢?反正,这世道穷人活着也没处站,死了倒还能占一尺土。谁知大家集合起来之后,这位科长讲得很简单,她说:"大家不要怕,咱们是共产党领导的人民解放军。谁要想回家,就发给路费。谁愿干,就在队伍里好好闹革命。"他一听,这话倒真有点稀奇了!人家国民党的兵,全是拿绳拴来的,这队伍倒说愿干就干,不干还发路费。他想这里边准有新花样。"我倒要想长长见识哩,既然你说可以走,我还偏偏不走哩。"经过营、连,他到了班里。所有干部战士待他都很亲。几天工夫,他就觉得这些人有点不像队伍,简直像是亲戚朋友。慢慢他又听说王克勤也是解放过来的。

仅仅半年多,他如今就当上了排副,成了战斗英雄,上了报。他算算他在国民党队伍上,干了整四年,还是个大兵,他想大概解放军是爱才,我王小秀也不是个笨蛋,试试看吧!

打汤阴,消灭孙殿英的时候,子弹穿透了他的鼻子。老百姓把他抬到后方医院去,一路上招呼得挺好。要吃有吃,要喝有喝。他心想解放军真厉害呀!能把老百姓制服成这样子,可不简单!

在医院,那天他刚换过药,有个三十来岁的妇女,走进屋来。她不言语,拿上他脱下的脏衣裳,掉头就走。伤口痛,他咬着牙喊:

"老乡!老乡!放下来呀,我还要的!"

"知道,洗洗就给你送来!"

"你是什么人?"

"我是村妇救会的,放心,你歇着吧!"

他一天都在纳闷。黄昏时候,果然她把衣裳洗得干干净净送来了,他问她:

"你为什么给我洗衣裳?谁叫你来的?洗一件要多少钱?"

那人笑着说:

"同志!你是新来的吧?这是家常事,谁还兴要钱!队伍是咱自己的队伍,没有解放军,咱们穷人早就饿成干棍儿啦,哪里还能分三亩地呢?"

"解放军给你分了三亩地,给别人分了没有?"她一说三亩地,叫他猛然坐了起来。

"你不知道呵?解放军实行土地改革,叫穷人闹翻身。把地主的地分给农民,人人都有三亩……"

这话他觉得像是做梦。急忙追问她:

"你说这是真的不是?"

"你去打听打听吧!"她转身走了。

后来他又打听了十几家,他们都和那人说的一模一样。他问这里抓不抓壮丁,他们瞪了他一眼说:"抓!可不是抓去当兵。是有些年轻人,一听说队伍要扩军,就不分青红皂白地跑去了。村上为了照顾生产,还得跑去把他们抓回家里来!"啊!这下他可真正从梦里醒来了。人民解放军,原来就是他常想的,那种改朝换代的队伍,就是自己的队伍。这时候,他真恨自己有眼无珠,连自己的队伍都不认识,还胡思乱想哩。可是,这念头很快就完了。伤一好,他马上要求回到连上来。从那以后,他就天天想找敌人打仗。他认定了只要多消灭一点国民党军队,就会多有些人翻身,有吃有穿。到羊山战役,他又负伤了。临上医院之前,他把他这场醒过来的梦,全都告诉了和他一齐从杞县解放过来的同志们。他们说,他们也和他的认识是一样。

　　这一切全是那晚上从野雉岗走过以后,王小秀告诉肖红军的。就从那时起,他俩好像变成了亲兄弟。

　　现在,他们一来到打麦场的边沿,看到有些老乡和战士们正在围拢着,不知干什么。他们也就不自觉地撒开了手,走上去。原来是董指导员正和一些老乡们聊天呢。指导员吸着烟,蹲在一个竖立起来的石碌子上。大家不着边际地乱谈着。有个十六七岁的孩子晃了一下身子,很认真地说:

　　"指导员,咱们队伍老在这里操练,敌人到底在哪儿呀?你知道不?"

　　"嘿!看你这孩子!指导员还能不知道敌人在哪儿吗?"一个上了年纪的人,觉得孩子这话问得太直杠了,担心指导员见怪,赶紧这样圆全着。指导员笑着拿眼扫了一下夹杂在人们中间的战士。心里说:"这话可合你们的口胃了吧?"肖红军往后缩了缩,躲开指导员的视线,拉了一把王小秀,悄悄说:"对呀,这才是正题哩!"然后,董指导员很诙谐地笑着对那孩子说:

　　"当然知道呵!当指导员要是看不到敌人,那还打什么仗呢?说实在的,敌人这种东西,对于我们军人来说,任何时候都是远在天边近在眼前。可是,对于你们老百姓来说,敌人总在敌人的地

方,懂不懂?"大家笑了。那孩子没有笑。他摇了摇头,意思自然是不能明白指导员的话。他又做了一个鬼脸说:

"指导员,我可是听见人家说,如今敌人连明彻夜,顺着铁道往北开去了,想必是他们要到咱们华北老根据地里去捣乱哩!你知道不知道?咱们怎么不去打他呢?依我看,就该马上把他们统统截回来,就在这块大平原上跟他摆开阵势干一场,打他个头破血流,不准他们往北开才对呀!你说是不是,指导员?"

这孩子很天真地把听来的消息和他自己的见解一古脑儿说了出来。指导员有点愣怔了。因为,他没想到这孩子居然也能提出这样的意见!可是,他又很清楚地觉察到,这话对于某些战士是很投机的。他们正在焦心着不知敌人的下落,不明白下一步棋上级将要怎么走哩!这一下,他们虽然嘴里不说,恐怕心里肯定会问:"怎么搞的呀!人家一个劲地朝咱们家里开,咱们老呆在这座山根来练兵。到底打的啥主意哟?连小孩子都着急了!"

指导员犹豫了一下,脑子里转了个弯子,照例谈笑自如地说:

"知道呵,怎能不知道敌人近来正往北开呢!不过我知道的实在没有上级知道的清楚,所以我们总要按照上级的命令办事。上级指到哪里,我们就打到哪里。你以为毛主席没有看到你们这块受苦受难的大平原吗?我相信他不仅看到了这块地方,并且连这位小'参谋'也看到了。只是据我想,打仗并不像你在田里堵水那样简单。敌人也是人,他们也有他们的一套打算,咱们怎么能让他们不动弹呢?要是他们死不动,大家天天'顶牛',怕还不大好办哩!不怕,别看他现在往北开,总有一天,他还得往南跑哩,你信不?"

他们的谈话,形成了短暂的沉默。有人大声喊着王小秀。王小秀应声转身一看,原来是赵忠林带着两个身穿新军服的战士,已经朝他走过来。并且,边走边说:"有人找你。"王小秀朝他们定睛一看,便和肖红军随即跑步迎上去。

"啊！二丑！"王小秀和肖红军差不多是一个箭步就跳到二丑他们跟前的,并且急忙向他们伸出手去。不知道是二丑和虎成还没有习惯握手礼呢,还是心里过分紧张的缘故,他们竟像捉人那样,顺手抓住了王小秀和肖红军的胳膊晃起来。小赵有点想笑,但是没出声。王小秀的心立刻又像那晚走进野雉岗时一阵阵地翻腾起来。他的舌头仿佛也不听自己使唤了。他实在想不到这时候该从哪里说起。自从那天早晨分手到现在,他连做梦也没有想到他们果真能被留在自己的队伍里。而且,一直后悔着那天没能想法问问他们,几年以来,他们到底是怎样过来的?特别是自己的亲娘,她老人家已经是阎王老爷下了请帖的人了,如今到底怎么样?虽然,那早晨二丑曾经说过了,他自己也是虎口余生,被敌人抓去当炮灰,又开小差跑回来的。可是这句话,除掉在自己心里梦幻似的掀起了幢幢鬼影和地狱般的生活场景之外,再也没有别的了。

住会儿,王小秀拼命压制着心头的翻跳,装得十分镇静的样子,慢条斯理地说:

"二丑!你们俩当真穿上解放军的衣裳啦……"

"是呀!俺们在团部担架连啦!"虎成回答着。

"是咱们团吗?"

"是呀,就是咱们团。就住在那边村子里,不远,只过一条小河和一座小林子就到。"

"那好……好……好……"王小秀似乎什么也说不出了,一直不停声地说好。可是,他的两眼仍然死死盯着二丑,叫人感到好像他有满肚子的问题,很希望能够立刻从二丑的脸上找到答案似的。以致二丑也感觉到他的眼光太逼人,不自主地眨着眼。

"你们那天到团部是怎么讲的,首长们就答应你们参军了?你们连个介绍信也没有。"肖红军按照自己参军的手续,感到他们的办法有点新奇。这时,又有几个战士围上来,不知是谁,突然没头没脑地插嘴说:

"喂！这不是咱们过路那晚上的向导吗？怎么参军啦？"

"是呀，他们连个介绍信都没带就参军啦。"赵忠林也这么说。这样，你一嘴我一嘴的，一时把二丑和虎成弄得有点窘。

其实，王小秀这阵几乎已经忘记二丑他们是他的乡亲了。只是觉得这些同志们，对于新同志的态度有点不礼貌，脑筋也像孩子似的不打弯，不禁接着说：

"谁说他们没有介绍信？"这话一下把大家给顶住，连肖红军也有些摸不着头脑了。甚至，连二丑也赶紧补充说：

"是呀，秀哥，我们没有介绍信。"

王小秀仿佛谁的话也没听见，拿眼朝大家瞟了一下，有点不以为然地说：

"你们说什么是介绍信？难道世上的介绍信就只有拿笔写在信纸上的一种样式吗？介绍信到底是干什么用的？我王小秀也不是今天才来的新兵，你们说我当初有介绍信没有？我看我还是有的。不过和别的同志的介绍信不一样就是啦。现在，人家已经参加团部工作了。未必团首长还没有我们聪明！咱们也听人家说说嘛，看他们是怎样同团首长谈的，不好吗？"到这里，他又盯住了二丑：

"说吧，叫大家听听，看你有没有介绍信？来路明不明？不怕，说吧，咱们干革命的都是好同志。"

人们很自然地把注意力集中到二丑他们脸上去，感到王小秀的说法也有理。可能他们还是很有来历的。可是，二丑的脸色刷一家伙木愣下来了。他好像心头很不好受，有点犹豫地摇了摇头说：

"不说了，秀哥！要是大家想知道，就到俺连上去打听吧！"他不自主地低下了头。

"不，二丑，说吧，没关系。不要说大家，就连我也不明白呀！你看，那天晚上你还差点把鲁万福给掐死，这阵，大家又成了好同志,这里边能没有点说处吗?咱们也多年没见面啦,这多年你们是怎样过的?咱们家乡到底怎么样?我也想听你说说。要是我早知道你们留在担架连,我早就找你去啦。"

"还是不说家里那些事了吧,秀哥,日头落了,明天还会出来。过去的叫它过去吧!如今咱们既然找到了前程,就在一条路上好好干吧,往后日子长呢,以后再说吧!那位鲁同志,眼下在不在?俺们今天就是来给他赔不是的哩!"

人们从二丑这段话里,已经感觉到了他的满腹悲伤。大家暗暗思忖着,反而越发想听听他的心事了。可是,谁也插不上嘴。冷不防,肖红军和赵忠林忍不住地突然抢着说:

"不要紧,说吧!同志!不管你在家里有啥苦处,全都说出来好啦,这队伍就是咱的家,大家都是受苦人……"

"对,说吧,就说你们为什么要参军也行……"大家应和着。王小秀仍然用眼瞅着他们。他们就在打麦场的边沿,一棵老榆树根上坐下来。二丑重又把他们那天到团部和杨政委的谈话说了一遍。

四

二丑本姓陈,自古以来住在野雉岗。他家虽然也有一两亩薄地,可是祖宗三代都是村北五里多路的大庄子——王家店首富兼保长王汉元的佃户。王小秀那年在野雉岗当长工被开销回家,就是王汉元派人抓他顶了壮丁的。陈二丑没有弟兄,只有一个大姐姐,还在他不记事的时候,由于那年遭了大水灾,爹娘把她卖给人贩子,以后再也没下落了。二丑他爹从小没明没黑地劳动,刚刚四十出头,就落了个寒腿,一逢阴雨天气,死活动弹不得。里里外外,全靠二丑和他娘两人顶住干。那阵二丑不过十几岁。这都是王小秀在他村做长工时亲眼看见的。王小秀时常给他们帮忙,大家好得不行。小秀的老娘,有时跑来看小秀,也到他家坐坐,喝口热水。以后,王小秀被人抓了壮丁,他们才算分了手。二丑慢慢大起来。去年刚入春,他娘看他已经成人了,按照老规矩,也想给他结个门当户对的亲事。不料,真是水到渠成,好像天公作美,她一提,对方也就立马答应了。并且催着二丑很快成了亲。这人就是王家在野雉岗的另一个佃户柳金声的大闺女。这闺女小名叫竹梅,生得浓眉大眼,干净利落。光论人才在野雉岗二十多户人家的小姐妹中,她也算是出色的一个。何况她自幼练就一手好劳动,在家纺纱织布,下田摇耧撒籽,无所不能。自打他们两人成亲以后,整个野雉岗人人都说二丑前世修行好,今生得了好姻缘。大家觉得这才真是月下老人睁了眼。这两家虽然穷得叮当响,可人家几辈子都靠自己的力气吃饭,不论大小,只要是这两家出来的人,从来没有过伤天害理损人利己的念头。心术真比十月里的河水还清哩!因此,小两口的感情,自然不必多说了。

其实,这一切只不过是局外人所能看到的。要是说到二丑和竹梅的感情,与其说这里边有什么月下老人的红线,倒不如说是苦难生活更贴切。当然,谁都知道在那个年月里,这样两个苦孩子,要说他们有意识地进行过恋爱,一起在什么湖边、林中看过月亮,那是不能设想的。敌人的魔爪,把他们共同推进了死亡的深渊。他们在生死线上的挣扎,生活叫他们的心一点点交汇在一起。说来还是一九四二年,那年整整一春,老天爷没下一滴雨。一开春,庄户们就靠树芽树皮填肚子,眼巴巴地瞅着那几棵汗毛一样的小麦。人们一天天地数星星盼月亮,求神许愿,实指望天老爷能够睁睁眼,多少洒下几星雨来,叫大家喝顿糊糊也是好的。谁知日头把天也给烧干了!一天又一天,一月又一月地过去了,连点雨腥气也没有闻到。可是节令不饶人,麦子刚刚长了一拃深,清明就到啦。它还没有鼓出包,几场大风把它吹成了一把引火柴!这时候,穷庄户们真像热锅里的蚂蚁,慌乱成一团,不知往何处逃生是好了!大太阳像个火球一样,一个劲儿地烤。树皮草根也都吃光了。地上晒出了多大的裂口子,连点观音土也没处找!可是,就这样,"阎王爷不嫌鬼瘦",国民党汤恩伯的兵马还像饿虎扑人似的,连明彻夜,马不停蹄地抓壮丁,要军粮,派款,派差,逼得人投井上吊无处躲。人常说:"穷家难舍,打生不如望熟。"就在这种刀山上,庄户们还是舍不得自家门前的老槐树,谁也不肯背井离乡往外跑,还在盼着雨。

跌五月,果然落了点雨。人们以为这下可算渡过了苦海,日子又有了指望。不料秋庄稼刚刚出土,又不知从哪里生出了蝗虫!这东西活像妖魔鬼怪一样。今天还在地上爬,明早它就长出了多长的翅膀。今天还是一个,明天就成了一百。说话间,漫山遍野,到处都成了它!一飞起来,遮天蔽日。一落下来,只听得一阵刷刷响,成顷的庄稼,转眼就叫它吃得光塌塌。有一家正用哑巴轿子嫁闺女。花轿一出村,饿急了的蚂蚱就从天上落下来,霎时塞满了轿子,压断了轿竿。轿夫们扔下轿子,撒腿就跑。等到家里的人们赶上来,从蚂蚱堆里挖出了新姑娘的时候,新姑娘已经九死一生,浑身咬得稀烂了。从此以后,老年人一口咬定蚂蚱是神虫!谁也不准打,见它就得跪下叩响头。

然而,叩头不能顶饥饿。眼看已经立秋了,任什么东西也种不上。蚂蚱还在天上飞,地下爬。汤恩伯的烂兵还像饿虎一样地逼人。这时候,方圆几十里,只有王汉元家还是酒肉照常,车马依旧。有人到他门下去借贷。王汉元故意窄路等人,把黑眼镜一戴,任凭是他亲爹也不认,少了"驴打滚儿"的利钱,谁也别开口。就这样,许多庄户们把祖先留下的一星半点庄田,全都送给了王汉元。

那天,王小秀他娘,饿得头晕眼花,跌跌撞撞,爬到了王家大门口。她心想再去讨碗残汤剩饭,能活一天就多一天。不料王汉元家的狗腿子,居然在这节骨眼上独吞了王家的渣渣。公然说,谁要想喝王家一碗洗锅水,往后就得还他一升麦。小秀他娘一听这句话,差点没气死。小秀也叫他们抓走了。老婆子无依无靠,转身上了野雉岗。她把这事首先告诉了王小秀的拜把兄弟谢水生。接着陈二丑他爹和柳金声也都跑来了。他们随即聚在谢水生家商量着出外逃荒。这时候,虽然他们已经看到世事到了末日,可还有点舍不得走。水生他娘饿得不会动,上气不接下气地说:

"咱得好好想想呵,出门求生也不容易。就说咱是个呱呱鸡儿①,也把这块石头暖热了呀……"

这句话一下堵住了大家的嘴,谁也不再吭声了。他们每个人都像叫谁使力揪住了自己的肝肠似的,眼看痛得要断气,动也动不得!

就在这晚上,西边下了大猛雨。从前老蒋说是要堵日本兵,故意制造的黄泛区,一片漂天的黄水,从北朝南冲来了!说句话,成千上万的庄稼人齐呼乱喊地送了命!成千上万的村镇变成了汪洋大海!有人爬上了大树,没有被冲走,最后还是活活饿死在树上!大水虽然还没有冲到野雉岗,但是,那种声震百里、奔腾叫啸的凶猛气势,一下就把他们给撵走了!

天不亮,他们惊惶失措,携儿带女地离开了野雉岗,一望正西逃生去了。水生他娘不能走。水生背着她。谁知还没走到铁路边,水生眼前一阵黑,突然栽到地上,他跟他娘一齐断了气!二丑他爹和柳金声,仰脸看了看天。然后大家一齐动手,把他娘儿俩就地掩埋下去。这才伙同王小秀他娘,拉着二丑和竹梅,沿途讨饭到陕西。

那时,二丑和竹梅都才十五六岁。孩子的心,全然是张素纸。但是,差不多一年的光景,他们一起挨冷受饿,一起忍辱受屈,一起讨饭,一起露宿。苦难和斗争把他们这两颗无邪的心紧紧地捆绑

---

① 呱呱鸡儿是一种没有固定巢穴的野禽。

在一起。直到后来他们重又返回野雉岗,彼此渐渐长大起来的时候,连他们自己也说不明白,到底是怎么一回事。他们那段朝夕共处的苦日月,竟然按捺不住地在他们的心里,悄悄变成了根深蒂固的爱情。因而,这阵一成亲,两人的心里真比蜂蜜还要甜。

可是,谁也没想到,二丑娶过竹梅不到几天,在一个月黑头的晚上,小两口刚刚吹熄了如豆的油灯,保丁一脚踢开了屋门,不由分说,凶神恶煞地骂着,拿绳把二丑死死地捆上。连王家店保长办公处都没去,立时送到团管区里顶上了新兵。当时竹梅还是刚过门的新媳妇,半夜三更来个这,差点没把她的魂吓掉,一时不知怎么办,一味躲在墙角里呜呜哭。直到他们拉起二丑迈出屋门的时候,她才感觉到好像强盗们狠狠地抓住了她的心!她实在忍受不住那种撕断肝肠的疼痛。这才披头散发,泪流满面,不顾一切跑上去,拉住二丑的衣角说:"丑哥……放心……我……我死也……要好好看住……咱家……"她那颤抖的声音,突然又被泪水咽住了。保丁一脚踢在她的肚子上,她仰脸栽倒在屋里。二丑连话也没能说出口,就被拉到门外去。夜,像个苦难的黑海,随即把他吞没了。转眼工夫,那恶鬼一样的辱骂和拳打脚踢的声音,一点也听不见了。

竹梅一头栽到婆母怀里哭得不住声。全家都像哑巴似的说不出一个字。约莫吃顿饭的工夫,竹梅的爹娘也都跑来了。竹梅她娘走进屋来,眼珠不会转动地直盯住竹梅,好一阵说不出话来。末后她又发疯似的忽然双手打着自己的胯骨说:

"我的天老爷!这可怎办呵!怎办?……这明明是王汉元那老不死的大烟鬼下的毒手呵……"她又闭住了嘴,看了看她的老伴柳金声,然后痛下决心似的,上前拉住二丑他娘的胳膊说:

"亲家母,事到如今,纸也不能包火了,我就依实对你说了吧!咱孩子,他俩早就有意啦,可就不肯对咱们说,把咱蒙在鼓里,啥也不知道,何况咱们都是老派人,少眼没珠的,啥也看不见。一年

105

四季像根曲串① 样,光知道给人家翻土,也想不起古辈说的'女大不可留,留来留去一家愁'啦!直到今年春天,王汉元到咱村催租那天,竹梅来不及躲藏,跟他走了个正对面。这下那个老不死的,立刻起下了歹心。他回去就派人来说,要把竹梅给他做小,可以三年不缴租。这话叫俺一听,肺都气炸啦。她爹说:'放他娘的狗屁!我柳金声穷死也落个清白鬼。要想叫我爬你王家的高门台,除非日头从西边出来!租子我姓柳的不会欠下你一粒,就是三年大水两年旱,我也拿命抵!'话虽这么说,可到这阵俺俩才算睁开了眼。看到自己的闺女确是长大了。应该早点给她成个家才是,免得老在家里住着现眼。可是,说句话哪有合适的亲事呢?自己的孩子是自己的血肉,也不能为了堵死王家这条路,就拉住孩子上街吆喝,胡乱往外推呀!正在犯愁的时候,你家来提亲啦,这不正是今生姻缘前世修吗!孩子称心如意,咱当老人的心里也是甜丝丝的。心想这下可算了结一桩大事。王家可该死心啦!看,这不还是那条恶鬼,一计不成又来了二计吗?要不然,他们哪会这阵急急忙忙来抓孩子哩!况且,咱们谁也没听说近来上边又派下壮丁呀,你说哩?现下二丑也叫抓走啦,这又叫咱把她往哪里藏呀!"她的眼泪扑嗒扑嗒滴下来。

这段突然的情由,弄得二丑爹娘连声叹气没啥说。竹梅也像大祸临头一样,转身栽到娘怀里,求救似的,紧紧搂住娘的腰,慢慢跪在地上说:

"娘,我活是陈家的人,死是陈家的鬼,就是二丑哥一辈子回不来,我也要咬破指尖去认他的骨头哩!"

娘搂着她,劝慰说:

"不怕,孩子!咱死也不离陈家,你说的是理。如今你也成家啦,也许那老贼的歪心也死啦……"

---

① 曲串,即蚯蚓。

沉默。竹梅的哽咽显得更厉害了,仿佛她那喉管抽搐的沙沙声,把整个世界都震动了。他们互相对看着,感觉到地动山摇。

住会儿,二丑他娘双手合十,祷告似的,瞅着竹梅她娘的脸说:"但愿天保佑,亲家,你说得也对。好歹那老贼能够忘了吧!"

谁也不接腔,仿佛一种即将来临的屈辱、痛苦、灾难和惊恐已经咬碎了他们的心。沉默仍在持续着。远远的,好像是从别村,隐隐约约传来了几声散乱的呐喊,但又迅即息没了。

又过了好一会儿。二丑他爹用双手揉搓着自己那双疼痛难忍的膝盖,无可奈何地说:

"亲家,自然眼下说了也不迟,可你为啥不肯早点说出王汉元这颗黑心呢!要早说咱也早做准备呀!就为这,还能坏了咱们的亲戚?"

柳金声朝他跟前靠了靠,好像两人的心挨得更近了一点,带着很沉重的追悔口气说:

"我心里说,地主们从来就不是人生父母养的,他们都是两条腿的豺狼虎豹!他们起下了这种不见天日的黑心,有啥稀罕哩?反正,咱把孩子早日成了家,不就没事啦,说它干啥?又不是多光彩的事。说了反叫孩子们心里不干净。谁知道这畜生不把咱们逼上梁山不罢休哩!"

沉默,又一次无止境的沉默。忧愁像蛛网似的,紧紧缠住了他们。夜,像一条淤滞了的污水河,在缓缓地行进……

可是,王汉元确实是只狼,他并不按照竹梅她娘的愿望死下歪心。果然,没隔三天,王家就派两人来找竹梅去织布。说是王汉元的大女儿秋后要出嫁。她奶奶用自己的私房体己,给大孙女安了一机子紫花布,四外觅不到人来织,听说竹梅心灵手快,又是个新媳妇,取个吉利,叫她无论如何去把这机子布下了。工钱略微高点也不要紧,只是当紧要用布。这话听起来也像是人话。可是,来人的怒眉怒眼,一脸横肉,看得出不是个好东西。果不出所料,话还

107

没落地,那两人像狗一样,龇牙咧嘴,不等回话就动手。他们连拉带推,架起竹梅就走。竹梅看势不好,拼命甩脱了自己的胳膊,怒声怒气地说:"俺这手是种地哩,织不来你们王家的布,另找别人吧!"两只狗冷笑着,一言不发,重新扑上来,死死抓住竹梅往外拉。竹梅无可奈何地挣扎着说:

"去就去!动手动脚的干啥?量你王家也不是公堂,断不了谁的命!"然后,她气汹汹地朝前走了几步,回转头来告诉婆婆说:

"娘!你放心吧,我死也不给咱家丢人,要是……"她的话还没说完,那狗就又推了她一把,嘻嘻笑笑说:

"是呀!老太太就是知道你织得快才来找你呀!"

就这样,二丑他娘也没来得及回话,站在家门口,眼巴巴地望着。竹梅被那狗们押着,在村外野雉岗上的灌木丛和刺蓬窝里不见了。她的泪珠顺着眼角的皱纹流下来。整个野雉岗的人们,都像被谁用铁锤敲打了心窝,浑身哆嗦着,不住地叹气。

其实,就连三岁孩子也能看得出,这不过是王汉元那孬种借嫁闺女强夺民妻的把戏。因为,大家知道,王家要嫁闺女是真,老太太安了紫花布也是实,只是一定要找竹梅去织这匹布,才是王汉元说不出口的歪心恶意。然而,不管大家的心里多清楚,竹梅总算在众人眼里爬上了刀山,再也下不来了。又有啥法呢,世道掌在人家手里呀!

果然,没过多天,王家就有风声传到野雉岗来。说是王汉元千方百计,硬逼软说,竹梅死也不肯依从。有一天那老畜生把竹梅强拉到自己屋里,硬要动手。竹梅气急心横,大喊大叫着劈脸打了那畜生几个嘴巴。这一来,那畜生才算看透了竹梅的性子,立即起下了害人之心。他抓起一把刚刚冲满热茶的小瓷壶,用力甩到竹梅的脸上去。竹梅满脸开水,满脸血,啊呀一声晕倒了。以后怎么样?是人不能知道。二丑他娘和竹梅她爹一听到这消息,赶紧去探望,可是,三番五次,王家不准见人。说是柳竹梅犯了杀人罪,把药老鼠的砒霜,偷偷下进了王汉元的茶壶里,叫人看见了。王家已经把她送进县里押起来。要是他们想要人,就到县上去要吧!

他们一听这话,心都吓烂了。最初他们死活不信这说法。相信自己的孩子,决不会办这等事。可是,转念一想,要是孩子果真被他逼得无路可走,为了保住自己的干净身子,逃又逃不脱,打也打不过,气极恨透了,也许会想:索性跟他这般豺狼禽兽同归于尽吧!……这么一想,他们的心却又凉了一大半。天哪!自古以来衙门朝南开,有理没钱莫进来。何况王汉元又是县里出名的大劣绅,三天两头去给县长舔屁股呢。算了吧,胳膊扭不过大腿,权当孩子从小没成人,等着太阳照在咱们穷庄户的大门口再说吧!就是县上把她杀了,也该叫咱去领个尸首回来呀!从此以后,王家的院墙仿佛变成了千重万重的高山,水泄不通了。竹梅的消息再也听不见了。好像一颗珍珠硬从蚌壳里撕出来,沉落到乌黑的海洋底层去了。

自从那晚上保丁把二丑抓去,送到国民党队伍上顶了新兵之后,他所想到的,只是人常说的那句话,"佃户生就地主刀下鬼",无非是王保长又受了谁家的贿,也像抓王小秀那样,把他拉来替人当炮灰就是了。根本没有估计到王汉元抓他还有另外的打算。因而,他所看到的只是国民党队伍不过是个大监狱,连牛马也不如的生活,叫他一天也过不下去。他所想到的只是爹娘和竹梅。不论黑夜白日,脸前总是出现那晚上保丁抓他的时候,竹梅那副泪人似的面孔。耳边总在响着她的话。这就越发叫他想逃跑。然而,他找不到好机会。连队里差不多每天都要枪毙被追回来的逃兵。这情景逼着他不得不慎重。直到去年阳历年前不几天,他们的队伍,忽然接到命令,立即从汉口上火车,开到华北去增援。这命令一传开,二丑心里就有了数,他准备好了一切。半夜火车开过确山县南狮子桥的时候,虽然在这个小站并不停,可是开得很慢。于是他就装着去解手,猛然跳车奔回家里去。

二丑是深更夜晚进到野雉岗的。他为了怕别人知道,没敢叫大门,悄悄翻墙回到了家。可是,一到家就听说竹梅的事,像有谁劈头打了他一闷棍,说不上有多难受。他暴跳着,立刻要到王汉元家去要人。然而,好汉不吃眼前亏,又叫岳父岳母和自己的爹娘给拦住了。于是,他就只好憋在家里当黑人。

世上确也没有不透风的墙。二丑在家仅仅闷了三天,第四天的上午,王小秀那位患着严重哮喘病的老娘,拉着她的打狗棍,提着破荆篮来野雉岗讨饭来了。这老婆进到村里,胡乱讨了几个门,就朝二丑家里走去。二丑家里没喂狗,她老人家也很熟,因而,不声不响地跑到二丑他娘的屋里来。二丑他娘一抬头,还没来得及开口,老人家急忙比着手势,好像生怕被人听到什么似的,跑上前去,亲到二丑他娘的耳门上,就像蚊子哼哼那样说:

"二丑回来啦?"

"谁说?我还没有见哪!"二丑他娘很警惕地回答着。老婆婆有点着急,用手晃着二丑他娘的肩膀说:

"不要背我啦,傻瓜!竹梅叫我来叫他哩!"

一听竹梅这两字,二丑他娘的脑袋轰声大了起来。她完全没想到孩子如今还在人世上,压不住心头的激动和痛苦,急忙拉住老婆婆往里间走了几步,声音更小地说:

"竹梅还活着?她在哪儿呀?"

"傻子,她还在王家锁着织布的呀!"

二丑他娘愣怔了半天,又说:

"当真吗?"

"我昨天傍黑到王家讨饭,碰见她啦!她说,自打上次打了王汉元的耳光,那老贼怕他妻子老小知道了,丢丑!反口诬她下了毒,把她锁在屋里不准见人。看样一时半会回不了家啦……她叫我来喊二丑今晚上到我家去。她想法出来见见他,有要紧事跟他说。"

"她要说啥呀！我去行不行？"

"那谁知道她要说啥哩！"

"可我上哪儿去找二丑哩！我的天！要么叫她爹去吧？"二丑他娘装着没法办的样子，始终不承认二丑回来了。

"二丑当真没回来？"

"是呀！没回来。"

"那她咋知道啦？叫我无论如何来叫他去呢！"

"不知道呀，也许是孩子做梦见了他啦！你眼下回去还能见到她吗？"

"不行，那天不知道是怎么碰上的呀！"

"好吧，反正今晚上我们想法到你家去看看孩子。不管是她爹去或是我去，孩子好久没见亲人啦！哪天才能把她救出来呀！"二丑他娘的泪珠又一次地滚出来。老婆婆的眼眶也湿了……

"孩子叫他们折磨坏啦……小秀和二丑他们也不知道在哪里？还有人没有？……"老婆婆呜咽起来了。住会，她们又说了几句话，相互叮咛了绝对保守秘密之后，王小秀的老娘就走了。

正是腊月天，这天下午，天阴了。大北风像鬼哭狼嚎似的，一个劲地鸣叫。地上的积雪被风卷起到处飞。人们踩过的路上，雪也冻得像石板样。到天黑风还没有停。晚饭过后，由于严冬的饥寒，家家户户，早早洗涮了锅碗，紧紧地关闭了大门，熄灭了灯火，缩进被窝筒里去了。这时，王小秀家那个破烂的柴门，吱呀一声推开了。小秀他娘听得清，可是，自己的喉管仍像风箱似的咝咝响，她心里一点也不怕。加上自己屋里也没有灯，啥也看不见，索性缩在草垫子上不响也不动。她知道反正不是竹梅，就是二丑家里来了人，要么就是风。权当没猜对，即令是个贼，我老婆子还有啥东西怕偷呢！

老人侧着耳朵仔细听，心想，不管是谁，约莫总该进屋来了吧！可是，屋里和院里，再也没有一点动静了。连只野猫走路的声音也

111

听不见。大风照旧刮着干树枝,像鬼一般地嚎叫着,恶狠狠地把屋脊上的雪片扫荡到地上,甩到墙根去。仿佛玉皇大帝也看不惯这个肮脏的世道,要想撕碎它,重新换个新地球似的。

"大概就是风,要么,是我耳朵聋了,没听清?"王小秀他娘,不自禁地自己对自己解释着。可是,连她自己也不明白,自从昨晚碰到竹梅过后,为什么心里这样的激动和不安?好像自己这颗风烛残年的心,也叫竹梅给她重新燃起了青春的火焰!她感到似乎不是竹梅对她嘱咐了什么,简直就是神灵有意要对她这短暂的生命,再做一次最后的考验。要看她这颗操劳一生、历尽饥寒、满布创伤的心,到底追求着什么,然后再给她在九泉之下,安排个合适的去处。她立即感觉到全身发热,好像冬天已经过去,春天业已来临。对于这个世道,她已不再有什么乞求,而只是,竹梅要她办的这件事,像是她在人间最后的责任。她不知道一会儿竹梅悄悄跑来了,她能对她说些什么。莫非二丑也跟小秀是一样,根本没有回来呀!你叫我老婆子拿啥给你呢?就是给你这个世界,你也不会如意呀!何况咱们这等人,哪里能有世界呢!这个世界不是咱们的,咱们的世界还没有做成!我的苦命的好孩子……

更深人静,风也渐渐小了点。老婆婆突然听到有人蹑脚蹑手地进来了,她有点不敢相信,以为还是像刚才一样,自己的耳朵听不清。因而她仍然不吭声。忽然有人在她身边喊起来:

"大娘!大娘!"

这喊声虽然故意压得很低,可是,因为离得太近,还是把老婆婆吓了一跳。她很仓促地应声说:

"谁?你是谁?"

"我呀,大娘,竹梅!"她们两人的手,已经在漆黑的空间互相碰到了。老人一下抱住了竹梅:

"大娘!你见他了吧?"

老人迟疑了一会儿:

"孩子,你听谁说他回来啦?"

"怎么?你没见他?"

"没有呵,他娘说,他没回呀!一会他娘,也许是你爹会来的……"

竹梅的眼泪又像小河一样流出来,带着很重的鼻音说:

"大娘,你看这可怎办呀?我听王家那条死狗说的呀。是前天,我正在织布,他把屋门上的大锁哗啦一声打开来,把饭扔在地上,恶眉怒眼对我说:'你听着,听说二丑那个小杂种跑回来了。保长说啦,要是你敢偷着和他见一面,马上就派人把他抓住送回队伍上去枪毙!他是偷跑回来的。队伍上已经通知保长,叫抓他啦!哼,保长这大的体面,给你脸你不要,一定要嫁那个穷酸棍。保长说啦,要是你不从,叫你今生今世死在这架织布机子上,休想再跟二丑见一面。不识抬举的东西,看你眼下那副死样子,一脸大伤疤,就是你想这会儿答应了保长,保长也没那份闲心啦……'"

"他们从哪里听说的呢?"

竹梅哽咽着,咬牙切齿地说:

"那些狗们整天竖着耳,瞪着眼,你还怕他们不知道!"

"那又怎办呀?孩子!他真没回来呀!有啥要紧事,停会跟你娘说吧!呵?"

竹梅的心破碎了。好像航海的人们在惊涛骇浪的紧急关头,船身打破了,她身边连根小草也抓不到。她知道就是亲生爹娘也是无济于事的。她一直呜呜哭着不说话。

"孩子,别哭啦!看有人听见了!"老人无可奈何地这样说,两只瘦干了的胳膊,更吃力地抱了抱她。谁知竹梅这下横了心,反而更大声地哭着说:

"还怕啥呀!让全中国都听见才好哩!反正,我也不想再活下去啦……大娘……"

"孩子,你可不要这么想,早晚他们都会回来的,你还小,往后的日子还长,世道总得变呵!只要他们都回来,自然能想法子救出你……这会儿你是怎么出来的?有人看见没有?"

"一家死人都睡啦,我摘了织布屋的一扇门,从后院翻墙出来的,鬼也没碰见……"

她们再也说不下去了,心里好像刀子搅着一样难受。这阵,她们真也说不上时间过得太快还是太慢。野雉岗怎么还没来人呀!

风叫着,仿佛一切都已沉睡了。突然,像梦一般,没有听到脚步声,有人拼命压着粗声粗气的嗓门喊:

"大娘!"

"谁呀?谁呀?"老人机警地把竹梅往自己身后一推,紧急地问着。竹梅没吱声。

"是我,大娘!我是二丑!"

她们的心里马上像群小鹿似的跳起来,不知如何是好了。这时,老人多想点起灯来看一看,到底是不是二丑?可是自己家里连根火柴也没有。竹梅听着声音有点像,可是,大娘又说他根本没回来,生怕是谁假装的。二丑急忙擦燃了洋火。仅仅这根小小的洋火,顿时成了这座屋里的太阳。屋里明亮起来了。竹梅活像一个受了委屈的孩子,一声不响,猛然扑进二丑怀里去。老人的心上也像甩掉了一块重铅似的,无比轻松地长出一口气。她明白了二丑他娘为什么没有对她说实话。

二丑冷不防叫竹梅这么一扑,踉跄了一下,身子朝后退了几大步。他们很自然地退到大娘那个非常破烂的竹隔墙外面去了。大娘一声也没响。把深夜的宁静完全交给了他们。

很久,很久,竹梅一直呼哧呼哧地哭着。二丑不断地长出气。甚至,大娘也有点着急了,她觉得这阵的时间好像过得太快了!一对傻孩子为啥光哭不说话呀!难道哭就能把事情办了吗?未必你们不知道这回见面有多难?她很想催促他们说:"别哭啦!快把你们的事情商议商议吧!往后日子还长哩,眼下的工夫很短哪!"但是,不知为什么,刹那间,她又感到不仅她在这时说话是多余的,就是她这低微的呼吸也许会叫他们感到不方便了。生活的智慧牢固地封锁了她的嘴,她仍然一声也没响。

过了好一阵,隐隐听到二丑说:

"别哭啦,我不是回来了吗!刚才你跟大娘说的,我都听见啦!"

"再不回来,就连我的尸首你也看不见啦!你知道你走了几百年啦……"接着传出了拳头紧急捶打胸脯的嗵嗵声。二丑唉了一声,说:

"不要打。你还不知我是怎么抓走的?是我情愿去?"

"你看我还像人不像?王汉元差点把我打死!"

"怎不像?我看还比从前更好啦!"

"你摸摸。"竹梅拉住二丑的手,按到王汉元用热茶壶把她脸上砸破的大伤疤上。追问着:

"摸到没有?"

"摸到什么?"二丑故意不愿说那是伤疤。

"该死!你是木头!难道伤疤也摸不出来吗?"竹梅的声气显然有些娇嗔了。

"知道,不用摸我早就知道了。那不是伤疤,是仇,是恨,是王汉元欠下的血债!这笔账早晚要跟他算的……"

突然,屋里静下来,老人再也听不到一点声音了。风卷着积雪照旧在院子里旋转,并且不断敲击着她那没有窗纸的破窗棂。窗棂沙沙地响着,伴着老人低微的呼吸。现在好像这屋里只剩她一个人了。二丑和竹梅仿佛已经化成一阵轻风,从窗棂空隙处飞了出去,脱离苦海,奔向遥远遥远的新世界去了!

宁静持续着。冰冷的眉月,像一只调皮的眼睛似的,透过干枯的树梢射进来,屋里淡淡地亮了。老人朝窗口瞟了一眼,心里马上忐忑起来。她知道今天已是腊月二十七,月亮一出来,夜就快要到头了。这两个孩子到底打算怎么办？要是王家天明出来找到了她,哪里还有她的小命呀！她心里实在忍不住地想要说:"快点！快点！快把紧要的话都说说吧！天都快要亮了呵！难道你们看不见,月亮已经上来啦?"可是,她又觉得这时刻谁要说出这句话,好像有点伤阴德。然而,她却真正感觉到,事情是很严重了。要是让他们这样的任性,准保是要出错呀！想来想去,最后,老人家还是故意咳嗽了一声,翻了翻身子,草垫吱啦吱啦地响起来。

不知是不是他们明白了老人的心意,二丑突然说:

"你看,是亮了吗?"

"月亮。"

"是月亮,天也快亮了呀！"

"管它哩！天亮咱就一块死……"听声音,竹梅又哭了。

"不,竹梅,咱们不能死！死了谁给咱报仇?"在这么长的时间里,老婆婆仅仅听到二丑这时才喊了一声竹梅的名字。并且,话声显得很坚决,好像他已经有了办法似的。

"要不,咱就逃跑吧！"

"往哪儿跑？回家不是要连累家吗？这会儿他说你是杀人犯,说你把砒霜下他茶壶里啦！如今他还有钱有势,县上跟他一个鼻孔出气,咱往哪儿跑呢！"

"不回家。"

"不回也不能不见人！"

"那就死啦吧！我不愿再回王家……"竹梅又哽咽起来。

"不,竹梅,你千万不能有死的念头。回去不管他们怎么折磨你,你都忍耐着。反正,王汉元对你已经死了心。现在他只是一心想不叫咱再见面,好出他那口恶气。这样,你就在他家等着我,有朝一日,我一定能来把你救出去,还要跟他算总账,你看好不好?"

"说得好,你能有啥法子呢?"竹梅有点不相信。

"我有法,竹梅,你可千万别对人说呵！我在老蒋队伍上,听到一个叫解放军捉去又放回来的同事说,共产党和解放军,根本不是国民党说的那个样。他说共产党一心一意给穷庄户办事,解放军到哪里,哪里穷人就翻身。分地主的田,跟地主算账!就是这样,到处穷人都欢迎他们,他们到处打胜仗。并且,他还听说,因为解放军这样办好事,感动了天地。去年六月天,解放军要去解放大别山,蒋介石下命令,把黄河里的船都打烂了,心想要黄河挡住解放军。谁知善人得天助,解放军一到黄河边,六月天的河水马上结了冰。解放军一晚上就过了千军万马,连汽车和炮车都从冰上开过去了。所以他们还没睡醒就叫解放军给捉住了。眼下解放军把大别山都占啦,你说他们能把咱们这样的平原好地都忘了吗?他们就是光要山沟沟?我不信,我看他们早晚会来的!你说是不是?"

竹梅一听这番话,心里马上开了花。接着说:

"世上有这好队伍,你怎不去投奔他们呀!跑回家来干啥?"

"你说我回来做啥!要不是你,我早就一直跑去找他们啦!就是一时找不到,只要跟他们打仗,我也得倒戈!"

老人这时也像返老还童了一样,觉得浑身都是力气,心里热火得不行,突然不自禁地插嘴说:

"二丑,要是你能碰到小秀,千万也叫他跟你一块去投解放军吧!叫他放心,就是阎王老爷来叫我,我也得等他回来才死!"

"大娘,放心。就是找不着秀哥,你也要等着我……"不知怎的,二丑的鼻子有点发酸了。

外面忽然响起了紧急的脚步声。接着手电筒的一道白光,像闪电似的从大娘的荆条门外射进来。竹梅心里猛一跳,用力握了一下二丑的手,手心沁出了冷汗。她还没有来得及说出话来,只听得大娘急忙叫了一声二丑。大门已经叫他们一脚蹬开。二丑看势不能再耽误,用手在竹梅的胳膊上又捏了一把。竹梅心里很明白,他的意思是说:"好吧,就照刚才咱们说的行事吧!"然后,一个箭步跳出屋去,趁着他们电筒熄灭的刹那间,身子往黑影里一缩,真像武松打虎一样,一纵身子猛然扑到大门口。可惜,正从门口进来的并不是老虎。原来还是那天去抢竹梅的两只狗。他们哪里经得起二丑这么突然的冲撞。只听得啊哟一声,狗们还没有看清是什么东西扑过来,为了各顾性命要紧,后边的一个,连忙回头缩出门外去。前面的一个,因为转身过急,脚下没根,劈脸栽了个狗吃屎,连手里的电筒也摔掉了。二丑从他身上跨过去,撒腿就朝正东跑。其实,这阵那两只狗并没有看清是不是二丑,却又故意装腔作势,耀武扬威连唬带诈地叫起来:

"呵!陈二丑!你好大的胆子!我看你能插翅飞上天!"

"狗东西,逃兵!好,队伍上早就想要你的脑袋瓜子啦!"另一个狗接着。他们闯进大娘的屋里去。这时,大娘已经像老母鸡那样,竭力伸展着干瘦的胳膊,把竹梅挡在自己的背后。

两只电筒像刀似的直刺到竹梅和大娘的脸上来。她们睁不开眼,把脸调到一边去。

"好呵!好呵!你这臭女人,好大的胆哪!这样半夜三更出来偷男人!"

"你还想活不想活?上次你想毒死王保长,这会儿你又来了这一手!好呵!好呵!走吧!王保长在家等你半天啦!"

"嘴放干净点!你们家里也有姐妹!俺不知道啥叫偷男人!俺是明媒正娶!"竹梅还像平时顶撞他们的神气一样,说话斩钉截铁的,铿锵有声。大娘拉了拉她的衣角,意思是说,光棍不吃眼前亏,不要抢白他们太厉害。可是,狗们反倒冷笑了一下说:

"啊!原来果真是二丑呵!"

"是二丑,怎么样?"竹梅很坚定地说。

"不怎么样,只怕他今生别想再回他家来啦!"

"那可说不定!他是自己爹娘生养的,不办伤天害理的坏事,早晚也得回家来。只怕你们死后也进不了王家坟!"竹梅的嘴像小刀子样,一点不饶人。大娘又拉了一下竹梅的衣角。两个狗果然生气了。他们恶狠狠地朝前一蹦,拉住大娘的胸襟,用力推出几步远。大娘哪里经得这一推,踉踉跄跄栽到墙角去,脸上也碰出血来了。竹梅随即跑过去双手抱着大娘,调转脸来瞪大了仇恨的眼睛:

"你们想干啥?"

"臭老婆子,还管拉皮条啦!嘿嘿……快给我滚出王家店!"狗们这么说着,走过去拉住了竹梅:

"走!少废话。说,二丑跑到哪儿去啦?"

"不知道!有本事你们抓住他!"竹梅被他们拉到屋门口,这样大声地回答说。最后当她被狗拉出大门的时候,她又使力喊了声:"大娘!"接着,她也隐隐听到大娘在喊着:"竹梅!"

王家店重又静下来。眉月仿佛不忍再看这情景,悄悄躲到天幕后面去了。黎明前的浓黑,仍旧死沉沉地覆盖着中原。

二丑根本没回野雉岗。他一直正东跑了三十多里路,神不知鬼不觉的,到他姑母家里藏起来。姑母家也是个贫农,只因为姑父是个很有手艺的木匠,两个表兄弟虎成、虎豹已经二十来岁,也能帮助姑父扯扯墨线,拉拉锯,一年到头手不闲,家景多少要比二丑他们活动些。二丑到了姑母家之后,姑母连夜就把他系下红薯窖里去。从此,黑夜白日不见人,一天三顿饭,虎成、虎豹轮着给他送。就这样,足足过了两个多月。二丑身上要快长出白毛来了。心里也快沤烂了。可是,总想不出个好去处。解放军到底在哪里?投奔他们,他们要不要?竹梅到底怎么过?是不是她还能活着?大娘到底怎么样?家里到底焦急成啥样?这一切真像乱麻似的在他心里日日夜夜纠缠着。他感到在这地窖里过一天,真比十年还要长!

情况越来越坏了。自打过了旧年到如今,整个确山县里从县长到保长,全成了不折不扣的强盗。抓壮丁成了图财害命、搜刮庄户人家的正经,黑夜白日只管私自抓。不管谁家,只要肯出钱都能顶壮丁。反正,不论县长、保长和保丁,全都伸着魔爪,张着血盆大口,到处扑人。嘴里大声喊着:"有钱拿钱,没钱拿命。"就像一股恶旋风,恨不得要把地皮撕掉几层。

这天晚上,大门刚刚上了闩。二丑正在纳闷,忽听得姑母、虎成和虎豹全都呜呜哭起来。他想上去看一看,到底发生了啥事情?反正,没有别的动静,想必是姑父姑母生气哩!自己上去一来透透风,二来也好劝说几句。正在这时,虎成扑通一声跳下窨里,拉住他哭着说:

"表哥!表哥!你快上去吧!我们……"

二丑听他这样说,知道不是抓壮丁,随即爬出窨来。可是,他还没有走进屋,就听到虎豹悲惨地哀叫着:"爹……"然后,哇一声,虎豹和姑母一齐放声哭起来。等他大步跑到屋里时,只见姑父手里提着他那锋利的板斧,虎豹右手的食指和中指,已经被剁掉,正在地上微微地跳动!血像小河一样顺着虎豹的手指往下流。姑父好像变成了傻子,呆愣着,一声不响,鼻孔一吹一吹的。泪从他的眼窝流下来。他一撒手,斧子落到地下去。然后他又伸手抱着虎豹,忍不住地呜呜哭起来。二丑和姑母急忙用他们事前准备好的艾灰按上虎豹的伤口,拿布紧紧缠住。这阵,姑父才像罪人似的,看了看二丑,无可奈何地说:

"有啥法子呀!孩子!咱家又没钱,爹又不愿叫你去当壮丁替人家送命!保长已经说过了。反正你和你哥都得去当壮丁啊……"他们控制不住地哭着。很久,谁也说不上什么。小油灯不停地跳动,把他们那营养不良的脸色,映照得更加惨白可怕了。

住会儿,二丑说:

"是这样吧,姑父,这阵就叫虎成动身,连夜到俺家里去躲藏。那里跟这不是一保。况且,他们也都知道我不在家。他们要来找虎成,就说他跑了!过些时就可以回到家里来躲着。反正虎豹是不怕啦。"

姑父姑母想了想,觉得二丑这话也有理。于是,就叫虎成连夜

投奔野雉岗去了。临出门,二丑还又告诉虎成说:

"千万不要走大路,到了,翻墙过去,不要声张。明天或后天,叫你舅母装着走亲戚,到这来一趟。"虎成答应了他的吩咐,出门走了。

谁知二丑一连等了三四天,他娘也没来。野雉岗一点消息也没有。他的心毛了!他想着虎成、竹梅和家里,说不定哪一方面出了事。要不,怎么能像石沉大海没音信呢?他越想心里越像猫抓一样地不安。这天,已经是虎成走后的第五天晚上,他实在忍耐不住了,终于取得了姑母姑父的同意,他又亲自悄悄返回野雉岗来看动静。想不到,他到家一看,并没有虎成的影子。他还没有顾得对他娘说这多天来他怎样在姑家躲藏。他娘反倒不停嘴地对他说起竹梅那天叫抓回去怎样挨了一顿毒打,眼下还被锁在织布机上等等。他问道:

"虎成表弟不是来了吗?"

"没有见,也没听说呀!"全家愕然地回答着。

"王大娘呢?你们去看她没有?"

"第二天就叫别人去看啦!可是,没有看到她老人家!只是屋里墙角上有点血。打听他村的人,大家都说没见。许是出门讨饭去了吧!王家不叫她在那村住啦!"

二丑长叹了一声,说:

"那她到哪里去了呢?"

"谁知道。"他娘这样说了之后,再没往下说。约莫一刻工夫,忽然听到有人跳墙,二丑一步跨出屋门问:

"谁?"

"我。"二丑听声像虎成,接着小声说:

"是虎成?"

"是我,表哥!"他们已经走近了,两人拉着手急忙进屋去。虎成连饭都还没有吃到嘴,正在对二丑说着他那天夜里怎样心慌意

121

乱,走错了路,一下摸到铁路边,叫敌人抓住去挖了几天工事的时候,鲁万福在外面拍响了大门。二丑蹑脚蹑手顺着门缝瞅了瞅,断定又是保丁来抓他们来了。他娘赶紧吹熄了灯,浑身打战,愁着他俩没处躲。他俩反倒下定了一不做二不休的决心。核计着,翻墙过去,掐死保丁,然后,一齐跑上大别山,投奔解放军。

然而,他们一万辈子也没有想到,没能掐死鲁万福,反而遇上了王小秀。

虎成始终没说话,陈二丑就这么滔滔不绝地一口气把他们的来龙去脉叙说了一遍。这时候,围在他们身边的战士们,不知什么时候增多了好几倍。他们的心里都像看了一场《血泪仇》似的,充满了仇恨和愤怒。只是,谁也不知说句什么好。仿佛肖红军也把介绍信的问题早就忘到九霄云外去了。他走上去,两手拉着二丑的双手,眼眶红红的,很难过地说:

"好,好同志,咱们一块去报仇!"

"好,等咱队伍解放那里的时候,让咱们拿刺刀挑了那些地主、保长们!"人们几乎是一齐这么嚷嚷着说。同时不自觉地更朝他们围拢了。这时,只有王小秀没吱声。他立正似的,挺着胸膛,拼命仰起脸来,不叫人们看到他的眼睛。

太阳落了,暮色渐渐暗下来。点名号响了。鲁万福一直没有出来。王小秀、肖红军和赵忠林他们把二丑、虎成送到村外去。最后,王小秀拉住了他们的手说:

"干吧,这是咱们自己的队伍。有这队伍,就能打江山!"

肖红军说:

"二丑同志!以后来玩呵!"

二丑和虎成连声应承着,朝担架连走回去。

第 五 章

一

　　电话铃突然响了。马林和杨克辛几乎是同时从梦中醒来,连忙坐起,去抓听筒。由于电话机比较靠近马林的床铺,杨克辛还没走到跟前,马林就在床边蹲着拿起了听筒。随即他又用左手把桌上的小马灯扭亮起来。杨克辛没有返回床上去,直挺挺地在桌边站着。他身上仅仅穿着一件白色的背心和一条淡蓝色的短裤。身材显得更瘦更高了。

　　这是他们在长期战斗生活中练就的本领。不管睡得多么熟,只要电话铃一响,他们就会立即清醒过来,像是根本没有睡觉一样。当然,他们很明白,一般的电话,是不会直接叫到他们屋里来的。

　　马林把听筒放到耳边,他听到的第一句话是:"喂!喂!马团长吗?我是'陈庄',我是'陈庄'。请注意,请注意!首长给你讲话!"马林一面应承着:"是呀!我是马林。"一面不自禁地把蹲在床边上的两只光脚丫滑到地上来,连忙挺了挺身子,眼睛朝杨克辛瞟了一下。杨克辛微笑了。他心里说:"看你那神气,我也猜着是首长。"

　　马林听到对方拿起送话器,首先命令说:"线路上的电话员们统统把听筒放下来！听到没有？"然后很平静地说：

"喂！马团长吗？"

"是我。是马林。"

"你还在床上睡着的吧！眼睛睁开了没有？"

"不,我和政委都在站着哩!"说这话时,马林重又挺了一下胸脯。杨克辛仍然微笑着。

"喂！对不起,明天早上六点钟,首长请你和杨政委到我们这里来开会。听清没有？六点！"

"听清楚了。明天早上六点钟,我和杨政委到你们那里去开会。"马林习惯地复诵着,又看了一下杨克辛。

"好,对一下你的表。现在几点钟？"

马林把自己的左手送到眼前,看了看戴在手脖上的那只黑盘白针绿色夜光游泳表,然后,很准确地回答说：

"十一点五十三分半。"

"好,请你休息吧！"对方放下了送话器。

马林转过身来,控制不住地笑着。他用一个手指头朝杨克辛的瘦肋骨上敲了一下。杨克辛急忙闪了过去,坐在自己的铺边上。

"怎么样？不用我再来传达了吧？明早六点!"马林一面躺下来,一面说。

"谁？"

"老宫。"

这以后,他们重又扭小了马灯,睡下来。

七月的夜晚,本来就有点闷热,可是,杨克辛仿佛由于这电话更增加了温度,他翻来覆去,一直睡不着。手不停地扇着扇子,身上仍旧汗津津的。住会,他说：

"老马！你猜明天是开什么会？不是总结练兵工作吧？"

马林用低微的鼾声回答了他。于是,他就自己责备起自己来。他感觉到自己这副脑筋真是要不得！芝麻大点的事情,也能睡不着！这是怎么弄的嘛，难道老马不比自己担的担子更重吗？为什么人家说睡就睡，说起就起呢！真没出息！可是，不管怎样自我批评，他的两只眼总是合不住，心里老在翻腾着。大概是有战斗行动了吧？练兵练了这么久，弹药也已补充了。战士们都急得受不住了，还能照样练下去吗？可是要打仗，为什么事先一点消息也不知道哩？要是真有战斗任务，这回老严也不在家，事情可就麻烦了……他想着这些，身上不住地出汗。蚊子也像故意同他开玩笑似的，一会儿朝脚上来一口，一会儿朝腿上来一口。他用扇子噼噼啪啪地打着，索性坐了起来，扭亮了马灯，打算到院子里凉爽一下头脑，然后再睡。不料，当他扭亮了马灯之后，发现几只大黑蚊子正在马林那双古铜色的肩膀上吃得有味儿。那东西把它长长的针一样的嘴巴，狠狠刺进了马林的皮肤，两只翅膀不断地扇合着，正像地主那样，贪婪而又满意地吮吸着马林的血液！这情景叫杨克辛又生气又好笑，他心里说："老马！你可真大方呵！未必你还真想把它们胀死？嘿！真奇怪，地主们想吸你的血，你不干。你拿起刀枪来闹革命！敌人黑夜白日想要你流血，你不干。你打得他们头破血流，连一根毫毛也不准他们动你的！可你这阵怎么这样老实呀？一个能杀能战的汉子，居然变成了喂奶的妈妈，一个劲敞着怀叫它们吃！难道你把你的血也当作自己的私产啦？真是，睁着眼是团长，闭上眼就成了一堆泥！……"

这时候，杨克辛已经把自己手里那把从房东家里借来的破芭蕉扇高高举起。然而，他没有打下去，却又缩回来。他想到天亮还要去师部开会，要是为了打蚊子，把人也打醒了，那才划不来哩！他随即放下了扇子，闭住呼吸，轻脚轻手走到马林的身边，伸开双手去合击正在吸血的蚊子。然而，他又生怕两手合击的声音惊醒了团长，于是他把两手合拢到很近很近的时候，才猛然合击了一下。谁知这一来根本没有挨住那只蚊子，仅仅碰了一下它的翅膀。那蚊子由于嘴巴深深地刺进了马林的肉皮，正在津津有味地吸着，突然遭到了意外的袭击，一时却又拔不出嘴来。杨克辛一看这情形，差点没有笑出声。他立即改变了战术，迅速伸出两个手指头，一个一个地捏住它们的身子，把它们的长嘴从马林的肉里拉出来。马林始终连身子也没有翻一下。

杨克辛结束了这场无声的战斗，一手拿着电筒，一手拿着破扇子，按照原先的打算走出屋门。在老乡的大门夹道里，他们的警卫员小王和小邓，正像打雷似的扯着鼾声。他拿电筒照了照，两人各自穿着背心短裤，躺在光生生的门板上，身上盖的被单早已蹬到地上去。他又顺手替他们盖了盖。心里自言自语说："好小伙子，看你们睡得多美！恐怕敌人把你们抬走，你们也不会醒。"然后，他又走到各个哨位子上看了看，等他重新回到屋里躺下来，蒙蒙眬眬将要入睡的时候，村东大槐树上的"茶鸡"[①]已经吱嘎吱嘎地叫了。

又过了一会儿，马林忽地坐了起来：

"老杨！老杨！"

杨克辛感觉到这阵自己的眼睛里，仿佛叫谁给撒进了石灰，又涩又痛，上下眼皮几乎有千斤重。他用尽全身的力气，把眼皮裂开了一条小缝，看到自己的手表整整五点半，于是，他也急忙坐起来，顺口接着说：

"你真是个钟表呀！你！"

"怎么啦！老杨你哭啦？"马林看到杨克辛的两只眼红得像灯盏样，充满了血丝。明知他是又失眠了，故意这样玩笑说。

"哭？要是哭就能睡熟，我可真要哭哩！"

"我给你说个窍门吧，听说世界上的事情，都是越努力做的越好，只有睡觉才是越努力越坏。因此，人家说治失眠的特效药，就是不睡觉，你信不信？"

"我信。据说拿破仑每天只睡四小时。"

---

① "茶鸡"，夏日的更鸟。

"那好呵！你比他还厉害啦！"

"是要比他厉害点！"

说着，说着，他们大声喊来了警卫员，吩咐他们打水洗脸，弄饭吃，叫饲养员备马。

他们到达师部的时候，其他团的首长们，已经早到了。然而，今天的情况有点不一般。仿佛他们也和马林一样，也是在昨晚十一点半才接到了那样的电话的。他们在师部作战科的屋子里会聚之后，谁也没有像往常来开会那样，首先相互寒暄一番，接着就你抢我夺的，比着各自从敌人手里夺过来的手枪之类。最后，才故意逗着作战科那个圆胖脸的小鬼，千方百计打听着中午要吃什么菜？师长昨晚吩咐买酒了没有？等等，而是首先看到作战科的办公室里完全没有开会的样子。白色的桌布并没有铺起来。茶杯、纸烟之类根本没有摆出来。马林首先开了腔：

"小鬼！怎么搞的，这阵才扫地？又睡懒觉了吧？在哪儿开会呀？"

"报告马团长，我不知在什么地方开会！"小鬼的右手提着扫帚，笔直地站着。

"不知道！作战科的小鬼，连开会都不知道！干什么吃的！再说不知道，不准你稍息！"最爱开玩笑的五团刘团长，故意装着生气的样子。可是，他的话刚一说完，自己就忍不住地笑起来。小鬼那副很好玩的圆胖脸，跟着抖动了几下，咧开了嘴。大家一齐笑了。马林接着说：

"扫地吧，小鬼，原谅你这一次，下次可不准说不知道啦！科长呢？还没起床吧？"

"不，一号首长请他去了。"

"啊……"马林转身瞧了瞧大家。然后，轻轻地点着头说：

"对，今天人不多，可能是在首长屋里开会吧？走，咱们去……"他的话还没说完，作战科宫科长已经到了他跟前。并且迅速接着说：

"对,走！"

"上哪儿？"马林一转身,看到了宫科长。

"上马！"

"在马上开会呀？我的天！"刘团长接着。

"不是在马上,是上马！我的团长！"

"不是开会吗？到底在什么地方开呢？别开玩笑好不好！"杨克辛一本正经地说。

"不开玩笑,快上马吧首长们！会场还有四十里呢！"宫科长这一说,大家显然摸不着底了。马林凑上去,用手打了一下宫科长的肩膀：

"是上军部吗？老宫！"

"不,绕到军部,还得多走二十里,刚才军首长在电话里命令我们直接到会场去。他们已经走了。"

陈师长在屋外叫了一声宫科长。他们谁也没有再说什么,大家一齐走出去,向师长敬了礼,然后,各自跳上马去,跟在师长的背后,穿过树林,在平坦的田间大道上扬起了一串沙尘。

这时候,马林、杨克辛他们这批团长、政委们,仍然不明白到底要到什么地方去？开什么会？只是,心头很自然地感觉到事情可能不像自己想的那么简单了,谁也不愿再问了。他们很习惯地默然站定了各自的岗位,紧紧地跟随在师长的背后。

约莫跑出了三十多里的路程。马不断地大声咳嗽着,吹圆了鼻孔,喘着粗气。脖子上的短毛业已有些鬈曲,汗水隐隐地沁了出来。陈师长松了一下马嚼口,步子随即慢下来。然后,他又转过头来,用手在额头遮住初升的阳光,眯缝起眼睛,看了看掉了很远的警卫员们。可是,他并没有下马来休息,反而命令似的朝着大家说：

"加油,快要开会啦！"接着,他又用双脚在马肚子上轻轻敲了一下,拉了拉马嚼口,那马随即又放开了大步。

马队钻进了一段玉米林子的夹道。突然,有一群雀鸟从头顶掠过,在那浓密的玉米丛中,低低地盘旋了一下,一缩翅膀,看样子它们的小脚爪刚刚抓住了玉米新近吐出来的红缨,立刻就又唔楞声展翅飞去,惊恐地啁啾着钻进了低空的云层。马林歪过头来,顺着雀鸟啼叫的声音看过去,在那群雀鸟企图立脚的玉米丛中,几个战士正挥动着手里的铁镐在修筑工事。接着,他又看到那战士的身边,有两门脱下了炮衣的高射炮,已经高高地伸起了脖子。炮口好像望远镜似的,直定定地瞪着天空。这情景叫他不自主地心里暗自思忖着:"大概会场不远了!"然后,他又催马挨近杨克辛:

"老杨,你看!"

"什么?"杨克辛不知所以地,摆动脑袋四外张望着。什么也没有看到。马林不自禁地笑了。

果然,他们刚一穿过玉米田的夹道,便见左前方,岔下大道,约有四五里路的地方,有一座黑压压、雾沉沉的大村庄。这庄子远远看去,少不了有上千户的人家。林木参天,密不透风。如果看不见树梢密密的鸟巢和点点炊烟的话,真有可能被人误认为荒野的林园。

他们看到岔道口上,有一棵绿油油的小树,好像农民们在田间栽下来的界木那样,微微摆动着。可是,等到师长的马到了这棵小树跟前时,那小树反倒忽地站了起来。他们这才发现,原来是个伪装着的哨兵。他向师长敬礼之后,用左手朝着岔道一指,陈师长随即顺着手势朝树林斜穿过去。从树林深处传出了隐隐的马嘶。

直到他们在村边跳下马来的时候,警卫员们还掉在老远老远的后面。因而他们只好把马拴在林边的大树上,暂时请其他同志的警卫人员照料一下,然后急匆匆地朝村里走去。

其实,这村庄并不太大,只是背靠伏牛山脚,居住着五六十户人家。由山泉汇集成的一条小溪,在村边从西向东,又折向南流过去,把村子包围得好像一座半岛的形势。溪旁丛生的杂树,看来不曾有谁培植过,只因年深日久水分充足,也就东扭西歪枝桠交错地长了起来。他们从一条小木桥上走进去,没有看见屋舍,就在几棵足有百岁以上的弯腰老槐树和老榆树,还有几棵笔直的桧柏之类的浓荫下,找到了会场。

会场布置得分外简单,几乎比文工团平时组织晚会时候更差些。可是,一个个接二连三到会的各级首长们的神情,却叫他们逐渐明白了会议的内容。

军长在这里成了青年人。他们看到在那仅有一条长方小桌的讲台前,已经布置好了的十几条破旧不堪的条凳上,靳军长同其他军的首长、政委们挤坐着,说笑着,有时显得很规矩,有时又相互用手逗闹着。好像平常看演戏时,早早跑来占领了好位置的孩子们那样。陈师长一到会场,就看到了军长的脊背。但是,他犹豫着,一直没有到军长那里去。

他们静静地站着。陈师长没有说什么。其实,现在马林他们这般人,心里已经明白,这会是野战军总部召开的了。就是会议的内容,也已猜到了八九成。突然,他们看到前边坐着的军长们,全都站了起来。有七八位首长,从讲台的左边一个个地走上台去。全场掌声雷动。首长们也和大家一样,一面鼓掌,一面笑着朝大家点头。走在最前面的,他们都很熟悉,那是野战军政治委员。可是,第二个,身材较为胖些的,却又不知道是谁了。他们很自然地互相对看了一下,谁也不吱声。马林不自禁地拉了一下师长的胳膊:

"这位首长是谁呀?师长!"

"第三野战军的司令员,你不认识吗?"陈师长没有回头。他仍旧注视着讲台。直到走上台去的首长们统统坐下之后,靳军长一转身看到了他们,随即跑到他们跟前说:

"你们什么时候到的?"

"二十分钟以前。"陈师长看了一下手表,很准确地这么说。

"好呵,快去找个东西坐下来,开会了。"军长转过身去,打算回到自己的位置上,但又转身叮咛说:

"好好听呵,同志,马上就要行动。军里不再开会了。"他们很明白军长说这话时心里冲动着的那种难以说出的喜悦。因而,谁也没有按照老习惯用"是"来回答军长,只是不约而同地微笑着,靠拢了脚跟。

九点钟左右,参谋长宣布,会议开始了。他的表情和声音,好像在阅兵典礼时发出立正口令那样严肃。会场立刻静下来,仿佛一个人也没有了。就连树梢上的鸟雀,树阴下的马匹也似乎听懂了号令,再也不发一点声息了。阳光从树叶的隙缝里洒下来,在人们身上披起了一层浓浓的迷网。肃穆连接着肃穆。人们默默地等待着党的命令!首先讲话的还是前委书记,野战军政治委员。他没有多讲几个月来的练兵成就,也没有着重讲解下一步的行动,而是精辟、深刻、条理分明地分析了国内外的政治情况,部队本身存在着的某些思想问题,以及如何执行党中央关于目前形势和我们的任务的指示。他的话虽然十分简短,可是,人人都得到了无穷的力量。大家更亲切地感觉到,中国人民在中国共产党的领导下,敢于而且必然要胜利!接着,第三野战军的司令员非常详细地讲述了最近以来,各兄弟部队在东北、西北、华北各战场上的辉煌战绩和中原敌我目前的态势。并且特别着重说明了,在今后一段时间之内,我们第二野战军和第三野战军,要在中原地区并肩作战的意义和注意事项。要求全体同志,必须做到亲如手足,努力杀敌,解放中原。这段声音洪亮、言辞生动的讲话,立即叫人形象地看到两只巨大的拳头一齐打向了敌人的情景。有人似乎忍耐不住地总想站起说点什么。他们聚精会神地听着,身子不自主地摇动着。然后,各位首长都对上面这两个问题作了简明的发言。这时候,虽然,谁也没有说部队马上就要出发去作战,然而,大家已经感觉到,一个难以设想的、大规模的战斗行动就要开始了。一个无法预计的胜利已经来到了!他们十分确切地体会到,中原敌军已经是摆在面前的一条牛。这条牛,肯定是要把它吃掉的!可是,牛总还是牛,谁也不能一口把它吞下肚去,到底要从哪里下手才好呢?

会场陷入了不平凡的雅静中,连一个人的低声咳嗽也没有了。一只不知躲在哪棵树梢上的蝉,仿佛遭遇了什么东西的袭击,突然知了一声,扇起它那纱罗似的翅膀,不知飞向哪里去了。人们的视线,不约而同地,好像太阳的金箭那样,坚定地、笔直地射到台上去。司令员把头靠近了政治委员和别的首长们,不知说了点什么。他们轻轻地点着头,脸上现出了淡淡的微笑。那神情可以叫人完全明白,他们是说:"对呀!对呀!你快去讲吧!"可是,司令员又缓慢地摘下了自己的眼镜,用帕子把镜片擦了又擦。好像事到如今,他还在考虑着什么。这期间,人们不转眼地看着他,心里按捺不住地默默催促说:"讲吧!讲吧!只要你说怎么干,咱就怎么干!千百次的胜利,早已铸就了我们之间的信任!还有什么迟疑呢?"他还照旧擦着眼镜,一动也不动。

大约又过了一分钟左右。司令员终于重又戴上了眼镜,站起来,走到讲台上的条桌边。这时候,大家定睛瞅着他,不自禁地长长出了一口气。

谁也知道,由于几十年来的军人生活,司令员从来也不喜欢在讲话的时候,把两手按在桌子边上,或者轻易地走动。现在,他仍然是和平时一样庄严地站着。他那魁梧高大的身材,叫人感到似乎他把会场周围那些弯着腰的老树也都撑了起来。会场上显得明亮了许多。尽管阳光在他鬓边涂抹了一层淡淡的灰白,可是,脸膛仍然放射着青春的红光。他站立着,像磐石似的站立着。在他还没有开始讲话之前的刹那间,人们从他的眉宇之间,仿佛听到有谁朗朗有声地雄辩说:"看啊!人民的将军是不会衰老的。共产主义战士的青春和胜利长存;胜利永远是我们的!"

然而,谁也没有估计到,司令员这次的讲话,竟是这样开头的。他完全和平时一样慈祥、亲切地说:"同志们!政治委员和各位同志,已经把敌人和我们的情况,以及我们部队的任务都分析得很透辟,很好了。我现在没有更多的话要讲了。"然后停顿了一下,大家也和平时一样,急忙把钢笔拿好,准备一字不漏地记下去。冷不防,他却猛然提高了嗓子,挥动了臂膀,好像切断江河、劈开大地、斩钉截铁地说:

"中国人民的中原逐鹿,早在去年我们挺进大别山的时候,已经开始。我们在党中央和毛主席的英明指挥之下,实施战略展开,在鄂豫皖的大别山地区,歼灭了一些敌人,进行了土地改革,恢复了革命根据地,开辟了桐柏、江汉地区。目前我们野战军主力又打回了豫西,和陈赓部队,和第三野战军会合起来,大家不妨想一想,究竟鹿死谁手呢?"他突然停下了。大家的视线一个个地同他的视线接触了之后,他又挥了一下手臂,几乎每个字都像从他咬紧着的牙齿缝里飞迸出来那样说:"肯定地讲,死于中国共产党之手!中国人民之手!"人们的心弦从此拉紧了,大家感觉到好像不是司令员自己在讲话,而是中原人民的亿万只手,在振臂高呼,命令着他们的战士去打碎那座吸尽人民膏血、用白骨堆砌起来的蒋家朝廷!仿佛这个罪恶王朝灰飞烟灭,人民欢庆的生动情景,立时显现在他们的眼前来。

接下去,司令员又以平时那种风趣横生的语调说:

"本来作为一个无产阶级的军人,最好是请敌人到自己的俘虏收容所里来,当面批评他们,要比事先的指责更有效些。可是,为了说明情况,现在我不能不提到我们的敌人。听说我们的敌人蒋介石和他的美国顾问们都是耶稣教徒。看来这说法也许是真的!因为,到目前为止,他们的架势还是一心要想死在十字架上去。"马林他们那批团长们哄笑了一声。司令员马上严肃起来说:

"事情不是非常清楚吗?你们想一想,去年我们在鲁西南歼灭他们九个半旅的时候,他们不是正在兴高采烈地执行着美国顾问马歇尔给他们制订的所谓'重点钳形攻势'的作战计划吗!那时候,他们的如意算盘是用进攻陕北和山东作为东西两面的钳子。把我们第一野战军从西北赶过黄河以东,第三野战军从山东赶到津浦路以西,第四野战军从东北赶到长城以南,然后,把我们第二野战军赶到陇海路以北。就这样,把我们全部压缩到晋冀鲁豫的狭小地区,让战争在我们的根据地里无休止地进行。由战争本身把我们解放了的根据地摧毁,而后消灭我们的部队!在敌人看来,这是一条'锦囊妙计'。可是,他们不懂得,也不可能懂得,他们的这条'妙计',只不过是他们在地图和沙盘上的想定而已!他们不明白世界上的一切都在不停息地运动着。他们不明白他们所进行的战争,只是一种违反历史轮转的螳臂挡车!一句话,他们永远也不会知道人民的力量和智慧足以翻天覆地!因而,事到如今,连他们自己也不得不承认他们的这条'妙计',是彻底地失败了。"他又停下来,朝大家打量了一下,然后,接着说:

"不管敌人怎样用他们的宣传机器作宣传,历史是不会撒谎的。全世界的人们都看到了,从那时候开始,我们西北、东北和山东各个战场上的部队,不仅没有按照他们的想象,被赶到什么地方去,而且照旧按着我们的计划,从胜利到胜利,把敌人打得头破血流!就在这个条件下,党中央和毛主席,给我们第二野战军一个极其光荣的任务:要我们用战略上的中央突破,千里跃进大别山,打断敌人所谓'重点钳形攻势'的钳子轴。把战争引到敌占区。粉碎敌人的整个战略计划。"到这里,他轻轻吁了一口气,神情沉入了淡淡的回忆。从枝桠间漏到他脸上的阳光和枝影,好像花朵似的闪动着。他又把语气放慢了一点说:

"同志们!说得准确些,我们从去年七月到现在,只是办了一件事,那就是砸断敌人的钳子轴。"忽然,他把两手交叉起来,举得高高的,比着钳子的样子说:"明白吗?就是这个样子。"然后,他又指着两手的交叉点:"看,这个地方叫作轴。我们四川话叫做'锆'。反正不管它叫什么,也不管是钳子,或者是剪刀,只要这个地方打断了,它就不中用了!是不是?"大家轻声哄笑起来。司令员却又立即伸展两只手,朝下按了按,制止了大家的笑声,接着说:

"同志们!现在怎样了呢?我们应该实事求是地看到,我们确实是胜利了。我们是在党中央和毛主席的英明指挥下,各个兄弟部队的密切配合下,全国人民的大力支援下,把敌人的剪刀轴给打断了。我们在大别山重建了根据地。解放了广大的土地和人民。把敌人开往我们北方根据地的九十多个旅,拉回来了。敌人乱了套,被我们打败了。战争没有按照他们的想象去进行,而是按照我们的办法进行了!可是,这并不是最后的胜利,敌人是决不甘心失败的。他们已经重新改变了计划,被迫地把重点攻势变成了重点防御。他们打算在中原地区的徐州和郑州这样两个铁路交叉的十字架上,下上最大的赌注!集中他们的一二等主力部队几十万人,构成强大的据点。然后,跟我们展开争夺中原保住江南的战争。因为,他们很明白,中原是作为江南牙床的扬子江的嘴唇而存在的。如果嘴唇被割掉,牙齿自然就难保。所以他们才下定决心,要做这样冒险的赌博。这种办法,在我们的敌人看来,自然又是美妙的。可是,在我们看来,正像刚才说过的,只不过是蒋介石这个伪装的教徒,为他自己制作的死刑而已!虽然是这样,我们仍然要知道敌人在任何时候都不会自己死亡的!他们一定要在我们的刺刀和炮弹之下才会死!从现在开始,党中央和毛主席又一次地给了我们光荣的任务。要我们坚决彻底地把扬子江的嘴唇割下来!把敌人的主力消灭在中原!迅速解放水深火热的中原人民和土地!而后打过扬子江,解放全中国!大家知道,在我们的事业里,光荣和艰苦本是一个问题的两方面。毛主席早就告诉了我们,从战略上看,一切反动派都是纸老虎,从战术上来看,我们的敌人,却并不是稻草人。他们手里拿的是美国武器。他们的心肠是无比凶残的！他们靠的是铁路、公路、火车和汽车。我们靠的是一步七十五'生地'的脚力致胜！此外，虽然他们的兵力较大,可是,我们二、三野战军携起手来,也决不比他们小多少。何况我们的手上除掉枪炮之外,还有马克思主义的真理！有广大的人民群众。这是他们永远没有的,不可抵御的！这样看来,胜利肯定是我们的。但是,通向胜利的途程还是艰苦的。好在我们大家都是战胜困难的专家,这就不必多说了。要是大家一定想知道这样大规模的战役,到底怎样打法,如何下手呢？"他笑了笑,自己回答自己说：

"现在,我也不知道。因为一切都在发展变化着。在我们的军队里,任何一个人都不是《三国演义》里的诸葛亮。可是我们大家合起来,一定可以超过诸葛亮。在战胜敌人的智慧上,我们的士兵是统帅,统帅也是士兵。一切都要我们大家根据实际情况去决定。打仗是两方面的事,如果不是丁府上的教师爷,谁也难以事前规定先打敌人的哪一点。大家很明白,我们的敌人既然是豺狼,自然是会跑会跳会咬人的野兽。你要闭上眼睛不看他的来势,首先决定打他的脑袋,也许他会先把脑袋藏起来,把屁股交给你打。那时候,你能说：'我是决定打脑袋的,请把屁股让开吧！'岂不成了大笑话？当然我们也有指挥敌人、调动敌人的责任。让他不自觉地把脑袋伸出来挨打。这种指挥权并不属于某一个或几个人,而是属于我们大家。这也就是说,要想叫敌人服从我们的指挥,首先就要我们自己坚决服从命令听指挥。总而言之,战役的具体打法,在这里是很难说的。只要大家像平时一样,切实服从命令听指挥。准确、认真地掌握时间,在高度政治责任心的基础上,发挥高度的机动、灵活和我军英勇顽强的战斗传统,敢于胜利,胜利就会有保证。打法虽然多得很,大家只要记着在任何时候,主动就是致胜的因素之一,被动总是失败的开端,就够了。我们都曾看过舞台上的《打渔杀家》。在那里,丁府上的教师爷不是一见肖恩,就突然打去一拳吗？这时候,肖恩是很沉着的,他并没有急忙招架对方的拳头,而是轻轻地把身子一闪,伸出一个指头朝教师爷的胳肢窝里那么一点,对方的拳头连忙缩了回去。于是肖恩夺取了主动,打上去,教师爷就跪下来了。这当然只是一个比喻。我们的情况是和演戏不同的。让我再说一遍,希望同志们深刻地理解,大兵团的协同作战,实在是和一个强大的乐队进行演奏一样。要是乐队的指挥已经表示了手势,不管哪个乐器不合拍,都是不行的。腰来腿不来当然是错误。我的话完了。"

大家正听得出神,司令员的话突然结束了。雷动的掌声响起来。每个人的心都像拉紧了的弓弦似的紧绷着。感觉到整个的中原大地,仿佛已经在他们的脚下动荡起来。

日已过午。散会后的人声夹杂着马嘶,沸腾在浓阴的林间。

二

一个星期以来,肖红军他们完全沉浸在一种极其兴奋而又新奇的心境中。这是非常少有的情况。他们清清楚楚地听到,在他们开始行动的前一天下午,营、团首长在动员大会上,明明告诉大家说,敌人正向北方源源不断地开进,企图在郑州和徐州两个十字架上集结起来,然后和我们展开争夺中原的战争。可是,第二天一清早,他们的队伍却又偏偏向南开。七天以来,他们简直像一支从野战司令手里打出去的飞镖似的,人不停脚,马不停蹄,一个劲儿地朝南飞。大家很确切地感觉到这个飞镖,虽然有时也曾多少向西偏一点,然而,终究还是朝南。特别叫人感到新奇的,还不只是部队前进的方向,而是完全违反了平时行军规律,大白天浩浩荡荡地行进,好像首长们生怕敌人不知道自己的动向似的,故意用自己的行动逗引着敌人的飞机。每天一边走路,一边跟敌人打空战。这情景在战士的心里铸成了一个奇妙的谜。他们日夜盼望着,早日揭穿这个谜!

这天,由于下雨,阴云低低地蒙罩着大地,虽然一上午没有发现敌机,战士们却分外疲劳。大路上半尺深的淤泥,经过炮车、马队和战士们的践踏,实际上路面业已成了一锅粥。队伍不住地"扭秧歌",谁一不小心,会冷不防来个嘴啃泥。部队行军的速度无形中缓慢了许多。到中午他们才刚刚走出了四十来里。七连被分配在一个不大的小乡镇上停下来,做饭,休息。雨还在紧一阵慢一阵地下着。天空似乎要塌下来。浓厚的黑云,越压越低,好像一口老大的铁锅似的,把整个地球给紧紧地扣住了。

吃饭时候,指导员向大家宣布,下午的行程不远了,大家可以以排为单位,找房子睡个午觉,三点钟听号声集合出发。这下正合战士们的心意,大家撂下饭碗,急忙找起房子来。

李康带着全排战士,在小镇的西口,朝一家看来像是一个小小骡马店的院落走进去。他心想:"好坏是个鸡毛店,至少也有几条破席好躺躺,免得再去四处找门板。如果要能碰上几个过往客人,不是还能顺便了解点情况吗?"谁知他一脚跨进门去,心里倒又凉了大半截。院里不仅没有一个人,反而长满了齐腰的蒿草。宽大的马棚里连一颗马粪也没有。长长的马槽已经早被蛛网封锁了。李康不自禁地皱了一下眉头,没有说什么,随即命令大家各自设法,迅速躺下来。

肖红军和王小秀他们五六个人,摘了几块门板,搭在长长的马槽上,然后,脚对脚头顶头地睡下来。大家很快发出了呼呼的鼾声。只有肖红军,连他自己也不知道是怎么闹的,那些原先不知在什么地方躲藏着的小苍蝇,好像对他分外感兴趣,只要他一闭上眼,苍蝇就像蜜蜂见了鲜花那样,立刻落到他的脸蛋上用力吮起来。他急忙拿手去赶。可是,手一放下来,它就又回来了。这样,反复挥打了几次,苍蝇也像看透了肖红军并没有更厉害的办法,反而越来越不像话,索性爬在他的眼皮上,用它们小小的脚爪不停地敲打起他的眼睫毛来了。肖红军生了气,忽地坐了起来,把自己那件淋湿透了的军上衣,狠狠扭了几家伙,挤干了衣服上的水,顺手轮甩了两下。然后把衣服蒙在自己的头上,重新睡下去。谁知这样仍不济事,那几只可恶的苍蝇似乎决心要和他捣乱到底,老是爬在他的耳门上嗡嗡叫。它们越嗡嗡,肖红军就越发感到衣服蒙得出不来气。于是重又坐起,用衣服去撵它们。他就这样不停手地战斗着,心头暗暗咒骂着。终于还是苍蝇胜利了。午睡的时间已在不知不觉中过去了一大半。肖红军下定决心不再睡了。他用两手攀着自己的双膝,呆呆地坐在门板上。

大家的鼾声,好像大森林里的伐木工人们,正在此起彼伏地拉着大锯似的呼呼响。天空灰茫茫的,细碎的雨珠,成串成串地打在院子里的黄蒿和各种各样的杂草叶子上,发出了纤细的刷刷声。好像冬日里的小雪球,被风吹打到窗棂纸上所发出的声音一样。

肖红军静静地坐着,眼珠子自由自在地滚动着,视线毫无目的地四处游离着。他首先看到了自己身边的步枪,枪身已经全部打湿了。枪背带湿水过后,似乎又胀长了点。他轻轻地,用手端起枪背带的中间,拿胳肘量了量背带的长短,随即紧了两个扣眼,让背带的长短固定在合适的程度。然后,拉过了自己刚才用作枕头的小背包,顺手解开了绳子,从中拿出了一条雪白的新毛巾,端详了一阵,而后,迅速朝那湿漉漉的枪身上擦起来。看样子,他很珍惜这条新毛巾。可是,他又觉得武器总比毛巾更可贵。就在这时,他的心忽然乱起来。他的视线不知怎的,一下又叫背包里的那双新鞋给吸住了。他感到心头一阵热,耳朵也嗡嗡响起来。眼珠死死地盯着那双乌黑、圆口、千层白底的布鞋。仿佛听到有人用尖溜溜的小声说:"要是你穿着合脚,就带信来,我再做……"他眼前立刻跳起了五颜六色的火星。那火星真像魔鬼似的,一下变成了晓云,一下又变成了奶奶,变成了彭家那帮吃人的禽兽……他的心好像炸弹似的突然爆裂了!他恨不得就在这时候,能够一刺刀把所有的敌人全穿透。一想到这些,他就忍耐不住地又想去问李排长:"到底敌人在哪里呢?老是这么走,哪天才能打上呢?我们不把敌人杀死,敌人是不会放松我们的呀!我的首长们,你们连这也没想到吗?"

肖红军不自主地伸长了脖子,让视线越过院子里的蒿草,朝躺在大门夹道里的李康看了看。不料,李排长也已醒来。他们的视线在细雨蒙蒙的空间碰了头。肖红军急忙把脸转过去。正在这时,忽然听到隔壁院子里,黄连长不知对谁大声说:

"照你说来,好像你比咱们党中央还更革命些!你比咱们野战军司令员还更会指挥些,是不是?不行,同志!你知道的还少!你还是新兵!战争不是牛牴角,非要迎头顶上才行!战争是要消灭敌人的有生力量,这就得动脑筋,动脚板,出主意,想办法,首先带动敌人,然后消灭敌人!懂不懂?难道你以为走路不能走出胜利?不能把敌人走死吗?那就走着看吧!难道还怕没有敌人给你打?真是……司号员!吹集合号!"

没有听到对方的应声。集合号声搅混着浓雾似的细雨在小乡镇里嘹亮地响起来。人们醒来了。肖红军的心里猛一惊,视线迅速放开了背包里的那双新鞋子,两手急忙重新捆背包。这期间,他的眼珠不由自主地瞟了一下脱在马槽下边那双已经磨穿了后跟、被泥水浸蚀断了线、几乎挂不住脚指头的破布鞋。他停下了正在捆绑背包的双手,斜过脸去,瞅了瞅灰色的天空和细雨,轻微地摆了摆脑袋,重新捆起背包来。看样子,这瞬间,他心里确曾展开了一个小小的斗争。他很明白现在脚上正穿着的那双鞋,已经完成了任务。可是,他又不愿意把背包里这双带有千重恩情的新鞋,立刻踩进泥水里。再加上,正在这时,仿佛有种声音对他说:"肖红军!你要节约啊!兵士的途程是漫长的。留着它,留着它吧!亲人的心意,要在万分困难的时刻才更贵重呵……"

队伍走出了乡镇,细雨照旧不紧不慢地下着,好像天空被谁戳漏了似的,不知何时才能了！战士们却像根本不知天空还在下着雨,仍旧嘻嘻哈哈,不停嘴地说笑、逗闹着。

突然,有人大声说:

"喂！教员,快赶上啊！"

肖红军抬头一看,连部文化教员田松离开了队列,正在路边弯着身子,不知收拾什么东西呢。这人是在队伍离开大别山的前几天,才从江南赶来参军的学生。听说他本来正在江西九江镇上一个高级中学里念书。去年秋季一开学,就因为反饥饿,他们几个好朋友,领着同学闹起学潮来。正在那时,他们忽然听说解放大军到了大别山。于是他们的心上好像生了翅膀似的,说不上有多高兴,天天等着大军渡过长江,打到他们江西去。然而,事情并不像他们想象的那样简单,时间一天天地过去了,树叶一天天地黄了,又落了,解放军始终没有渡江的征兆。他们领导的学潮,也像秋天里的树叶似的,一点点枯黄下来。谁知冬天到来的时候,解放军却又解放了九江对岸的武穴港。这一下,他们心头那点奄奄一息的希望,真像干柴遇到了烈火,轰一家伙重新烧起来。已经平息了的反饥饿、争民主的学潮,又一次地沸腾起来。一夜工夫,他们把全校的教室、操场、宿舍和饭堂都贴满了标语。其中竟有人直截了当写出了"打倒蒋政权,欢迎解放军"的口号。并且,他们整夜不睡觉,到处奔跑着,串联着,准备天一明就要上街去游行示威,迎接解放军。这一夜,在他们的心里,好像九江已经解放了,认为解放军只要从武穴一上船,只须三桨两篙就能到达九江的。那时候,九江的天空就要变色了！他们就能爱说什么说什么,爱做什么做什么了！"自由"就会像鸽子似的飞到他们的怀里来！然而,他们实在没想到,革命并不像做梦和说话那么容易。美好的希望,必需要有血汗的耕耘才会成为现实。他们准备好了一切,正在等待黎明的时候,暴风雨突然袭来。整个学校叫国民党特务宪兵和警察给包围了。同学们一面奔走相告,一面高呼口号,在黎明前的漆黑中四散奔逃。

他在宿舍里听到有人很急躁地询问着：

"田松！田松！这个共产崽子躲到哪儿去啦？"

"让他长上翅膀也飞不脱！"另一个人咬牙切齿地接着。

这声音叫田松和他们几个领导学潮的朋友，机警地迅速跳出了窗口，钻进了操场北墙角的竹林，翻过了低矮的围墙，顺着一条漆黑的小巷逃跑了。

田松穿街过巷，一口气跑出了好几里路远，在靠近江边一片码头工人住的茅棚里不见了。这里有他在小学念书时的一个好朋友。因为家境穷苦，小学毕业之后，就跟着他的父亲在江边替人搬运东西。这人的父亲是个很有骨气、很有见识、非常正直的中年人。田松从小就很知道他。虽然，他的朋友从小学以后，没有机会再和他一块玩耍了，可是，多年以来，他还不断到他家里来探望，感情一直还很好。因此，他就急中生智，不停脚地跑到他家来。心想在这里躲几天，看看风头，然后再想办法回学校。

谁知到了这里，当他说完了他在学校的遭遇之后，他的朋友和父亲，谁也没有说什么，就让他在家里躲起来。仅仅再三嘱咐他千万不要出屋门。然后，他们父子像没有看到他似的，照旧到江边卖力去了。

田松感觉到这一天说不出有多难熬，心里说不上是啥滋味。到傍黑，他们父子俩回来了。田松急忙上前打听外边的情形。没等他开口，他那朋友的父亲却先说：

"小田，你吃了点啥东西没有？"

"吃啦，刚才伯母给我弄的。"

"好。"朋友的父亲迟疑了一下，然后接下去说：

"小田，你该走啦，我知道你是个好孩子。可是，我不能留你长在这里呆着。"

"怎么样？老伯！外边风声怎样？"

"很紧呵，你恐怕不能再回学校去了！"

"那你叫我上哪儿去呢?"田松那副圆圆的脸上,两只多大的眼睛,闪烁着惶惑不安的光芒。

"自然有地方去,只要你愿意去!"

"什么地方?老伯!不上学也不行呀!"田松紧急地追问着。

"你不是很想解放军吗?告诉你,我听说他们一时是不会过江来的。怎么办呢?能在这屋里整年累月地等着吗?"

"那当然不行。可是,又有什么办法呢?"田松有点焦灼了。

"不行的话,你愿不愿去找他们呢?"

"找谁呀?老伯!"

"找解放军呀!"

"解放军?……那太好了!可是,我怎么能够过江去呢?江岸上下几百里都是国民党的队伍,我又不会飞!……"

"不要紧,车到山前必有路,只要你愿去,自然就会长翅膀……"

到这里,那人把话停下了。田松急不可待地追问着,到底怎么去法呢?那人始终没有说出来。到半夜,更深人静之后,那人却悄悄地带他来到了江边,跳上他在白天已经准备好了的划子,真像一只小燕子似的,迅速掠过了浓黑的江面,把田松送到了武穴。

就这样,田松终于作为一个非常进步的学生,自愿投入革命队伍中来了。然而,事情却又如此的离奇,在他的感觉中,自他正式参军,来到七连担任文化教员以来,简直像在梦中腾云驾雾的时候,突然坠落到地上来了似的。面前的一切,虽不是面貌全非,却和他在云雾之中看到和想到的有些不相同,至少是没有他所想象的那么单纯和完美。一切都是出乎他所意料的坚实、具体、粗犷而繁杂。他开始接触了"想革命"和"干革命"的矛盾。他的心像开放了的花朵在经历着风雨的考验。

中午队伍到了这个小小乡镇的时候,田松已经累得浑身发酥了。吃过中饭,连长一宣布午睡,他的脑袋立即就想倒下来。上下眼皮也像刷上了胶水似的,贴在一起,无论如何睁不开了。他不管三七二十一,急忙找了一块门板和衣躺下。一闭眼,他就什么也不知道了。这一觉是他参军几个月来睡得最甜美最安稳的一觉。连个短短的梦也没有做。可是,等他一觉醒来,睁眼瞅了瞅灰暗的天空,迷蒙的细雨,荒凉的野店,特别是这阵分外清晰地看到了自己浑身上下全是泥,竟把门板上印出了一个完整的全身像的时候,不知怎么弄的,心里一烦,嘴不由主地自言自语牢骚起来了。然而,他却完全没有估计到,黄连长并没有睡觉,还在门外坐着看书呢!连长接上了。

田松当时再也没有说什么。只是,心里却在反驳着。他觉得,连长的说法虽然也在理,总不该那样硬邦邦地顶撞人。人嘛,谁不背后说句话呢?何况我又没有同别人嘀咕,只是自己那么说说,又有什么关系?即使我的看法不对,你也应该和颜悦色地对我解释呀!照这样,还有什么民主哩?明明敌人朝北方集中,自己却又一个劲儿地朝南开,难道这也叫战争!不要把人看扁了吧!我田松没有披盔戴甲上过阵,可也看过打仗的书。没吃过猪肉,还没见过猪!况且,你自己又是个连长,你没看见自己的队伍走成什么样子啦?不管刮风下雨老是这么走,到底你要到什么地方去呢?我的天!战争不是牛牴角,可也不是闭上眼睛散步呀!

其实,黄连长确是真心真意,为了解除田松思想上的包袱,才在听到田松那些缺少原则性的牢骚时,立即对他解释的。然而,他却没有预料到,田松是个新参军的洋学生,并不了解他的脾气和思想。他的话反而叫田松感到"包袱"越来越重了。队伍一出发,田松把他那个又宽又短、又松又胖、完全不合规格的背包,往背上一背。他觉得简直像个死猪似的,几乎把他压得连腰也直不起来了。他忍耐着,耷拉着头,没有走出几里路,鞋子又坏了。他只好向连长报告了一声,就在路边停下来。

肖红军他们走到田松跟前的时候,田松一气之下,索性撂下了

背包,一屁股坐在泥浆里,两手吃力地翻弄着他那已经断了鞋带、透了鞋底、变成泥蛋蛋的鞋子。大家哄笑着,七嘴八舌地说起来:

"教员,这可不是念书写字啊!"不知是谁这么说。田松没抬头,也没吭声。

"教员,怎么搞的嘛,你想拿屁股在地上画荷叶啦!快走吧!"张同这么说着。田松仍旧没抬头,仅仅斜着眼睛瞪了他一眼。

肖红军没有说什么,他被田松脸上的痛苦激起了不安。他想了一下,大声说:

"报告班长。我去帮帮教员好吗?他不会弄鞋子,是个念书人。"

"好嘛,快点跟上来呵!"张海全毫不迟疑地答应了。王小秀、小赵他们,也都表示支持肖红军的行动,连声说着:

"对呀!要帮助一下。张同那小子是什么做的?尽说风凉话!"说着,王小秀伸过手去,拉住了肖红军的背包带子:

"给我,我替你背上,你好帮他弄。"

肖红军用手在胸前死死抓住自己的两根背包带子,闪了一下身子说:

"算了,算了,你也不是空着手走路。"

王小秀用手拍拍胸脯,很不以为然地接着说:

"个把背包算个屁,你再给我放上一门大炮,看老王在乎不在乎!"

肖红军好像根本没有听见王小秀说些什么,不回头地迈出队列,朝田松身边走去。

"怎么啦?教员!"

"鞋子不行啦!"田松无可奈何地抬起头来,望了望肖红军。田松的眼睛红红的,脸上的水珠、汗珠和泪珠混成了一片。肖红军蹲下身子,接过田松那双泥蛋似的破鞋:

"来,我给你拾掇拾掇。"

田松没吱声地撒了手。肖红军把他的鞋子拿在手里仔细看了看。主要的问题,并不是鞋带子断了,而是鞋底透了,鞋帮也叫水浸脱了线。实际上,这鞋已经无法挽救了。

"不行啦,教员!要是刚才在镇上休息时,找个锥子和针线,补一补就好了。这阵怎办呢,临时弄针线来缝补,怕要掉队啦!"

"是呀,在镇上休息时,我瞌睡得支不住,一躺下就睡着了。"

"换一双吧,你不是还有新鞋吗?这次行动之前不是发了鞋子吗?"

田松翻着眼珠,瞟了瞟肖红军,半天没出声。末后,喉头有点淤塞似的,吞吞吐吐说:

"那天……我嫌背起太……太重,把它丢了……"

"哎呀!同志!难道你不知走路要穿鞋吗?那是群众支援咱们的呀!"肖红军突然站起来,向前望了望队伍,细小的水珠像粉末似的,不住地降落到他的眼睫毛上来。他们沉默着。田松用手吃力揉自己的眼睛,眼前仍然是一片灰茫茫的云雨。肖红军一声不响,打开了自己的背包,拿出晓云给他做的那双新鞋,朝田松递过去:

"给,穿上快走吧!"

田松忽地站起来,浑身的神经发紧,像被注射了热流似的,不知怎么办才好了。他死死盯着肖红军,可是并不伸手过去接鞋子:

"这怎么成呀!肖红军,连上发鞋的时候,你就没有领,你说你有鞋,要给公家节约……"

"是呀!这不是我的鞋吗!拿去,快穿吧!"肖红军皱着眉头,有点着急的样子。

"那,你呢?"田松的手战抖着,接过了鞋子。

"我脚上这双还能走,你就别管了。就是不行了,光着脚板也能走,我从小就没穿过鞋。"

田松不知再说什么好了,只好把肖红军的这双鞋往自己脚上穿。穿上之后,又感到这双鞋子实在太干净,太漂亮,要是一脚踩进泥浆里,似乎有点太心疼。于是,他东张西望,一心想要找块干净的地方落脚。肖红军看透了他的心,忍不住拉了他一把:

"快走吧,同志!你怎么是个这呀!下雨天还怕打湿鞋,真稀罕!"

田松低着头,同肖红军并肩朝前走去。他心里紊乱成一团,感觉到自己好像办了一件非常丢脸的事情。他不敢调过脸去看肖红军,两只眼睛老是瞅着肖红军的脚。他看到肖红军的脚踏在路面上,是那样的有力,那样的坚定,每迈一步都好像是千斤巨石敲击着地面,压得泥水飞迸,吱喳作响,把地上印出了一个个的脚印。他感觉到肖红军一下长了几丈高。他想着:如果这时要想看到肖红军的脸,恐怕一定要自己仰起脸来才行!

忽然,他感到不管看不看人家的脸,反正总得说句话。否则,实在太不好意思了。人家雪中送炭,咱连句人情话都不说,那还成个什么样子呢?于是他轻轻地抬了抬头:

"红军同志!叫我怎么感谢你呢?你这样,我真过意不去呀!"

肖红军没想到田松说了个这,心里禁不住一阵别扭,但又耐着性子说:

"教员!你说这话显得多外道。革命嘛,一双鞋还分啥你的我的呢?你没有听指导员说过,从前,咱们军里有个顶出名的战斗英雄,叫王克勤。他在临牺牲的时候,还对大家说:'在家靠父母,革命靠互助。'这话可是真话呀,你说是不是?"

"是……是!"田松听到这些话,心脏一阵阵地激剧收缩起来。仿佛自己的身子也在一点点地缩下去。再也说不出什么了。他感觉到这时候的肖红军,实在要比他在学校里最尊敬的那位教师更加可敬了。

黄连长转过头来看到了田松和肖红军,喜笑颜开地大声叫起来:

"教员,教员！走不动了是不是？我来替你背背包好不好？"他的神情好像完全不记得中午他曾经批评过他。弄得田松很不好意思地微笑着,朝前跑去。

肖红军重新回到自己班里之后,不自主地说:"哎！教员真是个教员！"

三

天空碧蓝碧蓝的,万里无云。太阳一清早就像火一样地烤人。汉江两岸的群山,放射着湿糊糊的热气,叫人感到窒闷得难受。汗水从毛孔里不停地朝外沁。人们身上仿佛刷了一层油腻。这时候,按照常理,谁也不会再闷在屋子里,都会找个树阴去歇凉。

然而,现在军部作战室临时设在农民李长安家的一座小草屋里。军首长和各师长、团长、政治委员、参谋长们,却在这小屋里开了整整一下午的会议了。会议还在继续进行着。

这个院落的大门,离开那座小草屋,足有五十米远近。门里长着一棵弯弯曲曲的大枣树。指头大的枣子,好像老妇人们的大耳坠似的,密密麻麻地悬挂着。它们的颜色,已经由嫩绿泛起了微白。叫人很清楚地看出,再有个把月就要成熟了。

哨兵就在这棵枣树下边站立着。他不许任何人超越哨位接近那座草屋。他们一点钟换班一次。交班的时候,总是这样交代着:

"情况:首长们在那屋里开会。"

"任务:不许任何人超越哨位接近小屋,连我们自己也一样。除非首长们喊。"

"开什么会呀？"

"不知道。记着任务就对了,别的少管。"

就这样,哨兵们互相交替了五次,天色已近黄昏了。

作战室里,有人提高了嗓子,争着发言。由于大家争先恐后地说着,实际上哨兵们谁的话也听不清。军长没有理会大家的意见,反而用他压倒一切的嗓门,喊着:"拿灯来呀!警卫员!看不见啦!"

军长的喊声很高,可是,谁也听得出,他并没有一点生气的意味。事实上,警卫员们早已准备好了几盏小马灯,只在等着首长们的呼唤了。他们急忙把灯送进去,头也没抬就又转身出来了。

大家仍在不停嘴地议论着。好像弟兄们在议论一种美好的食物那样。

作战处长从警卫员的手里,接过去三盏晶亮的军用小马灯,分放在长长的条桌上,然后扭大了灯心。屋里顿时明亮起来。议论立刻被灯光压下去,人们重新静下来。每个人的面孔都更紧张了。视线全部集中到军长的脸上去,就像一个人的四肢,等待着大脑的吩咐似的。

靳军长叫靳云,三十八九岁。在整个野战军里,是个有数的青年将领。他的身材并不高大,可是,在敌人面前,他的战斗威力却是不可想象的巨大。其实,他当初只不过是大别山区许多牧童中的一个。为了革命,他参加了中国共产党。在革命队伍中亲身经历了百次以上的胜利战斗。反革命的子弹在他身上穿过八个窟窿。然而,不管他在哪一次战斗中,不管敌人使用着哪一个帝国主义者所供应的弹药,都不能把他的生命夺去。中国共产党,却把他在战斗中养育成了人民的英雄。就这样,在平时谁要说他有什么才干,总得受他的批评。可是,谁也知道,打起仗来,他身上可真有说不出的本领。好像几万个战士的聪明、才智,全部被他集中了。要走就走得巧,要打又打得硬。特别是在战斗进行中,他的两手好像紧紧地抓住了敌人的神经。他手下没有打败仗的兵!他的最大特点,就是在忠实执行上级的作战意图中,善于洞察敌人的缺点,以机动、勇敢和钢铁般的进攻意志去取胜。关于他的这一类战例,要是从红军时代算到现在,可以足足写成一本书。

现在,靳军长右手提起一盏小马灯,走近钉在墙上的敌情标图——傍着汉江的小城,西南两面靠山,东北门外就是滚滚汉江。城周围的山上,插满了标志敌军的蓝色小旗。城西南,靠近西关有一个较大的山头,上面标着敌军密密麻麻的步兵掩体和机枪巢。城根紧紧围着一条十多米宽的护城水壕,这里的水和汉江汇通着,只有西门外一座五尺多宽的便桥通到城里。乍然看去,这座城简直成了汉江的一座小洲。此外,标志我军的红色箭头,利刃似的从东、西、南三面的山缝里斜刺过去。其余就是一些必要的城郊道路、家屋和田畦了。

在灯光下,这张图很像一张心脏解剖图。军长好像一位生理学教授似的,左手把灯高高举起,右手的食指在那些红色箭头上划着。有时停一停,有时向前猛一推。仿佛他自己已经上了战场,眼前正发生着各种各样的情况。人们的视线,跟着他的手指前进,没有人说话。似乎他们并不意识到这正是七月闷热的晚上。当军长手里的马灯突然晃动的时候,可以看到他们每个人的脸上汗珠闪闪,顺着耳根往脖子上流。

"好,就这样。"靳军长猛然转过身来,手里的马灯差点碰到陈师长的鼻子上。人们朝后闪了一下身子,谁也没有笑,没有说话。军长那副略嫌宽阔的脸盘上,放射着红光。浓黑的双眉下边,眼睛有如明珠似的闪动。接着,他走近了条桌,把灯放下来。重新卷了卷他那白衬衣的袖子。习惯地握紧了右手的拳头,轻轻击打着桌面:

"就这样,同志们都看到了吧!一切都说明敌人是要固守待援的。"大家没吭声。他却朗朗大笑起来,然后,接着说:

"很好,很好!这样我们就可以按照我们的想象去进攻了。"他用眼珠朝大家的脸上扫过,发现人们的表情很严肃。只是大家的视线一碰到他的眼珠,就躲闪起来。然而,他却微微地笑着,充满喜悦地继续说下去：

"同志们！大概你们还不十分了解，为什么我说这样就很好的意思。大家坐下来，不妨仔细研究一下，看我的见解对不对？自从我们部队开始行动以来，战士们不是很不了解我们的意图吗？他们中间不是有人说，明明知道敌人正朝北面集中，我们野战军的主力也在朝北运动，为什么偏偏要让我们这一个军孤零零地朝南走呀？难道这样也是打仗吗？是的，现在你们回去，就可以把谜底揭穿了。告诉他们说：'一点也不错，这就是打仗，而且是按照我们毛主席的思想打仗。'他们也许还要说，奇怪呀，就这样不停脚地朝南走了几百里，解放了好几个县，敌人一见我们就跑了，这叫什么打仗呢？不是要歼灭敌人有生力量吗？你们可以告诉他们说，小伙子们，别着急，敌人有的是，总会叫你杀个够呢！要是他们一定要问这是什么计策的时候，你们可以给他们说，这就是咱们野战司令员所说的'摸胳肢窝'的计策。就这样，我估计还会有些新参军的调皮鬼，他们还有可能背后说：'算了吧！首长，你别开玩笑，打仗总是打仗，哪能是"摸胳肢窝"呢？要是人家天生不怕摸麻筋，咱们的行动不是白搭了吗？'同志们，假若你们果真听到有人这么说，希望你们千万别见怪。他们的想法也还多少有点道理。"他停了一下，轻轻地点了点头：

"现在的问题，就是在这里。刚才我不是说，敌人要固守待援，这是很好的。为什么呢？因为，我们虽然按照我们的计划，来摸敌人的'胳肢窝'，事前至少也要对敌人的情况做出两种估计：一种是，他们看到我们来了，赶快逃跑，不让我们摸他。另一种是，他们站着不动，装着不怕摸的样子。这两种情况的前一种对我们的作战计划是不利的。可是，现在看来，他们是决计不会逃跑了。剩下的就是到底他们怕摸不怕摸，而我们又是怎样摸法的问题了。在这个问题上，主动权完全在我们手里。"他忽然重新举起了马灯，朝墙上的标图照了一下，说：

"大家不妨再看看,这里到底是什么地方?没有问题,谁都知道这是襄阳,是湖北西部的重镇,是大巴山的大门,是敌人第十五绥靖区的首脑所在地。那么,大家说这地方对敌人到底重不重要呢?如果不重要,蒋介石不会叫康泽来做这里的司令官。大家知道,康泽是什么人?是国民党的中央委员,'复兴社'的创始人。一句话,是喝饱了人民鲜血的特务头子。这样的人,这样的地方,敌人究竟怕不怕我们摸他呢?让我说,肯定是怕摸的。当然,我所说的摸,决不是当真像孩子们开玩笑那样,仅仅用两个指头朝他胳肢窝里点一下。而是用拳头狠狠地打上去,把他的肋骨打断,把他的心肝打碎。这样才算我们真正摸住了蒋介石的'胳肢窝'。假若他怕了,自然就会把他伸到北面去的拳头缩回来,援救襄阳,保护他的'胳肢窝'。我们的目的也就达到了。要是他不肯缩回拳头,来保卫他的'胳肢窝',我们就把襄阳的敌人干净、彻底消灭掉,那不同样达到了我们的目的吗?"忽然,他的拳头向桌上重重地打了一下说:

"同志们!说得透辟点,现在我们对于敌人来说,已经是一匹跳上步子的'卧槽马'了,即使他能想出什么办法来别住我们的'马腿',不让'将军',反正'车'是吃定了。何况,照现在看来,恐怕他也难得有什么办法来别我们的'马腿'。他们最近的援兵也在千里之外,难道他们还会飞!反过来,同志们一定要知道,我们确并不是孤零零的一个军,异想天开地跑来打襄阳,而是咱们整个'中原逐鹿'的一步棋。还有许多地方部队配合我们行动。大的战役还没有开始呢,这里没有秘密,全是明枪明刀。要不然,我们为什么一定要在大天白日长途行军呢?"他停了一下,重新平静下来:

"好了,就按照咱们大家讨论的打法去进攻。可能这样打法,敌人又会'批评'我们是乱来,因为我们并没有按照历史上攻打襄阳的章法去办事。敌人是蒋介石的心腹,兵力又和我们差不多,他们万不会想到我们决心集中力量,一口一口把它吃掉的。野战司令部已经告诉我们,敌人的援兵在一个星期之内调不来。这样,我们就有了充分的时间来实现我们的作战计划。当然,一切都是变化的,如果敌人的援兵提早来了,自然我们也欢迎。我们的主要目的,本来就是吸引他们,并且消灭他们。我同意陈丰年同志的请求,由他们抽出一个部队扫清外围,从西门突破城垣。军里还要留下足够的力量,准备和敌人进行巷战。要知道这个特务头子,是决计不会轻易放下武器的。攻城的时候,其他部队,同样要在东南两面配合。而且,现在不必要也不可能确定,谁是主攻,谁是佯攻等等。因为,人民军队的一切命令和任务,都要指挥员和战斗员的智慧、勇敢、机动的进攻精神去丰富它。情况是一刻千变的。不能把战前的分工,在战斗中机械执行。要懂得一切为着胜利,为着消灭敌人,壮大自己。我的意见完了。大家可以考虑,是不是还有别的意见?如果没有的话,战斗命令就要下达了。"

"没有意见。"大家异口同声地说。

靳军长从右边裤袋里掏出一条白手帕,把额角和脖子上的汗水擦了擦,然后,半面向左转,对住张政委说:

"政委谈谈吧!"

张政委习惯地一面点头,一面微笑:

"我没有什么讲的了,军长分析得很好,希望大家在战斗开始之后,不只是英勇、顽强地作战,还要认真执行我军的各项政策。这一点是非常重要的。这里是新解放地区,过去我军没有来过。敌人对于我们的诬蔑宣传很厉害,群众对我们还不够了解。特别是康泽,他是一个特务头子,什么卑污的手段都会使用的。因此,我们就一定要做到军事、政治双胜利。那才不愧是人民的军队。"

张政委的话突然停住了,并且好久没有接下去。军长转过脸来说:

"完了吗?"

"完了。"

大家正要站起朝外走,靳军长反而伸开双手比画着,让大家重新坐下来。然后,他看了看手表说:

"正是时候,别忙,光听自己的,可能还有片面性,不妨听听敌人有什么意见嘛。"大家愣住了。有人嘻嘻笑起来。军长很严肃地命令作战处的一个参谋说:

"把你的宝贝打开,请蒋介石发言。"

人们的视线立刻被那个参谋引到屋角一个小桌子跟前去。桌上收音机的照明灯泡随即亮起来。果然,国民党南京中央广播电台正在播送着各个战场的战报,在许多莫名其妙的战报中,居然有着这样一条新闻说:

"襄阳消息:中原共军一部昨日窜抵襄阳近郊,似有进犯襄阳模样。据国防部发言人称,我襄阳第十五绥靖区司令官康泽将军,认为窜扰襄阳之敌,目的在于吸引我向郑(州)徐(州)集结之主力。并无坚决进攻襄阳之决心。且我襄阳防务固若金汤,军民正严阵以待。估计,该敌不日即可被我歼灭于襄阳城下"云云。

人们哈哈大笑起来。军长宣布,会议就在这里结束。大家立刻拥到屋外去。

现在,他们才感觉到天气确实闷热得很。每个人的衬衣,都像刚从水里捞出来似的。

靳军长和张政委把大家送出大门,重新返回屋里来。警卫员已经把晚饭摆在桌上了。一盘鲜嫩的蒜泥拌豆角,一盘刚刚炒好的鸡蛋,还有一两样他们顶喜欢的咸菜,一盆用冷开水滤过的面条。两双筷子整整齐齐地在桌边放着,只等他们动手了。他们俩仿佛全然没有看见桌上的饭菜,反而不约而同地把视线集中到桌子横头上的那把芭蕉扇子上去。靳军长正要走过去拿扇子的时候,发现张政委也在看着扇子。于是两人对看了一下,微笑着喊:

"警卫员!再找一把扇子来,热死了!"

他们各自用扇子狠狠地扇了一阵,这才坐下来。张政委正要

拿筷子,靳军长却又用扇子拍打着自己的胸膛说:

"你估计陈丰年可能拿谁作主攻?"

"当然是马林。"政委毫不犹豫地接着。军长连连点头:

"是的,我也这么想。七团马林同志,在我们的团长中间是有他的特点的,而且那个部队的进攻精神……"他的话没有说完,却又忽地站了起来,在屋里缓慢地走着,带着深沉的回忆神情,像他平时给部属讲解军事科学的口气说:

"怪不得古人说得好,'到处留心皆学问'。一切道理都要在实践中才能体会得更具体、更深刻。你可记得,咱们的野战军司令员,不知多少次对我们讲过:'主动呀,主动!'现在我才真正体会了这两个字的意义。我想,假若一个革命战士,能够随时掌握主动,也许就等于他占有了二分之一的胜利。你说哩?"

"一点也不错,只是很多下级指挥员难以理解这么深。吃吧,吃吧!"张政委这么说着,开始吃起来。靳军长反而更加激动地自问自答说下去:

"那么,主动到底是什么呢?我觉得表现在战术思想上,应该是一种不懈怠的进攻精神。表现在行动上,应该是出敌不意打击敌人的弱点。政委,你说是不是?"张政委看到军长这样的兴奋,自己也把碗筷撂下来:

"肯定的,从战斗中鉴别敌我双方的胜败,决不只是前进与后退。更不只是一座城镇、一个村庄、一块土地或者一条防线的得失,而重要的还是主动权的获得与丢失!因而,要在战斗中看一个指挥员的才能,也只能依据他是否主动地、无休止地去抓住敌人的弱点,并且积极扩大敌人的弱点。人民的战士就是人民(包括战士自己)今天和明天的幸福的守卫者和创造者,是人民无畏精神和智慧的集中表现,他不仅仅是一块钢铁。"

靳军长突然跑过来,全神贯注地盯住了张政委。政委皱拢了眉头,沉思了一会:

"一定还有人要问:照这样说,关键就在于找到敌人的弱点了。可是敌人的弱点又在哪里呢?要是果真有人这样问的话,我们可以反问他:你是革命军人嘛,你的眼睛又在哪里呢?没有眼睛还能打仗吗?说实在,这问题并不一定要到书本上去找答案。我认为我们首先应该从政治上着眼,敌人的弱点,就在于他是我们工人阶级和劳动人民的敌人,是注定要被历史扔掉的渣滓!因而,在战斗中他们的弱点,就在我们发扬优点的过程中,根据时间、地点和条件而随时变化着。如果离开了我们自己的优点,或者过高过低地估计了我们的优点,或者静止了我们的优点,而企图及时、确切地抓住敌人的弱点,那是不能设想的。"张政委又从凳子上站了起来,用手比画着说:

"在敌人方面,有时候这个城或那个镇是弱点,有时候这个军或那个军是弱点,有时候这个兵种或那个兵种是弱点,有时候这条河流或那条河流是弱点,有时候这个阵地或那个阵地是弱点……特别是有时候这一点钟或那一点钟是弱点。总之,在我们积极主动的一切具体情况下,随时都有敌人的弱点。问题就在于我们能不能发现并抓住它。因而,一个优秀的指挥员,在完成战斗任务的时候,就必须懂得进攻中的机动。否则,任何一秒钟之内,都有可能放过了敌人的弱点而不自知。"到这里,张政委才发现自己的脸上已经积聚了过多的汗珠,他急忙用手帕去揩脸,然后,急速地扇了几下扇子,非常感慨地说:

"在我们这些团的干部中,马林和杨克辛他们可能曾经想到过这些,只是实践还不足,你说呢?"

"是呀!他们两个是比较惯于思考的。一个革命军人,要想真正懂得这一切,就必须对于自己所进行的革命事业,具有深透的理解和高度的政治责任感才成。仅仅有热情还是不够的。"

政委没有再说什么,他们不约而同地走到桌边去吃饭。

四

散会之后,马林和杨克辛跳上马去,急速地穿过柳丛、桃林,绕过开满白花的荷塘,朝自己的驻地奔去。因为,他们在行军中一直都是全军的前卫,驻地最靠前,离襄阳城不过十多里路。现在,他俩和平时夜行军的最大不同,就是两人一句话也不说,也不把马拉在一块对火吸烟了。他们不停地用脚后跟敲着马肚子,恨不得一步就能跑到团部去。马蹄紧急地触动着地面,发出有节奏的嗒嗒声。成群的萤火虫,像流星一样,围着他们乱穿花。有时钻进他们的马鬃里,马鬃一亮一亮地闪光。

他们竭力思考着即将到来的战斗。想着自己,也想着敌人。而且,特别着重地想着,多年以来,他们从野战军首长和军、师首长们的教导下,得到的胜利经验。决心在战前准备好胜利。

可是,就在这时候,他们完全没有想到的事情发生了:

作为全团前哨的第七连,驻在土坪村。这村子坐落在群山丛中的一个小坝子上,总共不过十多户人家,全是种瓜的能手。全村的主要收入,只靠每年一季大西瓜。此外,就靠砍柴、烧炭作补助。山上有条小河流下来,切开了坝子,弯弯曲曲地投奔汉江去了。这里离城不过十多里的路程。队伍昨晚来到这里就封锁了消息,村里人不准外出,外边人只准进来,不准回去。今天一整天,太阳像火一样地炙烤着瓜田。全村像梦一样的安静,连娘儿们打骂孩子的吵嚷都没有。战士们悄悄隐蔽着,表面上谁也看不出这村驻有解放军。直到天黑,地皮渐渐凉下来,指导员才通知李康,要他们全排在上半夜帮助老乡们汲水浇瓜。战士们接到这个任务,随即动作起来,老乡们也都喜出望外地和大家一起干起来。正是二十几的夜晚,夜色分外黑。战士们因为不熟悉地形,他们和老乡们混合在一起劳动着。

农民们由于指导员向他们说明了人民军队的本质和来意。他们也深深懂得了保密和肃静的重要性。全村都在紧张地劳动。只听得水声潺潺,却没有人声喧闹。

军队和人民的心,正在劳动中融汇交流的时候。突然,从三五里路之外,传来了凄厉的枪声。农民周老汉听到了枪声,立即紧张起来,撂下水桶,撒腿就朝小山外面的村口哨兵那里跑。这时候,正是肖红军和赵忠林在放哨。周老汉没有跑到他们跟前,就被他们命令站下来:

"你们听见了没有?同志们!"

"听见啦,没事。浇你的瓜去吧!"

"听见是在哪村响的枪呀?"

"不知道哪个村子,在东北方。"

"是东北方?那怕是王桥吧?"老头子一面说,一面朝他们跟前走。

"王桥在哪儿?"肖红军见老头已经到了跟前,顺口问着。

"喏,那就是王桥!我的天!千万可别在那村出事呀!"老汉十分担心地朝东北方黑糊糊的一片林子指过去,好像那里有什么东西挂着他的心。

"王桥是啥地方?"赵忠林看出了老汉的心事,故意这样问着。

"是个小村,也和咱村差不多,一村子穷人。我有个小女,春天才打发她过去。"老汉仍然直定定地朝王桥方向瞅着。好像他的眼能够看得到王桥,也看到他的小女儿似的。

"啊!原来那村有你的亲戚呀!没关系,要是敌人出来了,咱们就去打他!你家还有几口人呀?周大爷!"肖红军毫不在意地宽慰着他。

"没啦,除掉我,还有田里百十窝瓜,老伴下世多年啦!小女上边还有个小子,去年秋天叫团管区给抓去,至如今还没有下落……"

老汉的声音几乎有点发抖了。可是,肖红军却只会不住嘴地说:"没关系,没关系,有咱们解放军在,一切都会好的。"然而,这些话好像那老汉并没听见似的,他一声也不响,死死地伸着脖子望王桥。

正说话间,忽然有人气吁吁地朝村子里跑来。赵忠林和肖红军急忙拉住周老汉一同隐蔽下来。直等那人快到跟前的时候,他们才突然用枪对住了他:

"干什么的?"肖红军严厉地问着。那人猛一惊,身子朝后跌倒了。可是,嘴里还在说:

"王……王桥……老百……姓……"

周老汉一听话音,正是他女婿王柱子,不顾一切扑上去,双手抱住了那人:

"你是柱子?"

"爹!是我!"那人随即坐起来。嘴唇抖动着,亲上周老汉的耳朵悄悄说:

"咱这里也有队伍啦?"

"是呀!是咱自己的队伍,不怕!"老汉大声回答着。"你怎这阵跑来啦?"老汉紧急地问着。

"哎呀!不好了,爹!解放军到了王桥啦!"

"你说什么?谁到了王桥?解放军到了还不好?"老汉有点怀疑自己的耳朵,把脸朝他凑过去。肖红军和赵忠林也有点奇怪了。

"是呀,爹!他们这会儿正在王桥杀人,放火,抢东西!快叫咱队伍去救人呵……"老汉拼命摇了摇柱子的身子,没有叫他再往下说。可是,自己的心里扑通扑通跳起来。肖红军朝他跟前迈一步,严声厉色地说:

"你说是什么队伍在王桥杀人放火?"

"是解放军,他们说他们是解放军。是来攻打襄阳城的哩!"

"你胡说！你是什么人？"肖红军用刺刀朝他指了一下。周老汉急忙伸出两手拦挡着,讲起情来:

"同志……老总……他是我的女婿,是好人,老实孩子!"

"是……是……是……呀……是他们解放军进村……我们……我们才跑……跑出……来,他……他们……朝我……开了几枪……"柱子已经被吓得舌头都有点僵了。周老汉也不知再说什么好,急忙追问柱子说:

"那,你家里呢？"

"她还在屋呢！没能跑出来……"柱子和老汉把头统统耷拉了下来。接着,他们却又伸长脖子朝王桥方向望过去。这时,那黑糊糊一片丛林的王桥,突然起了大火。竹林、屋瓦噼啪噼啪地响着,火苗有如无数条巨蟒的舌尖似的,卷动着,伸向了天空。天被染红了！女人和孩子们的惨叫,夹杂着偶尔的枪声,被夜风吹到漆黑的四方,火势越来越大了。

王柱子被惊呆了,周老汉孩子似的哭起来。肖红军和小赵看了看王桥的烟火,核计了一下,觉得事情很玄虚,便马上由肖红军自己带着王柱子和周老汉,直奔连部去。

马林和杨克辛在马上一声不响地思忖着。他们刚刚回到团部,就听到赵副团长正在对参谋们发脾气:

"就这么个电话都叫不通！干什么的？"

"报告首长,师部总机说占着线的呀！"

"占着线就完了吗？你不会说有紧急情况,要死人啦！站开,让我来。"赵国珍正往电话机跟前走,马林和杨克辛已经跨进参谋处的屋里来:

"怎样啦,老赵！往哪儿打电话？"

赵国珍一回头,看到团长和政委,他正悬着的心立刻落地了,转身朝着团长说:

"哎呀呀！你们可回来啦……"接着,就一口气把三营刚才报告王桥的情况,对他们从头到尾说了一遍。末了,他又郑重其事地请示说:

"怎办？是不是马上向师部请示？"

马林皱了皱眉头,命令参谋说:

"要三营,快点！快点！"

在参谋叫电话的期间,他对杨政委和赵副团长说:

"好毒辣呀！这不很明显吗？这就是康泽这个特务头子的特点。他想在战术上先发制人,把王桥首先摧毁,变成无人区,让我们不好接近他们的枇杷山阵地。可是,这办法老百姓又不同意。于是他们就化装成我军,在夜晚到王桥去烧杀抢劫。一方面强迫制造无人区,一方面在群众中破坏我军的政治影响,企图让我们无法立脚。我的意见马上消灭他们,在群众面前,用事实揭破他们的特务嘴脸,免得我们被动。你们说呢？"

"对,我也这么想。"杨克辛说。

"那还报告师部不？"赵国珍说。

"当然,要报告……"马林没有说完,三营的电话已经叫通了。他从参谋手里接过送话器:

"李文同志吗？喂！我是马林。喂！喂！我说呀！命令七连马上集合,准备战斗！什么？喂！我去,我去,马上去！"

马林放下了听筒,走近杨克辛的身体说:

"政委,你休息一下,我去了。"然后,他又调转身来对赵国珍说:

"老赵,把咱们的看法和办法,立即报告师部。"

杨克辛和赵国珍还没有来得及回答,马林已经跑到门外去。他重新一纵身子,跳上了他那匹像夜色一样漆黑的大马。那马好像完全明白了团长的心意,吹了吹鼻子,圆溜溜的眼珠闪现着蓝色的光芒,尾巴甩动了一下,顺着一条碎石小道朝三营跑去。小道上迸起了点点的火花。

杨政委大声命令说：

"警卫班长！你再带三个警卫员跟团长去！"

"是！"警卫班长在黑影里回答着。

第 六 章

一

在三营营部的小屋里,坐着马团长、李营长、朱教导员,还有七连黄坚连长。另外就是周老汉和他的女婿王柱子。桌上放着一盏很小的菜油灯,光线不仅暗淡而且灯焰不停地跳跃。屋子只有一个小窗户,还用厚厚的谷草堵住了,因而,显得分外拥挤和气闷。马团长不断从凳子上站起来,在原地晃动着身子,仔细听着王柱子在说王桥"解放军"的各种暴行。最后,马团长脸带冷笑,插问说:
"他们到王桥去的有多少人?"
"天黑,看不清,估摸不过三四十个。"
"他们穿的什么衣服?"
"不一样。有这,有那。"
"和我们的衣服一样吗?"
"不一样。"
"那么,你怎么知道他们是解放军呢?"
"他们说他们是解放军呀!是来打襄阳城的!"
"你从前见过解放军没有?"
"没有。听城里队伍说解放军杀人放火!"
大家突然笑起来。周老汉忙解释说:

"他是孩子,说话没准头。老总们不要跟他一般见识……"谁也没有接腔。马团长一点也没笑。

"好吧!老乡,我们不会怪罪他的,他受骗了。全中国只有一支人民解放军,这就是我们。你们没有看见我们的胸章吗?当然胸章他们也会假造的。主要还得看行动。走吧!王柱子!现在你就带上我们到王桥去救火,马上抓住他们。叫他们自己说他们是什么东西。"

王柱子和周老汉一听说马上要去王桥救火,高兴得不知如何是好了。老头子瞪大了眼睛,瞅着马团长,像磕头似的,连连哈腰说:

"这就去吗?我也去!"

马林没有回答周老汉,严肃地下达命令说:

"七连马上出动。跑步前进,坚决消灭王桥的敌人!"

李营长、朱教导员和黄连长,立刻站起来。他们几乎是同时立正说:

"是,七连马上出动。跑步前进,坚决消灭王桥的敌人!"

他们的声音,仿佛把小屋都震动了。小油灯的灯焰跳跃得更厉害了。他们像阵风似的拥出屋外去。

七连在土坪村外的小山坡上集合起来。这时候,夜风扇旺了王桥的火势,照红了半个天。马团长站在七连队伍的面前,简短说明了敌人的阴谋和我军的决心之后,队伍立即分作两路,朝王桥跑去。

王桥的背后,大约五六里远近,就是敌人城外的主要制高点枇杷山阵地。为了防止王桥敌人的逃跑,七连一出发,就命令第一排由王柱子带路绕到王桥背后,截断通往枇杷山的后路。二、三排由周老汉领着直奔烈火熊熊的王桥村里去。

队伍开始走动了。马团长又一次地叮咛李营长说:

"李文同志!你可一定要动作快一点。估计不是敌人的正规部队,可能是些特务搞的鬼。如果搞慢了,把枇杷山的敌人引出来,就麻烦了!你们的任务主要是坚决消灭敌人。当然,能捉到一些活的就更好。他们都是带着舌头的。另外,在敌人被消灭之后,还要迅速救火。这不仅是因为王桥的房屋对我们还有很大的用处,更主要的还是要王桥人民真正认识到我们才是救民于水火的人民解放军!"

"是!"

李营长没有向团长敬礼,转身跟随部队前进了。马林和几个警卫员,站在山坡上,定睛看着王桥的火光。

好像不止是王桥,而是这一带的小村,全被敌人的暴行给吓呆了。部队前进途中,连一个人影、一只狗也没有碰到。王桥像被野狼咬住了喉管的绵羊似的,最初还咩咩地喊叫,挣扎,可是,到现在已无力叫喊和挣扎了。火在呼呼地燃烧,人们的嚎啕变成了哽咽和呻吟。血和泪在黑影里暗暗地流着。村里的树木,被火焰一根根地烤焦,折断着,房屋倒塌着。

李康和一排的全体战士们,弯着身子,鸦雀无声的,切断了王桥村后的大道,敌人并没有发现他们。火仍然熊熊地燃烧,好像沸腾了的红水似的喷射着。在火光和烟幕中继续发出女人和孩子们声嘶力竭的惨叫。他们有些奇怪,李康拉住王柱子,悄悄说:

"敌人跑了吗?"

"不会吧!不能这么快呀!房子才只烧燃了几家,他们会走吗?"王柱子用发抖的小声回答着。正在这时候,他们仿佛听到近处有人紧闭着嘴唇在哭泣。夜色实在太黑了,他们竭力瞪大眼睛,甚至把身子趴在地上,也还看不到一个人影。冤屈的低声饮泣继续着。李康蹲下来,亲到王柱子的耳朵上说:

"听到没有,有人哭?"

"听到啦!"

"是在村里吗?"

"不,好像在近处呀!"

突然地,二、三排从正面和两侧冲进了村子。枪响了。两个敌人没头没脑地顺着村后这条大道跑出来。肖红军他们一见村里出来了敌人,恨不得一步跳上去,掐住敌人的脖子。张海全仅仅小声说了这么一句:"看,出来啦……"下面的话还没说出口,肖红军他们两三个人,按捺不住地一纵身子跳下了棱坎,朝那敌人扑过去。谁知他们一跳下棱坎,正好踩在一个人的脊背上。这人啊哟一声跳起来。肖红军转身就是一刺刀。因为天黑看不清,刺刀穿进那人的腮帮里,牙齿冲掉了好几颗。那人唔唔啦啦地叫喊着,仰面朝天栽倒了。另外一个战士扑上去,随即捉住了这家伙。这时候,跑出村外的那两个敌人,一听有动静,扯转身子回村去。张海全他们跳下棱坎来,这才发现那家伙的中正式步枪,还在棱坎上靠着呢。枪脚的近边,一个女人,正用双手捂着脸,惊恐万分地哽咽着……王柱子走到那个女人跟前蹲下来,仔细辨认了好半天,突然大声说:

"五嫂!是你呀?还哭啥哩!咱自己的队伍来啦!快起来!孩子呢?"

那女人听到话音,定睛瞅了瞅柱子,反而放声大哭起来。柱子用手摇了摇她的肩膀:

"别哭,还哭啥呀!敌人还没有捉住哩!"

"孩子……孩子……叫他们……扔进塘……塘里啦……好兄弟……快给我……捞呀……"五嫂好像疯了似的,一面咬牙切齿地咒骂着,推开了柱子,朝肖红军他们捉住的那个敌人扑过去:

"让开,叫我把这个杀千刀的狼心狗肺挖出来!哼!解放军!解放你娘的啥子嘛!"

柱子这才隐约看到,五嫂满脸血,想是刚才挨了毒打。可是,这阵他也没心问这些,伸手拦住了她:

"五嫂!他不是解放军,刚才这些队伍才是咱们的解放军,他们是城里的国民党队伍,假装的解放军。这些你就别管了。咱队伍捉住了他,自然会收拾他哩!"

"你说啥?他们是冒充的解放军?"五嫂愣怔了一下,朝她身边的战士们瞎摸影望了望,双手拍打着自己的大腿对着那个敌人说:

"哎呀呀!你们这些恶鬼!你们明明是畜生,还要冒充好人呀!败坏人家解放军的名声!你们,你们是禽兽……"忽然她又扭转身子连声喊着:"孩子,孩子!"像阵风似的,不顾一切朝村里跑去。村里正响着枪,王柱子也没有拉住她,只好同李康说了一声,跟着五嫂跑回村里。

其实,王柱子哪里有心跟五嫂到塘里去摸孩子呢?他穿烟跳火,直朝自己家里跑去。但是,哪里还有他的家呢!一团大火正在呼呼地燃烧。周老汉正在火堆旁边蹲着哭泣哩!

一个不知死活的敌人,背上十字捆绑背着抢来的细软之物,到如今还在举着老大的火把正去点燃王春家的大草房。火把是用被盖里的棉絮裹在扫帚上,又蘸上了煤油做成的。那敌人举着火把,煤油吱吱叫着往下滴,直奔王春家里去。王春不知是叫他们打死了,还是跑掉了。只见王春他老娘,披头散发,从那大草房里迎出来,不顾死活朝敌人扑过去。那敌人伸出火把,正正朝她脸上猛一戳。老婆婆唔叫一声倒下了。柱子和他老人,一看这情景,反倒横了心。两人一齐朝那敌人跟前跑去。他们还没有跑到跟前,黑影里已经跳出了黄连长。柱子看见他的战刀猛一闪,那敌人的一只膀子跟火把全掉了。火把落在地上燃烧着。

战斗已经基本上结束了。枪声很稀了。战士们正在到处搜寻着,像鹰抓小鸡一样,捉拿躲藏起来的敌人。整个村子,烟气混凝着夜色,对面看不见人。

忽然,听到有人大声吼叫说:

"快开门!不开,我们就要往里扔炸弹啦!"

回答却是两声冷枪。接着有些女人齐呼乱喊地叫着:

"不能扔炸弹呀!这里边有我们……"

周老汉和王柱子,一听这叫喊,眼前好像又有了一线希望。他们急忙朝着喊声跑过去。原来是,所有的敌人,除掉打死的,全叫活捉了。这阵只剩下敌人的特务队长和他的一个勤务兵。他们抓了一些妇女,钻在王石头家那座瓦厢房里。他们拿枪威逼着妇女们,死也不准开屋门。战士们一接近,他们就朝外边打冷枪。女人们在里边呜呜地哭叫。

周老汉走近前去,也不知道隐蔽自己的身子,随即大声喊起来:

"翠凤!翠凤!周翠凤在里不在?"里边没人答腔,一颗枪弹射出来,老汉急忙蹲在墙角里。他看了看柱子,失望的眼睛重又淌出了泪水。柱子的心里也说不上是想要她在里边呢,还是不希望里边也有她?嘴不由主地又叫起来:

"翠凤!你在里不在?我是柱子呀!我领来了咱们真正的人民解放军,那些土匪都叫咱们队伍消灭光啦!快开门吧!爹也在这里!"屋里又朝外边打了几枪。可是,这次的枪弹并没有堵住周翠凤的嘴。她一听见是柱子,并且知道她爹也在外边,身上好像添了多少力气似的,恨不得立刻就从窗户眼里跳出去。

"柱子!柱子!你等着我!他……他们不叫开门……"翠凤的话还没说到底,屋子里又一次地哄闹起来。接着连续响起了枪声。然而,枪弹并没有射到屋外去。大家正在不知怎么办才好的时候,王柱子的心像从胸膛跳出来了一样。他不顾三七二十一,跳上去就用双手推屋门。谁知他的手刚一接触到门板,那屋门哗的一声打开了。战士们端着明晃晃的刺刀冲进去。两个敌人全都跪下来。这时候,他们才发现,另外还有三个妇女全被敌人撕打得赤身露体。翠凤的胸部中了弹,已经倒在屋地上。那两个妇女的腿部受了伤。原因是,刚才翠凤一听柱子在外边叫她,她没有说完话,就朝敌人的特务队长扑过去夺枪,接着大家也都动手抽门闩。

等到马团长来到王桥的时候,战士们已经把火熄灭了。他没有多说什么话,命令团部担架连的同志们,赶紧把受伤的群众,连夜送到医务所里去。然后,他对李营长和黄连长说:"师长刚才有命令,要七连不必再回土坪去,就在王桥住下来。同志们!赶快帮助老乡们把家都收拾一下吧,天快亮了。电话员马上把线架通,明天休息。可是,一定要格外注意警戒和隐蔽呵,这可不是在土坪,这里已经是在敌人的鼻子下边了,何况我们刚才又收拾了他们这些家伙呢!"

马林完全没有看到,当他正在说话的时候,从他背后的阴影里,悄悄爬出了一个人。这人听完了他的话,迅速爬到他跟前,两只手好像沉船落水的人们,抓挠救生圈似的,先朝他的脚边摸了摸,最后,一下抱住了他的双腿。马林猛一惊,差点没跌倒。

"谁?干什么的?"

黄连长已经看清了,那是刚才被敌人用火把烧瞎了双眼的老婆婆。她仅有的一个儿子,也在敌人进村的时候,被打死在村边了。她浑身战抖着,眼泪混着血,从她被烧烂的脸上往下淌,语不成声地说:"老总……总……总……你是……啥队伍?救……救……我吧……千……千……万住我……我家……我家……我……那……草屋……叫你……救下……啦……呀!……"

"啊!老太太,是你呀!刚才没有找到你,快到我们军医院去治治你的脸吧!我们不是老总,是人民解放军,是老百姓的队伍。"黄坚上去扶她。同时,吩咐通讯员去叫担架连的同志们。然而,那老婆婆死活也不放开马团长的腿。马团长唏嘘了一声,好像什么地方有点疼痛似的。但他并没有用力挣脱她的手,仍然规规矩矩地站着,把身子弯下去,竭力凑近老婆婆的耳朵,非常温和地说:

"老大娘!你先撒开手好不好?我们就是真正的人民解放军,是共产党领导的队伍,是咱们穷老百姓自己的队伍。什么地方老乡们有苦处,咱们就去搭救他。你放心,我不走,我一定住在你家那座草屋里,好不好?"

老婆婆听到这些,撒了手,长出一口气,抬头看了看马团长,可惜,她的眼皮无论如何也睁不开。因而,她只好用手在马团长身上从下往上摸着说:

"那……那……他们……他们是假的?"

"对呀!他们是城里的国民党特务军队,冒充咱们解放军的呀!"

老婆婆好像明白了一切,却又说不出来,身子朝后一仰,差点没有跌倒。担架员连忙把她扶在担架上。她连声叫着"啊……啊……啊……"

二

看来仿佛有点不近情理,然而,这就是敌人的逻辑。七连这晚上,在王桥干干脆脆地收拾了敌人一个三十多人的特工队。可是,离这里只有五六里路的枇杷山的敌人,好像并不知道发生过什么事情。据俘虏自己说,这支特工队是从城里康泽司令部的情报处里直接派遣出来的。由于情报处张处长是康泽的表弟,加上这人奸险异常,长相又和康泽一模一样,他多年以来追随康泽为非作歹,常常替康泽出些别人想不到的点子,办些别人不能办的事。因而,他已早就成了康泽的心腹。昨晚化装解放军,摧毁王桥的干法,就是这位处长的妙计。所以这件事,也和过去许多类似事件一样,在敌人内部除掉他们表兄弟之外,谁也不知道。

拂晓,靳军长、张政委和全军师、团指挥员,还有兄弟部队的王师长,都到王桥集合了。军长到村里之后,没有进屋,仅仅对着马林这么说了一句:"对,这件事你办好了!"然后,随即带着大家爬到王桥背后的山上去。他们手里所有大大小小的望远镜,全在草丛和树林的隙缝里集中起来。

王桥坐落在一个小山的西南半坡上。可是,这小山却和敌人城外的主要制高点——枇杷山绵亘在一起。这山顶虽然要比枇杷山顶低一些,并且还隔四五里路。但是,中间是些起伏上下的小包包。只在到达枇杷山敌人阵地前沿,才有三五十公尺的开阔斜坡,形成了马鞍形的凹部。

他们静静地仔细观察着敌人在枇杷山上的机枪巢、交通沟、单人掩体和化学臼炮的位置之后,又对枇杷山西北边,几乎连在一起的两个小山头观察了一阵。大家心里正在盘算着,这康泽究竟搞的什么鬼?前天我们桐柏部队一接近樊城,他们就垮了。这阵看来,襄阳他是要守的……靳军长突然哈哈笑起来:

"康泽被我们捉住了!"大家愣了一下。没有等到有谁回话,他又咬牙切齿地说:

"除非他会飞!要么他果真是个'鬼',能够化成一阵清风跑掉!"仍然没有人接腔。军长把他手里的镜子递给警卫员,看了看手表:

"看清楚了没有?"

"差不多了!"师长们回答着。

"走吧!到王桥再研究。太阳已经上来了,一会儿,那位姓张的,会叫他表哥下命令,向这里送炮弹的!"

大家哄笑着,重新回到王桥村里去。

在王春他老娘用眼珠堵住了敌人的火把,保留下来的那座大草房里,靳军长、张政委和师、团指挥员们,各自坐下来。参谋们不知什么时候,已经把标志敌我态势的襄阳近郊图,全部钉在墙上了。这屋子原是三间正房,由于年长月久地加草添泥,房顶业已积了几尺厚。因而,虽是七月的早晨,倒还有股沁人的凉气。

大家坐着,没有谁打开自己的扇子,屋里静静的。靳军长眍斜着眼珠,瞟了一下墙上的地图,朝大家微微地一笑:

"怎么样?咱们就在这里简单研究一下吧,要是谁还没有看清楚地形,还可以再上去看。"

约有一分钟的工夫,大家互相观望着,谁也不说话。靳军长又朝大家扫视了一下。末后,视线停在马林的脸上:

"怎么样?为什么不说话?马林同志,你看捉到康泽了没有?"

年轻的马林,在全军来说,是出色的团长之一,在各种会议上被这样的点名道姓是常事。可是这阵他也有点愣了。他那瘦长的脸上,泛起了一丝微红。浓浓的眉毛下面,多大的圆眼珠子,滴溜溜地转了几下。他并没有站起来,身子在自己的座位上摇摆着,没有直接回答军长的问题:

"报告军长,我有一点不明白,为什么敌人偏要在枇杷山这样光秃秃的石头嘴子上构筑防御阵地,作为主要制高点呢?未必他们连这点常识也没有?不知道石头阵地是最不好的吗?还是他们另外有什么鬼把戏呢?我弄不清。"

靳军长没有立即回答他。兄弟部队的那位王师长,在红军时代曾经和军长一起工作过,彼此很熟悉。加上这人的性格有点诙谐,随即用他浓重的江西口音接上说:

"杀猪杀屁股,各有各的办法呗!"

大家哄笑起来。非正式地议论着:

"是呀!这样的山头连着山头,要把外围扫清就得费点手脚……"

靳军长思忖了一阵,看了看张政委,他们两人会心地笑了。显然,他们已经感觉到,大家并没有理解刚才他说已经捉住了康泽的意思。于是,政委从自己的座位上站起来,看了一下兄弟部队的那位师长,分外平静地说:

"对呀!杀猪杀屁股,各有各的办法。打仗大概都是这样的。战前敌我双方都有各自的计划,各自的想法。谁都希望敌人也能按照自己的想法来作战,让战斗按照自己的计划来进行。结果,得心应手,胜利属于自己,失败属于敌人。正像一九四三年十月革命节的时候,斯大林在谈到苏德战局时所说的:'希特勒同盟参加者之加入战争,是打算很快就会获得胜利的,他们早就给各人分配好了,谁吃甜头,谁吃苦头。当然,他们是要敌人吃苦头,而自己来吃甜头的。可是现在已十分显然,德寇及其奴仆不只吃不到甜头,反而不得不吃苦头了。'这就是说,战争在敌我双方说来,虽然有着性质上的不同,有着力量和智慧的差异,但是,在战斗开始之后,敌我双方所追求的却都是胜利,都是甜头。然而,谁也知道,在任何战争中,胜利和甜头只有一个,没有两个。因而,敌我双方,才在事前的计划中,以及战斗进行中,全力以赴地集中智慧和力量,强迫敌人按着自己的计划去失败,去吃苦头。让自己取得胜利,吃甜头。但是,战争毕竟不是演习。它不能全然按照自己想定的去进行。它必须按照敌我双方战争的性质,智慧的高低,部队的作战素养和战斗意志去决定胜利和失败。正像刚才那句笑话一样,虽然杀猪杀屁股,或者杀脖子,有杀猪人自己选择的自由,但是,怎样能够最迅速、最简便地把猪杀死,却是客观存在的规律。问题就看你这个杀猪人,是智慧的还是愚蠢的,是勇敢的还是怯懦的。"

到这里,大家原先的满脸笑意,已经无影无踪了。屋里一点声息也没有了,连那位兄弟部队的师长,也严肃起来,把自己的凳子朝靳军长身边拉了一下,准备继续专心听下去。

"现在的情况,正是这样的。刚才大家不是都看到了吗,敌人的架势是已经摆好了。当然,他们这种架势,也不是他们自己的创造,而是几百年或者几千年前,那些守过襄阳的'将军'们给他留下来的'宝贝'。在历史上,他们的这种架势,确实曾经叫进攻者吃过苦头。可是,他们想错了,他们自己愿意抱住过去的黄历,返回几百年、几千年前去守襄阳,就以为我们也会跟着他们返回去,像从前的进攻者那样,按照他们的计划吃苦头。这难道不是笑话中最大的笑话吗!"政委的话停下来。军长用手在桌上轻轻敲着接上说：

"政委说得很好。反过来讲，到如今，我们的敌人还没有看到我们是什么军队。难道他能够不吃苦头吗？难道康泽还能跑脱吗！刚才我说康泽被俘了，大家都不敢接腔。马林同志怀疑敌人为什么在枇杷山上构筑工事，怕敌人有什么阴谋。其实，在我看来，什么阴谋也没有，全是阳谋。也许敌人自己以为是阴谋，那就让他'阴谋'去吧！昨天晚上，我向咱们野战军司令员汇报了敌人的态势之后，你们猜，我们的老将军他是怎么说的呢？"军长扫视了大家一下，大家不吭声。

"他说：'好，好，让他们躺在历史车轮下边不要动弹吧！历史自然会把他们压碎的！到现在，他们还去抄袭古人用弓箭屯守襄阳的老办法。利用襄阳的特殊地形，把重兵放在城西南的几个重要山头上，用火力控制山下通往西门的道路。引诱我们首先去和他们一个个地争夺山头，以便居高临下，给我们以大量杀伤。等到我们伤了元气的时候，他们就出城反击，把我们消灭在城郊。哈哈，多么如意的算盘呀！'我们的司令员停了一停，提高嗓子说：'我预祝你们胜利。希望你们早日把康泽捉住。把大巴山的门户打开！你们坚决进攻吧！可是，你能不能简单说一说你们打算怎样进攻呢？'我在电话机上，听到他说话时，震荡着满屋子的回声。我说：'报告司令员，像这样死猪不怕开水烫的敌人，我们一定要在进攻中教训他们一下。让他们知道我们并不是《三国演义》上的人物，而是最先进的人民解放军！我们根本不打算和他们一个个地争夺山头，只想首先集中火力，把他们城外最主要的，也是对我们开进西关的道路威胁最大的制高点枇杷山夺过来。然后，就用火力控制其他的山头。同时，在山下通往西门的道路上，展开紧迫作业，挖一条能够交错走过担架的闪电形交通沟，迅速把部队抵近城关，让城外山头上的敌人眼巴巴地看着我们攻城！不知道司令员以为怎么样？'我听到司令员的手指，在地图上沙沙地划着，住会儿,他说:'好吧!我原则上同意你们这样的打法。不过,在战斗进行中还要密切注意敌人的动态!我可以告诉你们,到现在为止,蒋介石还以为你们是去同康泽开玩笑的呢!只是为了牵制他们把主力往十字架上集中,才故意来了这么个花招!他们企图以不变应万变,还没有增援襄阳的模样。估计等你们打响之后,他们如果能够睡醒的话,援兵也要一个星期到十天才能到达。这是一个很好的条件,你们放心地打吧!你们打得好,是会影响整个中原战局的。这一次的胜利,会叫你们更生动地看到我们毛主席把马克思主义和中国革命的实际结合起来所产生的无坚不摧的力量。怎么样?你感到力量够不够?'我说:'够了,足够了!再多一个战士也不要了!'"靳军长突然停下来,很认真地对着大家问:

"同志们!你们认为怎么样?咱们这样搞法行不行?"

"行!"

"没问题!"大家争先恐后地回答着。

"咱们的兵力够不够?敌人是三个旅,一个绥靖司令部呵!"

"够啦!够啦!我们的兵力虽然比他大不多,我们可以主动地集中使用嘛,敌人是被动地分割守点嘛!"那位兄弟部队的师长说。

"政委还有什么意见没有?"靳军长转问张政委。政委虽然表示没有什么要说了。但是,仍然顺口这样地说着:"我完全同意军长的看法和打法。在这里我只是再一次提醒同志们,希望大家在这次战斗中,充分发挥我们的主动和机动能力。祝同志们再一次地为人民除害,为党的事业建立功勋,彻底消灭敌人,活捉特务头子康泽!"大家感觉到政委这么两句话已经是十分具体、十分生动的战斗口号了。人们不约而同地哄动起来。然后,军长用命令的口吻说:

"好,咱们的会议就在这里结束。今天一天各部队做好一切战斗准备,进入阵地。陈丰年同志,你们明天拂晓以前把枇杷山拿下来,并且守住它!这是攻城的关键。回头还有文字命令给你们。"

"报告首长,保证完成任务!"陈师长和他们的团长们一齐站了起来,充满自豪感地大声回答着。

靳军长朝他们点了点头。散会了。可是,等到他们刚在王桥村边跳上马的时候,一颗燃烧性的化学臼炮的炮弹,落在王桥背后的山顶小树丛中爆炸了。浓重的火药气息,卷着灰黄色的烟尘罩住了山头。接着又是两颗。山顶的树枝和小石块飞到王桥村里来。靳军长骑在马上,回过头来嘲笑说:

"你来迟了!明天就请你调转头去送炮弹!"

三

首长们果然没猜错。大概是天亮之后,那位姓张的处长,看到他的特工队没有一个人跑回去,就让他表哥命令枇杷山部队,用化学臼炮向王桥,以及它们射程之内的各个山村盲目乱打起来。群众开始扶老携幼,齐呼乱喊地四散奔逃。烟尘从各个山村升腾起来。火红的太阳,也变成了鹰眼似的橙黄色。

实际上七连的战士们在这天并没有真正休息。军首长们在太阳将要升起的时候离开了王桥。大约只隔个把钟头的工夫,黄连长就在电话上接到了团部的通知,他和董指导员马上到团部开会去了。临走时,他们把排长们叫到连部吩咐说:"上午大家尽量做好一切准备,等我们回来再说。"

战士们忙碌起来。他们无论谁都知道,在这种情况下的准备,是决计不能拆洗武器的。可是,他们又都很明白,武器就等于自己的手脚和心愿,要是武器在敌人面前有一点不听使唤,那就糟透了。因而他们在听到了排长的命令之后,几乎不约而同的,都把各自的枪膛重新擦抹一下,上了点油,把每颗子弹和手榴弹都仔细地检查了一遍。并且有人还生怕行军中淋过几天雨,子弹和炸弹受了潮,把它们擦干净之后,又放到太阳下边晒了晒。然后用生白布蘸了擦枪油,把刺刀擦得雪亮雪亮的。这时候谁也没有想到肖红军却在村边一块大砂石上嚓嚓地磨起他的刺刀来。太阳在刺刀上闪烁着镜子似的反光。他的汗珠从额头上一颗颗地朝下滴。他还一个劲地弯腰埋头出神地磨着。他的两手每从砂石上把刀推一下,他的牙齿就狠狠咬一下,两个腮帮朝外鼓一鼓。看样子他心里好像已经在一刀一刀地割着敌人的肉了。正在这时,一个突然而又十分有力的巴掌,啪一声落到他的屁股上。肖红军猛一回头,似笑非笑地用手摸着火辣辣的屁股:

"你干啥?"

"你想杀猪啦?傻瓜!"赵忠林笑着。他是一个轻易不愿动手动脚的老实人,这阵实在按捺不住了。

"杀人。不是杀猪。你没听到排长的吩咐!"肖红军不解其意地回答着。

"战斗准备就要像你这样磨刺刀吗?"

"磨磨不就利了吗?你怕把敌人杀死?"

赵忠林淡淡地笑着,一面从肖红军手里接过那把被砂石磨出许多细纹和小缺口的刺刀,一面说:"我怕杀死的敌人太少!我怕?"然后又把刺刀送到肖红军眼前说:

"看看,看你把它磨成啥样子了?简直是把小锯了嘛!"

"啥样子!刀刃更利了还不好?"肖红军不以为然地接着。由于刀上的反光太刺眼,他眍斜着眼珠,朝刺刀瞟了一下。

"傻瓜!你也不想想,刺刀安在枪口上,到底是用它戳敌人呢?还是用它砍敌人和锯敌人呢?难道你也忘了,那晚在淮河岸上,你自己是用刺刀戳进敌人的背心,还是砍进去的?"

肖红军的眼睛眯缝了一下,脸上堆起了孩子似的笑意:

"我心想,反正这是一把刀,到了敌人跟前,能戳就戳,能砍就砍,只要收拾住敌人就行!"

"当然你想得也对。要是刺刀拿在你手里,也许还有砍的机会,可惜它是安在枪口上的,等你一冲到敌人跟前,你手里端着枪,敌人手里也端着枪,这时候,你的刺刀对着他,他的刺刀对着你,你说,你是用刺刀刺过去方便呢?还是举起刺刀砍下去方便?"他一面说,一面比画着。

肖红军朝赵忠林眨了眨眼,笑了笑,没有再说什么。那神情显然是说:"小赵,到底你是个老战士,我算服你了。要不叫你这么一说,真有可能我和敌人对上面的时候,还不知道刺刀怎么使用哩!"小赵又把刺刀递给了他,用手扳过他的肩膀,很亲切地小声说:"你看你把刺刀磨坏啦!这样磨了之后,很容易生锈!懂不懂?小鬼!这可不和切菜刀一样呵!不过,问题也不大,明天再换把新的就是了。"

肖红军喜出望外地转脸瞅着他说:

"哪儿有新刺刀?怎么领法?咱们现在就去领不好吗?"

"不,这阵领不到,要明天才行!"赵忠林神秘地笑着,朝枇杷山努了努嘴,那意思是说:"到明天,你把敌人刺死之后,就可以把他的刺刀夺过来。"然后,肖红军笑着拿手朝额上抹了一把汗,两人一齐走到屋门口的阴凉处坐下来。肖红军斜过眼珠瞅了瞅小赵。赵忠林的脸上照样木呆呆的,好像刚才他并没有说什么。肖红军心想:"真是人不可貌相,海水不能斗量。"想不到像他这号人,平常三天不说两句话,从来不会指手画脚教训人,可是一开腔,句句话都能把地上砸个坑,又实在,又有意思。要和张同那种人来比,真是天上地下呵!于是,他就不知不觉顺口道出了心事。

"小赵,我可从来没有问过别人。你是老经验,请你给我说说,跟敌人面对面拼刺刀的时候,心里嘀咕不嘀咕?那晚上在淮河渡口,是人家没有防备呀!这话你可不能对张同说哟!那小子光耍笑人。"肖红军天真地等待着小赵的答复。赵忠林定睛瞅着肖红军的满脸稚气和诚恳,思忖了一下,皱着眉头说:

"那要看你心里有仇没有仇？知道不知道为啥拼刺刀……"肖红军不转眼地盯着他。他犹豫了一下，而后说:"从前我见过咱们队伍上,有一个这样的战士,他在家的时候,是个顶出名的软心人,平时连鸡都不敢杀。大家都说他是猴子投胎,怕见血。那年土改过后,家里闹了几亩地,光景好过了。他跟娘商量说:'娘啊！你看国民党蒋介石和地主们,像只饿狼似的,老是眼巴巴地瞅着咱们这碗饭,要想保住这点好日月,可是非上前线不行呀！'他娘答应了。那年七月里,他自动参了军。一到队伍上,当时和他一块来的人,都下连去了。营长看他个头不够壮实,年岁也不大,把他留下,做了他的饲养员。当时,他心里说:'反正我是不会开小差的。我知道我为啥来参军。叫我干啥,我干啥。你既然叫我喂马,我也乐得不下连打仗。那样白刀子进去红刀子出来我也受不了。只要一心一意把马喂好,就对啦！'这话说了没多久,到九、十月间,队伍执行任务,追击蒋匪王牌新五军。半夜,他们追到了山东曹县东南四十多里的青堌集。天漆黑,队伍一进村,啥也看不见。只听到四外乱哭乱叫,扑脸一股血腥气,马饿得嘶嘶叫。没有来得及点灯,他就急忙用老乡的铡刀切草喂马。把草放到马槽里,谁知那马嘴刚一挨草,它倒叫得更凶啦,扯着脖子,把缰绳都挣断了。怎么闹的？他赶紧点上灯,一看,马嘴上全是血！他伸手摸摸马嘴,马嘴并没有破。奇怪！这是哪儿来的血呢？正在这时,他一回头,看见刚才切草的铡刀上,沾满了血淋淋的肉块、脑浆,还有女人的长头发。

"他大声喊着老乡,半天没有人应声。住会,从黑洞洞的上房里,走出了一个老太太。她的舌头都僵硬了,唔唔啦啦地说:'同志……你……你来屋里看吧……'

"他端着灯一进屋,吓得往后倒退了一大步,差点没把灯给甩了。地下一摊血,一个女人浑身是血,直挺挺地躺在血泊里。头发乱蓬蓬的,脑袋和脖子已经对不到一块了。两个小孩子,躲在黑影里,实在憋不住,'妈！'一声大哭起来。他的心真像被谁拿刀搅了一下似的,出了一身冷汗。

"老太太哭着说:'同志!给俺报仇呀!这就是那些老蒋的禽兽兵,晌午头临走时候造的孽呀!这是俺媳妇。他们十几个畜生,就在这屋把她糟蹋够啦,临走还用俺家的铡刀把她毁在这里啦!家家都一样。他们进村来时,人都没跑及。今天光这村叫他们毁掉的男男女女,不下几十口子……你到别家看看吧,看谁家的铡刀是干净的,就借来用吧!同志!同志!要报仇……'

"老太太忽然跪下来,连连叩头。他急忙去拉她。马又在院里像哭一样地叫起来。他还没有想到说什么好,通讯员跑来喊着,队伍不休息了,马上前进!

"队伍出了村子,营长一上马就大跑起来。战士们跑起来,他也跑起来。谁也不说话。他心里光想着那个铡死的女人。耳朵光听到那两个孩子在哭。后来,不知怎么他想到,假若这女人是自己的姐妹,那怎么办?心里一阵痛,脚也跑得更快了,恨不得一步赶上敌人,把他们统统都铡掉才痛快。啥也不怕了!

"冷清明,果然当这股敌人刚要进入另一个村子的时候,被他们赶上了。战士们像老鹰抓小鸡那样,一口气消灭了敌人。这回他也丢开了营长的马,参加了战斗。他从敌人死尸的手里捡了一支带着短刺刀的美国步枪,转过身来,用尽全身力气,一家伙捅进了另一个敌人的肚子里。可是因为他用力过猛,加上敌人也正朝他扑过来,结果,他把枪筒子也穿进了那人的肚子里。连他自己也趴到敌人身上去,弄得满脸都是血,好半天拔不出枪来。

"战斗结束后,他们把敌人从青堌集抢来的十几大车东西,送回青堌集去。这时候,才发现车上抢来的,除掉衣裳、被盖、油瓶、醋罐之外,还有一个十七八的闺女,光着身子,拿被子裹着,正在小声哭泣哩。营长摇了摇头,嘴里唏嘘着,立刻命令他们,临时拣了一套衣裳,放在那闺女的身边。然后,全体战士统统向后转,走出二百步,立正站着,等她穿好了衣裳,再往回走。这阵,营部有个通

讯员,悄悄跑来问他:

"'你看你脸上那些血,现在你还怕血不怕?'

"他说:'我恨不得把他们砍成肉浆呢!怕!怕他不死……'他很认真地回答着。

"从此以后,他死活不愿喂马了,坚决要求下连来扛枪,营长批准了他……"

肖红军正听得出神,小赵的话停下了。他急得满脸大汗,推了一下小赵说:"后来呢?""后来他就再也不怕拼刺刀啦呗!"小赵毫不介意地回答着,脸上还是木呆呆地,好像什么事情也没有。肖红军忍不住追问说:"那么,现在他呢?""现在他在当战士。"肖红军站起来,使力摇晃他的肩膀说:"你怎么啦!"小赵死活不吭声。正在这时,他们听到了炮弹的啸声。小赵一听声音有点不对劲儿,猛然拉住肖红军随即卧倒在昨晚被烧塌的一座屋墙的后面。肖红军还没弄清怎么一回事儿,炮弹就在他刚才磨刺刀的那块砂石跟前爆炸了。大砂石哗啦一声变成了碎片,四处飞去。一股浓浓的黄烟搅着尘土升起来。只是那里既没有房屋,也没有柴草,火并没有烧起来。肖红军瞅了瞅炮弹坑,不由得伸了一下舌头,对赵忠林笑了笑。

黄连长从团部转来时,整个王桥还被炮弹的硝烟蒙罩着。可是他好像根本没有看见村边的弹坑,也没看见有什么烟尘,只顾同指导员肩并肩地说着什么,大步朝连部走去。他们没有走进连部就碰上了通讯员小古。这孩子是个又精灵又勇敢的小家伙,在连部的通讯员当中,他是最出色的一个。这阵他正打算到伙房去看一看,馒头蒸得怎么样?猪肉煨烂了没有?一句话,为了今天中午这顿猪肉馒头,不知怎的,他在连部老是坐不安。

"小古!"黄连长突然叫了他一声。小古猛一回头,看到了连长和指导员满头大汗地已经到了自己跟前,一时脑子没有转过弯来,总有几秒钟没有说出话来。接着董指导员说:

"你上哪儿去?"

小古一眨眼,这才计上心来,嘴像小河流水样地接着说:"我到伙房打开水去。洗脸水都已打好了,在连部等着你们哩!"

黄连长笑了。拿一个食指点着小古的脑袋,很着急地说:"调皮鬼!空着两只手打什么开水?你不说我也知道你去干什么。算啦,算啦!不要开水啦!快到各排去通知,全连立刻到村外大山背后集合。猪肉有你吃的,别忙,还有比猪肉更好吃的东西哩!"连长说到这里用手推了一下小古的肩膀,小古笑着跑了。

黄连长和董指导员按捺不住地笑着,向大家传达了团、营首长已经确定交给他们向襄阳敌人开第一刀,明天拂晓以前拿下枇杷山制高点的光荣任务,接着又把一些需要每个战士都了解的友邻部队的战斗部署讲了一下。然后,指导员接着问了一声:"同志们都准备好了没有?"大家一齐回答说:"好了!"这声音好像是一百多门大炮齐放那样,把人们的耳膜震得嗡一家伙。黄连长和董指导员,谁也没有再说话,随即跑到战士们跟前,一个个地检查起他们的准备工作来。最后,连长和指导员并肩站在队列的前面。大家的视线,全都不约而同地集中到他们的脸上去。大家急切等待着他们的讲话。然而,约有一两分钟的工夫,他们一句话也没讲。直到大家已经有点着急的时候,黄连长才突然说了个"好"!接着又迟疑了一下,说:"很好,大家的武器弹药就连鞋带子也都准备好了!可是,这才只算做好了一半,还有一半准备工作没做呢!你们说是不是?咱们都看过《三国演义》,就是没有看过书,总也看过戏。你们说说,要是刘备光有关、张、赵、马、黄,没有诸葛亮,能行吗?"他停下来,拿眼珠轮扫着大家,大家又用一个巨大的声音回答说:"不行!"连长接着说:"对了,不行。不行怎么办呢?诸葛亮已经死了,这里只有他的一个破庙,就在山那边,现在还叫敌人占着哩!你想去给他烧香磕头,求个妙计也办不到。怎办呢?"大家很兴奋地一齐回答说:"咱们大家出主意,想办法。"指导员突然插嘴说:"对！同志们,'三个臭皮匠,顶上一个诸葛亮'。咱们这么多人民战士,你们说能有多少诸葛亮呀！现在,大家回去吃饭,下午以排为单位开会,研究战场上的打法。人人出主意,个个想办法,一定要做到打得好,打得巧,杀伤敌人,保存自己。能够做到这一点,咱们就都是诸葛亮了。对不对？""对！""能办到不能？""能！"

"好,现在解散,伙房的猪肉馒头已经在等着你们了！"黄连长最后很轻松地这么一说,队伍随即散开了。

显然敌人是由于昨晚在王桥碰了钉子,心里有点紧张了。中午过后,从城里和城外各个制高点上,向四面八方盲目发射的重迫击炮和化学臼炮更加频繁了。两架红脑袋的小飞机,也像砍掉了头的蜻蜓似的,绕着城周围的群山,瞎嗡嗡。不断把它们载负着的炸弹和炮弹,向那些静静的丛林和家屋倾泻。这一切,也许是敌人企图用来表现他们不管在心理上,或者是实际部署和战斗力上,都是非常坚强的。可是效果恰恰相反。在我们的战士们看来,事实越来越清楚地证明着战斗肯定是要按照我们的计划进行的。敌人的如意算盘已经注定要失败。因为,从敌人的飞机和炮兵射击的目标看来,敌人到目前为止,确实并不知道我军的位置究竟在哪里。至于我们的进攻将怎样开始,那是他们根本梦想不到的。他们的行为,严格说来,无非是为了壮壮自己的胆子,同时也为美国军火商们做些倾销而已。

整个襄阳城外的我军阵地上,像梦一样宁静。一切人民战士的仇恨、勇敢和智慧,都在沉默中凝聚、升腾、飞跃着,等待着时间的来临。

一排的诸葛亮会,正在村外靠山脚的一个石岸下热烈进行。大家认真地研究着敌人枇杷山阵地的特点,从已经多次仔细观察了的进攻道路上,具体商量着地形地物的利用。同时也从过去的战斗经验中,对步炮协同问题,提出了许多更加细致的意见。甚至对于连、排的指挥,也提出了一些保证和要求。

然而,这一切,好像都没有引起肖红军的重视。小家伙一直坐在他的小背包上,两手紧紧抓住自己的步枪,上下眼皮不停地闪动着,始终没有说出一句话。自然大家也知道刚才谈到那一些战术动作和要求,对于他来说,是有点陌生的。只是他的神情仿佛有点不对劲儿。李排长调转话题,对着肖红军:

"小红,你在想什么呀?想家是不是?"

"不。"肖红军毫无准备的,听排长这么一问,脸上禁不住红了一下,仓促而又腼腆地,马马虎虎回答了这么个"不"字,并且轻微地摇了摇头。他这种少有的神情,引起了大家的注意。人们的视线立刻集中到他的脸上去。他感到简直不知如何是好了,只得把眼珠躲开大家的视线,仰起头来去看自己在大砂石上磨过的刺刀。就在这瞬间,他心里像是埋着一颗炮弹发不出来似的,仇恨和勇敢在全身血液里奔腾,胜利在耳边呼唤。然而,他又确切感觉到仇恨、勇敢和具体的胜利好像并不是一个东西,它们中间似乎还有一层薄薄的隔膜。可是他又不明白怎样才能从自己的心里把这层隔膜撕掉!他想到那晚上活捉彭昌宗的痛快劲儿;他想到在淮河岸边,不吱声用刺刀朝那个敌人背上刺进去的情景。也想到小赵说的那个人,怎样把仇恨变成勇敢。他觉得这些经验统统用不上。他不知道像这样大白天,同大群的敌人,面对面地,在飞机、大炮、机关枪对打之下,怎样才能更好地保全自己,杀死敌人,得到胜利。但是,他又十分明白他心里一点也不怕,只是这些问题,不知怎么说不出口。他自己也觉得自己从来没有过现在这样的拙笨!这时候他感到自己好像是个一无所知的小孩。

"你怕啥家伙嘛!敌人的子弹就是专门找怕死鬼哩!懂不懂?"还是张同突然倒出了这么一句来。肖红军一听这句话,心里像被刀子割了一下似的,忽地站了起来。脸红脖子粗地冲着张同说:

"现在你说我是怕死鬼还早了一点！明天咱们俩手拉手朝前跑，看谁弯一弯腰，再说谁是怕死鬼还不迟！我不信你张同的脑袋是铁打铜铸的！怕死？要是我肖红军怕死，也不会和你张同到一个连里来当战士！"

其实，就连张同自己也明白，用"怕死"两个字来说人民战士，是有多大分量的。但是，他却以为这一点只有像他那样身经百战的老战士才能懂得。对于新战士也就无所谓了。他没有料到肖红军这样的人，当他还在家里替地主放牛，开始认清了敌人和自己的时候，就已经深深体会到了在敌人面前"怕死"是最大的耻辱了。

肖红军这么一来，李排长急忙接着说："张同！你是怎么闹的？说话也不想一想！"

"是呀，你那张嘴到底是你自己管，还是别人管的？一天到晚云天雾地地乱说！"

大家纷纷批评起张同来。张同也已感到自己把话说错了，很懊恼地低了一下头，然后道歉似的对着肖红军说：

"我心里说，肖红军同志这还是第一次参加正规的战斗，可能也和我当初是一样，心里有点怯气。我没把话说清楚……"

"你也不姓肖！不是我肚里的蛔虫！"肖红军仍然愤愤地顶了他一句。排长立刻制止说：

"小红同志这就不对了。现在我们是在开诸葛亮会，研究怎样打敌人。同志之间说错了一句话，不该看得那么重！张同已经认错了，他也是好心，只是没把话说清楚。他那嘴谁还不知道，从来都是这样嘛！何况他所想到的也并不是一点根据也没有。他不是说了吗？他第一次参加正规战斗的时候，在战斗还没有打响以前，心里也是有点怯。可是等到一打响，一看到敌人，仇恨就从心里涌上来，把什么都赶跑了，就只想着怎样杀死敌人，夺取胜利！第二次他就完全成了熟手了，不仅心里不嘀咕，而且还能根据自己的经验，想出许多打法更好地战胜敌人。这并不奇怪，也没有什么了不起。"他停了一下,眼睛瞅了瞅肖红军。肖红军很信服地微微点了一下脑袋。排长又接下去说:"当然这并不能说我们人民战士是怕死鬼,谁要这样说,谁就是不认识人民战士。因为我们大家谁也不是被抓来的。我们都是叫国民党蒋介石和日本鬼子逼得没法活下去,才自觉自愿投奔了共产党,参加了解放军的。我们都知道,我们打仗不是为哪个争地盘,发洋财。也不是光为自己报仇雪恨,而是为了全中国和全世界劳苦受难的兄弟们大翻身。为了这,还有什么可怕的?让我来说,要是人生在世不懂这一点道理,那还不如干脆不做人!你们说对不对?"

"对!"大家一齐这么回答着。

"可是,现在还得把话拉回来。打仗确实不跟走路一样,走路走不好,跌一跤,爬起来再走。打仗可就不行。你手里有枪有刀,敌人手里也有。你杀不死他,他就可能杀死你!这是真刀真枪地干,不像演戏那样地比画一下就算了!一个人一辈子,只能生一回,死一次,这是不能演习的!因此我们可以肯定地说,敌人的官长才是真正的怕死鬼。因为他们打仗是为了升官发财,剥削穷人。死了他就达不到目的了。所以他们怕死。而且,他们的兵士也怕死,这是因为他们都是劳苦人民,是被抓来替别人打仗的。不论胜败对他们都没有好处。所以他们打起仗来,首先就想到各顾性命要紧。可是,只要他们一旦明白了咱们人民解放军才是人民自己的军队,他们调转枪口参加了我们的队伍之后,就会变成杀敌英雄!这一点,王小秀就是榜样。当然,这决不是说因为敌人怕死,他们手里的枪就不能打死人,就可以挺起胸脯去冲锋了。咱们一定要记着,不管什么样的敌人,只要他手里还拿着武器,就是死老虎,也得当作活老虎去打,那才不会吃亏。所以咱们还是要好好研究一下打法。一定要做到保存自己,杀伤敌人,夺取胜利!如像怎样更好地利用地形地物向前进,怎样更好地投弹、射击和拼刺,怎样在敌火下更迅速地运动等等,这些都是应该研究的。特别是肖红军,恐怕还要向大家具体学习一下才好。这里边也没有多深的学问,只要你能牢牢地记着,敌人就是我们的仇人,要是他不投降,你就一定把他消灭。其实,这也不难办到,只要自己跟敌人对上面的时候,能够做到镇静、勇敢和坚决也就有办法了。在咱们队伍里,在老同志的帮助下,新战士第一次上火线就立大功的也不少。要是你们不相信,可以顺便摆个故事你们听。这人现在还在咱们队伍上,你们谁都见过他。"李排长停了一下,看到大家目不转睛地盯着他,特别是肖红军还拼命伸长脖子,朝他跟前凑近,看样子他好像生怕听不到似的。排长轻轻地咽了一口唾液,随即讲下去:

"说来已经是七八年以前的事了。那时候,也许肖红军还没有他的枪那么高。当时,日本鬼子正在咱们的老根据地太行山上,搞什么'三光政策',弄得老百姓死活过不下去。咱们的队伍还很少,并且多半都是游击队,不像现在咱们这样子。可是,村村都有民兵。有一天,一个日本军曹,带着十几个汉奸和伪军,到咱们根据地边沿的一个村子里去抢东西。这村的民兵事前得到了消息,可是他们手里只有几根梭标、长矛,怎么能够挡住这些敌人呢?于是,他们想了个办法。头天晚上,他们早早就把地雷一个个地埋在村边的每个路口上,然后叫全村妇女、孩子和老人都上山去躲着。他们八九个青年民兵统统在村边隐蔽起来,悄悄地瞅着。只等地雷一响,他们就冲出去,用梭标戳死敌人。果然,第二天一清早,太阳刚刚冒头的时候,鬼子们大摇大摆地来了。因为,他们知道,这地方离他们的据点不过三五里路,可以一眼看见他们的炮楼。他们估计这庄上无论如何不会有游击队。就是有,只要枪一响,他们炮楼上立刻就会来援兵。所以他们很放心地嘻嘻哈哈说笑着,漫不经心地朝前走。走在最前边的那个瘦高条的伪军,嘴里还不停地哼唱着在敌人那里最流行的'好花不长开,好景不长在'的歌。他们一直走到了村边,就要进村的时候,都还是大背着枪,你推我、我搡你地开着玩笑。只有那个日本小军曹,好像多少有点警惕。

他走在最后,腰里挂的'王八盒子'还在盒里装着。可是,一到村边他就把他的战刀从鞘里抽了出来,明晃晃地提在手里了。看样子,他们完全以为这村里的老百姓,可能还在被窝里睡大觉哩!村里一点动静也没有。于是他们就在村边一个谷草堆的跟前停下来,集到一块,靠在谷草堆上,悄悄嘀咕了一下,然后准备蹑脚蹑手摸进村,好到鸡窝里去抓鸡,到被窝里去抓人。可是,他们不知道民兵们就在他们靠着的谷草堆里藏着哩!这时候,谷草堆里有个姓黄的共产党员,民兵队长,心里有点着急了。他看清了敌人的情况,觉得敌人既然自动集合在自己的梭标尖上来了,何必等他们再去踩响地雷呢,要是他们万一踩不着地雷,分散开来,反倒不好收拾了。于是,他随机应变,一声呐喊,八九根雪亮的梭标,刷一家伙从谷草堆里戳了出来。有的戳进了敌人的背心,有的戳进了敌人的胸脯,有的戳上了敌人的肚子和臂膀。至于第一下还没有戳倒的,也被这谷草堆里忽然长出的梭标给吓成了木头,目瞪口呆地大背着枪,恭恭敬敬地站着一点也不会动了。民兵们手疾眼快从他们身上摘下了武器。只有那个小日本军曹,因为梭标仅仅刺进了他的左肩,他一闪身子,回头就跑。这时候那位民兵队长眼里急得直冒火,哪能放走这个畜生呢。他一个箭步追上去,用梭标朝鬼子背上一戳。这个小日本到底还没被吓晕,一回头看到梭标朝他戳过去,转身就是一战刀。民兵黄队长只听嘎扎一声,手里的梭标叫鬼子一刀砍成了两节。这阵那位黄队长心里一点也没慌,他知道他手里只剩下半节棍子了,要是自己一躲闪恐怕鬼子第二刀就要自己的命。于是他趁着鬼子还没举起第二刀的时候,突然扑到鬼子身上去。那鬼子个子又小,也没防到他来了这一手,一下就叫黄队长把他扑得仰面朝天倒下去。黄队长两手狠狠地抓住了鬼子的两只手脖子,脸对脸地使力压在鬼子身上。那鬼子看看右手的战刀已经用不上,左手又不能去掏'王八盒子',身子叫压得不能动,急忙张开大嘴打算朝队长脸上咬。队长一摆头没叫他咬住,反而得到了启发。黄队长趁势把自己的嘴朝鬼子的脖颈上猛一啃,一口咬住了鬼子的喉管。别的民兵们收拾了那些敌人,朝队长跑过来,只见鬼子在队长的身子下边,像只小公鸡似的,两条腿没命地踢蹬了几下,队长的牙巴骨一使劲,就把鬼子的喉管咬断了。这家伙临死连个救命也没喊出来。血顺着鬼子的脖子往外流,把黄队长的半个脸都染红了。就这样,他们这个民兵队第一次打仗,就打了这么一个干净、彻底的哑巴歼灭战。他们手里的梭标,全都换成了敌人的好武器。以后不久,这个民兵队的黄队长就自动参加了咱们的队伍。他来参军的时候,什么东西都没带,就是手里提着那把日本战刀。直到如今,他已经当了干部了,可还是行走不离他用牙齿夺来的那把刀。他常说:这把刀,我一辈子也不丢它。它对我的好处大得很。我一看见它,不管什么情况都能打胜仗。因为我知道它是我用牙齿从敌人手里夺来的。难道现在咱们还要用牙齿去打仗吗?何况它还利得很,有时候它比手枪还顶用呢!"李排长的话,就在这里停下来。战士们已经听呆了,有些老战士不自禁地伸出大拇指来,微笑着点头,表示十分敬佩。看神气好像他们已经联想到这位黄队长是谁了。只有肖红军严肃认真地冲着排长说:

"这个黄队长是谁呀?他现在在哪一部分哩?我能见见他不能?"

"就在咱队伍上,你已经见过他啦!"排长回答着,要大家抓紧时间继续讨论明天的打法。更多的人们已经全然明白这位民兵队长是谁了。大家兴高采烈地重新讨论起明天的打法来。再也没有谁去追问这位队长的姓名了。王小秀亲切地拉过肖红军:

"傻瓜!还问呢?咱连上还有几个姓黄的吗?来,来,来,我教你学一下拼刺刀。"肖红军没有说什么,两人站到一旁去,相互用刺刀比画着。王小秀不停嘴地讲解着他所有的经验。

正在这时,黄连长手里提着一把长长的日本战刀,用一块蘸了油的棉花,在刀上擦抹着来到了一排。他没等李排长命令大家起

立,就用手里的战刀比画着要大家不动,然后,很性急地说:

"怎么样?想出了点子没有?有了几个诸葛亮?"

谁也没有回答他的话,反而一齐朝他围过去。大家的眼睛不自禁地从他脸上转到他手中的战刀上去。连长不知所以地问着:

"怎么闹的?干什么?"

"这就是那个日本鬼子的战刀吗?连长!"好几个战士抢着问。

"什么!鬼子的战刀?这是开诸葛亮会,要大家想办法明天打个漂亮仗。问这战刀干什么?"

"你就是我们的诸葛亮呀!连长!"肖红军这时也像孩子似的,挤过去这么说了一句。

"胡说,我还不是跟你一模一样!"黄连长很严肃。

"你擦刀干什么?刀上脏了吗?"不知是谁说。

"擦刀干什么?问得奇怪!你说干什么吧?"接着,连长又把神情松弛下来,带有几分埋怨的意味说:"这小古呀,真是个懒鬼!那天晚上宿营过后,他给我把铺打在老乡的房檐下。我刚睡着,房上哗啦掉下一根棍子来,正正打到我的胸口上。我拿手一摸,冷冰冰的,赶紧用电筒一照,原是一条足有胳膊粗的大花蛇,叫我一气之下,从枕边抽出刀来,两刀斩了它三节。然后摔下刀我就又睡着了。可是小古根本没有醒。天明我叫他把刀上的血擦一下,他却忙着收拾东西要出发,原封不动地把它插进鞘里背起走了。以后他就忘了这件事。看看,这会儿,血已经干了,擦起来多费劲呀!"大家哄笑起来。

撂下饭碗,马林和杨克辛重新走到那张摊着敌我态势图的小桌边。他们的眼睛不停地在图上移动着。马林捡起一支红铅笔,指着枇杷山背后两侧小山头上的敌人阵地,自言自语:

"讨厌!讨厌!要出问题,首先是这两个小家伙!"他不自觉地回过头来看了看杨克辛,然后转身到墙上钉着的五万分之一的地图上,去量了一下小山头和枇杷山的距离:"没问题,狗娘养的,轻重机枪都能侧射我们!"

"当然,敌人也不是三岁孩子,要是没有后面那两个小家伙,他怎么敢让枇杷山这么突出呢?"杨克辛接着。

"他不占枇杷山,又怎么能够控制山下直通西关那段开阔地哩?"

"是呀!靳军长那天不是说了吗,敌人是希望我们按照以往山地战的通例,用小型的迂回和包围手段,去和他们一个个地争夺山头。这样一来,他们这三个制高点就可以按照他们的计划,居高临下,组成有力的交叉火力网,让我们在进攻中把大量有生力量消耗在他们的火网中。可是……"杨克辛没有讲完这段话,转身在屋里踱了两步。

"老杨!我现在考虑的不是这些大框框,而是在七连进攻枇杷山的时候,我们怎样保证他们侧翼的安全。多少次的经验证明,进攻部队如果受到侧射火力的威胁,是很讨厌的。你说呢?"马林定睛瞅着杨克辛。

"那当然。要不,咱们请示师首长,从一营拿两个连去佯攻牵制那两个小家伙,怎么样?"

"恐怕不行……靳军长说,决不在城外使用过多的兵力。他估计进城之后,康泽这家伙是不会轻易放下武器的,总要费点手脚才行。"

电话铃响了。马林伸手拿起了听筒,杨克辛也在原地停下来,聚精会神地看着马林。马林拿起听筒,一直持续了十几分钟的时间,始终没有说出一句话,老是连声说着:"是,是,是!"并且脸上一点表情也没有。弄得杨克辛有点着急了,朝他跟前迈近了一步,打算问他一声的时候,马林突然放下了听筒,转身抱住了杨克辛。由于他太兴奋,用力过大,杨克辛居然被他抱起了好高。然后他又撒开手,朗朗大笑着拉住杨克辛的胳膊说:

"好啦！老杨,走吧！走吧！上级总是上级,一切都解决了!"

"上哪儿,怎么回事儿?"杨克辛莫明所以地问着。

"上七连哪！不是刚才说过要去吗？走吧,边走边说还不行!"

他们俩连警卫员也没叫一声,出门就朝七连走。

"快说呀！出什么洋相!"一上路杨克辛按捺不住地追问着。马林开始一五一十地把刚才陈师长在电话上讲的话,从头到尾说了一遍。最后,他还带着自我批评的意味,拍了一下杨克辛的脊背,说：

"老杨！这可真叫多余的担心呀！我们能够想到的,首长们怎么能会不想呢?"

杨克辛微笑了一下,没有接下去。

原来是,刚才他们正在纳闷的时候,马林一拿起听筒,陈丰年师长好像已经看见了他们的心事似的,劈头就说："是马林同志吗？大概你们正在苦恼枇杷山背后那两个小山包上的侧射吧？放心,这两个小家伙军长包下了。刚刚他打电话来,叫你们根本不要管那些,他已经命令炮兵,狠狠掐住那两个小家伙的脖子。在你们进攻的时候,保证不准他们抬头。这样一来,他估计你们拿七连这样一把锋利的刀子,插上枇杷山,夺取敌人的阵地是没有问题的。问题就在于他们必须守住这阵地,以便掩护我们的主力迅速向西关推进。当然到那时,敌人也会更具体地感觉到枇杷山的重要了,他们一定会红眼的。即使你们的动作很迅速,和炮兵也配合得很好,能把枇杷山的敌人全部消灭在阵地上,他们也还会竭尽吃奶的力气,利用他们的一切条件,来和你们争夺几个回合。因此,你们必须估计到,七连的重要战斗,不会是在进攻中,肯定是在占领阵地之后。要是黄大个还要用一下他那把日本战刀的话,大概就在那时候。一定要让他们做好思想准备,在枇杷山阵地上,和敌人白刀子进去红刀子出来干他几个回合。没有这种准备是不行的。虽然敌人最不愿意这样干,可是,当他们被官长用机枪逼着的时候,还是会把刺刀刺过来的。一定要记着这是人民的革命军队和大地主大资产阶级的反革命军队作战,敌人是不会轻易认输的。不管怎么样,我们一定会胜利。因为我们到那时候就是居高临下,让他们来进攻我们好了。况且我们的战士们人人都明白为什么一定要夺枇杷山。再加上全军的炮兵都会支援你们。还有黄大个那股钢铁般的硬劲儿。我想只要事前让战士做好思想准备,一切都会按照我们的想象去实现。但是,还有一点,就是军长那天的指示,在城外的战斗中,除掉七连之外,我们再也不多使用一个兵力了。在城外多消耗我们的兵力,那是敌人的算盘。我们要迫使敌人按照我们的计划吃苦头,把主要兵力用在城里去彻底歼灭他们!"

马林激动到忘情的程度,不住嘴地说着,走着。有时是重复着陈师长的原话,但也在很多地方增加了自己的理解。杨克辛一味点头称是,不接腔,就像马林刚才听电话的神情一样。直到他们到达王桥村边,马林刚刚把话说到底,杨克辛正想说点什么的时候,忽然一阵尖利的声音钻进了他们的耳朵。杨克辛不自觉地一抬头,警卫员在后面吼起来:

"首长快卧倒!"

马林和杨克辛还没有来得及躺下来,轰隆一声巨响之后,他们的眼睛统统看不见一点东西了。一股猛烈的热风扑上脸来,耳朵里好像灌进了滚沸翻腾的开水,浑身上下有如乱拳捶打了一顿。

一颗敌人盲目发射的重迫击炮弹,在他们左面三十来米远近,比路面高出一米左右的稻田里爆炸了。由于稻田的泥水松软,减低了爆炸力,仅仅震塌了一块田坎,打得泥浆乱飞,人人糊了一身泥,可是谁也没有受伤。

"团长!团长!……"杨政委一边用手抓去脸上的泥巴,一面紧急地叫着。

"政委!我在这里!托福马克思在天之灵,这家伙要是再加一个药包,咱们全都革命到底了!"马林站起来用手弄着身上的烂泥,这么说着。

"不用加药包,要是掉在路面上,咱们就得流血!"杨克辛已经把眼镜擦干净,重新戴起来,朝稻田里的弹着点看过去。

这时候,他们才看到两个警卫员也弄得像泥蛋一样。马林忍不住笑着说:

"你们什么时候跟来的?看你们那个漂亮样子,还不快到七连洗洗去!"

警卫员瞅着两位首长,同样憋不住想笑。心里说:"首长的样儿也不比我们好多少!"可是他们谁也没吱声。

"走!这下他们没有结束咱们的伙食账,就该他倒霉!"杨克辛这么说着,朝王桥走去。

等他们在七连连部把身上的泥土洗过之后,到一排刚才开诸葛亮会的岩岸下,找到了黄连长和董指导员的时候,一排的诸葛亮会已经早就结束,而是党的支部大会正在进行着。肖红军首先看见了他们,随即站了起来立正了。杨克辛没有理睬肖红军,一直走到董指导员的跟前。马林反而两手按住肖红军的肩膀,慈祥地笑着,把肖红军按下去:

"坐下吧,同志!在这个会上,我们不是团长和政委,也是和你一样的党员。"

肖红军没吱声,不知所以地重新坐在一块石头上。两眼滴溜溜地转着看大家,谁也不说话。有人朝他笑了笑。

马林首先询问了他们各方面的准备工作,接着,就以陈师长指示的精神,向大家热情地反复做了思想动员。这中间杨克辛仅仅插进来说了几句话。他说:

"同志们!大家都知道,我们的军队之所以能够战无不胜,攻无不克,主要是因为我们有共产党的领导,有人民群众的拥护,我们的战争是革命的,是为了劳动人民的解放。这中间最主要的还是党的领导。离开了党的领导就什么都没有了。可是,在战斗中,党的领导不仅仅靠命令和指示,还要靠全体共产党员以身作则,坚决勇敢用自己的行动去执行党的命令和指示。这就是说我们要起模范作用。不仅做到冲锋在前退却在后,轻伤不下火线,重伤不叫喊;更重要的还是出主意想办法,带领群众夺取胜利。每一个共产党员的高贵品质,就是要会克服一切困难和危险,战胜一切敌人。只有这样,群众才永远跟我们在一起,从这个胜利到另一个胜利!"

最后,马林又极其细致地向大家谈了一些战术和战场上的注意事项。他说:"做好了一切准备工作之后,在任何情况下的战斗中,每一个人民战士必须具有高度的勇敢,才能在战场上充分发挥他的战术技术。我想世界上不要勇敢的人,就想夺取胜利的战斗是没有的!那末,勇敢是从哪里来的呢?"他用箭一般的视线向大家搜寻了一下,微微笑着说:"这一点,你们不妨问问赵忠林同志,看他是怎样从饲养员变成了战斗员,从'猴子'变成了英雄的。他会比我讲得好。"大家哄笑起来。小赵急忙低下头去,恨不得要往地缝里钻。肖红军惊讶地盯住了他。那神情显然是说:"啊!原来你说那个战士就是你呀……"太阳已经偏西了。兼支书董指导员宣布了散会。然而,大家还没有散开,黄连长又用命令的口气说:

"现在,大家赶紧去吃饭。放下饭碗就给我睡觉。休息!这就是任务。谁不好好睡,就不是好党员,就没有完成任务。懂不懂?"

大家笑着,散去了。

敌人的炮声越来越稀疏。也许是他们感觉到这么长长的一天,并没有发现一个解放军,也没有听到一点动静,自己一直盲目替美国人推销炮弹也没有什么味道了。两只小飞机早已疲惫不堪,不知去向。整个襄阳城外的群山,开始沉入了战前的静寂。

四

　　七月的夜,就像打个哈欠那么短。下午七点钟,太阳才缓慢坠落到西山的隙缝里,早上四点钟,就又急急忙忙从东山的林梢爬上来。然而,奇怪得很,只有肖红军,反倒觉得这晚上分外的长。虽然撂下饭碗,他耳边仍旧响亮着连长的命令,和大家一样,赶紧找了一块门板,把自己的手榴弹放在枕边,紧紧抱着枪,在班长指定的地方躺下来,赶紧闭上了眼睛。可是,脑子里老像万马奔腾似的不安宁,一点睡觉的意思也没有。他拼命默默复诵着散会时黄连长的命令,竭力夸大着黄连长严厉的表情和他平时的脾气,企图让他把自己立即赶到梦里去。但是,一点用处也没有。他千百次地默念着,默念着,反而越念越兴奋。忽然他听到了其他同志们的鼾声,禁不住心头一阵烦躁,身上的汗水直冒。他翻了个身,从心里狠狠批评着自己:"这还行吗,当战士不服从首长的命令,还算什么战士呢?你肖洪举这是怎么搞的嘛!你还是个候补党员哩!你的模范作用在哪里?你……"谁知这样也不成。他尽管严肃地自我批评着,眼皮反而好像有人用力把它拉开似的。他一心想闭紧,事实上,却是微微睁开了一条缝。视线从他睫毛的间隙里透了出去,他看到天像浓墨似的黑,星星在他的睫毛梢头闪烁着金光。除掉襄阳城里和枇杷山的敌人,为了壮胆,不时发出一两颗五颜六色的低空照明弹而外,一切似乎都已睡熟了。他心想也许是因为自己在汗水里泡着不好睡,索性轻脚轻手地坐起来,用毛巾把脊背上的汗水擦了擦,重新倒下,努力地睡去。然而,同样不济事。他觉得自打参军以来,睡门板从来都像棉花垫子一样的松软,今天这门板却变得像钢板一样的硬。他翻来翻去,慢慢觉得胯骨和肩膀也有点痛起来。他觉得拂晓仿佛已经来临。他们好像已经冲上了枇杷山。枪炮声,手榴弹声,震得他耳朵嗡嗡响。眼前一片一片的烟尘和火光。成群的敌人在火光里,端着刺刀朝他走过来。他也急忙按照王小秀教他的办法,随即把子弹推上了枪膛,端着自己的刺刀迎上去。一个敌人朝他胸口猛一刺,他却用自己的刺刀把敌人的刺刀朝旁边用力一拨,那敌人便不自主地扑到他的刺刀尖上,呵呀一声倒下了。于是,他心头猛一高兴,差点没有叫出声,身子不自禁地重又坐起来,歪过头去,看了看正在熟睡着的班长。他也没敢穿鞋子,便在地上站起,紧紧握着自己的枪,蹑脚蹑手走开去。他在黑影里摆起了拼刺刀的架子,心里暗暗叫着杀声,不歇气地悄悄练起刺杀来了。奇怪的是,萤火虫好像也都看到了肖红军,成群结队朝他飞过去,穿花似的围着他。肖红军也就将计就计,把这些小火虫统统当做了敌人,越来越高兴地,前后左右不停地刺着。可是,不到半点钟的工夫,事情就闹大了。

不知是肖红军呼呼的喘粗气惊醒了黄连长呢,还是连长根本没有睡?肖红军正刺得有劲,只见电筒一闪,黄连长的声音便像命令那样,钻进他的耳朵来:

"谁?"

肖红军明明知道是连长,自己的嘴巴却又不敢说出自己的名字。反而转身就朝自己的铺跟前跑。

"肖洪举!站住!"

黄连长已经到了他跟前。肖红军像棵小树似的立正不动了。电筒的白光从他头上扫到脚跟,黄连长看到他严肃地皱着眉头,汗珠从他的额头流到眉毛里,好像小溪穿过了一片草地又跌下岩壁似的,从他的眼皮上一颗一颗往下滴。小伙子的胸脯好像羊皮风箱一样起伏着。衣服全都湿透了。裤子紧紧贴在腿上,两只光脚板上全是一条条汗水流过的痕迹。

肖红军觉得自己的脑袋说不上有多大了,耳朵里一直呜呜响。他不敢用眼去看连长,虽然看也看不见。他心想:"反正我错了!

我没有服从你的命令好好睡觉!批评吧!随便多么厉害都行!可我就是睡不着,有啥法子呢?"

约有两分钟的时间,他们两人在黑暗里面对面地站着。黄连长完全理解他的这位新战士,一时不知怎么说才好。住会,他不自觉地,把右手拿着的一把破芭蕉叶扇子朝肖红军递过去,自己又故意把脸调向另一边,用扇子在肖红军的胳膊上轻轻地拍了一下:

"给,扇扇吧!"

肖红军心里实在说不出是啥滋味。他看不见连长的表情,接过扇子哗哗地扇着,仍然立正站着说不出话来。

"稍息吧!快十二点啦!三点半就要动作。这么热的天,还不快休息!"

肖红军一听连长这句话,把两脚一并,嘴里说了声"敬礼",把扇子朝连长一递,连长还没接到手,他就转身跑了。

"站住!站住!"连长急促地命令着,肖红军以为是自己没有把扇子递到连长手里去,回头赶紧到地上去摸扇子。谁知连长已经把扇子捡到手里来了,并且再一次用电筒朝他脸上照了照说:

"快回去好好休息,胜利不是靠哪一个人,是靠大家。就是你不停地练到天明,敌人也不会全叫你刺死,明白吗?"连长生怕惊醒了大家,声音压得非常低。

"明白!"肖红军用同样的小声回答之后,跑回自己铺上去。这会儿,他一闭眼,浑身汗水全落了。奶奶、晓云,和那杀人不眨眼的彭家地主,幻影似的,突然在他眼前一闪,渐渐变成了一片黑茫茫的汪洋,慢慢地,慢慢地,伸展到看不见的地方。这时候,他仿佛听到了无数的奶奶、晓云,和全中国一切被恶霸、地主和国民党反动派残杀、压榨得再也活不下去的人们,都在他身边愤怒地喊着:"肖洪举!肖洪举!你要不顾一切去战斗!去杀死那些拿着刀枪的敌人!这不只是为了你和你的家,也是为了全国和全世界劳苦人们的好日子……"他不禁咬了一下牙关,使力把枪往怀里抱一下,迷迷糊糊地睡熟了。

然而,时间在他睡熟之后,却又开了快车。肖红军感觉到好像只有吸支香烟的工夫,连身子也没来得及翻一翻,班长的大手已经在他的肩膀上用力摇起来:

"起床!起床!"班长急促地叫着,肖红军睁眼一看,天色仍然漆黑。他觉得眼睛干涩得睁不开。他哼唧着,动了动身子,梦话似的说:"别乱,别乱!……天还早……"班长随即猛然推了他一把:

"快起!三点啦!还早?"

肖红军这才完全醒过来。他猛然坐起,看到大家都在弯着身子捆鞋带,检查自己的弹药和武器了。班长用很快的语调命令说:"动作快一点,把背包集中起来,放在一个地方。马上去吃饭!"谁也没吭声,战士们的动作,好像比班长的语调更快些。顶多不过十分钟,全连已经吃过了饭,并把各个人的水壶里灌满了冷开水。就在这时候,黄连长命令队伍在饭场上站成了一个马蹄形。然后他和董指导员站在马蹄形的中间,非常平静地说:

"同志们,请稍息!现在已经三点半了,我们马上进入阵地,一排主攻,二、三排作二梯队跟进。我的第一代理人是董指导员,第二代理人是一排长,听到没有?"

"听到了!"战士们严肃地回答着。董指导员和李康的脚跟马上立正了。天色已经多少有点灰白,大家蒙眬看到连长的右手仍旧提着他的战刀,那刀刃像根水银线似的闪亮。刀鞘还在小古的背上背着。他的二十响驳壳枪的木枪套不知放到什么地方去了,只剩下闪着蓝光的枪,瞪着机头插在腰里,枪把上的保险皮带挂在他的脖子上。他的脸色像块铁板似的,一点表情也没有,显得更黑了。大家一看到连长的神情,心像正拉着的弓弦一样,渐渐紧起来,手心不由得冒出了一股股的冷汗。有人把手放在自己的胯骨上擦着,静静地听他讲下去:

"电话员……"

199

"有!"一个挺精干的小青年,在看不见的地方应声着。连长转过身去看了他一眼:

"带上机子,带上线,跟一排前进。部队占领阵地之后,立刻把线接通,连部马上就上山。这里的机子留给营指挥所。"

"是!"现在,大家才看到连长身后那个小伙子,已经背着满满一拐子电话线和一部机子了。他的两眼机灵地闪着光。

"马上进入阵地。我的位置暂时就在后山小树林里。司务长、炊事班和文化教员跟大行李都在王桥不动。走!"

队伍开始向王桥背后的山上走去。田松不知所措地瞪眼瞅着大家。他仿佛变成了一块石头,连动也不会动了。住会,当他看到肖红军的时候,不知为什么突然跑过去喊了一声:"肖红军……"可是再也没有说出一个字。肖红军瞟了他一眼,没吱声。因为他实在不知道田松要想说什么。

一排按时进入了阵地,时间反而停滞起来了。李康几次以为自己的表停了。他不眨眼地看着,那秒针好像跳动起来非常地吃力,好半天才挪动一下,就像机件生了锈似的。战士们的心,说不出是啥味道。不论是身经百战的王小秀、赵忠林,还是新兵肖红军,谁也不说一句话。就连张同那张嘴也像叫谁给封住了一样。他们除掉定睛瞅着敌人的枇杷山而外,也不时看一看自己手中的枪和挂在身上的手榴弹。要不,就三番五次地检查自己的鞋子和子弹带。偶尔他们的视线相互碰击一下,也像彼此并不认识似的滑过去。

世界仿佛静到了极限。不知是哪个阵地上的敌人不时发出一两声冷枪。这枪声在他们听起来,好像还不如他们自己均匀的呼吸那样清晰。天空像个巨大的窗户,被谁缓慢地拉开了一层层的窗帘,渐渐地,从深灰变成了灰白和鱼肚白……枇杷山像被薄雾笼罩着的小岛似的,越来越清楚地显现在他们的眼前。一两只早起的鸟雀,不知从什么地方钻了出来,从那即将撒上火网的枇杷山顶,啁啾着飞掠过去。

时间终于到来了!

突然一声撕破沉寂的巨吼,炮弹在枇杷山顶的石岸上爆炸了,火光和烟尘腾空飞起。战士们的心里立即舒畅了,好像这颗炮弹就是从他们的心里飞出去的一样。王小秀不自禁地拍了一下肖红军的肩膀说:

"试射!试谢……"他的话还没落地,又一颗炮弹啸叫着超越了他们的头顶,朝枇杷山敌人阵地上飞去。可是,就在这时,他们看到不知从哪个山顶敌人的阵地上,随即飞出了两颗重迫击炮弹,朝着他们背后的小树林里尖叫着斜落下来。张同不自觉地突然说:

"连部!连部……"赵忠林朝他腰上猛然杵了一家伙。虽然张同并没有再多说,可是确实叫他猜对了。只是敌人并不知道连部在哪里,以为那里隐藏着我们的炮兵。

原来黄坚自己也说不上怎么养成了这种习惯。只要一有战斗任务,他事前总是吃不下饭,心里老像有什么东西憋住似的。非到一切准备好,打响之后,才想吃东西。因此,刚才大家吃饭时,他根本尝也没有尝。临出发炊事班长照例又把几张油饼塞进了小古背着的饭盒里。小古当然也有经验。他这时看到自己的炮兵一开火,连长的脸上泛起了微笑,于是急忙从饭盒里掏出了油饼朝连长手里递过去,又从挂包里摸出了几根大葱,笑着说:

"这是我昨天到团部去,从首长们小伙房里给你带来的!"

"好!这不就像小古啦……"黄坚说着,接过饼去,顺手撕了一半递给了指导员,然后咬了一口大葱。饼还没有吃到嘴,只听得轰隆一声,树枝噼里啪啦折断着,烟尘蒙住了双眼,就像许多人把他抬了起来,唔楞一家伙不知甩到什么地方去了。当他清醒过来,定睛一看,这才发现弹着点就离他们二十多米,他和指导员已被推出了几丈远,弹片把他裤子上穿了好几个小窟窿,浑身全是土,可是手里还拿着油饼呢！通讯员小陈的左腿肚子叫弹片削去了多大一块肉，骨头也断了。一根炸断了的枝桠插进了他的伤口里。他的马步枪也叫炸坏了。但是，那小鬼一声也没响，伸手从伤处拔掉了那根树枝，使力按着伤口，坐在那儿一动也不动。两眼忽溜忽溜地直瞅指导员：

"指导员！我不下去！"

董指导员没有回答他。命令担架员赶忙把他抬到山下包扎所去。当小陈坐在担架上时，指导员走到他跟前说：

"小陈！要听话呵！这是打仗，你要愿意以后好好参加战斗，就赶紧到后边去治你的腿……"

小陈眨了眨眼，什么也没说。

敌人再也没有发出第二发炮弹，我们的各种炮弹像冰雹似的，从四面八方一齐朝枇杷山的峰顶飞去，浓重的黑烟混搅着震撼群山的爆炸声，好像整个地球都有点动荡了。黄坚举起挂在脖子上的望远镜，朝枇杷山顶瞄了一下，微笑着，镜子不自主地从手中滑落下来，照旧悬在胸脯上。然后，他又用嘴使力吹了吹沾在油饼上的尘土，大口大口地吃起来：

"狗日的，请你尝尝滋味吧！你烧香找错了庙门！老子这里没有大炮，有大饼！"没有谁接他的话。他自己用鼻音笑了笑，瞟了一眼董指导员，随即冲着身边的小古命令说：

"去，快去告诉一排长，叫他们准备前进！三角队形，要疏散！趁敌人这阵抬不起头，睁不开眼，迅速通过这段马鞍形的凹腰，到枇杷山根冲锋出发地隐蔽。等炮兵的射击一朝敌人纵深延伸，就冲上去！明白吗？告诉他们，咱们的炮弹可没有敌人那么多！不能老像这样不分个地干！"

小古复诵了连长的命令，弯下身子朝一排跑去。

其实，李康他们早已看得一清二白了。枇杷山像个圆馍馍似的，光秃秃的石头上，一排排的炮弹打上去，弹片和石块，真像大群受惊的雀鸟似的哗声飞了起来。整个山头像被削去了一层皮。敌人的炮火完全变成了哑巴。小古来到一排的时候,他们已经开始接敌运动了。他匆匆忙忙找到李康传达了连长的命令。李康转身朝前跑去。

也许是因为炮兵的射击十分准确、集中和猛烈的缘故,枇杷山的敌人整个被打晕了;或者是敌人为了暂时躲开炮击,已经悄悄撤出了阵地?李康完全没想到,他们全排战士在弹道的弧线下面,通过了三百多米的洼地,居然一个伤亡也没有。甚至连子弹的啸声也没有听到。当他们到达山根冲锋出发地,卧倒下来之后,彼此互相看了看。除掉肖红军之外,所有老战士们的心里,都在说:"怪呀!像这样的接敌运动简直就是演习嘛!"

炮兵的集中射击,仅仅只有一刻钟,襄阳城外的群山仿佛全都打起了哆嗦。枇杷山的峰顶也像压低了许多。太阳已经从东方的峰峦隙处吐出了淡淡的微红。炮声有点稀疏了。炮弹超越了枇杷山,向它背后的两个小山头上飞去。李康卧在地上命令说:"准备手榴弹!"战士们随即揭开了手榴弹的盖子,把火索挂在手指头上,紧紧握住了弹柄。然后,他又忽地站了起来,喊声:"同志们跟我来,冲呵!"于是,全排战士真像老虎正要捕捉什么东西那样,腾地纵起身来,弯着腰,急速朝上跑了几十步,各个人的手榴弹一齐朝敌人的各种工事里打过去。只听一阵隆隆的连续轰响,战士们趁着烟幕,喊着杀声,一个箭步扑上了枇杷山顶。李康发出了占领阵地的信号。可是,坏了!一切都和往常的情况不同了。在敌人的阵地上,除掉炮兵开始轰击时被打死的少数敌人尸体和两门被炸坏了的化学臼炮之外,一个活人的影子也没有。很久以前,敌人强迫民伕在这个光秃的石山上挖出来的各种掩体和工事,全都变成了乱石块。乱石堆里,偶尔留下了点点血迹和零星的弹药之类。

肖红军一冲上山,就打算拼刺刀的。这时候他却没有了对象,心里空荡荡的,说不出有多泄气。他提着枪,直挺挺地站在敌人的

工事上,定睛瞅着一具死尸,好像果真胜利了似的,带着埋怨的口气说:

"喂!醒醒呵!我还准备跟你杀几下呢!你怎么天刚亮就又睡大觉啦?"

张海全和王小秀同时看到了肖红军,他们一齐朝他吼着说:"快隐蔽!叨叨啥嘛?"肖红军不知所以地急忙躲到一块石头的背后去。

电话员已经接通了线,李康拿起送话器,很焦躁地报告说:"报告!报告!"

听筒里传过来黄连长比他更加着急的声音:

"你说呀!快说,我听着哩!"

"敌人全撤退了!"

"什么?阵地上没有敌人?跑哪里去了?"

"看不到。下边山沟里全是一人多深的荒草和小树。那两个小山包上只有零星的射击!"

"好,快改造工事,坚决固守。狗日的来了这一手!我就去。"黄坚斩钉截铁地说了这么几句,没等李康回话,就撂下听筒朝枇杷山跑去。

火辣辣的太阳灼上了枇杷山。战士们急速改造着工事。然而,由于这个鬼山头全是紫红色的石头,一根草、一棵树也没有,再加上炮弹已经把敌人原先挖在石头上的工事全部摧毁,战士们的手里除掉枪刀再也没有了别的工具,改造工事成了天大的困难。大家只好把炸烂了的石块,暂时垒起来,做成一个个的单人掩体。

正在这时,敌人清醒了。原来他们是在我们开始猛烈炮击的时候,才发现了那样的石头阵地格外加大了炮弹的威力。急忙忙把他们原在山上的一个连,全部撤到山下的荒草、丛林和水沟里隐蔽起来。企图让我军占领山头之后,马上冲下山沟,再去进攻那两个小山包,这时他们就在这条狭窄的山沟里和我们恶干一场。使双方炮兵都无用武之地。而他们那两个小山包上的轻火器又能居高临下,尽量发挥火力,把我们消灭在山沟里,然后他们重返枇杷山。可是,现在他们看到,事情又不按照他们的打算进行了。我军毫无冲下山沟的意思,而且,急急改造着工事,准备固守了。于是他们更清楚地看到了枇杷山的价值。康泽的心里开始了难言的疼痛和慌乱。

在黄连长和董指导员快到山根时,敌人的几颗"八二"迫击炮弹,从枇杷山的背后射过来,超越了山顶阵地,在南面半山坡上爆炸了。接着从背后山沟里和两侧山包上,他们的轻重机枪和步枪也对枇杷山开始了制压射击。枪弹嚁嚁地碰击着山顶的石头,好像北方夏天的小旋风那样,卷起了一股股的石末。跳弹像蝗虫一样瞎头障目地乱飞。

黄坚和董指导员在电话员刚刚改造过的敌人机枪巢里蹲着,急忙摇动了机子,拿起送话器:

"喂!喂!李营长吗?我是黄坚,我是黄坚!呵!马一号!狗日的敌人反扑上来啦!什么?没关系!保证丢不了一块石头!就是那两个小山包上的侧射太讨厌!快要炮兵压他一家伙,快点!我们改造工事很困难,全是石头!怎么?请首长大声点,狗日的像刮风一样听不到。什么?正面敌人?不尿他!他们在下边哩!他也不会飞!好……好……"

黄连长放下听筒一抬头,一个战士拼命弯着身子从李康那里朝他跑过来。可是没有跑到他跟前,就栽倒地上不会动了!他严肃地对着身边的一个通讯员盯了一眼,命令说:

"快去告诉李排长,一律不准打枪,把手榴弹准备好,等敌人爬上来再干他!炮兵马上就收拾那两个小家伙!"

通讯员翻身朝李康跑过去。但是,没有跑几步,又被撂倒了!小古看了一下连长,站起来说:

"我去!"连长使力朝他肩膀上拍了一下说:

"你！是铁打的！你……"

哐——哐——哐——哐——

说话间连黄坚他们也不知道炮弹从什么地方飞来,准确地爆炸在敌人那两个小山包上。他们只看见炮弹爆炸之后,浓烟滚滚升起,烟尘里好像还夹杂着构筑工事的木料、枪支和尸体。两个小家伙的疯狂侧射立即停止了。

战场显得多少静了点,黄坚用自己的双手在嘴边做成了喇叭,扯开嗓门吼着:

"不要打枪！准备手榴弹！等敌人上来再打……"他的话好像谁也听不见。只是刚才被敌人打倒的那个通讯员,回头看了一下,用左手把身上的水壶对在嘴上,喝了几口水,然后一只手捂着肚子,另一只胳臂肘触着地,在乱石堆中继续朝李排长的掩体爬去。黄坚他们看到,在他爬过的石头上,留下了一条鲜红的血印,像带子似的,歪歪扭扭,一直扯到了李康的身边。

战士们立即停止了射击,山顶更加宁静了。然而敌人却又更加疯狂了。他们居然以为我们也像他们那样,撤到山后去了。于是,他们就把机枪背带挂在脖子上,一面胡乱扫射着,一面嗷嗷叫着朝上爬。有人简直冲晕了头脑,挺着胸脯往上冲起来。

看看敌人已经爬到了战士们的鼻尖下,离他们那些临时改造的掩体还有二十来米的时候,李康喊了一声:"打！"全排战士们的手榴弹同时朝下打出去。真像一堵火墙似的,突然压到敌人的头上来。坚硬的石头大大加强了炸弹的杀伤力。许多人的脑袋和胸膛并没有钻进弹片,仅仅是一块小小的石片,就叫他们伸了腿！敌人全部倒了下来,简直像是山上塌了方似的,分不清死的、活的和伤的,一齐朝下滚。枪声完全停止了。

这种奇怪的打法,叫肖红军憋不住地哈哈笑起来。他在扔出第三颗手榴弹之后,看到敌人一齐朝下滚,竟不自觉地,像在家里放牛时,从山上朝下放礌石那样,一脚蹬下了一块圆滚滚、足有小桌面那么大的石头。那石头一跳丈把高,朝敌人堆里飞滚而下。只见成群的敌人回头一看,呵呀一声,石头从他们中间压过去,就像冲过了一块高粱田似的,他们中间被压开了一条红沟,好几个人成了肉饼子。

这办法无意中成了肖红军的创造。等到敌人滚远一点的时候,大家为了不浪费手榴弹,不约而同地朝下掀开了石头。这石头一直把敌人送到了山根根!

敌人第一次的反扑被打下去之后,为了更好地改造工事,二、三排同时进入了阵地。顶多不过个多钟头的工夫,工事还没弄好,敌人却又哑巴悄地从西面一个山水濠里摸了上来。当然这一次阵地上的人手更多了,又照原样把他们揍了下去。可是,我们却也增加了伤亡。

卫生员和担架队正在忙碌地工作着,敌人的两架红头小飞机来了。这家伙硬是欺侮我们没有高射武器,竟像发疯似的,轮番朝山顶俯冲扫射起来。而且冲得非常低,大家仿佛能够看到那个驾驶员的狗脸。整个阵地叫他们打得火花纷飞,并且不断丢下一串串的小炸弹。大家改造工事的任务不得不暂时停下来,各自散开隐蔽着。三班长张海全,仰脸朝天躺在掩体里,把枪托紧紧顶在肩窝上,定睛瞄着飞机,准星随着飞机来回移动着。他心里说:"妈的!难道你还敢下来跟老子拼个刺刀不成?"

正在这时,敌人第三次反扑上来了。枪声响成了一片。张海全还没翻过身来,没有看到敌人在哪里,小飞机就像鬼叫似的,呜一声正冲他的枪口冲下来。他听到黄连长高声叫着:"敌人又上来啦!打!"可是,他还一动也不动地瞄着那飞机。该死的家伙,不知是不是他也看到了张海全,竟然格外低地朝他冲下来。然而,他的美造机关炮还没发火,张海全手里的步枪就响了。那个不知死的小飞贼,完全没想到,子弹恰恰钻进了他的油箱里,飞机轰一家伙起火了。一头栽进南关的稻田里。剩下那一只,也叫吓破了苦胆,怪叫着直朝云彩眼里钻去,在半天云里转起来。

　　阵地上立刻松和了许多。战士们叫着好,朝敌人扑过去。不知是因为飞机被打落了,还是我们的反击过分猛烈的缘故,敌人好像海浪碰到了岩石那样,哗声卷向山下去。但是,他们却又不像第一次反扑那样,连滚带爬一气垮到山沟底,而是仅仅退到了半山腰,就又构成一条散兵线,各自利用地形顽抗起来。王小秀一看这情景,心里有了数。他根据自己的亲身经验,知道敌人越打越硬的情况是没有的。现在肯定是敌人中间有特务或官长在后边督战。他停止了射击,向班长跟前爬过去,打算把自己的判断贡献给班长。不料他还没有爬到班长身边,李排长的命令已经传过来:

　　"各班特等射手注意!打击敌人的督战队!看到没有?山下那些拿卡宾枪的特务们。还有那个提加拿大手枪的家伙,可能是营长!"

　　其实三班长张海全,早就瞄上了那个光脑袋,敞着怀,露着胖胸脯,不断用手里的加拿大手枪,朝他们兵士的脊背射击的家伙了。李排长的命令传到他的耳朵里,他却一声不响,不眨眼地盯着那家伙,只有一分钟的工夫,他的子弹就把那家伙的黑胸脯上钻了一个血窟窿。那人劈脸栽倒了。接着,其他射手们又撂倒了几个拿卡宾枪的小子,敌人动摇了。战士们一个杀声,送出了成排的手榴弹。敌人又像卵石似的滚到山沟里。

　　约莫已是中午过后的时分了,太阳像个烧红了的钢盔,紧紧地扣住了枇杷山。战士们水壶里的水,早已喝干了。炊事班却急急忙忙挑来了两大桶蒜泥、黄瓜拌猪肉,还有四大筐热腾腾的馒头。黄连长一看蒜泥猪肉,嘴里忍不住吐了一口牛胶似的唾沫。接着,他又伸手摸了一下馒头,好家伙,真像烧红了的木炭那么热,弄得他急忙甩了几下手,很急躁地说:

　　"给我挑回去!你也不看看天气!水!要水!知道吗?这玩意谁能吃下去!"

"知道天气热,所以才拌黄瓜呀!同志们干了一上午,能不饿……"炊事班刘班长,不以为然地分辩着。连长没理他。小古伸出舌尖,舔了舔起了一层干皮的嘴唇,小声说:

"刘班长!这阵没水,咽不下呀……你没看这太阳快把人烤干啦……"

"对呀!要水……"董指导员仅仅说了这么四个字,上下嘴唇把口水扯起了多长的丝丝,没有再往下说。

"水有呀!指导员!后边还有几担绿豆汤呢!跟着就送来!我是说同志们一上午没吃东西,下午说不定还得杀几场,不先吃点东西能行吗!"

"好了,老刘,我谢谢你的好心肠。有绿豆汤怎不先挑上来呀……"黄坚看了一下炊事班长,没有把话说完,敌人成排的炮弹突然打过来。山上掀起了灰茫茫的石末和烟尘。黄坚根据敌人火力的情况,肯定他们从城里朝外面增加了兵力,而且其中包括着炮兵。接着又有一排炮弹爆炸开来,敌人紧急的轰击开始了!并且,至少有三门以上的重迫击炮,是专门封锁枇杷山我军和王桥的联系的。巨大的炮弹,不停地超越山顶朝背后的洼地降落着。三个挑绿豆汤的炊事员,没有走到山根,就为人民流尽了最后一滴血。炊事班长眼巴巴地不能返回去了!两个小山包上的敌人,重又使用轻重机枪开始了猛烈的侧射。

情况显然严重了!

黄坚拿起了送话器,吃力地叫着:"营部!营部!敌人增加了兵力,要炮!要炮!"

我们的炮兵重新吼起来。敌人两个小山包上的侧射又被压下去。可是,敌人的炮兵阵地始终找不到。看样子他们也接受了教训,同样是把炮兵阵地分散开来,而又集中使用着火力。

混乱的炮战,足足持续了半个多钟头。枇杷山顶,每一块石头都由于火热的太阳和敌人的炮击,变得烫人。硝烟搅混着干燥的石末,叫人呼吸起来,就像一股钢铁熔液灌进了气管。漫山遍野早被我们击毙了的敌尸,又被敌人的炮弹炸得四分五裂。战士们的嘴如同在夏日的大沙漠里,干渴到极度之后,又被塞进了一把灼热的沙子,好像从喉管一直到肚里已经全然焦干了。呼吸也变成了沙沙声!嘴唇好像熟透了的棉桃那样,不停地崩裂着,血一流出来,就在原处结成了干痂!卫生员把胸膛贴伏在热辣辣的石头上,让伤员趴在自己的背上,匍匐着把他们一个个地背到山后隐蔽起来。

由于敌炮的轰击,我们的火力受到了压制。敌人迅速冲上了山顶。于是敌人的炮击全部转向我们的纵深去,几乎在我们的阵地背后竖起了一道火墙。水是全然无望了!

黄连长的脸上黑红发亮,汗珠好像把他脸上刷了一层油。可是,他的眼睛里仿佛已经迸出了火星,手里提着他那把闪光的战刀,从隐蔽部里一跃身子跳出来,喊了声:"同志们拼呀!"挥刀就朝一个敌人砍过去,激烈的白刃格斗开始了。枪声和手榴弹声全停了。只有敌人的炮弹仍旧超越山顶落到山后爆炸着。

敌人完全以为他们的炮弹已经把我们全部消灭了。冷不防我们居然来了这一手,再加上他们的勇气差,拼刺技术并不高明,一时乱了套。就在这瞬间,肖红军也没有按照正规刺杀的路数,竟自横三竖四戳倒了两三个!等到第四个敌人朝他扑来时,他却按照王小秀教他的要领,站稳脚步端起枪等着敌人扑过来。这敌人,一看肖红军的架势,有点胆怯了,但又不敢转身跑,只好同样端枪对着肖红军。两人就像斗鸡那样瞪眼瞅着,谁也不动。正在这时,一个敌人猛然朝赵忠林一刺,叫小赵用力把敌人的枪朝旁边一拨,那家伙留不住脚步,胸脯扑到小赵的刺刀尖上。小赵拔出了刺刀一回头,看到了正和肖红军对着的那家伙,顺手朝他戳过去,那人呵一声倒了。现在,他们才看见,张同和王小秀两人背对背地站着,地上躺倒了五六个叫他们刺死和刺伤了的敌人。可是还有三四个敌人围着他们,谁也不敢先动手!直到他们两个冲过去,才打破了僵局。

这瞬间,最严重的情况出现了。一个大高个子的敌人,呀一声朝黄连长冲去。连长举刀去迎他,背后又有两个敌人端起刺刀朝连长背上戳。肖红军禁不住喊了一声"背后"!连长的战刀还没砍下去,迎面那高个,却叫小古举起马枪给撂倒了。黄坚一回头,战刀刷的一声砍了下去。一个敌人的胳膊叫削掉了半截,另外那个敌人心一慌,身不由主地滚下了山沟。

到这里,敌人已经软下来。除掉不会动的尸体之外,一个个地分散退回山下去。可是,战士们并没有来得及相互说上一句话,敌人的炮弹就又打来了。血和火重新蒙住了枇杷山!

队伍暂时隐蔽在原先敌人在山上凿出来的战壕里。王小秀一跳进战壕,就在地上伸开胳膊腿躺下来。他的肩膀叫敌人的刺刀戳破了一块皮。肖红军跑过去,打开自己的急救包,用绷带给他包。他却一手推开肖红军说:

"别管啦!不包血也流不出来。伤口早叫太阳给焊住啦……有水吗?水……"

"有!有!"肖红军一听他要水,自己嘴里也觉得一阵干苦,一阵涩,就像撒进了一把干生生的辣椒面一样。可是,他还连声说着"有",并且丢掉绷带去抓自己的水壶。其实,王小秀早就知道他的水壶是空的。他忽地翻过身去,把脸亲在石头上,用舌尖伸进石缝里,心想能够从中吸取一点凉气。但又扭过头来说:

"去,快去看张同!他负伤了……"

肖红军从他身上跨过去,到张同身边时,张同左胸脯上被刺伤的刀口,正随着呼吸往外冒血泡!然而,他自己似乎并不知道自己受了伤,一直张着大嘴喘息着,说:

"水……水……水……给我水……"

肖红军赶紧把自己的空水壶对在他嘴上。张同感到了水壶是空的,壶嘴也是热呼呼地烫人。他少气无力地,用手推开了水壶,仍旧小声地说:"水……水……"

肖红军急得眼冒火,一点法子也没有,只好伸手在战壕里的一点点阴凉处,挖开了表面的碎石块,抓起一把多少有点凉气的砂子,捂在张同的嘴上去。他希望这点湿润气能够对他稍微有些帮助。可是,肖红军没想到他手里的砂子一接触张同的嘴,张同的脖子一软,脑袋耷拉下来了!接着他又斜过眼来,朝肖红军感激地看了一眼,声嘶力竭地说:"对不起你呀!我的好同志!谢谢你……"然后,他就紧紧地闭上了眼睛,浑身一阵急促地抽搐和抖动,开始大口大口地吞咽着他所希望的清泉!

肖红军心里激痛难忍,连声叫着:"张同!张同!水来啦!水来啦!……"张同再也不会应声了!他久久地抱着他,早已被仇恨和骄阳烧干了的眼睛,竟然一滴泪水也没有滚出来!

连长回到掩蔽部里去。董指导员已经摇动了电话机,拿起了听筒。虽然他一听,就知道线被敌人给打断了。但是,他却同样十分平静地说:

"喂!喂!营部吗?是呀!我是董书田,敌人已经拼输了!要水……要水!只要有水,就没问题!什么?敌人看样子还不会死心!好!好!马上送水来!好!越快越好……"然后,他把听筒放下,充满信心地对小古说:

"快去告诉大家,营部马上送水来!马上就到……"

黄坚也信以为真了,他往地上一坐,不自觉地接着说:"对!只要有水,再干他妈的十次也不在乎!"可是,当他刚一转脸时,董指导员就把嘴亲到电话员的耳朵上,用很小的声音说:

"快去查线!立刻接通!"

电话员一声不响地出去了。

小古的好消息刚刚传到战壕里,敌人最后的一次反扑,已经又到眼前了。李康喊了一声:"来了!"战士们也弄不清是水来了,还是敌人来了,呼的一声全都跳出了战壕。然而,敌人这一回确实不像样子了!只有稀稀拉拉的三几十个人,而且,全是被他们的官长用机枪逼上来的惊弓之鸟了。因而,他们一看见我们的战士们跳出了战壕,他们全像木雕泥塑的人一样,端着枪,闭着眼睛,站着不会动了。董指导员喊着说:

"国民党士兵弟兄们!快放下武器,卧倒!我们宽大你们!让我们打那些督战的特务!"

站在死亡边沿的敌军士兵们,一听这句话,有人心里立刻打开了窗户,手一软,枪支接二连三滑落到地上去。随即有人卧倒了,有人狼奔豕突地四散跑开了。战士们集中火力把他们身后的督战军官和特务,狠狠揍了一顿。敌人在枇杷山上的赌注最后输光了!

太阳已经快要落山。敌人的炮击也已停止。战士们已经疲惫、干渴到极点。

这时候,枇杷山上罩着一片混沌的烟气。太阳也变成了淡黄色。大家的视线全部集中到襄阳城外的滔滔汉江里去。他们感觉到,现在如果能够叫他们跑到汉江边,准能一口把江全喝干!

只有一阵工夫,炊事班的绿豆汤终于来到了枇杷山。

第 七 章

一

马林和杨克辛批准了三营长李文的建议。在天色完全黑下来之后,由八连一、三排开进枇杷山阵地,代替了七连控制枇杷山制高点的任务。

其实,这也并不仅仅是李文的意见。就连马林、杨克辛和团的所有首长们看来,如果说黄坚最喜欢的武器,是那把战刀的话,那么,七连在历来的战斗中,对于他们营、团首长来说,也就等于那把刀。因而,当七连在枇杷山顶和敌人厮杀到天黑,敌人使用了绝对优势的兵力和火器,把他们的攻击能力发挥到顶点,最后还不得不认输。七连的刺刀从敌人的头脑里把反夺枇杷山的梦想连根挖掉之后,李文和马林他们立即考虑到,更艰巨的突破城垣,进行巷战,活捉康泽的一连串任务,是很自然的。在战斗中,谁不希望用自己最心爱的武器击中敌人的要害?谁不愿意把最坚硬的钢铁用在刀刃上呢!

黄坚带领着他的战士们,从枇杷山撤回王桥的时候,夜色和昨晚同样的漆黑。可是,像昨夜那样的沉寂却是无影无踪了。王桥变成了人山人海。不知从哪里来了这么多的男女老乡们,像赶大会似的,挤得水泄不通,嚷嚷得叫人对面说话也听不清。他们一见七连回来了,真像春天里的蜜蜂发现了花果树那样,嗡一家伙就围上来。

突然有人说了声:"这不是黄连长!"黄坚还没看清说这话的是什么人,他的身子已经被人架起了多高,双脚腾空了。弄得他一点办法也没有,只好连声叫着:"当心!当心!当心我的刀!"不管怎么叫,哪里有人听他的。人们一个劲地朝他跟前挤。结果,他也只好把手里的战刀高高举起,任他们把他抬起来。

冷不防有一个人像亲嘴似的,用鼻子碰上了李康的鼻子。李康一扭脸,那人却说:"噢……就是他!"李康没吱声,伸手抓住那人的肩膀,定睛一瞅,原来是王柱子。

"呵呀!是你呀?柱子!"

"是呀!排长,是我。这……这……你叫我怎么谢你……"他激动得连话也说不成片了,两手紧紧抓着李康的胳臂,好像深怕他会跑掉似的。王小秀、肖红军他们,一听见是王柱子,随即转身挤过来。

"你老婆呢?好了没有?"肖红军这么插嘴说。

"她……她……这……"王柱子还没有看见肖红军在哪里,仍旧对着李康,激动得说不上话来。这时候,有个披头散发的女人使力把人推开,朝李康扑通一声跪下,接二连三地磕起头来。李康急忙挣脱王柱子,弯腰去拉那妇女:

"柱子!柱子!你看,你女人她怎么能这样呵!"李康很着急地说着,以为她是王柱子的老婆。柱子仍然伸手去拉李康的胳臂:

"不,排长,排长!你听我说,这是五嫂,她疯啦!别理她。我女人还在咱们医务所呢!医生说明后天就能回来!"

肖红军、王小秀他们,这才看清楚,原来果真就是那天晚上他们在村后田坎下抢救出来的那个女人。她的头发蓬乱着,脸上到处都是指甲抓破的痕印。他们把她拉起来。她还竭力挣扎着朝地上跪。

朱教导员不知站在什么地方,放开老大的嗓子讲话了:"老乡们!大家都回去好不好?战壕我们自己已经去挖啦,用不了这么多人。请大家赶快回家去休息,挤在这里有危险!敌人会朝这里打炮的!……"群众好像谁也没有听见要他们回家的话,只听见教导员说战士们已经去挖战壕去了。于是,他们像潮水一样,轰一声直朝村外通往西关那段开阔地上拥去。王柱子放开李康转身就跑。连那疯了的五嫂也不知去向了。

困守在襄阳城里和城外山头上的敌人,不停地用各种颜色的曳光弹和照明弹,朝天空放射着。夜空忽明忽暗。他们的轻重机枪,在看不见的地方,把远远近近的阴影当作了敌人,此起彼落地发出战栗似的点射和短促的连射。其实,就连敌人自己也明白,这一切只不过是他们的心理写照,为了互相壮胆,彼此说明着尚未死去而已。

敌人有一种美国造的被战士们叫做"黑寡妇"的夜航轰炸机,在漆黑的高空盘旋着,彻夜不停地发出苍蝇似的嗡嗡声。并且不断把它载负的小炸弹,成串地丢向黑糊糊的丛林和荷塘。然而,这一切对于通往西关的那段开阔地上,正在全线展开土工作业的部队和群众,却是全然不相干。几千人被仇恨所激怒,被胜利所鼓舞,他们悄然而又紧急地挖着交通沟。

群众离去之后,王桥暂时静下来。黄坚按照上级的指示,把队伍集合起来,由杨政委和李营长简短地讲了话,随即命令大家去休息。这时候,谁也没想到,战士们反而公然拒绝了他的命令。

"报告首长,我们不休息,让我们也去挖交通沟。"大家没有估计到,第一个发言的居然会是肖红军。特别是文化教员田松,更加感到意外。他禁不住伸手过去拉了一把肖红军的胳臂。肖红军反倒猛然甩开了他,连头也没调一调。别的战士争先恐后地说起来:

"请求首长把突破城垣的任务交给我们!"

"让我们七连从头干到底!"

"我们保证完成任务,活捉康泽……"

战士们的劲头很高,好像并没有经过一天的苦战似的。他们一直站立着,不肯散开去。弄得黄坚一点办法也没有,只好暂时要求大家静一静,然后转过脸来对着杨政委和李营长:

"怎么办呢?首长!"

"你的意见呢?"杨政委问。

"当然我和大家想的是一样!"

"你也是战士?"

"不,我是连长。"

"那就由你们营自己决定吧!反正攻城任务也是你们的……不过,你们今天还是有些伤亡呵……你们估计你们的力量怎么样?"

"报告首长,七连打剩黄坚一个人,我也得把襄阳城砍开!"黄坚没等营长发言,急忙接上去。李营长没有回答黄坚的话,很果断地大声朝着战士们说:

"同志们!你们今天辛苦了,打得非常好。不要担心,有你们的任务。现在赶快去休息。反正今天晚上的任务就是休息,明天的突击任务是不是你们,回头营里研究一下,再通知。要懂得不会抓紧时间休息,就不会打好仗。明白吗?"

"明白!"战士们一听到营长这么说,立刻散了。杨政委轻轻拍了一下黄坚的肩膀说:

"黄坚同志!也许我有点官僚主义,我还不很了解你的本事。你能不能谈一下,你到底有多大本领,要是果真你一个人就能把襄阳城砍开,那不是太好了吗?咱们何必这么兴师动众呢?你说说?"

黄坚虽然看不见杨政委的表情,话音也是慢条斯理的,可是他却觉得自己的脑袋嗡一家伙大起来,发现了自己刚才那句话实在说得不对头!然而,又有啥法子呢!只好冲着政委立正说:

"报告首长,我只是那么说说吧,我还不知道我能有多大本事。"

李营长急忙讲情似的插嘴说:"你是怎么搞的,老黄!说话总像三眼铳打兔子,一点准头也没有!你也不想一想,你是连长呵!又不是在家当老百姓!"

"这不只是随便说一句话的问题,这是一种危险的思想!"杨政委接着。他停了一下,又说:"一个指挥员动不动就是打剩他自己!难道光剩下自己就是光荣,就是胜利吗?指挥员看不见战士的力量,那就不是指挥员!就一点本事也没有!就只会失败!个人!个人!个人能有多大本事呢?今天你们打得好,可是,你自己能够拿下枇杷山吗?"

杨克辛讲到最后情绪很激动。黄坚和李文同声说着:

"是的,是的!"

杨政委没有再说什么,朝屋里走去。

战士们相互拂去了身上的石末和尘土,胡乱洗了洗脸上的汗渍,便去拿回各自的背包,准备安歇了。谁知,当他们在集中存放背包的小屋里,各自找到了自己的背包之后,反而谁也不愿离去了。如豆的油灯,在小窗台上闪烁着。几个失去了主人的背包,静静地躺在原处,大家的心里突然紧缩了一下,感到好像有根棍子别在自己的喉管似的,梗得很难受,可又吐不出。他们仿佛看到张同他们几位英勇牺牲了的同志们,仍旧活跃在眼前,大家听到了他们的杀声和笑声!一种爱同志恨敌人的意念,海浪般地在他们的心里翻腾,谁也说不出一句话。

住会儿,肖红军跨过去提起张同的背包,定睛瞅着李康说:

"排长,这是张同的,我先把它拿回去,明天再往连部送行不行?"

李康没有立即应声。他皱着眉头思索着,显然心里也很不好受。就在这瞬间,肖红军的手好像重又触摸到了张同的身躯,听到了他那些心直口快、冲口而出、往往叫人感到有点刺激人的话声。然而,这一切连他自己也不明白,为什么这阵反而叫他更加舍不得他了!他感到当张同在阵地上战胜了敌人之后,躺在他的怀里,热情地看了他一眼,最后闭上了眼睛的时候,张同平日的缺点好像全都没有了。他有很多话要想同他讲,可是张同再也听不见了!这一切仿佛在他的心上永远留下了一个缺陷!

李康似乎体会到了肖红军的心。终于说了声:"好嘛!"

于是,别的战士们,谁也没有再请示排长,都像肖红军一样,随即把其余几位牺牲者的背包也拿去了。

文化教员田松,虽然在清早队伍进入阵地时,跑过去喊了一声肖红军,没有说出什么话。可是一整天来,他在远远的王桥却仍然坐立不安。他不能想象,在那样猛烈的炮火之下,怎样保存自己,战胜敌人。他三番五次地想着肖红军怎样在最困难的时候,舍己为人。他不敢设想在这样的战斗中,肖红军还能活着看见他!他已经几次打好了腹稿,准备婉转地替他写封家信去,把肖红军英勇牺牲在枇杷山的不幸,告诉他的奶奶和晓云。希望她们不必过分悲伤,善自珍重。然而,事实一步步地粉碎了他的想象。他不仅从战斗开始到结束,从枇杷山抬下来的伤员中,没有找到肖红军的影子,到如今肖红军却又活生生地站在他的面前来了。

实际上,当七连从山上撤回王桥,田松看到了肖红军的时候,心里已经羞愧交加,不知如何是好了。他一直像尾巴似的跟在肖红军的背后。可是他又说不出什么话来。他不只是感觉到肖红军在这一天的战斗中,长大了许多!而且更亲切地感觉到,自己在这一天的想象里,已经把自己缩小得像沙尘一样了!事实不只是粉碎了他的想象,而且使他的想象玷污了肖红军。他的自作聪明,又一次在自己的心里制作了脏污。他开始模模糊糊地看到,革命的战争并不意味着死亡,而是要人更英勇地活下去!

肖红军把手里提着的两个背包放在屋门口,然后摘下了两扇

门板,并排架在门槛上。这时候,站在他跟前的田松以为找到了说话的机会,随即插嘴说:

"肖红军,你弄两块门板干什么?我有了呀!"

肖红军没吱声,好像根本没有听见有谁在说话。他首先迅速把张同的背包打开来,在门板上铺展得平平的,把他平时用作枕头的小包袱照样放在一头,又把张同那条花布夹被,端端正正铺在门板上。然后,才把自己的东西铺在另一块门板上,立即躺下来。这期间,他压根没有看见田松,也想象不到他的心情。在肖红军的心里,今晚倒比昨晚单纯得多了。除掉为张同和一切牺牲的同志们报仇,彻底消灭敌人之外,他忘记了一切。他躺着,不断翻过身来朝张同那块门板上看一看。心里说:"同志!你安心地睡吧!让我们再偎在一块睡一夜。在敌人面前我完全懂得了你……我们一定要胜利的!"

田松像被钉死在那里似的。他看着这一切,心里的滋味是没法形容的。他想悄悄离开肖红军,但是脚又软绵绵地抬不起。后来,他鼓足勇气,用尽全身的力气说:

"肖红军,我替你写封信给奶奶、晓云她们吧?说你胜利……你……很平安!很忙……"最后,他的声音有点抖动。肖红军这才发现教员还在站着呢。他忽地坐了起来说:

"快去歇吧,教员!不写信。革命嘛,奶奶她们也知道这才是开头!"

田松没应声,悄然离去。肖红军把枪往怀里一抱,重又躺下来。

二

从这天夜里开始,康泽害上了严重的失眠症。他虽然也看到枇杷山制高点的陷落,实际上是丢失了襄阳西关的那段开阔地,给解放军开辟了逼近城垣的大道。但是顽固的梦想,却又让他极力希望着解放军能够按照他的计划,到天明仍旧以枇杷山为依托,和他们展开城外各个山头的争夺战。在他看来,这希望是有充分根据的。他想:"这是千百年来兵家争夺襄阳经验的结晶。未必作为中国著名军人的人民解放军第二野战军最高司令官还不了解这一点?不会!不会!这位指挥官,谁都知道他并不是一个不重视历史的军人!如果谁要这样低估了他和共军的战斗素养,必将造成亘古未有的遗憾!为党国造成莫大的损失!要知道今日之共军,已经是具有相当装备,进行了一年多大规模运动战的正规军,决非数年前之游击队可比。他们决不会冒险,一定会知道欲取襄阳,必先夺取城外制高点的历史教训!况且,今天他们之所以没有在攻占枇杷山之后,立即向其他山头阵地展开攻击,主要还是为了巩固枇杷山阵地,使其成为明日攻取其他山头的良好依托。仅此可见共军作战指挥之稳妥精神。"因而,他的结论是,必须立即再从城内调出一些部队到城外山头阵地去固守。以便有效地消灭解放军的有生力量。

其实,从康泽的实际出发,也算有了点进步。他的这种判断,显然已经否定了几天以前认为我军只是为了吸引他们向郑州集结主力,故意跑到襄阳来和他开玩笑的看法。可是,就在这点上,他们中间也还有着比他更加"进步"的人物。

据说,在我军逼近襄阳之前,从南京飞来了一个姓陶的浙江人。此人不过四十上下年纪,细高挑,白净脸儿。一九三〇年,蒋介石对江西苏区发动第一次进攻的时候,康泽作为"铲共义勇队"的负责人,在汉口的一个军事会议上,被蒋介石介绍给何键等人共同策划特务工作时,陶某曾是康泽的部属。现在,就是他的名字谁也摸不清,一会儿叫这,一会儿叫那,一天可以变几次。职务是组长,但是谁也不知道是个什么组。只见他一来就和康泽平起平坐,大小事一齐过问。就是这个人,他和康泽的判断有着很大的不同。在他看来,解放军控制了枇杷山制高点,取得了逼近西关的大道之后,不必夺取其他山头,直逼西关,控制护城河上仅有的小桥,迅速攻城是完全可能的。因而,必需加强空军配合作战,有效地断绝解放军开进西关的道路才是正理。否则,襄阳难保!因此,当他和康泽争执到僵局的时候,就拍着桌子,声色俱厉地说:

"不成!不成!西关这段开阔地失去了控制,就等于你康某人的胸膛已经敞开在敌人的刺刀尖上!城里就是你的头脑!不管你再伸出几只手脚,敌人已经逼近了你的胸膛和头脑,难道他们还非要打你的手脚不成吗?糊涂!糊涂!我不同意你的措施!这是拿党国的事业开玩笑!"自然康泽也不示弱。最后只好两人都在报话机上急头怪脑地向上级各述己见。

正在这时,我们那位专管特种收音机的参谋急忙请来了靳军长和张政委。他们从头到尾听取了他们的"高见",拼命压制着自己,没有笑出声来。直到南京蒋匪国防部办公厅批准了陶某的意见,康泽狂叫着要求辞职的时候,靳军长才大声笑着,转过身来说:

"看他们谁比谁聪明!"接着他又命令参谋说:

"通知各部队,明天好好组织对空射击。部队注意防空。其他不变。"

"真是稀罕!空军也想解决地上的问题!新闻!这才真是新闻!"张政委微笑着说。

"不是新闻,是梦。梦里叫子弹穿透了脑袋,他还不会死呢!"靳军长又一次地哈哈笑起来。

拂晓,西关突然响起了激烈的枪声。好像队伍已经开始攻城了一样。轻、重机枪狂风暴雨般地扫射着,手榴弹好像连串的炸雷,不住声地轰隆隆轰隆隆地响。这情况不仅靳军长不了解,就是陈丰年他们也都摸不清了。全线的电话统统响起来。

原来谁也没想到,困守在城外各个山头上的敌人,本来正在修整着工事,准备着弹药,打算在天明之后,给我军的进攻以迎头痛击。可是,天一蒙蒙亮,他们就发现我军在通往西关的开阔地上,傍着山脚,一夜工夫,挖成了一条差不多两米宽、一人多深的闪电形交通沟。队伍已经抵近了城关的小桥。这个意外情况的出现,使他们敏感到解放军的刺刀已经戳上了他们的屁股!他们打算困守的山头,已经变成了孤岛。于是,他们就在各保性命要紧的思想基础上,以加强城防为理由,独断专行地"机动"起来。根本不向他们的康司令请示,带领队伍,奔下山来,直冲西关而去。企图趁我军尚未部署就绪,跑回城里。不料事与愿违,当他们的乱兵群堆集在城下时,守城敌军却又坚决执行着那位陶组长的命令,为了害怕我军趁他们进城的时候,跟踪追进城里,不仅没有开门迎接他们,反而用他们自己的手给他们的伙伴以密集火力的痛击。就这样,那些从山上跑下来的敌人,根本没有还手的准备,就在敌我突然的猛烈火力夹击下,全然蒙了头。只有十几分钟的工夫,足有一营以上的敌军尸体在小桥上和水濠里堆集起来。等到我军命令他们放下武器,受到宽待的时候,一些还没有跑到城根的敌人,却又返回山上去。

七连在酣睡中,被紧急的枪声惊醒。战士们忽地跳了起来,谁也摸不清是怎么一回事。大家从枪声的方向,肯定着攻城战斗业已开始。他们昨晚向营、团首长提出的要求,显然无望了。李康跑到连部去,连长正在摇动电话机。他的眼珠朝李康眄斜了一下,李康自然明白,意思是叫他不要同他说什么。李康走到董指导员的跟前,压低嗓子悄悄说:

"上级答复咱们昨晚的要求没有?指导员!"

"没有通知。"

"大概咱们没有希望了吧?"

"难说。"

"这不已经干上啦！你听！"

"不一定。你听说咱们拂晓攻城吗？"

"没有。可这枪声不是西关吗？"

"是……"

董指导员的话没有说下去，连长就用手势把他制止了。他和李康的谈话停下来。屋里只剩下黄坚对着送话器，连声说着："是……是……是……"

突然有人在门外叫了声："报告！"指导员没有应声，急忙跑到门外去。原来是团部通讯班长带着十几个担架连的战士。这时候，李康也跟了出来，他一眼看到上次给他们带过路的二丑和虎成，心里随即又有了希望。他心想担架连的同志们一早就来了，未必突击任务还能跑得掉！可是，他又立即怀疑起自己的判断来。他们为什么全都带着背包，没带担架呢？

指导员从通讯班长手里接过了一封信。他顺手拆开看了看，转身朝屋里走。黄连长大声说着走出来：

"老董！担架连的同志们来了是不是？"

"是呀！这里有信。"指导员把信递给他。他一面接过信去，一面喜笑颜开地说：

"其实不看也行，我全知道了。刚才李营长已经说了。"他对着团部通讯班长笑了笑，匆匆地把信看了一遍。然后一转身，对着大家说：

"同志们怎么还站着？快放下背包，坐着休息嘛，太好啦！太好啦！"

"报告连长，我的任务算是完成了吧！"通讯班长虽然是立正姿势和黄坚讲话的，看神情却像连长的老朋友。

"当然算是完成了。不过不是百分之百，是百分之二百完成了！"

"连长真会开玩笑！"

"不是玩笑,是真的。"他又朝通讯班长跟前走了两步,声音稍微低了一点说:

"我可不希望你经常照这样来完成任务哟!再照这样来几次,我就成了担架连长了!你说是不是?真倒霉呀!偏偏昨天打他妈的那么个仗!就像大火炒骨头,热呼淋啦干一天,一点肉也没吃上。感谢团首长们的关心,把担架连的同志给我们补充来了!可我还得检讨呵!懂不?"黄坚说到最后,竟像小孩似的,天真地伸了一下舌头。

"连长说到哪里去了!革命嘛!还能没有伤亡!我可以走了吗?"

"可以走了。这阵我也不留你,等捉到康泽再请你来会餐!"

"现在你留我也留不住。敬礼!"通讯班长转身走了。

黄坚把李营长刚才在电话上讲的全部情况和指示,对董指导员讲了一遍。他们立即又把队伍集合起来了。

担架连来的十几个人,暂时同连部站在了一起。王小秀一看见二丑和虎成,心里痒得受不了,正想立刻跑去问他们来干啥。值星排长的立正口令一下就把他给钉住,连头也不敢再动一动了。

黄坚把刚才西关枪声的原由给大家讲了之后,战士们憋不住地笑起来。他又立即转了话题说:

"同志们!这阵就笑还嫌早!真正过硬的时候还在后面呢!刚才上级已经答复了咱们的要求,今晚九连主攻,咱们作二梯队。这是命令,大家不要再想别的了。进城之后,任务还多着呢!听到没有?"

"听到啦!"

"另外还有一个好消息:大家可能已经看到了。团首长们从担架连调了十几位同志到咱们连里来。这是咱们的生力军。大家欢迎啦!"全连响起了雷鸣般的掌声。不知是谁突然喊着说:

"欢迎新同志!保证活捉康泽立大功!"

"欢迎新同志！保证攻得开,守得住!"

"欢迎新同志！保证……"

由于有人带了头,很自然地大家跟着你一句我一句地喊起口号来,弄得二丑他们一时不知如何是好,不自觉地也和大家一齐拍手,一齐喊着口号。王小秀几次调过头去,用眼和二丑打招呼,只是仍旧不能跑过去。

董指导员用手势制止了大家的掌声和口号,宣布了新同志的姓名和编入的班排。各班、排再一次用掌声欢迎着他们。指导员接着说：

"同志们,不要拍手了。对于新同志最好的欢迎,就是在战斗中的互相帮助。咱们马上就要进入西关阵地。胜利正在等待着我们。大家抓紧时间,回到班上和新同志们拉一拉,熟悉一下情况好不好？要不然,到晚上冲进城去,黑洞洞的,大哥还不认识二哥呢!"

"好!"大家一齐吼着散开去。王小秀、肖红军他们,转身就把二丑和虎成给抱了起来。但是他们并没有能够按照平时迎接新战士那样,大家坐下来,通过各种会议,把班、排、连的情况和作风详细和新同志们交谈。他们仅仅相互介绍了姓名,连家乡住处都顾不得问,排长就把张同他们的全部武器交给了虎成、二丑,和别的新同志一齐跑回班去集合了。

战场上的情况真是一刻千变。七连刚刚集合起来,看样子,连长还想说点什么,西关的枪声又紧了。弄得黄坚脑袋直冒火。他一挥手,说了声："成一路,持枪跑步,跟我来!"带起队伍,出村就进入了交通沟,直奔西关而去。队伍好像巨龙似的,在闪电形的交通沟里跑步前进。谁也摸不清前边的情况究竟是怎么一回事。黄坚又从小古的背上抽出了他的刀,嘴里自言自语着："狗日的,你敢出城来干一下？看你康泽能有几个脑袋!"战士们谁也不吭声,一直不停手地抹着脸上的汗珠。

忽然有人大叫了一声：

"跑什么？这么大热天！"

"敌人出来了！"黄连长根本没有看见是谁在说话，仍旧朝前跑。小古一转眼，看到了团长，随即拉了一下连长的衣服小声说：

"是马团长！是马团长！"

黄坚这才怔了一下，停住了脚步，冲着小古说：

"马团长在哪儿？造谣！"

"你听谁说敌人出来了？你还没有睡醒吧？"马林这么连说带笑地补充了一句。黄坚这才发现团指挥所已经前进到这里了。从右前方不远的地方，交通沟朝山脚伸出了一个小岔岔。他们在那里做好了有着三层木料、两尺多厚黄土的掩蔽部。马团长脖子上挂着镜子，手里捏着一支还未吸燃的纸烟，站在掩蔽部的门口，笑眯眯地瞅着他：

"不要太着急。有你打的！"马林顺着交通沟，朝他们走过来。

"我听到前边的枪声……心想……大概是……"黄坚吞吞吐吐没有把话说下去。

"'心想'，'大概'，这一类的字眼，不应该是连长用来判断敌情的，这种话会害死人！下不为例哟！"马林笑了笑，又说："你想他们要出来了是不是？这个想法很好呵！可是，敌人不是傻瓜，他也不肯按照我们的想法办事！你也不想想，这阵他有几个脑袋还敢往外伸？放心吧，同志，现在你拿请帖请他也不会出来的！今天已经不是昨天。要是他们敢出来，早上他就不会用自己的手把自己的队伍消灭在城门根。现在他们已经决心要做'胡桃仁'了。要是不拿铁锤子砸破他的壳壳，不拿针尖往外挑，就别打算吃到他的肉！明白不？"

"明白。可这会儿前边的枪声……"黄坚立正说。

"这是敌人刚才又发现了问题，他们感觉到西关护城河上的那座小桥，已经对他们有点不利了。他们打算用火力压住我们，派人出来炸掉那座桥！可别小看敌人这一手呵！这座桥已经是我们的宝贝啦！看到没有？这襄阳城三面被汉江包围着,西面这段护城河,实际上也和汉江是通的,水又深又宽。敌人早就毁掉了其他的桥,只剩这一座,目的当然不是希望我们从这里进城,而是为了他们守在城外各个山头上的队伍。现在我们已经强迫他们把战斗按照我们的计划来进行,叫他不能再管城外的部队,从他们的手里把桥夺过来了。当然他们势必竭力破坏这座桥。可是,我们也要看到,自古以来攻襄阳者,必须首先战胜水,这座桥到目前为止,已经成为我们突破襄阳城的决定因素之一,要是丢掉了它,就要多费手脚。拖延攻城时间,敌人的援兵就有可能赶到,那就更麻烦。敌人现在的主要想法,就是这一点。所以我们一定要坚决保住这座桥。今天傍晚就攻城！目前你们的任务,是立即进入阵地,协助九连守住这座桥。但又不准过多地消耗兵力！清楚了吗？"

"清楚了！"黄坚和董书田同时大声回答着。

"前进吧！不要跑。指挥员一定要爱惜战士的体力。在不必要他们流汗的时候,坚决不让大家流汗。不必要流血的时候,坚决不让他们流血。"

"是！"黄坚带起队伍正要走,团长又说:

"你们晚上的任务,李营长给你们讲了没有？"

"讲了。"

"好,去吧！我预祝你们捉到康泽！"

这期间,战士们一直原地休息着。满身的大汗已经落下去。他们开始以正常行军的步伐前进。

七连和九连的阵地,平平摆在一条横线上。九连正冲着桥头,七连多少偏东一点。七连进入阵地的时候,九连的机、步枪特等射手们,已经立下了显著的战功。桥那边的城门洞下,有七八条敌人的尸体,横三竖四地躺着。他们的身边,远远近近丢弃着大小不等的炸药包。甚至有人死后还把黄色炸药紧紧抱在怀里。他们谁也不敢出城把它拿回去,或者送到桥上来。血在他们的身子下边浸入了干渴的土地。看样子是他们一出城门,就被特等射手给撂倒了。城墙上的垛口,也有尸体趴在那里,把半截身子耷拉到外边,两只手伸得直直的,血从城墙上往下滴答着。这些敌人显然是站立起来,扔手榴弹的时候被击中的。可是,仍然躲在他们身边的伙伴们,没有谁肯把他们的尸体拉回去。敌人的机枪仍旧集中火力,不停息地朝三营的阵地疯狂射击着。子弹吱吱乱飞,把阵地上的浮土扬得灰洞洞的。

　　从城门洞到桥边,不过三四十米远近。然而,这时候在敌人看来,却是无限遥远的路程。不管他们怎样把所有的轻、重机枪,全部集中起来,向三营猛烈扫射,却无论如何也不能缩短城门和小桥的距离。可是,整个三营除掉步枪特等射手们的冷枪还击之外,机枪手们的点射没有超过五发子弹的。就这样,他们在敌人的面前筑起了钢壁铜墙,使他们无法接近那座桥!

　　但是,敌人不死心,中午时候,一场激烈的战斗开始了。

　　突然间,敌人集中在城垛上的机枪,全部停止了射击。阵地上似乎松活了许多。烟尘渐渐消散,无垠的蓝天,重又出现在战士们的头顶。大家正在判断敌人的动静时,发现阵地上空,有五六只乌鸦似的黑点点,正在高低不一地朝下落,说话间一阵刺耳的啸声,冲进了战士们的耳鼓。不知是谁,猛然叫了一声:"炮弹!"可是,这群乌鸦似的,各种类型的迫击炮弹,已经轰隆隆地落下来。整个三营的阵地前沿扯起了一条浓浓的烟幕。也有一些炮弹落进了护城河里,激起了丈多高的水柱子,飞溅的水花,好像洒水器似的迅速把烟幕压下去了。只是奇怪得很,没有一颗炮弹落在小桥上。肖红军就像王小秀从前帮助他那样,拉了一下虎成,从工事里伸头瞭了瞭小桥,故意给虎成壮胆似的说:

　　"你看,怎么样?这么大热天,敌人还给咱们洒水呢!不错吧?"

"没有打住桥呵!"虎成这么回答着。

"当然,敌人的炮兵可不能跟咱们比。他们除非是打地球,才不会脱靶!根本不尿他!"

虎成觉得肖红军这话很有意思。自己还没有想起怎么回答的时候,敌人的第二批炮弹又响起来。还有三架大飞机,像老母猪似的哼哼着,从东边的高山头上漫过来。枇杷山和其他山头上,我们早就布置好了的对空火力,一齐开火了。各个山顶都像喷泉似的向天空射出了弹雨,千万颗子弹朝着敌机飞去。那飞贼感觉到弹群嗖嗖地从他们窗前掠过,心里有些慌,随即拉起操纵杆,把机身朝上升了升,一歪翅膀,根本没有看到西关在什么地方,就把炸弹扔下来,朝西北飞去。虎成看见飞机上的炸弹往下落,急忙把头低下来。心想那家伙说不定真会落到自己的头上的。可是,巨大的爆炸声反而接二连三在城里响了。有人马上唱起快板来:"炸得好,炸得好,再来几个要不要?""要!"另有几个人回答着。大家哈哈笑起来。肖红军伸出头来一看,原来是九连的文化教员在一个重机枪掩体里,领着头唱哩。于是,他也不自觉地喊了一声:

"田教员!田教员!咱也来个好不好?"

连部离他们的工事并没有多远,田松一切都听见了,只是他心里七上八下地说不出话来。

飞贼又转回来了。这一次好像他们多少镇静了一点,虽然飞得还很高,确是朝着小桥和三营阵地上空飞过来。敌人城上的火器重又开始了密集地射击。城里的迫击炮弹和飞机的炸弹,同时落下来。显然是敌人增强了通讯联络,各兵种的协同动作也很像样了。

情况有点严重,阵地上再也没有了人声。所有的特等射手们,都朝自己早已瞄准了的敌人击发了。敌人有四五挺机枪变成了哑巴。炮弹、炸弹,在整个城关的家屋、空地、护城河和三营的阵地上,分散而又连续地爆炸着。持续的轰响夹杂着房屋倒塌和飞机的马达声,震得人们耳膜发痛,脑袋都有点发涨了。再加上火辣辣的尘土和硝烟,呛得人们喘不过气来。热呼呼的气浪一阵阵地扑过来,好像地面上也都装上了弹簧,到处都在震动着。有些工事破坏了,战士们给活埋了大半截。有人光荣地流尽了最后一滴血!

然而,对于飞机的高空投弹和迫击炮的间接射击,小桥的面积毕竟嫌小了。他们这样昏天黑地地搞了大半天,仍旧没能动着小桥的毫毛。康泽急眼了。就在这时候,他们最后一次地用机枪逼着两个士兵,抬起一包足有三十公斤以上的黄色炸药,从城门缝里挤出来,弯着身子朝桥上跑。城上的机枪像暴风似的掩护着他们。眼看他们就要成功,就要跑到桥头的时候,三班长张海全的枪声响了。一个敌人倒下来。炸药落到了地上。剩下那一个,急忙躬下身子吃力地去抱炸药包,可是他还没有抱离地面,不知谁的三颗机枪子弹并排穿过了他的腰。那家伙再也没有爬起来。

敌人感觉到仿佛他们大家一齐中了子弹似的,最大的希望破灭了,心里禁不住那么几秒钟的愣怔,枪声已经稀疏了许多。他们似乎还没有想到就那么多的炸药,在离开桥头那样近的地方引发,同样可以炸断小桥的时候,肖红军灵机一动,也顾不到同谁说一声,跳出掩体,飞也似的从桥上堆积着的敌尸身上跳跃过去,一把扯断了还在炸药包上连着、尚未通上电流的火索。敌人这才醒过来,但是已经迟了。他们只好向肖红军狠狠甩下一排手榴弹。大家只看到肖红军就地一滚,身子跌进了护城河里去,手榴弹响了。敌人的机枪子弹像密雨似的向护城河里扫去。

李康看到肖红军的时候,他已经在桥上跨越着敌人的尸体了。李康不知所以地使力叫了他几声。肖红军根本没听见。于是李康急忙放低身子,跑到三班阵地上,没头没脑地冲着张海全:

"三班长,你干什么?"张海全看到排长眼里快要迸出火花来。自己又实在说不出什么话。他觉得肖红军突然来了这一手,好像用一个大铁球塞进了他的喉管似的,把他憋得脸通红,无论如何也

咽不下。末后,只好吞吞吐吐地说:

"报告排长,我没有看见他。他也没吱声!"

"班长!连自己的战士都没看见,还叫班长?我没见过!"李康从来没有发过这大的脾气。

"请上级处分……我真没看见……"

"处分!处分就能顶战士吗?你不必向我来要处分。我要向你要战士……"

李康没有把话说到底,转眼看到护城河的岸下伸出两只手来。接着,肖红军一纵身子,真像鲤鱼跳龙门一样,扑溜一下跳上岸来,一闪就钻进了自己的工事里。李康忍不住扑哧笑了。张海全却没有笑。他们一齐朝肖红军跟前移动了几步,李康带着爱惜的口气,质问说:

"小鬼!谁叫你去的?"

"报告排长,我自己去的。我看那么大一包炸药,就在那地方炸了,桥也要完蛋!"肖红军很自然地回答着。看样子他一点也没觉得自己有什么错误,或者有什么了不起。

"说得轻巧,你怎么回来的?想过没有?"

"我从河底下钻回来的。这河只有丈多深呀,排长!"他仍然一点犯错误的感觉也没有。说话的时候,他像跌进水里的小公鸡那样,不自觉地把脑袋甩了甩,水星子迸了李康一脸。张海全一直黑斗着脸子没开腔。这阵他实在忍不住了,插嘴说:

"你,你是战士,你知道吗?就是你有天大的本事,一口能把敌人吃到肚里去。也该给班长说一声!懂不懂?"

这时候肖红军才知自己的行动有了问题。然而仍旧感到委屈似的回答说:

"报告班长,我不能把敌人吃掉。我只觉得情况很紧急,再报告班长怕来不及。敌人一发火,桥就完了!"

"再紧急也要请示班长。在战斗中自由行动是不许可的!以后再这样就要执行纪律。这次……也要好好检讨。"李康讲到"这次"两字的时候,尾音拖了很长。他心里想着,这小家伙确实是智勇结合立了功。像这样的新战士实在还不多!只是组织观念太差了!如果首先肯定他的功绩,可能助长他的无组织观念,过分批评他,一时也说不清楚,正在战斗中,可能影响他的积极性。只好先说明他也有错误,要检讨,以后再细致地教育他。

"是!"肖红军对着李康和张海全立正了。谁也没有再说什么。各自回到自己的位置上。

这期间敌人的炮兵几乎完全停止了射击,只是偶尔向我们的纵深胡乱射去一两发。飞机也没有了恋战的心思,只在高高的天空盘旋着,看样子是在磨时间。可是,敌人的守城部队却是忙碌了。他们一面射击,一面把铁刺拒马和巨大的三角木架纠结成的障碍物,不停地从城垛口上朝下丢。转眼工夫,城门洞口已经堆积如山了。这时三营长反倒松了一口气。他们看到康泽已经无心再来争夺这座小桥了。战士们心里说:任凭你把城墙外面统统镶上一层钢板,老子到傍黑也会把你打烂的!

烟尘混凝着暮色,渐渐低压下来,各个阵地上的射击,开始闪现着火花。峰峦模糊了。整个襄阳城内的空气仿佛已经淤滞起来。汉江像条死蛇一样,静静地缠绕着城脚。满载雨意的乌云,不知从什么地方飞来,层层叠叠地堆砌着,迅速加重了暮色,天地缝合了。人们感觉到暴风雨立刻就要到来。可是既没有雷声,树梢也不动。大家坐着,不停地挥着扇子,全身的毛孔仍像无数小喷泉似的,直朝外边冒汗珠。

张政委走到窗边,把头伸出去,吹大了鼻孔,深深吸了几口浑浊的热气,转过身来说:

"一点雨腥味儿也没。又是一个闷热的晚上。"

"好呵!越热越好。"靳军长这么接了一句,抬起手来看了看

表,转身对警卫员说:

"好热,搞个西瓜来吃嘛!"

警卫员应声去了。不多时,果然抱来了一个花皮大西瓜。一个作战参谋,上前接过西瓜放到小桌上,拿起了刀子,正要杀。靳军长上前夺过刀子,带着满脸笑意说:"我来。"参谋有点愣了。他不明白首长为什么今天不叫他动手? 其实,靳军长根本没有想到这一层,他举起刀来,朝张政委瞟了一眼说:"就这样,是不是?"张政委没言语,还他一个同样的微笑。于是,靳军长一刀把西瓜切成了两大半。接着又切成了许多小块。然后,撂下刀子,喜形于色地扫视大家说:

"吃吧! 不管怎样,西瓜总得切开吃,谁也不能一口把它吞下去!"

大家说笑着,迅速把西瓜吃完了。警卫员开始收拾西瓜皮,擦桌子的时候,军长命令参谋们:

"要总机接王师长。"

军长重新走到桌边,拿起一支红铅笔来,抬头对着政委说:

"你看,咱们这样搞他好不好?"

张政委跨过去,两手按在桌边上,眼睛直盯着桌上展开的襄阳街道图。靳军长手里的红铅笔好像刚才切西瓜的刀子似的,刷刷两下,顺着城内的中心大街,画了一个大十字。然后,又在十字的周围画了四个圈圈说:

"就这样,突破之后,迅速把他们切成四块,就像刚才一样,一块一块地吃。"说着,他又把城东北角的原襄阳师范学校,现在的康泽司令部,用铅笔使劲画了一个大圆圈:

"最后,再搞他。怎么样?"

"不管多大的胃口,要想一口吃下一桌酒席是不可能的!"张政委点着头。

"当然。越是摆好的筵席,越要按部就班地吃。慌张很了,还会咬住自己的舌头呢！城里还有敌人两个整旅,三个旅部,一个康泽司令部哩！就这么大点个城,他们简直可以手拉手地对付我们了！"

"主要是迅速切开它,只要把他们的建制打乱,就好办！"

"是呀！是呀……"

屋里的人们这才完全明白了,刚才首长亲自动手给大家切西瓜吃的意思。那个参谋转过身来笑眯眯地说：

"报告首长,电话接通了。"

"要一切线路上的机子,全把听筒放下来！哪一个电话员没有放下听筒,就由他们部队首长负责！"军长很严肃地这么说着,撂下手里的铅笔,拿起了送话器：

"喂！老王吗？怎么样？你们那个浮桥准备好了没有？什么？唉……"军长的脸色马上沉下来。好像平时碰到了很不愉快的事情那样。但是,随即他又勉强笑着说：

"同志！……你的理解错了。就是为了纠正那种机械规定主攻佯攻的搞法嘛！不能,决不能有依赖思想！只能用积极的战斗行为去竞赛。……什么？来得及！浮桥重要得很！没有浮桥那么宽的护城河你能飞过去吗？同志！你没看见陈丰年他们今天硬着头皮顶了一整天,不就是为了那么个小桥吗？好吧！好吧！你们马上把它加固一下就成啦！反正只要能走过人就成。我相信,敌人和我们都不会用战车通过你的浮桥的！执行吧,同志！"军长的脸色重又沉下来,把话突然停下,但又接着说：

"喂！喂！另外,我们的意见是这样,看你还有什么意见没有？现在敌人的主力还在城里呢！你看,这么大点的小城,他们还有那样多的部队。我们一切都要向最坏处着想,朝最好处努力。突破之后,千万不能让敌人集结起来,拧成一疙瘩和我们顽抗。各部队必需以最快的速度,从南到北,从东到西,按主要街道,把敌人分割成为四大块,然后一块块地吃！最后再搞康泽司令部！你看怎么样?……对,对……对,你说得很对!谁也不能一口吞个大西瓜,总得切开吃!刚才我们已经演习过了!就是这么个道理。当然,当然……也有可能像别的敌人一样,外壳一砸烂,他就晕了。但是,还要记住那句话,一定要把死老虎当做活老虎去打。准备明天和他巷战一天。要部队多多准备手榴弹、枪榴弹、小包炸药,还有洋镐、铁锹等等作业工具。不要临时手忙脚乱。要充分估计到康泽这东西的顽固性……对……对……在这一点上我们完全相信你的本领。我们那些部队应该向你学习!是,是这样的。不过,还有一点大家都要注意到,城中心十字街口有个不大的鼓楼,敌人可能利用它作制高点,控制大街,你们不要埋头朝上碰呵!好吧!好吧!你还需要什么东西不?……什么都不要!那好极了。"军长把话停下来,对张政委看了看,接着说:"喂!喂!张政委还有话讲。"张政委竭力表示没有什么讲的了,但军长已经通知了对方,他也只好接过了送话器:"喂!我没有什么要讲了,完全同意一号的意见。另外城外许多山上还有残余的敌人,大家注意到,不要让他们捣乱!就这样按照命令规定的时间,集中一切力量干吧!"张政委放下了送话器。军长深深吁了一口气。他似乎感觉到自己已经和敌人冲杀了一阵。汗珠几乎把他整个衬衣全给贴在身上了。警卫员递给他一个冷水湿过的毛巾。他仅仅在额角上抹了一下,就朝张政委走过去说:

"老王这同志,就这样,不管什么时候,总爱打哈哈。好像在他看来,世界上根本没有什么严重的事情!"

"可是真正干起来,他还是把硬手呵!"

"那当然,当然……"

他们说着,走出了作战处。

与此同时,在城里襄阳师范学校,原先用作教务处的那座不大的大厅里,足有一丈多长的会议桌上,照旧铺展着雪白的桌布,所有的窗帘都放了下来。灯光有些暗淡，桌上摆着的三盆无名小花，花儿凋谢，叶儿枯萎，看来全然失去了经营。围绕花盆寂寞地堆集着许多已被尘土湮没了各种花纹的瓷茶杯。另外还有三四部电话机，在靠近窗台的一个小条桌上放着。一张不大的战场形势标图，被一层深蓝色的布幔掩盖着，挂在小桌的上方。康泽和他的谷副司令、陶组长，还有一〇四、一六四、一六三三个旅长，挤坐在长桌的一头。他们谁也不说话，谁也不去动一动那些茶杯。一直不停嘴地吸烟。特别是那位姓陶的，在暗淡的灯光之下，脸上显得更加苍白和消瘦，看上去很像一个长期吸食海洛因的毒犯。他现在仿佛是在参加吸烟比赛会似的，一支接一支，又快又狠地吸着。每每一支烟接燃之后，只见他嘴唇一缩，两颊塌陷两个大坑，就像他平时吮吸人民的膏血那样，恨不得一口把它吞进肚里去。看样子，他们是在开着一个非常机密而又紧急的军事会议。可是，不知为什么，他们反而久久地缄默着。屋子里被他们吞吐的烟气弄得灰茫茫的，显得格外空洞和沉闷。

　　康泽默然走到战场形势图的前面，慢慢伸出手去，怯生生地拉开了布幔，露出一幅被他用红蓝铅笔涂抹得一塌糊涂的军用地图，这图上正像他的大脑一样紊乱的标记，掩盖了一切。大家老远看上去，只是一片花红。好像谁的脑袋被炸碎之后，把脑浆溅上了一大块似的。直到他们大家凑过去，伸长脖子也还看不出个所以然。康泽正要说什么，却叫谷副司令占了先。

　　副司令名叫谷峰岚，原是一个大地主的少爷。这人自幼小有聪明，性情诙谐，吃喝玩乐样样精通。据说他小的时候，玩的东西很广泛，就是斗鸡耍狗也都有他的份儿。后来他渐渐长大了点，又用佃户们的血汗，到外国跑了一番。这一来不仅在玩乐方面大大提高了一步，从封建阶级的爱好跃进到了资产阶级的爱好；从广泛的爱好，集中到女人、金钱和狗上面，而且又在他们家族的封建基础上，七闯八混，居然成了小有实力的地方军阀之一，一位名副其实的玩乐将军了。几十年来他在灯红酒绿和淫乱中,过了今天,不想明天,倒也逍遥自在。可惜,好景不长,当他的头发刚刚灰白的时候,蒋介石从帝国主义的手里借来了一把小刀,把他和别的地方军阀一样,用明升暗降的手段,给他阉割了。把他的兵权剥了个一干二净,弄他到襄阳来做特务康泽的助手。这件事近几年来总像一根硬刺鲠在他的咽喉里。因而,此刻他更觉得难受。虽然他明明知道共产党和人民的胜利,决不会让他的昨天返回来。但是,蒋介石对他来的这一手,确又像挖了他的祖坟似的,使他终生难忘。这时候,他把心一横,被一种幸灾乐祸的下意识所支配着,他想:"去你娘的!老子今生再也不给你康某做下手了!权当是个妓女,从良也不会挑上个特务去当小老婆!事到如今,索性让天塌下来,也不会首先砸住姓谷的……"突然之间,他竟情不自禁地把他那副油腻腻的灰色胖脸,朝下一拉,唉声叹气,含沙射影地冲口说:

"哎……杀锅罗!杀锅罗!……没得啥子了不起……"

这一来,反而打破了沉闷,激怒了康泽。那家伙像狼似的恶狠狠地站着,手朝桌上猛一拍,短胖身子晃动了几下。四方脸上白一阵红一阵的,眼珠瞪得像牛蛋子一样,牙齿咬得咯咯响,横宽足有一寸多长的嘴唇微微抖动着说:

"峰岚,未必你想里应外合嘛?"他的眼珠像条受惊的老蛇那样盯着他的副司令。不料对方反倒坦然哈哈笑起来:

"康兄!这是从何说起?啥话嘛!兄弟协助康兄多年,未必康兄这样明察的人,还不了解兄弟嘛?我是说敌人没有啥子了不起!围到城根也就是强弩之末了。试想,共军并没有重装备,兵力也不比我军雄厚,难道他们能用牙巴把襄阳咬破?那才笑人哩!以兄弟看来,敌军进逼城下,摇旗呐喊,故作攻城状,无非还是心理战而已矣哟!企图迫使我军心理上之崩溃,急急求援,以达成吸引我军主力不能顺利北进之目的耳!愚见所及,不知当否?康兄且安勿躁,效忠党国,团结为重嘛!尚望三思!"

谷峰岚很镇静的,明明知道康泽要比自己小几岁,却又一句一个康兄,不冷不热说了这么一大通。康泽脸上的横肉反倒渐渐松弛下来。但他仍然没有接下去,只是迅速转动着眼珠朝陶组长和各旅长们瞟了一瞟。那位姓陶的立即弹了弹烟灰,用他满口的宁波官话接着说:

"是呀!谷兄的看法也还有些道理呢,望司令决策!"

谷峰岚全然没有想到,姓陶的居然无意中解了他的围。康泽自然也就不再打算从他最初那几句话里做文章,较为正常地讲起来:

"诚然,峰岚的见解未尝没有参考之价值。不过我辈必须深知共军用兵,素来不按章法,狡猾多端,虚中有实,实中有虚。自从敌我交战以来,敌人在战术上已经显然置历史于度外。他们步步别出心裁,这就不得不引起我等足够注意。一切盲目自慰的念头,势必危害党国!所幸目前我军主力尚在城内。我辈必须痛下以身作则、身先士卒、誓与襄阳共存亡之决心。坚守城池,寸土必争。顷奉总统电示,"大家一听到"总统"二字,哗一声立正了。康泽用手势要他们稍息,继续说:"只要固守三五日,援军必到,敌军即可全歼于城下。何况欲攻坚者,必三倍于敌。据此看来,胜利仍操我手,这是毋庸置疑的。从历史上看,众所周知,东晋朱序之母韩夫人,尚能筑城襄阳,固守抗秦,何况我近代化之国军乎!我军城内部队,仅战斗人员即达八千之众。从现在开始,各旅和司令部机关人员,除极少数坚持机关工作外,一律武装起来,投入战斗。这样不仅大大增强我军之战斗力,且可鼓舞士气,使兵士亲眼看到情况之紧急,促其同舟共济之决心,奋勇杀敌,则襄阳确保无虞矣!诸位以为如何?有无异议?"

各旅长从来没有听到过康泽最后征求大家意见的这种话。感到受宠若惊,异口同声地说:

"誓遵司令指示,与襄阳共存亡!"

"好,好,司令的指示十分透彻,我辈必须坚决执行!这正是考核我等意志,报效党国之良机!"谷峰岚斜眼看了看姓陶的,他心里说:"好呵!事到如今你也看到康泽是司令了!"接着他又补充说:

"康兄高见,好极了。不过依兄弟看来,敌人仍然没得真正攻城之决心。"忽然他又比着手势,依照自己的独到见解,非常肯定地用一个指头敲着桌面说:

"啥子嘛!没吃过猪肉,未必还没见过猪走路!自古以来攻城者,必留一面嘛!哪见过这样四面八方围得水泄不通呢?何况他们的兵力并不多,未必他们四面一齐打进来?他们并不是傻瓜!"他停了一下,又说:

"当然啰!用兵嘛!诸葛一生唯谨慎,防患于未然嘛!我完全赞同康兄的措施,兄弟马上就到城上去!"

大家的唯诺,加上谷峰岚的称道,康泽的心里似乎得到了宽慰。于是喜形于色地接着说:

"峰岚倒是真知灼见啰!不过天这么黑,你的身体也不灵便,我看还是陪我在这里指挥全局为宜。他们……"他把眼睛转向各个旅长说:"这些年轻力壮的将领们,自应立即带领部属全部登城,亲自参战,方能表我官兵敌忾同仇之心。"

"是!"三个旅长一齐立正了。

到这里,那位姓陶的两只鼠眼滴溜溜地转着,冲着康泽连连点头哈腰,好像奴仆向主子乞求什么似的说:

"司令!司令!我到北门去可好?北门!"

康泽犹豫了一下说:

"陶兄不必去了吧?你到这里总算是客人!再紧急能让客人上阵吗?就在这里共同指挥好不好?"

"司令说到哪里去了!报效党国还分啥子客人主人呢?兄弟还是亲自去看看的好!"

康泽见他执意要去,怕他心中生疑,也就不便强留。会议就此散了。

旅长们还未走出大厅,康泽又把他们叫回身边叮咛说:

"西门,主要是西门!你们一定要给我守住。就是让部队手拉手地站在那里,也要堵住!不管什么人,勇敢杀敌者赏,畏缩不前者杀!要是在你们任何人的防区,突破一个小缺口,钻进一个敌人来,你们就不要活着见我!以我们这样雄厚之兵力,如果襄阳不保,岂不成了天大的笑话!"各旅长听到司令最后这段话,心里不禁打了个寒战,转身去了。

按时间估计,康泽的各旅长可能刚刚进入城关阵地,枪声大作了。成排成束的手榴弹响成了一片,炮弹一群群地朝城里降落,好像整个城池都已哆嗦起来。康泽的两条又黑又短的眉毛急忙朝中间凑拢了一下,转身往窗边走去。不知他是打算推开窗户更确切地判断枪声的方向,还是想用电话问一下情况。谷峰岚反倒故作镇静地把两只脚丫子往桌面一跷,漫不经心地说:

"没得啥子哟!襄阳也不是纸糊的,谅他也没有几颗子弹,打完就睡觉去啰!打仗嘛!哪个也不是雀雀,随便响一枪就把别个吓倒啰!没得那么安逸!"

康泽顾不得仔细揣摩这话的滋味。他虽然心像猫抓似的不安,却又生怕谷峰岚发觉。因而随即放慢了脚步,口是心非地搭讪说:"是的,可能还是神经战……"然而,话犹未了,电话急促地响起来,枪声越发紧急了,听来仿佛四面八方都已开始了总攻击。他不自禁地大步迈过去,一把抓起了听筒:

"嗯!是呀……是呀……什么?敌人主攻方向在你那里?胡说!你被吓掉魂了吧!要是那样,敌人自然是要找你的。你冷静点,不可能!目前他们仍然是以摇旗呐喊的手段,故作神经战呢!就是他们真的要进攻,主攻方向肯定是西门,不会是你那里!糊涂,糊涂!你也不睁开眼睛看看?你那里连桥都没有,难道他们能飞过护城河吗？什么？好……好……你讲,你讲……嗯……是……是……怎么？他们做了浮桥？……炮火很猛……啊！那你们干啥子的嘛！给我打！赶快给我打！要是从你那里突破,我就杀你的头……好,好……可以要一六四旅从西门拨一个营给你……"这期间,康泽的脸色就像秋天里的天空,疙瘩暴云说不上是啥样子。谷峰岚已经有些紧张了。不知什么时候,他也走到了康泽的身边。康泽正要放下送话器,一六四旅的电话也响起来,于是他也急忙抓起了听筒：

"是呀……是呀……我是谷峰岚。啥子嘛？你那里也开始攻击啰！没来头！假的！假的！沉着点。是呀！是呀！什么？光有枪声,看不到队伍的动作？对呀……对呀……只听楼梯响,不见人下来,不是神经战是啥子嘛！沉住气,你那里力量雄厚,万无一失！……"谷峰岚的话没有说完,康泽把送话器夺了过去："喂！喂！是我,是我,我是康司令！怎么连声音都听不出了吗？混蛋！不用讲了！我都知道了。你马上拨一个营到东门去。那里吃紧。敌人已经突破了外壕,火力很猛,看样子他们是改变了决心。可能他们也估计到西关有桥,我们的守备力量很强大,改从东门主攻了……快,坚决执行！没有什么考虑的！"康泽恶声怒气地这么说了之后,毅然丢下了听筒。他的眼珠暴躁地滚动着,自言自语似的说：

"哼！真是千变万化……"

轰——

一片分外强大的火光一闪,几乎照红了半个天。剧烈的爆炸声,把全城都震动了。连康泽那座指挥大厅也猛然抖了一家伙,窗子哗啦啦地响起来。

正当敌人一六四旅旅长,在西城楼上和康泽通电话的时候,九连两个战士吸取了肖红军的经验,他们悄悄从护城河里潜过去,把敌人送到桥头的那包三十多公斤的黄色炸药,重新接上了电线,尽量推到城门根,然后返回自己的阵地发了火。夜漆黑,敌人完全没有发现三营阵地上有什么动静。真像突然爆发了一座小小的火山那样。火光一闪,大半边城楼在巨响中飞上了天。城门根堆积着的一切障碍物和砖头瓦块,混搅着城上敌人的尸体,呜呜叫着被扔到四面八方的黑暗里。城门变成了一个毫无阻拦的坡形大缺口。三营像把利剑似的插进去。守城敌军崩溃了,像被震慑了的狼群一样,呜呜啦啦地叫着,顺着大街小巷,没命地奔逃。天黑得伸手不见五指,闷热得喘不上气来。大概是敌人的步兵挡住了驮炮或者是驮重机枪的骡马,骡马也挡住了步兵的去路。于是那步兵端起刺刀狠狠戳在骡马的屁股上。这一来,反而乱成了一团。总有四五匹挺大个的骚骡子,身上佩带着全套的鞍具和铁制炮架,实在忍受不了突然的穿刺,它们一纵身子,举起两只前蹄,朝空中爬了几家伙,然后翘起尾巴,一尬蹶子,狂暴地呼啸着,屁股上带着那些来不及拔掉的刺刀和步枪,好像中了火箭的野牛似的,横冲直闯,在敌人的乱兵群中,踏开一条血路,四散奔去。不知多少人没头没脑,被碰倒、踢伤和撞死。正在这时,一排手榴弹打了上去,只听得一阵呐喊,敌兵纷纷朝店铺和家屋里钻逃,骡子也就不知去向了。

　　七团在突破之前,已经接受了顺大街前进、迅速楔入纵深、攻占十字街口鼓楼制高点的任务。其他部队首先扫清城上的敌人,迂回前进,从东、南、北三面,杀入市内,把敌人切成四大块,和七团在鼓楼会师。

　　由于西门的守敌,受到了东关我军的吸引,没有估计到,九连利用了他们自己送出去的大包炸药,迅速摧毁了城垣。并且一开始他们就失去了主官,再加上他们自己为了逃命而制造的"骡子事件"。当时看上去,真像半夜里打起了一网泥鳅,只见影影糊糊,黑压压的一大片,瞎头障目地乱窜。张三看不见了李四,李四也叫不应了王五,队伍完全"放羊"了。趁此机会,三营以秋风扫落叶之

243

势,集中了短促火力猛一压。七、八连的战士们"冲呀"一声,喊着"缴枪不杀"的口号,端起刺刀开始了冲锋。可是,战士们的刺刀根本没见血,一些来不及钻进家屋的敌人,就在街上哗啦哗啦地放下了武器。几百名俘虏随即在街沿上排成了行列,规规矩矩地被带出城去。

然而,这情况仅仅只有半个钟头就过去了。当他们顺着大街直朝北面冲去的时候,一阵密集的重机枪弹,咯咯咯地迎面射过来。战士们谁也没有看到敌人的机枪巢在什么地方,一些来不及利用地形地物的同志们,接二连三地倒下了。七连长急忙说了声:

"停止前进,鼓楼上有敌人封锁!"

"我的天!鼓楼在哪里嘛?"战士这么思忖着,马上利用街沿上的走廊卧下来。这时候,大家定睛一瞅,才发现前面不过几十米的高处,有两挺重机枪正朝他们吐火苗。鼓楼是个什么样?射手在哪里?仍然一点也看不见。张海全躲在墙角里,瞄准机枪口的火光,打了两枪。机枪仅仅像换子弹带似的,停了几秒钟就又照常打起来。散进商店和家屋里的敌人,仿佛已被这种枪声镇定了下来。他们开始在三营的周围,从房顶、窗户和门扇板缝里朝外打起了冷枪和炸弹。虽然由于天黑,加上我军基本上都已隐蔽下来,他们的射击并没有很好的效果,但是确实说明情况复杂了。

这时候,全城的枪声和手榴弹声构成了没有间歇的轰鸣。友邻部队从城上向东、南、北的三面迂回,并不像七团刚一进城那样的顺利。不仅城上的敌人步步抵抗,特别是把他们压下城去,赶到街上之后,他们就又利用家屋和主要街口的地堡,分外顽强地干起来。巷战就在这样漆黑、闷热的夜里开始了。

小城市的街道和家屋构筑是分外复杂的。加上人地两生,两只眼睛看不见,战士们就像武松和十字坡的店小二那样,用手摸着杀起来。

马林认为这样摸黑的干法是很危险的。看看离天亮也已没有多长时间了,于是他就请示了上级,命令部队迅速占领较为坚固的建筑,站下脚来,等天明再展开逐屋战,全部消灭敌人。

黄坚提着他的战刀,朝一座混砖到底的铺面走进去。一进门,小古就捏亮了电筒。屋里货架上全是空的。一个人影也没有。他们穿堂而过,走进了正房。正房同样没有一个人。只是家具什物样样齐全。黄坚顺口说:

"嘿!这里倒干净,一个鬼也没有!电话员架线,咱们就在这里!"

电话员应声开始架起线来。教员田松无意中推开了屋角一个虚掩着的小门,拿电筒朝里一照,里边有个多大的雕花顶子床,床上被褥俱全,就是没有人。指导员见田松推开了那个小门,马上叮咛说:

"教员,别到人家里间去。刚才我看过了,没有敌人。是老乡的寝室……"

田松还没回话,隔壁院里轰轰响起了炸弹声,屋子忽然抖动了一下,梁上的尘土直朝下边落。指导员看见田松的身子朝后突然踉跄了一步,目瞪口呆地愣怔着:

"指……指……指导员……有……这里有……"

他连有什么还没说出来,敌人的枪弹就从那张顶子床下打了出来。小古举手扔进去了一颗手榴弹。里间成了一屋烟,弹片把床和家具全炸烂了。一阵嗡鸣过后,有人从里边发出了呻吟。

小古举着另一颗手榴弹,吼着:

"还不快出来投降!老子再给你一个!"

"娘卖×的,藏在这里!不出来,我全砍了你们!"黄坚提着刀,正要闯进去,却叫指导员拉住了。接着指导员就向敌人交代起政策来。半天没有人接腔,末后,有人胆战心惊地说:

"官长……那是……班长……班长他……他打的枪……枪……呀……"

"不管谁打枪,你们赶快把枪放下,空手出来,宽大你们,不杀!"

董指导员厉声命令着。里边接二连三钻出来了四个人。他们一出门就举起了两只空手,跪到地上去。

"还有没有?"黄坚朝他们一挥刀。他们全都连忙叩头说:

"官长……实……实……实在没有了。我们是……一个班……散了……班长……在……在里边,他……他不会动了!"

"要是说谎话,我叫你们一个个脑袋全搬家!"

"不……不敢……不敢……"

小古捏亮电筒进去看了看。嗨!真不简单。就那么个床下,居然丢着四支中正式步枪,还有一挺加拿大轻机枪呢!小古扯转身来,笑着对那四个俘虏说:

"你不说谎!明明你们班长断了气,为啥说他不会动?这还行!"

那敌兵不知怎么回话才是。指导员命令小古把他们送到俘虏队里去。连部就在这个院里扎下来。

李康带着一排,闯进了一个小店铺。这铺面满共只有一间。可是他们一推板扇门,里边不知碰住了谁的鼻子。他们心里猛一惊,正在不知如何是好的时候,那人忍不住的压低嗓子骂起来:

"妈的臭×!逃命这么着急呀!也不叫一声,把老子的鼻子碰掉啦……"

战士们一听这话,没有等着排长下命令,哗一家伙冲进去,刺刀顶住了敌人的肚皮。忽然有人吼着说:

"干什么!干什么!不要误会!连长在这里!"谁也不应声。李康一纵身子跳到柜台上,拿电筒一照:好家伙,小屋塞得满满的,足有五六十个敌人,挤得动也不能动。加上电筒的强光朝眼上一射,真像正在眠着的蚕子一样,直摆头,不动弹。

"不准动!放下武器来。谁是连长快出来,我们宽大你!谁动就打死谁!"李康这样命令着。有些战士们已经拉开了手榴弹的火索,在手里举起。

被刺刀顶着肚皮的敌人,开始放下了武器。正在这个时候,其中有个敌人,突然说:

"朝后撤,跟我来!"

靠后站着的敌人乱起来。他们一缩身子,跟着那人朝后院跑了。战士们的手榴弹冲着他们的背影打过去。火光一闪,院里又成了一团黑。一些放下武器的敌人,哆哆嗦嗦跪下来,挡住了战士们的冲锋。那些敌人除掉被炸死炸伤的以外,仍有十几个人朝后院逃去。肖红军和虎成他们,正要跟着敌人的屁股往后追,却被李康叫住了。

李康命令俘虏们站起来。他很严肃地对着他们说:

"不要怕!我们知道你们也是被抓来的,只要放下武器,决不伤害你们!我问你们,刚才带他们往后院跑的是什么人?"

"是三连长。"

"你们都是三连的吗?"

"不是,我是五连。""我们是二连。""我是机枪连。""我是营部的号兵……"俘虏们乱嚷嚷地各自回答着。

"你们知道这后院有多深?有后门没有?"李康制止了他们,这样插问着。

"报告官长,不知道。"

"没有来过,是刚才躲进来的!"

李康一挥手:

"好了,好了!你们先到别处休息去吧!一班派人把他们送到连部去!"

正在这时,小古在外边叫了一声:"一排长!我要听不到你的声气,真要把我找死啦……"可是,当他一脚跨进门里之后,看到那么一大堆俘虏兵时,马上就把下边的话给咽到肚里去。小家伙两只眼睛机灵地闪动着,把嘴凑上李康的耳朵,不知说了些什么。然后,退后一步,嘴里说了声"敬礼"!一举手就又朝外跑去。李康急忙催着一班派出的战士:

"走吧!走吧!你们快送他们去。趁小古给你们带路。"

送走了俘虏,李康把班长们召集到身边,向他们传达着小古刚才送来的命令:

"上级有指示,敌人已经被我们打乱了建制,分割起来。这阵正是天明以前的漆黑,啥也看不见,咱们部队地形不熟悉,敌人又都藏在房屋里,不能冒冒失失地乱冲,弄不好会吃亏。要咱们各部队暂时停下来,守住已经占领的房屋和阵地。等拂晓开始一屋一屋地收拾他们!看样子,天明之后还得大干一场哩!在街上,在屋子里打仗,这可是个新鲜事。大家趁这点时间,想想办法,把小包炸药和手榴弹检查一下,准备好。不够了,快到连部去领!"

他们把机枪架在通往后院的门口。战士们开始检查着弹药,悄悄讨论开来。

全城开始了激战之前的沉寂。只有零星的手榴弹在爆炸着。鼓楼上的敌人不时发出重机枪的咯咯声。子弹碰击在街心的石头和墙壁上,迸发着火星。

三

其实,最使康泽吃惊的,还不只是突破西门的猛烈爆炸和他心爱的一六四旅旅长的阵亡。而是与此同时,防守北门的一六三旅旅长,在电话上向他报告说,那个陶组长一听到西关的轰响,就不顾死活跳下城去,滚进城根的汉江里,哗啦啦地泅水逃跑了。这消息真像一把牛耳尖刀,狠狠戳进了康泽的心。一时把他气得脸色发青,牙齿咬得咯咯响。他顾不得谷峰岚还在身边,就破口大骂起来：

"给我拿机枪扫！狗娘养的！不能让他活着回南京请功！啥子总统的亲信嘛！早就知道是只兔子……不敢听枪响……"

一六三旅旅长虽然连声称是，但他并没有听他的康司令把话说完，也就撂下了听筒，翻身溜下城去，追随陶组长逃命去了。康泽像条急红了眼的疯狗，继续"喂！喂！"叫了几声，然后啪一家伙把机子砸啦！转身对着谷峰岚，咬牙切齿地说：

"姓陶的跑啦……总统的心腹，特别派他来的哟……"

"啥子！大闱女养的货嘛！"谷峰岚气急败坏地接着。

"谷兄！生死关头，见人心哟！咱们可要同舟共济呀！"康泽恶气变好气，有点感慨地说。

在谷峰岚的感觉中，康泽的神情，从来也没有现在这样诚恳和谦逊。于是，他也顺口接着说：

"当然！当然！军人嘛！总以效忠党国为天职！"

康泽在这时，心里虽像万箭穿，脸上却堆起了苦笑。他侧耳听了听满城暴风雨般的枪声。额上豆大的汗珠往下滑落着，好像自己告诫自己似的说：

"要镇静，静而后胜！"

"自然！自然！"谷峰岚不安地来回踱着，不照面地这么说。现在，这大厅显得分外空荡，好像一片荒芜的田野伸展在他们的面前，他不断地伸长脖子深深地呼吸着，不停地用手轻轻拍打着自己的胖胸脯。仿佛有什么东西在他喉管淤塞着似的。

一个穿着长筒马靴的青年参谋跑进来。这人面色惨白而消瘦，细高细高的身材，像根枯干了的高粱秆子那样。他在他们的面前立正之后，身子支不住，醉汉似的摇摆着，上气不接下气地说：

"报……报……报告司……司令，各……各……各部队电话……全不通……了……可……可能……敌人……分……分……分割包围了他……他们……"

这位参谋的舌头有点僵硬了。在他说话期间,把康泽的脸色憋得青一阵红一阵,不断用手朝空中抓挠着。看样子,他好像恨不得伸手到那参谋的喉管里,把话一把掏出来。等到参谋哆哆嗦嗦把话说完,他却又像被抽去了脊椎骨似的,脑袋那么一摆,鼻梁朝上皱了皱,一屁股坐在椅子上,鼓一般的圆肚皮,立即松垮了许多。但他马上又神经质地一挺腰杆站起来:

"快,立刻要司号长用号音和他们联系。同时马上派人把线接通!"

"是,司令!"那参谋重新把两只脚后跟猛然碰击了一下,转身去了。

屋里开始了死一样的静寂,他们久久地沉默着。有时两人的视线惶惶接触在一起,但又立即错开去。现在他们两个人的心好像全被抛掷在严寒的风雪之中。彼此都在想着:"靠近些!靠近些!"然而又好像有件东西隔着,让他们无论如何也靠不拢。住会儿,还是康泽主动地迈起沉着的脚步,朝谷峰岚走过去,声音有些战栗地压低嗓门说:

"谷兄!事情已经这样了,咱们到大堡里去吧?要他们把线接过去就是!"

"上策!上策!备而无患嘛!可恨,可恨!这共军硬是一点章法也不要了!打仗嘛,总得有个阵势!哪有这种整法?一进城就搞成了一锅粥,四处乱钻,真是狗戴沙锅,乱冲一派哟!莫非这种整法能有啥子甜头好吃?我看未必然哟!"

谷峰岚莫名其妙抓耳挠腮地唠叨着。康泽一言未发。好像他的心上已经中了炮弹似的,紧紧皱着眉头,最后离开了大厅。

当他们进入早已掘好了的坟墓——那座最大的碉堡之后,康泽仿佛又有了办法似的,忽然间精神焕发,恶声恶气地喊来了报务科长说:

"快,快,快向剿总告急!要他们立刻回报来!"那位报务科长应声去了。康泽重又沉浸在一个美好的梦幻中,然而,这个梦仅仅就像流星那么一闪,就过去了。一刻工夫,报务员把"剿总"的回电递给他时,他的脊椎骨,又一次地被抽掉了。身子好像立即就要软瘫下来。然而他仍被一种无可奈何的暴怒撑持着,根本没有把电报交给谷峰岚,只在自己的眼前一瞟,就把它恶狠狠地撕成了碎片,甩到地上去。然后,两手朝背后一剪,压制不住地骂起来:

"什么东西!什么东西!到如今还是指日可到!还指你妈的啥子日嘛!原来七师还在武汉,成什么体统!白崇禧……白……"

他最后讲到那个"白"字的时候,好像已经把"崇禧"二字给嚼烂吃掉了。于是他又立即癫狂地嘶声嚎叫起他的表弟,那位情报处张处长来。

这位处长真像康泽的手脚一样,喊声一出口,他就出现在表哥的面前了。这时候,谷峰岚已经完全变成了聋子的耳朵,连他自己比譬的小老婆也不如了。那处长根本没有朝他瞟一眼,只是聚精会神地站在康泽面前,听吩咐:

"现在,情况很紧急。马上命令特务团和司令部全体官兵,一律进入各个碉堡和阵地。坚守司令部,直到最后一个人,也要战斗到底!要工兵连在拂晓以前把司令部周围统统布上地雷。时间还来得及,看样子,他们要在解决其他部队之后,才攻司令部!胜败在此一举。坚守司令部的职责,全交给你。你要马上向全体官兵宣布:勇敢杀敌,效忠党国者,每人奖赏金圆券五万元,畏缩不前者,就地正法!"

这期间,谷峰岚没有说一句话,然而,他倒发现了一个很有意思的问题。这两位表兄弟的长相,确实像是一个模子铸成的。特别是现在,两人的衣着也是一模一样。康泽简直就像对着镜子下命令……这下叫他恍然大悟地忆起了许多事……

李康和战士们在那个小铺子里,计议着天明以后的战斗。全城敌人吹响了哭泣似的号声。这号音一开头就叫人们很明确地感觉到不是冲锋,也不是起床。然而到底是干什么,谁也听不懂。接着,四处都有号音回答了。这时,王小秀忽然大声说:

"敌人在联络,敌人在联络!你听,你听,他们说他们被包围……都一样,都一样……你听嘛……"

"你懂吗?"李康问着。

"号牌子和番号不懂,后边的懂!"

"好,好,你快去报告连部!"

王小秀没想到,当他跑到连部时,俘虏兵已经把敌人的号牌子和番号以及联络的内容全都讲给了连长。他仅仅说明了来意,就又返回排里去。

黎明前的浓黑,渐渐淡下来。

黎明带来了激战。实际上靳军长并没有命令各部队同时开始逐屋战。然而,拂晓却是同时来临的。当战士们的眼睛能够蒙蒙看到屋子、围墙和闪闪蠕动的人影时,紧急的枪声,手榴弹声,小包炸药的爆炸声,夹杂着嘹亮的口号,重又吞没了整个襄阳城。因为黎明前的浓黑,给各个部队和敌人造成了许多非常奇特而又危险,甚至有些滑稽的对峙局面,全叫拂晓的光辉给揭露了。许多战士,好像睡觉似的,忽然睁开了眼睛,原来敌人就在自己的身边。于是,什么命令也不要,就开始了紧急的战斗。

李康他们在天明之后,才发现从他们架着机枪的屋门,朝后走,原是一条足有五十来米的夹道。这夹道不过一米多宽,两面全是丈多高的耳房。夹道的尽头可以看到高高的围墙顶上,布满了防范越墙偷盗的玻璃破片闪着光。围墙之内好像还有一个不大的空院,那里堆积着一些破烂的货箱、席皮一类的东西。敌人全部隐藏在夹道两边的屋子里。他们的枪口从窗户眼和门缝里伸出来,完全控制了夹道,是人不能通过。

"怎办呢?"当大家看到了这种情况的时候,不自主地问起了班长。班长们的视线随即转到李康的脸上去。他们谁也不说话,心里都在想:"排长,这可是个难题呀!夹道那么窄,人进不去,手榴弹又扔不到敌人的屋里,实在叫人有力没处用呵!该你出个主意了吧!"

其实李康早已看到了他们的心事。只是,他所考虑的却不是地形的困难:

"主要是不知道屋里有没有老百姓?只要没有老百姓,让他们钻进老鼠洞里,也能抓出他们来!"

"先喊喊话行不行?"张海全提议。

"好嘛!先喊!"李康这样说着随即喊起话来。他把我军的俘房政策和敌人已经被分割包围的形势反复喊了几遍之后,敌人全像死了一样,一声也不响。只是后来,当他喊到老乡们赶快出来,免得遭到误伤的时候,敌人却从屋里咯咯咯地打起机枪来。

李康一看这情况,马上下定决心命令说:

"一班准备上房,从这座房顶沿到夹道两边的屋脊上到后院去,堵住他们的后路。三班准备小包炸药,打通这座屋墙,往那屋里塞!"

"里边到底有群众没有?"张海全继续问着。

"可能有。有啥法子呢!先挖开再看着办!"李康很坚决。战士们马上动作起来。

一班刚刚爬上屋顶,鼓楼上的敌人,用重机枪朝他们紧急扫射过来。两个战士中了弹,顺着房坡滚到街心去。张海全一步跳出了店铺的大门,打算去救中弹的同志,这才发现,鼓楼就在他们这座房子的头顶上。他看得清清楚楚,那上面有四挺重机枪,正正封锁着四面的大街。敌人的大半截身子全露在围墙的外面,满不在乎地朝他们房顶上的一班射击着。看样子,他们以为谁也没有看到他们!张海全一见这情形,也顾不得上去抢救那两位中弹的同志,心里一阵发烧,顺口喊了一声"枪榴弹"!大家还没弄清他的意思,他自己已经把枪榴弹的筒子安到枪口上,装上了榴弹,瞄准了鼓楼上的敌人击发了。大家跑出来的时候,那挺正在射击着的机枪已经不响了。敌人又把另一挺机枪朝这个方向移动着。大家又打上去了一群枪榴弹。整个鼓楼的小顶盖差不多全给掀掉了。所有的机枪全部不响了。李康命令:

"二班冲上去,控制鼓楼!"

二班长带领战士,从街沿上跑步冲上了鼓楼。可是他们连一个完整的俘虏也没有捉到。机枪只有两挺还能用。就这样,不仅一班顺利地从夹道房顶到达了后院,而且整个城里的屋顶全被他们控制了。

三班快要打通墙壁的时候,敌人的机枪冲着挖洞的地方打过来。肖红军一急,把手榴弹扔到敌人的窗台上,爆炸了。那些小小的木棂子窗户,哗啦一声全部破碎,飞散了。窗子成了一个四四方方的大窟窿。敌人慌了手脚,他们马上打开了两面的屋门。机枪手们正要开火,谁知敌人仍然没出来,只从两面的屋里赶出来了七八个男男女女、老老小小的老百姓。这些人仿佛全被吓破了胆,齐呼乱喊地战抖着,像堵墙壁一样,严严封锁了机枪的射界。敌人是很狡猾的。就在这时,他们才像老鼠一样,躬着身子,躲在群众的背后,从屋里溜出来,靠着墙根,朝后院一溜烟地跑去。然而,他们没想到,当他们一跑出夹道,刚刚直起腰来时,一班战士赵忠林他们的刺刀便又顶住了他们的胸脯。这个院里的战斗就结束了。

枪声异常稀疏了。逐屋战仍在进行着。全城一片喊话声、爆破声和房屋的倒塌声。灰黄色的硝烟和尘土,笼罩了全部的街巷。火红的太阳,也像增加了热力。街心被磨光了的石块和砖瓦结构的建筑,都已灼热得烫人。

然而,敌人毕竟还是怯弱的。正像康泽一样,不管他在屠杀人民的时候有多么"勇敢",当人民手中的刀枪,斩断了他们的中枢神经,死亡逼近了他们的时候,他们的膝盖总是要像脱臼那样,一阵酸软地跪下来！因而，逐屋战并没进行得太久，仅仅一个上午的时间，康泽的所谓三个旅，八千之众，果真像个酷暑炎夏的大西瓜，被人民战士们给一块块地切开，又一块块地吃掉了！

四

　　中午过后。除掉困兽似的康泽和他的司令部人员，以及特务团，据守着他的魔窟——襄阳师范学校那片不大的屋舍之外，全城好像一位经过了较大手术的病人，开始苏醒了。
　　俘虏们成群结队，在阳光下，拖着长长的影子，向城外开去。脱了缰绳的马匹，也已忠诚地顺从了人民，它们重新拉起了炮车，驮起了弹药，听从着人民战士的命令，用蹄铁有节拍地敲击着街心的顽石，向集中地点走去。市民们，开始从自家的门缝里朝外探望。接着他们就打开了大门，从敌人的尸体上跨过，匆匆地跑来帮助战士们，从敌人的军火仓库里，把大量的弹药、武器搬出来。康泽好像已经无心和他们的空军联系了。飞机一直在高空盘旋着，始终不知道炸弹该往哪里扔。
　　一群挑着担子的男女，从西门那个坡形的缺口拥进城里来。他们肩头的扁担软溜溜地闪动，手里的毛巾不停地朝脸上抹去汗水，一直来到十字街口的鼓楼下面才停下来。人们这才看到，原来他们挑的都是大西瓜。一个老乡好心好意走过去，看了看他们的西瓜说：
　　"哪里来的？乡亲们！"
　　"土坪。"
　　"土坪出好瓜呀！这瓜可真不错。只是要我看哪！乡亲还嫌心急了一点，这阵还没打完仗，哪能卖上价钱呢！到处乱哄哄的，全是兵……"

这一说,倒叫一位挑瓜的老汉接上了。他那下颚上的一小撮胡须,朝上猛一翘,很不耐烦地抢白说:

"你认错人啦!从哪儿来,还朝哪儿去吧!土坪的西瓜今年不卖啦!"他这么说着,随即把脸调过去。别的人谁也没吱声。那人不知所以地讶然了。正在这时,几个战士匆匆忙忙走过来,那老汉上前伸手拦住说:

"同志!七连在哪儿?"

"哪个七连?"战士反问着。老汉说不上来了。另一个年轻后生急忙插嘴说:

"马团长知道吗?他在什么地方?"

"马团长……不知道!"战士们把他们打量了一下,一时判断不清他们的意思,最后说个"不知道",迈开大步走过去。那老汉连忙喊着说:

"同志!同志!你莫走,吃瓜呀……"战士们连头也没回。

那位原先以为他们是来卖瓜的人,已经发现了自己刚才的误会。他没有再说什么,悄悄走开了。

许多战士都以同样的回答,从他们的身边走过去。这些挑瓜的男女,急得快要哭起来了。正好马林和杨克辛带着警卫员,要到陈师长那里去开会。他们刚刚走到鼓楼根,冷不防叫那老汉双手挡住了去路:

"同志!马……"

"你不是土坪周老汉吗?"

老汉刚一说出个"马"字,马林已经认出了他。于是他就双手拉住了马林:

"哎呀呀!看我这两只眼上哪儿去啦!马团长我可找到你啦!"

"什么事?"马林急切地问着。

"来,来,来!吃瓜呀!这么大热天,咱们的瓜已经熟啦!全是大个的……"这时,王柱子一见马团长,顾不得拿刀切,一拳打开了一个黑子红瓤的大西瓜,一手端一半,跑上去不由分说,就朝马林和杨克辛的怀里送。马林和杨克辛朝后退着说:

"不要,不要!你们快挑回去吧,我们还有急事呢!康泽还没捉住哩!"

"谅他也跑不脱,你们一定要吃了这瓜才能去!要不就是看不起我周老汉!"周老汉爽朗地说着,眼里含满了泪水,执意非要他们吃不可。马林无可奈何地要警卫员把瓜接过来,更加诚恳地说:

"这好了吧!老汉,你们快回去吧!瓜是咱们老乡们一年的生活呀!老乡们的心意我们知道了!咱们打仗就是为了老乡们的好日月嘛!我们要走啦,耽误了军机大事,可了不得!"然后,他又对着王柱子说:

"你老婆呢?伤好了没有?"

柱子还没有回答,他老婆就又抱着一个大西瓜跑过来朝警卫员的手里递,并且羞涩地低下脑袋说:

"谢谢团长,全好了!"

马林看到她的左臂上仍旧缠着绷带:

"还没全好吧?快回去休息休息吧!"马林这么说着朝前走去。警卫员没有接她的瓜。她像哭泣似的,站着一动也不动。周老汉又抢上去拦住了他们:

"团长有事,我不敢耽误,可团长总得对我说一声咱七连这阵在哪儿呀?让我好把这瓜给他们送去!"

"这样好不好?老汉!七连正在围攻康泽的司令部呢!那儿炮火连天,你们不能去!这阵你先把瓜挑回去,明天我叫他们到你那里去取好不好?吃西瓜,总得平心静气,坐下来,一块一块地吃嘛!这阵儿还不是时候!"杨克辛非常平易地想出了这么一条脱身计。周老汉有点失望地呆愣着。柱子和他老婆还有另外那些男女们,信以为真地接着说:

"可一定要来哟!"

马林对警卫员小声说了一句话,然后拉起杨克辛快步走开了。警卫员看到首长走开之后,把钱往他们不知谁的瓜筐里一扔,嘻嘻哈哈抱着半个西瓜,飞也似的追上去。

自从当初康泽选中了襄阳师范的校舍,作为他们十五绥靖区的司令部之后,全校师生当时就被赶散了。接着他们就大兴土木,如临大敌似的把校舍围墙以外的民房统统拆掉,造成了周围四五十米宽的空地。在这空地上早就安置了各种各样的障碍。围墙上设置了通有电流的铁刺拒马。另在围墙里边,四角修筑了四个永久性的钢筋水泥碉堡。这些碉堡的射界都很开阔,每个堡内同时可有十挺以上的轻重机枪充分发扬火力,互相支援,组成一座完整的火墙把整个司令部给包围起来,叫人根本不能接近。除此之外,院中间还有一个特别大,也特别坚固的中心碉堡。这个大碉堡和四角的四个碉堡构成了一朵梅花形。从大堡的上层可以瞭望司令部周围的一切,也可以用火力控制四角的碉堡。这一切都是他们在很早以前,作为备而不用的想定构筑的。现在只是在围墙之外的空地上增添了地雷。此外,还有一个全部美械装备的特务团和充足的弹药。因而,在康泽看来,这样固守待援的最后一着,此刻仍然是有信心的。

马林、杨克辛和另外几个兄弟部队的团首长们,在陈丰年师长的城内指挥所里散会之后,刚刚走出大门,就碰到靳军长和张政委来了。他们不约而同地迟疑了一下,心想军长可能还会有指示,打算转身返回去。靳军长微笑着,挥了挥手说:

"去吧!去吧!就那么多,陈师长说了,就对!"

于是他们便和军长迎面走过,奔回各自的指挥位置上。

"怎么样?准备好了吗?"靳军长一跨进屋门,没等陈丰年开口,就先问起来。他的神情显得分外轻松。

"好了,十五分钟后就开始。"接着他又详细地按照军长的指示,把他们的兵力和火器的布置一五一十讲了一遍。军长听着他的话,眼睛不断朝屋里的四壁打量着。那意思叫人很清楚地感觉到,由于无数次的战斗经验证明,他对于陈丰年执行上级指示的忠实程度,是丝毫也不怀疑的。他心里说:"这些你就不必再讲了。"因而,当陈丰年讲完之后,他仅仅点了点头,接着却又说:

"情况了解得怎样?康泽这个老特务,是不是里边也有什么'机关布景'呵?嗯?"靳军长聚精会神地盯着陈丰年。看来目前他所考虑的重点,并不是怎样进攻的问题,而是如何活活地捉住康泽这个罪大恶极的战犯!陈丰年还没有来得及回答,张政委也插上说:

"是呀,狡兔还有三窟呢!他如果事先没有构筑什么地道之类,现在可就迟了!"说着,政委自己也笑起来。

陈丰年已经完全明白了首长们正在思考的问题,于是接着说:

"通过俘虏和原先襄阳师范的校工以及附近居民的了解,他们都说里边没有什么地下构造。就是眼睛看到的这么点东西。有人说,大碉堡里可能有些办公的地方、地下室或者防空洞之类。但谁也摸不清。别的不会有。这些碉堡平时谁也不能进去!"

"防空洞?防我们的空袭?未免太有预见性了吧!"张政委有点怀疑防空洞的设备。

"是老乡们说的,天晓得是啥子洞噢!"陈丰年补充说。他们思忖了一下。军长看了看表:

"好。就这么干吧!时间快到了。没有活的有死的也行!"靳军长的右手握紧了拳头,朝他坐着的椅子扶手上捶了一下,站起来。

"首长要不要再给各团讲几句话?"

"你说呢?"靳军长想了一下,天真地笑着,征求张政委的意见。

"也好嘛!"

"好,那就快点,叫各团长一齐拿起听筒来!"军长在屋里来回踱了几步,电话已经接通了。他拿起了送话器:

"喂!喂!我是一号。听到了吗?现在我要再讲两句话:同志们!让我再说一遍,军党委决定,从现在开始,城里一切队伍全由陈丰年同志指挥!同志们!大家都看到了,敌人就是那么一点点,康泽也只有一个!可是我们的部队却很多!要是大家在进攻中,腰来腿不来,或者突破之后,都去抢康泽,那就是错误!要知道康泽并不是什么好东西!他不过是一个满身鲜血的罪人!只要让他逃不脱,不管哪个部队捉到都是好的!共产党员必需保证做到这一点!另外,还要看到这是敌人最后的一着,康泽这个特务团是很顽固的。他们的防御构筑也是坚固的,加上地形的限制,我们有些火器用不上,进攻还要用一把气力。任凭他是一块铁,我们也要嚼烂它!吃掉它!可是我们必须要做到严格服从命令听指挥,有组织、有步骤、有条理地猛烈攻击,才能打得好。一切轻敌思想都是有害的!好了,同志们!按照陈师长的计划开始执行吧!"

屋子里显得分外寂静,仿佛他的每一句话都像钢铁似的,沉重地捶击着大地。

最后的战斗开始了。

上百门的迫击炮,从四面八方的各个炮位上,一齐把炮弹送到空中,又像冰雹似的降落到康泽的司令部里去。几百挺轻重机枪,从四周的房顶和较高的建筑物上,一齐开了火。整个康泽司令部的院落,成了一片火海,房屋粉碎了,起火了。突然而又密集的炮弹和枪弹,像阵狂暴的旋风,猛烈地袭卷着那块方圆不过两里的地方。刹那间,整个康泽司令部,在蒙蒙烟火之中,除掉围墙和碉堡,再也看不见什么了。可是炮火仍然一个劲地捶击着。这期间,敌人一枪也没发,好像他们全都化成了灰烬!

冲锋开始了。战士们在压倒优势的炮火掩护下,从四面八方向围墙冲去。然而他们谁也没有能够把炸药送到围墙根,就被地雷给撂倒了。队伍随即往回缩了一下。这时候碉堡上的敌人开了火。

在敌火下犹豫就是死亡。这是每一个战士都很明白的。炮兵们看到了这情景,仿佛自己犯下了过错,禁不住浑身冒冷汗。正在这个千钧一发的时刻,七团炮手们急中生智,把炮抵近了围墙,尽量放低炮身,自己不顾一切地躺下来,用胳肘把炮身撑起一个最小的角度,创造性地让迫击炮弹平射了出去。围墙出现了缺口。黄坚把他手里的战刀一挥。李康带着队伍重又扑上去。他们像箭一样迅速射进了缺口。四面的友邻部队,也在踏响地雷之后,仍旧用他们手中的炸药包推倒了围墙。同时,炮手们用迫击炮弹送炸药的办法,在接二连三的巨响中,把五个碉堡全部削去了大半截!七个团的队伍,潮水一样涌进了康泽司令部。康泽放毒了!那些手持美造卡宾枪的特务团的兵士们,在他们情报处长的威逼下,疯狗似的,趁机朝四面反扑过来,企图做一次最后的挣扎。战士们更加激怒了,他们哪里管得上毒气那一套,各个团的突击部队,集中了几百条各种口径的冲锋枪,从四周围墙的残基上,向他们劈脸扫过去。子弹真像夏天的暴雨袭上了凋谢的荷塘一样,密集的钢铁雨珠,朝着敌人的胸膛泼过去。院子里泛起了一片淡红色的烟雾。敌人声嘶力竭,抱头鼠窜地嚎叫着,横三竖四倒下来。有些没有中弹的,也都丢掉了武器,直橛橛地跪着举起了双手。老牌特务,杀人犯康泽亲眼看见了这个惊心动魄的情景,他的一切梦幻和心机,就在这时最后破灭了!他的世界立刻变成了他自己。什么"党",什么"国",什么"美国朋友","蒋总统",这时候对他全都成了外派。为了偷生,霎时他又横了心。谷峰岚丢魂失魄连声喊叫着康兄,朝他偎过去,他却没头没脑,举起手枪正对谷峰岚的胖胸脯,连开了三枪。谷胖子紧紧地咬着牙关,眉头挽成了一疙瘩,伸着双手朝康泽踉跄了两步,嘴唇微微动弹着,没有说出话来,身子擦着碉堡的墙角栽倒了。正在地上哼哼的伤兵,仿佛听到他们的谷副司令最

261

后说:"好呵!你康某人总算把路走绝啦!就是到了你们美国洋人的阴曹地府,姓谷的也不放过你……"康泽看到了地上那些尚未断气的伤兵,为了切断他们的舌头,朝他们的脑袋上每人又补了一枪。然后,他才钻进地窖里。

高空盘旋的敌机,从云端看到了康泽司令部成了一片烟火,也就不顾一切,为了返航交差,照例把它们的大小炸弹,朝城里胡乱扔起来。

靳军长和张政委在陈丰年的指挥所里,知道部队已经在康泽司令部打扫战场的时候,他们开始返回军部去。不想刚刚走到鼓楼附近,漫无目的的炸弹,轰隆隆地落下来。军长往墙根靠了靠,笑着说:

"嘿,他也不按章法干起来了!这家伙还要注意哩……"

话没说到底,一颗炸弹正好落到鼓楼上。躲在鼓楼洞里那些王桥送瓜的群众们,啊哟一声,全叫埋住了!他们急忙跑过去。腐朽的鼓楼倒塌了。可是底层那个弓形的洞子并没有全塌。只是上面的木料、砖瓦坐了下去,把洞填住了。原在洞里靠墙竖立着的扁担,还是很整齐地排列着,露出砖瓦半尺长。张政委抓住扁担摇了摇,下面木头砖瓦蓬松着,还没有落实。顺着扁担的空隙,传出了低微的呻吟。政委急了。他一言未发,随即动手捡起砖瓦来。军长弯下身子听了听,紧急命令说:

"快到陈师长那里,要他调个部队来!人还活着哩!"一个警卫员撒腿跑去了。军长和政委还有其他警卫员们,心急手快地挖着。敌机不知什么时候走了。群众渐渐聚拢来。军长并没有同他们说什么,他们一齐下了手。

战士们怒不可遏地喊着"活捉康泽"扑进院里去。不料那些跪在地上的俘虏中,不知是谁用着尖溜溜的嗓门,呜叫说:"地雷!地雷!"战士们谁也没有注意他的呜叫,已经有人轰隆一声踏响了。黄坚正在举着战刀朝前跑,一愣怔,右脚好像踩上了沙发似的,只觉得地皮猛一软,一阵吱吱的弹簧声随即从他脚下钻出来。他像被谁给钉住了一样,两只脚再也不敢移动了。他知道自己已经踏上了美国造的"王八雷"。这家伙在攻克汤阴城、歼灭惯匪孙殿英的时候,曾经有人吃过它的亏。那时候,谁也不懂这玩意儿。后来才知道这东西为了增多踏响的机会,导火机构的形状像鳖盖。老大的盖子下面装的有弹簧。当你踏上的时候,它并不发火。只要你一抬脚它就响了。

谁也不知道连长是怎么一回事儿,突然站住不会动了。战士们急忙围到他跟前。见他一点也没受伤。反而摊开双手,命令大家说:

"走开!走开!快去捉康泽!娘卖×……叫我开上了这个洋荤!"大家完全摸不清头脑。肖红军慌慌张张跑过来,以为连长受了伤,上去就抱他。反被连长一手推开去:

"地雷!给我走远点!"

肖红军被吼呆了。大家不自主地朝四面瞅着问道:

"在哪儿?连长,地雷在哪儿?"

"在我脚下!你们快走开。留下两个人,快在我跟前挖个壕!这家伙我一抬脚它就响……"

大家这才恍然大悟地沉进了焦灼和不安。李康命令战士们快去捉康泽,可是自己却又走到连长身边,把自己的脚平平挨近连长的脚,吃力踩着地雷的盖子恳求说:

"连长!你去吧!我来踩住它!队伍需要你指挥!这阵队伍挺多,大家抢起康泽来,就不好了!"

"不,你去吧!告诉指导员注意就是了!"黄坚的身子一点也不动。肖红军和三四个战士在他身边急速地挖起壕沟来。

肖红军撂下手里的洋镐,蹲在黄坚和李康的脚边,用手在地上摸了摸说:"呵呀!这个王八蛋,原来有这大个盖盖呀!"说着,他把自己的两脚统统踩在盖子上,身子朝下一蹲,肩膀撞了一下连长的腿说：

"走吧,连长,你和排长都走吧！你们两个都没有踩住它的中心,刚踩到边边。现在我已经坐在它的盖子上了。没事,你们抬脚吧！"

黄坚和李康的心,就像叫谁吃力揪了一下似的,一句话也说不出来,可是,脚也不敢动。他们低头看了看肖红军。小家伙果然双手抱着膝盖挨紧他们的脚跟坦然坐下了。他们看不见肖红军的脸,只感到从他背上喷发出一股股的热流,顺着他们的双腿,冲到他们的身上来。霎时间好像他们三个人的血管全部纠结在一起了。住会,连长非常温存地说：

"肖红……你还是起来挖壕吧……"下面他不知还想说什么,没有说出口,就用手朝肖红军的头上抚摸起来。

"不,你们快去指挥队伍……"肖红军一面摇头,一面说,同时,把脊背朝后猛一撞,黄坚和李康冷不防被他撞开了。他们两人的身上不禁哆嗦了一下。当他们看到肖红军的脸时,这孩子反倒咧嘴笑起来。

黄坚无可奈何地再次叮咛他们说：

"小鬼！这可不能马马虎虎呵！壕沟一定要挖一米五深！不能太宽,只要能够滚进去就成！可是,动作一定要快,慢一点就坏啦！懂不懂？你这小家伙,总是天不怕地不怕的……怎么得了！"

"放心！就怕不摸它的脾气,要是摸透了它,老虎也吃不了人！"

肖红军满不在乎地,仰脸回答着。

枪声已经终止。整个康泽司令部却在沸腾着。中弹的房屋在噼噼啪啪地燃烧、倒塌着。敌人的伤兵呻吟嚎叫着。战士们忙着收捡武器、弹药和文件。到处都在大声命令着俘虏集中和排队。到处都在问着康泽在哪里。

兄弟部队从一座被炮弹掀掉了屋顶的小房子里,抓到了一个穿着白衬衫、黄咔叽布短裤的矮胖子。他们拿出相片一对,果然是四方脸,短粗的浓眉和大嘴巴。于是,他们连一句话也没问。急忙派人把他押走了。大家很泄气地嚷嚷起来:

"康泽叫人捉去啦!"

"反正只有一个。"

李康没有理会这一切。他倒反而想起了刚才呜叫着有地雷的那个俘虏来了。他面对着俘虏的行列,大声地问道:

"刚才是谁叫着有地雷呀?这里还有地雷没有?快说呀!立功受赏!"

所有的俘虏都像一排木桩桩似的耷拉着脑袋,一声也不响。只有一个瘦精精的小兵,拿眼看了一下黄连长,突然说:

"报告官长,地雷没有了。"

李康没说话,向这个小兵招招手,要他走近身边说:

"你是什么地方人?"

"湖南石门县。今年春天才叫抓来的!我家只有一个害瘫病的老娘!官长放我回去吧……"

李康没想到他竟不住嘴地说起来,并且,眼里已经涌起了泪花。他打断了他的话:

"你在这里干什么?"

"官长!我是勤务兵,是三处的勤务!"

"好吧,以后你可以回家。你知道你们康司令在什么地方吗?"

这小兵还没有说出口,战士们从大碉堡里抬出一个花白头发的黑胖子死尸。有人嚷嚷说:"康泽叫打死啦!打死啦……看,好胖呵……"

黄坚忽然瞪着那小兵,指着尸体说:

"他是康司令吗?"

"不!"小兵好像有点犹豫了。

"那么,康司令在什么地方呢?"

265

"就在这里边!"小兵看着其他的俘房,用头朝大碉堡指了一下。

"真的吗?"

"真的。"

"走,咱们再去找。"李康拉过那小兵,重新返回大碉堡的底层去。接着,他又说:

"你不要害怕嘛!这阵他敢怎么样你呀?"那小兵一味点头,不说话。

他们在大碉堡的底层,一个活人的影子也没找到。末后,那小兵动手去拉那些堆在墙角的死尸。李康和他一起翻开了五六具尸体之后,墙角里突然出现了一个黑洞洞的井口,那小兵惊慌地拿眼瞟了一下李康。

"在这里吗?"李康急促地问着。

"别处没有嘛!想必……"小兵很无把握地支吾起来。

"你下去过吗?下边什么样?"

"没有。不知道。"

"走,咱们下去!"

那小兵不知是害怕找不到,李康不放他,还是害怕找到了以后脱不了手,他浑身痉挛似的抖动着,朝后缩着不肯往下下。这时候,肖红军已经像个小土地爷似的,满身尘土跑来了。他拿电筒朝井口里一照,不问长短,扑通一声就跳了下去。幸亏这地窖只有丈多深,没有摔坏他。下去他就叫起来:

"排长!他是哄人哩!这里边啥也没有。黑洞洞的,你来看嘛!"

李康看了一下那小兵,小兵浑身抽搐得更厉害了。连嘴皮都有点发青了。李康没有跟他再说什么,随即跳进地窖去。

果然,下边的直径不过四五尺,活像一个没有用过的红薯窖。一点东西也没有。肖红军正在骂那小兵欺骗他们的时候,他手里的电筒,在离开窖底三尺多高的壁上,照见了一颗血淋淋的人头,正在朝下滴血呢!"排长,你看!"李康没有说话,伸手一拉那人头,忽溜一下,一具尸体像条死鱼似的从洞口里滑了出来。他们两个的电筒冲着这个黑窟窿里射进去。这才看到里边坐着一个满脸鲜血、穿着白衬衫黄短裤的矮胖子。

"快出来!要不我就打死你!"肖红军说着,端起了枪,那胖子一言不发,像狗一样,两手按着地,爬了出来。

可是,等到把他弄出碉堡,他的伤兵冲他喊叫着"康司令!康司令!"的时候,他却像被雷打了似的,一下软瘫了,坐在地上哭起来。

摄影记者要在碉堡门口给他照个相。李康觉得他脸上有血不好看,叫卫生员端来一盆洗脸水,命令他洗脸。谁知他却像牛一样,把脸伸进盆里大口大口地喝开了。

这时候,大家才发现他脸上原来一丝伤痕也没有。那血也是借用别人的!

照完了相,李康把康泽交给了三班长张海全。黄连长十分严肃地吩咐说:

"你们赶快把他送到团部去。要是跑掉我就朝你要!"

三班兴高采烈的,带着康泽往外走。王小秀从背后突然叫了一声:

"喂!肖红军,你挂花啦!看你背上的血!"

肖红军回头一看,很骄傲地朝他哂斜了一眼:

"血是敌人沾在我身上的!"他的神情显然没有考虑王小秀的话,而且向他表示着:"你看,这家伙到底叫我们给捉住了!"

"不,是你的,还在往外流呢!"王小秀朝他跟前跑过去。肖红军这才猛一惊,感到背上确也有点沉重。他用左手搭上右肩伸下去,往背后一摸。哟!果真刚才叫那"王八雷"给削下了一块肉!

张海全立即把肖红军交给了卫生员。这时候,卫生员哪里能够管住他这只小老虎呢！卫生员正在取绷带,他却一甩手就又跟着队伍跑了。这下真正激恼了张海全。他转过脸来一跺脚,语调好像炸雷似的叫了一声:"肖红军!"他还没有把话说下去,肖红军已经被他那副黑沉沉的脸膛给钉住,一动也不动了。卫生员手里拿着绷带赶到他跟前。他开始感到脊背火烧似的痛起来。

已是暮霭深垂的时候。中原人民心上的一颗毒瘤、蒋匪十五绥靖区被切除了,鄂西和大巴山战略门户的襄樊被打开了,蒋贼特务工作创始人之一的屠夫、战犯刽子手康泽被活生生地捉住了。人民、土地、山峦和河川静静地浴在艳红的夕阳里,开始了新生的呼吸!

可是,就在这时,年轻的马林和他的政治委员杨克辛,在电话上向靳军长报告,他们已经捉住了康泽。军长反而朗朗笑着说:

"同志! 没有那么多! 王师长已经早把康泽送来了! 你们打得好,我向你们祝贺!"

"不,首长! 你弄错了,他们捉的是康泽的表弟,那个姓张的情报处长! 他们俩长相差不多,又故意穿着同样的衣服,心想迷惑我们呢! 你对照一下就清楚了……"

"呵! 真是个鬼……"靳军长撂下了送话器。

第 八 章

一

队伍离开襄樊,朝西北挺进了三天的路程,到达鄂豫边境,在野战司令部指定的机动位置上停下来,开始了短暂的休整。大家懂得,人民战士的最大快乐,是在歼灭敌人之后才得到。全军指战员的情绪和心境自然无须多说了。

可是,在我们的敌人看来,解放军突然来的这一手,未免"玩笑"开得过分了。明明是伸出一个指头,朝人家胳肢窝里去摸"麻筋",谁家兴用拳头把人腋下戳个大窟窿呢!因此,他们心里的滋味也就可以想见了。

全世界都知道,蒋介石和他的美国主子都是打肿脸充胖子的专家。现在自然还是那一套。他们看到我军攻克襄阳之后,并没有从南向北迅速和主力靠拢,照样孤零零地停在那里,想必是"胜利冲昏了头脑"。于是,他们在恼羞之下,竟把集结在平汉线上,正在或准备向北开进的主力,十万之众,一齐来了个向左转,持枪跑步,朝我军猛扑而来。那气势显然是说:"我看你还往哪里跑!任凭你是铁打铜铸的好汉,能够一口吃掉襄樊,未必我还不能十比一地吃掉你!"

为了第二天一早就把康泽送到野战军总部去,下午,靳军长和张政委在一个不久以前曾被康匪抢劫过的农家小茅屋里会见了康泽。这是一座坐北向南的厢房。屋里本来就没有住人,也没有过多的东西,一张古老而又残破的织布机,在北面的窗下安放着。机子上一匹稀拉拉的小布还没有织完。墙角里堆积着几只空竹篓。墙上高高低低挂了一些留作种子的玉米和高粱穗子,还有几串鲜红焦干的辣椒。可是,这些东西都已被打得七零八落,人们一进屋,就有一股劫后余生的气息迎面扑来。屋子虽然不大,由于东西不多,反倒显得很宽敞。这座屋,在部队到达的那天,房东本来也是要把这里的零星东西统统搬出去,让队伍住的。当时就被军长制止了。现在只是在南边的窗下,又安放了一张褪了色的方桌和几把样式不同的椅凳之类,作为军长他们的临时接待室。

这阵,那位花白头发的女房东,正在机子上哗啦啦地织布。军长和政委说说道道地走进来。房东急忙停下了手中的梭子,准备朝外走,张政委用手向她表示着说:

"老太太!不动,不动!你织你的。"

"同志们有公事,我停一会儿不要紧。"

房东说着,仍然要下机子。靳军长笑着跑过去,伸开两手拦着说:

"老太太!不怕,这公事你看看也能长见识呀!咱们队伍就是给老百姓办公事的嘛!一家人,大家都一样,各有各的活儿,你织布,我打仗。打仗就是为了叫你安安生生地织布嘛!哪能因为我们办公事,你就停止织布呢?"

"哎呀呀!这位官长同志,你可真会说!我怕你们在那边说话,我在这边哗哗啦啦地碍事呀!"

"不怕,不碍事!"

"只要你不怕碍事,我就在这织。说也不怕官长们笑话。前不多久,才叫襄阳那些遭殃军给咱们收拾了个精光,他们活活拉走了大小子还不算,连破布烂片都给抢光啦!到这阵五黄六月啦,几个小的都还没有换过季来哩!就是这点罗底布下不来呀!听说那队伍的头目姓康,可孬着哩!不知是个啥畜生?你们这回捉住了他,真是除了一大害!"她说着,重又动手织起来。

"是呀!那你还要走呢!快织吧!一会儿叫你开开眼界,看看我们给你捉来的凶手!"

"呵!你们要弄那个姓康的来呀!"女房东谈虎色变的,又要跳下机子往外跑。军长重新拦住了她:

"对,就是襄阳那个姓康的。你怕什么?他也不是三头六臂的妖怪,不过是个纸老虎,还是叫咱装进笼子里的纸老虎,有什么可怕的。"

"这是个好机会呀!老太太,要不,你上哪里能看到这个大凶手呢!织你的吧,放心,这阵他连你家一根草也不敢动。"张政委走近机子这么说着,房东若有所思地缓缓递着梭子说:

"这回咱们可该把他崩了吧?"她斜过身子,靠近政委,小声说。

"不,崩他干啥,留着叫大家看看不好吗?"

"那他要万一跑了又咋办?"

"他跑不了。放心!这一辈子他也休想逃跑了!"

"跑不了就好!我听说咱队伍宽大,好些活捉的都放啦。可不敢放他呀!要是放了他,可是放虎归山!咱这一带就没法过啦!"老太太有些激动了。

"不会。你放心吧,咱们不是傻……"

"报告!"突然有人在门外喊了一声。

"带进来!"

那房东手不随心地停下了梭子,屋里马上静下来。卫兵们拿冲锋枪对着康泽的脊背,走进屋里来。康泽的脑袋使力朝下耷拉着,好像他脖子上的软骨已被抽去,再也支持不住他那颗又肥又圆的脑壳了。可是,他脸上竭力做作出笑容。靳军长吸燃了一支烟,命令似的指着面前的椅子：

"坐下吧！现在可以坐下来谈谈！"

康泽好像成了乡村里的新媳妇，他一声不响，仅仅从眼角缝里偷偷看了靳军长一眼就坐下了。

"可以抽支烟，会抽就抽吧！"张政委说。

"不会，不会！"他故意装做很拘束的样子。

"我叫靳云，这是张政委……"康泽猛一抬头，站了起来，立正了。靳军长哈哈笑着说："算了，算了！这一套我们不习惯！也没有必要！今天找你来，是征求你的意见！怎么样，这几天？"

康泽忽然歇斯底里地洗刷自己说：

"意外，意外！万万没想到！现在我应该向军长声明，我可不是特务！这一点，大家很清楚，真正的特务是戴笠！"他说话时，脸上的汗珠直往下淌。看样子他也明白特务的职业是什么性质，认为目前对他来说，最严重的就是这问题。靳军长马上申斥说：

"有什么意外？不管你们什么人，只要敢于和人民为敌，又不肯放下武器，早晚要做人民的俘虏，这是必然的！有什么稀罕？至于你是不是特务，在我看来能给你作证明的人很多。这问题我是不感兴趣的。只是有一点，我到现在还没弄清楚。你到底是真康泽，还是假康泽？哈……哈……真有意思！"

"真的，真的！"

"不会错吧？嗯！不是你随身带的那张活相片吧？"张政委故意追问。

"不错，不错！"他有点紧张了。

"不错的话，我倒还想知道几件事，那就是你为什么要打死伤兵？下命令施放毒气？还有王桥事件，你知道不知道这是罪上加罪？为什么要这样做？"军长的脸色很严肃。康泽感觉到了这些话的分量，他的脸色立刻惨白了。但是，却又破釜沉舟似的回答说：

"自然那是当时的信念。"

靳军长几乎要想拍桌子,但又控制着自己说:

"那么现在你的信念怎么样?你这几天来想了些什么?能够谈谈吗?这倒有意思!"

康泽那两条短粗的眉毛,重又挽成了疙瘩。忽然有个参谋人员走进来,把嘴凑上张政委的耳朵说了点什么。张政委点了点头说:"好,拿来吧!"参谋一步跳到屋外去。随即从对面屋里,拿来了一张国民党《中央日报》交给了康泽,并且指着下面这条消息叫他看。康泽急忙站起接过了报纸。屋外传来了朗朗的笑声。

南京消息:国防部政工局邓文仪局长今日上午向记者宣称:据南阳二十三日专电:国军坚守襄阳之十五绥靖区司令官康兆民将军,今晨零时电告统帅部称:"匪挟数倍于我之兵力,已突入襄阳城内。渠本人尚据最后一堡,固守待援。"但我驰援部队又在途中被匪拦阻,致使襄阳陷落。康司令官业已为党国殉难!……

康泽一言不发,只是摇头,唏嘘,好像邓文仪给他使用了难忍的刑罚似的。他浑身哆嗦着,汗珠顺着满脸往下流。

"怎么样?今天几号啦?你是哪天到我们俘虏收容所里来的?记得吗?"张政委很冷静地这样说。康泽仍然一声不响,仿佛他的舌头也叫他们中央社给拔掉了。

这期间,屋里非常沉静。可是在康泽的头脑里,却乱成了一团。住会儿,他把脑袋抬起来,拼命镇定着自己的神经说:

"我有一个问题,希望得到军座的回答。现在事情已经是这样了,你们到底怎样对待我呢?是杀我呢,还是不杀?要我工作呢,还是不要我工作?要我在解放区工作呢,还是回南京方面去工作?"

"你想会是怎样呢?"张政委微笑着。

"没有法子估计,一切都是没有想到的。"

"这样说,你没有为你的党国殉难,也没有想到吗?"张政委严厉的目光,像箭似的直射到康泽的脸上去。康泽满脸横肉微微跳动着,好像猫头鹰躲避太阳似的,急忙把头埋下来。

"不杀你。这一点你可以放心。至于其他的问题,目前还不能回答你。因为你的行为还没有为你自己造成讨论这些问题的条件!"靳军长斩钉截铁地这么说。

在康泽看来,不杀又是一个难以置信的意外。他像触电似的忽然抬起头来,用一种充满惊疑的眼光朝靳军长和张政委的脸上探索。张政委不禁冷笑了一声,然后以教师般平易的口吻对他讲下去:

"你一点也不必疑惑。我们不杀你,这是肯定的。这并不仅仅是因为我们和你们不一样。我们从来就不喜欢杀人!更主要的还是我们和你们的信念根本不相同。我们是要改造世界的。而你们却要毁灭世界!就在这点上,你就应该相信我们不会杀你。不要故意怀疑我们的政策,把你自己无缘无故降低到一个被你愚弄的普通特工人员的水平上去。那是无济于事的。当然,我相信你会感觉到你是应该被杀的。可是我也相信你不愿意死去。难道这还不是事实吗?在我们没有捉到你之前,你的信念并没有让你像邓文仪告诉记者讲的那样去'殉国',这就说明你还希望活下去。既然你希望活下去,我们又不愿杀死你,这不是完全一致了吗?还有什么可怀疑的呢?"政委停了一下,又说:"大概你还记得,那天我们的战士刚刚在地窖里找到你的时候,他们立刻就发现你满身涂抹着别人的鲜血,又脏又难看。所以给你打了一盆洗脸水,叫你洗一洗。谁知你却还是那一套'攘外必先安内'的老办法,把它一气喝到肚里去。我看对你说来,这样做也还做对了。也许你自己也知道,你的肺腑并不比脸上更干净,首先清洗一下内部自然也是必要的!你认为我的看法对不对?嗯?"

张政委的语调始终平静如一。然而屋里的气氛却一点点地紧

张起来。康泽活像打摆子一样,浑身抖成了一团。他的牙齿互相碰击着说:

"我请求,通过延安广播电台,告诉我的家属,说我在这里生活很好!"

"这倒有必要。通知一下你的家属,要他们放心是对的。至于那些靠撒谎吃饭的人,不让他们撒谎,他们吃什么呢?"

康泽的情绪似乎多少平静了一点。靳军长调转话题接着说:

"还是谈谈别的吧,怎么样?这几天生活怎样,过得惯吗?对我们这次战役的指挥,和部队的战术素养有什么意见没有?这些都可以谈谈嘛!不要过分紧张,现在应该平心静气地谈谈啦。"

"每天他们只给青菜吃,没有鸡蛋,鸡也没有……"

"你还要鸡蛋?你还要鸡蛋?你!"谁也没想到那位坐在织布机上的女房东,没等他把话说完,突然跑过来,咬牙切齿地,用食指戳到康泽的脸上,把他的话给打断了。卫兵挡了她一下,她才转回去。

"你想吃鸡?这可不好办!我们没有,群众的鸡不能随便吃。你对我们的作战指挥有什么意见没有?"靳军长接着问。

"没有,没有。不仅我个人判断错误,就是南京的判断也一样。一切都变了,我们没有估计到!"他犹豫了一下,又说:"自古以来攻城者必网开一面,而贵军却要四面包围,这一点,兄弟虽是九死一生,也还不太了然!"

靳军长第一次地大声笑起来。张政委很轻松地说:

"留一面你就跑了!这是革命!明白吗?"

康泽再也没有说什么。谈话就在这里结束了。晚饭的号声,从各个村舍响起来。

275

二

实际上最雄辩的是事实,而不是蒋匪发言人的嘴巴。不管邓文仪之类怎样费尽心机,卷起舌头,为康泽"殉国"做文章,但是,谎话最没有欺骗性的还是对撒谎者自己。当延安广播电台正式向全世界公布了中国人民解放军第二野战军解放襄樊的战绩,代转了康泽的简短家信之后,南京的撒谎者们,不仅无可奈何地忍受着连心疼痛,又一次用自己的牙齿把自己的舌头嚼烂,血淋淋地吞到自己肚里去。而且他们也已清楚看到,他们的中原体系确已塌陷了一个大窟窿。

襄樊解放,蒋匪十五绥靖区全军覆没,老牌特务康泽被擒的消息,像阵风似的,迅速传开来。茫茫的中原大地,开始了默默的战栗。

现在再说二丑参军以后的野雉岗。

自从那天夜里,七团在确山野雉岗由陈二丑和虎成做向导,一弹未发,跨过平汉路西之后。虽然那晚上他们在行进中并没有碰到更多的群众,可是第二天一清早,群众却传成了一条绳。很多人冷清明就爬起来,跑到村边的路上,弯下身子,三番五次地仔细揣摸着队伍过后的痕迹。然后他们就在吃早饭时,端起饭碗聚在村口,咬住耳朵根子吹起来。特别是那些细心观察了大路上的行军痕迹的人,竟像专家似的,指手画脚议论着:

"可不少哩!整整过了一晚呀!"

"我看少不了上万人!"

"哼!上万?我看没有十万也有八万!你们也到路上瞅瞅脚印嘛!光估堆能行?"

"还有大炮呢!你看到没有?炮车的辙印还清清楚楚的呀!"

"喂!你看了没有?马队才多哩!我看马队是在后边过的。好些地方,马蹄印活像把路犁了一遍!"

"当然啦,成千上万的队伍,还能没有马队!你想嘛,人家要是没有人手,没有好家伙,能不能从黄河北打到黄河南?又打到大别山?这会儿,说句话又往西啦!遭殃军前多天就在这里惊官动府地挖战壕,做工事。可到人家实打实朝他冲来啦,他们却又哑巴悄地缩回城里去,连面也不敢见人家。你想吧……你好好想想吧!"

"说是说,我倒有点解不开,不要说十万八万,就往少处说吧,算他只有万儿八千吧,整夜马不停蹄地从村里走过去,咋能一点动静也没有哩?这可真叫神啦!咱们看夜戏回来,十个八个人,一进村就吵得鸡飞狗叫!可人家上万人却像一股风,神不知鬼不觉地就过去了!莫非真是人家说的那种神兵?"

"啥神兵,别迷信啦!人家军纪好呗!你没见过那年过那些老一军(即西北军第一次从草地过来时),不是夜里一点动静也没有,天一明,开门一看,全村都是兵!这解放军就是从前的红军,是咱穷人的队伍,可比老一军好得多着哩!你往后看吧,总要大马金刀地干哩!"

因为好多人并没有亲眼看到解放军,各说各的愿望、想象和推测,所以议论也就永远没有个止境。

由于部队过路,已经在平汉路两侧的群众心里掀起了波澜。人们业已暗暗地感到僵死了的生活,将要苏醒。就像冰封的大地,开始接触了春的气息,坚硬的地面渐渐发酥了。

那晚上,二丑他娘眼巴巴地看着窗户纸从漆黑变成了灰白,直到太阳照上了房脊,还不见二丑和虎成的影子。说话间她又哭成了泪人。他爹虽然没有掉下泪来,可也是唉声叹气,坐立不安地一点办法也没有。这时候,叫他更深切地感觉到,他们活像漂洋过海的小船,一浪打断了双桨,再也没有什么可以抓挠了!等到早饭做好,老伴含着眼泪,把饭递到他手里,老头子好像没了魂一样,端着饭碗,一跛一跛慢步游到门外,和那些正在悄悄议论着的人们一碰头,心里马上就又亮起来。他虽然一声不响地悄悄听着大家说,可是心里却也甜滋滋地好受。他感到每个人的论断和想象,都像春雷似的,把满天的乌云渐渐炸开了裂缝,金色的阳光已经从那裂缝里照到了自己的眼前。于是,他禁不住从心里暗自埋怨起二丑来:"这孩子真是个没尾巴鹰!为啥夜黑里你就不肯给老人说透哩?要是老人知道那是解放军,是咱自己的队伍,别说你去带带路,就是你去投奔他们,我们还会不愿意?反正你在家里也是个黑人,能坐着等死,还不胜拿起刀枪跟他们干哩!未必你老子连这点道理也不明?"但是,他又忽然一转念,觉得也许孩子当时也没弄清是啥队伍,黑更半夜,慌慌张张,兵马乱哄哄的,谁能一下就认清他们呢!……他正想得出神,突然有人冲他说:

"老陈哥!你说哩,要是孩子们能去投奔这队伍,咱就有活头啦!"

这人这么一说,倒叫二丑他爹心里猛然搐了一下。他觉得好像有人看见了他的心似的,脸上压不住地现出了一阵慌乱。但又立即静下来,装作二丑根本没有回来的样子:

"是呀!可惜叫人家先下手为强,早把他们给逮走啦!还有啥法呢?唉!"

那人忽地站了起来,一跺脚,摸着满嘴胡须说:

"要是他们再从咱这里过,我都要随他们哩!"

大家哄起来,七嘴八舌地嬉笑说:

"你呀!说得比唱得还好听!我看你要能够丢开家,恐怕一出大门,腿肚子就得转筋!"

"嘿!你说的!我也不是'桂英儿',事到如今还舍不得那个家!别隔门缝看吕洞宾,小看大仙吧!看我要'插翅飞过江去',杀……"这个人故意学着台步,装出《打渔杀家》中肖恩的姿势,说到"杀"字,拿手一捂嘴,连自己也笑起来。

"喂,那你的胡髭总得刮了吧?"有人站起来走了几步调转头来说。

"肖恩本来就有胡髭嘛,还是白的呢,怕啥!"大家哈哈笑着,各自回家去了。

二丑他爹,一进自己的家门,就憋不住地笑起来。老伴莫名其妙地瞅了瞅太阳说:

"天都这会儿啦,孩子还没影,你还笑得像得了外财样,到底安的啥心?"

"就是得了外财,刚才一出门就拾了个金元宝!"

"你疯啦!"

"没有疯,是真的!"老汉仍然满脸笑。

"拿来给我!"

"你过来!"

老伴没有走近他跟前。他也没有顾得去锅边添饭,就压低嗓子,亲在老伴耳朵上,把刚才大家的议论给她说了一遍。末后摊开双手质问似的说:

"难道你还想叫他回来当黑人?我看真是有见识、有骨气的孩子,就该随他们才好哩!那就变成了金元宝,才叫咱后半辈子有个盼头!"

老汉不住嘴地说着。老婆子的眉头始终没有舒开来。可是她那满眶泪水,却像迎着朝阳的露珠似的渐渐消失了,眸子闪出了晶亮的光辉。心里不知如何是好地接了这么一句:

"反正还不是拿刀弄杖,有啥好!"

"你不拿刀弄杖,人家要拿刀来杀你!你也不睁眼看一看,眼前还有四指宽的路没有?至如今还想把他绑在你那裤腰带上!那还不胜搓根麻绳把咱爷儿仨全吊死还干净点!"

老婆再也没吱声,独自摸索着刷洗锅碗去了。阳光照耀着,寂寞的小院显得分外明媚,好像春天果真来临了。

279

柳竹梅自打那晚上在王小秀家里和二丑悄悄会面,被狗腿子抓回去之后,不由分说,就被他们给吊了个"燕儿飞",拿皮鞭没命地抽打起来。然而,竹梅到这时好像已经变成了钢铁,她连一滴眼泪也没有,一直扯着嗓子怒骂王汉元。正在这时,王汉元那个禽兽念头,重新涌上心来。企图趁此再装一次笑面虎,把竹梅弄到手。于是他一面扣着他那狐皮袍子的纽扣,推门来到了竹梅的小屋。一进门他就装着完全不知道的样子,大声地问道:

"啥事情?啥事情?大清早就哭闹起来啦?"

两只狗这才停住了鞭打,向王汉元报告说:

"保长不知道,这贱货昨晚翻墙出去,到王小秀家去偷男人!"说着,那狗又抡起了鞭子。王汉元故作正经地制止说:

"哎!年轻人嘛!小事情!放下,放下!"

"偷男人是你们家的姐妹干的!我柳竹梅跟陈二丑是明婚正娶!是哪个黑心烂肚肠的不准俺见面?"竹梅遍体鳞伤地怒骂着。

"是呀!是呀!是二丑,那不更好啦!二丑哪天回来的?咋不叫他到家来嘛,看看这场误会多不值!快,快,快,快放下来!"

狗们这才动手解开了竹梅。王汉元又煞有介事地叱责着:

"还不快出去!以后不准这么动手动脚的,像什么话!"

"是,是!"狗们应声着,退出了门外。

竹梅披头散发,盘腿坐在地上。浑身一阵阵地疼痛,愤怒在心里燃烧。可是,她却一言不发地暗暗庆幸着二丑逃出了虎口。心想,我竹梅就是今生再也不能和他相见,纵然死在王家这狼窝里,只要二丑还活在世上,总是可以报仇的!

王汉元走近竹梅,伸手去拉她的胳膊:

"看看,这又何苦!快起来歇歇……"

竹梅一甩胳膊,忽地站了起来,两眼直盯着王汉元,恨不得立刻把他撕成碎片。王汉元朝后退了一步,看到竹梅不可遏制的愤

怒,知道立地纠缠起来,惊动了老小,一定没有好结果。于是,皮笑肉不笑地假意劝慰说:

"竹梅!你要把心放宽呵!这些人都是些少眼无珠的东西,不知天高地厚,背着我他们啥都干得出!我不早就说过么,你有啥心事,跟我说嘛!天大的事,我还能够难为你?你想想,就是二丑回来啦,想看看你,只要你说一声,不就行啦!不管请他到咱家来,还是你回野雉岗都容易。何必这么躲躲闪闪,黑更半夜朝外跑呢!大冷天多受罪……外人撞见也不好,是不是?"

竹梅早就看透了王汉元这只野兽的心肝,这时听了他的这派话,不禁冷笑了一声,指住王汉元的老脸怒骂道:

"算了吧!王保长,我也不是自己找到你家来的!你们这些柱披人皮的东西!少来这一套!黄鼠狼给鸡拜年,谁还不知道你打的啥主意!我柳竹梅也不是三岁孩子!"说到这里,她再也按捺不住心头的愤怒,疯了似的双脚蹦着,大声吼起来:

"我要走!要回我们家!回我们野雉岗去!你王汉元想娶小,为啥不把你自己的闺女留下来?你老娘也没犯法,为啥把我囚在你家这座监眼里!我要走!要走……"

竹梅激怒到顶点,竟自嚎啕大哭起来。王汉元连连后退着,堆起一脸奸笑说:

"看看,看你说到哪里去啦!不是因为你的手艺好,老太太请你来织布的吗!只要你把布织完,我还能不让你回去!嗯,别哭啦,大清早齐呼乱喊的,叫邻居壁舍听着多不好。你也歇歇吧,闹腾一夜啦……"

王汉元缩出门去。柳竹梅仍旧捶胸顿足地哭着。凄厉的号啕,号角般地迎接着熹微的晨光,严寒的中原大地,仿佛四面八方都在隐隐约约回应着。

然而,王汉元始终不死心。从这以后,差不多足有两个来月的时间,他一天到晚盘算着竹梅。在他看来,竹梅和二丑的会面,似乎是犯了他的王法。因而他就一心一意要想抓住竹梅这条"小辫子",千方百计把她弄到手。可是,不管他用哪一手,威胁、利诱和欺骗,全在竹梅面前碰得头破血流。直到最后,实在束手无策的时候,这老贼居然下定了豺狼的决心,要把竹梅偷偷地杀死!他心里说:"反正你柳竹梅今生既然不从我王汉元,只要这个世道变不了,你就休想活着再见陈二丑!"

但是,王汉元毕竟是一条具有狐狸脑袋的地头蛇,不管什么伤天害理的事他都干,可是总想耍个"遮眼法",猫盖屎似的盖一下。因而,虽然下定了杀人心,却又苦于无法下手。现在他真恨竹梅不是个男人,要不然他就可以用抓壮丁的办法,随便把他崩在什么地方,说他想逃跑就是了。可惜她又偏偏是女人,邻里乡党谁都知道是他王汉元把人家弄到自己家里来织布的。要是硬说她把毒药下进了他的茶壶里,想要害他吧,自己也没有中毒,外人岂不要问这又是为啥?何况王小秀和他娘,还有陈二丑的全家和柳金声都还在世,要是一点说处也没有就把人杀死在自己家里,恐怕九九归一,日后对于子孙后代也不好。他正在挖空心思想不出好办法的时候,还是他的两只狗,帮他出了主意。这天他们看到国民党军队连明彻夜沿着铁路做工事,随即上前献计说:

"保长,放心吧,有门儿啦!"

"屁!有门?有窗户哩!"王汉元毫不在意地回答着。

"真的呀!你没看见这来头?国军沿着路边做工事,想必共军不出多久就要到啦!只要他们在咱这里一打响,咱就拉到野地崩了她,就说是共军要裹她走,她不跟人家走,人家才崩了她的。反正共军共产共妻,这是谁都知道的呀,还能夹住咱的手?你想!"

王汉元最初不在意,一听这狗把话说到底,心里马上开了花。随即杀气腾腾地奸笑着,拍着两只狗头说:

"好!好!就这么办!这可只准你们俩知道,要传出去我可不答应。臭妮子!我叫她到阴曹地府再见她的陈二丑吧!哈……

哈……"王汉元重新躺倒鸦片烟榻上。

两只狗就这样摇头摆尾地赔笑着,定下了毒计。

这以后,在王汉元的心里,竹梅已经死过了。他那满肚子的恶气,全都变成了仇恨,只在等待解放军一到,枪一响,他就可以把他的恶气泄出来。

情况一天天地紧急了。王汉元最初听说,这股共军是在大别山叫国军给打散了的一小股,顶多不过千儿八百人,都是些"残兵败将",打算朝伏牛山逃窜。国军决心要在铁路边上消灭他们。这消息叫王汉元和他的狗们说不上有多高兴。他们十拿九稳地想着,这次算盘总算打对了。只要他们一到,被国军给消灭在这里,不仅他王汉元可以如意地结果了竹梅,说不定还能顺手牵羊,捞摸点油水呢!

然而,情况越变越坏,越来越紧。慢慢有人说:"听说不止千儿八百人,怕要上万哩!"有人说:他们东乡亲戚带信来说:"是几个师!"有人说:"是几个军!"又有人说:"他是亲眼看见的,实在说不上有多少,反正漫地都是队伍,再往少处说,也下不了三五万人!看样不像逃兵,家伙整整齐齐的,军纪还挺好,待人也挺和气。"这一切,简直像根绳子似的,一点点束紧了王汉元的心。然而,他却始终装出一副哑巴吃汤圆心中有数的样子。觉得反正只要国军在,你有千军万马,也翻不了天。再往小处说,也挡不住我要收拾柳竹梅。

部队越来越近,王汉元的心终于又被他的狗给打乱了。这天下午,两只狗一齐惊慌失措地跑到他跟前,伸出大长的舌头说:

"保长!我看情况确实变了呀!今早上我亲自骑车往东跑了五十多里,正好碰上共军刚刚住下来。看样子总有几个军!方圆几十里,村村都扎满了啊!"

王汉元皱着眉头,还没说出话来,另一只狗又说:

"保长!铁路边的国军全都撤回城里去啦!我刚跑去看了的。

工事全空啦,这是咋闹的？县上可有通知？"

"屁！屁！有个屁通知！"王汉元就像叫谁朝他屁股上戳了一刀似的,猛然跳起来。但,又急忙自己安慰自己说：

"国军也许是个计呀！嗯,不管他们有多少人马,这条路国军是不会轻易放过他们的。依我看,不论人数和枪炮,国军都比他们强得多。他们要想过路呀,不叫他脱层皮,也得留下买路钱。放心吧,只要炮一响,咱们就办咱们的事！谅他也不能像股风一样,哑巴悄地过了路！"

王汉元吩咐狗们把一切都准备停当,只等着枪响。可是不知为什么,从中午到黄昏,却又没有了一点动静。从东边没有走来一个解放军,也没有一个行人。村舍田间也没有了窃窃的议论。好像狗们所说的,全是瞎话。黄昏依然是黄昏,村林中依然噪闹着鸦群,仿佛一切都和昨天一样。直到夜色完全笼罩了大地,大地也照样死沉沉的没有一点声音！

王汉元坐在家里,感觉到世界寂静得可怕。夜仿佛成了一个乌黑的淤泥潭,把他一点点地陷了进去。已经更深人静的时候,他开始感到了郁闷和不安。他重新把狗们叫到跟前：

"到底是咋着哩？这阵还没有动静！快给我出去看看,难道他们又从别处走啦？"

狗们应声打开了大门走出去。村里仍然静悄悄的,一个人影也没有。只是当他们一出村口,"啊呀！"差点没把他们给吓死！不知什么时候,队伍已经在村外停下来。他们一伸头,只见保长院后的打麦场上,大路边上到处都黑压压坐满了队伍。然而,却又一点声息也没有。于是两只狗急忙缩回巷子里,连滚带爬跑回去。王汉元正在屋里焦灼地踱步,狗们忽然闯进来,没头没脑地报告说：

"哎呀！保长,来啦！"

"来啦！"

王汉元猛然一转身,"来啦！在哪儿？"

"在村外坐着哩！满地都是呀！"那狗故意压低声音说,好像生怕外边听到。

"噢！咋没一点动静呢？"

"人家在休息,谁也不吭声。"

"唉！真是鬼呀！鬼呀！这么多的队伍,连点声气都没有就到了跟前！快,快把大门上好闩,爬到房坡上瞅着点！一阵他们到了铁路边上,一打响,咱就把她给拉出去！"

狗们急忙弄好了大门,爬上了北房坡。这座房子是堂屋,比王汉元家其他的房子要高些,在这里可以看到村外的道路。队伍开始前进了。仿佛真是一阵清风吹过似的,黑茫茫的原野,响起了轻微的沙沙声。他们看着大大小小四面八方的路上,队伍好像无数条河流朝西流去。

这时候,王汉元在院子里徘徊着,不时斜过脸去,朝那囚禁竹梅的小屋瞅一瞅,咬牙切齿地思忖着："好呵！小泼妇！过一会儿再跟你算账！"住会儿,他又跑到房檐下,压低嗓子向狗们问着：

"完了没有？"

"没有,还多呢！"

于是王汉元重新跑回屋去,狠狠抽起大烟来。时间一分分地过去,夜越深,天越冷。两只狗蜷伏在房上已经快要冻僵了。王汉元也觉得好像叫谁剥去了他的狐皮袍子,把身子赤条条地抛进了冰洞里。他不知多少次地问着狗们："完了没有？"狗们的回答老是那么五个字："没有,还多呢！"时间和队伍的行进,好像一把利剑刺上了王汉元和他狗们的胸膛,并且越来越深,眼看快要触到他们的心坎了！他们估计着这到铁路边满共不过十来里路程,这阵无论如何也该打上了,为啥还没一点动静呢？难道国军果真害怕了,故意躲回城去,给人家让路？不会,万万不会！想必还是计呀！可是,这又算个啥计呢？人家要过路,你事前张牙舞爪要打,等到人家真的冲你走来了,你又悄悄躲开让人家过去,这也能叫计策吗？

要说不是计,把"怕"字放在堂堂"国军"的头上,对于王汉元他们来说,简直不敢想! 要是"国军"都怕了,也就等于一刀砍断了王汉元的脖子! 他们的心越来越不安地盘算起这些问题来。可是,谁也不敢先把自己的想法说出口。浓黑已经渐渐淡下来,天空成了一片深灰。王汉元最后一次鼓足勇气,走近房檐,压低嗓子问着:

"完……完……完了……没……有?"他也不知道是因为黎明前的严寒,还是心里有点怕,舌头也硬得不听使唤了,上下牙齿一个劲地打架。心里老像绳子捆着似的,越束越紧。喉头仿佛塞了一口黏痰,憋得受不了。他用手捂住嘴,使力干咳了几声,仍然不济事。

"没……没……没有……有……呀……保……保……长,还……还多……多呢……"这只狗也和王汉元的心是一个味儿。他哆哆嗦嗦地说着,早已冻僵了的手脚,全不管用了,不觉顺着房坡滚下来,差点没有砸住王汉元。王汉元定睛一看,原来是只狗!于是,又惊又气地一甩袖子,咬着牙关说:"嘿! 草……草……鸡毛……给……给我……滚下来!"然后,他又恶狠狠地瞅了一下囚禁竹梅的那座黑洞洞的小屋,返回自己的屋里烤火去了。

摔在地上那只狗,一面挣扎着爬起,一面说:

"这……这……这不已……经下来了……保……保长!"

王汉元根本没有听到这句话。

对于王汉元和他的狗们来说,"国军"来的这一手,实在闪痛了他们的腰杆。黎明到来的时候,他们三人正围在王汉元的炭火盆边。炭盆已经烧得通红,他们仍然感觉到背后吹来一股股的冷风。王汉元不停地调过头去,仔细察看着紧闭了的窗户和屋门,好像这屋子也不能挡风了似的。

"意外呀! 真意外! 想不到国军也能这样! 保长先到床上歇着吧,反正共军已经过去啦。竹梅还在咱手里,早晚总有法子炮制她!"一只狗这样劝慰着。王汉元死死地盯着炭盆,一言不发。

"是呀！已经这样啦,保长还是安歇吧！大长一夜,冷呵呵的,身子要紧。这小妮子全交我们好了。你怕不能把她撕成八片儿呢！"另一只狗龇牙咧嘴地说着。

王汉元仍然一言不发。因为,他毕竟要比狗的头脑复杂一点。现在他所焦心的已经不是杀不杀,或者怎样杀死竹梅的问题。他觉得事到如今,这问题已经微不足道了。目前他所不安的,却是这一夜之间的事实。这一夜他虽然只在院子里徘徊,可是,好像走了很远的路程,脑袋也叫冷风吹醒了许多。说实在,像王汉元这样的东西,在这以前,说什么他也不敢相信所谓"国军",原来也是"敌来筛糠,敌走耍枪"的人物！然而,铁的事实,却把他的脑筋彻底翻了个个儿。他所看到的"国军",原来并不像他们自己在老百姓面前那么硬棒。他所看到的共军,更不是"国军"平常说的那个样。这事实对于王汉元来说,就像一个正在踩高跷哼小曲的小丑,叫人猛然砍断了脚下的木腿,让他高高地摔了一个狗吃屎！就像一棵直挺挺的大树,叫霹雷给连根拔掉了！他不敢想象,多年以来,他的靠山原来是这样……他的敌人却又是些真刀真枪的好汉！这一切,使他禁不住在心头把他过去听到的"国军"胜利消息全都打上了问号。他接二连三地打了几个寒噤。把自己坐着的小板凳朝火盆跟前拉了拉,拼命把手伸到炭火上面去。可是,这不仅不能叫他觉得温暖,反而叫他隐隐看到,多年以来,由于他依仗了那些纸人纸马纸江山,自己的双手已经沾满了鲜血！他好像在水里洗手那样,急忙把他伸在火焰上的双手相互揉搓了一阵,好像企图让火洗去那些血,可惜一点作用也没有,反而越洗越发殷红了。

铁路边传来了连续的巨大爆炸声。两只狗忽地跳出门外去。王汉元也从梦中惊醒似的,竖起耳朵直朝门外听。他多么希望,刚才他所想的那些都是错误的。这爆炸应该是"国军"锦囊妙计的开端！然而,这希望仅仅是他在太阳升起的时候,又一次睁着大眼做了个白日梦。几声爆炸,仿佛是中原大地愤怒地抖动了一下身子。

287

田野马上静下来。太阳一阵比一阵更红了。

两只狗返回屋来时,王汉元已经重新把头低下来。

"是开始了吧?保长!国军到底还是有高计呀!"两只狗抢着这么说。他们委实没想到,王汉元居然猛地站起,甩了一下袖子,很生气地说:

"屁!计?给我滚出去!人家炸了铁路!"

狗们夹起尾巴出去了。王汉元已经感到浑身散了架,一头栽倒铺上。

第二天,两只狗就又嗅到了好消息。他们报功似的急急忙忙找到了保长说:

"这可好啦,保长!真是无巧不成书!竹梅这个死妮子,总算前世没有烧好香,听说陈二丑那孬种,昨晚跟上共军走啦!保长!"王汉元正在愣怔着,另一只狗又说:

"这不就好办啦!明打明把她给崩了就算了吧?反正给她一个'通匪罪',她还能有几个脑袋不搬家?高兴咱还可以出个告示呢!就是县上来查问,无非说咱不该太慌张,先斩后奏。还有啥大不了的?说不定县上还得把她爹娘逮去呢!不过就是油水不多。"

王汉元没吭声。从他脸上的表情,可以看出心里曾经热了一下,但又马上凉下来,开始了七上八下地翻腾。

"二丑当真跟他们去了吗?这多天他在哪儿啦?"

"真的,一点不错。他在家里窝着哩!这阵外边已经传成了一根绳啦!野雉岗王小秀从前住长工的那家掌柜,当时就看到啦。他还说是王小秀到他们家里去叫他的。"

"胡说!胡说!王小秀不是咱们送给国军的壮丁吗?咋会又到共军里来了呢?"

"是呀,是咱送他到国军团管区里去的呀!也许是跟共军打仗他又倒了戈?要么就是叫活捉过去啦!反正是有他。人家说得有鼻子有眼睛,他们还听见二丑喊着'秀哥'呢!可惜他娘那个老不死的,现下也不知窜哪儿去啦？要不,也得宰了她！"

狗们无论如何也猜不到,他们兴高采烈的意见,已经把王汉元的心给撕碎了！王汉元一声不响,背剪着手,在屋里足足走了半个钟头。最后,才一不做二不休地,想出了第二个办法。他忽然站下来,皱了皱鼻梁,用鼻子哼了两声。两只狗得意洋洋地出去了。

谁也摸不清是怎么一回事,已经傍晚的时候,王汉元自动放走了柳竹梅。

柳竹梅像只久久囚禁的小雀,冲出了牢笼,展开了翅膀,离开王汉元的狼窝,顺着一条坦平的大道朝野雉岗飞去。艳红的彩霞,把大地辉映得像清晨一样明媚。路边那棵弯腰柳树的梢头业已泛起了淡淡的鹅黄,野雉岗上的刺蓬已经多少有了点嫩绿。欣快的鸦鹊喧闹着,成群结队向它们的巢穴飞去。零乱的炊烟从各个村舍的屋顶缓缓升起……然而,这一切全被竹梅的泪珠给罩上了一层玻璃似的薄雾。她竭力抑制着自己,泪水老像喷泉似的往外涌。她感到胸腔好像是淤结了一块重铅,恨不得放声嚎啕一阵才痛快。

二丑他爹一跛一瘸地背着从村外拣来的一小捆干柴,朝灶房门口一扔,少气无力地坐下来。他娘正在小锅台跟前弯着身子引火,听到扑通一声,回头看到是他爹,随即带着埋怨口气唠叨说:

"大长一后响,还没拣到一个'老鸹窝',就把你劳乏成那样啦！我看往后的日月可咋过？"

他爹一言不发,坐在当院的一个小板凳上,从怀里掏出了非常短的旱烟杆,把烟口袋在手里拍了拍,勉强装满了一锅子烟末,然后用火镰刷刷地砍着火石取火。这期间,他恍惚看到大门口有个人影一闪,进到院里来。他还没抬头,心里说:"谁呀！天到这般时候,还来串门子！"

"爹！"老汉猛一抬头,竹梅已经来到了跟前。她眼窝塌陷,头发蓬松,脸色又黄又瘦,浑身衣裳补钉加补钉,两眼泪汪汪地瞅着

他。老汉只觉得心里突突跳,好像做梦似的,话也说不上来,手脚也不会动弹了。竹梅转脸看到了婆婆:

"娘!"

她娘正在烧火,忽然看到身边站出了蓬头垢面的媳妇,加上蒙蒙腾腾的烟气和暮色,看也看不清,叫她实在不敢想到是竹梅,反倒把她吓得浑身冒冷汗,忽声站立起来,直朝灶房里躲。竹梅的心像被刀搅一样地痛起来:

"娘!我是竹……"

她的话还没说清,就叫泪给哽住了,哇的一声扑到娘怀里,放声哭起来。她娘浑身发抖地搂着她,跟着也就放了声。老头子好像已经软瘫了,一直坐在那里不会动,烟也没有吸燃,泪珠簌簌落下来。

凄厉的哭声震荡着黄昏的野雉岗,邻居们马上挤满了他们的小院。柳金声和竹梅她亲娘也都跑了来。她娘一进门,就抱住竹梅哭起来。娘儿仨就地坐下抱成了一疙瘩,哭成了一片。

所有的人们没有谁能说出一句话。大家仿佛都能听得清,在她们的哭声里没有丝毫的悲哀和绝望,而只是充满着仇恨、愤怒和屈辱的抗争。大家仿佛感觉到,她们的哭声像火索一样,一点点引燃了所有人们心头的怒火。不知是谁按捺不住大声说:

"算啦!人已经回来啦,还哭啥呀!总有一天日头也会照到野雉岗!"

竹梅她们根本没有听见这句话,反而越哭越厉害。好像她们誓死也要让全世界的人们都听到,她们再也不能照旧活下去,这个世界一定要打烂!

二丑他爹这才哆哆嗦嗦站起来,朝大家走近去:

"大家回去吃饭吧,天不早啦,别管她们,叫她们哭吧,不哭哭心里也不好受。"

大家正准备走,又有人说:

"光哭就能哭饱啦,饭呢?你没看灶里的火都死啦!"

"不碍事!这会儿吃也吃不下,一阵她们再生火!"二丑他爹补充说。

"对,叫她们痛痛快快哭哭吧,难道哭也不归自己管啦!这回咱们把泪都哭干,往后就轮到他们啦!"

人们全都走了之后,天已漆黑了。她们的嚎啕慢慢变成了哽咽,直到二更过后,才算停下来。竹梅拿自己的破衣襟揩了揩鼻涕,随即转身去生火:

"娘!你们都进屋歇着吧!我也多天没给你们烧过一口水啦……"

不知怎的,她的鼻子一酸,眼泪重又涌上来。两个老婆子站在她背后,眼里噙着泪珠说:

"不,这多天苦了你啦,孩子!你去歇着,回屋看看吧,这顿饭叫娘做,明天你再动手,日子还长哩!"

竹梅摆动着肩膀,不回头地说:

"不!不!"

老人拗不过,只好大家动起手来。

吃下这顿饭,已经更深人静。整个野雉岗都沉入了梦境。他们五个人这才挤聚在一起,悄悄密密从头到尾,说起了别后的一切。直到竹梅知道了二丑、虎成还有王小秀他们都已参加了解放军的时候,她才现出了笑容,顺口接着说:

"哎呀!这就好啦!也许就是为这,那老贼才放了我。这阵要是知道他们在哪里扎,我就得找他们去!"

"傻妮子!你疯啦?那是队伍呀!年轻轻的新媳妇去做啥?人家见了兵还恨不得钻进地缝躲起来哩!谁像你!"竹梅她娘急忙制止着。

"唉!娘!你还在鼓里呢!这解放军就是从前人家说的红军,是咱穷人自己的队伍呀!他们到了哪里,就跟地主保长们算账,穷人就能翻身过好日子！他们跟遭殃军可不一样！"

"就是呀,亲家！你没见那晚上人家成千上万的人马,过了一夜,连一根庄稼也没踩倒,一根草都没动咱的,像阵风样就过去啦！从前哪有这种兵呀！这几天村里不歇气地咕哝着,大家都说这是咱们穷人的队伍。他们就是要改朝换代的！"二丑他爹兴奋地说着。

"他们那晚来了那么多人马,可也没见跟哪个地主算账呀！"柳金声不以为然地接着。

"哎呀！爹！你咋这么糊涂呀！这回是人家从这里过路哩！去别处打仗去啦！你还怕日后他们不回来！遭殃军那样恶都不敢挡人家的去路,还怕不能改朝换代呀！"竹梅感觉到公公的看法和自己完全一致,禁不住朝公公温柔地看了一眼。

"唏！看你叫人家抢去这多天,就跟上了洋学堂一样,啥你都知道啦！谁对你说哩？"竹梅她娘反驳着。

"就是！就是！就是有人对我说！那晚上在王大娘家俺都商量好啦,就是我叫他去找解放军哩！"竹梅娇嗔地对娘瞟了一眼。

竹梅这一说,爹娘再也没有说别的。他们五个人的心立即热烘烘的,脸上的愁云渐渐散开去。竹梅随即咬牙切齿地又说："等他们日后打回来,怕我不把王汉元的肉头割下来点天灯！剥下他的皮来蒙鼓！"

"就该！就该！善有善报,恶有恶报！"二丑他娘接着。

他们一直说到大半夜。柳金声回家去了。她娘一来嫌天黑磕磕绊绊不好走,二来也想跟闺女温存温存,就跟竹梅和衣躺下来,到第二天早上才回自家去。

从这以后,他们两家人的心境,总算多少好受了一点。虽然生活照旧像水那么清寡,可是王汉元没有再来找过事,日子倒也过得很平静。只是二丑他们究竟在哪里,何日才能打回野雉岗来,倒成了他们日夜盘算的问题。特别是竹梅,她的心就像叫二丑给带走了一样,整天失魂落魄地想着,想着翻身报仇的日子。她不管白天怎么劳累,天一黑,独自个往小屋里一走,就跌进了会见二丑的梦境去。

太阳落山,明天重新爬上来。竹梅这个充满相思和希望的夏天并没有过完,王汉元就动了手!

原来王汉元听到陈二丑参军的消息后,在他看来,二丑除非是傻瓜,才会丢下这么漂亮的老婆远走高飞。因而,可能听说竹梅回家去啦,他还会悄悄跑回来。到那时一刀俩人头,岂不更好!然而,事实越来越叫他失望。不仅二丑始终无影踪,而且他们又把襄阳、樊城也打开了!看样这陈二丑是要决心革命了!于是王汉元再也忍耐不住了。

这天,二丑他爹又在外边,听到人家咬着耳朵根子乱咕唧。说是二丑他们那一部分解放军,现下业已打下了襄阳、樊城,还活捉了遭殃军的大头目。他娘一听这消息,笑成了眯眯佛,凑近他爹跟前接着说:

"你说这可是当真?"

"哪个还哄你,人家说得逼真,这可不是小事呀!自古以来襄阳、樊城就是大地方,你没见戏上唱的,诸葛亮还在那儿打过仗哩!"

竹梅站在一旁不吭声地听着,心里美得不行,忍不住地插嘴说:

"爹!照你说这样,今年他们或许就能打回来?"

"也兴!"老头子少有地笑着,好像金色的希望,已经在他脸前跳动了。

"只要他们一回来,我就跟上王大娘去找王汉元算账!"竹梅又一次地表示着她的血海深仇。他娘顺口接着说:

"光说哩,可谁知道你王大娘如今在哪儿呀!那老婆子长到一百岁,也改不了她那烈性子,一走,再也没音信。要是这阵她能知道小秀他们都在一块,真不知道该有多如意哩!"

"可不是哩,那么大年纪啦,无依无靠,独自个朝外奔……要是谁能知道她在啥地方,这会儿我就去找她回来……"

"二丑!二丑!有人在家吗?"

正说话间,虚掩着的大门外边有人叫起来。

"谁呀?"他爹接问着,打算去开门。那人说了声"我",哗声推开大门迈进来。这下,他爹他娘和竹梅全都吓愣了。原来又是王汉元家的那只狗。他咧嘴笑着闯进来。竹梅一见那狗脸,气得浑身发抖,眼里几乎迸出了火花。恨不得立马抓起切菜刀,把他的狗头砍下来!爹娘吓得像木头样,不会动了。

那狗继续装着满脸笑,多大的金牙闪着光,走近二丑他爹跟前说:

"吃过饭了吧?"

他们谁也没理他,六只眼睛直直盯着他。心想:"看你今天屙个啥屎?反正你的狗尾巴已经翘起来啦!"谁知那狗看着大家不理他,于是,斜眼瞟了一下竹梅,堆起一脸奸笑说:

"我是来给竹梅算账哩!保长说,那天她走得急,也忘了拿工钱!哈……哈……"那狗自己干笑着,谁也没吱声。

竹梅一看这情形,王汉元那老不死的奸贼脸,霎时又现在眼前来。她断定这狗的来意不善,便恶狠狠地盯着那狗说:

"算账吗?还早了点!等解放军打回来再算也不迟!"说着,她车转身朝灶房里走去。可惜已经晚了!那狗随即掏出了手枪朝她脊背击发了。竹梅的身子突然抖动了一下,忽地转过身来,脸上抽搐着,咬牙切齿地骂道:

"狗!强盗!二丑和解放军会跟你们算账的……"她不支地坐在地上,血从胸口流出来。

"共匪!共匪!你还想造反!我叫你跑……"那狗吼叫着,冲

近竹梅跟前,又朝她胸脯上打了两枪。竹梅倒在血泊里。那狗歪过头来,对着吓呆了的二丑他爹和他娘:

"哼!我叫你造反!还不赶紧把二丑叫回来……"

俩老人哆嗦成一团。那狗一出大门,就从怀里掏出了确山县的告示,牢牢实实贴在陈二丑家的大门前。然后,扬长去了。二丑爹娘放了声。全村老少跑来的时候,那狗已经翻过了野雉岗,朝王家店走去。大家看到告示上清清楚楚地写着:"据报野雉岗陈二丑、柳竹梅、王家店王小秀及其老母均私通共匪,必须立即捉拿归案,就地正法……"云云。

人们讶然了,可是,他们的心中却燃起了熊熊的烈火!

三

蒋介石、白崇禧和马歇尔,还有日本战犯冈村宁次他们,计议了扑灭孤军深入的靳军方案之后,在会议桌上他们得出了一致的结论,就是"兵贵神速"。在他们看来,如果真正做到这一点,则既可以突然的"报复行动",消灭靳军,又可以按照"马氏"的既定战略计划,把主力迅速集结到郑州和徐州两个十字架上,中原即可高枕无忧了。因此,他们就把这个如意算盘交给了他们的十二兵团去执行。这不仅由于十二兵团是马歇尔认为战斗力很强的部队,还因为这个兵团的司令官,是在德国向希特勒学习过闪击战的。

然而,不管这位兵团司令怎样学习闪击战,或者他们拿起红蓝铅笔,在地图上怎样迅速地画出胜利,等到他们按照美国条令,把正在朝北开的军队停下来,集中一起,向西部署就绪,而后开步走的时候,时间业已无情地逝去,秋天已经来到了中原。

九月的风,带着萧瑟的凉意,在辽阔的淮海平原上回荡着。晚秋作物正等待着收割。田坎地边那些北方特有的红扫帚,已经成熟。老远看上去有如一簇簇紫红色的火苗,燎烤着碧蓝碧蓝的天空。风从熟透了的高粱田里闯过,掀起了一片沙沙声。然后又狠狠抱住了几株参天的白杨,把它们摇撼得哗哗作响。这响声仿佛千千万万的淮海人民,在秋风里悲壮地歌唱:

> 千里淮海遭灾难,
> 三年大水两年旱。
> 日本鬼杀人血成河,
> 蒋介石杀人尸骨堆成山。
> 蒋介石狼心肝,
> 抗日你躲在峨眉山。
> 人民打走了日本鬼,
> 你替你美国老板来占地盘!

> 大家都来看,
> 大家都来看,
> 蒋家兵和畜生是一般!
> 东家的大闺女给糟蹋死,
> 血泪模糊不能看;
> 西家的粮食衣裳全抢走,
> 猪羊牛马一齐赶!

> 千里淮海遭灾殃,
> 淮海人民盼解放。
> 淮河的水流向东方,
> 把我们的心意带给共产党。
> 陇海路的火车轰隆隆,
> 把我们的苦难告诉毛泽东!

淮海秋风透心凉,
淮海人民一面磨刀一面唱:
谁种树谁歇凉,
谁生孩子谁当娘;
谁家深耕细作,
谁家收成好;
谁杀害人民,
谁用血来偿!

就在这样的歌声里,蒋介石企图双管齐下,把东边的"拳头"伸进了徐州。黄伯韬带领着他的第七兵团,耀武扬威爬到了碾庄。把他们十几万兵士的胸膛,贴到我们第三野战军的刺刀尖上。

就这样,中原大地在默默地准备着厮杀!

就这样,中原大地在默默地孕育着咆哮!

就这样,中原人民在默默地准备着,用自己的双手洗去千百年来的屈辱和怨愤!

就这样,中原人民在默默地准备着,用自己的双手把美蒋王朝埋葬!

这天,天朗气清,秋阳如春。院子里的几丛野菊和几棵高大的向日葵,开着金子似的花,迎接着太阳。在它们的根下,不知名的小虫乐队似的叫闹着。三三两两的燕雀,不时栖落在轮子似的花盘上,又展翅飞去。它们把花瓣踢踏得纷纷飘落。东方远远传来了隐隐的炮声,仿佛谁也没有听见它,老乡们照旧在禾场上急急忙忙打藏着收割了的谷物。村子里荡漾着甜美的秋粮气味。

七连的全体共产党员们,围绕着窗外那棵不大的石榴树,坐在小院里的阳光下。丰硕的石榴,红着脸,狂笑般地咧开了嘴,露出了红宝石似的米米,压低了枝条。兼支书董书田同志请各位小组

长们清点了人数,宣布了支部大会开始。接着他又说:

"同志们,听见了吗?"他停下来,侧耳朝东方仔细听了听,炮声有如远远的沉雷,轰隆——轰隆!响了几声。然后他又转过脸来,冲着大家笑。突然,不知是谁插嘴说:

"好狗日的,找上门来啦!"

没有谁接腔。大家都看到董支书的话还没说完呢。赵忠林用膀子轻轻拱了一下肖红军,把头歪过去,小声说:

"真的,个多月的整训,手又有点痒痒啦!昨晚我做了个梦,干上啦,那才够劲儿,叫我一刺刀穿了俩……"

黄坚听到他们的谈话,笑着说:

"不要开小会,"说这话时,他的眼睛笑得眯缝着,朝小赵看了一下。

大家哄笑了一阵。董支书继续说下去:

"暂时先不考虑这个问题,只要敌人找上门来,咱们自然可以打发他!本来就怕他们不来呢!这些都有上级去安排,咱们不必多操心,等着命令办事。今天支部大会的内容,主要是讨论肖红军同志转正的问题。他的候补期早就满了。因为咱们一直行军作战没有开会。战斗刚结束,他就又到医院去了,直到前天才转来。现在先请肖红军同志谈一下自己的思想,然后大家发表意见。怎么样?"他的眼睛盯住了肖红军,把话停下来。肖红军急忙站起立正了。他的神情很紧张,如像平时向指导员报告工作似的:

"报告指导员!我也不会说,我想入党就是因为日子没法过下去!原先……"董支书挥手制止了他说:

"坐下,坐下讲吧!不要太紧张,这是支部会,不是向我报告工作,是向全体同志们讲自己的思想。"

肖红军的脸通红,左手不自主地摸了一下脊背,好像伤疤有点痒,然后一缩身子又在原处坐下来:

"原先我听奶奶说,咱们的日子就是叫彭家瓦屋的地主给弄得过不成，后来，才知道地主跟国民党是一个鼻孔出气哩。他们还有队伍，那有啥法呢？不把国民党和他们的队伍打倒，咱们这些穷人还能过吗？这时候，奶奶悄悄对我说：从前你爹跟正太叔还有正太婶他们，就是为这才参加共产党，参加红军闹革命哩！共产党和红军都是咱们自己人。他们就是专打土豪、打白军哩！从这以后，我可真想我爹他们呀！我想着他们闹对啦！要是这会儿有共产党和红军，我也要参加哩！有一回我问奶奶共产党和红军还有没有呀？他们在哪里？奶奶偷偷对我说：'傻孩子！可不敢乱嚷嚷呵！这阵他们都往北边走远啦，谁知道他们在哪里呀？我的两眼也看不见！那会儿他们临走，说是还要回来的哩！谁知道何年何月才回来？'一直到去年，咱们队伍果然回来啦，村里的共产党也出来啦，这下可好了。我就坚决要求参加了共产党。别的我就没有啦。俺爹名叫肖治国，是打金家寨牺牲的。那就不用说了，表上填得有。我在连上的工作很不好，思想也落后，请大家帮助我。可是我也不想家，我觉得世上跟我一样的家，一样的人还多着哩！反正我是决心非闹共产革命不可。要不，咱们这种人就不能活！一直到我死了算完！非把革命闹成！完了。"

他的话一停，又想站起来敬礼，小赵把他拉住了。接着张海全代表小组，董支书代表支委会说明了同意肖红军按期转正的意见。并且希望大家发言。

李康发言了：

"我同意小组和支委会的意见。肖红军同志应该按期转正。只是有一点，我想还是提一提，对于肖红军同志今后的进步有好处。这就是那天在襄阳西门根，他跑上去扯掉炸药导火线的问题。这件事本来他是做对了，保住了小桥，后来咱们还利用那炸药爆破了城门，对战斗顺利发展起了很好的作用。可是，在组织纪律上讲，我认为肖红军同志值得考虑。当然情况很紧急，这是事实。可是不管怎样紧急，一个战士在火线上的行动，如果不是上级命令规定了的,而是自己单独要想做什么,总得要向上级报告、请示,得到上级的许可才能动作。这是每个军人都应该有的组织观念,也是战斗纪律。否则,就有发生危险的可能。因为,战场上往往出现意料之外的特殊情况。敌我双方都在集中火力和智谋战胜对方。这种情况如果不靠组织的力量和智慧去处理,光个人横冲直闯,那是不行的!这一次是敌人失败了,肖红军同志的智慧和勇敢胜利了。可是,今后再遇到类似的情况,是不是还能这样顺利呢?那就不保险。因为敌人是具体的,情况也是具体的,千篇一律的事情不可能有。所以这件事应该吸取经验,下不为例。反过来想,作为一个共产党员,应该认识到,我们党和我们军队的力量源泉之一,就是我们有高度的组织性和纪律性。并且,这些还是建立在阶级自觉的基础上。所以它像钢铁一样的坚固。我希望肖红军同志和我们大家,今后都要特别注意这一点。大家都听到炮声又响了。为了提高我们的战斗力,打出更漂亮的胜仗,我的意见完了。"

黄坚和其他同志们又讲了一些和李康差不多的意见,就开始表决了。大家一致通过肖红军按期转为中国共产党正式党员。最后,支书征求肖红军的意见时,肖红军重又站起来说:"我完全接受同志们的批评,希望今后多多帮助我。"然后他好像多少有点羞怯地低了一下头,但又随即挺起了胸脯。仿佛他已经感觉到自己肩上的担子加重了许多。

支部会刚刚结束,军邮员就来了。大家马上把他围起来。虽然他仅仅从挂包里拣出了一封快要磨破了皮子的信,可是,在他还没有叫出收信人的姓名之前,大家仍然充满着希望,人人都拼命把手伸过去。军邮员偏偏就在这个时候,故意把手举得高高的,生怕有人把信抢走,弄得大家越发蹦跳得厉害。王小秀的手杆毕竟长了点,终于他把信给夺走了。军邮员这才笑着开了腔:

"不,不是你的,是肖红军的!"

大家渐渐散开去。王小秀瞅了瞅信皮,随即递给肖红军,嘴里不自禁地说:

"给,拿去吧,又给你做好新鞋啦!"

肖红军反而有点不好意思了。他迟疑着,正要伸过手去,赵忠林哗一家伙把信夺走了。

"看你美的吧,快说,你请客不请?不请我可要拆啦!"小赵跳开了几步,把信举在空中,笑着说。

"要拆你就拆,反正是奶奶写的,上报纸也成,别说你看。"肖红军满不在乎的样子。

"好,是你叫拆的啊!"

"对,你拆吧!"

其实,肖红军心里确也有点嘀咕,他估摸着也有可能是晓云写来的,但是为了不被动,才是这样咬紧牙关装大方。同时他觉着小赵这么个出名的老实人,难道还真好意思拆看我的信?论年纪你也是老大哥嘛。不料小赵果真把信撕开了。肖红军的脸红了。

其实,赵忠林还是吓唬他哩。他拆开了信,一看末尾的名字,故意装做一本正经的样子,立刻递给了肖红军。

"给,给,看把你的魂吓掉了!就是将来你们入洞房,我当老大哥的,也不兴偷听你的房呵!哪能看你的信呢?"

肖红军怯生生地把信接过来,一眼就看到了发信人的名字是黄庆。他这才放心大胆,站着小声念起来:

洪举:前几天我到县上去开会,听陈大姐说,你们又在襄阳打了大胜仗。大家高兴得不行,咱湾子里的乡亲们要我写信向你们贺喜。另外,还叫我对你说说,你走后的情形。这该咋说哩,事情太多,还是先说打仗吧。提起这事,大家都很感谢你们。你们一走,白匪好像也叫你们带走了许多,小保队也成了沙滩上的鱼,蹦不起来了。地方上立马平静下来。乡亲们热烘烘地闹生产,人人都想多打粮!好好支援咱队伍,解放全中国。眼下稻谷收成不坏，明年一定更好。人解放了，田土也解放了嘛！

只是，你们走后不几天，分区有个军医院就搬到咱湾子里来了。那阵他们人手少，伤员多，一切护理、杂务都是晓云带着妇女们帮他们干。大家都把伤员当亲人，深更半夜，砍柴杵米，喂汤送水，洗洗涮涮，人人争着动手。就在这时候，湾子里又来了一回小保队。他们以为野战军走了，医院里都是伤员，想必不能打仗，所以他们大白天，摇摇摆摆，来找便宜来了。没想到，咱们民兵队当时就把他们顶住了。有个伤员首长严主任，人家可真是有勇有谋的好手，他一听枪响，拄着双拐跑出来，马上把他的警卫员和医院里的通讯员、饲养员统统组织起来，跟民兵队一起，就在湾子里硬邦邦地干了大半晌。敌人撂下七八条尸首，逃跑了。严主任没有叫咱追。这回晓云也上了阵，还亲手打死了一个小保队。奶奶笑眯眯地悄悄对我说："庆啊！我算放心啦，晓云虽然是个女孩家，翅膀翎子也算长硬啦！从前大闺女要在家里学绣花，如今就叫她去打仗吧！世道变啦，兴许咱家还能出个穆桂英哩！"可是，说过这话不几天，医院奉命要往潢川那边转移了。晓云她们那帮姑娘们，死活要跟医院走。医院自然也舍不得她们。晓云要我去跟奶奶商量。我说你自己去说吧，没事，我支持你。你走了奶奶搬到我家来。果然她一说，奶奶也就答应了。只是奶奶要她应许一件事，要她打完仗一定要跟你成亲。见到你，就跟你一起打仗。这回她可是当着我的面说："奶奶，你放心吧，这件事我到死也要依着你！"奶奶喜笑颜开地送她走了。谁知她走后，只有个把月，县里忽然转来了正太叔的信。说他眼下正在山东省打白匪哩。他要县上替他打听晓云这孩子还有没有？这一来，奶奶喜得拍手扬脚，不知怎么好了。湾子里嚷成了一阵风。可是一点法子也没有。正太叔没有写明回信的地点，光说那年保安团没把他杀死,只砍掉他一块头皮。现下他在第三野战军,名也改成了郑太。晓云也走远了,还没捎信来。奶奶要我赶紧写信对你说,要你碰到晓云千万告诉她。看看,这够多好啊!奶奶说:"你写信给洪举,叫他好好打吧!奶奶永远也不会死啦!非要等着白匪消灭光,看着你跟晓云成家,见见正太叔才行!"

好了,事太多,说不完。你有空捎个信来吧!

黄　庆 1948.8.13

肖红军念完这封信,心里实在说不出有多好受。但他故意绷着脸,把信往衣袋里一塞,猛抬头王小秀和赵忠林还在他跟前站着哩。肖红军一瞅他们两人的表情,转身撒腿跑到村外去。王小秀和赵忠林大声笑着,追赶他去了。

炮声更紧更近了,听声音顶多不过五六十里路远近。老乡们大概以为队伍还在平静无事地开会哩,怕啥?他们照样忙碌着,没有说什么。可是也有一些娘儿们的脸上呈现了惊恐和不安。

战士们的心里亮堂堂的,只是谁也不愿向上级打听情况,各自心中有数地检点着自己的东西。有人把晒在围墙和干草堆上的衣物悄悄收回到自己的背包里。

然而,最忍不住的,还是黄连长。他几乎不能控制的,眼睛光想看他床边挂着的那把战刀。甚至,他恍惚听到那刀已经在鞘里嗷嗷叫着想往外边跳了!他几次腿不由主地走出屋外去找小古,但是当他看到小古的时候,却又不知说什么好了。只是拼命掩饰着心里的焦躁,一转身子回屋去。其实小古这个水晶似的小家伙,早就看透了连长的心事。他心里说:"反正我知道你要想说啥,说吧!只要你说一声:'小古!通知各排战斗准备!'我马上就给你收拾行李,你以为我还真不着急呀!"

黄坚重新回到屋里去,无可奈何地燃起一支烟,抽了两口,直挺挺地躺到铺上,然后斜过头来,定睛瞅着桌上的电话机。一根纸烟还没有吸完,他又站起来,心里说:"妈的,这个机子的线有毛病了吧?怎么这大半天也没响一响呢?"于是他就跑去摇机子:

"喂!哪一位?"

黄坚一听是营部电话员小张的声音,知道线并没有断。但又不愿把听筒放下来,因而五心不定地说:

"是——我,黄坚!"

"啊!黄连长,你找营长说话是不是?"

"不,不,不,我是看线路通不通。"然后,他又放低嗓子说:"喂!小张,营长、教导员在不在?"

"在呀!我请他们说话好不好?"小张清脆地回答。

"不,不,不用了。团首长有电话来没有?他们还没叫营长到团部去开会吗?"

"没有呀!"

"呵……你听到了没有?小张!"

"啥呀?"

"轰隆——轰隆!"

"当然听见啦!"

"那是啥主意呀?咱们纹风不动的?"

"这可不晓得,反正等命令办事。啥时候首长叫下机子,我背起就走。怕啥……"

李营长听到小张讲的这些话,悄悄来到小张的背后,突然夺过了听筒,用手捂住送话器,问小张:

"谁?"

"黄连长。"

营长没吱声随即把听筒挨上了自己的耳朵。黄坚以为还是小张在听哩,照样毛焦火燎地接着说:

"小张,你说什么?我怕?我怕一刀砍不掉蒋二秃子的狗头!

我怕！我怕！眼看敌人打上门来啦，还不下命令！要干就摆开干嘛！真不知道是啥主意？天晓得！"

李营长皱了皱眉头。小张站在旁边伸了一下舌头。营长接上了：

"天不晓得，人晓得！"黄连长一听声音是营长，心里通通跳起来。但又不敢放下听筒，只好硬着头皮听下去。营长提高嗓子说：

"怎么样？黄坚同志！你的手又痒痒了是不是？放心等着吧，上级并没有睡觉！懂不懂？这不是老百姓打架，一听到动静就得孩子老婆一齐上。这是战争，是革命战争，大规模的革命战争！每一个战士的行动都联系着全局。因而，我们任何一个指挥员和战斗员，都必须严格地站在自己的岗位上，坚决服从命令听指挥，用上级的命令决定自己的行动和思想，光凭自己的手痒痒是不能解决问题的。明白吗？"

李营长停了一下。小张听见听筒里传来了黄连长连连称是的声音。营长又把语调缓和下来说：

"同志！你已经打过多少仗啦！怎么还不懂打仗不是光要勇敢，还需要智谋呢？你好好想想，你所参加过的战斗，哪一次是只凭一冲就解决了问题呢？等着吧，我们不会忘记你这把刀子哩！"李营长放下了送话器。黄坚用手帕抹了一下额上的汗珠，重又躺到铺上去。他的心反而平静下来了。指导员看到了他的神情，根本没开腔。

与此同时，译电员在靳军长的门口，说了声"报告"。大概他也很着急，没等军长应声，就推门进去了。军长什么也没说，伸手接过电报一看，忽然站起来，递给了张政委：

"好！果然叫我们猜到了。你看！"

张政委接过电报，他们两人站在屋子中间脑袋几乎挨在一起地小声念着，微笑着，反复琢磨着其中的要点：

"……必需钩住这条大鱼。紧紧牵住它的鼻子。向西，再向西……脚力致胜……"

"好啦！一步七十五生地！"靳军长笑着说。

"大家都一样。反正敌人也不能一步迈八十生地！"张政委接着。

"问题就怕他不肯走！"

"牵呀！不是说得清楚吗？'紧紧'地牵呀！"

"这可要点功夫哩！"

"当然。我看咱们这一网撒大啦！大鱼不会只是这一条。……"政委走到墙上钉着的地图跟前，瞅着西边的群山。

"我也这么想。怎么样？要不要他们来开会？"

"不必。时间来不及。别让他们给粘住！'牵牛'总得走在牛前边。"张政委转过身来说。

"那就这么办。马上出发，要陈丰年把七团留在后边牵鼻子！"

"首先要让他们切实掌握'脚力致胜'的意义，随时展开强有力的思想工作，保证大家脚板不发软。"

"对。"他们一齐朝参谋处走去。

四

果然，不出所料。敌人用整整三个军的兵力，成扇形前进。一清早在五十里路以外，就开始了盲目的炮击。直到黄昏时分，当靳军长和全军部队已经在六十里路以外宿营的时候，敌人才接近了七团，摆好了阵势。自然他们首先还是把大量的美国炮弹朝田野、山冈倾销了一阵，然后晕头涨脑摸上来。然而，这回七团却仅仅虚晃了一枪，回头就走了。天已迅速黑下来。敌人除掉茫然的火力追击之外，再也没敢前进一步。乖乖地让七团把绳索穿进了他们的鼻孔。这一夜，敌人的先头部队指挥官，吵成了一团。有人要立即直追。有人怕被我军伏击。有人说反正他们的兵力超过我们几倍,伏击也不怕!有人说小河沟也能翻大船。弄得一点主意也没有。最后,还是请那位学过闪击战术的"将军"出主意。不料"将军"也怕被伏击,命令他们拂晓再前进。

真像变戏法似的,敌人做梦也没想到,在攻克襄阳和枇杷山的战斗中,曾像猛虎一样攻得开守得住的七团,如今竟然毫无恋战之意,每天都是那么虚晃一枪回马便走。任凭枪声像爆炒玉米花似的,在他们的身后整天乒乒乓乓地响,他们仍然不回头。

天晓得,那位曾被希特勒传授了闪击战,又回到蒋记"陆军大学"专教闪击战术的"将军",如今把他的"闪击"忘到哪里去了?第一天,他肯定了解放军要打他们的伏击,果断地命令他的部队在天黑之后加强警戒停下来。以后却又忽然感觉到解放军肯定要来一手"拖刀计",因而,他们始终不敢急追,也不敢不追,只好像匹老牛似的,让七团一步步地拖着走。

就这样,从鄂西北到豫西,十几天过去了。现在他们快要来到了陕西的边境。巍峨的群山已在灰茫茫的云雨中矗立在战士们的面前。

根据老乡们的经验,时候已经到了。这种秋雨不下则已,一下就是个把月。

本来,让七团来执行这个"牵牛"任务,他们已经很不习惯了。要打又不打,不打又要故意戳逗他几枪。每天一出发,屁股上老是乒乒乓乓地响枪。再加上这几天,又来了这种没完没了的霪雨,整天把人淋得像水鸡子样。大家的思想上,真说不了有多别扭。特别是豫西一带的黄泥路,一脚下去,就套上个泥靴子,膝盖拉得生痛,一天走不出八十里。有些硬地皮上盖着一层胶泥,活像清油擦上了玻璃,一不小心,就来个嘴啃泥。全团的雨伞大都已经跌坏,战士们只留着伞把当手杖。一切行军中的娱乐活动,都已无形中停止下来。队伍走动着,如像一支不打锣鼓的秧歌队。偶尔一阵哄笑,不用看,又是哪个跌倒了。有时,骑兵通讯员,从队伍前后插过去,马尾巴粘成了一根泥棍子,甩得战士们满脸泥,随即引起了一阵笑骂。笑骂中又有人跌倒,又是一阵大笑。

傍晚,离宿营地还有五六里路的时候,雨停了。两三只水老鸦,呱呱地叫着,从暗灰色的低空飞过。人们凭着经验来判断,明天仍然不会放晴的。

赵副团长骑着他的大红马,从后边赶上来。看样子,是他遵照团长的指示,照例在宿营之前把后卫营的警戒和任务布置就绪,返回团部去的。他的马尾巴早已被饲养员同志给挽得好像北方女人们的发髻一样,高高地悬起,漂漂亮亮地没有粘上一点泥巴。但是,王小秀一听见马蹄声,以为又是骑兵通讯员过来了,急忙把脸背过去,俏皮地说着:"四条腿的兵,请你老人家快走好不好!"他的话还没落地,哗一家伙栽倒了。大家笑得前仰后合。他却憋了一肚子气,索性坐在地上摇晃着身子骂起来:

"操你妈!老子就不起来,看你再把老子滑倒!"

"王小秀,你能躺下打个滚儿,才是好汉呢!"有人故意逗他说。

赵国珍一看是王小秀,知道这人平时既能吃苦耐劳,又从来不说怪话,这阵可能是他对这"牵牛"战术不理解,浑身跌成了泥蛋蛋,实在忍不住了,居然和路发起脾气来。

就在这瞬间,不知怎的,王小秀的这股气,一下就和他自己心里那股别扭劲儿扭在一起了。他觉得头脑忽然一阵热:"去你娘的,原地停止,老子不走啦。就在这里跟狗日的干啦!看你能咬掉老子的脚指头不能?"可是,这话刚一到了他的喉头,便又恍惚听到陈丰年师长大声对他说:

"赵国珍同志!你是什么人呀?你想过没有?人民的事业是不许冒险家任性的呵!"

他伸了伸脖子,好像喉管咽下点什么。随即跳下马来,笑着说：

"王小秀同志！起来吧！跌跤也能打胜仗呀！敌人也在跌哩！你知道吗？"

大家一看是赵副团长，王小秀也不好意思地按着泥地站了起来，一面甩手一面走。

赵国珍把马交给了饲养员，和大家肩并肩地走着。

"报告副团长，难道咱们真的怕他们啦？"王小秀爬起来，根本不管身上的泥巴，就向副团长提出了这么个问题。大家看到他的眼里已经快要流出泪来了。

"咋啦？王小秀，你的屁股叫跌成两半了是不是？"赵忠林故意同他玩笑说。王小秀没理他，瞪眼等着副团长的答复。

"你说是不是怕他们啦？"赵国珍压制着自己，勉强笑着。

"怕？我怕不能活剥了这些狗东西的皮！"王小秀咬着牙说。

"可咱怎么老是一个劲地走呵？"肖红军也接上了。

"对呀！依我说早该摆开阵势跟他干啦！我可知道，这些家伙全是猴子投生的，就怕见血！"陈二丑根据他的经验发了言。

"这不是在'牵牛'吗？同志们！怎么你们都忘啦？"赵国珍回过头来看了一下肖红军。

"'牵牛'也得往肉案上牵呀！咋一个劲地走哩！走了几百里还找不到个案子来宰他呀！"

"还没到时候呢！到时候就开刀！你还怕他跑得脱？"赵国珍这样无力地回答着，眼睛不时看一看李康和张海全他们。那意思是说："看你们这些战士！你们的思想工作，做到哪里去了嘛？"可是，他们始终不吭声，好像他们也觉得战士们是在替他们说话。

"还不到时候呀？眼看要进陕西啦！你没看见那大山。团长！瞧，它已经向咱们打招呼啦！大概明天就得上山了吧？"

"远着呢！上山还不好？咱们就是山上下来的！在山上杀牛才好哩！就是到陕西也好呀！陕西也是中国。难道我们就不要陕西啦！大家不要性急,性急吃不了热豆腐！这叫做'脚力致胜'！这条老菜牛反正是叫咱给牵上了,早晚要叫你们'会餐'哩！来,谁的脚板软啦？把背包交给我背,我的脚板再走三个月也不会软！"

大家笑起来,有人说：

"团长能走,我们也不落后呀！保证不掉队。可就是老想'会餐',不知哪天才能吃得上？"

"要说哪天,我也不知道,反正要吃他是肯定的！"

说说道道,他们已经来到了七连的宿营地。赵国珍重又骑上了他的大红马,向战士们说了声"明天见",就回团部去了。他心里说："好呵！同志们！只要你们还有这股劲,早晚是要'会餐'哩！"

背后的枪声已经停息,大概敌人也宿营了。七连就在大路边的几家茅草店里住下来。战士们在小店的屋檐下挤着,等司务长分房子。大家互相议论着鞋子问题：

有人说："我是上不了山啦！明天脚板心就跟石头亲嘴啦！"

有人说："这种走法！这种天气！让你背个鞋铺也不行！"

有人说："打草鞋嘛！活人能让尿憋死！"

陈二丑凑近王小秀,小声说：

"刚才那个首长是谁呀？团长我看过,不是他呀？这首长说话可真家常呵！"

"当然啦！他是副团长,姓赵,原先是一营的营长。"

"唔——"二丑好像很理解的样子。

文化教员田松,像个泥球似的,背着背包走过来。他不防肖红军突然说：

"教员！指挥我们唱个歌好不好？《声东击西》。"

"好呵！《声东击西》,预备——起！"田松愣了一下,随即像打拳似的挥动了他的双手,指挥大家唱起来：

　　声东击西,声东击西！
　　告诉敌人我们在这里。

你来呀！你来！
你来的越多我们越满意！
毛主席，指挥我来也指挥你，
你昏头昏脑的蒋介石！
你自作聪明的白崇禧！

…………

赵副团长回到团部宿营地时，一切都已弄好了。马团长和杨政委已经在饭桌边等着他了。赵国珍撂下雨衣，胡乱洗了一把脸，急忙拿起筷子坐下来。

"怎么样？老赵！敌人的行军情绪高不高？"照例又是杨克辛首先问到了敌人。看样子他是生怕敌人"掉队"。

"我看这样的天气，他们也够受！反正他们先头那个加强营的劲头，是没有前几天那么大啦！据侦察员反映，这几天下雨，狗日的早上七点还集合不起来。烂兵们天亮一睁眼，第一件大事，就是钻进各家鸡窝里去抢鸡！"

马林皱了皱眉头，插问着：

"我们呢？"

"我们，我们的战士们还不是'外甥打灯笼——照旧（舅）'。"

"照旧什么？"马林急切地追问。

"照旧走得不耐烦，老想摆开阵势跟狗日的干！"接着他又把王小秀、肖红军他们的情绪，绘声绘色地讲说了一遍。马林自然可以感觉到，老赵说这段话的时候，显然也掺杂了自己的情绪。可是，他却没有正面指出他的问题，反而撂下了饭碗，跨到屋外去，两手插腰，仰脸朝天看了看，说：

"其实，我倒不怕战士们跌跤，主要是怕敌人'掉队'！"

"当然，带有战略性的行动，最初往往是战士们不能理解的。这就要靠思想工作了！"杨克辛接了这么一句。赵国珍已经感觉到团长和政委的思想，和自己有着相当的距离。于是，他也"王顾左

右而言他"地到窗口瞟了一下正在飘落着的雨丝,不照面地说:

"这天,真他妈的,像是谁戳破了它似的,又干上啦!瞧!"

"高兴下,就让它下吧!反正是下雨,是走路,又不是下刀子,上刀山!彼此,彼此!"

"明天的路线送来了没有?该上山了吧?团长!"赵国珍似乎已经感到了自己的想法不大对头,不自觉地在语气上恢复了他原先的营长地位。

"上山还早,往北啦!怎么样?老赵,杀一盘?"马林好像看到了赵国珍的心理,故意轻松空气地这样提议。

"好呵!警卫员,把棋子拿出来!"赵副团长兴高采烈地答应着。

他们住的这座屋,一共三间。里边一间老乡喂着一条牛。警卫员正在设法给首长们打铺,忽然听到要棋子,急忙把手里拿着的湿雨衣朝拴牛的横杆上一搭,把牛吓得猛一蹦,吹起了多大的鼻孔,两只眼像鸡蛋似的,躲在黑影里闪着蓝光。

"怎么?你没见过这家伙?世道变了,你也开开眼界吧!"马林对牛这么说着。不知什么时候,一个六十多岁的老汉,颤巍巍地走进来,喉管咝咝啦啦扯着响痰说:

"老总!不,不要放那上,小心它给撕破!"

"对,对,拿下来!"马林一面命令警卫员,一面拦住老汉说:"老乡,你就是这个家里的人吧?不怕,我们不是老总,是解放军,老百姓的队伍。敌人还在后边呢,你家的人都上哪儿去啦?叫他们回来吧!下雨天,在外面受罪呀!明天再跑也不迟!"

老汉盯了他半天:

"是,是,同志!咱家没啥人。孩子们走亲戚啦!你们歇着吧!"老汉返身出去了。

马林和赵国珍劈里啪啦摆开了棋阵。杨克辛又从衣袋里掏出了一本书,靠在窗口看起来。马林瞟他一眼说:"当心!你的眼珠

哟!"杨克辛好像根本没听到。司务长抱来了一些干豆蔓,往当屋一放,警卫员准备去擦火。杨克辛忙问道:

"你从哪里搞来的?"

"那边老乡屋里。"

"有人在家吗?给钱没有?"

"有个老太太,给了五百。"

"对呀!一定要注意群众纪律。特别是现在,咱们前边走,敌人后面跟,弄不好,连敌人的账也会上在我们身上的!"

"是的,政委!指导员天天招呼我们。"司务长立正说。

"怎么样?粮食有问题没有?"

"报告政委,粮食倒没问题,咱们带的有。就是没柴烧,遇上这天气,到处湿漉漉的,大家要吃饭,又要烤衣服!同志们几天没烤干衣裳了,天这么冷,受不了呀!"

"是呀!弄不好,病号会增加哩!"

"同志!为了胜利,有什么办法呢?尽量动员老乡们,买嘛!给现钱。反正不管怎样,你不能违犯纪律,又要大家吃饱穿暖!"马林一面下棋,一面斜过头来说。

"是,团长!"

"怎么?又是'当头炮'?不行!这一手吃不开啦!"马林看到赵国珍放了"当头炮",语意双关地这么说。

"吃不开,也得试试看!我就不想那么乱转游!"赵国珍不肯示弱地接着。

"那就试试吧!"马林很有心事的,用双手托住下颚,定睛瞅着棋局。司务长不知什么时候已经走了。

警卫员把豆蔓移到屋门口烧着,替他们烤衣服。干豆蔓好像撒上了火硝,噼噼叭叭地响着,焰子冒起多高。屋子叫热气这么一熏,扑脸一股发了酵的牛粪味升腾起来。他们谁也没有说什么,这在他们的长期战场生活中,并不稀奇。

313

赵国珍一连输了三盘,豆蔓已经烧完,地下只剩一堆灰烬,火苗变成了浅蓝色,噗噗地跳着。警卫员把他们的衣服全都烤干收起来。等着他们睡觉了。

马林往铺上一躺,很轻松地说:

"怎么样?老赵!还是'脚力致胜'吧?"赵国珍不吱声。接着他就又一次地给他讲到了上级指示"脚力致胜"的意义。忽然,赵国珍接着说:

"那可不一定!要是老严在家呀,我们俩不能把你的老将吃掉才怪哩!"

杨政委故意岔开他们的话题,随即谈起了严主任。这一来,一种怀念战友和关心大别山战局的心情,完全占据了他们。他们不知不觉,一直谈到了十一点。

马林刚刚觉得上下眼皮想打架,值班参谋跑来报告说,师长请马一号讲话。他们不约而同地坐起来。大家心里盘算着:"这阵又有什么事啦?"

只有一刻工夫,马林接完了电话拐回来。他一进屋就笑着大声说:

"喂!起来吧!伙计们!开祝捷大会啦!"

"你还没睡觉怎么就说起梦话来啦?"赵国珍全然不信地重又躺下去。

"要说是梦话,那可不是我说的哟!是师长说的!"

"未必走路还走出胜利来啦?"老赵赤裸裸地暴露了他的思想。

"到底怎么回事?"杨克辛坐着说。

"走路把郑州给走解放啦!这可不简单!蒋介石的两个十字架叫咱打掉了一个!全部歼灭了四十军的一〇六师,九十九军一部,郑州警备司令部和十二绥靖区司令部乱七八糟一万多人!师长叫把这个消息马上讲给部队!"马林这么一说,赵国珍暗自伸了一下舌头,忽地重又坐起来:

"这样,咱们明天就在这里开大会了吧?"

马林没有回答赵副团长的问题。接着就把师长已经批准了他的建议向他们说了一遍:

"我是这么想的:这样一来,敌人很可能发现他们上了当!不知不觉叫我们从平汉路上把他们牵到了这里,结果一只破草鞋也没捞到,反把郑州给丢了!说不定他们腿杆一软,会放开我们往回走。那就坏了!因此,我建议拂晓以前,让三营组织一个加强连,摸黑反袭他们一家伙!带上两门迫击炮和重机枪。主要是用火力给他们吹个'起床号'。目的是不让他们掉队。明天照样跟着咱们走!至于向部队传达这消息,行军路上就办了。师长同意了这办法,他说:'对,你们的祝捷会就这么开!'你们觉得怎么样?"

"这下我算明白了,比你说半天苏沃罗夫大元帅还顶事!怎么样?我到三营去?"赵国珍急急忙忙穿起鞋子来。

"你睡醒啦?"马林说。

"醒啦!醒啦!"

"走路能走出胜利吧?"

"能,能!庙后有个洞,'妙透'啦!"

赵国珍口服心服地穿着衣裳,好像生怕不叫他去执行这个任务似的。马林一挥手说:

"莫忙!你可不能用'当头炮'呵!要叫敌人给粘住,可要犯错误!"

"对,对。主要是火力偷袭,不让他们掉队!"

"好,老赵!这可不能冲昏头脑,任着性子,借题发挥呵!这可不是闹着玩儿哩!大头还在后边!"杨克辛又一次地叮咛着。

"放心!"

赵国珍一步跨出门去,给炮兵连和三营打电话去了。

七连黄连长正在呼呼大睡,电话响了。他迷迷糊糊翻了个身子,以为是做梦。铃声越响越急,他终于爬起来,抓住了听筒。可是等到李营长正式把解放郑州的消息告诉他,又命令他们担任加强连,去和敌人开"庆祝会"的时候,他却又觉得自己是在做梦。他虽然连口答应着:"是,是……"然而总觉得说话的不是营长。他把小马灯扭亮之后,看到董指导员已经站在了身边。他睁大眼睛吃力瞪了一下指导员。意思是说:"老董!你看我是不是在发呓症?我的眼睛睁开了没有?"指导员没理他。他竟不自觉地对着送话器说:

"是真的吗?"

"同志!要不得!你还没有睡醒吧?一点也不错,你快集合队伍,我是李文!听到了吗?"

营长显然有点生气了。话声突然高起来。连董指导员都听得非常清楚。

这下黄坚才算真正醒过来。他急忙回答着:"是,是,营长!我听到了!"随即放下听筒,孩子似的猛一蹦,转身到枕头下边,刷的一声抽出了战刀。虽然他知道根据营长的指示,这把刀今天早上是用不着的。可是,他仍然手不随心地提着它,然后,一口气把营长的话给指导员讲了一遍。指导员还没有摸清头脑,小古不知什么时候已经爬起来,突然说:

"真的吗?连长!"

"糊涂蛋!你还没有睡醒吧?快叫司号员吹号集……不……不……你快去叫各排集合!"

小古笑得抿不住嘴,抓起手电筒就朝各排跑去。

一排全体战士、干部挤在一个小草屋里睡着。虽然这屋子没有了门窗,屋顶还在漏雨,可是大家紧紧地偎依着,睡得又热乎又安逸。小古的电筒往里一照,李康随即坐了起来大声地问着:

"谁?"

"我,小古。"接着,他没等李康再说话,就大声嚷起来:

"排长！快起来！郑州解放了！咱连马上要执行任务！"

"什么？"李康因为小古说得太快，没有听清楚。

"郑州解放啦！郑州解放啦！就是首长说的老蒋那个十字架的郑州呵！知道吗？还消灭了一万多敌人哩！"这下已经把许多战士都吵醒了。大家急忙穿着衣服，议论着：

"啊！上级真是诸葛亮！到底走路也走出了名堂！"

只有王小秀，不知道是因为跌跤太多，过分疲乏呢，还是睡得太死了，大家已经闹腾了半天，他还响雷似的打呼呢！

"秀哥！秀哥！郑州解放啦！"陈二丑推着他的肩膀，他还一个劲地打呼噜。

"王小秀！快起，打仗啦！"肖红军也推了他一把。他还没有醒。

"王小秀！郑州解放啦！快起，要打仗啦！"赵忠林故意把嘴对住他的耳朵，拼命大声说。王小秀只觉得耳朵眼里嗡了一家伙，仿佛听到有人说"打狼啦！打狼啦"！他断定是谁跟他开玩笑，于是，忽然跳起来，不睁眼地朝着大家一阵拳打脚踢，嘴里嘀里嘟噜地说：

"捣啥蛋嘛！打狼你们去打吧！我不怕，瞌睡得不行……"他正想重新倒下睡，大家哗声笑起来。这笑声像个炸雷似的，一下把他震醒了。他定睛一看，有点发愣了，感到手脚无措地很不好意思。

"秀哥！快收拾吧！郑州解放啦！咱要去打仗！"还是二丑首先告诉他。

"你说啥？二丑！郑州？咱要去打郑州？那漯河、驻马店、确山叫谁打呀？"王小秀好像还在糊涂着。

大家又是一阵大笑。班长上前拍了他一下说：

"快收拾吧！郑州已经叫兄弟部队解放了！现在咱们有战斗任务！"

"呵！是这呀！那咱去打啥地方呀?"王小秀这才真正醒转来,手忙脚乱地收拾着东西。

"不知道……"班长的话还没完,黄连长已经在外面大声叫着:

"各排集合!"

天漆黑,小雨还在蒙星着。他们就在大路边上站成了横队。大家只见队伍前边有好几个人影在晃动,想来一定是首长,可是谁也看不清谁的脸。

"胜利消息知道了没有?"黄连长的声音。

"知道了!"大家回答。

"准备好了没有?"

"好了!"

"现在请团首长给我们指示。"

"同志们,"赵副团长咳嗽了一下,接下去说:"同志们,郑州解放了,歼灭了一万多敌人。蒋介石的两个十字架,叫打掉一个啦!这可是件大事呀!咱们要开'庆祝会'!你们不是天天都唱《声东击西》吗？这可灵验了吧！昨天有人跌了跤,就跟路发起脾气来啦。我说不怕,敌人也在跌跤,走路也能走出胜利,好像还有人不信,现在信了吧?"他又停了一下。王小秀、肖红军他们,心里热呼呼的,想着:"莫非就在这路边上,瞎摸漆黑地开庆祝会呀?"

"大家要问'庆祝会'怎么开法呢？现在我要告诉大家,这是个新开法,不是像平常那样,站在台上讲话,喊口号。是和敌人一块开,让我们的机关枪、迫击炮跟敌人讲话！你们说新鲜不新鲜？我们解放了郑州,还要请敌人参加我们的'祝捷大会'！一句话,同志们！我们现在要返回去,用火力去偷袭敌人！原因是,这几天敌人的屁股也叫摔两半了,他们的腿杆也软了。再加上我们解放了郑州,很可能他们一个不高兴,停下来,或者往回返,那就不好啦！我们的计策,大头还在后边呢！上级怕敌人明天'掉队',命令咱们在拂晓以前,返回去戳逗他一家伙！明白不明白?"

"明白啦!"

"明白了,这就是咱们的新式'祝捷大会'。马上咱们就到会场去。可是,要说清,这是偷袭,不是硬干。大家一定要肃静,不准有火光。让我们的子弹和炮弹,把敌人打死在被窝里。然后咱们就往回走,谁也不准恋战。要让敌人粘住走不脱,就犯了大错误!懂不懂?"

"懂!"

"懂了现在就出发!"

李营长只说了这么一句话。机枪连的战士和炮兵连的炮手、弹药手们,都把枪炮和弹药扛在自己肩头上,跟着出发了。

走在王小秀身后的二丑,朝前赶了两步,靠近他的身子悄悄说:

"秀哥!郑州一解放,咱家也快了吧?"

"那可不是。坐火车顺路往南只要几点钟。怎么?你想老婆啦?"

"不,我是问问。喂!秀哥!你刚才咋睡得那么死呀?"二丑乐滋滋地说。

"我正做梦跟娘说话哩!"

"那你不是想家啦?"

"你说啥?二丑!你说我想家?你瞧着吧!"王小秀很不以为然地说。

"怪不得,你迷糊成那样……"

"往后传,跑步!"

他们的谈话中止了。脚下响起了喊嚓喊嚓的跑步声。

刚刚四点半钟,七连在赵副团长、李营长的亲自指挥下,用枪炮向敌人的先头加强营"吹响了起床号"!也许敌人本来就怕夜袭,所以全营挤在一个小村住下来。这样正好叫七连从两面差不多二百米远近的小高地上,集中火力猛然打上去。敌人足有二十来分钟,一枪也没还。迫击炮弹打燃了几座草屋,大火熊熊烧起来。可以看到敌人在烟火中抱头乱钻。战士们和手中的轻重机枪,冲着火光咯咯咯地笑成了一团。直到敌人的炮兵惊惶失措地从远处胡乱打起来,各个住有敌人的村庄,都像焰火似的放起了五颜六色的照明弹之后,赵副团长才宣布"祝捷大会"结束,带着队伍返回来。

五

然而,马林估计错了。他没有想到蒋介石早已下定了"一烂再烂,再吃二斤半"的决心。郑州失守,确也叫他心痛如焚。但是,他却不愿过早地把这消息告诉他的其他部队。原因是怕影响士气。

"闪击将军"黄维,这天傍晚,在部队宿营之后,接二连三收到了各部队的追击简报,心里已经七上八下地拿不定主意了。大家都在竭力夸大着雨天行军的困难。并在这一现实基础上,再三肯定着追击的危险,甚至,有些人还把十多天来的追击情况,系统地加以分析,列举了许多事实,判明解放军这支部队的行动,全然是主动地、有计划地引诱他们,请求黄维慎重考虑,迅速停止前进,以免一误再误,越陷越深!黄维的心被这些情况弄得像只风雨飘摇的小船,抓耳挠腮五心不定。只好请示南京。十万火急的电报发出之后,他一直坐立不安地等待着。不料,过了十二点,回电叫他硬邦邦地碰了个钉子。蒋介石和白崇禧不仅斥责了他的畏难情绪,丧失"国军"的"素质",并且责令他们"坚决猛追,誓必迅速消灭敌人在豫陕边境之山地"。这时候,"闪击将军"的心境,真像吃了个炮弹一样。他撂下电报,倒上床去,翻来覆去地滚着,久久不能入睡。他感到蒋、白这些坐在南京、武汉的人们,已经变成了不可理解的疯子。明明在这个行动中,自己已经变成了三岁的娃娃,反而硬要认为自己是久经征战的老将。正在这时,七连的新式"祝捷大会"开始了,猛烈的枪炮声,把他重新抓起来。

蒋介石从来就是做投机买卖起家的,这回自然一点也不稀奇。戳穿来讲,他之所以决心这样干下去,无非是咬紧牙关,让他的部属权当郑州并没有发生什么事情。尽可能地勇敢直追,以满足他"抓不住头发抓耳朵"的愿望,借以向他的主子换取更多美援而已。

但是,不管他们怎么想,当黄维这位"闪击将军"正在憋着一肚子恶气,无处发泄的时候,七连给他来了这么个回马枪,他却委实恼怒了。

从这天早晨开始,敌人和我们一齐加快了脚步。所不同的,只是我们的战士们,被郑州解放的胜利所鼓舞,思想上进一步认识了"脚力致胜"的道理,感到浑身都是力气,一路上高唱着《声东击西》的战歌,越走越有劲。而敌人的军官们却为了不敢掉队,让他们的兵士吃饱了皮鞭和拳头!同时,黄维不仅命令他的炮兵一面行进,一面茫无边际地进行着拦阻射击,而且还请来了他们的"飞将军",到处投弹和扫射。看来好像果真要把他从希特勒那里学出来的一点点玩意儿全都用上似的。然而,这有什么用处呢?说实在,黄维压根儿没有想,在这样崎岖的山地行进中,企图以茫然的超越炮击,去拦阻自己追击着的敌人,那真是笑话中最大的笑话!如果他那位教师爷还没有死在柏林的下水道里,早就会打他的屁股的。炮弹除掉惊散了山林的雀鸟之外,战士们连点硝烟也没闻到过。飞机自然还是那一套"高高地飞,盲目地扔,太阳一落,回去报功"。因而,敌人的这些名堂,实际上成了战士们行军中的一种"娱乐"!

这天,天气分外好,碧蓝的天空,万里无云。夕阳掩映着凋谢了的丛林,枯黄了的丘岗。除了近处耸入云端的山顶,偶尔被晚风卷起几片最后的红叶之外,灰黄的大地凝聚着浓重的初冬气息。

照例的,敌人的飞机,在太阳离西山顶还有一两竿高的时候,最后盘旋了一次,给战士们扔下了一些红红绿绿的"手纸",(实际上是敌人的传单。因为战士们每天都拿它揩屁股,所以大家就管它叫"手纸"。)撅起尾巴朝东飞去。队伍就在山脚驻下来。

晚饭过后,战士们显得更加忙碌了。他们面对着这座钻天的大石山,谁也知道应该做什么。杨克辛的警卫员小王,迅速检查了首长和自己的鞋袜、马袋之后,又急忙跑去通知饲养员们认真检查马鞍具和马掌。不料他一到饲养班,饲养员已经抓来了机炮连的掌工,正在叮叮当当地给马钉掌呢!

"好,有预见!"小王走到正在拉着马的饲养员老陈跟前站下来。

"嘿!还预见呢!这大的山都碰到鼻尖上啦,要是看不见,那才是瞎子哩!"老陈很得意地说着,"自古以来,'队伍怕水不怕山',眼看到了山根,未必还能叫它给堵住呀!"

"对,老陈,你说得完全正确。世界上再高的山,也不会比咱们的脚板更高!不过,你可真有办法,你上哪儿把掌工找来的?"

"嗨!看你说的,还不是机炮连,全团就这么一个'宝',谁还能再去别处生一个?"

"他们不钉马掌啊?机炮连那么多牲口?"

"亏你跟首长多年!我问你,是首长领导机炮连,还是机炮连领导首长?哈哈!我的天!"饲养员老陈摆起一副老油条的架子,嘴里噙着旱烟杆,眉飞色舞地自我陶醉起来。

"你说这可不是理!这不管谁领导谁。"

"难道你小王的胳膊还能扭过大腿?笑话!"

"不对,这也不是胳膊大腿的问题⋯⋯"小王一直觉得老陈的说法不对头,但自己又不能明明白白说清楚他的错处。正在这时,突然有人接着说:

"不对,老陈你说错了,胳膊就是可以扭过大腿!你知道吗?"

他们一转身,杨政委不知什么时候已经来到了他们跟前。他的脸色很严肃,视线直直盯住了老陈。老陈脸上的肌肉乱动弹,眼睛拼命躲开了政委。政委朝他跟前迈一步：

"快让掌工回去！机炮连已经打电话来告你啦！胡作非为！你想过没有？机炮连那么多牲口要驮炮，你能不分青红皂白，把一个掌工拉到这里来！"

"才钉了一只呀！首长！"掌工抬头看了一下政委，求情似的说。

"一只就一只，你快回连上去。在明天出发以前，一定要把全连牲口钉好掌！"

"是，是，是！"掌工停下来，开始收拾工具。

"首长！咱们明天要爬山呀！这马早就没掌啦！在平地上还能凑合，上山……"老陈恳求着。

"机炮连不爬山？你替他们把炮扛过去！真见鬼！你还有道理？什么领导，什么胳膊大腿，乱弹琴！你从哪里学来这些歪道理？照你这么搞下去，早就没有胳膊，光剩大腿啦！胡说八道！领导只顾自己，不管队伍，还叫什么领导！再这样乱来，我就关你的禁闭！"

老陈再也没吭声。小王向他使了个眼色，他牵起马走了。杨克辛仍然站着不动，使力瞅着他的背影，好像心里又想起了很多事。马团长的警卫员小邓急匆匆地跑来说：

"陈一号来啦，请政委回去！"

杨克辛没答腔，转身朝回走。他一迈进屋，陈师长、马团长和赵副团长全都哈哈笑起来，弄得他倒有点不自然，以为是自己的脸色引起了大家的奇怪。于是，赶紧笑着说：

"又有胜利消息了吧？"

"对，不只是胜利，还是大胜利！"陈师长堆起满脸笑，吸了一口烟，接着站起来，像讲演似的挥了一下手，又说：

"你们谁也不会想到。说实在，这阵子连我也不明白野战司令部的意图到底是什么，老让我们一个劲地带着敌人朝西走！后来解放了郑州,咱们大家这才多少明白了一点。可是上级还是要我们带着敌人往西,敌人也不回头地一直跟着走,这就叫人有点摸不清头脑了。当然,咱们可以想到,这回可能要大搞!但是,到底有多大?先从哪里开刀?谁也不知道!"师长忽然问道:

"明天的行军路线送来没有?"

"没有。要上山了吧?"赵国珍这样问了一句。师长接着斩钉截铁地说:

"不,你想上山也不能!"他们一齐向师长投出了奇异的眼光,希望他能很快讲下去。师长又吸了几口烟,用食指弹掉了烟灰,脸上全然没有了笑容,非常严肃地说:

"明天我们向后转,追击敌人!刚才军长在电话上说:野战司令部电令,淮海战役第一阶段已经开始。徐州以东,三野已经在碾庄一带包围了蒋匪黄伯韬第七兵团十四个整师。正在歼灭中。黄伯韬叫苦连天。蒋介石和白崇禧这才睡醒了。他们无可奈何,只好急令黄维赶到碾庄去增援!我们的'牵牛'任务从此结束。明天开始拉'牛尾'!坚决拉住他,让他不能痛痛快快地走,慢点走!当然这个任务还有沿途地方武装的配合。不过,我们必须积极地搞他。硬是像把剪刀那样,把他的尾巴,一段一段剪下来!目的是要拖住他,占有时间,让三野安心吃掉黄伯韬!军长的意见,追击序列不变,要我们师向后转,作前卫。怎么样?你们团……"

"不变!当然不变!"马林立刻接上。

"好呵!当然不变!老子这回非要狠狠揍他的屁股不可!"赵国珍孩子似的跳着说。

"我倒有点担心你们。这些天你们也拖得够受!"师长好像故意激他们似的。

"师长放心!一点问题也没有。只要说追击,战士们一步能走八十五生地!"杨克辛也接上了。

"敌人逃跑起来可是走得快呵!"

"谅他也不会飞!"赵国珍又说。

"好吧!就这样。不过,你们一定要注意,思想工作要跟上去。还是要靠脚力的哟!"

"是的。估计战士们一知道这情况,保险浑身全是劲儿!"

他们送走了陈师长,回过头来,没有进屋就到参谋处去叫电话,命令各营立刻召开全营党员大会。他们马上就到各营去。

赵国珍要参谋把地图打开,用手量了量从他们脚下到徐州的距离,不禁哈哈笑起来:

"好劲!没有一千也得有八百!有奔头!"

"奔头不在有多远!主要是有人拉尾巴!"马林不经意地接着。转身走近地图一瞅,用手从襄阳画到脚下,又折回去画到徐州,最后,一个指头点住了碾庄,不自觉地连声说:

"妙!妙!党中央真是神机妙算!"

"我看就照这样再干他们几家伙,问题也就差不多了!就是孙子再生,也得活活给气死!三野这回胃口可真不小,一口要吃十几个师。嘿!真叫过瘾哪!"赵国珍手舞足蹈地说着,杨克辛反而冷冷接了这么一句:

"让我看什么'孙子'不'孙子',就是'儿子'也不成!主要还是马克思!他老人家早就说过,一切都在运动着。只有运动才能扩大间隙。敌人打算集中在十字架上不动,我们偏偏要他动!动来动去,他们死下去,我们长起来!人民的胃口本来就很大,他们不只要吃十几个师或者几十个师!他们还要坐天下哩!"

杨克辛用一个指头把眼镜往上推了一下,笑着,他们分头到各营去了。

第 九 章

一

　　自打七连那天和敌人开了新式"祝捷大会",逗恼了敌人这条"老菜牛"。这些天来,战士们虽然精神抖擞,个个都像梁山泊的神行太保似的,走动起来身轻如燕,快步如飞,每天紧紧地拉着敌人,不干一百也干九十九。可是说实在,大家的脚板却也真够呛! 至于敌人,那就不必多说了。

　　黄昏,队伍刚刚停下来。指导员看到了面前的大山,打算在大家没有进房子以前,说几句话。于是吩咐田松说:

　　"教员,你先要大家唱唱歌,我同连长说句话就来。"

　　田松皱了一下眉头,把背包一扔,就坐下了。根本没理指导员。李康挺身而出,站在队前说:

　　"《我为谁人来打仗》好不好?"说着,他斜眼瞟了瞟教员。

　　"好!"大家回答着。

　　"预备——起!"人们唱起来。李康的手虽然也在挥动着,实际上他是不会指挥的。

　　　　我为谁人来打仗,为谁来打仗?
　　　　我为谁人扛起枪,为谁扛起枪?
　　　　为了你,为了我,我为人民,嗨! 扛起枪!

我为人民，人民为我，人民解放我解放！
　　…………

　　嘹亮的歌声震动着山谷。大家越唱越有劲儿。有人看到指导员还没有来，又提议说：
　　"再来一个《人民坐江山》好不好？"
　　"好！"
　　大家又是一齐回答着。可是就在这时候，虎成也像散了架似的，自动撂下了背包，身子一软坐下来。肖红军看到虎成这么一来，心里觉得挺别扭，好像自己丢了人似的，急忙拉了一下虎成，小声说：
　　"虎成！你咋弄哩？快起来！"
　　虎成仅仅看了看他，没有站起来，也没吭声。
　　有人开玩笑说：
　　"教员的腿跑断了吧？他不想唱《人民坐江山》，想唱'教员坐背包'啦！"
　　田松觉得这话像根针似的，朝他猛然刺了一家伙，忽地站了起来，提起背包走了。大家再一次地唱起来：

　　中国呀！封建了几千年！
　　朝朝代代都是坏蛋坐江山！
　　如今呀！老百姓呀把身翻……
　　…………

　　这支歌还没有唱完，指导员就来了。值星排长发出了立正的口令，虎成也就急忙站起来。指导员这次讲得特别短，他仅仅又一次地鼓励了大家这些天来的行军、战斗情绪，要大家切实注意休息，发扬我军英勇顽强的优良传统，保证明天胜利完成爬山任务。而后，队伍随即进了房子。
　　有些班刚刚借到老乡们的锅灶，点起火来。肖红军已经烧好

了洗脚水,大声吆喝着:

"洗脚啦!三班洗脚啦!"

大家急忙拿着盆子去打水。嘴里正在嚼着小烟杆的王小秀笑着说:

"嘿!真快当呵!怎么样?让咱们这个二班战士也沾点光好不好?"

"是呀!'共产'嘛!还有咱们一班这个兵哩!"赵忠林也故意帮起腔来。

"好呵!把你们班全开来也没问题!"肖红军笑着朝他们走过去。

"怕你那点水,不够湿我们的脚后跟儿……"

"不够再烧嘛!别说脚后跟儿,就是你想洗澡也不难!"

这期间,李康一直笑着,不吱声。他觉得肖红军这同志,真是排里的一颗小珍珠,任何时候他都是明晃晃地放光!队伍里如果全是这样的同志,恐怕十个蒋二秃子也能打倒!肖红军朝他跟前走近来说:

"排长,把水给你打来好不好?"

"不,不,不!"李康摆着手。

"排长等着到我们班上洗哩!"王小秀接着。李康已经站起来,跟肖红军走去。但他仍然看了一下王小秀说:"哪班都一样,早洗早休息。"

三班全体战士都已洗过了脚,只有虎成躺在铺上一动也不动。班长叫了他几声,他光嘴上答应,就是不动弹。看样子好像他浑身全叫抽了筋,再也不会动了。

"怎么搞的,虎成?孬了吗?"张海全扭回头去问他。虎成仍旧不吭声。肖红军接过来说:

"别管啦,班长洗吧!虎成包给我!"说着,他又提起自己的脚,用手指头点了点脚底板,看了一下虎成,朝班长挤眉弄眼地做了个鬼脸。张海全自然明白他的意思是说,虎成脚上受不了啦。因而,谁也没有再言语。

肖红军洗完了脚,重又打了一盆水,小心翼翼地朝虎成跟前走去:

"虎成,来吧!累坏了是不是?洗吧!"

肖红军把洗脚水放到铺根,坐在虎成的铺边上。虎成不好意思地急忙坐起来,紧锁双眉两手抱住膝盖,把两只脚在空中架了起来,一味躲闪着。

肖红军看到了虎成脚底板上的燎泡,故意说:

"怎么啦?叫猫咬住脚指头啦?"

虎成扑哧一声笑起来。肖红军这才一把抓住他的脚脖子,一面说,一面往水盆里放:

"噢!原来是你当了'泡兵'啦!让我看看,你这大泡带小泡,共有多少门?能编一个'炮兵'连不能?"

"哎呀!肖红,你别说笑话好不好?你撒手,让我自己来,我来!"他把自己的脚从肖红军的手里挣脱,自动放进盆里。然后无可奈何地说:

"这叫我怎么办呢?明天……"

"明天也不会把你丢在山这边!怕什么?"

"莫非你把我背过去?你看这双脚成他妈的啥样啦!连地都不敢挨呀!"

"不用我背你,有的是办法!"肖红军很有把握地说着。虎成不以为然的,把两只脚朝肖红军脸上一伸,赌气地说:

"给,你给我个办法!"

肖红军一转脸,从衣袋里掏出了一盒万金油说:

"来,来,这是我从襄阳买了这么个好东西,还没用过呢!你先试试!"然后他打开小盒,用食指把油朝虎成那些水莹莹的紫葡萄似的燎泡上抹去。虎成也没看见那是啥玩意儿,只觉得热燎泡上

329

一沾这东西,反而火辣辣地好像撒上了辣椒面一样,钻心痛起来,弄得他哇哇叫着乱踢。大家都有点奇怪,不知他们两人搞的什么鬼。班长跑去一瞅,哈哈大笑了。他伸手接过肖红军的万金油说:

"你用这玩意儿抹过燎泡吗?"

"没有,是我在襄阳买的,没有舍得用它,我看他脚上的泡太大,想必使它抹抹好!"肖红军也叫弄呆了。

"哎呀!同志!你这份好心肠,这回可没有办好事!这家伙要是头痛脑热,往头上抹点还差不多。拿它来治燎泡,不是烧香找错了庙门吗!要是你不信,往你的燎泡上抹点试试!"

"我的燎泡早就干了!那这虎成怎么办哩?"肖红军也替虎成犯起愁来。

张海全笑了笑,瞅着肖红军,说:

"嘿!打仗你已经在行啦,可是治燎泡你还是新兵!怕什么?快拿针把它戳开不就完了!"

虎成一听班长叫拿针来戳,心里跳了一下,很有意见地,把脚朝班长猛一伸:

"给,你戳吧!我拼上不要这双脚!"

"用不着这么大的决心!我包你马上就用这双脚下地走路!"张海全说着,顺手从自己针线包里取出了一支针,又穿上了线,再把线放进煤油灯里蘸了点煤油。然后,抓住虎成的脚,把燎泡一个一个地穿透,还在每个泡里都留下了一小段线。肖红军只见那燎泡里的黄水水,顺着线头直往外面流,燎泡全都塌了下去。接着,班长伸手拉住了虎成的胳膊:

"起来吧!走走看!我当是啥事哩?原来是这么个东西就把你治住啦!我看,要是敌人的大炮,你怎办?"

虎成怯生生地把脚放在地上试了试,双脚一蹦,笑起来。肖红军惊奇地盯着班长说:

"啊哟!班长原来还是个医生呀!我还当真打算明天背他上

山呢!"

"医生?你在哪里看过像我这样专门给敌人脑袋上钻窟窿的医生?"张海全无所谓地走开去。虎成反而重又锁住了眉头。吃饭哨子吹响了,他们各自拿起了碗筷,朝饭场跑去。

说真的,这顿饭虎成压根儿不知道吃的是什么,也不知道是个啥滋味,只是心不在焉地急急忙忙朝嘴里扒着。他觉得他的心自从刚才班长把他往地上一拉,就开始怦怦跳,直到这阵也还没有平静下来。他觉得自己刚才好像叫什么东西迷住了心窍,不自觉地办错了一件大事。他想着:"我虎成本是叫保长、地主们逼得在家不能存身了,自己要求参加队伍打老蒋的。可我怎么能是这样哩?自己既没有同敌人白刀子进去红刀子出来地杀仗,又没有背大炮扛机枪,仅只脚上走出了几个燎泡,就能这样鸡猫狗不是地发脾气吗?人家肖红军哪样不比自己强?人家也是一样地走路,怎么能叫人家把洗脚水烧好,又端在自己的铺根来,还要人家拿药给自己抹脚……这……这算啥嘛!这……我虎成在家长了这么大,爹娘也没给我打过洗脚水!况且,还有班长,人家是管全班人打仗的呀,咋能叫人家抱住自己的脚,一针一针给自己穿燎泡?莫非我疯了?可我是怎么弄的?要是国民党队伍,班长碰上我这样的兵,早给我一棒子敲死啦……"想着,他身上一阵阵地起鸡皮疙瘩,好像他自己办下了天大的亏心事,全连同志们的眼睛都在看他了。

撂下饭碗,大家照旧在村子里自由活动着。虎成反倒觉得无处站立,心里憋腾得受不了,仿佛整个村子都没有他的容身之地了。于是,他下定决心,跑到肖红军跟前,非常腼腆地耷拉着脑袋说:

"肖红军,我想……跟你说句话!"

肖红军正在缝补着一双脱了帮的旧布鞋,他急忙抬头答应说:"好嘛,咋啦?你的脚还有点痛是不是?"

"不哟!咱到村边拉拉行不行?"虎成有点害羞似的。

"行!"肖红军顺手把锥子放进衣袋里,一边缝鞋子,一边站起来,朝村口走去。

在村边的小河边上他们坐下来。已经快要涸竭了的河水,在乱石堆里淙淙地流着。石缝里的小草叶已枯黄了。小北风在山沟里发着低微的啸声,好像有人轻轻地把嘴亲在瓶口上吹着似的。

半天,虎成不说话。小河的水声越来越大了。肖红军手里的针线也像拉锯似的,咝棱咝棱直响。他扭脸看了一下虎成说:

"你想家啦?虎成!"

"不哟!看你说的!我……我……我只觉得对不起你!还有咱班长!这……这叫我咋说呢?你看刚才我……我算啥嘛!你跟班长都来给我弄脚……"

"唉!我当是啥呢!那有啥关系!大家是弟兄嘛!都是革命同志,帮助是应该的。"

"可我心里真是过意不去呀!大家一样走路,可我……要不,你替我跟咱班长说说吧,我真对不起他,我也不会说话。反正那阵我脚痛得受不了,老怕明天爬不上大山。"虎成突然用双手捂住了自己的脸,脑袋耷拉到膝盖上。

"还说啥哩,咱们是革命的队伍,班长嘛,就是咱们的老大哥,还有啥说呢!这双布鞋就是班长的,他刚才说,是你没有穿惯草鞋,才打了那么多的燎泡,叫我给你缝缝这双鞋,明天穿。这有啥关系?我才来的时候,班长还给我钉鞋带子哩!"

虎成一声不响,紧紧捂着自己的脸,不敢看肖红军。可是他又觉得好像有谁突然拉开了他的双手。班长和肖红军,马上都在他眼前顶天立地地站起来。接着,不知怎的,眼睛那么一闪,他爹那晚上,叫保长逼得没路走,用斧子砍掉他哥手指头的情景,又到眼前来。他的身子不由自主地抽动着,呼哧呼哧哭了。泪珠从他手指缝里滚到膝盖上。

肖红军不知再说什么好。心里说:"你看你这同志!有啥关系呢？闹革命嘛，谁家还兴各顾各！"沉默，沉默，长时间的沉默。

他们隐隐听到，就像淙淙的水声似的，有人不知在什么地方说话：

"……我懂了。经你这么一说，我才算多少看到了自己，算我是今天才参军的吧！经过这么大半年的时间，许多事情证明，我从前所谓的革命，原来都是些空想。真正革起命来，正像你说的，我比肖红军他们还差得远哩！你说的这些话，我从前向来也没听见谁说过，书上也没有看见过。让我好好跟着大家锻炼吧！我希望连首长们，以后打起仗来不要再照顾我，让我跟大家一块试试看，反正我有决心……"

"主要还是把个人和革命组织的关系弄对头，只要个人真正忘我地为革命工作，自然你就会愉快，会有力气克服一切困难。肖红军他们也就是这一点上比较好，值得学习。咱们野战军司令员常说：革命队伍里的知识分子，都是'电灯泡子'，他们可以放光，可也容易碰碎。我们要让他们不碰碎，还要同工农分子在革命斗争中完全结合起来，然后才能更好地放光，懂不懂？"

"懂！"

"怎么样？今天先谈到这里，以后咱再慢慢谈。快点名啦，走吧！"

肖红军听到这里，心里老大地不舒服。他脸上一阵阵地发烧。心想："这是谁呀？背后不住嘴地议论人。等他出来，我非批评他不可！"

"嘿！你们俩也在这里坐？"指导员和田松从上面不远的一块大石背后站起来，突然看到了肖红军和虎成。

"是呀！我们也在这里拉哩！"肖红军一见是指导员，立即打消了原先的念头，不好意思地站起来。虎成没吱声。田松微微点着头，好像正在思忖着什么。他们一齐回村去。

这一夜，田松完全没有合眼。指导员他们从营部开会回来，已经半夜了,他还没睡着。指导员临睡之前,顺便给他讲了一下,敌人明天要往回跑,我们也要拐回头去追击敌人的情况。他却神经病似的,忽然坐起,掏出身上的小本子,坐在铺上不知写起什么来。

"干什么?你往家里写信,报告胜利消息啦?还早,沉住气,大胜利还在后边呢!"指导员躺下来这么说。

"不!指导员,你不知道……"田松不抬头地把小本子按在膝盖上写着。

"睡吧,明天还要跑步追敌人哩!你可不知道,敌人跑起来比兔子还快呀!"

"不怕,只要他不长翅膀!"田松用钢笔杆轻轻撑住自己的下颚,眼睛朝上瞅着。

"你在做文章啦,教员?睡吧,胖子不是一口吃成的!"

"不是,这阵做啥文章呵!你睡吧指导员,我一阵就睡……"

"算了!算了!明天你可不能掉队呵!教员!"黄连长翻了个身,不耐烦地这么说。指导员没接腔,闭上眼就睡着了。田松仍旧在写。

二

一夜工夫,敌人改变了阵势。把前队变成了后队,人人恨不得多生两条腿。

冷清明,七连就吃完了饭,集合待发了。许多人都还不知道这一夜的大变化,仍旧不断瞅着村西那座钻天的大山。可是,等到黄连长站在队前,简单扼要地向大家说明了敌情的变化和我军的任务时,大家竟然高兴地跳起来。甚至有人噢噢叫着,你把我抱起来,我把你抱起来。还有人不自禁地把自己的帽子摘下来朝天上扔。

指导员看到了大家的情绪,也自动缩短了自己的讲话。这时候,大家才看到田松扛着一块门板,急匆匆地跑过来。人们以为教员又睡了懒觉,天到这般时候,才给老乡送门板。不料他却把那门板扛到队前,朝地上一竖,笑得合不住嘴说:

"同志们!咱们学个新歌好不好?"他拿手指着门板上贴好了的大歌单。大家异口同声地叫起来:

"好呵!好呵!"

"新任务当然要唱新歌嘛!"

"教员先唱一遍好不好?"

于是,田松轻松愉快地指着歌单唱起来:

> 果然,果然!
> 果然来了这么一天!
> 从徐州伸来了一根黑线,
> 套上了黄维的脖子叫他向后转!
> 黄伯韬匪军在碾庄,
> 叫咱们三野打得稀巴烂!
> 蒋介石叫苦连天,
> 要黄维急忙增援!
> 白崇禧他总算有"远"见,
> 至如今才发现上了钓竿!
> 向后转,向后转!
> 千里平原,
> 碾庄就在那眯眯眼缝的天那边。
> 果然,果然!
> 蒋介石只有嘴巴没有眼!
> 白崇禧的脑袋里装的是稀饭!
> 果然,果然!

"怎么样？同志们,这个歌的名字就叫《果然》,你们说好不好？"田松唱完之后,笑着征求大家的意见,战士们哄笑起来:

"好呵！好呵！这是你编的吧？教员！我想后边还要添一句:'美国的儿皇帝,眼看要完蛋！'"肖红军跳着说。

"好呵！好呵！想不到教员还有这一手！肖红军这一句也不简单！"小赵、张海全他们嚷嚷着。

"不是,不是！"田松摇着头。

"不是？是哪里来的吗？你有这一手,早该拿出来了嘛！"王小秀瞪着眼,笑着。

"上级发来的。我哪会编歌呀！"

"上级没有这么快！"不知是谁说。

"不管谁编的,快学吧！要出发了！"值星排长李康这么说了之后,大家跟着田松一句句地唱起来。可是,没有唱几遍,敌人就打起炮来。

虎成突然说:

"敌人放起身炮啦,快追呀！慢了咱们还要掉队哩！"

黄坚看了看表,扭脸同董指导员说:

"听见没有？你看咱这新战士,真像统师一样有见地！"指导员笑了笑。然后,他就命令出发了。

田松把门板送还了老乡,队伍已经开始走动了。可是,他的背包不见了。他急忙跑回连部原来住的屋子去找。没有。然后他又跑到大家集合唱歌的地方,还是没有。他急了,扯着嗓子叫起来:

"谁拿我的背包啦？真讨厌！这阵还开玩笑！"他急得直跺脚。

大家一面走,一面笑。不知是谁说:

"嗨！背包也会丢呵？"

"背包？脑袋还会丢呢！只怕你不当心。"有人接着。

"丢不了,你放心！"另外又有人接着。

远远听见有人在村外喊:

"教员!快来吧!背包丢了我赔你!"

田松一听是小古,撒腿就朝村外撵去。果然,一出村他就看到小古背上背包叠背包,像个小骆驼似的,跟在连长的身后,已经走出多远了。他放开步子赶上去,一声不响,从后边使力拉住背包猛一扯。小古不提防,一下叫他扯了个仰八叉。然而,小家伙还是紧紧拉着背包带子不放手:

"教员!你撒手吧!我听指导员说你昨晚没睡觉!"

"谁说的?"田松仍然用力拉。

"算啦,叫他替你背会儿吧!小古棒得很!原来你昨晚就是写的这个歌呀?不简单,教员到底还是教员!"黄连长转过身来说。田松不言语地微笑着。照样同小古死扯活拉地争背包,一直折腾了好半天,小古才撒手。

"路上可不准打盹呵?"小古见田松背上了背包,瞪着圆溜溜的两眼逗笑说。

"放心!"田松不服气地大步朝前走去。

三

昨天傍晚,当黄维收到了十万火急的电令,要他日夜兼程奔向碾庄,增援黄伯韬的时候,他的心情已经很难形容了。最初他只觉得脑袋轰一家伙涨大起来。但是立即就又冷缩下去。好像他在交易所里,一下子赔净了"头寸",宣布了破产,面前已经伸来了无数只讨债的手。他感到眼睛一阵阵地发黑,脊背一阵阵地发冷,终于禁不住地浑身抖成一团。然而,这感觉很快也就消失了。他转念一想,又觉得坐在交易所里"抢帽子",捞大钱的,仿佛还不是他。充其量他自己不过是套在破马车上的一匹马,主人刚刚抽了一鞭叫向西,接着又抽一鞭要向东,虽然鞭子抽在身上有点痛,叫他愣怔了一下,可是他又确信主人是会知道他从哪里来,要到哪里去,马的职责就是拉起车子跑……因此,他又心安理得地站在他的岗位上,下达了驰援碾庄的命令。

然而使他感到意外的,却是他的部属。他没有想到他们对于这个命令的理解,完全和他不一样。军官们抬头看了看雄伟严峻的伏牛山,又在地图上瞅了瞅碾庄,不禁拍桌大骂白崇禧,发现他们自己已经上了当。那情绪如同跌进陷阱里的狼,眼珠都要急红了。兵士们的想法那就更简单,在他们看来,不管姓白、姓黄或姓蒋,一律都是大混账!照这样,闭着眼睛叫老子一步一步把中原大地来丈量,说不定哪天拂晓或黄昏,脖颈就要抹在解放军的刀口上!他们一个向后转,活像一窝马蜂没有了王。昨天往西,亦步亦趋。特务们拳打脚踢,还有人躺在地上死活拉不起。今天往东,说句话,就跑成了一阵风,谁也不回头,谁也不做声,好像前边有一大块黄金,个个挤破脑袋往前拥!十二万人马,无形中变成了一个横队,真像一大群还没有长出翅膀的蝗虫。逢沟跳沟,遇岭爬岭,好像马上就要天塌地陷,到明天谁也活不成,倒不如趁早受用受用!他们经过所有的大小村庄,照例是烧房、抢粮、杀猪、宰羊。见了女人,不管老小都一样!见了男人全带上!一句话,他们活像一群发了疯的野兽,狼奔豕突在茫茫中原的胸膛上!

七连却也完全没有估计到,昨天敌人还是一条拉也拉不动的牛,今天忽然脚底板上擦了油!他们作为全团的尖兵,虽然那天一清早战士们没有把歌子唱会就赶紧出发;黄连长一出村就抽出了他的战刀,实指望当天就能割掉一段"牛尾"来。可是,一连脚跟脚地追赶了六七天,连根牛毛也没有捞到。一路上他们所看到的,只是群众的劫后余生,血泪和仇恨!

这天日头刚刚偏西,他们追出了泌阳县境,进入了确山县的土地。这地方对于王小秀、陈二丑和虎成是有特殊意义的。他们的脚一踩上这里的地面,心里就涌起了说不出的兴奋和紧张。王小秀不自觉地伸长脖颈,朝四外眺望了一下,远远近近、大大小小的村庄都在燃烧。男男女女、扶老携幼的群众,正从四野的丛林、荒草之中,丘岗、坟冢的背后,还有那些已经倒塌了的夏日看守果木园的茅庵里,或其他设想不到的临时藏身的地方,钻了出来。他们呐喊着,啼哭着,朝自己的家屋跑去。村里和村外的大道上,到处狼藉着敌人看不上眼而又被他们撕成了碎片的女人和孩子们的衣衫。生着各种羽毛的鸡脑袋,生生被他们拧下来,扔在家家户户的灶房门口。活活砍掉了一只大腿的生猪,还在猪圈的血泊里躺着。被他们用刺刀穿刺了的牛马,正在没命地嘶叫。有些没有逃脱的老人和妇女在伤心地哭泣!

王小秀的心像被熊熊烈火焚烧着。一种难言的愤怒夹杂着热辣辣的疼痛,使他几乎要想跳起来。忽然二丑叫了一声,说:

"嗨!秀哥,又到咱家啦!你记得不?那早上咱走到这里时天还没亮呢!"

"啥呀!整天家呀家的,像个吃奶孩子样!也不睁眼看看,这样哪里还有你的家……"

二丑冷不防王小秀这么不回头地把他顶呛了一下,他再也不吱声了。

队伍走进了一个挺大的村子,原地休息下来。群众一看又是春天过去的那些解放军,就像死在眼前遇了救,心里一时说不上是啥味道。他们急急忙忙在敌人烧过的房屋余火之上,烧沸了开水,眼里噙着泪,一碗一碗朝战士们的手里递。大家推谢着,有人接过来喝了两口,就又赶忙上去帮助群众救火。有个四十多岁的妇女,一把拉住了李康说:

"同志,不论咋着,你得喝下这口水!看看那般禽兽,把咱祸害得也没个家啦!只有这口水,算俺的一点心意!孩子他爹也叫他们带走啦……要是咱队伍到前边撵上那些挨刀的,能把他救出来,求你千万早点叫他回来吧,他爹叫彭昌……"这女人拉起衣襟,捂住鼻子哭起来。

李康为了安慰她,接过水来,仅仅湿润了一下嘴唇,随即朝她递过去:

"大娘,你放心吧!只要追上敌人……"

突然听得当啷一响,李康没把话说完,转脸一看,一个颤巍巍的老太太,胳膊上挂着一只破竹篮,腋下夹着一根棍子,双手捧着多大的粗瓷碗,朝小赵手里一递。小赵冒冒失失一伸手,不知道是他没接好,还是老太太过早地撒开了手,那大碗落在地上粉碎了。开水溅了他们一腿,还在冒热气。

"啊呀……"

小赵没有说出话来,连忙用手到衣袋里去掏钱。那老太太却慌慌张张弯下了腰,用手去擦溅到战士们腿上的水。她的神情好像在吃饭时候,自己的孩子打破了饭碗似的。她一面用手揩去大家腿上的水,一面不住嘴地说:

"看看!烫着没有?"

这时候,大家已经站起来。赵忠林手里拿着一张五角钱的中州币,朝老太太手里递过去说:

"老大娘!怨我,怨我不小心!你把这钱拿上,再买个新的吧!"

老太太一听这句话,忽地直起腰来,两手朝背后一剪,瞪大了眼睛朝大家脸上直直盯过去。足有一两分钟的工夫,谁也不出声。小赵的手一直伸着,没有缩回来。老太太的双手一直躲在背后,好像生怕小赵抓住她的手,硬把那钱塞给她似的。十月的晚风,冷飕飕地揉搓着她那满头的灰色乱发,好像一棵枯干了的蓬蒿在荒野上飘摇。她的脸孔有如一张冬天的树叶,深深的皱纹里填满了尘土,严酷的风霜早已耗干了叶子的水分。看上去仿佛风一吹就会瑟瑟作声。她的衣衫已经破烂到不能修补的程度,好几个地方业已化成了飘带似的条条。她的小竹篮里空无一物。她的木棍尖端,被地主家里的恶狗咬满了深刻的牙印。这一切,在片刻的沉默中,叫战士们完全看到了她的身份。

小赵伸着手,上下打量着老人,心里禁不住一阵发酸,手也微微战抖起来。他又朝前迈进了一点,说:

"老大娘,你一定要收下。这是咱们队伍的规矩,损坏老乡的东西一定要赔!"

老太太反而朝后撤了一步,更加豪迈地挺起了胸膛,眯缝着眼睛,扫视着大家说:

"唏!打就打啦吧!哪兴这!"然后,她又一声不响地,沉浸在自打今春解放军从野雉岗走过以后,她所听到的各种神话般的传说中。心里不住地念叨着:"果然!果然。这队伍真比自家的儿女还要好!莫非我这老婆子还真有看见青天的日子啦!那些遭殃军,打哪里过一趟,连地都要脱掉一层皮!可人家打了个碗还要赔钱……"

"老大娘,你就拿住吧!我们知道,你也不是家有千顷万担的人!"大家劝说着。

"咳!看你说的吧,有了咱们这队伍,我老婆子啥都有啦!这个碗我还要它做啥!"她忽地瞪大了眼睛,挥着手,视线超越了大家的头顶,朝远方看去。那神气好像她已经得到了全中国!

"你看你这个老太太!莫非你嫌钱少啦?"不知是谁有点着急地说。

小赵和大家继续劝她收下,老人死活不肯接。战士们越来越多地围上来。董指导员正和二丑、小秀他们几个本地战士谈论着这一带的地形和道路。看到大家都朝这边围过来,以为发生了什么事情。于是他们也朝这边走来。不料二丑一到跟前就愣了。他急忙挤到老太太跟前,定睛一看,随即抓住老人的手脖子,猛地叫了一声:"大娘!是你呀!哎呀呀……"老人不知所措地朝后撤着身子。二丑接着说:"大娘!我是二丑呀!你看!"老人一愣怔,他又调头叫了声:"秀哥!"王小秀没有应声,猛然上前抓住了老人的双手:

"娘!我……"

老人好像受了惊吓似的,一声不响,拼命挣脱王小秀。王小秀只好撒开了双手,上前一步说:

"娘!你看我是小秀呀!"

"大娘!这是秀哥呀!我是二丑,你忘了吗?!"

所有的战士们,统统屏住了呼吸,大家一点声息也没有了。连董指导员也不知如何是好了。老人这才定下神来,睁大了眼睛,视线从二丑的脸上,慢慢转到小秀的脸上去。晶亮的泪珠从她眼角上的皱纹里一滴滴地滚下来。这泪珠冲洗着噩梦似的别离,终于她又作为一个人民战士的母亲,张开双臂,紧紧抱住了王小秀。她的饮泣变成了急促的呜咽!

所有战士们的心全像重铅似的沉下来。大家仿佛感觉到这并不只是王小秀自己的母亲,而是大家的母亲!他们无论谁也不知道这时候自己应该说些什么!王小秀那么一个能杀能战的汉子,一到了母亲的怀里,却也变成了哑巴。他的脸木呆呆的,身子一点也不动,眼眶慢慢红润了!

老人忽然撒开了两手,瞪大眼睛朝王小秀的身上打量了一阵。她看到孩子果真成了人民的战士,然后又朝小秀的怀里猛一扑,泪珠顺着王小秀的军衣往下滚着说:

"秀……娘没想到还有今天!又在……阳间见到你……"她的哽咽叫她不能讲下去,浑身抖战得不能支持。

大家心里好像刀子搅着似的。二丑、虎成还有肖红军他们的眼睛也都红起来。王小秀反而竭力忍住了眼泪说:

"娘!不说这些啦!二丑他们都对我说过啦!你看这会儿我不是参加了咱们自己的队伍,打回家来啦?往后啥都会好的……"

老太太一听这句话,立刻止住了眼泪,放开了小秀,抓住了二丑,不停地拍着二丑的肩膀说:

"哎呀!好……好……好……到底你还是个有骨气的孩子……打吧!好好地打吧!"她朝大家看了看,接下去说:"有咱这队伍,啥都有啦……俗话说:留得青山在,哪怕没柴烧……"她的眼泪重又把话淤住了。

大家已经感觉到老人的心里还有什么东西没有说出来,不觉又朝跟前靠了靠。二丑急忙催促说:

"大娘,你说呀!你说咱家又出啥事啦?不怕,咱们这不是打回来了吗!"

老太太仍旧在哽咽。一个骑兵通讯员,飞马跑来,向黄连长敬礼之后大声报告说:

"首长命令,队伍原地停止,封锁消息,马上做饭吃!"

"是宿营吗?"黄坚不以为然地问着。

"没说宿营,光说赶快做饭吃!"

通讯员翻身重又跳上马背,朝其他连里跑去。

董指导员这才插嘴说:

"王小秀!叫老太太到屋里去谈谈吧!外边冷呵!咱们在这里做饭吃啦,我一会再来。"指导员转身朝黄连长那边走去。

大家簇拥着,把老人请进一座还没有被烧毁的老乡家里。这家的男男女女跟着也都挤进屋里来。屋里叫敌人糟蹋得不像样子了,连个坐处也没有。大家急忙放下了背包,让老人坐下来,然后围在她身边。

"娘!你是多会儿从家出来的?王家放了二丑家里没有?"小秀这样代替二丑催问着。老人还是一个劲地哭。二丑急不可耐地接着说:

"大娘!你说吧!不管咋着都行!反正她……"二丑实在不知怎么说才好了。

老人被他们逼到无可奈何的时候,终于破釜沉舟,突然仰起脸来,重又抓住二丑的手说:"孩子! 你可别难过,大娘对你实说吧!他们把咱竹梅害啦……孩子……她……她死得惨呵! 她……她临死还大声吆喝着:'王汉元你不是人生父母养的! 陈二丑会跟你算账! 全中国的人都会跟你算账的!'……"

大家的心猛然紧缩了一下,眼里迸出了火花,屋子像死一样静下来。陈二丑的心好像被王汉元狠狠戳了一刀。可是,难忍的疼痛,仅仅叫他咬了咬牙齿,低了一下头,随即目不转睛地瞅着老太太。老人这时也叫愤怒赶走了悲伤。她一口气又把二丑他们投奔解放军之后,村里乡亲们怎样传说和议论,王汉元怎样毒打竹梅,假放竹梅,打算引诱二丑回去,到后来又怎样陷害竹梅私通共产党,把她打死在野雉岗的过程,从头到尾讲说了一遍。到这里,二丑的心像火烧似的跳着痛,然而他却接着说:

"大娘! 自打那天晚上,他们把你赶出村来以后,你是多会儿又回去的呀? 俺娘她们还在吧?"

"唉! 孩子!"老人叹息了一声,"说来这就长啦! 那晚上我叫他们打出来,到处挂根棍子去打狗,过了几个月,往北跑了百十里。那天快到遂平县啦,听说解放军打开了襄阳,咱家也又来了共产党的解放军。他们还说这队伍咋好咋好,我心想这下可好了吧! 我就赶紧往回返。谁知越走,看着越不像,啥都原封没动。我心里说既然老远转回来啦,总得回家看一眼。可是我又不敢明打明地往村里进,只怕叫王家那些狗们看到了。我在村外一直转游到天黑,这才悄悄进了野雉岗。我心想先到你家探一探风声,然后再回王家店。谁知一进门,你爹娘就像吓掉了魂似的,一把鼻涕一把泪地对我说了竹梅的事。立马催我赶紧走。说是自打咱们队伍那晚上从野雉岗过了以后,第二天一清早,小秀原先住长工的那家掌柜,就到王汉元家把咱都告了。他说他亲自看到是小秀到你家来喊你去随了共产军。从这王汉元就一口咬定说咱都是私通共产。加上竹梅没顺他的心,他正没法出口气,就对竹梅下了毒手!并且还出了告示,四下派人找寻我。说是非要把我拿住杀了才行!你爹娘浑身打战,胡乱给我弄了点吃的,我就连夜又跑出来啦!临走,你娘还拉住我说:'大嫂子!你是明白人。咱是一起从年馑里爬过来的人,我要多少有点办法,也不能不留你呀!我看你还是过路往西吧!听说二丑他们也都往西了呀!要是上天不绝咱的路,你能遇见他们,就好啦……'"

老太太的这段话,成了最生动的战斗动员。大家手里握着枪,手心直冒汗。董指导员同连长研究好了一切。让李康把村外安上了哨兵,吩咐不管什么人,只准进,不准出。而后重又跑来说:

"唉!还在说呀!王小秀,快去给大娘打饭来吃嘛!"王小秀还没转过身,站在门口的战士们,不知是谁说了声:"我去!"转身就跑了。王小秀急忙站了起来,对娘介绍说:

"娘!这是俺董指导员!"

老太太随即也站了起来,摊开双手拉了拉自己身上那件不像衣裳的衣裳说:

"噢!指导员!看……看我这一身,咋能见官长呵……"她有些羞涩地摆了一下头。

董指导员急忙接着说:

"大娘!不怕!你虽是小秀同志的娘,也跟我娘是一样!咱们都是穷人嘛!天下穷人是一家。不怕!很快咱就要过好日子啦!今天晚上,我们就把你送回家。好不好?"

指导员的这句话,好像太阳似的,一下扫去了老人脸上的阴云,叫她感到浑身热烘烘的,立刻接问说:

"咱们队伍这回还走俺村吗?"

"是呀!你听说没有?确山县和驻马店的敌人都跑啦!"

"听说呀!可就不知道他们还回来不回来?"

"这回恐怕他们就回不来啦!你听说了吗?郑州也叫咱打

345

下啦!"

"知道,知道!只要他们回不来就好!"

"大娘!你知不知道这到你村还有多远?这会儿你村还有敌人住着,停一阵咱就跑去收拾他!"

"哎呀!那可好!没多远,我带路!不过二十多里吧,是不是二丑,你说哩?"老人兴奋地抓起她的棍子,使力朝地上捣着,转身问二丑。

"是呀!这到铁路边不过十来里。……"

那个战士已经把老太太的饭打来了。李康吹着哨子,叫大家去吃饭。战士们匆匆朝外跑。指导员说:

"大娘!你吃吧!小秀和二丑也可以把饭打来陪你一块吃。我去了,吃过饭咱再说话!"

指导员走了。二丑跑去打饭去了。

这时候,王小秀才看见娘的破裤子,已经露出了膝盖。他一言不发,打开了背包,取出一条自己的旧军裤,朝娘递过去:

"娘!你先套上它吧!天冷啦,你那裤子也成那样了!"

老太太接过裤子,低头看了看又朝王小秀送过去说:

"秀呵!这怕不行吧?这是你的军衣,娘咋能穿哩?娘破破烂烂的惯啦,不怕。"

"娘!这会儿不管这些啦,先穿上再说。这条裤子也褪色啦,没关系!"王小秀没有接过来。

"我是怕你官长们说呀!这是公家发给你的,人家能不说你?"

"娘,看你想到哪儿去了!咱这队伍官兵都一样,都是亲兄弟,都是给咱穷人办事哩!"

"是呀,怪不得刚才你那指导员,说话那么好,就跟自己家里人一样……"

老太太说着,蹬上了王小秀的旧军裤。这军裤虽然已经褪了色,可还多少有点绿茵茵的。老人穿上之后,两手在大腿上摸了

摸,脸上现出了笑意:

"看看,这布的身份有多好!都洗成这样啦,还是硬扎扎的!我看,要是你们官长肯收留,我也来当个老兵吧!"

小秀没搭茬。老人自己笑起来。二丑打饭回来了。他们三个坐在地上吃起饭来。王小秀开始粗略大致地给娘讲说着,自己怎样从遭殃军变成了解放军。老人聚精会神地听着,心像海浪似的,忽上忽下,随着小秀的叙说翻滚。可是,他们娘儿俩没注意,直到他们把话说到底,才发现,二丑根本没有动碗筷。他两手攀着膝盖,两只眼睛好像涨了水的小湖一样,眼看就要漫出岸来了!

"吃吧,别难过啦!竹梅是个好孩子,她临终还是松青雪白的,没给咱家丢脸呀!"老人端起二丑的饭碗朝他手里递过去。二丑反倒觉得大娘这句话更加扩大了自己心上的伤口。他接过饭碗,仍然没有吃,泪珠哗哗落下来。

"吃吧,二丑!指导员不是说啦,一阵咱就要去收拾他们吗?哭啥哩?革命嘛,他们拿刀杀我们,我们也拿刀去杀他就是啦!"王小秀这么说着。二丑还是不吭声。

"事情已经过去啦!人是铁,饭是钢,不吃饭还能去打仗!只要咱队伍能把这般强盗都除掉,大家能过好日月,竹梅就在九泉之下也喜欢!"老太太说。

二丑手不随心地往嘴里拨了几颗饭,抬起头来说:

"就是不知道狗日的跑了没有?"

"跑了和尚,跑不了寺!王汉元,谅他也上不了外国!只要他脚踩中国地,还怕拿不住他!"

王小秀这么说着。二丑重又往嘴里拨了一口饭。

紧急集合的哨子吹响了。二丑连忙收拾了碗筷,背起了背包。王小秀看着他娘,不知怎么安排好。老人站起来,重又拿起了自己的小竹篮和打狗棍,对小秀说:

"去吧!别管我!娘知道你在为咱穷人打天下,就放心啦!娘惯啦,哪里天黑哪里住,盖天铺地都是家!不要挂牵我,普天下多少穷乡亲都在盼星星盼月亮地等着咱的队伍呀!娘就是吃清风喝露水,也要等着你们改朝换代哩!娘不会死!再老也不死!"

老人的眼睛又红了。小秀心里乱成了一团。正在这时候,李康嘴里咬着哨子一步跨进了屋里来。王小秀还没开口,李康就像命令似的说:

"快集合!指导员说了,让老太太在这里休息一会儿,跟队伍一起走!"王小秀没有接上话。他又转过身来对着老太太很快地说:

"大娘!小秀知道,今天我值星,没能来跟大娘说话!你歇着吧!一阵我来叫你一块走!"老人也没有来得及回话,他就翻身出去了。王小秀说了声:

"就这吧!娘!"他也跟着跑出去了。

天已渐渐黑下来。他们把一屋子的静寂,全部留给了老太太。

几匹汗浸浸的马,拴在一棵被敌人烧死了的大槐树上。马匹互相啃咬着,发出尖厉的哼哼声。饲养员们不断大声叱骂着,制止它们的淘气。

队伍在街上集合了。李康发出了立正口令之后,跑过去向黄坚敬了礼,仅仅说了"全连一百五十七人全到……"杨政委朝队前走过来,照样用眼朝大家扫视了片刻,开始讲话了:

"同志们!稍息!大家累不累呀?"

"不累!"全体战士一个声。

"不累就是胜利。说真的,我可没有估计到,咱们这敌人轮到我们追他的时候,跑得一溜烟!这么多天,他们像兔子一样,连明彻夜地跑,叫咱看也看不到!这样能行吗?咱们的任务是什么呀?"

"不行!是拉住他,叫他慢点跑!"

"对！是拉住他，叫他慢点跑！现在咱们就要伸手去拉他的尾巴啦！大家敢不敢去拉兔子尾巴？"杨克辛不自禁地笑起来。

"老虎尾巴也敢拉！"大家一起回答着，感到政委说话总是这样有意思。

"可不能小看兔子尾巴哟！兔子尾巴短，不容易拉到！并且它急了还会咬人！同时，我们也不是和它开玩笑，光摸一下尾巴就成！我们是要把它的尾巴割掉！还想把它屁股上割下一块肉来呢！这就是我们马上要执行的任务！"杨克辛的脸上立刻严肃起来。他停了一下，大家没吭声。

"同志们！现在敌人跑过了平汉路。他们已经累得鼻塌嘴歪了，所以他们就在那边停下来，打算今天晚上睡一觉，明天早上再跑。大概敌人以为我们也累了，可能也在铁路这边跟他们睡个顶头觉。他们的后卫营，就在铁路那边十来里路的王家店宿营了，可是我们现在却要跑上去吃掉它。真是无巧不成书呀，同志们！刚好咱们七连不是有些同志们的家就在那里吗？这样咱们就不必再找向导了！可是，还有巧事哩！这村有个姓彭的老乡，今天上午叫敌人抓去，刚才从王家店跑回来。他才说得清楚呢！他说敌人这个营所以要住王家店，是因为那个营长原先在驻马店团管区要壮丁的时候，跟王家店一个姓王的保长有些交情。听说他们今天晚上还要在王保长家开个啥子会哩！说是这一带的财主绅士们看到，前几天确山县和驻马店的国民党队伍都走了，心里正摸不清底细，想趁这个机会向营长请求个主张……看看，这是多么好的一桌酒席呀！"忽然他又声色俱厉地说："同志们！我们一定要把他们一网打尽！把这一块土地洗刷干净！现在的中心问题，就是要看我们大家累不累？想不想睡觉？"

"不累！不想睡觉！"战士们又一次地吼起来。

"好的。同志们！我们不是不累，是因为我们要为人民除害，要为人民打天下，所以我们就能在敌人累倒的时候，消灭敌人！我们的脚杆就是这种特殊材料制造的！对不对呀？"

"对！"

"那么，现在我们就出发。"突然马团长插进来说，"另外，还有一个好消息，就是咱们团的严主任已经出院了。他从大别山带着一个独立营回来了。今天晚上，上级要他们和一些地方部队，在东边配合我们，袭击敌人的脑袋，让敌人不仅不能睡觉，还要两头挨棒棒！今天晚上的任务，虽然只有你们三营去完成，可是，我和杨政委也要跟你们一块去。希望同志们勇敢、坚决、干脆地割掉敌人这个小尾巴！我的话完了！"

场上响起了暴风雨似的掌声。李营长又和从前一样，很干脆地说：

"同志们！今天大家无论如何不能叫敌人跑掉一个！八连和九连已经先走了。因为他们要绕到东边去包围王家店，阻击东面可能回头增援的敌人。还是那句话，夜间行动，大家一定要肃静，没有命令谁也不准做声。能在被窝里把敌人捂住不是更好吗？出发啦！"

黄坚和李康带起队伍正要走，李营长转身告诉董指导员说：

"叫王小秀和陈二丑停一下，让老太太骑上我的马！"

天色已经黑得看不清人脸了，老太太正在屋里着急，王小秀和二丑持枪跑步回来了。他们一进门，老人还没看清他们是谁，二丑就很着急地说着：

"走吧！走吧！"老人不知所以，没敢应声。小秀这才拉住娘的手：

"娘！走吧！"

"这就走呵？黑更半夜的，看也看不见！"

"娘！这是打仗哩呀！"

"那我还能赶得上你们呀！"

"咳！你别管，有马叫你骑！"

"哎呀！老天爷！我可不敢骑马呀……"

"走吧！你别管啦！有法！"王小秀也有点急了,再也不由他娘分说,搀住她就朝外面走。

"老太太！这阵咱们要到你家去打仗啦！很紧急,我也不能给你多说话了,你快骑上我的马走吧！等天明,消灭了敌人再说话。"

老太太没头没脑地又碰上这样一个人,她也看不清楚人家是个啥样子,弄得手脚无处放,不知如何是好。王小秀急忙说:

"娘！这是俺李营长。你别犹豫啦,快上马吧！队伍就走啦！"

"哎呀！营长……"老人一听说是营长,心里扑通扑通跳起来,越发不敢骑马了。她想:"人家是营长,该是多大的官哟！如今要去打仗,反把人家的马叫我这讨饭老婆子骑上……"然而事情确实太紧急,董指导员和王小秀不由老人多考虑,架起她就放在营长的马背上。并且嘱咐饲养员说:

"当心啊！你要扶着她,跟在队伍后边走！"饲养员应声扶住了老太太。而后,他们又都围在李营长的身边。

"你们俩还记得王家店村里的地形不?"李营长问。

"我有多年没回去过呀！"王小秀接着。

"咳！闭上眼我也能摸进去！"二丑很肯定地说。

"你也离开家半年多了,你知道村里有变化没有？况且这也不是回你野雉岗！"小秀说。

"嘿！那怕啥！野雉岗跟你王家店像一个村样,你怕我还没见过！"陈二丑的脑袋里仿佛起了火,一点理智也没有了。

"二丑！这是打仗！不是走亲戚呵！又是晚上,黑灯瞎火哩！一点摸不清,搞不好就要死人！"王小秀开始指责着二丑。二丑由于心头翻滚着仇恨,居然说:

"怕死就不当兵！"

"这是什么话?"李营长很严肃地说。

"二丑同志！我知道你心里很着急,可是,在战斗中,越着急就越要冷静,你想想看!就这样吧,等咱到了村边,再问问老太太,看村里最近有什么变化没有。好不好,营长?"董指导员这样请示了李营长之后,他们两人跑回班上去了。

夜阴沉着。弯弯的月亮在浓云的背后,时隐时现。大地变成了深灰色的没有边际的海洋。远远近近的村舍和树林,好像兀立着的荒岛,形成了一幢幢的黑影。队伍静静地快步前进。他们有意地避开了村舍,从它们的间隙里穿过去。冷风从各个村子里吹送出一阵阵的焦燎气息。战士们偶尔踏上田间被风卷积在一起的干树叶,发出沙沙的响声。

王小秀的老娘,像做梦一样坐在马背上。这一切对她实在太新奇了。她不知道这是怎么一回事。自她降生到人间六十多年以来,她从来也没敢想过骑一次小毛驴,现在居然慌慌张张把她架到了战马背上!一个被地主吸尽了血液,剥掉了几层皮,有家不能站,到处拉棍讨饭吃的女人,忽然间跟着兵强马壮的队伍打了回来!她觉得自己心里说不出是啥味道。她不敢设想再过一会儿,王家店会变成什么样子?王汉元会是什么样子?她觉得她的脑袋里边好像轰轰直响,身子不由自主地歪起来。饲养员急忙扶住了她。她定睛瞅了瞅,队伍仍旧一声不响地沙沙走着。她很想看见走在行列中的儿子,可是无论如何也看不清。

刚刚跨过了铁路,月亮就落了,天地成了一块墨。前边不断地小声传来"跟紧!不要掉队!"的口令。只有一阵工夫,队伍突然停下来。老太太听到一阵低低的说话声。战士们的枪口上随即生出一根根明闪闪的东西。接着,有人走到她的马跟前,小声说:

"老太太!下来吧,到啦!"

又有一个人,突然伸手搀住了她的胳肢窝:

"娘!到咱家啦,下来吧!"王小秀把他娘从马上抱了下来。

"秀!到啦?我咋看不见哩!"

"到啦!大娘,那不是王汉元的家,你看!"二丑接着。老人吃力瞅了瞅,只见黑压压的一片,什么也看不清。

"不中,我看不清!"她摇了摇头。

"大娘,你不是前些时回来过吗?王汉元在村里又修啥东西没有?"二丑紧急地问着。

"这回我没敢进村呀!听你娘说,自打他们害了竹梅以后,王汉元又弄了多少人,把他家里修了个炮楼。还说从他们家的各屋都挖了地洞通到炮楼上,可是不知真假,别的没听说弄啥,还是原样。"

"俺娘见他们挖地洞啦?"

"啥呀!傻孩子!她也是听人家说的!"

"村外又修啥东西没有?挖壕了没有?"老人没看见这是谁说的,只见好多人围在她跟前。

"没听说,别的想必都还是原样。"

"好吧!"李营长这么一说,大家都站起来朝一边走去。接着,他又转过身来说:

"老太太!你可别害怕呵!就在这个土堆后边坐着不要动,一会咱们一块进村。"

"不怕!有咱这多人,还怕啥!"

饲养员把马隐藏好,重新回到老太太的身边时,队伍已经弯着身子继续前进了。

他们在离村只有百多米的地方,利用田间的地坎卧下来。八、九连已经绕到村东进入了阵地。村里一点动静也没有。敌人好像全都睡死了。王小秀、陈二丑,还有赵忠林和肖红军他们四个人,被组成一个尖刀组,由王小秀暂时负责。接受了黄连长交代的任务之后,把冲锋枪挂在脖子上,手里拿着一颗揭开了盖子的手榴弹,趴在地上,用两只胳膊肘触着地面,像壁虎一样,朝村里爬去。

陈二丑由于没有搞惯这一套,加上心头憋着难言的仇恨,急得浑身出大汗,老想站起来就冲过去。王小秀几次用手把他按下来。

村子越来越近了,夜色黑得什么也看不见。根据他们爬行的时间和记忆,离村口不过三十多米了。可是,为什么还不见那棵大杨树呢?而且敌人的哨兵也没有?王小秀有点怀疑了:是不是敌人没在这村住?上级的情况会不会弄错呢?敌人会不会为了怕夜袭,在天黑过后,悄悄换了宿营地呢?要不然,无论如何这里不会没有哨兵呵?就叫我王小秀当营长,也不会这么不顾死活地睡大觉呀!许多问号在他眼前跳起来。他的动作不自觉地缓慢了。正在这时,他的脑袋砰一家伙,不知碰到了什么东西上。他伸手一摸,原来就是那棵大杨树。他顺着树身朝上瞅了瞅,一切全都明白了。原来是敌人砍了树头做鹿砦去了。他心里马上紧张起来。就在这时,躲在树身背后的敌人哨兵,恍惚感到什么东西碰了一下树身。可是,并没有发现王小秀他们在哪里,就突然惊恐地问了一声:

"谁?"

王小秀他们四个,真像猫捉老鼠似的,一声不响,腾地跳了上去,一下就把两个哨兵扑倒地上了。两个家伙还没喊出声,就叫掐住了脖子。二丑用尽全身的力气,直往死处掐。那家伙,两只胳膊软绵绵地抬不起,喉管咝咝啦啦地出不上气来,两只脚没命地踢蹬。王小秀急忙制止说:

"二丑,二丑!你别掐死他!他们还有用处呢!"

二丑多少松了松手。大家用枪口抵住了这两个家伙的脑袋,问清了情况,知道了敌人营部就驻在王汉元家里。他们跑上去拉开了敌人临时堆在村口的鹿砦。然后,带着全连悄悄密密摸进村里去。

这才真是名符其实的"死猪不怕开水烫"呢!敌人好像全都成了一堆泥,有些烂兵一进老乡的大门,好像并没有看见房子在哪里,就站立不住地,劈脸栽倒院子里睡着了。有人朝柴草堆或墙角上一靠,两眼就再也睁不开了。到处都是些东倒西歪、横三竖四、龇牙咧嘴的兵,要不是他们那种如雷的鼾声,真会叫你误认是死尸。有人已经被七连的战士抓住了,还以为是谁同他开玩笑,不睁眼地嘟噜着:"去你妈×!老子不走了!腿都跑断了!还往你妈的哪里跑呵……"

陈二丑不顾一切,带着大家直朝王汉元家里跑去。王家的大门是在一条很窄的东西胡同里。他们一进胡同口,就看到王家大门口的两块骑马石旁边,有两个人影在晃动。二丑端起冲锋枪,小声说:

"看见没有?狗,狗,两只!"

王小秀没理他,伸手抓住他的枪筒子,一缩身子又退回来。二丑急了:

"干啥?你要干啥?"

"不要惊动他,要是他们钻上炮楼就麻烦了!"

小秀这一说,二丑也就清醒了。他一言不发,转身就往北面跑。小秀拉住他说:

"他有后门没有?二丑,我可记不清了。"

"走吧!走吧!从他喂牲口的院里翻过去!"二丑这么说着,他们朝北跑去。

原来王汉元的住宅是坐北朝南,后院原先有个后门,后来因为兵荒马乱,世道不平静,又给堵死了,并且还把围墙加高了好几尺。可是他的牲口院却是坐南朝北,和住宅屁股对屁股。这院朝东开着一个大车门,出门就是多大的打麦场。他们绕到这个车门一看,大门敞开着。门口连个鬼影也没有。等到他们走进院里的时候,只见满院拴着敌人沿途抢来的牛马毛驴之类。仍旧不见人。这些牲口早已饿得饥肠辘辘,一见有人影,全都伸着脖子叫起来。他们迅速从这牲口群里穿过去,摸到西墙根,正好那里靠墙竖着一个破马车的车身。他们抓住车身上了墙。这时候,也许是因为牲口的嘶叫,惊醒了敌人。他们听到有人不知在什么地方叱骂说:

"妈的×,还叫哩!明天就宰了你……"

他们回头看了看,随即顺墙溜下去。可是,现在事情有点难办了。王小秀和陈二丑从来也没进过王家的后院,这阵天又黑,后院到前院到底怎么走,无论如何也摸不清了。虽然他们已经闻到了扑鼻的香味,听到前院还有人讲话,就是不知道怎么走。正在这时,他们听见吱呀一声,有人提着一个小灯笼从西墙根打开了一个很小的角门,朝后院走来。于是他们急忙躲在一堆芝麻秆的背后。谁知这人却又偏偏直朝芝麻秆堆走过来。二丑眼看没处躲藏了,急着要开枪,又被王小秀按下来。其实那人根本没有看到他们,他是来抱芝麻秆烧火的。等到那人来到跟前时,王小秀忽地站了起来,拿枪对住了那人的胸脯:

"不准动!"

"叫喊就打死你!"

这人差点叫吓死,手里的灯笼朝上猛一扬,扑通坐在地上了。就在这时候,王小秀看到那人原来是五未。这人也姓王,本是小秀的远房兄弟,小时候常在一块耍。他家也是吃了上顿没下顿,几辈子都靠租种王家的地过日子。王小秀上前一把拉住了他:

"五未!是你呀!"

那人由于神经过分紧张,仍然看不出是王小秀,不敢抬头地哆嗦说:

"我……是来抱柴……的……老总……饶了我……我是支差的短工……"

"五未!不要怕,我是小秀!"

那人一听是"小秀",这才抬起头来,怯生生地看了一下,然后自动站起来,一把抓住了王小秀:

"哎呀!秀……秀哥……你……"

王小秀一挥手:

"五未!这阵不说啦!你快说王汉元在不在?他们在干啥?"

"你……是解放军……军啦?"五未上下打量着王小秀。

"对,我是解放军!"

"他们在保长堂屋里喝酒哩!有营长……还有……还有人站岗……"

"好,好,不怕,快带我们去!"

二丑他们不由分说,推着五未从小角门里穿过去,一拐弯,果然看见堂屋里射出来的灯光。屋门外边的廊檐下,几个敌人正在走动着。厨房里吱吱啦啦正在煎炒着什么。堂屋里飞出了一阵阵的鸦片烟味和笑声。王小秀吩咐五未快到厨房去躲着。他们正要扑进堂屋去,街上打响了。二丑顺手就是一梭子,堂屋门外的敌人撂倒了。他们一个箭步冲进屋里去。敌人连灯都没来得及吹熄,就叫王小秀、陈二丑他们给堵住了。屋里烟气弥漫,桌子上杯盘狼藉,一时谁也看不清是谁。

"不准动!"他们还没看清王汉元和营长在哪里。敌人全呆了,桌边坐着的几个老朽,像坐化了的泥胎似的,头也不敢抬了。就在这时,王汉元首先看见了陈二丑。于是,他突然跳了起来,一脚踢翻了桌子,灯灭了!二丑他们的冲锋枪一齐对着黑洞洞的屋子扫起来。敌人一枪也没还。屋子里狼烟洞地,火花纷飞。他们足足干了几分钟,屋里一点动静也没有了。村外和村里的枪声、手榴弹声响成了一片。李康带着几个战士从大门冲进来。王小秀这才大声喊叫着五未,要他提来了灯笼。大家进屋去,只见屋里横七竖八地躺了六七个尸体。个个尸体都被枪弹穿得像马蜂窝一样。有人还在低微地呻吟,很快也就不出气了。

李康追问着:

"敌人营长呢?哪个是营长?"

王五未指着倒在鸦片烟灯旁边的一个穿军装的尸首说:

"这不是他!"接着他又指出另外几个保长。可是,最后就是不见了王汉元。

二丑急头怪脑地问着：

"他到底在不在呀？"

"那他上哪去啦？"

"刚才还在呀！我到后院去时,他还在说话哩！"

"你们看到有人跑出去吗？"李康问。

"没有,一下我们就堵上了门,鬼也没有跑出去！"

五未指了一下套间,二丑提起灯笼走进去,套间里什么也没有,只是地上有血迹。小秀忽然叫着说：

"炮楼！炮楼！"他扭转身就朝屋外跑。大家也都想起了他家各屋都和炮楼是通的。急忙跑去包围炮楼。可是,肖红军和赵忠林已经跟着二丑进到套间去。他们顺着地上的血迹,拉开了一张簸箕掌式的双人床。这一拉,问题解决了。原来这畜生一见是叫陈二丑和王小秀都堵上了,知道插翅也难逃,随即决心要往炮楼上跑。心想："事已至此,我王汉元就是死也得换上你们几个！"不料他一踢翻桌子,二丑他们的冲锋枪连一秒钟也没停就击发了。他仅仅一转身,子弹就把他的脊背穿了四个窟窿。他倒下来,仍旧吃力地朝里间爬去。打算从床下的洞口钻到炮楼上。然而,他的想法永远也不能实现了。他刚刚把脑袋钻进洞口,连屁股都还在外边,就断了气。

二丑拉住王汉元的两只脚,从洞里把他拉出来。拿灯朝他脸上照了照,一点也不错,果然还是那副三灰脸。二丑像踢皮球那样,踢着王汉元的头说：

"有种,你起来嘛！操你娘！老子再给你一梭子！"李康知道二丑心里的滋味,没理他。可是二丑也没有再打王汉元。

村里的枪声已经停止。司号员吹响了集合号。李康他们从王汉元家跑出来。俘虏们已经整整齐齐地排成了队伍,李营长正在向他们交代政策呢。还有敌人师部"收容队"的一辆大卡车,装着满满一车沿途抢来的细软之物。因为司机一听枪响就开动了车子想逃跑,正好不知从哪里飞来一颗子弹,把司机给打死了。那车子像条野牛似的乱跑起来,没有跑出村就撞倒了几座小草房,车子翻得四轮朝天,轮子还在嗡嗡地飞转。

马林和杨克辛还有王小秀的母亲进村来的时候,正是黎明前的浓黑。王家店像赶庙会似的,到处都是人,到处都是烟气,什么也看不清。杨政委因为近视得厉害,一手抓着警卫员的肩膀,仍然一脚深一脚浅地不敢迈大步。直到进了村,王小秀的母亲才又上前拉住他的胳膊说:

"来,跟我走!只要到村里,我闭上眼也能摸到哪里是哪里!"

"不行!老太太,天黑,当心跌倒了!"警卫员不肯放开杨政委。

"咳!看你说的……"

老人很不服气地扯起政委放开了脚步。

浓黑稍微淡了点。东边的炮声渐渐远了。马林他们在王汉元家的大门口,找到了李营长。他看了看手脖上的夜光表,紧急地问着:

"都弄好了吗?"

"好了。"李营长很干脆地回答说。

"多少?"

"不到三百,两百八十几。除掉我们需要的,还有两百,已经往团部送了。敌人的营部全完了,一个能出气的也没有了。"

"敌人的军官清出来没有?"

"清出来了。"

"好,看样子敌人是起身了。二营已经跟上去。今天你们作团的后卫。"

"可是,后卫也要马上出发。"杨政委接着。

"是,是!"

"走动走不动?你们'吃'得这么饱,都成了大肚子啦!"李营长很想看到马团长说这话时脸上的神情,可是仍旧模模糊糊看不清。

359

"没问题,再吃这么一顿也不在乎!我们的肚子是橡皮的!"

"嗨!这一夜倒把你的胃口吃大了啊!"杨政委这么说着,旁边有些参谋和警卫员都笑起来。李文也笑了。接着他从口袋里掏出一包纸烟来,一支一支地分给大家:

"尝尝吧,这是李康他们从敌人营部搞来的,我还没看是啥牌子,还不错。那些保长们正在请敌人的营长喝酒呢,叫他们给堵上了。"

马林他们正在擦火点烟,警卫员小王突然插嘴说:

"报告李营长!带有瞄准器的新卡宾有吗?"

"有啊!你到营部拣去吧!尽挑!"李营长一面吸燃烟,一面回答着。

马团长忽然东张西望,看了看,拍了一下杨政委:

"老太太呢?你看你怎么把'眼睛'都丢啦?"

大家这才发现王小秀的母亲不知什么时候走开了。

"可能去找王小秀了吧?刚才她一听说队伍马上要走,她就撒开了政委。"警卫员小王接着。

"去,快去请她来!要是碰到别的老乡们,也叫他们一块来。"

警卫员应声去了。不一会儿,王小秀就带着五未跑过来,向政委他们介绍说:

"报告首长,他叫王五未,是我的堂兄弟,王保长家的佃户。这几天正派他在王家支差哩!"五未不吭声,看了看政委。

"好,好!还有别人吗?就请五未去叫叫别的老乡们好不好?你娘呢?"

"没见呀!"小秀停了一下,又说:"是这吧,大概她是回家啦,我去找她,叫五未去叫别人。"

"行!"五未突然说了这么一个字。他们没等政委应声,就分头跑了。

然而,由于老乡们半夜三更摸不清头脑,忽然在村里、院里炮火连天地杀起仗来,人人都已惊魂失魄,不知怎么躲藏才保险,所以五未虽然挨门挨户去喊叫,再三说是自己的队伍,还有王小秀他们也都在里边。但是,人们早就叫遭殃军给吓破了胆,加上他们没有看到王小秀,始终半信半疑。最后还是只有几十个上了年纪的老人,跟着他们来了。王小秀始终没有找到他的娘。

就在王家牲口院门前的打麦场上,杨政委开始给老乡们讲解着整个中原的战争形势和中国共产党、人民解放军的本质。最后,他很肯定地说:

"老乡们!从今天起,咱们确山县就算解放了!天明咱们自己的县长和工作队就要来,领着大家闹翻身啦,好日子就要来了!可是,咱们队伍还要追敌人,不能在这里久停。天明以后,可能敌人还会有飞机来轰炸。老乡们早点到野外躲一躲,要散开,不要挤疙瘩。村里这些敌人的尸首,我们也来不及收拾啦,麻烦老乡们,等他们飞机炸过再埋他。"

政委讲完话,天已蒙蒙亮了。老乡们也都看到了王小秀和陈二丑。他们大家含着眼泪拉着手,一齐围到杨政委的跟前来。这时候,远远看到从南边野地里跑来了几个人。等到渐渐近了的时候,王小秀才看出原来是他娘跑到野雉岗去,领来了二丑、竹梅的爹娘。于是他和二丑、虎成急忙迎上去。

二丑他娘一见二丑就放了声,柳金声他们的眼泪也像小河一样淌下来,他们霎时哭成了一团。马团长、杨政委、李营长还有许多老乡和战士们一齐朝他们走过去,怎样劝说也不济事。好像在他们心里淤积了千年的苦水,已经决了堤,再也堵塞不住了!然而,小秀、虎成,特别是二丑,他们反倒一滴眼泪也没流。直到天大亮,队伍就要出发的时候,二丑他娘才算住了声。她拉起衣襟揩了揩鼻涕说:

"去吧,孩子!好好去给咱们穷人打天下吧!王大娘都对你说过啦,世上像竹梅这样的苦孩子还多着哩!"

"对呀,娘!你跟爹好好过吧,往后日子就好啦!"

"去吧!别结记俺。只要把他们那些禽兽都打死完,日月就好啦!秀!你也去家看了看没有?"小秀他娘接着说。

"去啦,刚才我还回去找你哩!"

"唏!我哪顾上回家啦,刚才一听说你们要走,我就赶紧上野雉岗去喊他们。"

大家开始站队了。二丑说:

"就这吧,娘!以后我还会来家看你!"他娘重又哽咽起来。

"二丑!你就不能请个假,到她坟上看一眼!"竹梅她娘流着泪,最后又说了这么一句。

"不啦!日子还长哩,以后去看她。你们都回吧!……"二丑的眼睛红得像火一样,但他马上转身跑去站队了。

太阳从远远的地平线上,放出了微红。她们和王家店的老乡们一直赶到村外,用眼睛把队伍送到看不见的地方。

天边隐隐传来了敌机的轰鸣,人们匆匆向四野散开去。

四

这晚上的突然袭击,使敌人首尾不能相顾。再加上黄伯韬没命地叫喊,黄维不仅没能安安稳稳睡好觉,甚至也没敢回头看一看,便又带起他的人马,像条受了伤的蛇似的,拖着流血的尾巴,紧急蠕动着身子,没命地朝东爬去。

七团切掉敌人尾巴的消息,天不亮就传遍了全军。战士们的追击情绪分外高涨了。三架敌人的蚊式战斗机,在三营离开王家店不远就赶到了。它们慌慌张张,在王家店和野雉岗一带,几乎是擦着树梢,低空盘旋了一阵,朝着树林和房屋扫了几梭子机关炮,仿佛什么也没有看见,就又箭一般地沿着大道朝东飞去。

三营正在涉过一条小河的时候,敌机发现了。各连司号员一齐吹响了防空号。各级指挥员们大声命令着:

"散开!卧倒!"

七连正好走在河中间。这小河实际上是个大渠沟,满共不过两丈来宽,膝盖深的水。可是两岸连棵树毛也没有,光秃秃明晃晃的,像条玻璃带子似的。就在这种情况下,黄连长站在对岸发出了口令之后,正走在河里的人们,没有问题应该紧赶几步到对岸,或者索性退回这边岸上来,迅速利用地形卧倒才是。谁知那些至今还没睡醒的俘虏们,偏偏要在这时出洋相,走在河里的,不管三七二十一,一听飞机响,劈脸就朝水里栽。还在岸上的,哄一家伙乱了套,就像散了群的羊似的,有的没命地乱跑,有的挤成了一疙瘩!

敌机鬼叫着,对着小河俯冲下来。炮弹好像成群的小鱼在水里跳跃那样,河面上激起了连串的水花。几个屁股露在水面上的俘虏,随即伸了腿,身子沉到水底去,血却漂到水上来。

黄坚急了,双脚跳着吼起来:

"给我出来!出来!不要乱跑……"

那些躲在水里没有中弹的俘虏,抬头透了一口气,急忙又把脑袋插进水里去,死活不动了。留在岸上的,一见河里有人流了血,更加不顾一切乱跑起来。陈二丑冲着他们开了枪,子弹从他们的头顶嗖嗖飞过去。几个俘虏吓呆了。二丑恶狠狠地骂起来:

"你还不给我卧倒!老子揍死你!"

二丑端着枪,准备再朝他们打过去,李康十分严肃地命令说:

"二丑!你要干什么?卧倒!"

敌机重又转回来。二丑瞪了一下俘虏,扭着脖颈,很不甘愿地卧倒了。那几个俘虏看到排长批评二丑,跟着也都卧倒了。可是只有一个家伙,撒腿直朝村里跑。文化教员田松扯着嗓子命令他站住,那家伙根本就像没听见。飞机已经第二次地俯冲下来,炮弹像梳篦齿子一样,在田松的腰部两旁,左一颗,右一颗,钻进了土里,迸起了火星。田松反倒一纵身子跳起来,飞也似的朝村里追去。

李营长看到这情形,估计敌机可能是发现了俘虏。要是叫它这样按住来回扫射,不仅耽误行军,事情可能更麻烦。他随即同教导员商量了一下,下达命令说:

"各连集中火力,对空射击!打狗日的!"

战士们乐了,机、步枪像树林似的竖了起来。等到敌机第三次正要俯冲下来的时候,他们开火了,好像地上突然爆发了火山。敌机活像蚊子碰上了"滴滴涕",他们没有敢像上次那样冲下来,一抬脑袋钻到高空去。

许多战士都笑了。陈二丑咬着牙齿骂道:

"狗日的!你也怕死呀?我当你腰里挂有几个脑袋哩!"

飞机还在高高地转游着,营部命令队伍拉开距离前进了。

站在水里的几个俘虏还在犹豫,脑袋跟着天上的飞机转。黄坚站在岸上笑着说:

"我看你冷不冷?谁叫你往河里爬哩?腿肚子转筋啦是不是?还不快出来走!飞机不会抓住你,有啥看嘛!当心把脖子扭断了!"

董指导员在这边岸上接着:

"可能他们过去听特务们宣传过飞机的厉害!"小古和别的通讯员都笑起来。然后,他又对那些俘虏们说:

"走吧,不怕!飞机就这么点本事!要是咱叫它吓住,敌人就跑远了!他们正想这样呢!"

俘虏们开始进入了行列,朝前走。田松去追那个家伙还没转回来。二丑很急躁地报告说:

"指导员,我去看看吧?"

董指导员看到他的情绪不大对,犹豫了一下说:

"好嘛!你跟肖红军一块去!"

他们持枪跑步,刚刚到村边,田松弄得一身泥,扭着那个俘虏出来了。二丑一看这样子,又把眼睛瞪起来:

"怎么?他打你啦,教员?操你娘!老子一刀捅了你!"说着,他就端起枪来,实打实地朝那俘虏戳过去。肖红军伸手抓住了他的枪。俘虏扑通跪下来。

田松急忙摆手说:

"不,不,他想逃跑,想叫我放了他!"

等他们来到指导员的跟前,田松才从口袋里掏出一小块金子递给董指导员说:

"给,你看这是啥?指导员,他看错了人!他想收买我,叫我放了他!"

指导员接过那东西,战士们围过来一瞅,呸!呸!吐着口水说:

"啥家伙,一块又臭又脏的生黄铜!"

二丑又急了,冲上前去想揍那俘虏:

"你呀!你就拿这点东西想买教员呀!把你的脑袋给我还差不多!"

"他的脑袋我才不要哩!我的胃口大了点,不要脑袋,要江山哟!"肖红军接着。

指导员没接大家的话,把那金子重又递给了俘虏:

"你拿去吧!别说这么点,再多我们也不要。你原先是干什么工作的?"

那俘虏重又接过了他的金子,吞吞吐吐地说:

"我……我……我是新调来的副连长!"

"唔!才是个副连长呀!那你怕什么呢?昨夜晚你咋不说哩?说了也没有什么,不想干可以回家嘛!"

"我……我……我……"那俘虏"我"了半天说不上话来。指导员接着说:

365

"走吧！边走边谈,你要真想回家,没问题！"

飞机照样嗡嗡叫着,队伍照样脚跟脚地追击着敌人,谁也不尿它。飞得低了就打,飞得高了根本不理。

董指导员一直跟那个敌人的副连长在后边谈着。李康走在二班的行列里,开始批评起二丑来：

"你的情绪不对！为什么要向俘虏开枪呢？你想过没有？这是严重的错误！"

"敌人嘛！不打他打谁？他们杀人跟割草一样。晓得多少人叫他们杀了嘛！……"李康没想到二丑居然这样赤裸裸地说出了自己的想法,心里反倒觉得好办了。许多老战士伸过头来看了看陈二丑,心里想："这下你可出了'板',等着排长的吧！小子！"只是走在前边的王小秀却没回头。看来似乎他也有着类似的念头。李康笑了笑：

"二丑同志,你到连上来,一直表现得很好,战斗中也很勇敢。可是,你还不知道,我们为什么要打仗？"

"那还用说。秃子头上的虱子,明摆哩！为了报仇呗！"二丑理直气壮地回答着。大家哄笑了。可是李康没有笑。

"报什么仇？"

"有啥仇报啥仇！"

"你是报啥仇来的？"

"大家都知道！不用说了。"二丑硬邦邦地顶呛着排长。大家都有点看不过了。李康还是笑着：

"就是因为保长杀了你老婆是不是？"

二丑沉默了一会儿,不顾一切地说：

"嗯……还抓了我的壮丁！自然那都是一回事！"

"噢！那你不是已经报过仇了吗？保长也叫你打死啦,你可以回家了嘛,何必还扛这枪哩？"二丑听着排长的口气有点不对了。他扭脸看了一下李康,李康的脸色很严肃地板起来。接着说：

"还有小秀同志,他也叫保长抓过壮丁,只是他没有老婆,现在他也可以回家了是不是?"

二丑停了一会儿说:

"敌人还没杀完哩!"

"唔!原来你是想把敌人完全杀光哪?怪不得你刚才向他们开枪!还想捅死那个副连长……嗯?要是大家都照你的办法干,恐怕王小秀这回也见不了他娘啦!是不是?你问王小秀同意不同意你这种办法?"

到这里二丑一言不发了。王小秀忽地转回过身来瞪了二丑一眼。二丑感到自己脊背上麻酥酥的。行列中连谁咳嗽一声也没有。只听得脚步声沙沙响。

"二丑同志!你错了,从根上错了。这个问题不解决,你是不能当好战士的!"李康停了一下,接下去说:

"当然我也应该做检讨。你到排上来了这么多天了,你要求参军的过程我也很清楚,可是我只看到你在战斗中是非常勇敢、坚决的,就是没有看到你要坚决干什么。"

二丑很不以为然地突然接着:

"坚决打敌人嘛!干什么?"

"是的,一点也不错,你是坚决打敌人的。可是为什么要坚决打敌人?你并没有弄清楚!你想过没有?要是现在你回家去,是不是你的日子就好过了?是不是你再找个老婆就不会有人来抢了呢?我看不保险!当然,你也看到了不保险,所以你才不回去。对不对?"二丑点了点头,没吱声,意思自然是说:"对呀!就是这样。"

"问题就在这里了。"李康岔出行列,和二丑并肩走着:

"既然不保险,怎样才能保险呢?你是说要把敌人统统杀光才保险,我们说要彻底革命才保险。现在,首先要你想一下,敌人队伍里的兵,到底是怎么来的?是穷苦兄弟,还是地主羔子?"

二丑忽然想起了自己怎样被抓走,又怎样冒死跑回家里当黑

人,想起了姑夫怎样砍掉了虎豹的手指,感到心里很不好受,急忙回答说:

"排长!他们自然都是穷人,都是叫地主、保长们抓去的,有的是叫骗去的。"

"对。这些人愿不愿意替地主、保长们打仗?"

"那还用说,我都跑回来了嘛!"

"你是因为想老婆呀!"李康故意这样刺他。

二丑急忙否定说:

"不,不,不光是为这!还有分地哩!要不,我就不参军!"

二丑看了看李康。李康两眼盯着他。他开始感觉到自己心里仿佛有点什么没有弄通。可是自己却也说不出个所以然。心头一急,直筒筒地说:

"排长,我看你就直说吧,我是拐不来弯儿的人。"

李康笑了:

"二丑,最根本的问题,是你还不了解咱们人民解放军是共产党、无产阶级领导的队伍,我们是为全中国全世界的穷苦人都翻身、过好日子才打仗,不光是为了分几亩地。蒋介石国民党队伍是为了保护地主、保长才打仗,所以咱们队伍里和国民党队伍里不一样。这些你知道不知道?最初你为了报仇来参军,并没有错。可是,到队伍里这么多天,还是只知道报仇,就不够了!懂不懂?当然,像王汉元那种保长和那个敌军营长或者是兵士,在战斗中被咱们打死了,那是完全对的。因为你不打死他,他就要打死你!可是,那些敌兵或者军官,放下了武器,做了咱们的俘虏之后,我们再要杀死他,那就错了!首先是那些兵,刚才说过了,你知道他们都是咱们的穷兄弟,是抓来、骗来的。这种人放下了武器,到了咱们队伍来,也会像你和王小秀一样,坚决拿起枪来去打敌人。因为他们也知道这个世道不改变,穷人活不下去!这种人要是因为躲飞机叫你打死了,你不是犯了错误?你不是亲手杀死了自己的兄弟?

你不是报仇找错了人吗？就是敌人的军官也一样，只要他当了俘虏，咱们也不杀害他。因为咱们是要革命的，要彻底消灭剥削制度。杀人、报仇，不是我们革命的目的！我们的目的是要改造这个世界，建设一个新世界，改造一切的人！除掉那些罪大恶极、坚决反革命的少数人以外，我们是决不轻易杀人的！就因为这样，咱们才规定了宽待俘虏的政策。这些你都知道吗？二丑同志！你明白了没有？要是你还不明白，你就同王小秀好好谈一下，叫他说他是怎么来的？大家对他怎么样？为什么要这样？以后不准再这样对待俘虏啊！"

王小秀突然叫了一声"二丑"，二丑没吭声。他觉得排长这些话，好像把他脑筋里打开了一个很大的窗户。阳光突然射了进来，眼睛也明亮了许多。心想："哎呀！排长，你可真有学问呀！我这一辈子也要跟着你……"当他转过脸来，打算说句什么的时候，李康已经离开了他，走到前边去了。

五

在人民解放军的野战部队和地方武装拖拖拉拉日日夜夜的袭扰阻拦之下，被所谓"闪击将军"黄维率领下的这支横贯中原、长途跋涉、驰援黄伯韬的敌军，到现在为止，虽然还没有丢盔卸甲，确也变成了一条遍体鳞伤的爬虫。然而，不知为什么，他们的驰援意志，却是毫不动摇的。不管在前进的路上碰到什么样的袭扰，他们也只是蜷曲一下身子，带着血迹，绕个弯儿，不回头地向前爬。看来黄维似乎已经铁了心，即是死，他也要和黄伯韬死在一起。

风啸，马嘶，徐州终于一步近似一步了！

这天，他们爬过了河南，进入了皖北。中原冬日的田野，成了一片无边际的灰黄。天空重铅似的低沉着。阴云好像巨大的灰色帐幕,紧紧地压盖着低矮的家屋。风从落尽了叶子的枝桠上发出了尖厉的呼啸。天空没有了飞鸟,路上没有了行人。天地之间,除掉风沙以外,完全成了兵马的世界。

从河南的西南直泻而下的浍河和淝水,缎带似的,伸向黄维的面前来。于是这位希特勒的信徒灵机一动,为了让这两条小河成为他们行进中的两只天然手臂,他命令他的军队毅然决然踏上了两条小河之间的狭窄地带,迅速前进着。然而,不仅是黄维,就连他们的教师爷马歇尔和冈村宁次也都没有想到,果然这是一个"牛角尖"!

看来好像太巧,其实是我们野战司令部早已算好。当黄维带领人马爬到了双堆集、南坪集和罗集之间的凸起地带,伸长脖子,几乎可以望到宿县的城堡,以为他们的宿县驻军立刻就会向他伸过手来的时候,我们第二野战军强大的主力兵团,早已全歼了宿县之敌,成马蹄形向他迎面而来了。

黄昏,浍河北岸的我军,用密集的炮火向黄维突然下达了命令:"站住,你往哪里逃!"

战斗一开始就是激烈的。黄维被这个意想不到的当头棒,差点没有打晕过去。他还能够判断到这支迎面而来的军队,已经不是什么地方武装的袭扰了!于是,他急忙绕道,丢开正面,企图向左右岔出去。谁知,晚了!四面八方的炮火一齐向他发出了同样的怒吼。敌人被迫停下来。靳军在背后随即猛然压上去。黄维真像一只蚂蟥似的,马上缩成了一团。

枪声四起,神智昏聩,在暮色苍茫中,黄维打开了地图一看,北面是浍河,南面是淝水,解放军从四面八方压过来。自己已经活活钻进了口袋!到这时他才看清了孤军深入、攻克襄樊的靳军的任务。他恨透了他的教师爷们从来也没有给他讲过这一课!可惜时间已经像流水似的,从他的梦中滑过。如今只剩下了徒叹奈何!他立即向他的十二万人马,下达了一道不是命令的命令:

"集结,待命,请示南京!"

天色完全黑下来。冷风更加愤怒地狂卷着大地。飞沙和败叶被揉搓得沙沙作声,满天飞扬,仿佛无数巨大的手,霎时就要撕碎整个天地似的!

解放军像条巨龙,在漆黑的大风沙里,旋风似的盘转着,从一个村庄到另一个村庄,把敌人团团围住。

突然,在七团的背后,枪声,马嘶,喊杀声和手榴弹声响起来。好像有个骑兵部队遭到了奇袭。只听得人喊马叫乱成了一团。战士们正在漫天风沙的暗夜中疾走,一时谁也摸不清是怎么一回事。说话间,一簇黑影直冲七连扑过来,李康急命一排端起刺刀迎上去。战士们冲着黑影扔出一排手榴弹。火光一闪,这才看到原来是一个被打死了的敌人骑兵。那家伙的身子在地上拖着,脚脖子还在马镫圈里套着呢!那马冷不防碰上了炸弹,忽地立了起来,两只前蹄高高举起,狂叫一声,便倒下去了。

第 十 章

一

风停了。太阳从东海万丈波涛之中,吐出了水莹莹、亮晶晶的红光,阴云渐渐消散,天空呈现出斑驳的湛蓝。无边际的褐色田野上,星散着点点村落和枯林。乍然看去,仿佛大地生长了片片的苔藓。茜色粉末似的晨曦,给它们染上了淡淡的微红。

在大约方圆四十里的包围圈内,敌人暂时占据着的村庄里,疲惫不堪的士兵正匆忙地构筑着他们的临时单人掩体。农民们开始扶老携幼四外奔逃。远远看去,好像地平线上升起了无数的虚线,朝着四面八方伸出来。敌人不知道是仍在急促地喘息呢,还是南京的回电没有来,他们一枪也不发。战场凝聚着窒息、冰冷的宁静。

在浍河和浍水的夹洲之上,死人、死马狼藉遍地。有些马匹虽然只是受了轻伤,可是陷进泥沼里爬也爬不起。它们披散着长鬃,在伸着脖子嘶叫。这时候,大家才知道,原来昨晚的枪声,是作为敌人后卫的那个新建骑兵师,看到黄维浩浩荡荡带领着他的第十军、十四军、十八军和八十五军,还有一个快速纵队等等,顺利进入了解放军的袋形合围圈之后,这位原本是东北"胡子"出身的骑兵师长,脑袋刚一伸进包围圈,就立刻感到味道不对了,于是急忙缩回来,勒转马头向后跑。然而晚了,在七团背后的另一支兄弟部队,眼疾手快地抓住了他。就在那么一个漫天风沙、伸手不见五指、敌我双方都还立足未定的时刻,他们大约花了个多钟头的工夫,就把这个骑兵师,连人带马,干干脆脆地吃掉了。据说那个"胡子"师长没找到,只是找到了他的马。

　　双堆集只不过是豫、皖、苏辽阔平原上的一个极其平凡的乡镇,除掉它的位置坐落在一块多少凸起的龟盖似的地方,除掉镇南有着两个坟冢样的大土堆之外,毫无特点。不要从什么战略来看,就是从战术上着眼,也没有什么优越性。看来,如果不是人民解放军的意图,要是让黄维自己选择的话,即使他的脑壳里全然是浆糊,他也不会跑到这里来固守的。然而事到如今,解放军的阵势,迫使他不得不把他的十二兵团司令部,暂时扎在这个乡镇上,用他自己的兵士一层层地保护起来。现在,黄维似乎已经模模糊糊感觉到,尽管他的主人仍旧可以在他脊背上任意地抽打,可是,他要打算仍像昨天那样,吃力地拖起主人这辆破车去奔跑,却是心有余而力不足了。

　　就在昨天傍晚,对敌进行合围的过程中,靳军和第三野战军的一个军,还有一些兄弟部队,迅速形成了南集团。他们好像一个坐南面北的巨人,向双堆集伸出了钢铁的臂膀。

　　几行衰柳,乱发似的垂挂着脱光了叶子的枝条,在冷风里摇荡。低矮的土墙在这柳树丛中,构成了十几家小小的院落。他们的屋子,差不多全是在四面矮墙之上,覆盖着厚厚的高粱秆,然后,为了抗拒冬日的严寒和风雪,又在高粱秆上糊了一层黄泥巴。这个村里的庄户全姓马,因而取名马小庄。可是,自古以来,全村穷得叮当响。虽然叫做马小庄,据说到现在,村里年纪最大的老人,也不记得他们村里,哪一家在什么时候养过一匹小马驹。他们祖祖辈辈,一生出来就在这块无垠的大平原上没明没黑地劳作,直到老死,还是埋到乱葬坟。他们从来没有过土地,然而,到现在,一夜工夫,他们这个小小的村庄,却已变成了使他们很快就要成为土地的主人的前沿阵地。七团三营完全集结在这里。

天已经大亮的时候,战士们仍在劝说老乡们,暂时到后面村上去躲一躲,免得打起仗来,遭到不必要的误伤。但是,有人还在犹豫。不知道是他们实在舍不得家,还是短见地感觉到暂时还没打起来?反正,不管怎么说,他们总是不想走。有的是叫妇女和孩子们走了,家里剩着一个老人在看门。有的索性全家老小纹风不动。

通讯兵们从昨天傍黑就开始了紧张的战斗。他们整夜马不停蹄地劳动着。到现在,上自野战司令部,下至各连阵地,各级指挥所,以及各种火力点的电话,业已全部架通。他们仍旧继续战斗着。

远远的,罗集方向有四五个人,朝马小庄急急走来。最初,由于晨间的薄雾迷蒙,谁也看不清他们到底是老百姓还是军人,大家心里都在想着,反正不会是老乡。肖红军眯缝着眼睛瞅了瞅,其实他也和大家一样,什么也没看出来。然而,他却很肯定地说:

"团首长来啦!"

"嗨,你看到了吗,还是心想哩?"一个战士接着。肖红军笑了,没法回答他的问题。

"真有千里眼呵!"又一个人说。

"他是想的,我知道他现在正在想团首长哩!特别想的还是政治处严主任!因为,严主任刚从大别山回来呀!"

王小秀突然这么牵强附会地,冲着肖红军诌了一大串。弄得肖红军腮帮一红,跳过去就朝王小秀的屁股上揍起来。大家这才恍然大悟地接着说:

"呵!原来是这呀!对,对,可能是严主任来啦!你想,他离开队伍这么多天,这阵已经回来了,还能不来看看吗?何况他还带着人家的家信呢?对,可能就是他!"

"不,可能是那个女县长陈大姐。这种信总得女同志带才合适!"又一个人接着。

其实肖红军根本没有想到这一层,他也从来没有见过严主任。不料自己随便说了一句话,倒被大家耍笑起来,心里实在有点憋屈。于是,报复似的反击说:

"嘴上积点德好不好!当心炮弹!王八蛋才想家!"

谁知肖红军的这种"炮弹"并没有吓唬住他的战友们,反倒吓住了正在短墙里边留守看门的一位老太太。她一听见"炮弹"两个字,急忙拉开了大门,跌跌撞撞朝外跑。并且,紧急地问着:

"炮弹?在哪儿?在哪儿?"

大家哄笑了。肖红军很不好意思地上前劝慰说:

"老太太!没有炮弹,我是说笑话哩!"

老人摸了一下额头,定下神来说:

"哎呀!老天爷!到这阵还说笑话呀……"

"是呀!老太太,停一会真会有炮弹打来的呀!我看你还是到后庄躲躲吧!"

",老人家,你还是走吧!一阵,炮火连天地不好走!"

"放心吧!老人家,有我们给你看家,一根草也掉不了!"

无形中老太太解了肖红军的围,大家重又劝说起她来。这位老太太也和另外几家人一样,昨晚董指导员为了她们快把嘴唇磨破了,她们总是舍不得家。好像她们只要一出门,就会有人把家给她吃掉似的。

"不,我在这不碍事,知道咱队伍都是自己人,是怕那些遭殃军呀……"

大家哈哈笑起来。老太太愣怔了,以为自己说错了话。小赵上前一步拍着胸脯说:

"老大娘!你放心吧!只要有咱们,今生他们休想再来你们马小庄啦!现在这里就算解放了……"

老人似乎不大明白小赵的话,她迟疑着,不知说啥好。正在这

时,杨克辛带着警卫员小王,还有师部通讯连的三个战士,走到他们跟前来。杨政委用手往上推了一下眼镜:

"同志们好!"

"首长好!"

"怎么样?有什么事吗?工事做好了没有?"

"做好了。这位老太太就是不肯走!昨晚指导员跟她说了半天,她说她不怕。"王小秀回答着。

"好呵!不怕……"政委皱了皱眉头,没有把话说下去。大家这才看到政委的两个眼珠全都罩满了血丝。小王和那三个通讯兵也是一样。他们的脸上好像抹了一层油,焦黄发亮,眼皮肿泡泡的。政委显得更瘦更高了。看上去,像是好多晚上没有睡过觉。大家心里随即生起一种担心首长健康的情绪,一时谁也说不出什么来。肖红军故意打破沉寂似的突然说:

"政委先看看我们的工事好不好?"

"不,营部在哪儿?我先到营部去!"然后政委转过来对小王说:

"你带他们到前沿阵地上,找个好地方。快点装!不要太暴露,叫敌人一炮给搞掉!"

肖红军带着政委朝营部走去。这时大家看到那三个通讯兵的身上,除掉背着几拐子电线,还有一个挺大的高音喇叭。小王本来就是七连调出去的,老战士们和他都挺熟,有人莫名其妙地拉住小王说:

"那是啥家伙?又要开大会啦?"

"对,开大会!"小王不介意地甩了一下手,朝七连阵地走去。

在阵地上,他们碰见了李康。小王老远就朝李康敬礼说:

"报告排长,给你送大炮来啦!"

李康看了看通讯兵扛的大喇叭,拉住小王的手说:

"杨政委来了吗?"

"来啦,到营部去了。"

"怎么样?小王!这一阵子够受吧?这才真叫放长线钓大鱼哩!"李康轻轻拍着小王的肩膀。

"对,这线放得可真不短!走,咱们先找个'炮兵阵地'把这家伙安上再说。"

李康带着他们,朝七、八连阵地的中间边走边说:
"听说严主任回来啦,杨政委的担子该轻点了吧!"
"不错,回来啦,可是又走啦!"
"往哪儿走啦?他的伤全好了吗?"
"全好啦!还是那么棒!大家一见他,心里说不上多高兴。特别是赵副团长,差点没把他给抱起来。可是,昨晚他刚刚回到团部,板凳还没坐热呢,军部电话就来了。四位首长饭都没吃上,立马赶到军部去。一进门会就开上了。我们这些警卫员们,都在院子里的一堆干谷草上坐下来。只见各师各团的首长们全都进去了,可是,一点话音也听不到,就像没有一个人。大风呼呼地刮着,沙子刷啦刷啦直朝脸上撒,我们哪管这一些,大家不知不觉背靠背地迷糊了。直到后半夜,风小了点,这才忽然听到靳军长像发脾气似的,猛一拍桌子,大声说:

"'就这样吧,大家快回去。不顾一切,坚决堵住它,吃掉它!'

"接着就散会了。首长们匆匆忙忙出门就上马。天黑得不行,到了村外,才发现严主任还没有来。我怕主任走错路,向政委请示回去接接他。政委说:'不用了,他不回去啦!'我也没敢再往下问,一直跑到家,政委才向政治处的股长们说:'因为战斗任务的需要,主任调到其他团里作政委去了。'"

"那他带的队伍呢?"

"我没见,可能全都交到军部去了吧。路上听到严主任跟政委说,他们还带回来了个医务所哩!说这个所里的护士,全是大别山参军的女娃娃。成分可好,凶得很,全是能文能武的战将。里边有个顶漂亮的姑娘,叫个什么——小云,是个红军家属,还是个民兵英雄呢!说是他有个哥哥,已经跟咱部队出来了。她还托严主任替她打听呢!"

"呵!她姓啥?"李康不自禁地惊了一下。小王有点奇怪了,他瞪大眼珠盯着李康:

"反正严主任那口山西话,我也没听清,大概就是姓肖吧。怎么啦?你认识她?那可好啦,我听主任说那姑娘的模样,就像大别山上的一朵映山红!"

李康没吱声,皱着眉头思忖着。突然肖红军从背后跑来,大声叫着说:

"排长!营部叫你去开会啦!快点,快点!"李康扭头看了一下肖红军,又对小王说:

"不认识,别瞎说。"然后他又指了指前边一个树坑:

"我看那里就差不多,挺隐蔽。你带他们去看看。我开会去了。"

李康转身去了。小王带着通讯兵在树坑里开始装喇叭。清晨仍然沉在战前的静寂中。

二

李康和肖红军肩并肩地朝营部走去。

"啥会?"

"听杨政委同营长说,时间很紧,就找各连干部、支委和党员、积极分子谈一下,他们也没说是啥会。"

"呵,呵!连长、指导员都去了没有?"

"他们都去了,指导员专门叫我来喊你哩!"

"好,咱们快点走,别叫大家等着误时间。"李康这么说着,加快了步子。这期间他不断斜过脸来,打量着肖红军。因为刚才小王说的那个"小云",他有点知道是谁了。他想把这消息告诉肖红军,然而没有说出口。他觉得,反正没有见到人,万一不是刘晓云,不是成了笑话?即令就是她,战斗结束以后对他说,也放不坏呀!免得这阵说了牵肠挂肚的。

由于时间关系,营部这个会开得非常简短。杨克辛直截了当,传达了党中央和毛主席的指示,野战司令部的命令和军党委会执行这个命令的决心之后,对于敌情的分析,仅仅说了这么几句:

"同志们,现在大家已经完全明白了,黄维这条'鱼',已经钻进网里几个月啦!这阵是要起网的时候了。我们一定要不顾一切捉住他。也许有些同志不明白,为什么他们上网这么久,现在才起网呢?原因很简单,因为咱们这一网撒得太大,上网的大鱼不只这一条。并且也不是普通的大鱼,都是大鳄鱼!大家知道,鳄鱼是有大嘴长牙齿的凶家伙,弄不好,它会把网咬烂逃跑,还会爬上岸来吃人哩!一句话,这一仗咱们就要蒋介石的好看啦!咱们要把整个中原全解放,要把中原战场上几十万敌人的主力军全消灭!要缩短革命的路程!"他停了一下,瞪着充血的眼睛瞅了瞅大家:

"同志们!咱们共产党员的奋斗目标是什么?就是要把革命搞成嘛!现在是考验我们的时候了,真金不怕火炼,真正的共产党员能够战胜一切困难!要充分估计到,敌人全是一二等的主力,是凶恶的!他们的装备目前还比我们好,人数也不少,光是咱们包围的黄维,就有四个军,一个快速纵队,十几万掌握美国飞机大炮的野兽!可是,咱们决心要把它全吃掉,一个也不准跑。当然我们也有好条件,现在第三野战军很快就要全部消灭黄伯韬兵团了。他们一吃掉黄伯韬,转身就去搞徐州。目前我们二、三野战军的几十万主力部队全都集中在这里,总数也不比敌人少。何况整个中原几千万人民全是我们的呢!"他突然停下来,看见大家眼里快要迸发出火星来了,然后他又挥动着臂膀,像呼口号似的说:

"同志们!

"让我们集中一切智慧和勇敢,同美帝国主义和蒋介石匪帮较量较量!

"让我们用刺刀和手榴弹,把那些不肯投降的敌人统统埋葬,看他强还是我们强?

"让我们的大炮和机枪,命令蒋介石把人民的江山还给人民!

"我……"

轰——哐!敌人开始突围了。一颗榴弹炮弹,超越了马小庄,落在背后的田野里。破片刷啦一声朝四面飞去。

"我的话完了,大家赶快进入阵地!"杨克辛说了这句话,朝肖红军看了一眼,好像打算说什么,但又一挥手,谁也没有再开腔,飞也似的跑回各自的岗位上。

"政委就在这里休息一下吧!"李营长说着,翻身往外走。杨克辛自然明白他的意思。因为在人民军队中,这种习惯谁也不知道是从什么时候形成的。各级指挥员在战斗打响之后,只要上级到了下级的指挥所,下级就会一分钟也不停留地把自己的指挥所让给上级,自己立即跑到前边去。这时候杨克辛却一手抓住了李文:

"你上哪儿去?"

"到七连。"

"你打算叫黄大个上哪儿去?"

李文没有回答。杨克辛撒开手说:

"同志!不要走老路。这是大规模的阵地战,不是打游击,敌人的火力比我们强。你就是不去,黄坚说不定还想往外蹦哩,你再一去,他不更有理由往炮弹上碰了吗?就在这里吧,刚才我还忘记说了,昨晚军长再三交代,要各级指挥员一定站在自己的岗位上,不准乱跑。况且全营阵地都在这个小庄上,营、连之间不过百十米的距离,你还往哪儿跑呢?"

李文和朱教导员全被杨克辛给留下来。他们急忙摇通了电话,命令各连一律隐蔽好,不准开枪。等敌人到了阵地边上再干他。然后,杨克辛又叫小王拿来了望远镜。他站在村边一堵短墙的背后,朝双堆集方向看去。

"呵呀!你看……"杨克辛拿眼一瞄,不自禁地小声说着。李文也拿起了镜子。以后,他们谁也没有说话了。

敌人活像被水淹没了巢穴的蚁群,他们从双堆集的周围,朝四面八方开始爬动了。所有我军阵地上,没有发出一枪一弹,可是,不知怎的,他们的行动却那样张皇。有些看起来似乎已经失去了队形,只是瞎头障目地乱跑。住会儿,李文朝杨克辛跟前移动了一下,说:

"好,狗日的,想要全面往外突啦!"

"那他不是找倒霉!"杨克辛仍然集中精力观察着。敌人的炮击加紧了。虽然看不到他们的炮位在什么地方,可是,周围我军阵地上,浓重的烟尘腾地升起,慢慢地连结在一起,在战场上空构成了一个巨大的黑灰色的环子。恰像他们自己为自己制作的一条锁链似的,紧紧套上了双堆集。

巨响震荡着大地,屋宇开始倒塌了。我军仍然一枪也不发。看上去似乎阵地上全然没有人。严肃的沉默,一点点加深着敌人的不安和恐惧。他们的炮击更加猛烈了。炮弹主要是在摧毁周围我军依托的村庄。仿佛在黄维看来,只要把这些村舍、房屋全摧毁,使我军失去了依托,而后,在飞机掩护之下,凭他们手中那些美式装备,是无论如何也能从我军阵地之上杀出一条血路逃生的。

马小庄的村里和村外,炮弹越来越密了。沙尘旋风似的卷到杨克辛和李文的身上来。整个村庄全都埋在滚滚黑烟和爆炸的气浪里。使人感到村子像片树叶似的,正在大风大浪的海上漂荡着。眼前一片灰黄,一片火。镜子里什么也看不见了。杨克辛放下了镜子,转过身来说:

"走,到掩蔽部里去。"

"这是搞他娘的什么名堂呀？难道他们心想坐上炮弹飞出去？"李文离开了短墙，自言自语着。

"什么名堂？摧……"

轰——杨克辛还没说出敌人的意图，一颗炮弹把他们刚刚离开的那堵短墙摧翻了。幸亏他们已经走进通往营部掩蔽部的交通沟里。破片和尘土从他们的头顶飞过去。热呼呼的气浪，把他们劈脸推倒了。李文弄得满嘴土。他呸呸吐了几口唾沫，爬起来，朝后看了看。杨克辛已经在站着擦眼镜了。李文笑了笑，正想说什么，高音喇叭里忽然发出了声音：

"注意！各部队注意隐蔽！敌人在进行火力侦察！不要暴露目标！"

就在这时，敌人的炮击反而稀疏了。几架红脑袋的小飞机，箭一般地穿过灰茫茫的烟尘出现了。这家伙的脾气和本领，战士们是很熟悉的。知道它无非是胡乱扫射一阵，大不了扔上几颗小炸弹，屁事也解决不了。这一套对于进入工事的部队是根本不在乎的。可是，这回有点意外了。大家看到这家伙从南边飞来，到双堆集的上空，打了一个转，随即发疯似的分散开来，顺着周围我军依托的村庄转起来。然后接二连三地朝下俯冲，一声扫射也没有，完全像只火蜻蜓似的，只听得一声怪叫，它朝下一冲，村庄就冒起了几丈高的黑烟，大火立即烧起来。不一会儿，许多村子全都起了火。战士们正在奇怪的时候，一个家伙钻到马小庄的上空来。黄坚首先着急了，拿起电话请示营长说：

"打不打？打吧？打吧？"

李文没有讲出话，那飞机已经冲下来。大家只看见从飞机上丢下了一个五六尺长、明晃晃像条鱼似的玩意儿，谁也不知道是啥物件。有人说："喂！喂！看，看飞机的肚子掉啦！"话犹未了，那东西一挨地，砰的一声，整个村子成了一团黑烟，火苗轰声冒了起来。这时大家才知道那个明晃晃的家伙，里边装的全是汽油似的东西，进到哪里哪里就起火。

村里没有走的几个老乡,嚎叫起来。杨克辛急忙命令各个阵地严密注意敌人。营部和各连部抽出人来赶快去救火,首先抢出老乡来。谁知等他把命令传到各连之后,因为他们的隐蔽部离村最近,大火已经顺着壕沟,扑到他们的门口来,李文朝外猛一跳,火焰劈脸把他堵回来。小王急忙用洋锹朝外送去一锹土,才把火势压小了一点。李文一个箭步跳出去,杨克辛跟着也就跑出来。大家七手八脚,紧急地挖土,终于把火压住了。

就在这时,他们听见有人紧急地叫着:
"来人呀!来人呀!……"
李营长带着几个通讯员,朝喊声跑去。刚才死活不肯走的那个老太太的院子里,那座高粱秆的屋顶已经噼噼啪啪燃烧着倒塌了,只剩下了四堵厚厚的土墙,看上去简直成了个大火炉。七连文化教员已经把那位老太太,从熊熊大火的屋里背出来。院里一片火。老太太和教员的身上正在冒火焰。老人已经呆了,她连一句话也说不出,只是用手去打自己身上的火。然而,手一沾上火,手也烧起来。那教员不顾一切背起她就朝外边跑。不料一到门前,门也呼呼燃起来,像堵火墙似的把他堵住了。这时教员已经有点支不住,只好破嗓喊叫了。李文跑到跟前一看,小院成了火海,两人像个火球似的。他们纵身扑进烟火里,蹬开正在烧着的大门,冲进去抬起田松和老太太,出门就朝地上按。简直就像揉面块一样,大家不由分说,把他们放在地上揉搓起来。很快他们身上的火焰也就消灭了。两人都像火柴头似的,浑身还在冒着烟。老太太仅有的几根头发,也叫烧光了。田松的两条裤腿烧焦了大半截。

李营长命令说:
"快去换衣服,给老太太也找件衣裳来。"
田松这才看到自己身上还在冒着烟,他急忙用手揉了揉裤子,转身朝连上跑去。

老太太似乎已经不知自己是被烧死了,还是活着呢?她一直坐在地上不动弹,两眼无力地轮扫着大家。正在这时,阵地上响起了急促的手榴弹声。战士们大声地吼着:"打呀!同志们打呀!"机枪步枪响成了一片,整个战场沸腾了。四面八方的枪声,喊杀声,好像数不尽的大瀑布,从群山峭壁之上猛冲下来,成了一阵大风似的呼呼声。

炮声全然中止了。飞机也不见了。敌人好像一锅被大火烧开了的水样,朝四面八方翻滚着,开始了全面的突围。可惜,这一次敌人不论在哪个阵地上,连一个小小的洞隙也没有找到。所有正在烟火中沉默着的我军阵地,当敌人接近的时候,全都变成了钢铁的火墙。在马小庄的阵地前面,敌人丢下了上百条尸体,重新蜷回去。

趁着这个小小的炮火间隙,杨克辛命令通讯员把那位老太太送到后庄去。通讯员还没转回来,敌人的炮击就又开始了。不过,这一次他们却漏掉了马小庄。炮弹集中朝浍河北岸南坪集的兄弟部队飞去。

看样子蒋介石似乎还在坚持着原定计划,仍然要黄维向徐州靠拢。黄维用尽了他从希特勒那里学来的一点本领,通过了步、炮、空密切协同的立体式的火力摧毁所进行的全面突围,实际上是一种试探性的行动。在这次行动碰壁之后,中间仅仅隔了个多钟头。按时间估计,很可能他们连他们的伤亡数字都还没有弄清楚,就又转过身来,疯狗似的集中炮火,用了四个步兵师和全部的炮兵部队,朝浍河岸上的南坪集一带我们阵地扑过去。他们动作的迅速,来势的凶猛,说实在,虽然离开他们自己和美国人吹嘘的距离还很远,可是,的确算是发挥了他们军队装备和反动教养的效能。在黄维看来,刚才的全面试探,只不过是用上千名的士兵生命,给解放军以战术上的麻痹。接着来的这一手,才是他地地道道的进口货。他以为毫无疑问,就凭他的德国教师爷传授给他的这种"席卷东欧"的战术动作,再加上美国教师爷的武器,以迅雷不及掩耳的速度,突然压上南坪集,即让南坪集的解放军是块钢铁,也会把他们烧化的!当黄维下达了集中火力闪击南坪集的命令,部队开始行动之后,他曾经很轻松地吩咐卫士们把他的行军床收拾起来,然后独自喝了一杯"威士忌",很认真地说:"告诉大师傅,晚上到宿县吃饭。老吃这些烂罐头,一点味道也没有!"

敌人向南坪集一带开始了猛烈的炮击。虽然可以看得到,敌人以榴弹炮、野炮和山炮组成的混合射击,并没有能够按照他们的愿望,从前沿到纵深,一点点地进行面的摧毁。可是弹着点的密度却也空前。他们几乎从头到尾,没有过单发的炮弹,全是一排排一组组地干。然而,在南坪集我军阵地上,在敌人的炮弹坑里来回跳跃、隐蔽着的英雄战士们,倒觉得最讨厌的似乎还不是炮弹,而是美国鬼子特意供给他们"儿皇帝"的那种所谓"B—29"式轰炸机投掷的五百磅重型炸弹。只可惜,由于敌人过分强调了他们的陆空协同动作,当他们的炮击正紧,我军阵地上浓烟滚滚,任什么也看不清的时候,这些家伙就出现了。战士们抬头一看,硝烟和尘土覆盖着整个阵地。真像夏天暴风雨前埋在黑云深处的沉雷似的,只听得一阵嗡响,带来了刺耳的啸声,那巨型炸弹就下来了。许多战士被强烈地震荡,把身子从炮弹坑里给甩了出来,耳朵全然失去了听觉。在蒙蒙烟尘之中,他们只看到阵地前后接二连三出现着足有一两丈深、像个小池塘似的大坑。坑里随即朝外喷出了水花。大家不约而同地吐了一下舌头。心里说:"好呵!谢谢你们的炮兵!幸亏你没看到老子在这里!"

接着,那种"花旗牌"的坦克就朝他们哗啦啦地冲过来。敌步兵故意发出狼哭鬼叫的啸声,紧紧跟在战车的背后。炮击和轰炸,按照他们的条令中止了。这时候,黄维已经准备出发前进了。可是,不知道是他们的战车部队也和黄维一样,确信我军阵地上已经不可能还有活人存在呢,还是过分相信了我们没有反坦克武器?

他们只顾兴高采烈,晕头涨脑,在灰洞洞的烟尘里,一个劲儿地朝前冲。不料几辆战车,一头栽进他们用重磅炸弹刚刚挖掘的"池塘"里。只听履带哗哗响,一时无论如何也爬不出来。这时候,真所谓"以子之矛,攻子之盾"!我军在历次战斗中,从敌人手里夺来的美造战防炮、战防枪和火箭筒,朝着战车开了火。跌进坑里的坦克报销了。另外几个坦克兵发慌了,调头往回跑。我军指挥员们发出了丢开坦克打步兵的命令。暴风雨似的枪弹,朝着敌人的密集兵群扫过去。我军的手榴弹声代替了敌人的嚎叫。千百条闪亮的刺刀逼上了敌人的胸膛。战士们刚才被飞机大炮堵在心里的仇恨,一古脑儿泄了出来。英勇的格斗开始了。然而,敌人毕竟是靠飞机大炮吃饭的,在刺刀面前竟然显得如此怯弱!没有几个回合,他们就像流沙似的垮下去。我军展开了猛烈的火力追击。

当黄维在狂怒之下叱骂坦克兵,重新组织第二次冲击的时候,我军南集团向敌人开始了炮击。然而,黄维顽强坚持着,死也不回头。他完全按照第一次冲击的规格,一直咬住南坪集,接二连三干到天昏地暗才算停下来。这期间,敌人的战车也曾几次冲进南坪集我军的阵地,可是他们的步兵却都死亡在阵前。

整整一个下午,浍河岸上的南坪集,被黄维的德国战术,花旗钢铁,闹腾得乌烟瘴气,杀声震天。直到天黑,当他们的尸体堵塞了浍河的流水时,这位"闪击将军"才破天荒地意识到,世界上确有另外的东西,它比钢铁更坚硬!

天已完全黑下来。战场上的夜风,夹带着浓重的火硝气味,四处飘荡着。敌人不时用重机枪盲目射击。可以看得很清楚,在这些美国造的枪弹中,他们为了校正夜间射击的偏差,每隔十颗或二十颗就夹有一颗彩色曳光弹。这玩意儿好像流萤似的穿刺着黑暗。各种大小不同、色彩不同的照明弹,从他们的各个阵地上,毫无间隙地、成群地飞上天空。看来显然是他们由于白天的战斗,大大加深了夜晚的恐惧。

这时候,谁也不知道黄维是仍然打算到宿县去吃晚饭呢,还是因为自己刚才已经把话说出口了,现在吃饭,似乎面子有点过不去?他的卫士把饭给他拿来,他连睬也没有睬,反而急头怪恼地命令说:

"去,去,去!快叫他们请副司令和各军长、师长们来开会!"然后就把他那短小的身子,原地一扭,重新加快步子,在屋子里来回踱着。卫士没敢走近他,就转身出去了。

各军长、师长们匆匆忙忙赶到他的小屋里。小屋已经拥挤得坐不下来了。现在黄维似乎完全忘记了平时开会的礼节和一些不可缺少的陈设。他连大家是否坐下了都没有问,就一步跨到屋里仅有的一张破方桌的跟前,像公鸡吃米似的,用食指嘣嘣嘣地敲着桌面上的地图,狠狠点着已经被他画成一块黑的南坪集,没头没脑质问说:

"是什么?是什么?是什么?"

大家没说话,他忽然离开了桌子,紧急地踱了两步,然后突然转到桌边,重又指住南坪集:

"难道它是铁?它是钢?它是'马其诺防线'?"他用浓眉弓里闪闪发光的两只豆眼逼着大家。大家仍然不说话。于是,他就自己回答自己说:

"无非是步枪手榴弹!步枪手榴弹!难道你们又发现他们有什么新式武器吗?"他冷笑着,留有一道短黑胡须的上嘴唇翘动了一下:

"笑话!笑话!拿我们这样装备的部队,能在这样敌人的面前倒下来吗?"他停下来,重又看了看大家,语气稍微缓和了一点:

"不要忘记,我们是有盟国现代装备的国军主力!不要辜负美国朋友们的希望!"突然他的视线从兵团副司令胡琏的脸上扫过去,停在十八军军长杨伯涛的脸上:

387

"特别是胡副司令和杨军长,你们总还记得:我们整编第十一师,多年以来,在胡副司令还担任师长的时候,虽然没有远征印度,但在接受了马歇尔将军亲自检阅之后,他就一直坚持着要把十一师排为国军战斗序列的第一名!还立即从冲绳岛调来了建制完整的美军炮兵装备给我们!连美国骡子都用飞机运来了,这是为什么?"他两手好像演戏似的一摊,然后敲着桌面,重又暴躁起来,几乎是双脚跳着说:

"当然,这是荣誉!这是盟国的希望!难道还有怀疑吗?可是……可是,今天的结果怎么样?这……这叫我怎样向蒋总统,特别是向盟友交差?诸位!诸位!诸位……"到这里,他的声音已经歇斯底里得仿佛变成了饮泣。大家还没有看到他的眼睛是否果真潮湿了的时候,他又转身朝墙角走去,嘴里还在求救似的喊着:"诸位……诸位……诸位……"

终于,还是那位陈诚的宠儿,原先的整编第十一师师长,现在的十二兵团副司令胡琏的胆子比较大。他挺了挺胸脯,完全像一块翻转过来的石榴皮似的脸上,每一颗麻子都在抖动着,用他地道的陕西口音说:

"本来我对于拆散十一师的建制,是有意见的。可以想到是会减弱战斗力的!不过,好在目前这些部队,都还在咱们兵团之内。我看明天还是由我亲自带他们干吧!司令意下如何?方向我认为还是南坪集,不变。估计他们今天一夜不停手,也不可能把工事修补好。趁热打铁,总要方便些。何况我们无论如何一定要北进。黄伯韬还在等着我们哩!"

黄维从墙角里转过来,神情完全改变了。他差不多是笑着说:

"好极了!我完全同意胡副司令亲自出马搞一下。情况确实很严重!要是我们出不去,不仅关系着我们全军的命运,而且黄伯韬……"他犹豫了一下,不愿说出太不吉利的话:"也许关系还更大!看来这次敌人两支野战军手拉手地干,胃口可能不会小!他们的意图和行动,在没有成为事实之前,往往很难估计!"看样子到这时,他仿佛已经模模糊糊感到了战役的规模,但他说不出个所以然。

"同意!同意!完全同意副司令的意见!自古以来兵随将转,只要副司令亲自出马,保证不会有问题!十一师的队伍,只要有胡副司令的决心,他们赴汤蹈火在所不辞!"作为原先十一师的营底子、扩编为十八军的杨伯涛军长,受宠若惊地,急忙趁势爬上来。他说话时那种洋洋自得的神气,好像屋里只有他和黄维、胡琏三个人。或者更确切些说,只有他和胡琏两个人。这心情,在胡琏满意地听着杨伯涛的这些话时,从他不自禁地、几次斜过眼珠轻蔑地瞟着黄维的样子可以完全看出来。其他那些军长、师长们马上感觉到,好像自己已经果真不存在了。他们仿佛看到,胡琏那满脸大麻子,霎时全都变成了无数的嘴巴,每张嘴都在朗朗有声地嘲笑他们说:"哼!饭桶!杂牌!自己不行就让开点嘛!让你姓黄的再去德国吃几天面包,也不过是带了几本讲义回来!你那点东西在陆军大学的课堂上还能混饭吃,到了这阵怕你会饿死!"

屋里静下来。杨伯涛发言之后,谁也不想再说什么了。甚至,就连黄维也没再出声。似乎他也开始感觉到自己刚才那种过分强调十一师的说法,有点不妥当。但又不知怎样补救才好。住会儿,他才又像小孩写字那样照道描起来。谁知"写字像画狗,越描就越丑"。

"诸位!方才我不过是以十一师为例,说明我们部队是有光荣历史的。其实,我们兵团的任何一个部队都是一样。就拿吴副司令说,"他盯住了矮胖横宽的另一个兼军长的副司令。这人的马靴后跟嘎声碰响了。"他们去年在汝河岸上还不是差点歼灭第二野战军的总部吗?"这位副司令的一脸横肉全笑了。大家好像透了一口气,随即乱哄哄地摇动着身子,一齐咕哝起来。这期间黄维恍惚听到有谁小声说:"不,那不算数!咱们都是后娘生的……"这句话对于现在的黄维,感到分外刺耳。简直像个蚊子一下钻进了他的耳朵眼里,整个脑袋嗡嗡响起来。胡琏似乎也没有放过这句话,他的大麻脸立刻板了起来,两只眼珠乱转着,急忙找寻说这话的是哪一个。然而,他们谁也没有找到那是谁说的。屋里重又陷入了窒息的沉默。

忽然,整个我军阵地上,撕破天地的万"炮"齐发了!不,更恰当地说,应该是震碎敌军肝胆的炸雷爆响了。所有的高音喇叭一齐发出了清晰而又巨大的吼声:

"十二兵团的蒋军官兵们!是时候了,你们增援黄伯韬的任务已经完成了!你们黄伯韬的第七兵团,已被我军在碾庄一带,干脆、彻底、全部消灭了!这里边包括他们的兵团司令部,二十五军、四十四军、六十军、六十四军、一百军,各两个师。还有孙良诚的一百零七军的两个师,五十五军的一个师,二十五军的另一个师。总共十四个整师。还有你们第三绥靖区副司令张克侠、何基丰率领五十九军、七十七军起义。除掉打死打伤以外,我军活捉了你们第一绥靖区中将副司令孙良诚,四十四军中将军长王泽濬,六十四军中将军长刘镇湘和师级军官三十多名。还有十多万士兵。现在他们都平平安安地来到了我们的俘虏收容所。他们很快就会清醒过来,为人民立功赎罪!只有那个死心塌地的黄伯韬,戴着美帝国主义和蒋介石制作的卖国走狗的帽子钻进了棺材!他们从美国人那里领到的全套装备,统统叫我们夺来了。现在是你们当机立断的时候了!你们已经被包围,想跑是不可能的!请你们选择是走何基丰的道路起义过来呢,还是走黄伯韬的道路到死还当卖国贼?你们好好想一想!现在回头还不迟!"

黄维他们正在开会的小屋里,空气马上变了。虽然还是没有人说话,可是,他们的呼吸显得急促了。大家不约而同地把脸调向窗口去。微微的夜风,把解放军高音喇叭里的声音,一字字地送进来。敌军的盲目射击也都停止了。十几万敌军霎时好像全部入睡了。黄维他们似乎一下跌进了噩梦里,心里乱成了一团麻!

喇叭一遍又一遍地重复着这个战报。一遍比一遍更具体地说明着被歼敌军的师、团番号。黄维他们的心像被巨大的瀑布冲击着,从崇山峻岭之上,一级一级地跌下来!有人已经在默不作声地考虑着自己在黄伯韬兵团里的朋友们……

过了很长时间,第一个说话的,还是那个胡麻子。他故作镇静,冷冷一笑说:

"我看还是老一套:'攻心战术'!黄伯韬大家都熟悉,人家也不是没长蛋子的大姑娘,十几万人马,没有那么轻巧!我的意见不变,明天还是按原计划干!大家回去要特别注意士兵的思想就是了。司令以为怎么样?"

黄维没有直接表示可否,反而喊来一个参谋,吩咐说:

"你去叫前沿特工人员记一记,记一记他们的广播。了解一下士兵的情绪,再研究!"

那位参谋刚刚把前沿阵地的电话叫通,一个报务员三步并作两步冲进他们开会的小屋来。黄维接过电报一看,心里凉了大半截。他没有说话,把电报撂在桌子上。接着,胡琏和吴副司令拿起看了看,重又不言声地放在桌上。大家统统围过去一个一个地看着。他们心里说:"这还记什么呢?未必这份电报也是'攻心战术'?"

胡琏脸上那些大麻子,在暗淡的灯光下涨红起来。看上去好像满脸麻疹似的。他又拿起电报看了看,说:

"这样明天只好朝南突了!他不是说李延年已经从蒲口向北出动了吗?"

"可是,杜聿明他们还在徐州……"黄维犹豫着。

"不管,这年头只好各顾各!大家都是泥菩萨过河嘛!"不知是谁这么说。

"我看往北没有好处。司令你看呢?黄伯韬既然完了,敌人已经空出手来,他们是不会闲着没事干的!况且李延年又来接我们!"吴副司令振振有词地说。

黄维烦乱到不能忍耐的程度,完全像个热锅上的蚂蚁,在屋里急匆匆地转着圈子。高音喇叭仍在不间断地重复着那个惊人的战报:

"是时候了!是时候了!当机立断!当机立断!"

三

马小庄整夜都在沸腾着。方圆几百里路之内,成千上万的农夫、农妇,肩挑手提,大车小辆地给我军送来了粮食、菜蔬、柴草,和一切战斗需要的物资。甚至,竟有几位老太太把她保存了很久的五香面也拿来了。他们好像无边的海洋上掀起了巨浪,从四面八方朝双堆集涌来。特别使大家意想不到的,是由于高音喇叭播送了全歼黄伯韬的消息和战士们的欢呼,竟使撤到后庄去的群众,成群结队地跑回来,坚决要求参战。他们一进村,就像潮水似的,哇哇叫着直朝前沿阵地上跑。战士挡也挡不住。看样子他们好像要在今晚上就把黄维也搞掉。于是,全营战士只好重新动员他们转回去。闹腾了半天,最后,朱教导员才把他们召集在一座烧焦了的屋墙背后说:

"老乡们!你们还是赶快回去吧,暂时躲一躲,免得遭误伤。打仗可不是赶大会!敌人手里有飞机、大炮,兔子急了还会咬人哩,何况他们都是些豺狼野兽。你们没看见,昨天不是有个老太太把头发都烧掉啦!这是打仗呀!炮弹可没长眼睛!你们还是回去吧!……"

不料那位烧掉了头发的老人,忽然从人群中挤了出来,跺着脚,打断教导员的话说:

"哎呀！我的天！这是俺的家呀！家都叫他们打成火坑啦,我还留这条命做啥呀！"

李营长已经看见了她,慌忙上前拉住她说:

"老大娘,你也回来啦,你可不能这么说呀！好日子还在后边呢！"

"我咋不回来！只要有口气,谁能不要家呀！"

"家包给我好不好？你看这个家叫他们搞成啥样子啦！等打完了仗,咱们替你盖新屋,安新家,还不好吗？"

"好！谁说不好啦？那你就快把枪炮交给俺,叫俺也打死他几个龟孙！"

"是呀！俺们喝了几辈子眼泪,难道这阵还不叫俺上阵呀！"另外有人这么说。

朱教导员看到了群众心头的仇恨,赶紧解释说:

"老乡们！不是不叫大家上阵打敌人,因为打仗是真刀真枪地干,弄不好就要死人！如今咱们有这么多队伍,你还怕消灭不了他？放心吧,过几天咱们把他消灭了,你们就去跟地主算账！那不也是打仗吗？好不好？现在还是先回去吧！这回咱就要把世事改变啦！往后永远也不能再有地主老财欺压人了！谁家的地还要回到谁家来！几百年都过去了,难道这几天就等不及啦？是不是？"

"不是等不及,就是心里实在咽不下这口气！同志！你看咱庄叫他给烧成啥啦！你看！狗日的蒋秃子真不是人做的！打仗就打仗吧,有本事一个个地干,谁家兴往地上泼火呢！"有个男人接着。

"对呀！他们就是仗着美国鬼子给他们的那点东西！离了这些,早就把他们全逮住啦！就这咱也不在乎他,你们看着吧,出不了几天,他们就得跪下来！"

不知是谁接着说:"是呀！同志说得也是理。咱们光凭这口气,恐怕打起来还会碍手碍脚呢！"

那位老太太没有再说什么。人们纷纷议论着,开始散开去。

战士们挤在他们中间劝说着:"不会要多久,你别看他们那么神气,咱们说干掉他,就干掉他!老乡们还是先到后面躲几天好不好?你看,他们又打照明弹啦!他们心里害怕得很!这几天他们还要拼命想法逃跑哩!说不定明天还得打大仗,你们这阵回来没好处。"

一直闹腾到后半夜,群众亲眼看到了战场上的情景,听到了大家的解释,终于恋恋不舍地各自看了看废墟似的家屋,三三两两地重又离开了马小庄。

群众走了之后,战士们又被碾庄的胜利激动起来。大家的心好像要跳出了胸膛似的,说不上有多兴奋。除掉阵地上的值班部队之外,虽然指挥员们再三命令他们安静地休息,然而,他们谁也办不到。仿佛人人的神经都在跳跃着,自己也管不住自己了。大家都在掩蔽部里躺下来。小声议论一直还在继续着。

天不亮,赵副团长就来了。这人是个只断不弯全军出名的硬汉子。他一打仗就红眼,说不上能有多大劲儿。特别是情况越严重,他就越沉着,越勇敢,越有办法。这一点,远在抗日战争时期他还当连长的时候,日本鬼子就不止一次地领教过他。那时候他经常在根据地边沿活动,只要一有机会,就带着队伍,插进敌人的腹心,搞他个措手不及。日本鬼子拿他一点办法也没有。至于汉奸、伪军之流那就更不在话下。他们一听赵国珍的名,腿肚子就得转筋。至如今虽然他的年龄也已大了点,肩上的责任也更重了点,可是,在他看来,仿佛自己仍然是个战士。不管什么时候,什么情况,只要他到阵地上,总是手不能闲着,不是夺过机枪干他几梭子,就得摔他几颗手榴弹。要是碰巧了,还会白刀子进红刀子出地拼他几家伙!说来,他也确实有点真本事,连里所有的武器,没有一样拿不起。自他调任副团长以来,他的这种脾气,也曾受到上级的批评,只是改正得还不太显著。看来这一切好像已经成了他的习性。战士们一见到他,就觉得天塌也会叫他给顶住。七连长黄坚一见他,就像学生见到老师一样,觉得自己一点能耐也没有了。

赵国珍带着警卫员小熊,黑灯瞎火摸到三营掩蔽部里来。可是他并没有走进去,而是首先跑到掩蔽部的顶上,拿脚使力跺了几家伙,然后对着李文说:

"怎么样?能挨三颗炮弹吗?"

"看是啥炮弹,要是'八二'迫击炮,我看五颗也没事。要是飞机上的那种大家伙,别说这工事,就是防空洞也成问题!"

"其实,对那家伙,要我说只有不理它。它飞低了就揍它,飞高了就不睬它,它爱朝哪儿丢,就让它丢去!说真的,那种大玩意儿他们也没有好多!"赵国珍说着,走进了掩蔽部。

"老李,把连长们请来一下吧,有些事情还要说一说。也许天一亮,狗日的就找上门来啦!"赵国珍并没有坐下来。

连长们接到电话,马上跑到营部来。黄坚一见赵国珍,心里已经有数了。他想:"今天可能干上了!要不他怎么来了呢?"赵国珍直截了当地把昨天下午敌人攻击南坪集的特点,和我军躲避炮弹的经验说了一下。接着说:

"根据上级的判断,敌人昨天在南坪集碰得头破血流,加上黄伯韬被歼灭的消息,估计敌人今天可能要朝南边找缺口,大家做好一切准备。等着吧!反正任务很简单,坚决堵住他!一个鬼也不准他们跑掉!要是他们找到马小庄,咱们就在马小庄给他来个火葬场!完了。我的话就这些。"他的话好像斩钉截铁似地嘎声断了。连长们的眼珠滴溜溜地转着直瞅他。心里说:"你怎么说得这么简单呀!"于是赵国珍又说:

"去吧!可以回去了。情况、任务都很明白了。敌人是说不死的,要用我们的枪弹和刺刀把他们穿透才行!不是吗?嗯!你们说呢?"他拿眼睛逼着要大家走。李营长接过来说:

"各连把反坦克武器准备好,这玩意儿,还要开个洋荤哩!"

连长们谁也没有说什么,随即返回各自的阵地上。

果然,天一明,敌人那位满脸麻皮的胡副司令,像条陷入重围的野猪似的,竖起了愤怒的鬃毛,张开了血盆大嘴,露出了长长的獠牙,从南坪集向后转,一纵身子,冲着马小庄恶狠狠地扑过来。

其实,还是一个模子铸成的,胡琏也不比黄维高明到哪里。炮击仍旧是按照美国的条令,轰炸仍旧是在他们的炮兵把马小庄罩上了浓浓的烟幕之后开始的。

只有十几分钟的工夫,马小庄的几行衰柳,全叫连根拔起来。马小庄的断垣残壁,全部荡平了。密集的杀伤榴弹,成排成排地爆炸着,细小的破片,像大风卷起沙石似的,毫无间歇地飞扬着。巨大的重磅炸弹,不时在村庄周围挖掘着"池塘"。整个马小庄仿佛成了一个飘荡在烟火里的摇篮,来回摆动着。有些战士不断被巨大的震动扔起来,但又立即被土给埋住,他们大声骂着重又站起来。

住会儿,炮声稍稍稀了一点。地面仍在震动。呼噜噜的马达声,混杂着哗啦啦的锁链声,渐渐地近了。听起来好像大雨天气,上了防滑链子的汽车大队朝着他们开来了。

赵国珍站在营部掩蔽部的门口,拿镜子一看,十几辆甲虫似的坦克车,已经爬过来。他不自禁地吼着说:

"准备打坦克!近点打……"

电话突然响起来,李营长拿起了听筒:

"喂!是呀!是呀!一号吗?没事,没事!还不是那一套!伤亡?没几个……副团长在……在……好,好,我转告他……"

站在赵国珍身边的小熊,忽然拉了一下副团长:

"首长,你看!"

赵国珍抬头一看,只见一架大飞机一抖翅膀,两个大家伙,尖声叫着,正冲他们的头顶落下来。他一动也不动地命令说:

"不要动,砸不住脑袋就没事……"

轰——轰——谁也没有看见这两个家伙落到什么地方去了。只觉得像坐海船似的,身子猛然晃了一下。坦克已经爬到了阵地前。全营的火箭筒、战防枪一齐开了火。走在最前面的一辆坦克中了弹。看上去好像是火箭筒打上了右面的履带。那家伙歪着身子直转圈。后面的几辆正要绕到前边来,它们背后的步兵已经暴露了。三营的三面火力朝着步兵扫过去。毫无遮掩的步兵群,碰上了密集的枪弹,真像北方割麦子一样,哗地倒下了一大片。没有撂倒的全都乱了套,不顾死活朝后跑起来。坦克看到了步兵缩回去,也就只好停下来,朝三营阵地开炮,借以防止我军的出击。最后,他们又把那辆中了弹的坦克拖回去。他们重新开始了炮击。炮击过后,坦克重又碾压着他们自己的尸体冲过来,活人踩着死人的血肉往上爬。

然而,他们的步兵,一次比一次更加怯弱了。步兵和坦克的协同问题,成了他们的致命伤。虽然,三营的伤亡也在逐渐增加,但是,马小庄仍然像一面火网似的张开着,一只老鼠也过不去。

已经是下午三点多钟的时候,马小庄差不多被敌人的炮弹和炸弹给犁了一遍。好多地方的浮土都已变成了煤末似的颜色。到处都能捡到带着美国字儿的破片。可是,阵地前面的敌尸,确实无论谁也数不清个了。因为,他们的坦克好像故意灭迹似的,反反复复从他们身上碾来碾去。

冬日的阳光,完全被烟尘蒙蔽了。战场上呈现了一片灰茫茫的沉寂。

靳军长的电话,通过了师、团指挥所,直接找到了赵国珍:

"喂!哪里?呵……呵……是呀,我是马小庄,赵国珍。是,是,是……没有问题。什么?伤亡?嗯!自然有一些,不过敌人更多了。可是到现在他们还没有摸着我们的阵地呢!什么?力量?够了!够了!我看再多一个兵也不要了……是……是……"

到这里,站在跟前的李营长,很清楚地听到电话里,靳军长在大声说：

"同志！你是团首长啦！你同李文他们商量了没有？不要包办代替！"

赵国珍转身把听筒递给了李营长：

"给，军首长找你讲话。"

李文接过听筒，好像同军长当面讲话似的，马上立正说：

"报告首长！是的，我是李文。没问题，没问题！首长放心。什么？不要了！不要了！我们的力量足够了。多了不好。敌人的炮火还是很重的！讨厌的是到现在，我们还没能和敌人步兵面对面地格斗！是……是的……不会……"

他们的话没有讲完，敌人最后一次的突围开始了。一排炮弹落到营部掩蔽部的顶上来。幸好他们并没有发现这里是营的指挥所，仍旧是些杀伤弹。炮弹一挨土就朝四面炸开去。掩蔽部被震得哗哗直流土。电话线被炸断了。电话员一纵身子跳出去，他还没有找到线头，第二排炮弹把他不知甩到哪里去了！赵国珍、李文他们随即离开了掩蔽部，走向通往各连的交通沟里。

不知为什么，敌人这次的炮击时间分外短，炮还没有停，坦克就逼到了阵前，开始用它顶盖上的长脖子炮，相当准确地摧毁起我们的机枪巢和伸出阵前的小型地堡来。这时，敌人的炮击中止了。情况有些严重了！

大家可以很明显地看到，经过了将近一天的厮杀，敌人终于用血肉换来了教训。这次他们的队形完全改变了。他们再不像前几次那样，首先是一队母猪似的坦克在前爬，后面跟着一群摇摇摆摆猪崽似的步兵了。而是先用五辆坦克在前边排成一个横队，像座活动的短墙似的齐头并进。接着就是一队弯腰前进的步兵。步兵的后面，又是一个坦克横队，再后面还是步兵。最后还有几辆特务和军官们乘坐的装甲汽车。他们车上的机枪紧紧抵着步兵的屁股。

这种队形的出现,赵国珍、李文他们自然很明白,敌人主要是怕他们的步兵还像前几次那样的缩边。实际上却也是他们战术上的大进步。至少不会再出现一辆坦克中弹,其他坦克被阻的现象了。而且,炮兵和坦克的协同,显然也有了改进,他们的火力连接了!

七连的几个机枪掩体被摧毁之后,赵国珍、李文和朱教导员随即走上各连阵地,大声命令着:

"同志们!撤出掩体,到交通沟里来。准备刺刀、手榴弹!"

首长的命令刚刚钻进战士们的耳朵,敌人最前面的坦克已经冲上七连阵地来。几个战士还没有离开掩体,就叫坦克压上了。撤到交通沟里的战士们,看到那家伙像个哗哗响的铁滚子似的,朝着他们的头顶碾过来,只好一缩身子,让它从壕沟上面压过去。这时候敌人的步兵冲进了阵地。

赵副团长眼红了,他夺过小熊手里的二十响,哗声甩了一梭子。几个敌人栽倒了。接着他大叫了一声:"同志们!杀呀!"

烟尘里只见七连长黄坚手里那把明晃晃的战刀一闪,战士们"呀"一声跳出了壕沟。他们连一颗手榴弹也没有打出去,就同敌人展开了拼刺。步兵杀成了一团,敌人的坦克也已失去了作用,既不能开枪,也不能开炮。只好围着马小庄的废墟团团转。战士们谁也没有再理它。

这些敌人确也有两手,有些刺倒在地上,还没断气之前,居然像老百姓打架似的,用手拉住别人还想站起来。肖红军在交通沟里正和一个家伙格斗着。地上的另一个敌人认错了人,忽然抱住了他的一只腿。可是,他使劲站着不动。对面那敌人看到有人帮他拉腿,大舍身子扑过来。不料肖红军嘎一家伙拨开他的刺刀,手脖子一用力,刺刀正正戳进了那人的肚子。敌人呵呀一声仰面倒下去。这时他又急忙拨出了刺刀,直直冲着地上那个拉腿的敌人胸膛扎下去。敌人的第二批坦克已经冲上来。他还没有拨出刺刀来,履带已经冲他头顶压过来。他急中生智,一缩身子,手疾眼快地把一颗早就打开了盖子的手榴弹塞进坦克履带里。那坦克一朝前走,他把火索拉响了。坦克就在他的头顶停下来。于是,他也说不上是怎么一跳,就爬到坦克顶上去。然而,他还没有找到这个"铁王八"到底什么地方有窟窿的时候,坦克的炮塔一转把他打到地下来。他一抬头,看到王小秀举着一颗手榴弹又爬上去了。这小子果真有门道。肖红军见他在坦克头顶,顺手拉开了一个小盖子,手榴弹轰一家伙塞进去。这个坦克终于死在这里了。

　　阵地上的拼刺更加剧烈了。大家好像都已杀昏了。敌我谁也不喊杀声了,只听得刺刀嘎嘎地碰击,人们呼呼地喘气。倒在地上的敌人,声嘶力竭地叫喊。可是也还有些死心的特务,还在地上爬着投掷炸弹。

　　黄坚那把刀,今天是最顺手的。他一直像条闪电似的,刷刷砍着,足有十几个敌人,都像操场上的草靶那样,一碰上就叫他给削倒了。一个敌人端着刺刀正朝陈二丑扑过去,黄坚眼看二丑招架不住那敌人,他大步赶上前去,抡起刀来正朝那个敌人背上砍。不料他的刀还没有落下去,在他们脚下爬着的一个早被刺倒了的特务,突然把一颗手榴弹扔到他的身边爆炸了。那个正和二丑拼刺刀的敌人,没有挨上刺刀就倒了。大家看见黄坚胸脯上的衣裳被炸弹撕烂了一大块,几条肋骨露出来。但他仍旧踉跄地站着,眼珠子直定定地瞅着敌人。又有一个敌兵端着刺刀朝他扑过去。他把手里的刀一扬,那家伙转身就跑。可是,黄坚那把刀最后从他手里滑落到地上了!李康他们急忙冲过去。黄坚还又东倒西歪地走了好几步。然后,一句话也没有说出口就倒了!

　　陈二丑仿佛根本没有看见黄连长。只见那个敌人一栽倒,他就猛然扑到那人身上去。谁知当他伸出两手,正打算还像那晚上在王家店那样掐住敌人脖子的时候,这才发现自己的左手从手脖开始齐敦敦地不见了!于是,他拿起一颗没有拉开线的手榴弹,朝那敌人头上狠狠砸起来。

早就宣布过,作为连长代理人的李康,立刻抓起了连长那把刀,高高举起,在空中挥了一下,暴怒地叫着:

"同志们!杀呀!"

战士们看到连长的牺牲,仇恨已经把自己燃烧得升腾起来。他们的胸腔简直要爆炸,眼里一个劲地冒火星,思想业已单纯到极点。一声震天动地的喊杀,战士们好像决堤的洪流,跟着李康朝敌人扑过去。几十个敌人横三竖四倒下来。可是没有倒的还在坚持着。

到现在敌我双方,确已感到了拼刺的困难了。这主要是因为地上增多了伤亡,再加上数不清的炮弹坑和密密麻麻的交通沟。大家跳动起来已经非常不方便了。他们很自然地,三三两两,背靠背地顶起来。这时候,有几个敌人发现了赵副团长,竟然恶狠狠地朝他扑过去。早就忍耐不住的赵国珍,用鼻子哼了一声说:"嗨!找到我啦……"小熊手里的二十响还没举起来,他自己顺手提起了一挺轻机枪,朝那簇敌人点射了几发,敌人应声栽倒了。战士们一看副团长亲自动起手来了,也就不顾一切冲上去,僵局又被打破了,又一次叮哩当啷拼起来。

马小庄和团部的电话断了。这期间,马林他们派出了五个通讯员和电话员到马小庄去,全被敌人的坦克给挡在村外了!他们从望远镜里,只看到敌人的坦克,一辆跟一辆,像根锁链似的,围着马小庄直转圈。阵地上的枪声,手榴弹声,全都没有了!当然他们完全可以估计到是敌人冲进了阵地。可是,狗日的坦克老在那里转,始终不敢离开马小庄,这又很自然地说明马小庄还在战斗着!

任何一个指挥员,在战斗中,都是最珍爱自己的部属,最信任自己的部属的。因而,也最知道他们手上掌握的预备队的可贵。他们不到最后解决战斗的时候,无论如何也不把他们轻易投出去。现在马林手上还有一个营。那营长始终坐在团部指挥所里等待着。马林始终不肯把他们撒出去。最初,他们一直还在议论着三营的战斗力以及赵国珍、李文和黄坚这些人们的性格和战斗作风等等,慢慢他们的话就越来越少了,人们只是不停地抽烟。电话员和通讯员们,一次一次派出去,可是像石沉大海似的没有拐回来!他们的心也一点点地紧张起来。大家谁也不说话,只用眼睛互相传送着各人心里的焦灼。

陈师长第五次从电话上叫到了马林。这回他的语气有些沉重地说:

"马林同志!这可不是两年前的小李庄呀!这是解决中原问题的大仗呵!要是跑掉一个敌人,咱们就对人民犯下了大罪!你们的力量到底够不够?不能凭意气!师里有的是部队,你不必多考虑!"

"报告首长,没问题!他们……"

马林没有讲下去,陈丰年突然打断他的话说:"听着,听着,靳一号给你讲话!"马林的眼睛朝大家扫了一下:

"是……是……是……敌人很疯狂!请首长放心!他们吃不掉三营!真的,我相信三营会把他们的舌头割下来!不,不,我知道军里部队还多。我这里还有一个营呢!留着他们最后解决敌人吧!是的,还有一个营在我手上!不怕,我知道三营能顶住!好……好……好的!"

马林放下听筒,大家谁也没问他。好像人人都已听到了首长们的话似的。只有那个营长,他用快要憋出泪来的眼睛,朝马林瞅了瞅。心里说:"反正你就只有那一句:'没问题'。我不懂什么才叫有问题!"

马林虽然那么说,叮是由于马小庄的情况一点也不了解,心里自然也有些嘀咕。他征求杨克辛的意见说:

"再拿一个连去吧?你说呢?"

杨克辛还没回话。那营长忽地站了起来。

"首长们的意见呢?"杨克辛皱着眉。

"他们还想再调部队过来呢!"

"那倒不必。量他也吃不掉我们!"杨克辛转过脸来,对着那位营长说:

"去吧!一个连,只准一个连!"

那营长如被大赦似的转身就走。马林接上说:

"沉住气!接敌运动要疏散!"

"是!"那营长走了。

谁知这个连还没有接近马小庄,野战司令部就命令整个战场上的炮兵向敌人开始了全面的轰击。说话间,成群的炮弹从四面八方朝敌人的纵深飞去。浓烟从圆形的包围圈内迅速升起,好像一朵巨大的喇叭花似的向周围渐渐卷下来。

从七团背后发射的几门化学臼炮和重迫击炮,超越了马小庄,打中了敌人停在阵地前面的几辆装甲汽车。一些敌人军官和特务,混淆着弹片一起飞上了天。没有击中的,趁着黑黄色的烟幕,回头就跑。阵地上的步兵连滚带爬地垮下去。战士们忘掉了一切,端起机枪,站在阵地上朝着他们的脊背扫起来。这时候,坦克才又慌慌张张跟上去,挡住了火力的追击。

实际上太阳还没有落山,可是马小庄已经天昏地暗了。马林和杨克辛赶来的时候,赵国珍仍旧抱着那挺轻机枪。战士们的眼睛好像都有点发呆。有人端着刺刀还要去戳地上那些没有死的敌人,被杨克辛大声制止了,他们这才醒过来。

担架队和医务人员们,紧急地抢救着伤员。现在他们才看见手里提着那把战刀的,已经不是黄坚,而是李康。黄坚直挺挺地躺下了。他们的心里猛一沉,大步跨到黄连长的尸体跟前去。担架员正把他的尸体往担架上抬。小古哭得像泪人样,上前拦住说:"慢点!慢点!连长还有一条黄军毯,是他顶喜欢的,带去给他盖上吧!"杨克辛接上说:"去吧!你也跟他们去吧,小古!把连长的棺材弄好再回来!"小古嗯了一声,泪像小河似的流下来。马林用手轻轻摸了一下黄坚的头,忍不住鼻子一阵阵地发酸。他们谁也没说话,转身看到了赵国珍。

"怎么样? 老赵!"马林故意让自己的声音轻松些。

"好啊! 他们要想吃掉马小庄,除非嘴巴是铁打的!"他到这时才放下了机枪,指着敌人的尸体说:"看到没有? 全是十八军! 这就是美国人说的蒋军五大主力之一的整编第十一师的队伍! 妈的! 老子以为他们戴的有铁盔铁甲,刺刀戳不进哩? 那么疯狂! 其实也是肉做的!"马林看到他的情绪还在激动着,没有接他,顺手递过去一支烟。李文跑来说:

"报告首长! 黄坚……"他的声音有点沙哑了。杨克辛连忙仰了一下脸说:

"知道了!"

突然,有人发疯似的吼着:

"我不走! 我不走! 我还能打呀……"

董指导员跑去一看,是陈二丑。他不知什么时候,已经用衣袖把那只炸掉手的胳膊包起来,顶头挽了一个大疙瘩,血已把它浸透了。脸像纸一样的惨白。担架员几次把他按在担架上,他都重又跳下来。

"二丑! 快下去吧! 好同志!"董书田很严肃地说。

"不,指导员! 我还有一只手,还能打……"

"知道你还能打! 快下去,治好了再打!"指导员命令似的说着。陈二丑仍然站着不动。董书田上前拉住他说:

"同志! 服从命令!"

二丑反而扭了一下身子哭起来。接着他又小声说:

"指导员……我……我要……参加共产党!"

"好……好……好! 你去吧! 我们讨论讨论通知你!"

陈二丑这才支持不住地躺在担架上。担架正要走,虎成跑来

抓住担架,叫了一声"表哥"!他什么也没说出来。陈二丑举起那只没有手的胳膊说:

"好好跟着咱排长去打吧!我还回来的……"

四

夜来的时候,战争照例变成了另一种形式,同样紧张地进行着。我军各个阵地上的喇叭,重又发出了声音。它们除掉播送了黄伯韬被歼灭以及东北、西北各个战场上我军的胜利消息之外,还播送了敌人完全没有想到的、黄伯韬兵团被俘军官们的讲话。其中不止一次地反复提到,希望他们双堆集的朋友们,当机立断,勿做无谓的牺牲!他们讲到这些的时候,虽然没有喊出他朋友的名字来,可是他的朋友们也已从声音里深深感到了他们的平安和愉快。

这以后,各个阵地上的广播,开始了自己独特的节目。有的在讲故事,有的在唱歌,有的在介绍解放区人民和解放军部队的生活,有的在播送话剧《抓壮丁》。

马小庄的喇叭经过修理之后,迅速投入了战斗。他们的广播却比其他阵地更生动。他们一开头,就像报话机似的,接连不断地大声喊着:

"黄维!黄维!我是马小庄!我是马小庄!听到没有?听到没有?我要警告你!我要警告你!此路不通!此路不通!要是你不信,不妨再试试!我们保证用刺刀接待你!听到没有?听到没有?要是你不投降,你就休想走过马小庄!要死,要活,由你拣。我们随时等着你!"

这段话不止是黄维,而是所有双堆集战场上的敌军官兵,全都禁不住地打了一个寒战。特别是那些刚从马小庄逃跑回去的敌人,他们简直哆嗦成了一团。他们被许多没有参加马小庄突围的兵士包围着,大家争先恐后地向他们问询今天的战斗情形。他们竟像傻子一样,搐成了一疙瘩,上下牙齿直打架,一个字也说不出。于是大家也就明白了。

接着,军政治部文工团的拿手戏,河南梆子《血泪仇》,就从马小庄的喇叭里从头至尾播出去。

到这时,四十里的双堆集战场,已经成了一座大课堂。不仅敌人的冷枪射击,渐渐稀疏下来,直到哑默无声,而且慢慢地他们连照明弹也不再放射了。除掉一两只"黑寡妇"还在高高的天空,哭泣似的哼哼以外,"课堂"上的秩序好到了极点。

三营在马小庄紧急修复着工事。战士们的心里燃烧着熊熊的复仇之火。肖红军把自己的掩体修好之后,拿手摸着,用刺刀在切光了的壁上刻了这样几个字:"这里就是家,敌人想通过,先把头丢下!"刻好之后,他大声喊起教员来。等到田松跑来的时候,他悄悄说:

"教员,有电筒吗?"

"有呀,干啥?"

"你看我写得对不对?"

"什么?在哪儿?"说着,田松把电筒放在衣襟下边,挡住四射的光线,往壁上一照,看到那些歪歪斜斜的字,不觉吃了一惊:"呵呀!好,好,你真有办法!我得去对大家说说……"田松转身走了两步,突然叫起来:

"啊呀——手!二丑的,二丑的手!"

"在哪儿?在哪儿?二丑的手在哪儿?"肖红军紧急地问着,朝他跑过去。

"这不是,你看!"田松已经拿起了那只手,朝肖红军递过来。肖红军两手捧住那只手:

"不会错吧?教员!"

"不会,别人没有掉手的!"

"什么?什么?"李康、王小秀、张海全、虎成和赵忠林他们也都听见了,随即跑过来。他们拿着这只手,急忙回到刚刚修好的连部避弹室里去。

在小小的避弹室里,一盏小马灯照耀着。李康和董指导员把手接过来,仔细端详了一阵。大家谁也没说话,只有虎成憋不住地哭起来。

"赶快派人给他送去吧?排长!"肖红军突然说。他的神情好像赶快送去,也许医生能够把它重接上。李康没吭声。董指导员语气沉重地说:

"送去还有啥用呢……要想把断手接上去,除非是革命胜利以后……"

"那怎么办?"田松说。

没有谁接腔,空气更加沉闷了。下午的拼杀重又闪现在他们的眼前。虎成突然挤过来,哭着说:

"给我吧,排长!叫我给他带着……"

"虎成!"李康很严肃地说,"你以为这只是你表哥的手吗?不对!这是咱们大家的手!是革命的手!我们打掉了这一只手,还有千千万万双同样的手,会把敌人消灭干净!哭什么?有什么好哭的?光娶得起媳妇,嫁不起闺女是不行的!敌人连脑袋都掉了,你没看见吗?革命嘛!什么叫革命?要想革命不流血,那是做梦!个人流一点血换来大家的好日月,还不好?"虎成一直立正站在李康的面前,不知什么时候,他连一滴眼泪也没有了。董指导员接上说:

"去吧!把它埋在我们的阵地上。让敌人知道就是这样的手,劳动的手,战士的手,叫他们永远不能走过马小庄!并且还要消灭他们!"

大家默默地捧着二丑这只手出去了。他们随即把它埋在二丑负伤的地方。田松还从炸弹箱上抽了一块小木板,用钢笔在小木板上写着:"此路不通!这里有中国人民的手,劳动的手,战士的手!"插在二丑这只手的坟冢旁边。然后,各自转回掩蔽部里安歇去了。为了明天的战斗,他们严格执行着指导员的命令,除掉值勤部队之外,人人紧紧抱着自己的枪,在工事里坐下来。

敌人有几挺重机枪,无精打采地断续射击着。子弹的啸音和曳光弹的红色弹道,叫人很清楚地感觉到,敌人的这个射手,如果不是在打盹儿,就是心里有点胆寒了。他的射击目标至少离开马小庄的地面,还有两丈高。

田松回到连部坐下来。董指导员把子弹箱上的小马灯,扭到最小的限度。他朝田松和小古他们扫视了一下,感到掩蔽部里顿时空洞了许多。黄坚昨晚靠着他的肩膀,往地上一坐,兴高采烈地摆谈他那把战刀的情景,又在他的面前出现了。他皱了皱眉头,心里自言自语说:同志!为了人民的革命事业,我们手拉手地战斗着。我们多少次地战胜了死亡,夺取了胜利呵!可是今天你……正像你常说的那样:"人世上最宝贵的情谊,是在肩并肩的革命战斗中铸成的。要是敌人伤害了我们一个同志,我就要他用一百个人来偿还。这不是赌气,是革命……"

指导员想着这些,把眼睛眯缝起来,对大家说:

"把眼闭上吧!就是睡不着,养养神也好呵!明天还要狠狠干他哩!"

谁也没吱声。小古刚刚亲手掩埋了连长转回来,他用红肿的眼睛,瞟了一下连长那把战刀的刀鞘。田松一闭眼,黄连长平时批评的话,和他逗笑的话,统统在他耳边响起来。不知怎的,到现在他倒觉得连长的每字每句都那样诚恳,热情,带着说不出的情谊。这些话,叫他感到好像成串的珍珠在他心里闪光。于是,他又不自主地站了起来。

"教员,你干啥?"指导员睁了一下眼睛。

"我到外面解个手。"

其实,田松哪里是去解手呢,他一走出掩蔽部,正好一颗曳光弹,流星似的嗖一家伙从他头顶飞过去。他抬头望了一下,悄悄说:"老子根本不尿你!"然后,他就一望西北,顺着交通沟,朝黄连长倒下去的地方大步走去。到那里,他把脑袋低下来,定睛瞅着面前的土地。天漆黑,他却仿佛看到,被连长胸膛里的鲜血浸染过的黄土,烈火似的燃烧着。这时候,他又好像听到连长说:"教员,革命要读书,但是,更要真刀真枪地跟敌人干哪!敌人手里有武器,他是说不死的!我们流点血,是为了更多的人不流血,这是大好事……要是有人对你说,流血太可怕,诚心诚意跟敌人交涉,说点好话,不是也能革命吗?你就赶紧拔掉这个叛徒、奸细的舌头!"

田松的心里,好像掀起了十级浪。他不自主地两只膝盖一弯,两手按到连长的血迹上。他感到地面湿漉漉,软糊糊的,像是连长的身躯一样。他抚摸着,久久地,久久地不知如何是好了。最后,他竟抓起了一把被血浸染过的黄土,悄悄放进了自己的衬衣口袋里,让它紧紧贴在自己的胸膛上,然后宣誓似的小声说:"连长,田松永远记着你的话,直到流尽最后一滴血……"

突然,有人压低嗓子问:

"谁?"田松猛一惊,他还没有说出话来,肖红军和赵忠林已经到了他跟前。

"啊呀!教员,你怎么在这里?"肖红军说。

"睡不着,我来再看看。"田松生怕他们发现自己抓了泥土,两手拼命在裤子上擦着,而后反问道:

"你们怎么也来了?"

"你想嘛!"小赵说。

"我们想来看看这地方,明天敌人再来,就叫他在这里倒下十个……"肖红军说着,用刺刀朝空中戳了一下。

"不是十个,是一百个!"田松发现他们三个人的心事,完全统一了。

"不,不是一百个,是要彻底消灭敌人!"赵忠林停了一下,向右转了个身,手里的刺刀一闪,他抬起头来,对着敌人的阵地说:

"我从营部调来的时候,连长哈哈笑着对我说:'小赵,你记住,谁要是光想自己,就请他别来革命!'那时候,我还不大懂得他的话,这阵儿我可真懂啦!"赵忠林似乎陷进了深远的回忆中。

他们沉默了。他们慢慢就地坐下来。

田松嘴像小河似的,一气讲完了他的想法和做法。肖红军也把他在打襄阳时,半夜起来练刺杀,碰到连长的秘密告诉了大家。可是,最后他又很不以为然地反问田松说:

"教员,你抓那把土干啥?没有这把土你就能把连长忘记啦?"

"这是连长的血浸过的土呀!多有纪念意义!"田松很有理由似的回答着。冷不防赵忠林却说:

"那你就把整个地球装进口袋吧,什么地方没有浸过受苦人的鲜血呢!"

田松没有办法回答了。他们又一次地沉默下来。李康终于找到了他们,他们重又回到各自的掩蔽部里去。

第二天,一清早,陈师长、李营长和朱教导员都来了。他们仔细察看了全连的工事。师长在陈二丑那只手的坟冢跟前站了站,又看了看田松写在小木板上的几句话,随即把干部们召到连部掩蔽部里,很严肃地说:

"同志们!你们昨天打得好,敌人尝到了你们这把刀子的味道!我代表师党委会表扬你们。黄连长和一些同志们英勇牺牲了,这是损失。可是,不准骄傲,也不准赌气。一定要越胜利,越谨慎,越伤亡,越冷静!革命不是打架,开不得玩笑呵!敌人压迫我们几千年,现在我们要翻身,要做国家的主人,要专他们的政!这样的大事,你想不流血还行!让我们更勇敢、更坚强地踏着同志们的鲜血,一步一个脚印前进吧!直到彻底、干净地消灭敌人!"师长断然停下了。他看了看李营长说："好了，我该走了。一会儿军长找不到我，还要批评我随便离开指挥位置哩！你们今天还要注意哟！"

"是，首长放心！"全体干部一齐立正说。

首长们走后，董指导员向全连宣布了上级任命李康为七连副连长并且兼任第一排排长的命令之后，他们就在战壕里召开了支部大会，开始讨论陈二丑要求入党的问题。

黄维在经过了昨天下午马小庄的教训和晚上的"上大课"之后，整夜守着报话机没有合眼。一直等到天大明，报话机上传来了李延年的叫声，他才稍微镇定了一点：

"喂！喂！黄司令吗？我是李延年，我是李延年！我在蚌埠，我在蚌埠！刚到，刚到！还有蒋经国的装甲兵，装甲兵！总统的意见，要你赶快向南突，向南突！我们接你！我们接你！"

黄维的额上迸出了豆大的汗珠，他急躁地喊着：

"李司令！李司令！你快前进！你快前进！突围困难，突围困难！"

"我也走不动！我也走不动！有敌人阻击！有敌人阻击！"李延年急促地说着，断然撂下了送话器。

黄维跑到屋外，拿起老大的望远镜朝蚌埠方向望去。晨风从那里隐隐传来了轰隆的炮声。他紧紧锁住了眉头，把镜头缓慢地转向了马小庄。这时候，他感到心上似乎被谁捏了一下，浑身一阵麻酥，充血的双眼好像被什么东西贴住了一样，什么也没有看到。耳朵里仿佛听见高音喇叭仍在怒吼着："我警告你！此路不通！"

然而，到十点钟左右，他仍然又把他的军长、师长们召到他的小屋来。

各军长、师长们，一个个都像默哀似的，黑着脸子，眼睛红昏昏地站立着。只有最后进来的胡琏，却是一进门就缩到墙角一条破

板凳上坐下来。黄维暴怒了。他那留着一撮小胡髭的上嘴唇弹动着,破口而出,没头没脑地骂起来:

"娘卖×!饭桶!饭桶!"他停了一下,朝大家瞟过去。大家只见墙角里的胡琏那张麻皮脸,一下子红成了猪肝。他几次欠起身来,好像要和黄维拍桌子。人们出了一身冷汗,他们想不到黄维居然也敢这样骂胡琏!可是黄维完全没有看见大家的神情,顺嘴接下去说:"哼!到了这时候,李延年还缩在蚌埠,死活不肯前进!真他妈的,饭桶!"他拍了一下桌子,转身盯住大家:"天晓得,到底是谁来援助谁嘛?你们说!你们说!"

这时,胡琏那张脸才又慢慢变成了惨白。大家好像被李延年兵团已达蚌埠的消息,给注了一些兴奋剂。人们纷纷发表起意见来。不知为什么,所有原属十一师以外的人们,全都异口同声,毫不留情地指责起昨天进攻马小庄的战术错误来。有些较为年轻的师长们,感到死亡已经来到了面前,似乎把什么军长、副司令等等也都忘记了,简直就像申斥自己的部下那样,十分粗鲁地骂着。弄得胡琏、杨伯涛等人,好像叫大家吐了一脸唾沫,脸上一阵白,一阵青。直到实在忍耐不住的时候,杨伯涛才又忽地站起来,把他们昨天在马小庄战斗中的战术动作和战场指挥,以及士兵们的奋战情景,原原本本重复了一遍。最后,加重语气,反击似的说:

"这一切都是胡副司令批准的,副司令也都亲眼看到了,并不是我杨某人独出心裁。诸位不妨仔细研究一下,看这里边有什么错误?整十一师不是新建的部队!它也不是纸糊的!如果指挥上有错误,算我杨伯涛对党国犯了罪,大家可以枪毙我!"到这里,他拿眼睛瞅了一下胡琏。胡琏的心里似乎舒坦了许多,眉头随即展开了。

大家没防到,杨伯涛还有这一手。并且,听来听去,在指挥和战术上确也没有什么漏洞。于是,那位吴副司令急忙堆起一脸假笑,挺身而出圆合起来:

"各位！冷静点！冷静点！杨军长的意见值得我们重视！事到如今，还是团结为重！胜败乃兵家常事嘛,何况李兵团已经进达蚌埠。没有问题,我军很快就会转危为安的！"他看了一下黄维的脸色,立刻发现自己的话似乎有点不太对头,赶紧补充说:"何况我们本来也没有什么危险嘛！是不是？就凭我们这么十几万人,背靠背地站着,他们也吃不了！"

"是的,目前最重要的,是我们一定要有同舟共济的决心！吴副司令的看法很好。我们的力量是强大的,敌人想吃掉我们,是不可能的。我的意见,今天各位回去,先把李兵团已达蚌埠的情况告诉大家,要大家做好一切准备,明天拂晓,集中一切力量朝南突！重点还是马小庄！我不信敌人个个都是铁打的！昨天我们虽然没有成功,但我军的战斗力也叫他们尝试了。他们也并不好受！嗯……"

黄维没有说完,杨伯涛把胸脯一挺,重又站起来:

"报告司令,我军愿意再和马小庄敌人较量较量！请命令我军担任突击！"他很自负地向大家瞟了一下,随即坐下来。于是大家谁也不服气地争先恐后要求起突击任务来。特别是那位瘦长身材、脸色黑红却又并非十八军的王师长,显得分外坚决。他今天反而完全不像前天那样,一点也没有再流露出什么"嫡系"、"杂牌"、"亲娘"、"后娘"等等的不满情绪,而是一本正经,诚诚恳恳地坚决要求着。吴副司令这时,感觉到这位曾经是他的老部下的师长,在这样紧急关头,既然给自己脸上搽了这么光彩的脂粉,也就连忙帮起腔来:

"是呀！请司令考虑,让他们锻炼锻炼才好呵！"

黄维从心眼里乐了。他从来没有看到过各部队竟有这样坚决的求战意志。他把两手一伸,制止了大家的发言,然后笑眯眯地说:

"好呵！兵随将转。各位这么高的战斗情绪,我相信明天肯定

413

可以成功的！说到底,敌人还是没有什么了不起的装备,只不过是他们的兵士大都中了共产迷,因而,他们的战斗意志比较坚强些。其实这也很自然,就像两个人打架一样,手里没有家伙,他再不靠牙齿、拳头和决心还能成吗？可是,牙齿、拳头毕竟不是钢铁,没有什么可怕的！我们目前部队还不少,大家轮番搞一搞,却也不错,免得伤了元气。出去之后,我们还有歼灭敌人的任务呢！这样我看明天就由他去搞一下好不好？"他看了一下那位瘦高个的师长,视线转过来,落到吴副司令的脸上。吴副司令连连点头：

"好的,好的！他们在唐河和汝南铺都搞得不错呵！"

那位师长很满意地脸上闪现了一丝笑意,但又好像阴影似的,很快消失了。他马上坐下来。接着,黄维又布置了突破之后各部跟进的序列。

离开了黄维的小屋,吴副司令就把这位王师长拉上了自己的吉普车,啼笑皆非地埋怨起来：

"怎么搞的？怎么搞的？你老兄那么坚决干什么？难道你没看到胡琏脑袋上碰了个大窟窿！杨伯涛是在那里打肿脸充胖子的嘛！老兄！"

"他妈的,我就不服气！是龙是虎教场相见嘛！让他看看咱们这些后娘生的儿子怎么样？到底谁是饭桶？我就不尿十一师！"

提起十一师,姓吴的心里自然也有这股气。不过他更主要的还是考虑如何保存自己的实力。于是,无可奈何地接下去说：

"是呀！我心里说,顶好让其他部队再去碰一碰。可是你又那么坚决,自然我也不好不说话！既然这样了,我看你还是要慎重点,不要听他说什么装备不装备,那不过是他从外国学来的一点'武器经',专门在课堂上骗人的玩意儿！谁也不是三岁小孩,你也不是没有和共军打过交道。不简单！不简单！汝南铺就是马小庄这股敌人从你们阵地上杀出去的！不要马马虎虎！"吴副司令差不

多有点谈虎变色了。那师长看了看他的脸色,反而淡淡地说:

"不怕,反正不打不相识!"

吴副司令有些不好意思多讲了。他考虑到自己无论如何总算是个副司令。这位师长虽然曾是自己的老部属,然而在他面前过多暴露了自己的怯懦和自私,怕也有伤个人的前程。他思忖了一下,随即调转话题说:

"那么,你打算用谁主攻呢?"

"自然是王团。"那位师长很果断地说。

"嗯——嗯——王团。王团是主力!"吴副司令一听要拿王团去突击,心里忽然痛了一下。他知道这个团不仅在该师,就在他们全军来说也是一只硬拳头。他个人的升官图,多年以来,全是这个团的血肉绘成的!如今明明知道要去碰钉子,他又偏偏看中了它!但是,又有什么法子呢?自己心里的想法,实在不能更明确地说出来了。因而,只好嗯嗯呀呀说了那么一句自以为语意双关而又很有暗示力量的话,希望老部下能够敏智地体会自己的意念。然而,那师长却又故作镇静地说:

"当然,要想赢大钱,总得下大注!敌人是把硬手啊!副司令,你是很清楚的!"

这句话像个大铁球似的,一家伙塞进了吴副司令的喉管,叫他再也不好说下去了。只得"是呀!是呀!"地应付着,竭力从那师长的脸上去找寻什么歪心邪念。然而,什么也没有。那师长瘦黑颀长的脸盘上,依然悬挂着机智、忠诚和累累的"战绩"。于是他真有点不解了。他心里说:"老兄!你是怎么搞的嘛!未必你还真想在这里打出个军长来吗?不成!这是'割驴脚敬神'!驴也疼死啦,神也得罪啦!你平时的聪明才智上哪儿去了嘛?这么不识时务!难道你还当真以为前程是凭真本事?就是退一万步想,莫非你也忘记了王团长是你的亲兄弟?嘘⋯⋯"

他们开始沉默了。小吉普像匹怪诞的马驹似的,在坚硬的冬日的田野里跳跃着,吃力地奔驰。他们的身子控制不住地跳动着,肩膀相互撞碰着。

突然一块挺大的木板挡住了去路。那木板上仿佛是用人血写成了几个刺眼的大红字:"第十二兵团第一野战医院"。另外一行小字写着:"禁止车辆通行"。司机嘎地刹了车。一阵凄惨的呻吟混杂着声嘶力竭的叫骂,随着冷风扑进车窗来。那师长禁不住心里打了个寒战。转脸从车窗看出去。原来是在一大片毫无遮掩的田野上,挖掘了成千上万的二尺宽、六尺长、一尺多深、却又没有盖子的土棺材!几百个伤兵正一个个地铺地盖天,仰脸躺在这些土棺材里叫喊着。有些显然是被强制按进去的。他们决心要想爬出来,可是,仅仅伸出了两只手,或者刚刚探出身子,就和人间告别了!有些伤势很重的,放进去就没有再动弹,身子冻结在自己的血泊里闭上了眼睛!只有那些伤势叫他不能动,然而还未停止呼吸的人们,伤口冻结着泥土和血块,正在没命地嘶叫!除此之外,不要说平时穿着雪白衣服的医生、护士之类的人物,就连一个普通勤务也不见!当他们的车子停下时,附近几个伤兵沙哑地骂着:

"老子是十八军……十八军……的……呀!给点水……喝吧……操你奶奶……当……当官的……"

那师长情不自禁地唏嘘了一声:

"呵哟!这也叫医院?"

可是他却完全没想到,吴副司令反被这个伤兵骂恼了。他竟跷起他那穿着新马靴的大脚,朝司机的背上狠狠蹬一下,大声叱令道:

"走!就从这些家伙的身上开过去!什么医院不医院?妈的,临死还骂人!"

司机扭头看了看副司令的脸色,无可奈何地踩动了马达。但是,他并没有碾住那伤兵,而是拐来拐去,从一些还没有放人进去的土棺材上开过去。

这情景加重了这位师长内心的惶恐、凄楚和不安,脑子里乱成了一团。车子继续前进着,那些凄惨的叫声,始终萦绕在他的耳边。这一切霎时让他沉浸在自己过去和未来的冥想中。直到车子到了军部驻扎的那个小村边上,吴副司令突然说:

"怎么样？到我这里坐坐吧？还是要他送你回去？"

那师长这才猛然醒转来,一面打开车门,一面说:

"不要了！不要了！我得赶快到团里去布置呢！"

"好吧！要谨慎呵！"

"是！是！"那师长站在车边,向吴立正了。他也不知道是怎么弄的,到这阵反而叫他感觉到他这位老上司,和他自己的身份越离越远了。

橙黄色的太阳已经偏西。师长和他的卫士,默默地朝正南方向走去。阳光在他们的左面拉长着两条幽灵似的长长的身影。枪声持续而又间歇地从四面传过来。师长眯缝着双眼,抬头看了看远远的马小庄。昨天的战斗,刚才的伤兵,以及今年在唐河县的遭遇,去年在汝南铺的冲杀……压不住地重又出现在面前！一股冷风劈脸吹过来,他不禁抬了一下膀子,把身上那件皮猴式的美造军大衣的风帽顺手戴起来。但他仍然感到周身毛悚悚的。这期间,不知怎么闹的,自从这次进入包围圈以来,他心里最早生起过的那种噩梦般的大不祥的预感,可怕的念头,都又在他心里翻起来。他首先想起了胡琏脸上那些所谓嫡系、所谓主力的骄横;想起了连日突围的结果。……接着耳边就又响起了黄伯韬兵团那些被俘军官们的讲话:"当机立断,事不宜迟……"听到了还在后方的妻子儿女们的呼唤！想到了许许多多在平时连他自己也不敢想的问题。然而,这一切,现在反而使他已经破裂了的心,得到了少许的平静！他不自觉地放快了步子,埋头朝一条小路岔过去。跟在身后的卫士突然叫道:

"师长！"

这叫声使他心惊肉跳地猛然站下来。因为他只顾胡思乱想着,早已忘记了身后还有一个人。现在这一喊,叫他觉得好像一个罪犯,被人突然发现了自己的隐私。心里惶惑交加地忐忑起来。

"什么?"他故意大声地问着,企图让声色掩盖内心的不安。

其实那卫士什么也不知道,仍和平常一样上前一步说:

"错了!师长……"

"什么?什么?"他心里忽然紧张了,不等卫士说完,急忙追问起来。

"这是到王团去的路,那边才是回师部!"卫士毫无所感地继续说。这下他才定下了神来:

"呵!就是到王团去嘛!我知道。"

他又朝前迈开了大步。但是,意想不到的霹雳,又一次地暴响了。我军阵地上的高音喇叭,竟在这时响起来。那师长急忙站住,侧耳细听着:

"喂!喂!捷报!捷报!蚌埠前线消息:李延年兵团,三十九军的两个团,全部二千余人,在团长邓纠夫率领下,已向我军投诚!蒋军官兵们!听到没有?听到没有?当机立断,当机立断!一念之差,万古遗恨!"

听到这里,那师长长出了一口气,几乎像跑步一样,不回头地朝王团走去。其实,这时候,他不仅没有忘记王团长是他的亲兄弟,而且更亲切地感觉到是手足!他不仅没有忘记王团是主力,而且更具体地确信,它的实力完全可以左右全师!

傍晚,那师长在电话上,亲自向黄维报告了他已决定以王团为突围第一梯队的部署,确定了其他部队的跟进信号之后,黄维也被他的决心和信心鼓舞起来,分外果断地大声回答说:

"好的!好的!相信你会为党国立功!我们等待着你的信号!"

那师长听到黄维的话声,就像平时当他需要他的时候,站在他跟前,拼命提起脚后跟儿,竭力用手探上去,轻轻拍着他的肩膀似的。他仿佛又一次地看到了黄维那双浓眉下边的眼珠在闪动,上嘴唇上的小黑胡髭已经笑得翘起来。

与此同时,王团全部人马,连同团直机关,全部进入了马小庄对面的阵地。看来确实是要破釜沉舟地干了。

马小庄阵地上的三营长李文,在黄昏时候,发现了王团的运动,心里自然很明白,敌人是要再来碰一碰的。他随即报告了团部,希望团里加强纵深配备,免得黑灯瞎火干起来,说不定会漏出一个半个的。可是,马林却又一口肯定敌人决计不会晚上干,主要还是拂晓,要部队注意就是了。李文有点不以为然地放下了送话器。

晴朗的夜,渐渐低压下来。没有月亮。繁星像匹大荷叶上的露珠似的闪烁着。大地仍然一片黑。人们如果不把身子蹲下来,迎面五六米远近也就看不见人了。

约莫不过九点钟左右,稀疏的炮声混杂着高音喇叭里的歌唱、讲话和叫喊。敌人的照明措施又像彩色焰火似的开始了。

王小秀发现阵前好像有人在走动。他以为是棵树,或者是眼睛看花了,连忙小声说:

"班长!你看那是人,还是一棵树?"

班长顺着他指的方向,看过去,什么也看不清:"哪里还有什么树!草也不会有!"说着,他也俯下了身子,定睛看过去,黑影更近了,他突然说:

"人,人,是人!"

"多少?"另外有人问着。

"好像只有一个,是不是?班长!你看,你看他手里还拿着什么东西,白糊糊的!"王小秀拉了一下班长。班长聚精会神地瞅着,

用枪口对住了那个人:

"是呀!是一个,一个!还在前进呢!"

"一个人敢来送死呀!是投降的吧?"肖红军不知什么时候,也发现了那个人。

王小秀一听这句话,重又拉了拉班长:

"对,对,可能是投降的!"

"不管,反正就他一个,量他也成不了什么气候。让他走近点,捉住就是舌头……"

班长没有说完,那人已经很近了。不知是谁,啪的一枪打过去,那人应声栽倒了。可是,接着大家就又看到那人倒下的地方,有块白布来回摆动着。王小秀急了:

"是谁打枪哩?真冒失!看看,果然是投降的!"于是他就大声吼着说:

"谁?干什么的?"

那人仍然一声不响,加紧摆动着白布。这时候,李康和董指导员也都赶到了。他们马上命令说:

"去两个人把他捉住!"

王小秀和他班长一纵身子,跳出了掩体,跑上去捉住了那个人。王小秀一拉住他,就觉得里边可能有文章。这人身穿美国造的军便服,从年纪上看也不像个兵。可是,许多战士围过来,仍然七嘴八舌地吼着问:

"你想偷跑出去呵?找错地方啦!"

"不,不,不,我……我……我是投降……不……不……我是是起义的!"那人神经紧张地说着。

"投降?你一个有什么意思?"

"起义?你一个人还起义?笑话!笑话!"

大家仍旧你一言我一语地说着。那人急忙接上说:

"不,不,我有信,我要求见贵军的团长!"

"信？在哪里？"李康追问说。

"这里！这里！这……"那人顺手把信递给了李康。李康接过信来,拉了一下指导员,命令似的说：

"跟我来！"然后他又对着大家说："严密注意敌人的动静！"

战士们谁也摸不透底细。李康和董指导员带着那人直接朝营部走去。然而,谁也想不到,个多钟头的工夫,这人就同马团长、陈师长一起见到了靳军长。

靳军长和张政委把敌人那位王师长的亲笔信看了之后,才知道送信的这人原是该师主力王团的参谋长。于是,顺手递给他一支烟,命令警卫员倒了一杯白开水给他,微笑说：

"欢迎你们的行动！"

"请军座考虑,主要是联络问题！"

"嗯……你们先谈谈。"军长深沉地嗯了一声,然后同陈丰年师长、张政委他们一起出去了。屋里只留下了马林和那位参谋长在谈着敌军的情况。

他们到作战处的小屋里,详细分析、研究了那位师长的来信和各种情况之后,立即报告了野战军司令部。不料司令员只耽搁了半个钟头的时间,就肯定而又明确、具体地回答了他们。

于是,靳军长随即抽出钢笔来,写了一封简单明了的回信。急忙命令那位参谋长仍从马小庄转回去了。接着全军立刻开始了纵深配备的调整。

三营全体战士,实际上是在半夜以后,才得到了敌人一个师起义、拂晓要从马小庄阵地上通过、开进我军后方的命令。李康把命令传达给七连战士,吩咐了注意事项之后,阵地上争论起来了。战士们的意见有两种：有人认为一定是假的。是敌人玩的花招。因为他们硬干吃不开,只好这么假投降！有人说,那也不一定,难道敌人不怕死？到现在他们还能看不出打下去的前途？两种意见,谁也说服不了谁。最后还是董指导员又一次地告诉大家说：

"同志们！大家说得都有理。不过这些情况上级比我们更清楚。只要大家严格服从命令，听指挥，真假我们都不怕！你们想，未必咱们想到的，上级还能想不到？"

战士们这才平静下来，分外警惕地等待着黎明。

李康挑选了王小秀和肖红军，他们三个人带着冲锋枪和手榴弹，按照规定的时间，来到了敌我阵地中间的一个小坟包后卧下来。他们心里同样还在斗争着"真"和"假"的问题，只是谁也没有说出口。

敌人那位王师长，自从他在王团写了信，回到师部布置好了一切之后，心里的滋味确是无论谁也说不出。他觉得那封信，就像自己把自己的肚子里放了一颗定时炸弹。他身上一阵阵地出冷汗，一秒钟也安宁不下来。这时候，他特别担心的是他那位新闻室的苟主任。这家伙是他们兵团成立的时候，才从军校调来的。这人作战练兵狗屁不通，只是一个地道的特务。全师特工人员，都是他的心腹、爪牙和耳目。这小子第一天到师里来，王师长就知道他是来干什么差事的。他们中间一直和和气气隔着一条沟。但是，他兄弟王团长，倒是年纪轻了几岁，常常不三不四地敲打他几下，那家伙早就对他兄弟有了些打算。因此，现在他就格外担心那小子从王团的行动上看出破绽来。

果然，傍晚时分，王团开始运动之后，这家伙突然向师长提出了问题：

"师长！我倒有点不明了。王团为什么把团直和大行李都带上阵地去了呢？马小庄就是能打开，怕也要揉搓几个回合吧？"

师长故作镇静地哈哈笑起来：

"老兄！你没看是什么时候了？明天要是再突不出去，你想吧……何况昨天又是王牌十八军碰了钉子！任务是咱们自己要求的，要是明天还跟他们一样，我还能不能再见黄司令？你替我想想！老兄！这还不清楚，这叫破釜沉舟，置诸死地而后生！你还以为我不知道王团是咱们师的主力,团长又是我的亲兄弟!有什么办法呢?军人在危急的时候,应该毫不犹豫地为党国献身!否则,还算什么军人?说实在,不管你老兄如何想,明天我还要亲自带领他们去突击呢!将领如果不能身先士卒,冲锋陷阵,还有何面目见江东父老?"师长讲到最后,情绪居然激动起来,在屋里昂首阔步地走动着。那位苟主任没料到师长这样的回答,反倒有点尴尬了,只好口是心非地应付说:

"是,是这样!目前我军的处境是很危险了!我看还是我到王团去,师长在家掌握全局吧?现在我就去!"

"好呵!好呵!要是你去了,对于他们一定会有很大的帮助!你先去也好,反正我也是要去的。"然后,他又上前拍着他的肩膀说:

"老兄!这你是内行!不下大注子,赢不了大钱!"

这位苟主任无可奈何地,就这样被师长"将"上了马,心里七上八下地向王团走去。可是,到半夜,王团那位参谋长带来了靳军长的回信之后,王团长立刻就把这位苟主任和全团特工人员给扣住了。那小子到这时才算明白了"破釜沉舟"的意思。可惜晚了,他已经失去了同任何人接触的可能。王团长好像故意拿他做靶子似的,把他推到了阵地最前面。他的腿杆已经软得站不起来了。

黎明前的浓黑,像天空落下了一层浓雾似的,渐渐弥漫开来。星星显得更亮了。它们好像无数智慧的眼睛,静悄悄地窥视着人间的风云!

炸弹就在这时,在黄维的堡垒内部爆炸了。那位师长焦灼地最后一次看了看手表。四点终于来到了。他立即命令师直保持肃静,紧急集合。然后,他连一句话也没说,从腰里掏出了那支闪着蓝光的美造左轮枪,让队伍排成了四路纵队,带起就朝王团的阵地上走去。谁也不知道是干什么?许多人连东西南北也弄不清。只因师长亲自带领着他们,也就迷迷糊糊跟着跑起来。直到他们到达王团阵地上,有人感到有些奇怪的时候,他们才看见师长匆忙地把各个处长和团长们召到跟前,小声说了两句话,然后,仍旧不停脚地带着他们朝前走。

李康他们,按照规定,当敌人还有五六十米远的时候,轰、轰、轰!扔出了三颗手榴弹。敌人哗地卧倒了。接着就又听到那位师长严格命令说:

"不准开枪!那边有我的朋友,快跟我走!这是信号!"于是,那队伍随即站了起来,仍然排着四路纵队,跟随师长大步走过去。他们到了李康他们跟前时,还是刚才回去的那位参谋长,连忙指给李康说:

"同志!这就是我们师长!"

李康他们三个人,没有和师长握手,仅仅说了声:"请师长按照规定路线前进,免得发生误会。"然后,他们紧紧跟着那师长,顺着路上的标记,朝指定地点走去。

直到拂晓来临,王团和另外一个团已经全部拉出来。最后那个团也已跟上来的时候,黄维终于发觉了。他急令他的十军追上来。马小庄重又怒吼了。三营奉命冲出了阵地。没有炮声的混战开始了。枪声,手榴弹声,喊杀声混成了一片!

第十一章

一

到目前为止,南京的棋局全盘乱了。那位爹多娘少的帝国主义"儿皇帝"和他的美国主子、日本军师,共同回头看了一下,由于他们决心在六个月内消灭共产党的梦幻,而挑起的中国人民解放战争,仅仅两年多点的时间,他们的庞大赌注已经快要输光了。二十年来,被他们血腥统治着的江山,已经解放了半边。

自从日寇宣布投降以后,他们在战略上的第一着,就是不许八路军和新四军受降,依靠美国的空运,迅速把他们的所谓远征军送到东北。结果是他们的那点本钱,在四平、长春、打虎山、锦州、沈阳等等战役中,完全输净了。接着,他们就赶紧拿出第二手,所谓以陕北和山东为重点的钳形攻势。可是这一"美丽"的计划,从他们的想定到实际行动,仅仅像梦那么一闪,就被我人民解放军,在东北、西北和山东各个战场上的巨大胜利,以及中原我军斩断陇海、千里跃进大别山的英勇行为撕成了碎片!于是,他们才被迫把重点攻势转为重点防御。企图确保天堑扬子江,把郑州和徐州作为两个重要支柱,妄想与我胶着于中原。然而事到如今,事实叫他们自己业已不得不承认,第三步还是事与愿违了!而且,他们最痛心的,显然还不只是这些计划一步步地破碎,而是在这些计划的破碎过程中,一张张的"主花"和"王牌",全在你增援我、我增援你的命令中被吃掉了!

就在这个北风凛凛的一九四八年的岁尾,蒋介石在南京由他自己精心设计装置起来的那座布景似的总统府里,召集了一次紧急的高级军事会议。会上他听到各路残兵败将,谈虎色变地说到各个战场上挖肉补疮的"增援",实际上已经成为"就歼"的同义语。特别是陈诚用美国小型教练机,不顾死活从双堆集接来参加会议的,那位麻脸副司令胡琏。当他心有余悸地报告了南坪集和马小庄的突围结果,以及王师晔变,李延年被阻蚌埠,寸步难行的情况之后,屋里鸦雀无声。蒋介石一言不发。他走近窗前看了看,然后沮丧地眄斜着眼珠,视线透过窗户上的玻璃,看到苍空欲堕,云雾翻滚,北风怒吼,雪花纷飞。他感到周身的血液霎时冻结起来。他突然听到千千万万的人们正以震撼山河的厉声斥问着:"试看今日域中,究属谁家天下?"他魔鬼似的狂叫了一声,拔出手枪对着地板击发了一枪。但是,他仍然感觉到天旋地转,地动山摇,连他这个苦心经营的总统府也都摇动了起来。于是,他撂下手枪,跟跟跄跄地绕室惊走,不知所以。会议就此中止。直到这天深夜,他才又把胡琏叫到他跟前,捶胸顿足地命令说:

"回去!你明天就给我立即回到双堆集!告诉黄维,你们如果不能把十二兵团给我带回来,你们也无须活着来见我!"停了一下,他又少气无力地说:"败家子呀!败家子呀!多么好的装备!多么好的队伍!眼看全叫你们丢完了!"

胡琏把腰弯成了弓,嘴里连声称是。然而他却转身钻进了陈诚的家里,再也不愿见人了。

有人说,做贼的人心虚;喜欢杀人的强盗,胆子顶小。看来这话也还有些道理。就在蒋介石的这次紧急会议之后,我第三野战军乘碾庄大捷之势,挥师指向徐州。可是,他们还在接敌运动中,敌人就已乱了套。首先是那位脑满肠肥坐镇徐州的刘峙。好像他自从一九三七年亲手把保定献给日寇,滚滚南退而又加官晋爵以来,就更深刻地体会了飞机的用途。他仿佛这次从南京开会转来,就一直没有离开飞机的座舱似的,一听风吹草动,便又立即腾云驾雾地上了天。丢下了那位在东北战场上逃出来的杜聿明,慌手慌脚,带上二十多万残兵败将,扔掉徐州一直往西跑。有一位俘虏兵说得顶好,他说:

"二十万人马出徐州,好像一群没有人要的狗。几千辆美国的十轮大卡车,装的是太太少爷。崭新的美式大炮在后头!人挡住了车,车挡住了炮。太太发了脾气,少爷又哭又闹!你骂我碰了你的头,我骂你撞了我的腰。大皮箱也不要了,红缎子棉被当柴烧!人骑马,马骑人,官长们的吉普车也挤翻了!总而言之,一句话,真他妈的兵败如山倒!那晚上天阴得像块铁,大北风卷着雪花呜呜叫,活像小刀一样地割脸。可是队伍却变成了一群蛆。你也挤,我也挤。只听得人喊马叫,一晚上没有走出三十里!赶天明南京才派来了飞机,大家这才重又把心放在肚里。谁知在飞机掩护下,好容易跑到了永城县的李石林一带,大哥还没有找到二哥,就又叫你们第三野战军赶上来,给包围在冰天雪地里!"

太阳已经发光,地上的积雪好像嫩洁的肌肤涂上了淡淡的胭脂。村舍依然宁静如夜。百里之外的炮声,到这里竟像钟摆嘀嗒似的,毫不引人注意了。在这里不管是军队或群众,都自觉地以最大努力保卫着静肃和安宁。虽然中原军区第二野战医院,是在战役开始之后才搬来。然而,这里的人民,一开始就亲切体会到每一个伤员都和他们自己血肉相连。自从医院搬来那天起,他们除掉自动让出全村最好的房屋给伤员们作病房之外,不论男女老少,都不自觉地变成了"见习护理员"。人们日日夜夜忙碌着,竭尽全力为伤员们采购和供应鸡蛋、猪肉、蜂蜜、蔬菜、面粉和一切。并且还在紧急关头,为着挽救伤员的生命,付出自己的鲜血!他们像守望子女们甜睡似的,黑夜白日维护着全村的宁静。为此,他们自动把全村的狗和公鸡统统送到别的村庄去。

在院部手术室的门前,差不多任何时候都有成群身强力壮的男女,在等待着特殊情况下为伤员们输血。这是由于半个月以前,一个紧急伤员的处理形成的。

那是第三野战军的一位郑副师长,在聚歼了黄伯韬,指挥部队向徐州推进的时候,被敌机的重磅炸弹炸伤了。伤势很严重。一时全身都是血,人也昏迷了。在战地包扎所里,大家看到他浑身是伤,简直找不到弹片究竟在哪里,只好连头带身子统统给包扎了起来,把担架放在汽车上,急忙送到医院里来。由于道路不好,人心又急,车子颠簸得厉害。到了医院的时候,血已浸透了帆布担架,把车上流了一大片!两个警卫员,一见医生和护士就哭了。他们马上找到老院长说:

"首长……不行了……要找好一点的棺材呵……"

院长没理他们,急忙拿听诊器听了听郑副师长那颗微微跳动着的心,用手拉开眼皮看了看尚有一丝闪光的角膜。立刻命令说:

"赶快输血!大量的,先输两百毫升!"

恰恰这时,血库里的血全用完了。在场的医生、护士和警卫员一齐报出了自己的血型。新近才从大别山调来的护士肖云不言声伸出了自己的胳膊。老院长瞅了瞅她胳膊上的针眼,把针管递给医生,拉起自己的衣袖说:

"肖云同志!我知道你有多少血!你没看见你那针眼还没有消失吗!"

"那我再去找别人!"肖云转身要走,院长十分急躁地说:

"来不及!快抽我的!"

年轻的医生把针头刺进了老院长的血管,自己心里一阵阵地痛起来。直到他觉得两百毫升对于老院长的年纪和健康情况确实不太合适的时候,他才忍不住地说:

"院长！再找别人吧？两百恐怕你的身体……"

"快抽！我还不懂我自己？"

这时，那两个哭鼻子的警卫员，才郑重其事地交代说："首长是O型血。"可是谁也没有接他们。

那医生没有再说话，抽够了两百毫升之后，老院长又亲自接过针管来，把血注入到郑副师长的血管里。大家看到郑副师长的眼皮微微动了一下，重又合起来。老院长看了一下大家，说：

"不够呀！同志们！"

说话间，几个青年老乡，都把自己的胳膊伸过来。院长犹豫了一下，盯住一个青年说：

"好，先查一下他的！"

不料，这个老乡的血型竟然对了。于是，又抽了他的两百毫升。接着，老院长就在手术室里，亲手从郑副师长身上取出了十几块弹片。特别危险的是，有一块最小的，从肋骨缝里钻进去，离心脏只有一点点的距离！

现在，郑副师长的伤势，早已脱离了危险。除掉他的头部和胸部还缠着绷带之外，其他的伤口基本上已经愈合了。有时候在院长的许可下，他还能够慢慢下地走几步。

这阵儿，早班护士肖云，一出门又看到手术室门口仍然坐着几个手提小火笼的老年人。她心里不禁跳了一下，感到非常不安。她想："老天爷！这怎么成呢？由于一次偶然的事件，竟在他们心里变成了制度！这些老人整夜守在这里，准备着输血！这么大冷天，光冻也得冻出病来呀！"

她一面急匆匆地扣好了白色工作服的纽扣，用手指胡乱理了理头发，然后，把手捂在嘴上哈了几口热气，相互揉搓着，大步走到那些老人跟前，银铃似的笑着说：

"哎呀呀！大爷，大娘们！你们怎么还在这儿坐着呀！这么大冷天……院长不是说过几十次了吗？那天真是千年不遇的事儿呀！以后不会再有啦！你们可别再这样！看看你们这把年纪,叫我们心里多不好受……"

"你是说咱队伍把他们都打死完啦？以后再没有伤员回来啦是不是？要是那样就好啦！"一位五十岁上下的老太太接着说。肖云急得双手拍打着自己的大腿,被晨风吹红了的脸上,小嘴娇嗔地那么一噘,故作生气地上前一步,大声说：

"不,不！就是再有伤员来,也不再让老乡们来输血啦！那天是因为血库的血用完了,伤势又紧急,要不然怎么能是那样呢,我们医院有这么多的人嘛！"

"唏！你看她那小嘴多会说,难道你嫌俺这庄稼人的血不好,还是嫌俺老啦？就是在这儿再坐十晚上,俺的血也不会冻住呀！俺人老,血可没有老！我的好姑娘……"另一位头上已有几根白发的老太太,好像故意逗肖云似的开玩笑说。肖云急得想哭,绯红的脸上,仿佛立刻就要崩裂似的,更加充血了。她跳着叫起来：

"哎呀！哎呀！你看你说的……"

一个老头子,马上用手势制止了她,悄悄说：

"姑娘！小声,小声点！伤员还在睡着呢！"肖云一愣怔,这才发觉自己反倒违犯了护理条例,有点不好意思地把话停下来。那老头趁势朝她跟前靠了靠,更低声地说：

"我想问问你,咱们那位郑副师长的伤好了没有？"

"快好啦！能下地啦！"肖云用同样的小声回答着。

"好啦,就是咱的福！可不容易呀！一个师,上万人拿刀弄杖全靠他的呀！就是咱都少活几年,也得叫他好……"

肖云似乎被这老人的赤心感动了,她陷入了温柔的沉思,连声说着：

"是呀！是呀！"

原先故意逗她的那位老太太,忽然一本正经地说：

"万福！万福！咱那老院长可真是活神仙！那天你看师长成

了啥样啦,浑身没有一块好肉,像个血人样!他家也不知道在啥地方?还有家小没有?要是家里知道啦,可要挂牵死人哩!"

"不知道呵!听他警卫员说,好像没有家小。因为从小闹革命,家里全叫地主杀光啦!"肖云说到这里,心头马上涌起了同病相怜的感情,眼睛有点红润了。

"看看,看看!人家为的啥?这样生里来死里去的,到如今连个家小也没有!只要他能好,我老婆子把肉割给他也情愿。你对他说吧,咱这里就算他的家,只要能把地主都打倒,哪里还没有家?"

"是呀!只要咱们的伤员全能好,要啥也行。咱还靠谁呀?一会儿,那些年轻人还要来给他们踩高跷哩!不知道师长能看不能?"另一个人接着。

到这里,肖云发现上班时间已经到了。于是,她又一次用手理了一下被风吹乱了的头发,很快地说着:"他能看,能看!"转身一溜烟地跑进病房去。

肖云完全没想到,当她一个个地查完了伤员的体温,把饭菜送到一些能够自己吃饭的伤员床边,然后拐回来,又把陈二丑扶起,拿被盖和枕头垫在他背后,自己坐在床边,用羹匙喂二丑的时候,二丑突然摆了一下脑袋,流着泪说:

"肖护士!你……你叫我今生怎么报答你的恩情呢?听说上次院长给我锯胳膊的时候,我已经死过去了。后来你又把自己的血输给了我,我才活转来。到这阵你黑夜白日守着我……还来喂我吃饭……"

"不,不,不是我给你输的血,是别人,你弄错啦。看你说的是啥呀!革命嘛,难道你是为你自己才打断了手的?快吃吧,看凉啦!等你快点好了,好回连上打敌人!"她说着,送了一匙子饭到二丑嘴里,然后又用筷子去拣菜。陈二丑流着泪吃着饭,仍然不停嘴地说着一些出自内心深处的感激话。肖云不言语,喂他吃过饭之

后,重新把他放倒睡下来,这才轻声细语地开了口:

"二丑同志!你的这种想法都不对!你虽然已经光荣地为人民负了伤,掉了一只手,后来因为伤口沾染了细菌,又把胳膊切除了一节。这些你都表现得很坚强,可是你的思想还没有跟上去呀,你不应该光想着个人,应该想大家。咱们是共产党领导的军队,谁也不是光为自己才来的,你说是不是?"

她水灵灵的双眼,定睛瞅着二丑。二丑的眼泪渐渐地干了。他觉得肖云好像也变成了李排长、肖红军他们那班人了。他不自禁地反问说:

"对呀!肖护士!你说得很对。你是共产党员吧?"

"不,我不是。我还不够共产党员的条件,还要好好锻炼。"肖云有些羞涩地低了一下头。

"不够?叫我看你跟我们连上的李排长、肖红军他们都一样,他们都是共产党员,都是不顾自己的人呵!"

肖云一听他说李排长、肖红军,马上皱了一下眉头说:

"你是第几连?"

"第七连。"

"七连……你到过大别山?"肖云思忖着问。

"没有,我是他们从大别山回来才参加的!"

"啊……"肖云深长地啊了一声,又说:

"你们连上那个'肖红'什么?他是个啥样的人?"

"其实他并不叫肖红军,他的真名叫肖洪举,听说他爹原先是个红军战士,加上他在连里又是个能杀能战、能文能武的尖尖,大家喜欢他,就管他叫成了肖红军!"

"他是啥地方人,你知道吧?"肖云紧问着,二丑有点奇怪了:

"怎么?你认识他?"

肖云急忙回避起来,装作无动于衷的样子应付说:

"不,我不认识。因为你说他是个好战士,我不过是问一问。"

"听说他是大别山,什么'瓦屋'的人?我也弄不清。"他停了一下,好像故意堵绝肖云再问下去似的,补充说:

"人家说他家里还有一个挺漂亮的爱人哩!他们好得很!临走他爱人还给他做了一双鞋,他带了很久很久,一直舍不得穿,后来还是解决了别人的困难。你不知道,这人可是好样的,他从来没有想到过自己。"

肖云的脸上一阵阵地发烧,心里又高兴又生气。高兴的总算知道了他的去处,并且他也果真是个好战士;生气的是他好不该把他们的关系全都告诉了大家。这一下把她在参军时候费尽心思,丢掉"刘"字,改名"肖云",打算只让大家知道他们是兄妹关系的想法,给吹了!她心里不禁暗暗地骂道:"真是狗肚里藏不住热脂油,当面说得好好哩,一转身就到处吐,好像生怕人家不知道。"她没有再同二丑说下去,随即站了起来,一面去收拾大家的碗筷,一面毫不在意地说:

"你们是第几团呀?二丑同志!"

"七团嘛!你又忘了,就是靳军长那个七团,这阵正在马小庄!"

"啊!看我这记性!"她嫣然笑了一下。

肖云紧张地做起自己的事情来。她根本没有估计到,她和二丑的谈话,从头至尾,全叫对面屋里住着的郑副师长听见了。最初,他只是从他们的谈话中感到这个小姑娘果真是个好样的,不只工作好,思想水平也不低。慢慢当他听到他们谈论着什么"肖红军","肖洪举",大别山,什么"瓦屋",什么他爹原是红军战士等等的时候,心里不觉一阵阵地紧起来。霎时间,他当初离家的情景,全又翻上了心头。于是,他又突然感觉到这肖云的口音完全像是他们的家乡人!他终于忍耐不住地吩咐警卫员去喊来了肖护士。

"首长!你不舒服吗?要什么东西?我去请院长来好不好?"肖云站在郑副师长的床边,亲切地问着。

"不,很舒服,什么也不要。想跟你谈谈!坐吧!坐吧!"郑副师长由于腮帮上的伤口还没有长好,雪白的绷带从头顶一层层地扎下来,弄得脸上仅仅露着鼻子、眼睛和嘴巴,看上去简直像个修女的样儿。他转过脸来,死死盯着肖云。警卫员已经把一个小木凳送到床前说:

"坐吧,肖护士!"

肖云一转身,很不好意思地甩了一下头发,边坐下来,边向警卫员致歉说:

"看你,让我自己去拿嘛!"警卫员毫不介意地退到自己的位子上。

郑副师长见她坐下来,也就开门见山地直说了:

"肖护士!你可别见怪,不是我偷听你们的谈话,是你们刚才在对面病房的谈话,硬往我的耳朵里钻。我听到你们谈得很有意思,特别是你对那个战士的批评,很好!很好!你从前认识他吗?他也是大别山的人吗?"

肖云笑着说:

"首长真会说笑话,我从前哪里见过他呢?刚才才知道他是第二野战军靳军长那个七团七连的战士,是在双堆集战场负伤的。他不是大别山的人,他也没有到过大别山。"

"初次认识,人家还是个伤员,你就那样尖锐地批评人家呀?"郑副师长故意考验她似的,这样迂回地说了一句。肖云毫不犹豫地很快回答说:

"大家都是革命同志嘛,又不是旧社会,还讲啥客气,有缺点就得批评。他的思想不对嘛,你说呢?首长!"

郑副师长满意地笑着,丢开这个话题,突然说:

"那你们是怎样谈到大别山的?"

"因为,他说他们连上有个战士叫肖红军,是大别山上什么'瓦屋'的人,我就问他这个肖红军是个什么样的人?他又说他的真名叫肖洪举,因为他爹是个红军,大家就把他叫成了肖红军。看看同志们多会给人家改名!我也觉得挺有意思!"肖云很微妙地笑着。

"你是大别山什么地方的人?你听我说话像大别山的人不像?"

"有点像,也有点不像。"肖云微笑着,吐了一下舌头。又说:"我是金家寨,彭家瓦屋的人。"

郑副师长一听这句话,忽地欠了一下身子,但又马上抑制了自己,没有坐起来。肖云赶忙站起:

"怎么?首长伤口疼吗?"

"不,不,你坐下吧!"郑副师长伸手拉住肖云的胳膊。肖云重又坐下来。郑副师长沉默了一会儿,长吁一口气,有点感慨地说:

"时间太长啦!连口音也有点不像啦!说实在,我可真是你的乡亲呀!肖护士!"

"是呀!我也听得出。首长出来多年了吧?"

"大概跟你的年岁差不多!你几岁啦?"

"二十!"肖云羞答答地仰了一下头,感到很不自然。郑副师长毫不注意她的表情,接着说:

"比你岁数少一年,十九年啦!"

"呵!首长也是民国十八年出来的?"肖云很有感触似的。

"是呀!那年出来的人多啦!你认识他说的七连那个肖洪举吗?"

"也许还有重名重姓的,要真是彭家瓦屋那个肖洪举,他是我的哥哥!"肖云禁不住红了脸,眼睛看起屋顶来。郑副师长再也耐不住地突然坐起来,披上了皮大衣。肖云赶紧把枕头塞在他背后。郑副师长直直盯着肖云的脸,觉得越看越熟悉,于是紧急问起来:

"你爹叫什么?叫肖治国是不是?打金家寨牺牲的……"

肖云冷不防,郑副师长一下说出了个这,心里猛一惊,突然站起来:

"首长！你怎么知道？"

"你说是不是？"郑副师长紧问着。

"是！"肖云迟疑了一下说。郑副师长实际上已经看透了她的神情。但是，又怕认错了。于是重又镇静下来：

"咳！我怎么不知道呢，肖治国是我的好朋友，我们一起打过仗，我知道的事情还多呢。你们湾子里有个大恶霸地主叫彭昌宗、彭昌祖是不是？民国十八年红军撤走之后，他们带着白匪在村里杀了很多人，你娘也叫他们拉到石河岸上砍了，是不是？……这些我都知道。"

"是，是，是！首长你是哪个湾子的？"肖云一面连声称是，一面鼓足勇气朝郑副师长的脸上打量着。郑副师长看到她的眼圈有点红了，因而更进一步地说：

"要是这样，我可要批评你了，你没有说实话！"他停了一下，肖云心里慌乱成一团，不知怎么好了。只是呆呆地站着，一言不发。"你不是肖洪举的妹妹，我知道肖治国同志没有女儿，只有一个儿子叫肖洪举，他爹死时他才一岁多。"

肖云到这时已经完全肯定郑副师长也是他们邻近湾子里的人了，可是仍然不敢设想就是她的亲爹在同她说话，因而急得直跳脚：

"哎呀首长，您到底是哪个湾子的人嘛？啥你都知道！"

"你别问我啦！我先问你到底是不是肖洪举的亲妹妹？你说真的！"

肖云思忖了一下，仍然坚持说：

"是。奶奶还在家呢！不信，你去问嘛！奶奶说我虽然原来不姓肖，可是奶奶把我一手带大的，跟肖家的孩子一样！"

郑副师长一听这句话，又知道肖治国的母亲还活着，心里完全有数了。他估计这老太太决计不会没有对孩子们说过从前的事情。于是，他直截了当地说：

"你们湾子里从前有个刘正太,他跟肖治国一块闹革命,奶奶对你说过没有?听说他家全叫地主给灭啦!只剩下一个小女儿,叫刘晓云,现在这人不知还在不在?"

郑副师长说这话时,眼前马上又出现了十九年前,石河岸上的那个晚上:月黑头,刮大风,河水涨得飘天大,飞沙走石,万马奔腾地吼叫着。彭家地主叫保安队把他们拉到河边一刀一个地砍了,蹬到河里去。他记得清清楚楚,第一刀下去,他老婆的脑袋像块石头样,扑通一声掉下河去。第二刀朝他脖子上一砍,他急忙一缩脖子,觉得头皮上麻悚悚的冰凉。他连忙自动栽下河里去。可是因为他会水,下去就又浮起来了。他看到老婆的头在前边漂着。但是自己的双手还叫捆着哩!他仰脸躺在水上,用脚打了几下水,赶上去张嘴咬住了老婆的长头发,朝下流了二三里路,才爬到岸上。然后他在石头上磨断了绳子,双手抱住老婆的脑袋。这才觉得自己头上也叫削去了一大块皮!于是,赶紧找了一个半山坡上的石缝子,把老婆的头放进去,又用石头塞好,连夜追赶红军去了。这阵,他心里有如刀搅似的疼痛。但他拼命仰起脸来,不让肖云看到自己的眼睛。于是肖云的耳边重又响起了奶奶的话:"只在河边捡到了一块头皮……要是他活着一定追赶红军去……"这时她像叫谁一下抓住了自己的心,并且使力地扯着,弄得她浑身出冷汗。她想也许这人就是爹啦吧?应该马上告诉他,自己就是刘晓云……但是自己好不该那时还太小,实在说不出自己的亲爹是个啥样子?这位首长虽然叫"郑泰",可是人家并不姓"刘"呀!自己是个女孩家,要是万一认错了,多不好。因而她竭力压制着自己,深深低下头来,好像在地下寻找什么似的说:

"我听奶奶说,俺……爹就是刘正太,他十有八九是不在啦!那晚上彭家地主在石河岸上,把他们都砍啦!虽然后来没有找到他的尸首,可是这么多年也没有个音信。当时河水那么大!去年队伍重又回大别山,好多叔叔伯伯都回来了,就是不见他……"肖云实在忍不住,泪珠接二连三滚落到地上,弄得警卫员也不知所措了,只好不言不语地往炭盆里加炭,不敢看她。她又接着说:"他的女儿已经长大了。……她很……好……"她终于哽咽起来。然而,郑副师长却又突然大声说:

"要是你爹还没有死,你想不想看见他?"

这期间,肖云愣怔了一下,连警卫员也没看见,郑副师长一下就把头上的绷带全都扯掉了,腮帮上的伤口重又浸出了血来。可是,他头顶上,被彭家地主削掉了一块头皮的地方,仍然一根头发也没有,闪闪地发光。肖云一抬头,看到了他头上的刀痕和满眶的眼泪,简直像太阳扫清了迷雾似的,心里霎时明亮了。她痉挛地一头栽到郑副师长的怀里,唏嘘着叫了一声"爹",泪像泉水一样涌出来!

警卫员急忙喊来了护士长和医生们,大家随即又把郑副师长的头给包起来。肖云这才擦干了眼泪,呆呆地站在那里,反而不知说什么好了。郑副师长好像了却了一桩久久积压的心愿似的,长吁一口气,用手抚摸着肖云的乱发说:

"去吧!好好地工作。永远记住毛主席和共产党!没有共产党,就没有了一切!彭家地主仅仅砍掉了我头上一层皮,所以我就把'刘'字去掉,让'正太'跟他们战斗下去!难道你以为我是真姓'郑'?好啦,以后慢慢说吧,事情太多啦。"

突然,踩高跷的青年男女,锣鼓喧天地进到院里来了。他们高高地举着毛主席像。郑副师长重新躺下去,视线从窗棂上透过,看到毛主席在向他微笑。并且仿佛听见他在说:"战斗呵!郑太同志!这世界等着我们来改造!还有多少同志的女儿没有找到父母呵!"

高跷就在院里唱起来:

> 徐州解放了!
> 徐州解放了!

杜聿明你跑不掉,
　　　　你跑不掉!
　　咱们三野大军赶上了,
　　　　赶上了!
　　南京城里呀!
　　坐不住马鞍桥!
　　坐不住马鞍桥!
　　…………

老院长忽然推门进来说:

"郑师长,怎么样?出去看看不?"他扫视了大家一下,感到屋里空气有点不对。肖云突然说:

"去吧!爹!"

老院长呆了。郑副师长赶紧坐起来接上说:

"好呵,看看!正好今天我又找到了女儿!"肖云和警卫员连忙上去搀扶他。可是老院长还是一点也摸不清头脑。

二

自从那天蚌埠李延年兵团被阻,两个团投降,到夜晚双堆集敌军某师又在师长带领下起义之后,困守双堆集的黄维,活像无意中吞了一剂猛烈的泻药,从此再也直不起腰来了。那位自命不凡的胡琏子,明明说到南京去开会,请求更多的增援,反而成了肉包子打狗,有去无回了!再加上徐州"统帅"刘峙,一看风吹草动就变成了"飞将军"。吓得杜聿明不顾死活,丢下徐州往西跑。这一切仿佛山雨欲来的沉雷,一声声捶击着黄维的心!仿佛涨潮以前的海啸在惊恐地怒吼!甚至使他感觉到,这时候,他那指挥部的小屋,业已发出了吱呀分崩的声响!那声音有如无数的人,在他耳边悄悄说:"危险!危险!各顾性命要紧呵!"于是,他在到达双堆集之后,所有想过和说过的一切"雄心壮志",全像皂沫似的破灭了!他彻底丢掉了突围的念头,开始了他所懂得的防守。

"防守"二字,在敌人条令里的确切含义,只不过是凭仗坚固的障碍和筑城,以苟延残喘。他们认为不必要,也不可能在他们的士兵心里发掘什么抗拒的力量!因而,当黄维决心防守的时候,立刻开始了调整部署,构筑工事。首先把他的兵团指挥部,从那座小屋里,让他的兵士们花费了巨大的劳动力,替他转入了地下。接着,就把全兵团的上千辆大型"道奇"卡车集中起来,一辆接一辆地围绕他的指挥所,摆成一个圆圈。然后又把车厢内和车身下,统统塞满了泥土,构成了一个世界上少有的"车城"。"车城"之外,密布着层层的地堡。另外,又把他的"王牌"十八军(原整编十一师)的主力所谓"英雄"团抓在兵团部来,作为最后的本钱。把另一个所谓"威武"团(即"老虎"团),摆在兵团部的正南田野上,构筑了一个庞大的野外集团工事,作为他的守门狗。至此,在黄维看来,已经大可摆起架子让我军进攻了。可是,当他做出这个决定时,他却忘记了这里是他们被围困着的双堆集,是严寒的田野。这里既没有他们筑城所需要的大量钢筋和水泥。而且,连群众的家具、门窗也已被他们焚烧造饭和取暖了。当他的命令下达之后,兵士们在土冻三尺的大地上,吃力地挖掘着,北风飕飕,心肤俱裂。他们正在三五成群地缩做一团,烧起群众的衣物取暖哩!到这时黄维才又开始了惊人的创造!他居然明文规定,要各部队在构筑工事时,尽量"就地取材"使用僵尸!就这样,兵士们沉痛地流着泪,被迫用自己还在发热的双手,把僵冻了的尸体搬过来,堆砌成自己的掩体!让活人的泪水浇灌在死人的心上,冻结成美蒋的长城!

那天早晨,七连的出击迅速粉碎了敌人对于起义部队的追歼。并在当天夜里又对当面敌人据守的一个小庄子发起了进攻。然而,没有料到,当他们顺利突破前沿,楔进村子之后,才发现敌人业已筑好一个个的地堡群。他们一进村,这敌人确实不像从前那些敌人一样,立刻放下武器跪下来,而是很有准备地迅速离开了群众的家屋,狐狸似的钻进了地堡。加上他们事前没有估计到敌人这一手,瞎摸漆黑看不清敌人地堡和交通沟的构造,敌人突然发扬了火力,使部队增加了一些伤亡。展开了剧烈的逐堡争夺战。然而,这样毕竟是很困难的。自己已经冲进去,炮兵用不上。敌人躲在乌龟壳里,需要一个个地往外掏。时间浪费了!他们用手榴弹和小包炸药,和敌人足足战斗了四小时,才只夺取了敌人一个地堡群。这时候,李营长看了看表,天快亮了,感觉这样胶着下去没有好处,随即请示了上级,把队伍重又撤回了马小庄。

他们刚一返回马小庄,大家就发现王小秀不见了。肖红军急得直跳,他举着手榴弹,号召似的喊着:

"走!快返回去找他呀!"

战士们哗声跟着肖红军重又返回去。李康暴怒似的吼起来:

"给我站住!肖红军你要干什么?"

大家呆住了。敌人的追击火力,一个劲儿地扫过来。我们的炮兵狠狠朝敌人压过去。董指导员命令说:

"还不快回工事里去!"

肖红军和他的追随者,心里憋了一个大疙瘩。一个个哑巴悄地回到工事里。但是,他们还是咽不下去这口气。肖红军理直气壮地报告说:

"报告副连长!王小秀同志没有回来呀!"

"是呀!王小秀没有回来呀!我们难道能把他丢了!"另一个人说。

许多人附和着,等待着李康的回答。李康和董指导员始终不言语。战士们心里嘟哝起来了:"这样的战士,我看你打上灯笼火把上哪儿找!人家能文能武,心里道道多得不行,打起仗来一个人能顶几个人。未必你们都没看见啦？当干部这样不爱惜战士,我看你还能带几天兵！等到战术总结,评伤亡的时候,怕我不提你一箩筐意见才怪！"甚至,有人下意识地估摸着李康："难道当了副连长就看不见战士了？我看你当了连长该怎办？"于是,他又想起了黄坚。心里说："要是黄连长还在,早就举起战刀反扑回去了！非要找到王小秀不可！就是带了花,也得把他抬回来。就是牺牲了,也要把他埋在自己的阵地上！同志嘛！亏你手里还拿着黄连长的那把刀,你就不怕那刀受委屈！"

可是,肖红军和赵忠林他们想的却不是这些。他们只是感觉到,王小秀没回来,确是党的大损失！特别是肖红军,简直像是失去了一只臂膀,恨不得不顾一切,立刻把他找回来。然而,等到李康命令他们停下的时候,他们虽然一时感到很憋屈,但又想到李康可能还有好办法,所以,他们也在急切等着李康的答复。

李康和董指导员,久久地沉默着,思考着,他们仿佛很清楚地听到了大家心里的话。

东方渐渐发白了,枪声也已停止。战士们朦胧看见李康和董指导员的脸色,有人已经发觉自己刚才对于他们的责怪有些过分,开始感到不安的时候,李康手里提着那把刀,紧皱着眉头,朝面前的战士扫视了一下,小声说：

"同志们！我知道王小秀同志没有回来,我更知道他是我们的好战友！"他的声气越来越大了,"你们想过没有？王小秀同志他到底是为什么没有回来？据我想只有两个可能:一个是他负伤了;一个是他牺牲了。我们撤退的时候没有看到他,他也没有喊叫。是不是？如果是这样,你们大家不妨替他想一想,在昨天晚上那样的战斗情况下,到底他是希望咱们快点不顾一切牺牲返回去救他呀,还是希望同志们快点顺利地撤回来,等到天黑再去搞敌人？我想他不会认为七连应该不惜一切回去救他！我不知道你们想过这些没有？要是想过了,那么,我们现在重新返回去,在敌人火力下再揉搓几下,用更多同志的生命去找王小秀。即是还能活着找到他,他也一定要发脾气的。他会说你们是胡闹!"

谁也不吱声了,都觉得副连长的这番话确是说得很透辟。闹腾了半天,自己只顾乱嚷嚷,反而把王小秀给看低了,心头不免有点懊悔。可也还是觉得挺别扭,总以为这样慌慌张张丢掉了一个好同志,就像丢掉自己身上的一块肉似的。

董指导员很难过地接着说:

"副连长说得很好,打仗千万不能凭意气,指挥员的职责不是带领大家去拼命!指挥员把每一个战士都看做自己的手足,难道世上还会有人故意丢掉自己的手足吗?当然为了消灭敌人,打起仗来,难免是要伤着手足的。但是,伤了一只手,你就一气之下,闭起眼睛,把另一只手和两只脚都拼上,那还能算指挥员吗?我看那才真是疯子哩!同志们!当然不要说伤了一只手,就是一个指头也是很疼的!十指连心嘛,谁不知道,王小秀同志没有回来,我们心里比你们更难过。我看,只有把这种难过变成力量,很快想法消灭敌人,才是正确的,才是真正爱护王小秀。你们大家想想吧,我们的敌人还多,我们的战斗道路还长,一锤子买卖能行吗?"

指导员把话停下来,他们返回连部去。李康回头命令说:

"抓紧时间休息!研究研究昨晚的战斗,对连里的指挥多多提点意见,晚上再去找王小秀!"

实际上,这一天战士们一直都在议论着王小秀。他们竭力回忆着,他到底是在什么时候、什么地方负伤或者牺牲的?他们想象着敌人将会怎么对待他。

肖红军一口咬定,决不是在夺取敌人那个地堡群的时候。那时他还清清楚楚看到他,两手抱着一捆手榴弹,拼命摔到敌人地堡上,随即卧倒在交通沟里。炸弹轰声冒出了火光,他又看到王小秀急忙爬了起来,弯着身子向前跑。这一点,接着就被王小秀的班长证实了。他说他们就在这以后,还一块去进攻了另一个大地堡。

王小秀还提意见,叫用枪榴弹平射,往敌人枪眼里打。后来就没有再见他,也没听见他说话。另外有人说,一定是在撤退的时候。那时,敌人一见我们要撤退,火力特别疯狂,顺着交通沟一个劲儿地打。我们的掩护火力也很强,说不定就在那时候。

众说纷纭,谁也说不准。最后,他们很自然地转到敌人将会怎样对付他的问题上来。一想起这些,大家的看法反而完全一致了。但是,谁也不愿说出口。只在自己的心头默默地把沉痛化成了无比的仇恨和力量。

下午,那位烧掉了头发的老太太,不知道怎样听说了七连昨晚这场不愉快的战斗。她弄块黑帕子把头包上,手里提着一个小包包,是人拦挡不住,又从后庄赶来了。谁也不知道她心里想的是什么,可是,从她的动作上看,如今她也有了些军事常识了。她快步走着,为了避开敌人偶然的炮击,竟像战士们那样,尽量利用地形地物,身子极力朝下弯曲着,甚至在好几段开阔地带,她都是从地上爬过来的。

老人这次一进马小庄,却和上次完全不同了。她没有朝营部掩蔽部里去,连她自己那座烧毁了的小家院,也没有再去看一眼,就顺着交通沟摸到最前沿的七连阵地上来。好像这些天来的战斗,业已叫她大大地开了眼界,明白了许多问题。现在,仿佛她已经感觉到她的全部生命财产就是这些战士了。没有这些战士,就等于没有了明天。

这时候老人突然来到。战士们有点讶然了。大家忙不迭朝她迎过去:

"老太太!你怎么跑到这儿来啦!这里危险呀!快坐下来吧!"肖红军拉她坐下,她却摇了一下身子,不转眼地扫视着大家,一句话也不说。

"哎呀!老大娘!你好了吗?看看,你咋又跑来啦?"田教员上前一步,同样用手按她的肩膀要她坐下来。她仍然一言不发,仅仅把自己的手,搭在田松的背上,像母亲抚摸儿子似的轻轻摸弄着。那神情叫大家完全懂得,她心里是在说:"好孩子呵!你还在……"

她站着,一直不说话。大家看到她的脸色渐渐被冷风刮红了,眼角边的皱纹紧紧地聚拢在一起,松软的眼皮,吃力眯缝起来,朝昨晚他们没有打下来的小庄子瞟了瞟,泪珠顺着眼角淌下来。她好像比那天敌人烧掉了她的家更痛心地忽然坐在壕沟里,两只腿好像生气了的小孩子那样,拼命伸缩着说:

"危险?我这埋了一半的老婆子还怕啥!多好的孩子呵!身强力壮,魁魁伟伟,站着像座小山样……"

大家自然猜到她是听说了什么,或者是看到了什么,于是急忙岔开说:

"老大娘!你看你说的是啥呀?咱们这不都在吗?一个也不短呀!"

"你们不用哄我!啥我都知道。你说那个高大汉子,他上哪儿去啦?"她含着眼泪盯着大家。人们很清楚她是说的王小秀。肖红军生怕别人说漏底,赶紧接着说:

"呵!老大娘,你是说他呀!是那天早上跟我逗耍那个大个子是不是?他到团部去啦!有公事,一阵就要回来的。"

老人毫不相信地噘了噘嘴巴。用手拧下一把鼻涕:

"孩子们!啥我都知道。依我说呀,你们要赶快给他家里捎封信,让老的知道孩子在这光荣啦!他没亏对老的生养他一场……"

虎成一听说到"老的",鼻子一酸,转身走开了。老太太打开了手里的小包,取出她在亲戚家煮熟了的鸡蛋,一个个地往战士手里塞。大家谁也不肯接,她急了:

"看看,到这会还分彼此呀!你们要不拿下他们那般强盗,我老婆子一天也活不成!"

"老太太!打仗是我们的任务。你也困难,快拿回去吧!"大家争先恐后地劝说着,老人始终不肯拿回去。直到董指导员跑过来,

亲手把她搀到连部,心平气和地说了一阵子,才又派小古把她送回去。那老人临出村,还使力拍着自己的胯骨,盟誓似的说:

"指导员!你们不管要啥,请说啦!既然打成这样了,咱就得泼上!你说要摘星星,咱老百姓也能搭人梯上天!"

董指导员嗯嗯着,看着她和小古的背影渐渐远了。

傍晚,如血的夕阳渐渐隐没,战场上的人影业已模糊了。我军各个阵地上的炮兵,照例向各自的目标开始了轰击。我们从四面八方又一次开始前进了。

七连昨晚没有拿下的小村庄,一共只有三座草屋,住着五六家佃户。村外有个小小的池塘,池边长着一棵大榆树。炮兵们谨慎地超越着群众的家屋,准确地制压着敌人。七连迅速地第二次接近了这小村。炮击一停,他们立即扑进了村里。大家准备好了一切,决心要和这敌人干他个通宵。任凭他是海蚌,也要一点点地把他挑出来。谁知敌人却在昨晚已经吓破了胆,我军一进村,他们仅仅手忙脚乱地招架了一下,就夹起尾巴撤到后边另一个庄上去了。战士们趁着天还没有完全黑下来,到处找起了王小秀。

原来敌人占领这村的时候,正是半夜三更。全村人正睡得迷迷糊糊。男人们一听动静,翻身就跑。只剩下几个妇女和小孩,叫敌人给堵住了。可是,奇怪的是,昨晚他们打进来的时候,却连一个群众也没有见到。这阵他们才发现,小小的池塘已经成了全村人的集体墓坑!

池边那棵大榆树上,吊着一个穿黑棉袄的女人,披头散发,鼻子、嘴七窍出血,舌头伸出了多长!另外的,全都是用刺刀捅了之后,扔在池子里漂起来。池水在她们身上结了一层红色的薄冰,头发也像乱麻似的纠结在一起。

李营长站在池边,连声骂着:"畜生!野兽!"然后,吩咐战士们赶快把树上和水里的尸体好好掩埋一下。全营立刻就要前进到这

里。突然,有人在他耳边小声说:

"都找遍了,没有!"

李文一回头,见是董书田。他也同样小声说:

"没有……你估计这人……"董指导员陷入了沉思。接着说:

"我想不可能!根据他解放过来后的表现……"

他的话被肖红军的喊叫打断了。他和李营长急忙朝肖红军他们跑过去。原来是,他们在敌人那个最大的地堡里找到了一个不过半岁的小孩。这孩子在靠墙根的一块薄薄的麦秸上躺着,没有穿裤子,小手拼命抓挠着麦秸,小脚冻得像红萝卜一样,竭力朝上踢蹬着,好像恨不得要把地堡给踢垮,声嘶力竭地哭着。

李营长没有说出一句话,立即脱下自己身上的军大衣,把孩子包起来,紧紧抱在怀里。转身找来了一个俘虏,急忙问询着事情的来由。俘虏说,他们开进这村的晚上,队伍一进村,他们的营长就下命令说:"为了不走漏军情,立即把全村老百姓都杀掉!"当时他们营长看到这小孩的娘才只二十多点年纪,是个利利洒洒的人,说"杀了太可惜",就把她给留下了。营长一直就在她屋住。后来修好了地堡,就把她也弄到这个大堡里。昨晚上,那女人和营长还都在这里边哩!队伍打进来时,那女人不顾死活朝外跑,营长叫传令兵死死抓住她不放手。今天下午,营长临走的时候,她还死活不肯走。营长提着他的加拿大手枪,对准这孩子的脑门说:

"你走不走?给你脸你不要!"

那女人哭着跪下来,哀告说:

"老总……求你行个好,放了俺娘儿俩吧!他爹也在咱这边的呀!他才叫抓去不多天……求你给他留下这条根儿……"

营长哈哈笑着说:

"好呵!都是自己人,你还不跟我吗?快起来,到后边庄上,咱还有好日子过哩!看在自己人的分上,留下这个小杂种!"营长把枪装进盒里去。那女人站起来一去抱孩子,营长又变脸了。他忽

然骂着说:

"他妈的!你还要带他呀?真不知好歹!有老子你还怕没有儿子!"然后,向传令兵一使眼色,他又掏出手枪对着孩子比画起来。那女人就地滚着,嚎叫着,被传令兵给拖走了。

李文把小孩重新抱了抱,皱着眉头问那俘虏说:

"你们这个营长叫什么名字?"

"叫王言庆。是个短粗的个子,三十多点年纪。他是十八军杨军长的内弟,霸道得很!"这个俘虏似乎也感到他的营长实在不是人,极力想说清楚点。李文用鼻子哼了一声。

孩子在李文的怀里,被大衣包得严严紧紧,感到了温暖,停止了哭泣。然而,不多久他那圆溜溜的小眼珠朝李文打量了一番,忽然发现不是妈妈,小嘴重又咧开来。李文晃动着身子,用一个指头摸着孩子的脸说:

"别哭!别哭!我不是你妈,我是一个人民战士!你妈叫敌人抢走啦!明天咱去把她救回来!噢……噢……噢……"他抱着孩子在交通沟里来回走动着。命令各连立即改造工事和地堡。最后,又把通讯员叫到跟前说:

"你去给他挖个防炮室,要做好点呵!厚厚地铺上干草。再把我的毯子也铺上,先叫他暖暖和和睡一觉,再通知炊事员给他煮点稀饭吃。听到没有?"

"是!"通讯员笑着跑去了。

三

其实,王小秀那晚上就是在向敌人营长那个大地堡匍匐前进的时候,突然脑袋一蒙,什么也不知道了。等他醒来之后,我军已经撤退。敌人从地堡里钻了出来,疯狂地展开了火力追击。这时他才发现自己的头部和右大腿上一齐中了弹。他用手摸了摸,满脸黏糊糊的全是血。一只耳朵不见了!可是他又觉得一定没有打着痛处,要不然,怎么还能想事情呢?接着他又摸到自己的右腿上边,翘起了多大一块肉。原来是他正在往前爬,子弹从他眉毛上边钻进去,穿过鬓角,又从耳朵后边钻出来,洞穿了右腿!他不禁暗暗吃惊道:"总算老子走运!离心还远着哩!你既然没有结果了老子,老子就得照样活下去!"然而,现在他实在动弹不得。况且自己的队伍已经撤退了,虽然他估计队伍肯定今晚还要来收拾他们,但这大长一天可怎过?要叫这群畜生看见自己还没死,那可压根儿别想再活了。

正在这时,枪声渐渐稀下来。立刻他就听到了女人孩子的啼哭和伤兵们的叫喊。接着开来了一辆大卡车。敌人那个营长从地堡里钻出来,大声地吼着:

"快!快把死的统统拉过来加强工事,活着的一律送到野战医院去!别让他们在这齐呼乱喊地鬼叫!"

王小秀一听这句话,急忙扔掉了自己的帽子,又从身边一个敌人尸体上脱下了一件上衣,套在自己身上。敌人瞎摸漆黑到处踢打着,嘴巴不停地吆喝着:

"有气的趁早言语,不吭声可要把你拿来修工事了呵!这是上级的命令,咱们弟兄谁和谁也没有仇……"

王小秀心里凉了!他知道在敌人队伍里,常常有些想开小差的弟兄们,平时找不到机会,只好在打仗的时候,一负伤就装死。这一来他就可以寻找机会顺利跑回家去了。因为敌人是从来也不掩埋自己的阵亡士兵的。然而,这阵却又忽然说死的要拿来填补工事,并且再三声明这是上级的命令,这倒叫他有点奇怪了。虽然他完全明白说这话的士兵的心情,可是他却一点也不懂死尸还能做工事?这件事未免太新鲜!他心里说:"好狠毒呵!我看你黄维还能活几时!反正老子也不是外行,你就把我弄到伤兵医院去,我也有办法!"

突然有人朝他身边那个尸体狠狠踢了两脚说:

"拉过去,又多一块'砖头'!"

他们弯下腰去拉那尸体。有人摸住了尸体的光膀子,居然取笑说:

"嘿!这小子真舍得卖命呵!还脱了衣裳干哩!妈的,不知死的鬼,老蒋也不是你的小舅子!"说着,他们像拖木头似的把他拉走了。

王小秀这时候,为了避免挨脚踢,故意大声哎哟哎哟叫起来。他们不管青红皂白,抬起就把他往卡车的大拖斗里扔。有一个人不照面地嘟哝说:"你别哎哟啦!到医院去你也得变成'砖头'!"

王小秀忍着难言的疼痛,在大拖斗里颠簸着,终于被丢进了野战医院的土棺材。这时,天还漆黑,什么也看不见。卡车开走之后,只听得一片哭爹喊娘的惨叫,混杂着不顾一切的怒骂。他心里有点害怕了。我的天!这明明是要活埋,还说是医院!他肯定那些怒骂官长的人,一定是正在被活埋,要不然万万不能这样呀?他想:"我王小秀只要还有一口气,决计不能让你们把我活埋了!老子革命还没革到头呢!"他想趁着天不亮,赶紧爬出这土坑,不管躲在哪儿,先不叫你们活埋再说。可是,他使尽了全身的力气,无论如何也爬不出!腿像断了一样,根本不能用力。脑袋足有一千多斤重,抬也抬不起!土棺材虽然只有一尺多深,但是现在却像万丈绝壁,叫他这个能杀能战的大汉子,一点也奈何不得!

他终于被沉重的伤势和难忍的疼痛紧紧地捆绑住了!他心头强烈的生命之火,慢慢、慢慢地低了下来。这时候,王小秀是多么想念他们七连的战友呵!不知怎么,他耳边霎时静下来,一声呻吟也没有了。他仿佛看到了肖红军,还像花朵似的站在他的面前说:"老王呀!现在我才明白了,一个人参加革命才算真正找到了正路!我们的敌人非要我们去打他,他才会倒下来,他是不会自己倒的呀！谁也不会替我们去打！我可真不喜欢这个世道呵！以后的世道要比这个好得多！你想过没有？"他仿佛又听到李排长那天在路上批评二丑的那些话。他仿佛看到了全连的同志……忽然他又难过起来了。他恨自己还不如陈二丑，他还能在临上担架以前，向指导员提出要求参加共产党的愿望。可是，我王小秀连这也来不及了呵！共产党呵！我走了多大个弯路呵！到如今才知道你比爹娘还亲，没有你，就不能改变这世道！现在，我呵……

他没有力量再想下去。他觉得头上还在流血。他吃力地脱下自己的内衣，把头紧紧地缠起来，然后闭上了眼睛，等待着活活的埋葬。但是，久久地没有动静。黎明前的浓黑，带着浸透骨髓的严寒降临了。他觉得身子好像掉进了冰洞，浑身的血液全都冻住了。甚至，每一根骨头都叫冻得吱吱响，牙齿控制不住地相互碰击着，身子竭力缩做一团。这时，他真恨不得叫谁赶快拿土把他盖起来。然而，他的希望仍然"过高"了，严寒疯狂地折磨着他，制伏着他。他耳边的惨叫和呻吟，渐渐低微了，像阵轻波似的，一点点地向渺茫无边的远方荡去，一切都没有了！

王小秀不知不觉重又回到了七连。连上的同志们似乎并不知道他发生了什么事情。大家还像平时一样地说笑着，摆谈着胜利，准备着重新去战斗。虎成笑着跑来对他说：

"秀哥！你知道吧？咱黄连长又回来了呀！他说他到了医院，叫咱们的医生拿手一摸，他的胸脯就长好了！他还见了俺表哥。他的手也叫医生给接上了！他说，好呵！这下可是再也不会死啦，非要打死蒋介石不可！"

"那可真是神仙医生呵！连长他们在哪儿呢？"

"在连部呀！走，咱们去看看吧！"

虎成转身走了。王小秀无论如何也走不动，他用尽了全身的力气，身子还是一点也不会动弹！他急了，大声叫起虎成来。虎成好像没听见，不回头地去了。然后，肖红军又抱来了一堆干柴，往地上一扔,嘴里嘻嘻哈哈地说着:"好冷呵!好冷呵!"掏出洋火就把柴给烧着了。王小秀一面说着:"当心!当心暴露目标,吃炮弹哟!"一面也把身子凑过去,伸手去烤火。于是,他觉得马上全身热火起来了。正在这时,不知是谁突然大声叫起来。王小秀猛一惊,醒了!原来是敌人的医生们,带着一些士兵来找死尸来了!

王小秀用手撕开了冻结在眼皮上的血块,睁眼一看,太阳已经很高了。伤口上和地面上的白霜业已开始融化。密密麻麻,看不到边际的"野战医院",每一个土棺材里都塞满了人。所有人的身上都盖着一层白糊糊的霜。喊叫的声音很小了。只是当医生们走到他们跟前,他们为了证明自己还没死,才声嘶力竭地哼哼几声。或者拼命动弹一下,有人索性坐起来。

王小秀亲眼看着,他们把一个个告别了人间的兵士,从土棺材里拉出来,像块僵硬的石头一样,扑通扑通摞进卡车里。他的心比刀子割着还难受。他被仇恨激怒着,咬紧牙关,忽然坐了起来。但是,他却完全没想到,能够坐起来的,反而最后得到了一小罐头筒可以照见人影的稀粥。那些只会哼哼的,却是什么也没有得到。只等着明天再用卡车来搬运他们。

所谓的医生和护士,连个屁也没有放。他们压根儿没有看一眼谁的伤,仅仅把一些小罐头筒子朝他们这些坐起来的伤兵跟前一丢,就扬长而去了。

王小秀的眼珠透过自己的泪和血,看到他们走远了。这才拿起了稀饭筒。难忍的干渴、寒冷和饥饿,使他不顾一切喝下去。虽然稀饭早就没有一丝热气了,他还觉得要比自己的肚子多少暖和些。然而,他仅仅喝了两口,睡在隔壁那个土棺材里的伤兵,就把双手向他伸过来。他斜过身来看了看那人,自己心里非常不好受。他把身子歪过去,断然把稀饭递给了那人。谁知那人还没有喝几口,他的"邻居"又从土棺材里探出半截身子,向他乞求了。于是,那人又把筒子递过去,第三个人把稀饭一气喝光了!

王小秀一言不发地呆坐着。伤口业已结起了血痂。他轻轻抽动着右腿,好像骨头还没有打断。只是脑袋实在重得很,似乎整个肩膀都被脑袋压垮了!然而,他却仍然紧急考虑着逃生的办法。因为,他所看到的一切,都在雄辩地向他说明着,这里无论如何是不能久呆的,早晚只有死路一条。就是死,也得爬回自己的阵地上,决计不能死后还给敌人做工事。

隔壁那人好像受了两口稀饭的感动,小声说:

"你是哪一部分的?"

"还不是十八军!"王小秀歪了歪头,很不满意地回答着。

"呵呀!你也是十八军?操他奶奶!这回可把当官的狼心狗肺看透啦!平常吹呀!吹呀!恨不得把牛往死处吹!啥他娘的'王牌'呀!'主力'呀!这就是咱们'王牌'的下场!"

王小秀正在考虑怎么回答他的时候,第三个喝过稀饭的人,更不满地骂开了:

"主力!主他妈的蛋!老子早知道是这个下场,早带上队伍过去了!别说解放军,是人也比咱这些当官的强一万倍!老子再一辈子能当牲口也不再当中央军!"

王小秀看不到这人的脸,便向身边那人说:

"他是哪部分的?"

"还不是十八军!他是俺班长!哎……"这人言犹未了地长叹一声。

"是呀!也许是咱上一辈子没烧好香,叫咱这一辈走错了路!干上了这队伍……"王小秀故意悲观失望地接了这么一句,重新躺下来。他心里已经开始盘算起这两个人来了。

中午,天空响起了震耳的嗡嗡声,敌人成群的重轰炸机来了。王小秀瞪眼瞅着它们,心里说:"这阵老子可不理你了!未必你还能把炸弹投在你们自己的医院里!"可是,说话间那些飞机胡乱绕了个圈子,开始投弹了。空中马上飘满了肥皂泡似的降落伞。王小秀奇怪了:"妈的,真见鬼啦,扔炸弹还带降落伞哩!"说着,其中好几个正冲他们的脑袋落下来。正在这时,一群兵哇哇叫着跑来了。现在他才看到原来不是炸弹,都是一个个的小木箱。那家伙一落下来,就把几个伤兵砸得脑浆迸出了!那些叫喊着跑来的烂兵们,真像狗扯羊皮一样,不顾一切,抢成了一团。脚下的伤兵被他们给踩得尖声叫唤着。结果他们还是相互动起武来了。几个十八军的兵,首先开了枪,两三个人应声倒下了。其他的人也就忍气吞声散开去。他们当场就把箱子打开来。王小秀看到他们一见箱里装的是子弹和药品,反而用脚一蹬就不管了。只有一个箱子里装的是大饼,这却又叫他们抢起来。十八军那几条蛮不讲理的恶狗一齐背起枪,抬上箱子就开跑。站在一边垂涎千尺的十军和十四军刚才挨了打的一群烂兵眼睛又红了。他们看到十八军那几个家伙把枪挂在背上,腾出手来去抬大饼,于是,他们一窝蜂地扑上去,没头没脑一阵拳打脚踢,夺过大饼就跑。十八军那几个小子,一边开枪一边追,转眼也就不知去向了。

这场剧烈的"大饼争夺战"就在王小秀他们睡的土棺材旁边结束了。王小秀一直坐着,他从头到尾,看够了这场疯狗的搏斗,始终一声也没响。可是,他心里却差点笑出声来。他已清清楚楚地感觉到战役快要结束了,敌人的寿命没有多长了!

刚才第三个喝稀饭的那个班长,愤怒地用鼻子哼了一声说:"看见没有?这就是'主力',就是'王牌'呀……"

王小秀很平静地回答说:"看见啦!"接着他就又一次地试动着自己的腿。左腿还是好的。右腿仍然硬得像铁一样,一动就痛得钻心!但是,他忍耐着,让左腿抽搐着,两手抓挠着,终于把身子爬出了土棺材。那位班长看见了,欠了欠身子说:

"喂!你上哪儿去呀?"

"我想把那些降落伞拉过来,咱们盖上不是暖和一点吗!"王小秀指着离他们二三十步远的弹药箱,艰难地向前爬去。谁知当他

快要爬到跟前时,又有一群烂兵跑来了。他们活像苍蝇见了血一样,嗡声围上去,却又失望地骂起来:

"去他妈×!大饼又叫十八军给抢走了!光剩下这些穷子弹、穷药品!"

"子弹是美国来的,留给美国人吃吧!"另一个兵接着。他们好像根本没有看见王小秀。王小秀躺在那里一动也不动。

"嘿!你别说笑话,美国子弹只要吃一颗,就一辈子也不饿啦!"

"老子宁吃美国人,也不吃美国子弹!我老婆还在家里等我呢!"

他们七言八语地乱说着,准备走开去。忽然有人说:

"喂!咱把药品拿走吧!你看,崭新的纱布、绷带、药棉花,还有红药水……"

"去你妈的!我是不打算挂彩啦!要是你还想帮他们流血、你就拿!叫我看还不胜把这降落伞拿回去当被子盖哩!"这人说着,伸手扯去了降落伞。于是,他们一齐动起手来,把降落伞全都拿走了。最后,还有一个小子提议,把木箱子拿回去当柴烧。这下他们全都同意了。随即呼哩哗啦把子弹、药品倒了一地,扛起木箱走了。

这期间,王小秀一直像个死人一样,在地上躺着。他心里说:"这才是做贼碰上劫路的,倒霉透顶了!"直到这些烂兵走远了,他才继续朝前爬。心想就是弄点绷带、棉花包扎一下自己的伤口也好些,反正这里的医生根本不是人!当他爬到跟前时,已经累得不行了。伤口痛得浑身直冒汗,头也抬不起来了。饥寒、疼痛叫他无可奈何地躺着休息了一阵。然后,自己打开了一瓶红药水,往伤口上抹了抹。垫上了厚厚的纱布和棉花,用绷带好好扎起来。这时,他也不知道是心理作用不是,立刻感到身上多少好受了一点。可是,现在他又作难了,他想带些东西回去给那两个伤兵包扎一下,然而实在没法带。他又完全不敢想象自己包扎之后，能够不管别人！况且这里又有这么多东西，这些当兵的想来也和自己一样，是叫他们抓来的……于是他试着用一只手抱东西，一只手按到地上爬。不成，一只手抱住这个又掉了那个，真像猴子掰包谷一样。最后可能一点也带不回去。他想喊那两个伤兵，但又觉得可能他们伤势太重，动弹不得。要不然，他们怎能不动呢？正在这时，发现有几块大饼掉在地上，已被他们踩烂了。他的眼睛亮起来了，身上也觉得有了点力气。他急忙把那些大饼一块块地捡起来，装进自己的衣袋里。然后决心把纱布、绷带和棉花捆在一起，用牙咬住往回爬。现在，他又看见了大瓶大瓶的红药水，怎办呢？这家伙嘴里噙不住，手里不能拿。最后，忽然计上心来，他打开了几卷绷带接在一起，一头拴上一瓶红药水，自己拉着另一头爬回去。

满共不过二三十步远，王小秀觉得好像爬了几百里。当他重又返回他们的土棺材时，那两个伤兵也已坐起来。他们看到王小秀带来的东西，兴奋地忍痛朝外爬着，并且竭力伸着双手，好像要把王小秀抱在自己的怀里！王小秀向他们摆了摆手，示意他们不要动了。他们等待着王小秀爬到自己跟前，不管三七二十一，拿起棉花、纱布就往伤处缠。王小秀上气不接下气地说：

"不忙，不忙！还有红药水！"

接着，他就拉动了手里的绷带，一瓶红药水朝他们跟前滚过去。那个班长和兵士一齐落下了泪来。原来那位班长只是左臂负了点伤，而且也没有伤着骨头！那个兵却是两腿叫机枪扫了。他们的伤势总的说来，要比王小秀轻得多。他们身上的好多血，都是自己抹上的。到现在，他们已经感到王小秀确是世上少有的好人，他们再也忍不住自己心头的惭愧了。王小秀仍然不言不语地把他们一个个地抹上了药，包好了伤口。在他正替那位班长包伤的时候，发现他的内衣口袋里藏着一张我军利用迫击炮弹散发的"蒋军士兵通行证"。王小秀情不自禁地说：

"好呵！这可是好东西呀！你咋不早说呢？"

"恐怕不行了吧！上边沾了血，都脏啦！况且谁也不知道解放军是啥样，这物件是真是假？"那班长很失望地说着。

王小秀从衣袋里掏出了大饼，朝他递过去：

"吃吧！是他们掉在地上的！"

那班长一见大饼，就像看见了丰盛的筵席一样，随即伸过手来，但又马上缩回去，泪像泉水似的涌出来：

"不，你……你……吃吧！好兄弟！我……我哪一辈子才能报答你哩……"

"吃吧！别说这。咱们遇在难处啦，都怪自己走错了路，不该当上中央军。"王小秀说着，把饼塞到他们手里，自己也就吃起来。他们咬了一口大饼，两人抢着说：

"哎呀！你当是谁自己要来当他这兵呀？他妈的……"他们吃着说着，各人把各人的家乡住处，被抓壮丁的情形，原原本本说了一遍。到末后，他们又问王小秀：

"你呢？好兄弟！"

"我还不是和你们一模一样，不用再说了！反正抓壮丁一辈子也抓不住财主羔子！不过我可能要比你们见识多一点。"他思忖了一下，接下去说：

"不瞒你们说，我原来是八十一旅的。去年春天在鲁西南作战，队伍叫解放军消灭了，我也叫俘虏过去了。可是，只在那里呆了不多天，听到人家干部们说：'咱们的队伍是自觉自愿参加的，是为了革命才来的，谁要不想干，可以发给路费回家。不勉强！'我一听这，心里想起妈来了，就领了路费回了家。谁知到家没有住三天，就又叫他们抓来啦！"

"他们当真给你发了路费？"两人惊奇地问。

"可不当真！人家解放军从来都是石板钉钉，说啥是啥。"接着他又口若悬河地把他所见到的解放区和人民解放军的一切，向他

们一古脑儿介绍出来。最后,不知怎么,他也忍不住地哭起来。那两个人急忙劝慰说:

"哎!算啦!你好不该要想娘,你不回家多好呀!"

"可那阵谁能知道这世道,不打垮老蒋,连亲娘也要不成呵!"

"现在咱们叫打成这个烂样子,就是爬过去,只怕人家也不要了吧?"那个兵突然说。

"据我想,只要爬过去,人家一定要。现在我真后悔呀,越想人家说得一点也不错。那才真是咱们穷人自己的队伍哩,就是这阵恐怕难以通过这边的阵地……"

一股冷风扑过来,可怕的黄昏又要来临了,那班长忽然拉了一下王小秀:

"躺下吧!兄弟!有办法,有办法!咱俩挤挤还暖和点!"王小秀看到这个班长的情绪,只好忍痛和他挤在一个土棺材里,两个人悄悄谈起来。

那个兵士重又爬回了自己的土棺材里去。一些新送来的伤兵,在离他们很远的地方喊叫着。大北风一阵阵地吹浓了暮色,突然传来一声凄厉的马叫。那班长重又探起了身子,他模模糊糊地看到有几个饿急了的烂兵,不知从什么地方偷来了一匹瘦骨嶙峋的枣红马,匆匆地拉到他们这个"野战医院"附近的洼地上,端起刺刀横三竖四地戳起来。那马嘶叫了几声,栽倒了!烂兵摘下了刺刀,开始剥马皮。那班长拉了一下王小秀说:

"看,他们杀马吃啦!"

"马也有数,我看飞机不会再给送马来!"王小秀没有抬头看。

这时,我军阵地上又开始播音了。可是今天没有播送别的事,大家都在公布着各个连队伙食委员会的组织和工作,还有各单位今天的菜饭单。有的是猪肉红烧大白菜和蒸馍。有的是干饭、牛肉炖萝卜。有的是大葱羊肉包子、鸡蛋汤。接下去,开始文娱节目的时候,也没有了《血泪仇》和《抓壮丁》,而是《朱大嫂送鸡蛋》和歌剧《军民一家》等等。

王小秀默默地听着广播,心里说不上多好受。他觉得好像自己已经回到了连里,重新和大家谈起话来。可是,他无论如何也分辨不出,到底哪个声音是从他们连的阵地上传出来的?他心里说:"真快呀!我还没有爬回去,你们怎么就知道了敌人已经饿成这个样子了?"

四

敌人放弃了突围的念头,决心负隅顽抗之后,在我军猛烈进攻的压力下,整个包围圈越来越小,敌人自然也感到脖子上的绞索一天紧似一天了,因而他们的火力组织也越发紧密起来。针对这样的情况,我军采取了敌火下的土工作业,从地平线下前进的办法。

这天下午,靳军长在战场敌我标图上,从我军南集团的所有阵地,向敌人所谓的"老虎"团那片野外集团工事,画出了无数的红色箭头,然后,吩咐作战处长说:

"就这样!通知他们,从地下前进,寸土必争!只准进不准退!"他的眼睛闪发着严厉的光芒,重又向那些箭头瞅了瞅。箭头仿佛立刻变成了尖刀,正向敌人的心腹刺过去。

三营接到夜晚紧迫作业前进的命令时,太阳还有一竿高。战士们迅速做好了一切准备,正等待着吃过饭,天一黑下来马上就动手。这时,李营长大声叮咛营部通讯班长说:

"给你一个重要的任务。"通讯班长很严肃地立正了。"吃过饭,你把小家伙给我送到马小庄去,交给那位烧掉了头发的老太太,请她暂时替我喂几天。就说我说的,我们要前进,这孩子是我们三营的宝贝,一定要她好生将养。另外,你从管理员那里给她带点米去,对她说这小家伙顶喜欢吃稀粥。记住没有?"

"记住了！一定完成任务！"通讯班长大声回答着,转身跑了。

肖红军他们几个战士,看到营长要把孩子送走,心里有点难舍了。好像这孩子已经成了他们的战友,说声要把他送走,心里反倒感到挺别扭。"走,咱们再同他耍耍！"肖红军这样提议着,他们顺着交通沟,一溜烟地朝孩子的防炮洞跑去。不料,当他们几个跑到的时候,通讯班长已经把小家伙给抱出来了。小家伙好像很久没有看到过天空似的,两眼滴溜溜地转着,看到了西天的一线残霞,竟自格格笑起来。通讯班长把食指放到嘴里哈了点热气,然后故意放在孩子的脖子下边逗着他说：

"你长大一定是条英雄汉！这么小就参加了淮海大战！喂！你往那边看,你妈就在那边！那座房子冒着烟,是中了咱们的炮弹！你笑什么呀？看到没有？不想你妈呀？等你长大一定要参加解放军呵！听到没有？"小家伙还是格格笑。

肖红军伸过双手从通讯班长手里把他接过来：

"来,让我再抱抱咱们的小战士！"可是,他还没有抱妥帖,小赵就又从他怀里夺去了。于是大家互相传递起来,好像谁要不抱一下,就等于自己少了点什么东西似的。忽然,有人说："快把饭拿来,让咱们再喂他一回。"于是肖红军转身飞跑,到厨房端来了一小盅特意给他熬的稀饭。大家笨手笨脚地,争先恐后用匙子朝他嘴里喂。大概是由于他们心太急,只嫌孩子口小牙不快,一下呛住了小家伙,他又哇哇哭起来。

李营长一听到哭声,跑来批评说：

"又是你们！搞什么名堂嘛？他也不是玩具！快,快给我！"营长接过去,轻轻拍了拍孩子的背,拿手帕给他擦了擦嘴脸上的饭,小家伙果然不吱声了。

肖红军一转脸,就朝小赵肩上拍了一下说：

"喂！你猜咱们今晚吃什么？"

"还不是白菜、馒头！在这战场上,伙房都装在地堡里,你还想吃啥?"

"嘿!谅你也猜不着!告诉你:羊肉包子,鸡蛋汤!"

"真的?"小赵突然一转身。

"当然。咱们炊事班刘班长还拍着胸脯说:'看吧!同志们!七连光是打得好还不算,还得吃得好!群众送来了好东西,炊事班也得夺个红旗呀!'"

"不简单!不简单!起码我得这些!"赵忠林伸出了一把手,表示他要吃五个。他们正说着,敌人扫起机枪来。李营长抱着小家伙,急忙蹲在工事里。李康拿起镜子一瞅,原来是两个敌兵倒背着枪,帽檐朝后,正不顾死活朝着他们这边跑过来。敌人的一挺机枪冲他们扫射着。他们仍然弯着身子没命地跑。李康命令大家说:

"别开枪!是投降的!"

大家瞅着那两个敌人。他们跑几步就卧倒,接着又起来朝前跑。直到他们靠近七连阵地时,李康才让迫击炮手,像开收条似的,朝敌人阵地上吊了两颗炮弹。就把敌人的射击给打发了。

说来这两个敌兵却也实在不像样子,他们的脸膛简直像骷髅,眼窝深深地塌陷着,颧骨显得分外高。头发总有两寸长,衣裳又脏又烂,虱子顺着脖子跑,看上去真像坐了十年的监牢。他们一到七连的阵地上,扑通一声就跪倒了。李康问他们是哪个部队的兵?他们眼前一阵发黑,好半天才又低又慢地回答说:

"几天没吃没喝!求官长给点红薯吃!"

李康没有再问他们,随即给他们拿来了一筐羊肉包子。他们一见包子,比娘还要亲,不分个地直往嘴里吞!有一个家伙吃得太性急,不防连自己的手指也叫咬破了一层皮!大家看着他们,每人一气吃了十几个包子,这才慢慢定下神来,继续吃着说:

"我们都是十四军的!"

"飞机不是天天给你们送大饼吗?"李康接着问。

"屁!大饼!啥子都是十八军的!人家是王牌嘛!"

另一个接下去说：

"轮到咱们，别说人吃不上大饼，大饼还要吃人呢！这几天光是空投大饼不知砸死了多少人！况且十八军横行霸道，每天专门抽出队伍等空投。大饼一落地，他们就抢！别的队伍一近前，他们就开枪！昨天还打死了八十五军的好几个弟兄……"另一个人好像已经吃饱了，用手抹了抹嘴，插上说：

"完了！啥都完了！他们连老百姓的猪、狗、牛、羊、红薯、萝卜都吃光啦！"

李康没有再说，立即把他们送到了营部。并且向李营长建议说：

"请首长向上级反映，我主张今晚向敌人广播我们的伙食！"

这建议立刻就被野战军政治部采纳了。

天黑下来。三营集中了全营的轻重火器，封锁着敌人。七、八、九连和营部，迅速按顺序向敌人那个集团工事跑过去。他们规定每人相隔五步远就卧倒下来，用最快的速度，在自己身子底下，挖成卧射掩体。接着再挖成跪射工事，最后把跪射工事加深，挖成齐胸的散兵坑。这时敌人的射击已经失去了作用。他们就变成了两人一组，努力向前挖，把一个个的散兵坑互相打通，一下子就变成了几百米长的交通沟。然后，他们就比较安全地进行修整、加深，挖出各种各样的避弹室、防炮洞和地堡、机枪巢等等。到这时，在后面等待了很久的群众，才扛着他们支援的门板和构筑工事必要的木料，从壕沟里浩浩荡荡开到前面去。就这样川流不息的人民和军队，整夜在地平线下劳动着。天一亮，敌人就惊心动魄地看到，无数的地堡，真像雨后春笋似的，在他们的面前生出来，并且，一步步地逼近了！于是，他们就急忙命令他们的几辆破坦克，爬出来摧毁那些新生出来的地堡。战士们随即展开反坦克的战斗。肖红军根据自己的经验，一边打着，一边唱着枪杆诗，乐得大家直笑：

坦克车,真扯淡!
它和母猪是一般。
浑身上下一只眼,
左右前后看不见!
见了坦克不要慌,
闪到旁边扔炸弹,
瞄准扔在车下边,
炸坏履带不动弹!
…………

第二天,他们是在白天的敌火下,紧迫作业。因而,必须缩小目标,减少作业人数,而又保证工事迅速向前伸。经过战士们的充分讨论,最后,他们还是想出了好法子。决定以班为单位,采用流水作业的办法,轮换作业。这样既可以减少伤亡,又能使多数同志得到休息。同时也不会影响作业的进度。

七连经过昨晚的紧张劳动,已经初步在地下安了家。天明他们在新的"家"里睡着的时候,李营长、马团长带着靳军长来了。值勤战士们,一见军首长,连忙跑去喊大家起来。靳军长一言不发,跑上去伸手抓住那个战士,比着手势,笑着小声说:

"不准你说话!谁也不许惊醒他们!"那战士莫名其妙地站着不动了。他们轻手轻脚地把各种掩体和交通沟看了一遍。有些战士还在蒙着大衣打呼呼呢。肖红军和赵忠林不知怎的,就在交通沟里睡熟了,挡住了首长们的去路。李康很不好意思的,打算叫起他们来。军长一纵身子从他们身上跳过去,弯下腰来,轻轻拉了拉他们的军大衣,替他们盖好,说:"叫他们睡吧!战士要会休息,才会打好仗。"李康没有说话,立正了。他们走到交通沟的尽头,朝前望了望,军长抓起洋镐挖了几下土,转身对着马林:"还可以呵!并没有冻得很厉害。"李康急忙说:"只是皮面上有点冻,里面没有什么。"接着,军长又一次地向他们讲说着上级决定采用这种战术手段的重大意义,以及敌人对于这种办法的恐慌,希望每一个战士都能深刻理解"多流汗,少流血"的辩证关系。他们开始向团部走去。到上午十点钟左右,战士们才又开始前进了。他们首先集中火力,压制敌人。然后,由一个班的第一名战士,跪在地上很快地挖出一个卧射掩体。他不回头地再向前爬,再挖另一个掩体。第二名战士,接着就把他挖成的卧射掩体,赶紧加深一锹土,自己也就跟着向前爬去。第三名战士接着跟上来,继续加深。就这样,一个一个地接替着,在地上爬着挖土向前进。敌人的子弹像蝗虫似的嗖嗖乱飞,有时碰得洋镐铁锹叮当响。可是,战士们毫不在乎的,每班在一个钟头之内,就可以挖出二十米长、一人多深、一米多宽的战壕来。这时,他们重新换上另一个班。再过一小时,又是二十米。如此分秒不停,日以继夜地持续着,像箭似的,从地下向敌人的心脏射去。

无数的箭头,无数的连队,无数的英雄,从四面八方用双手打开着僵冻的大地,用血汗耕耘着冰冷的泥土。前进!前进!再前进!敌人显然已经慌了手脚。他们开始感觉到他们的一切工事,仿佛都已成为自己的墓穴!除掉紧紧地束缚着他们自己以外,对于他们的敌人似乎完全失去了作用!因而,他们就只好使用他们的几辆破坦克,四出冲撞,企图阻拦我军这种可怕的地下前进。然而,又有什么用处呢?我军的箭头是无数的,整个战场的土地都像海浪似的翻动着,战壕犬牙交错地向前逼进。坦克急得团团转,走到哪里哪里打!连飞机也失去了投弹的目标!黑夜白日瞎哼哼,把不少的弹药、大饼都投掷到我军阵地上。黄维已经成了一条名副其实的"黔驴"!

那晚上,王小秀被那个班长拉着,两人躺在一个土棺材里,一直谈到大半夜,才把彼此的来龙去脉和想法,一古脑儿倒出来。最后,他们下定了行动的决心。这时候,大北风呼呼地吼叫,夜寒刺骨。他们反倒感觉温暖了许多。而且谁也并不觉得太挤了,似乎彼此都想靠得更紧些,更紧些!

第二天他们在难熬的等待中过去。更深人静之后,那位班长便从土棺材里跑出来,小心翼翼地绕过一切岗哨,差不多走了十里路,才又摸到他们班守着的地堡里。可是,一到这里,他却出乎意外地高兴了。他没有想到,这么两天的工夫,他们这座地堡已经成了最突出、最前沿的阵地了。当他进入地堡之后,兵士们全都莫名其妙地呆愣着,大家埋怨起他来:

"哎呀!我的好班长!你又回来做啥嘛!眼看就要完蛋啦!还不趁早逃个活命!"

那班长摇了摇头,笑着说:

"咱们大家一块逃个活命不好吗?"

大家一听班长这句话,心里马上开了花。接着副班长就向班长报告了几天以来我军前进的情形和喊话的内容。班长又问大家说:

"你们想不想过去?"

"龟孙子才不想!"大家异口同声地说着跳起来。班长急忙命令大家放低声音,悄悄把他结识了王小秀的情形,以及他们的决心给大家说了一遍。有人突然说:

"他在哪儿?来了吗?"

"没有!他走不动,还在土棺材里等着哩!"

"我去背他!我去背他!"几个兵抢着说。

"今晚就走吗?恐怕来不及呀!"副班长说。

"来得及,一定要今晚!"另外几个兵说。

"对!现在你们跟我去把他背来。有他就好办!马上咱们就过去!这阵近多啦!不过几百米嘛!"

于是,那班长悄悄吩咐了几个贴心战士,暗暗监视着副班长。自己随即带着两个兵返回"野战医院"去。然而,现在时间反而显得太快了,等到他们把王小秀和他们班上那个不会走的伤兵背来的时候,黎明以前的黑暗已经快要结束了。那班长匆忙命令全班仅有的七个兵,带上全部武器、弹药,背着王小秀他们,朝面前最近的我军阵地跑过去。

这时候坦克挨了一夜揍,早就缩回去了。战场上只有零星的射击。几架飞机还在头上疲劳地嗡嗡着。他们趁着这一夜的最后黑暗,像一群挣断了锁链的越狱囚犯似的,向前没命地奔跑着。

到了!王小秀已经隐隐看到,面前几步远的地方,有人跪在地上挖工事。洋镐像根棍子似的,不停地闪动。他要求把他放在地上,自己匍匐前进。

正在这时,作为班上第一名战士正在作业的肖红军,仿佛听到面前好像还有谁在喘着粗气。他机警地停了一下洋镐,把脸贴在地上看过去。他刚看到前边似乎有什么东西在动着。飞机莫名其妙地轰轰轰丢了一串小炸弹下来。炸弹在他们的身旁爆炸了。火光一闪,泥土蒙住了他的脸。什么东西也看不见了。他觉得有人用手在他头上摸了一下。他大声地问着:

"谁?炸住了吗?"

"同志你是哪个单位?我是七连王小秀!"

肖红军像做梦一样,耳朵里突然钻进了这么一句低微的声音。他惊讶地接着追问说:

"谁?王小秀?"

"是呀!肖红军,我是王小秀!"王小秀已经听出了肖红军的口音。他不顾一切伸手抱住了肖红军。后边的虎成也已听见了,接着说:

"谁?秀哥!"

"是呀!虎成,是我。"王小秀一叫虎成的名字,肖红军已经摸到了王小秀头上的伤。大家紧急地传说着:"王小秀!王小秀!"像传口令似的,一个个地传到后边去。

肖红军把王小秀抱过来。李康和董指导员在避弹室里用电筒照了照王小秀的脸。一时谁也说不出话来了。可是,王小秀却又不能忍耐地急忙向他们说着后边那个班。等到那个班长带着队伍全部进入七连的交通壕里的时候,东方已经发白了。

李康命令他们这个班把武器放下来,先到营部去吃饭和休息。那些兵们好像脱离了苦海,一步上了天,心里说不上有多高兴。他们顺着壕沟朝后走,看见每到一个岔路口,壁上都有着用棉花缀成的白字和箭头,指示到"×小队指挥所"去,到"俱乐部"去,到"厨房"和"厕所"去。在一个大地堡的门口,标着"俱乐部"字样。他们伸进头去看了看,见里边贴了许多标语和漫画。上面写的是:"只要工事做得好,不怕飞机和大炮!""×××同志不怕艰苦,工事挖得又快又好!"有些地方还安着烧开水的小锅灶,锅灶上面用木板做成了一层层的格子,上面很整齐地放着碗筷和勺子。

那些兵们禁不住地说:

"在家也不胜这里好!叫我在这住一辈子也行!"

王小秀和那个断了腿的兵在七连吃了早饭,换了衣服,向连首长汇报了他们这几天来的经历,躺上卫生队的帆布担架到医院去了。他们临走,全连还给二丑写了一封慰问信,请他们带去。信上告诉二丑讲,支部已经通过了他的入党申请,交到上级审批去了。叫他安心休养。思想上有些不够的地方,以后努力锻炼去克服。肖红军送了他们一程,最后还是没能把话说完,只好摆了摆手说:

"反正你到医院跟他们摆谈去吧!信上写不清,一打完仗我们就去看你!"

到这时,敌人仿佛已经发觉他们又逃跑了一个班。他们又一次地向七连阵地疯狂射击起来。

第 十 二 章

一

小雪在中午过后才停下来。野战军政治部、文工团的同志们，撂下背包，就从老乡们家里借到了大大小小的扫帚，开始在村边一个较大的打麦场上扫雪。村里的青年男女，兴高采烈地扛来了高高的杉木杆子，朝地上一撂，立地参加去扫雪。几个文工团的女同志，脸蛋儿好像冻僵了的苹果似的，一块块的紫红发亮。她们一边扫雪一边不时地打闹、嬉笑着。你把雪往我脖子里塞，我把雪往你脸上撒。她们格格笑着，尖声叫着，甚至，偶尔也有一两个人互相追赶起来，但又立刻被她们的负责同志制止了。

打麦场的边沿上，长着一圈小柳树。细垂的枝条，沾满了毛茸茸的雪花，看上去好像无数张弹棉花的弓在悬挂着。几只头上生有小小羽冠的土色小鸟，不知从哪里飞来，落在积雪的柳枝上。它们好像心里实在热得厉害，一个个蓬松起羽毛，伸展开翅膀，故意在雪上打了几个滚儿。然后，放开清脆的嗓子，纵情地唱着，箭也似的钻进了灰茫茫的天空。枝条上的积雪，大块大块地落下来。

一个较小的姑娘，无意中站在小树下，把扫帚靠在起伏不定的胸脯上，两手相互揉搓着，放在嘴边，企图让嘴里喷出那些云雾般的白气，暖和一下手指。不料一位姐姐，偷偷跑在她身后，猛然摇动了小树。于是,她一下子就变成了"白雪公主"。大家前仰后合地笑叫着:"快看新姑娘!快看新姑娘!"

"姑娘们!别闹了好不好?事情还多呢!快扫吧!"

一个爬在高高的杉木杆上正在搭舞台的男同志这么说着,大家重又紧张地扫起来。正在这时,肖云穿着像雪一样白的工作服跑来说:

"哎呀!同志们!要是我们能够多少腾出手来,无论如何也不能叫大家来搭舞台呀!这么大冷天,同志们走了这么远的路来给我们演戏,已经叫人心里过意不去了。"

那个在杆子上爬着的人,连忙跳下来,跑上前去:

"护士同志!看你说到哪儿去啦!咱们各有各的工作嘛,战士们在前方流血流汗,你们给他们健康,我们这点工作算什么呀?晚上看了戏,可要多提意见呵!"

肖云甜笑着,从衣袋里掏出了两个大盒子,朝他递过去:

"来,来,这是院长叫给你们送来的两盒冻疮油膏。大家快把手脸擦一擦,别冻坏了!"

"谢谢!谢谢!"那人接过了油膏,又说:

"冻坏呀?你看我们这些姑娘们,身上还在出汗呢!她们全是小火球,恨不得躺在雪里打几个滚儿才痛快!她们一见雪呀,就像北口外的小马驹似的,连鬃毛都竖起来啦!"

姑娘们又一次地格格笑着,围上来把油膏抹在自己的手脸上。肖云一直微笑着,看了她们一阵,然后,转身跑回病房去。看来好像她也很羡慕这些姐妹们的工作。

病房里炭火通红,靠在炭盆边的白铁水壶,吱吱作声。看样子里边的水已经沸腾很久了。一股股的白气像火车头似的往外冒。屋里既湿润又暖和。伤员们大都坐在床上,用被盖蒙着腿脚,相互摆谈着战斗过程,或者估摸自己归队的日期。他们这个屋子里,目前已经没有太重的伤员了。为了护理和医疗的方便,前天院部才把重伤员们集中到靠近手术室的那座屋里去。

王小秀、陈二丑和另外一个伤员,正谈论着。肖云跑进来,看了看火,把壶里添了些水,安详地抬头一笑:

"同志们要什么不?"

"不!忙你的去吧!"大家回答着。

"告诉你们个好消息,晚上有晚会,是野战军政治部的文工团演出,听说好得很呀!"说着,她故意做了个鬼脸,转身跑了。屋门咯吱一声关起来。

不知是谁,突然说:

"这肖护士可真是个好同志,我住过三回医院了,这样的护士不多见!"

"听说她才参军半年多,如今就能看报、写信了,真不简单!我他妈的这个脑袋,也不知道是啥做的?就是学不会!"

"她也是个受苦受难的孩子。你没听郑副师长说吗?真正的穷苦人,碰到了共产党,还不插上翅膀飞呀!"说这话的人年岁多少大一点,总有二十五六的样子。

"可咱也不是财主羔子呀?"

"那就怨咱自己不努力,人家从小就是有心人,看人就问字,哪像咱们这样的。"

"听说她还不是党员呢!"又一个人接着。

"今天不是,明天就是了,这样的人还离共产党有多远吗?共产党就是要处处为革命着想,就凭这一点,别说什么美国鬼子、蒋介石,就是整个地球也能提起来!"

"你是党员吗?"那人听他说的挺在理,这样直接问起来。

"不!我还不够呢!可是,总有一天要够的。因为我有决心!"

"要是谁能找到像肖护士这样的爱人,可就烧了好香啦!"另一个人莫名其妙地说了个这。王小秀有点不爱听地顶呛说:

"有家啦,她是俺连上的媳妇。"

半天没有人接腔。有人吃惊地瞅了瞅王小秀:"你是哪个部队的?"

"不知道吗?七团七连,马小庄来的。"王小秀一本正经地说。

住会那位住过三次医院的同志接上说:

"这种思想就不对!找个好媳妇你就变成英雄啦?也不替人想一想,姑娘们找爱人,难道是闭上眼睛拿手摸的呀!只要有鼻子有眼就成吗?"

二丑接过来,小声说:

"秀哥!你看,要是竹梅她还在……"他好像触景生情,重又跌进了痛苦的回忆中。王小秀很严肃地说:

"是呀……咱们这般人,要是不革命,什么也没有!你从前不是已经把竹梅娶到家了吗?又是谁把她害了的?当然啦!要是如今她还活着,自然很好。可是,革命嘛,总是要死人的!谁也不是为哪一个人才革命!算啦,算啦!讲吧,我倒很想听听你们是怎样堵住了李延年的。"最后,他朝身边那个蚌埠前线下来的伤员点了点头。那人又继续讲起来。二丑的脸木愣下来了。

"大概是二号那天。我们营开到了蚌埠西北三十里的周口子。这里有一座桥,上级命令我们坚决守住这座桥,不准增援黄维的李延年兵团有一个兵爬过来。晚上团部派了许多干部来帮我们修工事。第二天一大早,敌人就开始向我们打炮了。不一会儿,敌人一个连开始朝桥边运动过来。我身边有个刚从碾庄战役解放过来的新同志,高兴得直跳。我指着连长对他说:'你看,咱们干部跟战士一块打仗。不像国民党队伍,当官的躲在后边逼着当兵的干!你要好好地打呵!'他笑着说:'放心!看我撂倒他们几个,你瞧瞧!'这时候,连长下命令说:'敌人不到一百米以内,不准开枪!'我们都在等待着。果然敌人分九路向我们跑来了。我们所有的轻重火器一齐开了火。敌人哇哇直叫。前边的倒下了,其余都跑回去了。接着,敌人又上来了一个营。可是,他们一到桥那边的死尸跟前,就不敢前进了。我们看着直想笑,一下又把他们打了回去。后来,敌人用几挺重机枪掩护步兵前进。当他们封锁交通沟时,我就跑到地堡里打。他们封锁地堡枪眼时,我又跑到交通沟里去。这样来了五六次。咱们的迫击炮叫起来了。敌人的重机枪阵地上冒起了团团的烟雾。敌人重又打起排炮来。我们班长牺牲了,几个同志带了花,敌人还在连续地冲。我的枪打热了,换上班长那条枪来打。我一个人差不多打了一箱子弹!四班副歪过头来,对我笑了笑。我知道他的意思是说我今天打得不错。其实,我虽然明白我打倒了几十个敌人,可还是没有他那挺轻机枪撂倒得多。一直到黄昏,敌人一个鬼也没能爬过桥。突然一颗'六〇'炮弹落到我的身边,我挂彩了。大家叫我下去,我不干,一直坚持到天黑……"

王小秀一下抱住了他:

"好呵!同志,要是没有你们这一手,我们也不能平心静气地打黄维!"

"咳!大家都一样。二、三野是亲兄弟。打仗嘛,敌人是一个。咱们就得你打头,我扯腿地干才成。"

大家都又接上来,你一言,我一语地摆起自己部队的"过五关"来了。

傍晚,视线超过漠漠原野,在遥远的地平线上,可以看到淡墨画似的伏牛山顶,还留着几片彩霞。夕阳的余晖,混凝着雪的反光,构成了分外明亮的薄暮。小北风像玻璃碴子似的扎脸。

打麦场上的舞台早已搭好了。场上业已很整齐地摆布着特为伤员们准备的小板凳。设在邻近庄上的几个医务所,已经吹响了尖厉的哨子,集合队伍前来看戏了。舞台工作人员,在舞台背后的小柳树上架起了一根横竿。把一个个的汽灯挂在竿上,修整着,开始点燃。姑娘们在临时用布幔搭成的化装室里,偎依着老大的火盆,唧唧喳喳地说笑。

人们开始入场了。肖云把她所护理的轻伤员们,一个个地安排好,坐下来。然后,去请她的父亲郑副师长。实际上,郑副师长已经完全可以自己走动了。两个警卫员,一个人搬着火盆,一个人搬着一张柳圈椅子。肖云一手抱着父亲的皮大衣,另一只手总想搀扶一下自己的父亲。可是每每她一抬手,郑副师长就摇着头说:"不用!不用!"弄得肖云毫无"用武"之地,只好慢慢跟着走。

郑副师长刚一坐下来,老院长带着一个瘦高个的女同志来了。这人穿着一身虽然褪了色,却是很干净、很合体的棉军衣。腰间的皮带上还挂着一支小手枪。她的棉军帽戴得略微靠后一点,雪白的大口罩,把眉毛衬得非常黑,眼睛显得分外明亮。进场来她仅仅朝伤员们巡视了一下,没有说话就坐下了。老院长和郑副师长说笑着,相互吸燃了纸烟。肖云把皮大衣轻轻地披在父亲的肩上。

"行不行?我这阵吸烟对我头部的伤……"

"没关系,不要说吸烟,就是再来个炸弹也不怕!"老院长哈哈笑起来。看来他对于他自己亲手治疗的伤很满意。

"幸亏遇上了你,要不然我就到马克思那里集合啦!"

"不见得,每一个人民的医务人员,都是人们走向坟墓的障碍!他们一个个都是坚硬的堡垒,会把你堵回来的!就是马克思,他也不会同意这阵你就去见他!他会说:'太早啦!回去吧!到我这里来,可不是开会呀!等到革命成功再来也不迟!'是不是?"

郑副师长也笑起来。肖云插嘴说:

"院长真会说笑话!"

"笑话?谁说是笑话?难道不是你把你父亲从这条路上挡回来的!等着,等着!我还要为你们祝贺!一定要祝贺……"

"谁呀?"坐在肖云身后的二丑指着那位女同志,小声问肖云。

"许是新调来的医生。"肖云弯下腰去,压低声音说。二丑没有再说话,两眼盯住了那个女同志的脊背,心里说:"不管你是多好的医生,反正我要出院啦,下次再来麻烦你……"

实际上，那位女同志只是由于老院长的话，叫她不自觉地取下口罩，转过脸来，打算看看院长说的这护士。不料一转脸，肖云反倒猛然扑过去，抱住了她的肩膀叫起来："哎呀！陈大姐，是你呀……要是你不取下口罩，我可真不敢认啦！你……你怎么来啦……"

那位女同志怔了一下，但是很快就认出了肖云，随即站了起来，两手拉住肖云的胳膊，堆起满脸笑容，热情地端详着说："刘晓云！哎呀……你看，你看你变的！不要说是我，就是肖洪举怕也不敢认你啦！怎么样？见他没有？奶奶可是又跟我交代啦……"

这期间，老院长也站了起来，几次打算插问她们是怎样相识的。王小秀也凑过来，心想跟陈大姐说上几句话。可是无论如何插不进去。肖云一听陈大姐的话，小脸简直成了八月里的石榴，红得像火，嘴都笑歪了。她像失重似的，控制不住自己的身子，一头栽到大姐怀里，羞答答地小声说："大姐！你也说这……"然后重又直起身子，一本正经地说："还没见他哩，听说他们在马小庄。"陈大姐忽然想起似的说："看我差点忘了，告诉你个好消息，你爹有信啦！你刚走，他就从咱第三野战军写信给县委，要党替他找你哩！他说他的名字也改成了郑太。就是没有说他们部队的番号，也没写回信的地址。就这，就把奶奶乐坏啦，她再吩咐，要我见到你的时候对你说。我想，现在三野、二野都在这里打仗，也许能碰上，我也替你打听着……"听着这段话，肖云一直眯眯笑。郑副师长也微笑着几次转过脸来。陈大姐照样严肃地讲着。老院长实在忍不住，突然拉开她们说："来，来，来，让我介绍一下，这是军组织部陈科长，来咱院慰问伤员的。这位是三野郑副师长，肖云同志的爸爸，在徐州外围负了伤，现已基本痊愈了。"陈大姐完全愣住了。

郑副师长站起来，握住她的手说："郑太，我是郑太。陈科……"肖云突然打断说："爹！她就是我说的那个陈大姐，是咱的县长！"

"啊——陈大姐辛苦了！怎么，又回部队啦？"郑副师长好像一切都很明白似的。陈大姐恍然大悟，急忙搭讪说："没有什么，工作需要，前天才赶回来的。我哪够县长材料呢！当时也是凑个数，现在一切都就绪了，自然我还是个兵！"然后她又盯住了肖云："这姑娘！你怎不早说呀！"肖云不吱声地笑着。他们都又坐下来。陈大姐很自然地同他们谈起了大别山和彭家瓦屋的新气象；谈到了群众生产、支前的热情；也谈到了奶奶已经到县妇联去做副主任的情形。……

正在这时，背后有人发出了"立正"口令，他们不约而同地扭过头来朝后看去。在场子的最后边，有一二十个轻伤员规规矩矩地成横队站着。他们身上的棉军衣都是崭新的，一点脏污也没有，好像新从仓库里拿出来的一样。郑副师长忽然发现了什么似的，马上站了起来，像在战场上用望远镜看到了敌人的动静那样，聚精会神地瞅着，眉毛慢慢聚拢了。这形象是警卫员们所熟悉的，他们也不自禁地朝那一排伤员看过去。

"坐下吧，这是三所收容来的几个敌人的伤兵。"老院长毫不介意地说着，希望郑副师长坐下来。

"敌人的伤兵？"郑副师长不转眼地朝后看。然后，对着警卫员：

"你去请他们那位带队的干部来一下。"

警卫员请来了那位带队的警卫排长。

"院长找我吗？"那排长在院长面前立正，敬礼说。

老院长摸不清怎么一回事，支吾说："嗯——嗯——"郑副师长坐下来，急忙接上说：

"请稍息，你带的是俘虏军官，还是兵？"

"是兵，是俘虏收容所初步审查过的！"

"是的，是的，他们有材料转来。"老院长这才帮助说。

"呵——哪里俘虏过来的？"

"碾庄,黄伯韬兵团的!"

"呵——那个前排站的胖子是干什么的?"

"是个老伙夫,他说他当了十年伙夫啦!"

"呵——他叫什么名字?"

"张水旺,是一五〇师的。"

"呵——"郑副师长一连串的深长的"呵",大家已经有点感觉了。老院长急忙说:

"郑师长认识他吗?"

"不,不认识,有点面熟!"

那位排长一听跟他说话的是师长,心里有点紧张了。急忙立正说:

"首长有什么指示?"

"你把那个胖子叫来,我问问他!"

"是!"

排长转身就把胖子叫来了。那人摇摇摆摆地朝他们跟前走着。可是,当他的视线一碰到肖云的时候,他就赶紧把帽檐朝下拉了拉。然后走近郑副师长跟前,故意把胸脯挺起多高,拼命仰起脸来,两手竭力贴在裤缝上。耸着双肩,好像尽量设法缩小自己的身材似的,立正了。

"你姓什么?"郑副师长坐着,没有抬头看他的脸。

"报告官长!姓张,叫张水旺。一五〇师的上等炊事兵。"

"我没有问你那么多!"郑副师长有点气了。大家也都紧张起来。肖云不自主地朝椅子跟前靠了靠。

"你认识我吗?"郑副师长的眉头挽成了一个疙瘩。

"报告官长! 不认识!"那人仍然仰着脸。

"你认识她吗?"郑副师长指了指肖云。肖云扭头看了一下胖子的脸,不自主地"呵呀"尖叫了一声。那人已经心惊肉跳了。许多伤员也都围过来。那人还是咬紧牙关说:

"报告官长！不认识，我是第一次被俘！"

郑副师长忽地站起来，盯住那人的脸，厉声说：

"不认识！你再看看我！"

这句话简直像枪弹似的，一下穿透了那人的胖脑袋。他只觉得脑袋一蒙，腿一软，立即劈脸栽倒了。大家全都愣怔了。肖云咬牙切齿地小声说：

"爹，他是彭昌祖！"

陈大姐忽地站了起来盯住了肖云：

"你还记得他吗？不会错吧？"

"前年他还回过家来！"

郑副师长没有再说话，狠狠盯着地上那胖子。

那胖子像条狗似的，抽搐着，慢慢跪起来，连连叩头，哀告说：

"正……正……正……太大哥！我……我……我知道……我……我有罪……罪呀！求……求……求……"

"算啦！你别叫我大哥！你知道什么？你知道你没有把我砍死吗？说实话！你是一五〇师的什么？"

"四……四……四十四军……军……需处……处……长！"

"什么阶级？"

"上……上……上校！"这胖子两手按着地，仰脸看着郑副师长，等待着宽恕。郑副师长冷冷地笑了笑，对那位排长说：

"同志！我们的审查工作还没有做好！这是敌人四十四军的上校军需处长！是我家乡的一个大恶霸地主。一九二四年红军撤退以后，他把全村杀成了一片血海！我的头上叫他砍掉了一块皮，才跑了出来！他叫彭昌祖！"

郑副师长这么一说，那胖子成了一堆泥。大家一齐吼起来。伤员们挤过去，举着板凳往下砸。王小秀抡起他的拐杖，大声说：

"好呵！彭昌祖！你兄弟都叫老子逮住了！在这碰到了你！你就休想活着回到大别山！"

郑副师长坐下来。陈大姐很平静地制止大家说：

"同志们！不要打他,让他回去。乡亲们还等着他开大会呢！我们不是为报私仇才来革命的！要按咱们人民的法律办事。"

"排长同志！你要把他看好呵！要是他跑了,他可要杀我们哩！"郑副师长接着。

"是！"然后,排长用脚踢了一下趴在地上的彭昌祖：

"起来！起来！还想装蒜呀？"

彭昌祖仍然像个甩头人似的叩头。肖云也忍不住地踢了他一脚：

"还不快滚！"

彭昌祖浑身哆嗦着,爬起来跟排长朝后边走去。伤员们重又坐下来。老院长非常激动地说：

"真巧呵！正好在这儿碰上了！"

"其实一点也不巧,在这条路上要碰到的罪犯还多哩！只要他们没有死,早晚总要捉住他们的。就像捉鱼一样,要是光用竿子钓,确实有些狡猾的东西,他就不上钩！可是,你要把塘里的水放干,总会要把什么鱼都捉住的！还没看到吗？蒋介石这个污水塘,已经快干了,一切鱼鳖虾蟹都难藏身了！"郑副师长若有所思地仍然皱着眉。

陈大姐连连点头说："是呀！是呀！这个战役打下来,也就差不多了！"

肖云拉过王小秀,向郑副师长介绍说：

"爹！他也是七连的,他到过咱家！"

王小秀无法立正,行了个举手礼：

"报告首长！我叫王小秀。肖洪举和我在一个连上！"

郑副师长这才突然醒悟似的,立刻舒展了眉宇,堆起满脸笑意说：

"好呵！好呵！你的伤怎么样？"

"没有啥！快出院了！是不是,肖护士?"王小秀笑着转向了肖云。

"耳朵叫打掉了一只!"肖云笑着说。

"那怕啥！耳朵也不能拼刺刀、扔炸弹呀!"王小秀挺了挺胸。

"对！等你好了,咱们一块到你们连上看看。听说你们打得很好呵!"郑副师长说话的时候,看了一下肖云。肖云的腮帮红了,她忸怩了一下低声说：

"不,我才不去哩!"

"你不去,我也要去呀!"郑副师长笑着。

"欢迎首长！欢迎首长！我们打得不好,请首长指示!"二丑和王小秀一齐说着。台上吹响了哨子,戏要开幕了。场上霎时静下来。陈大姐把肖云拉到跟前,小声说："这个拄双拐的战士叫什么？刚才我也没听清。""叫王小秀。大姐认识他吗？我叫他来谈谈好不好?"陈大姐斜过脸去又看了看王小秀,陷入回忆似的回答说："认识。啊……好像是在鲁西南……"

二

差不多半个多月以来,整个双堆集战场上的十几万人民解放军,简直像一个人一样,思想一致,行动一致,日日夜夜战斗着。每到黄昏和拂晓,他们就从各自的阵地上,向面前的敌人堡垒或村落展开猛烈的攻击。同时,又一刻不停地从地平线下前进。就这样一尺一寸地解放着中原大地！就这样一块一块地把敌人吃掉,一点一点地把敌人压缩到黄维兵团司令部的门前!

应该说敌人是很顽强的。只是,现在连他们自己也不得不承认,他们的对手更顽强。截至目前为止,黄维早已不再考虑向他的盟国友人交差一类的问题了。他已经从狂妄的幻想,跌进了不能自拔的泥潭！他已十分亲切地感到,他的金色前程,美丽幻梦,以及他那短小的身躯,业已不可遏止地一点点陷进泥潭里,眼看就要没顶了！因而,他的思维反而变得分外单纯起来。他拼命地伸长两手朝四外抓挠着。按照他的哲学,一个人在临死之前能够找到一些替死鬼,那才是真正的"聪明"。他决心要从他们兵士的血肉之中逃出去,宁可只有他自己爬回南京,他也决计不嫌孤单的。

三营的阵地,已经抵近了黄维的胸膛,推进到敌人十八军五十四团(也就是所谓的"老虎"团)的野外集团工事面前。他们和敌人的前沿阵地,不过几十米远近了。昨晚喊话的时候,肖红军把馒头扔到敌人的阵地上,隐隐听到敌人喊着说：

"班长！班长！不是炸弹,是馒头！是馒头！"

没有听到敌人的班长说什么,接着就是一阵密集的机枪对射。

中午过后,陈师长、马团长和杨政委一齐来到了三营。战士们一见首长,自然知道今天晚上要大干啦！他们除掉自动地积极准备着一切,还在焦灼地等待着能够听听师、团首长们的讲话。

大约三点钟左右,董指导员、李副连长和师、团首长们从营部掩蔽部里,说说道道,顺着交通沟朝七连走来。他们边走边看着战士们做的各种工事和掩体,不停地指点着,议论着,看上去好像是来检查作业的。陈师长还是平常那样笑眯眯的。马团长还是绷着脸。他们每每碰到一些战士,仍和平常一样地,首先说："同志们好！"大家急忙立正回答说："首长好！"然后,就匆匆地走过去。大家看到他们走进了连部。

有人悄悄议论说：

"不像呵？看他们像是来参观的！"

"天晓得！"

"我看,非打不可！不打就别想前进了！这家伙,一大片工事,大地堡套小地堡,交通沟相互连着,你挖到它跟前有啥法子？还不得打！"

……………

小古从连部里跑出来。大家正想向他打听点风声的时候,他却一面朝各班跑着,一面说:

"副连长命令,各班长带上半班到连部开会。副班长带下半班监视敌人。"

大家乐了。连部里迅速挤满了人。有人挤不进去,就在门外的交通沟里坐下来。

陈师长一面吸烟,一面集中精力朝壁上的标语、漫画、光荣榜上看过去。马团长坐在地上不抬头。李康讲话了:

"同志们!大家可能已经看到了,今天晚上,我们要把敌人这个'威武'团,也叫'老虎'团吃掉!这是黄维的最后一道防线了!是他的胸脯!我们要把刺刀戳进他的胸脯里去!只要戳进去,他就离死不远了!我们能戳进去不能?"

"不能把他穿透!不能?"

"不能戳他一百二十个窟窿!不能?"

大家纷纷议论着。李康接着说:

"同志们!这是一个'老虎'。不管它是死老虎,或者是纸老虎,咱们总得当作真老虎来打!提起打老虎,谁都知道我们山东有个武老二,他打死过景阳岗上的大虫!也许有人要说:武老二一个人都打死了真老虎,难道我们这么多人还怕纸老虎不成?可是,大家也要想一想,那个景阳岗上的大虫,它却没有做工事,也没有美国的武器呀!看到了没有?敌人的集团工事,还是费了一番苦心的哩!这家伙首先有个一人多高的土围子,方圆差不多有一千多米!正冲我们的两边,还有六个集团堡垒伸到围子外边来。据说围子里边,密密麻麻布满了地堡火力点,构成了三层严密的交叉火力网。交通沟曲折复杂,联接着蜂窝一样的散兵坑和各种掩蔽部。敌人的机动兵力可以随时投入任何一个突破口!但是,不管怎样,即令它是刀山,我们也能平掉它,这是没有问题的。可是,总得想点办法,看怎样平着好,怎样顺手,怎样少流血?要是晕头涨脑往上冲,那就不好了。就是武老二,他也并不是个野大胆!总要知己知彼,才能百战百胜嘛!是不是?"他的话就在这里停下来。马团长站了起来说:

"我只补充一点,今天晚上是三野兄弟部队的洛阳登城第一营和我们三营一块进攻。我们三营虽然没有打洛阳,可也是襄阳登城的第一营。这样两个兄弟部队手拉手,肩并肩地作战。……同志们!我就不再多讲了。回头大家好好讨论讨论,看我们到底应该怎么打?应该注意些什么?我的话完了。"战士们一声不响地,等待着陈师长讲话。陈师长一直不言语。李康也没有请师长讲话,就命令大家回到班上讨论去了。

陈师长完全像个战士一样,跟在张海全的背后,到一班的掩蔽部里来。肖红军首先搬出自己的背包往地上一放:

"首长坐吧!我们这里修得不好!"他孩子似的笑着。

陈师长没有坐他的背包,很自然地往地上一坐,拉住肖红军的胳膊说:

"坐下来!快坐下来谈。这里修得不错,比我当战士的时候高明多啦!"

肖红军没敢坐在背包上。大家随即统统坐到地下来。陈师长忽然笑着说:

"怎么不坐背包呢?因为我没有坐是不是?来,来,我两个坐!"他拉起肖红军两人挤在一个背包上。有人赶紧另外递一个背包过去。肖红军急忙站起来。

"好了!好了!快坐下谈谈吧!别耽误时间!"陈师长说着,大家这才重新坐下来。他随手掏出了几支烟朝大家递过去:

"谁吸,谁拿!"

有几个战士接过去吸燃了。

"首长首先谈谈吧?"张海全像请示似的看着陈师长。

"看你这个班长！到这里不是该首长先谈,是该战士们先谈啦！快吧！我是来听听的！你们不讲,我能有什么说呢？不要以为师长就是诸葛亮,要是我有好法子,刚才就对大家讲了。"

张海全有点不好意思地看了看大家说：

"谈吧！大家多想点好办法,这是和兄弟部队的战斗竞赛呵！可不能马马虎虎!"

沉默了一会儿,肖红军站起来说：

"都不说,我先说。我看还是先弄炸药包把围子炸开。外边那些工事拿火力压住它。冲进去就用手榴弹、小包炸药,狠狠地捶他一阵子。不管三七二十一,先闹他个乌烟瘴气,叫他不能发扬火力,接着就跟他拼刺刀!"

"对！我再帮你五百发炮弹！三野这回在徐州搞了很多敌人的炮弹。五百不够,给一千!"陈师长喜形于色地接上了。然后,他又拉住肖红军：

"坐下,坐下说!"

"我的话完了!"肖红军一坐下来就不再讲了。

接着,又有一些人再三强调着,突进围子以后,一定要动作迅速、坚决、勇猛！并用自己的亲身经验,证明只有迅速、坚决和勇猛,在敌人火力下才能保存自己,杀伤敌人！最后,当他们讨论到怎样和兄弟部队配合的问题时,陈师长却是首先讲话了,他说：

"在这方面,我有三个要求：第一,反对骄傲自大。要努力战斗,向兄弟部队学习。兄弟部队指挥员的命令,一定要无条件地服从；第二,坚决把困难留给自己去克服,把方便留给兄弟部队；第三,一切为了战胜敌人。对兄弟部队的每一个战斗员,都要亲密地互助、团结,像亲兄弟一样。至于怎样具体去执行？你们还可以讨论。这三条原则是不能改变的,现在我还要到别的班上去。"陈师长说到这里,站起来走了。战士们继续讨论起来。

风把洼地和工事周围的积雪，搅扬起来，沙尘似的到处散播着，发出窸窸窣窣的碎响。天色渐渐暗下来。整个战场上纵横交织、密如蛛网的散兵壕、交通沟、地堡和各种各样的火力点，一点点地模糊下来，变成了一片暗淡的丘岗。静寂窒息着人们的呼吸。战士们知道，冬日的黄昏是短促的，他们已经急不可耐了。可是进攻的信号仍然没有发出。

一切都已准备停当了。肖红军和另外两个战士站在班长张海全的背后，他们大背着枪，怀里紧紧地抱着一个挺大的炸药包，定睛瞅着进攻的道路，计议着只等信号发出，他们就一下跑到什么地方，然后再继续前进，到围子跟前去进行连续爆破。他们两手不停地抚摸着炸药包，就像前些天他们抱着那个小孩一样。忽然肖红军扭转头来朝后看去。于是，站在他背后的全连战士也都不自主地一个个扭回头去。他们好像传递口令似的，迅速把焦灼的目光落到李康和董指导员的脸上。希望能从他们的口里得到一个还不发出攻击信号的答复。李康他们也看了看自己的手表，一言不发地同样扭转头去，把全连的焦急用视线传给了营部，一直到团部。

战场更加宁静了，仿佛这时有谁丢在地上一根绣花针，大家也能听得很清楚。

突然，一声沉闷而又混浊的轰隆，大家看到不知从什么地方冒出一个大火球似的东西，好像一颗巨大的流星那样，拖着长长的火尾巴，掉进敌人集团工事的围子里。浓烟像座小山似的旋转着升腾起来。

战士们这才透出了一口气。有人说："瞧，这是咱们的新发明，'发射筒'送炸药，够他们喝一壶的！"可是，再也没有第二发了，大家重又跌进了焦灼的等待里。

这时候的一秒钟，简直要比十年还长呵！然而时间总是不会停息的。大家盼望着的时刻终于来到了，整个战场全面地沸腾起来了。从周围我军的所有阵地上，一齐发出了炮击。各种各样的炮弹,从四面八方飞起,冰雹似的狠狠捶击在敌人集团工事的围子里。黑烟、白烟,还有浓重的黄烟子,它们互相纠结着、扭动着,像一根巨大的彩色纽带那样,从敌人的阵地上缓缓升起,渐渐地弥漫开来。战士们乐得叫起好来。距离敌人最近的七连,他们看得清清楚楚,敌人伸出围子外面那两个地堡群,当炮弹击中它们的时候,木料和尸体全被炸飞了!

肖红军最幸福的时刻来到了。他们接到了命令,纵身跳出战壕,弯着身子,箭也似的飞跑上去。几十米的开阔地,很快就被他们冲过去了。他们连一声枪响也没有听到。等他们到了围子跟前时,发现围子已经被炮弹炸开了老大的缺口。于是,肖红军灵机一动,急忙打了两颗烟幕弹,抱着炸药又从浓烟里飞跑回来,带上全营战士扑进去。

这时天已全黑了,炮击中止了。在陈丰年师长的指挥所里,第三野战军的一位军长同志和靳军长、张政委他们看到,从敌人集团工事的东西两面,同时升起了两颗标志已经突进围子去的翡翠般晶亮的绿色信号弹。他们不约而同地笑了。然后,他们就听到好像千百人一齐捶击着大皮鼓似的炸弹声,轰隆隆地响成了一片。偶尔也有轻机枪的点射,但是很少。这种擂鼓似的炸弹声一直持续了很久。电话铃响了,陈师长拿起了听筒:

"是呀!什么?敌人也在拼炸弹?好嘛!好嘛!只要堵住后路,别让他们跑掉。拼炸弹他没有我们资格老!什么?不管!不管!叫他看着好了!对,对!"

陈丰年放下听筒,笑了笑说:

"马林的电话。真是越打越新鲜,敌人也不用他们的美械装备,反而拼起炸弹来了!那几辆坦克又在围着他们转呢!"

"让它看着吧!"三野那位军长说。

"叫它转吧!明天它就没有工夫转了!"

在滚滚浓烟和黑暗中,三营和洛阳登城第一营的战士们,同时从东西两面,消灭了外围的敌人,突进了围子里。敌人嗷嗷叫着朝他们两个突破口反扑过来。战士们就在突破口上和敌人拼起了手榴弹。

七连一见敌人反扑上来,全连的手榴弹和小包炸药,一齐朝敌人打过去。敌人怔了一下。张海全带着三班顺交通沟往前冲。敌人的炸弹打过来,几个战士负了伤。可是连他们自己也没有感觉到挂彩,仍在一个劲儿地扔炸弹。背后跟进的八连,一进突破口就岔到左面交通沟里,楔进敌人的纵深去。炸弹在反扑七连的敌人背后响起来。敌人的反扑部署打乱了。三野部队也已插进了敌人右面的纵深。敌人的防御体系完全破碎了。地堡和地堡之间的联系也被切断了。到处都是炸弹,到处都是烟火。然而,敌人还是顽强的。他们的机动兵力像疯子堵水似的,瞎头障目四处乱扑起来。但是,到处都碰上了成排成排的炸弹。于是他们也就成排成排地倒下去。七连的小包炸药,好像小铁锤敲胡桃似的,一个个地摧毁着敌人的地堡。许多敌人都被埋进了地堡里。

这时候,九连已经顺着围子外边的壕沟,绕到敌人的背后去。在这里当他们发现三野部队也已赶到的时候,敌人的坦克哗啦啦地赶来了。九连长命令说:"隐蔽好,等它到了跟前再揍它,谅它也不敢冲围子去。"战士们一声不响地躲在外壕里,两手急得直发痒,那些坦克始终不敢接近他们,反而围着工事转开了。他们定睛瞅着它,坦克一枪一炮也没有发。原因是围子里边业已厮打成一团。除非正在拼杀着的战士,任凭神仙也难分清谁是谁了。

七连一班的襄阳解放战士马光田,一进突破口就负了伤,他一直不声不响坚持着。到这阵,他才感到浑身没有了一点气力,连手榴弹也扔不出去了。他说:

"肖红军,我给你拉开火,你就只管扔吧!"

肖红军一回头,看到他已躺在地上。

"你挂彩了吗？！"

"没有！没有！你别管！"说着他已拉开了炸弹的火索，朝肖红军递过去。肖红军不敢怠慢，接过去就朝前扔。正在这时，肖红军觉得有什么东西碰住了他的肩膀。他忽地一转身，见是敌人的一挺轻机枪口，朝着他的脊背伸过来。那敌人还没有来得及击发，就被马光田伸手抓住了枪筒朝下猛一拉，敌人冷不防也叫拉掉壕沟里。这家伙是个顽固蛋。他一跌进来就抱住了马光田。肖红军夺过机枪，嘎喳一声朝他劈头砸下去。那家伙哼哼着伸了腿！肖红军端着机枪，对准前面的地堡扫过去。地堡里的射击也停止了。张海全趁机喊起话来。敌人的一个班，高高举着双手，从地堡里钻了出来。另外还有几个地堡仍在顽抗着。张海全命令他们投降。他们的回答却是更加疯狂的射击。看样子里边肯定有特务。这敌人好像完全没有看到他们整个五十四团已经基本上被消灭！所谓的永久性野战集团工事，业已粉碎无余了！只有他们还在不知死活地挣扎！肖红军急红了眼，把机枪交给了马光田，带着几个炸药包，匍匐在交通沟里，对班长说了声："班长！我去啦！"然后，他迅速爬过去，把炸药一包包地塞进了敌人的地堡里。这些敌人，随着最后的轰响，走进了自己的坟墓。

大概只有两个多钟头，李文和三野的那位营长，在敌人这个集团工事的废墟上，共同发出了两颗胜利的红色信号弹。然后，他们双脚踩住敌人这只死老虎的尸体，紧紧地拥抱起来！他们的胸膛十分贴切地紧挨着，两颗火热的心，按照一个节拍跳动着。他们什么话也说不出，只是心里压不住地萌生着这样的感觉："打虎虽有武老二，打仗却要亲弟兄！"

深夜，野战军总部，接到了双堆集战场的报告。首长们同时来到了作战处。

这是一间比较宽大的厅堂，为了避免敌机的夜袭，门窗一律蒙罩着黑色的布幔。屋内的四壁足有丈多高,从上到下全都钉满了五万分之一的军用地图。屋子中间,放置着四张北方人家用的八仙方桌。每两张紧紧地并在一起,上面平铺着详细的战地标图。这边是双堆集战场,那边是永城李石林战场。图纸好像棋盘似的,纵横交错,布满了红蓝色的小旗子和箭头。

司令员他们走进屋来之后,屋里灯光明亮,肃立着的参谋长、作战处长和参谋们,一言不发,安静到极度。司令员首先走到双堆集战场标图的桌边,拿起放大镜在敌人那个野战集团工事上看了看。参谋急忙从南集团我军前沿阵地上,拔下了两面小红旗,狠狠地插在敌人的这个工事上。这期间,司令员仍在定睛地看着,他仿佛看到那个参谋已经把小旗扎在黄维被切除了凸起的胸脯之后的嶙嶙肋缝之间!透过他的肋缝,完全可以看到他急剧收缩着的心了!大家谁也不讲话,屋里越发静下来。司令员用手量了一下从这个集团工事到达黄维司令部的距离。作战处长急忙说:

"八百米。"

"可能还不到,差一点!"参谋长接着说。

司令员仍然没有说话。他手里的放大镜迅速在图上转了几个圈子,仔细察看着四围我军和敌人的态势。最后,他的食指落在双堆集西南大约一里远近的大王庄。大家可以看到,他的指尖很用力地按着它。可是,他仍然没有说话,转身朝壁上的地图走过去。参谋们把屋里早就准备好了的小梯子连忙搬到他跟前。然后,点燃了一支焊在竹竿头上的鱼烛,高高举起。司令员在梯子上看着图。电话铃又响了。作战处长接完了电话,报告说:

"邱清泉的新五军,有继续突围逃窜的模样。"

"要他们好好看住他,一个也不准跑掉!"第三野战军司令员没有表情地说。

这时,司令员从梯子上下来。他们围在李石林战场标图的桌边,看了看已被一块块分割包围在李石林一带的杜聿明匪部。两位司令员和政治委员的视线突然汇合了。这时候,他们不约而同地反复思考着:是"集中优势兵力,打击敌人的一点",还是"两个拳头一齐打"?最后,司令员撂下手里的放大镜,大步离开了桌子,朗朗大声地说:

"还是毛主席的指示,吃一个、夹一个、看一个的好。顶住李延年,围住杜聿明,吃掉黄维!五个指头按住五个跳蚤,要想同时抓起来,是很困难的。先搞掉黄维!接着就搞杜聿明!我看目前双堆集的条件已经成熟!你们以为如何?"他转过身来,看着三野司令员和政治委员。

电话又响了。双堆集东面我军捉到了一辆坦克。说是这辆坦克企图逃跑,跌进了浍河泥沟里去。上边没有敌人的军官。

这情况,叫他们重又走到双堆集战场的桌边。一个钢铁般的总攻黄维的命令,就在这时下达了!所有的电话机一齐摇动起来。战场沸腾了!淮海沸腾了!中原大地,像个巨人似的,在这更深人静的时候,翻动了它的身躯!

司令员和政治委员们,走出屋门,重又转过来,很严肃地告诉参谋长说:

"再一次通知李石林前线部队,只准紧紧围困,暂时不准攻击,以便于解决平津问题!谁要沉不住气,就会犯大错误!"然后,他们和参谋长一齐现出了淡淡的笑意。指挥部重又恢复了宁静。两位司令员的围棋子儿又响起来。案头的鱼烛欢笑着,连续迸炸着小小的烛花。

等待了很久的战士们,一听到总攻击的命令,全像长了翅膀的狮子一样,恨不得大吼一声,一纵身子,就把黄维的脖子抓住!所有人的耳边只有一个声音:"前进!再前进!"所有人的心里只有一个信念:"彻底歼灭敌人,活捉黄维!"密集的枪声,炮声,手榴弹声,喊杀声,暴风似的从四面八方卷过去,一步步地逼近了双堆集!

大王庄在双堆集的西北一里多路的地方,在这个村子的边上,有两个大土堆。黄维把他的最后"王牌",所谓十八军的三十三团("英雄"团)摆在这里,作为他的护身符。下午,从大王庄东南,第三野战军的阵地上,发出了攻击的信号。弹炮在敌人大王庄阵地上爆炸开来。烟雾迷蒙了一切。爆破员闪电般地跑到敌人村外的鹿砦边,发出了巨响。突击班冲进了缺口。可是,敌人迎接他们的却不是枪弹,而是猛烈的火焰喷射器。熊熊的火苗像水一样冲泄出来,突击班被堵住了。战士们一看这来头,知道敌人是要顽抗到死的!于是接二连三地继续扩大着爆破口。火流被压了下去,战士们随即冲进了村里。

　　不料在鹿砦里边,还有一条三四米宽的壕沟。对面堤埂上,并排三个大地堡,一齐喷出了机枪的密集射击。战士们不顾一切冲下了壕沟。这才发觉,壕沟足有丈多深,两面切得立陡,无论如何也上不去。敌人趁机又把手榴弹朝沟里扔起来。战士们在进退两难的情况下,急忙捡起敌人的炸弹,迅速扔回给敌人。但是同志们仍然不断倒下来。正在这时,他们发现有个地堡,正在他们头顶上。他们立即搭起了人梯,把一包炸药塞进敌人的枪眼里。只听得轰隆一声,这个地堡不见了。那两个地堡也哑了。战士们的面前,出现了一个大斜坡。队伍马上冲进村里去,展开了激烈的逐堡争夺战。只有一小时零二十五分钟的时间,这个所谓的"英雄"团,就成了真正的狗熊,全部放弃了大王庄,缩回了双堆集。

　　这时候的双堆集,已经是连黄维自己也容纳不下的牛角尖了!哪里还能挤下这些残兵败将呢!因而,他们立刻又被威逼着,疯狗似的扑回了大王庄。但是马上又被我军打回去。战士们立即改造起敌人的工事来。然而,他们还没有把工事改造好,敌人孤注一掷的排子炮,集中打上了大王庄。整个村子几乎无法存站了。黄维把他所有的家底,统统倒出来,几辆破坦克,不成队形地带着足有三千左右拼凑起的步兵,蝗群似的又朝大王庄爬过来。我军的大炮怒吼了。炮弹不停地爆炸在敌人的乱兵群里。敌兵嚎叫着仍旧一个劲地朝前扑。一群敌人倒下了,后边的敌人又被他们的官长赶上来。他们不顾一切牺牲企图重新占领那两个大土堆,作为大王庄的制高点。可是,他们无论如何也占不住。他们一爬上去就被我们的炮弹给送上了天!接着又上去,又上了天!就这样反复了四五次,敌人和我们的炮兵展开了猛烈的混战。敌人的步兵终于又一次冲进了大王庄!

七团三营,就在这时候,接到了进攻大王庄的命令。他们从昨晚占领的敌人野战集团工事里,跃身而出,斜刺奔向大王庄。

少有的几千人的白刃格斗开始了!

炮声、手榴弹声,甚至喊杀声也没有了。整个大王庄只有刺刀嘎嘎地碰响。刀刃上嗖嗖地迸着火星。敌我双方好像全都忘记了子弹也能打死人,只是一个劲地用刺刀捅!这样足足持续了两个多钟头。不少的敌人,支不住蹲在断墙的背后,张着大嘴吐白气,自动把枪丢在地上,身子朝交通沟里一滚,向我们的战士举起了双手!可是,还有一些敌人,被逼着,昏头昏脑,挺着胸膛冲过来,好像要请我们的战士给他个痛快!

正在这个节骨眼上,几个大王庄的老太太,以为战斗已经结束,不知从什么地方,匆匆忙忙跑回来。一到村边,就叫吓瘫了!她们一屁股坐在地上,拉也拉不起。正在突破口上指挥战斗的马林急得一点办法也没有!杨克辛赶紧亲自跑过去劝说那些老乡们赶快离开!告诉她们战斗还没有完呢!

黄维急了眼,他索性一切章法全不要了,强迫他们的几辆坦克,绕到东面,从他们的士兵背后,冲进了大王庄。大王庄密如蛛网的交通沟里,早已填满了敌人的尸体和伤兵,满地都是盖有青天白日图戳的大西瓜似的绿色钢盔。可是,阵地上的敌人还比我军多几倍!战士只听得那坦克叽里嘎啦一进村,受伤的敌人被压得吱吱哇哇乱叫。没有受伤的却又好像得到了挡箭牌。他们哗声闪开了道路,马上缩到坦克背后去。于是,那坦克击发了所有的火器,冲着我军齐头并进压过来。敌人又一次地发出了鬼叫,跟着坦克往前冲。

肖红军和全班同志们,早已杀到了村东。坦克忽然冲进来,他们躲不及,拉出手榴弹就打上去。但是谁也没有打到履带上,坦克照样往前爬。就在这瞬间,肖红军只觉得像块石头似的,嘣一家伙打到他的肚子上,身子唔棱一声仰脸栽倒交通沟里去。原来是坦克上的重机枪把他小肚子上穿了个窟窿。班长张海全已经栽倒在交通沟沿上,一只胳膊耷拉了下来。李康左手提着驳壳枪,右手举着那把战刀,正在他们后面三十多米远的地方,焦急地叫着:"撤回来!撤回来!"几个战士跳进沟里围着肖红军不肯走。肖红军一手按住肚子上的窟窿,一手按着地,两腿无论如何也站不起。大家急忙去背他。他却恶声怒气地拒绝说:"别管我!快走你们的!我有办法!"坦克眼看已经冲近了,同志们无可奈何地急忙顺着交通沟朝李康跑过去。

肖红军看到身边不远有个敌人的空地堡。他想拉着班长一齐钻进去。他吃力地跪起来,伸长了胳膊,拉住张海全耷拉下来的那只手,紧急地喊着:"班长!班长!"张海全这个打死了几十个敌人指挥官的特等射击手,他的手还是热呼呼的,就是一声也不响。肖红军拉不动,他急了,用尽全身的力气,抓挠着站了起来,探头一看,身子随即支持不住地跌倒在壕沟里。他看到班长再也不会答应他了,敌人的机枪横扫了班长的胸口!坦克已经冲到他的头顶上来了!他赶紧爬进了敌人那个空地堡里去!

马林正在思考着。赵国珍突然摇动了电话,抓起送话器,空前紧急地叫着:

"喂!喂!炮兵!炮兵!要炮!要炮!重迫击炮!化学曰炮!快,快,快!哎呀!你不管,你不管!朝大王庄给我排着干!有多少,要多少!不怕,不怕!敌人比我们多得多!多得多!就是那几辆烂坦克……"马林忽然夺过送话器,按捺不住地大声说:"老赵……"赵国珍没吭声,转身又奔村里杀去了。

靳军长在作战室里紧急地踱着。几个参谋站在电话机的旁边。空气好像拉满了的弓弦一样,紧绷绷的。张政委严厉地说:

"告诉炮兵,不准射击!胡闹!敌我混战成一团,要炮!"参谋马上回答了炮兵。然后他又站起来,对着军长说:

"我看放他们出去吧?估计敌人也就是这么点本钱啦!你说呢?"

靳军长站定下来,他握了握拳头,在空中使力地一击:

"命令一百团,跑步!增援大王庄!"

屋里的空气立刻松弛了一点。靳军长自言自语着:

"狗日的……真是砍掉了脑袋的大公鸡,还要蹦两蹦呢!"

肖红军爬进地堡里。坦克从他这条交通沟上压过去。敌人的步兵跟着跳过了壕沟,齐呼乱叫地朝西冲过去。三营和兄弟部队全被压进了鹿砦里边那条大沟里。情况万分紧急了!只要敌人的坦克一冲到沟边。步兵居高临下,一阵手榴弹,也就无法设想了!李康挥起战刀,一纵身子跳出来,大声吼着说:

"共产党员跟我来!把敌人打回去!"

全体战士怒吼了。所有兄弟部队和三营的共产党员们,雄鹰似的飞出了壕沟。手榴弹暴雨般地冲着敌人打过去,堵住了敌人的步兵。可是坦克仍旧不顾死活往前爬。赵忠林心一横,眼前好像又出现了山东曹县的青堌集!他撂下了步枪,抱起两包炸药,喊了一声:"班长!"飞身滚进坦克下边去!许多人还没有看清他是谁,一声天崩地裂的轰响,那辆小小的坦克好像爬上了火山口,一股红汩汩的烟尘,从它肚子下边喷出来。那坦克好像玩具似的,腾地跳起了多高,跌在地上翻了几个滚,撞在另外一辆坦克身上去。

493

两个家伙一齐起火了,立即变成了废铁!

战士们悲愤地吼着。几百条闪亮的刺刀重又逼上了敌人的胸膛。敌人吓昏了!转身往回跑。许多人让刺刀穿进了背心!也有一些来不及逃跑和躲藏的,拼命往死尸身子下边钻。

肖红军在地堡里背靠墙根坐着,一个敌人慌慌张张,弯着身子钻进来。这人还没看到肖红军,肖红军已经用尽全身的力气,把长长的刺刀从敌人的左肋缝里插进去!这家伙劈脸趴下来,连身也没翻。肖红军不知道是刺刀夹在那人的肋骨缝里了呢,还是用力过大,透过去刺进土里去了?他急得满头大汗,无论如何拔不出刺刀来。正在这时,听到一阵急促的脚步声。他丢开了步枪,急忙拉出一颗手榴弹,一手拉住导火索,一手举着手榴弹!果然,又一个敌人进来了。敌人一转身,肖红军把手榴弹一晃,瞪着眼睛命令说:

"不准动!把枪放下!"

这敌人的脸色,刷地变白了!手里那条美造步枪,沉重地滑落到地上,两腿一软举起双手跪下了。他的眼珠像死人一样,直直盯着肖红军。肖红军又说:

"坐下吧!一会我带你出去,保你没事。要动我就炸死你!"

这敌人一声不响,扑通坐在地上,仍然举着他的手。外面显然还在格斗着。肖红军听得到刺刀嘎啦嘎啦地响。可是人声很稀了。现在他心里有点嘀咕:要是再有一个敌人钻进来,可就不好办了呵!这家伙虽然把枪放下了,谁知道他心里想的什么呢?反正他怕死!这是肯定的。要是再来一个呢?……

突然,阵地上响起了强大的杀声。全军的预备队,铁的一百团,几千名英雄好汉,生龙活虎似的冲进了大王庄。敌人彻底溃乱了,鸭群似的各自逃起性命来。就在这时候,又一个矮个子的敌人军官,带着满身血泥,没头没脑钻进来。这家伙是只打红了眼的疯狗!他一听肖红军要他不准动,他却没有用他手里的加拿大手枪去打肖红军,反而把枪往地上一丢,把肖红军麻痹了一下。然后猛扑上去按住了肖红军。原先那个敌人随即也扑上来了。他们估计肖红军是不敢拉响炸弹的,竭力要想从他手里夺过那颗手榴弹。肖红军站不起来,就地和他们滚成了一团。可是,他并没有过早地拉响炸弹。直等到两个敌人一齐压在他身上。他用力一滚,让炸弹压在两个敌人的肚子下边爆炸了!地堡也被震塌了一大半!李康他们赶到的时候,肖红军已经不省人事了!两个敌人像大开胸膛似的,把这颗手榴弹吞进肚里去!肖红军立刻被抬上了野战医院刚刚派来的救护车。

黄昏,潮水般的队伍,从四面八方,排山倒海地冲进了双堆集。双堆集突然起了火。黄维一不做二不休,命令他的忠实走卒们,把所有的汽油统统倒进弹药库里点燃起来。巨大的黑色烟柱,腾地而起。接着他又放出了所有的烟幕弹和毒瓦斯。把他的战犯条件完满地充实了起来。整个双堆集变成了一团呛人的云烟。战士们不顾一切扑进去。黄维不见了!

烟云慢慢地化进了夜幕。弹药库激战似的爆响着。只听到战士们连声地喝道:

"站住!举起手来!"

"站住!把枪放下来!"

到处一片捉拿俘虏的吼声。晶莹的红色夜明珠似的胜利信号弹,一簇簇地飞上了天空。成群成堆的俘虏兵们,最后解除了他们的美械装备,丢掉屈辱与犯罪的枷锁,回到了人民的行列中来!清一色的美式"道奇"构筑的"汽车城",重又响起了嗡嗡的马达声。上千辆的卡车,抖动着身子归顺了人民。长颈鹿似的榴弹炮和野炮群,哑巴样地呆愣着,它们的身上还在发热。战士们已经骑上了它们的脖子。

在一条足有两米深、三米宽的大壕里,那些骆驼般高大、从冲

495

绳岛用飞机运来的美国骡子,正在静静地等待着解放。可是战士伸手一摸,它们全都倒下来。原来是它们虽然被黄维看作至高无上的盟友,严格保卫下来,没有被饿兵们吃掉,然而,它们却也早已饿得奄奄一息了!

战士们没有兴趣来管这些美国货。各部队除掉留下一些医务卫生人员,紧急抢救着黄维制造的那个所谓"野战医院"里的伤兵之外,队伍迅速集结起来,向永城李石林一带的杜聿明匪部挺进去了。

这时候,高挂晴空的新月,好像一只极为聪慧而又眯眯含笑的眼睛似的,看到了早已化装了的那位希特勒的"高足"——黄维。他像贼一样,从他们兵士的尸体之下钻出来,惊恐地四面探望了一下,迅速消失在黑暗里!他耳边仿佛听到有个声音说:"记住!这就是惩罚!"可是,接着,又有一个声音说:"不,这只是历史车轮在向前转动的痕迹!"然而,就在这瞬间,他刚刚离开双堆集,向东跑了不多远,就又恍惚看到,二十年来,被他们屠杀的无辜人民,从地层深处,伸出了森林般的臂膀,怒声喝道:

"站住!你往哪里逃?"

黄维像恶鬼似的栽倒了。其实,这时候拿枪对着他的,只不过是两个人民战士!

七连所有从大王庄下来的伤员们,到达医院之后,一直还像神经错乱一样,喊叫着:

"小赵……"

"赵忠林……"

"小赵……我们的好同志!好党员……"

"小赵……我们的小赵……"

…………

甚至,有人在做完了手术,麻醉刚一醒来,就又梦话似的叫起来:"小赵万岁!共产党万岁!"

只有肖红军,当老院长亲手把他的肠子接起来,缝合了一切的伤口之后,他还昏迷不醒,一言不发。直到第三天,陈二丑正在办理出院手续的时候,他又突然发起了高烧。肖云急忙请来了老院长。郑副师长、陈大姐、王小秀和陈二丑也都跑来了。院长用听诊器仔细听了听他的胸部。要肖云再一次给他试体温的时候,他才第一次睁开了眼睛,紧紧拉住了肖云的手,无力地喊着:"班长!班长!"然后眼睛一闪,重又闭起来!

从肖云脸上的大口罩下面,滚落了几滴水。不知道是眼泪还是嘴里吐出的热气凝聚起来了?陈大姐、王小秀和陈二丑的心,像被石头坠着,一点点地往下沉!只有老院长,还像平常看待一切发烧的伤员一样,连声说:

"冰袋!冰袋!"

肖云飞跑出去,取冰袋去了。郑副师长拍了一下老院长的肩膀,悄声说:

"怎么样?危险吗?"

"不危险!比你来的时候轻多啦!"

老院长若无其事地说着,走开去。

三

队伍没有赶到李石林,就被我军活捉杜聿明、击毙邱清泉、全歼敌人的捷报给迎住了。

美蒋反动王朝的一面高大围墙,就这样土崩瓦解了。天津前线,我军已经开始了总攻!古老的北京,正在静静的重围中思考着!解放了的中原大地,覆盖着皑皑白雪。朝阳温馨地亲吻着犹如劳动者的心田一样素洁的无际原野。群山在挥舞,百川在欢笑!只有那条暂时还作为敌人屏障的扬子江,却像一排被割掉了嘴唇

497

的牙齿那样,在严寒中战栗地碰响。淮河在解放了的土地上欢快地奔流。人民的火车在解放了的轨道上铿锵有声地向南方开去!千千万万的中原人民,翻越了革命途程中的一座山岗。他们更加豪迈地迎着太阳,迎着划时代的一九四九年的早春,向更加美好的未来高歌猛进!他们纵情地唱着:

> 人们唱历史上的圣贤豪杰,
> 我们唱淮海战场的英雄!
> 人们说英雄有天生的聪明,天生的本领,
> 我们说英雄是生长在劳动人民的战斗中!
> 我们看到英雄用生命保卫生命!
> 我们看到英雄用生命保卫和平!
> 我们看到英雄用热血把人民的幸福换来,
> 我们看到我们的英雄用刺刀
> 把那不肯投降的野兽劈心挑开!
> 我们看到他们
> 把四十里战场变成了通红的火海!
> 我们看到那可耻的卖国兵团,
> 就在这个火海之中倒下来!
>
> 万岁,人民的英雄!
> 万岁,中国共产党和毛泽东!

这歌声震荡着东方,震荡着世界。人们隐隐听到,在遥远的海洋那边,白宫档案室的大铁门咿呀一声打开了。他们又一次地取出了"假谈判,真备战"的祖传法宝,紧急呼唤着战栗的南京!人民的百万雄师向扬子江岸推进!

1960 年 8 月 7 日于成都

写 在 后 面

革命导师列宁，领导俄国工人阶级，以革命手段推翻沙皇制度，建立了苏维埃政权之后，曾经十分深刻地教导人们说："忘记过去就意味着背叛。"显然，这并不是指那过去的流水行云、生活琐事，而是要我们时时刻刻记着，无产阶级革命事业的艰辛困苦和严峻的斗争。要我们时时刻刻记着，革命途程中的每一个脚印都沾染着同志们的鲜血。要我们时时刻刻记着，工人阶级为了最后消灭阶级，带领广大劳动人民，进行革命斗争的时候，他们的敌人是极端凶残、阴险和无耻的。要想彻底摧毁它们的统治，建立起崭新的人民政权，并且永恒地巩固发展下去，不经过长期的、不倦怠的艰苦斗争，是不能设想的。这就明明白白告诉了我们，作为一个人民战士，假若你不知道你从哪里来，你就不会知道要到哪里去。忘记了昨天，就断送了明天。这就是我想要写这部小说的念头。

一九五九年一月，当我动手写这部作品的时候，这里反映的事件，已经过去十年了。但是，时间并不能使历史褪色。一提起笔，它们却又历历如在目前，事情好像就在昨天。许多和我携手战斗、可歌可泣地倒下来为人民革命事业流尽了鲜血的战友们；许多英勇奋战、白刀子进去、红刀子出来、和敌人顽强搏斗的战友们；许多以党中央和毛主席的英明决策教育我们、带领我们、指挥我们从胜利到胜利的统帅和将军们；还有那千百万沸腾了的劳苦群众，战火中的禾苗、村舍、山川、河流和泥土……这一切，霎时全又重现在眼前。我仿佛看到了他们的容貌，听到了他们的声音，触到了他们的身躯，闻到了浓重的硝烟气味和泥土的芳香。我被他们那种深谋远虑，忘却自己，勇于斗争，敢于胜利，忠于革命的风度、性格、才能和意志燃烧起来。他们给我以无限的鼓舞和力量，使我终于写完了这本书。

然而，由于我的政治、艺术素养之不足，在这部作品里，我所能够表现的，只不过是他们那种光辉形象的千百分之一。虽然如此，为了纪念我那些安眠了的战友，权作一叶昨日战斗的痕迹，敬献给读者。我等待着亲爱的战友和读者们的宝贵意见，以便再次修改它。

作　者
1961 年 12 月 15 日于北京